ALEXA PALMER

Engel der Vergeltung

Buch

Ihren ersten Arbeitstag in der neuen Spezialeinheit der Polizei hatte sich DC Grace Riordan völlig anders vorgestellt. Jetzt sitzt sie auf einem Randstein in einer schmutzigen Gasse vor einer Straßenklinik und hält in ihren Armen einen kleinen Jungen, der soeben mit ansehen musste, wie sein Vater durch einen Schuss mitten ins Gesicht getötet und seine Mutter schwer verletzt wurde. Matthew Liu, der einzige Zeuge der Tat, beschreibt die Mörderin als ein sehr junges, etwas verwahrlostes Mädchen.

Es ist ein Fall für die Spezialeinheit von Detective Inspector Paul Harrigan, der großes öffentliches Interesse auf sich zieht, aber nur wenige konkrete Spuren hat. Wer war die junge Frau? Wie konnte sie so spurlos vom Tatort verschwinden? Und was war ihr Motiv? Paul Harrigan und Grace Riordan sind sich zwar nicht gerade auf Anhieb sympathisch, und die meisten Gespräche zwischen ihnen enden ziemlich gereizt, aber ihre Ermittlungsarbeit verläuft reibungslos: Bald entdecken sie, dass es nur eine einzige Verbindung zwischen Täterin und Opfern geben kann: eine Straßenklinik, in der auch mittellose Frauen behandelt werden. Paul Harrigan indessen hat noch ganz andere Probleme. Nachdem er einen Fall von Polizeikorruption ans Licht brachte, muss er nun befürchten, dass seine Arbeit von den Polizeikollegen ganz subtil sabotiert wird. Dann entdeckt Harrigan auch noch, dass ausgerechnet sein eigener Sohn in Kontakt mit der Killerin steht und dass der Blutzoll, den die junge Frau einfordern möchte, noch lange nicht gezahlt ist. Die beiden Polizisten müssen schnell handeln, denn mit einem einzigen Telefonanruf lockt das Mädchen Harrigan und Grace in ihre Falle: »Ich habe eine Waffe mit fünfzehn Schuss Munition. Das ist einer für jede Person hier im Raum, eine für mich – und sechs überzählige ...«

Autorin

Alexa Palmer, Jahrgang 1952, wurde in London geboren. Aufgewachsen in Südafrika und in Neuseeland, lebt sie nun in Australien. Nach dem Studium der englischen Literatur reiste Alexa Palmer durch Australien, Asien, Europa und Nordamerika und arbeitete u. a. in der Altenpflege und als CAD-Designerin, bevor sie ihre große Leidenschaft entdeckte: das Schreiben. »Engel der Vergeltung« wurde u. a. mit dem renommierten *Canberra Critics Circle Award* und dem *Ned Kelly Award* für das beste Krimidebüt des Jahres ausgezeichnet. Alexa Palmer ist verheiratet, lebt in Canberra und schreibt an ihrem nächsten Roman.

Alexa Palmer

Engel der Vergeltung

Roman

Deutsch von
Carsten Mayer

BLANVALET

Die Originalausgabe erschien 2002
unter dem Titel »Blood Redemption« bei
HarperCollins Publishers (Australien) Pty Ltd. Group, Sydney.

Umwelthinweis:
Alle bedruckten Materialien dieses Taschenbuches
sind chlorfrei und umweltschonend.

Blanvalet Taschenbücher erscheinen im Goldmann Verlag,
einem Unternehmen der Verlagsgruppe Random House GmbH.

1. Auflage
Deutsche Erstveröffentlichung Februar 2004

Umschlaggestaltung: Design Team München
Umschlagfotos: ZEFA/Normandin und ZEFA/Zeebra
Satz: deutsch-türkischer fotosatz, Berlin
Druck: GGP Media, Pößneck
Titelnummer: 36003
Lektorat: Maria Dürig
Redaktion: Petra Zimmermann
Herstellung: Heidrun Nawrot
Made in Germany
ISBN 3-442-36003-X
www.blanvalet-verlag.de

Für Ches

Und schändet das Land nicht, darin ihr wohnt; denn wer des Blutes schuldig ist, der schändet das Land, und das Land kann nicht entsühnt werden vom Blut, das darin vergossen wird, außer durch das Blut dessen, der es vergossen hat.

Numeri, 35, 33

1

Blut, eine schimmernde, dunkle Flüssigkeit in diesem trüben Licht, befleckte Grace Riordans Mantel, als sie sich zu dem Jungen auf den Rinnstein setzte. Sie sah, wie ihre Kleidung es von der seinen aufsaugte, als sie ihm den Arm um die schmale Taille schlang und spürte, wie er sich nun an sie klammerte. Sie hatte noch Harrigans knappe Befehle im Ohr: Sie bleiben bei dem Jungen. Kümmern Sie sich um ihn, wir brauchen ihn noch. Sie ließ das Blut auf der feinen schwarzen Wolle Blut sein, feucht und unberührt, und sagte: »Wir sind hier, Matthew. Halt dich an mir fest. Wir bringen deine Mutter ins Krankenhaus, so schnell es geht.«

Grace zwang sie beide zur Ruhe, während die Sirenen kreischten und um sie herum ein von Menschen gemachtes, lärmendes Inferno losbrach. Leute trampelten links und rechts an dem unter Schock stehenden Jungen vorbei, klopften an Türen, hielten den Verkehr auf und durchkämmten die Straßen nach einem Zeugen oder einem Mörder, auf wen sie eben zuerst stoßen mochten.

Nicht weit von Graces und Matthews Füßen versorgten die Notärzte auf der nassen Straße, die jetzt mit blauem Polizeiabsperrband abgeriegelt wurde, Dr. Agnes Liu, der eine Kugel das Brustbein zerschmettert hatte. Grace brauchte dem Jungen, er durfte kaum älter als dreizehn sein, nicht zu sagen, dass das Leben seiner Mutter an einem seidenen Faden hing. Das stand im Blut auf seiner Schuluniform und im Ausdruck seiner Augen zu lesen: Emotionen, die mit einer solchen Rückhaltlosigkeit, einer solchen Nacktheit zur Schau gestellt waren, dass Grace sie in diesem Moment lieber nicht zu genau betrachten wollte. Auch an die Frau, die so nah bei ihnen auf der Straße lag, wollte sie nicht allzu sehr denken. Dafür blieb später genug Zeit, nicht jetzt.

»Was machen die denn? Warum dauert das so lang?«

Sie hielt Matthew Liu aufrecht, dessen schmaler Körper beim Sprechen unter Tränen bebte. Sie saßen im tropfkalten Regen eines Wintertages mit vereinzelten Schauern in einer krummen Straße mit alten Reihenhäusern, den Lagerhäusern von Tuchhändlern und schließlich einem Gebäude aus rotem Klinker, an dessen restaurierter Art-déco-Fassade ein unauffälliges Schild hing: The Women's Whole Life Health Centres Inc., Verwaltung, Chippendale. In viel zu geringer Entfernung sammelten sich hinter der Absperrung die Pressevertreter und schrien nach Interviews und etwas Filmbarem.

»Sie tun, was sie können, Matthew«, erwiderte Grace und hörte sich selbst bei dieser Phrase zu. »Denk jetzt nicht an später.«

»Ich weiß, wieso. Ich weiß ja, wieso. Aber nicht Dad. Ich verstehe nicht, wieso Dad.«

»Wenn du mir davon erzählen willst, Matthew, tu es. Ich bleibe bei dir, bis wir im Krankenhaus sind, und du kannst mir alles sagen, was du willst.«

Während sie sprach, merkte sie, dass der Junge den Kopf wandte, um an ihr vorbei das kurze Stück Straße hinuntersehen zu können, wo sein Vater auf dem Asphalt lag. Sie stoppte ihn, drehte seinen Kopf zurück und hielt ihm die Hand vor die Augen.

»Nicht. Das hilft nicht.«

»Nein, ich muss. Ich muss damit umgehen können.«

»Nein, Matthew. Nicht. Tu dir das nicht an.«

Es mochte sein, dass sie sich diesem Anblick stellen musste, aber nicht der Junge. Einmal hatte er es sehen müssen, als es geschah, und das war mit Sicherheit genug für ihn, ganz gleich, was er jetzt glauben mochte. Er wehrte sich nicht.

Sie warf einen Blick hinter sich, wo Paul Harrigan und eine Reihe weiterer Polizeibeamter beim Vater des Jungen standen. Der lag halb hingestreckt, halb abgestützt auf der Straße, und sein Kopf ruhte auf dem Vorderreifen seines Wagens. Professor Henry Liu, ehemals Musikwissenschaftler an der Universität Sydney. Ein Großteil seines Gesichts war verschwunden, aber die Augen waren noch da, offen und menschlich starrten sie aufwärts. Sie sah Harrigan sich in die Tasche greifen, um ein großes blaues Taschentuch auf das Gesicht des Toten sinken zu lassen. Der Stoff saugte sich fest und war sofort rot durchtränkt. Grace versuchte, ein neuerliches Aufwallen des Schocks durch den unerwarteten Anblick dieser improvisierten Totenmaske zu unterdrücken und schluckte ruckhaft mit zusammengekniffenen Augen den eigenen Atem hinunter.

Harrigan hatte sich umgewandt und marschierte durch die unstete Menge auf die beiden zu: ein groß gewachsener Mann mit dunklem Haar, gedankenverloren, von seiner Umgebung offenbar völlig unberührt. Er sah sie nicht an, sonder ging vor dem Jungen in die Hocke, bis er auf Augenhöhe mit ihm war. Er sprach in neutralem, gleichbleibendem Ton, dem Ton dessen, der sich von den Vorgängen um ihn herum nicht berühren lässt, weder jetzt noch in Zukunft.

»Matthew? Weißt du, wer ich bin? Ich heiße Paul Harrigan, ich leite diese Ermittlung.«

Die Reaktion darauf war so teilnahmslos, dass Harrigan einfach seine Karte in die Jackentasche der blutverschmierten Schuluniform des Jungen steckte. »Behalt die, vielleicht brauchst du sie noch. Also, ich werde herausfinden, wer deinen Eltern das angetan hat. Ehrenwort. Ich werde den Täter finden. Aber dazu brauche ich deine Hilfe. Wir werden uns heute noch darüber unterhalten müssen, was hier geschehen ist. Meinst du, du schaffst das?«

Der Junge nickte, die Miene war gefasst, die Tränen getrocknet. Harrigan legte ihm die Hand auf die Schulter.

»Gut. Als Erstes bringen wir deine Mutter ins Krankenhaus, anschließend treffe ich dich dort. Die Dame hier wird dich im Krankenwagen begleiten. Ich muss nur ganz kurz mal mit ihr reden. Hier drüben.«

Grace folgte ihm zu einer Insel der Ruhe inmitten des unaufhörlichen Gewoges der Leute. Sie sah seinen Blick, der die feuchten Flecke auf ihrem Mantel streifte und schließlich an ihr vorbeiwanderte zu Matthew, zu der Szenerie hinter ihr und auf alles, was sich dort abspielen mochte. Er sprach mit ihr in demselben neutralen und gemessenen Ton, in dem er den Jungen angeredet hatte.

»Von jetzt an sind Sie mir für den Jungen verantwortlich. Sorgen Sie dafür, dass er bei der Stange bleibt, bis ich mich mit ihm unterhalten kann. Wenn nötig, rufen Sie mich an.«

Ihr blieb gerade noch Zeit zu nicken, da drängte sich ein Notarzt zwischen sie.

»Wir müssen ins St. Vincent's. Sofort.«

»Dann mal nichts wie los.«

Harrigan wandte sich ab, als man Dr. Liu von der Straße hob und ihr Sohn auf sie zulief. Grace packte ihn an der Hand und ermahnte sich: Bleib ruhig, pass auf, dass der Junge nicht durchdreht.

Alles im Griff behalten, immer in Bewegung bleiben. Transportiert man jemanden von einem Ort an einen anderen, so ist das nichts anderes als eine Übung in angewandter Physik, selbst wenn derjenige im Sterben liegt und diese angewandte Physik alles ist, was wir für ihn tun können. Mit diesen Gedanken setzte sie sich zu Matthew in den Krankenwagen. Auf der rasenden Fahrt durch die Straßen der Stadt sprudelten in ungeordnetem, sprunghaftem Strom Wörter aus ihm heraus, die sie mit dem Diktiergerät aufzunehmen versuchte. Im Krankenhaus nahm eine Schar hektischer Menschen die Verletzte in Empfang und schob sie durch die Flure davon, sodass unverzüglich jene seltsame Atmosphäre des Unglücksfalls entstand, wenn Wohl oder Wehe von einem hauchdünnen, aufs Äußerste gespannten Faden abhängen.

Am Eingang zum OP-Saal schlug man ihnen die Türen vor der Nase zu. Verdattert starrte Matthew darauf und gestattete Grace, ihm den Arm um die Schulter zu legen und ihn in ein kleines, eigens bereitgestelltes Wartezimmer zu führen. Ein Polizist stand davor Wache. Von aller Welt im Stich gelassen, setzte der Junge sich auf einen Kunststoffsessel an einem niedrigen Tisch, auf dem sich veraltete Fernsehzeitschriften türmten. Er ließ den Oberkörper vornübersacken, barg die Hände im dichten schwarzen Haar und wartete mit trockengeweinten Augen. Sein Kopf schien zu groß für den kleinen Körper, die zarten Knochen hätten diese Last nicht tragen dürfen. Grace sah ihn an und drückte ihm ganz leicht die Schulter, einmal nur.

»Ich bin gleich wieder da, Matthew. Bleib du so lange hier«, sagte sie leise und ging aus dem Zimmer, um ihren Boss anzurufen.

Dünn und belanglos tönte Harrigan aus dem handtellergroßen Apparat. »Wie geht's Doc Liu? Kommt sie durch?«

Diese Frage war nicht mehr als die berühmte Wegwerferöffnung. Sie hielt inne und sah den geschäftigen, hallenden Flur entlang.

»Man weiß es nicht. Die haben mir gesagt, die Operation wird sich ziemlich hinziehen und dass es so oder so ausgehen kann.« Sie holte tief Luft, damit das Stocken in ihrer Stimme nicht allzu deutlich würde. »Der Junge hat mir einiges erzählt, aber das ergibt nicht gerade viel Sinn, und lange wird er nicht mehr durchhalten. Wenn Sie heute noch mit ihm sprechen wollen, dann müssen Sie sich beeilen.«

»Ich mach mich auf den Weg zu Ihnen, sobald ich hier fortkann. Sie passen zwischenzeitlich auf, dass er nicht zusammenklappt.«

»Nur eins noch. Er sagt, er kenne den Grund.«

»Kein Witz? Also dann. Bin schon unterwegs.«

Grace nahm ihren ganzen Mut zusammen.

»Man darf ihn nicht drängen«, sagte sie. »Das steht er nicht durch.«

»Man darf ihn nicht drängen«, wiederholte Harrigan. »Was Sie nicht sagen. Das wäre mir im Leben nicht eingefallen. Herzlichen Dank, Grace.«

Grace legte auf, um seinem scharfen Sarkasmus nicht weiter ausgeliefert zu sein. Doch sie hatte das einfach sagen müssen, sonst hätte sie keine ruhige Minute mehr gehabt.

Das Wartezimmer hatte sie sich als einen abgeschiedenen Zufluchtsort vorgestellt, doch es zog die Leute an wie die Fliegen. Ärzte kamen und drückten ihr unerwünschtes Mitleid aus, Schwestern boten Beruhigungsmittel und Pfleger Getränke an. »Sorgen Sie hier für Ruhe«, befahl sie der Wache an der Tür. Wenig später klopfte es, und eine hoch gewachsene, europäisch anmutende Frau trat ein. Sie hatte graues Haar, war in den Sechzigern, und in ihrem gleichermaßen eleganten wie konservativen Kleid, zu dem auch Hut und Handschuhe gehörten, machte sie einen geradezu altmodischen Eindruck. Auf dem Arm trug sie einen Stapel säuberlich gefalteter Kleidungsstücke, als gäbe es auf der ganzen Welt nicht einen Koffer oder eine Plastiktüte mehr.

»Miss Riordan? Ich bin Mrs. Tsang. Ich bin Agnes' Mutter. Man bat mich, hierher zu kommen und mich Matthews anzunehmen. Ich weiß zwar, dass Sie Polizistin sind, dennoch fürchte ich, ich muss Sie nun bitten zu gehen. Ich muss mit meinem Enkel allein sein. Wie man mir sagte, ist seine Kleidung stark mit Blut befleckt, ich wünsche daher, dass er sie wechselt. Das wird nicht möglich sein, solange Sie zugegen sind.«

Sie sprach mit befehlender, beinahe mechanischer Stimme und machte keinerlei Atempause. Matthew Liu stieß eine Art Keuchen aus und barg den Kopf zwischen den Händen.

»Nicht gehen«, bat er.

Grace hatte sich erhoben.

»Es tut mir Leid, Mrs. Tsang, aber ich kann weder ihn noch Sie allein lassen. Ich muss bei Ihnen bleiben, bis ich abgelöst werde.«

Noch während sie sprach, schrie Matthew plötzlich in heller Empörung auf: »Was soll das – *wieso jetzt?* Mum stirbt! Wie kannst du jetzt bloß an diesen Scheiß denken?«

Womöglich wäre er auf seine Großmutter losgegangen, hätte Grace ihn nicht auf den Stuhl gedrückt.

»Nicht, Matthew. Lass gut sein. Bleib ganz ruhig«, mahnte sie, ohne ihn loszulassen.

Mrs. Tsang war inzwischen hastig zurückgetreten, das Gesicht kreidebleich, aber emotionslos. Sie stand verwirrt da und presste die Kleidungssachen an sich. Exakt in diesem Moment trat Harrigan ins Zimmer, um das ganze Chaos mit anzusehen. Es folgte eine kurze Stille, der Junge sackte auf dem Stuhl zusammen, Mrs. Tsang starrte mit großen Augen auf Harrigan und zuckte schließlich die eleganten, wenn auch angejahrten Schultern.

»Ich bitte vielmals um Verzeihung«, sprach sie ihn ausgesucht höflich an. »Er dürfte solche Worte natürlich grundsätzlich nicht in den Mund nehmen, aber ganz besonders nicht in Gegenwart dieser jungen Dame. Es ist stets besser, die Form zu wahren. Auf lange Sicht macht es einem das Leben leichter. Aber er hört einfach nicht auf, mich …«

»Darf ich Ihnen das abnehmen?«, erwiderte er, ohne sich von ihren Worten auch nur im Mindesten irritieren zu lassen. Er nahm ihr den Wäschestapel ab und legte ihn auf den Tisch. »Setzen Sie sich doch bitte. Möchten Sie einen Schluck Wasser?«

Widerspruchslos setzte Mrs. Tsang sich auf den Stuhl gegenüber von Matthew. Sie sahen sich nicht an, und keiner schien zu wissen, wie er sich verhalten sollte. Grace reichte ihr ein Glas Wasser, das sie wie ein gehorsames Kind, ohne abzusetzen, leerte und dann langsam und ordentlich auf den Tisch stellte. Harrigan setzte sich neben sie und gab ihr, um der Form Genüge zu tun, seine Visitenkarte.

»Ich werde mich jetzt mit Ihrem Enkel unterhalten, Mrs. Tsang. Es ist Ihnen sicher bewusst, dass das belastend für Sie sein kann. Wenn es Ihnen zu viel wird, sagen Sie es. Ansonsten wäre ich Ihnen sehr verbunden, wenn Sie ruhig sitzen bleiben könnten. Falls Sie etwas brauchen, wenden Sie sich an meine Kollegin. Sie wird es Ihnen bringen. Was immer Sie wünschen.«

Seine Höflichkeit verknüpfte das Unmögliche mit dem Normalen, was ihnen allen die Chance eröffnete, dies als eine völlig alltägliche Situation zu begreifen – und Mrs. Tsang jede Einspruchsmöglichkeit nahm.

»Ja, natürlich, das verstehe ich. Mir wurde gesagt …«

Sie konnte nicht mehr weitersprechen, gab stattdessen mit einer Handbewegung ihre Einwilligung und blieb dann mit im Schoß gefalteten Händen still auf ihrem Stuhl sitzen.

»Sehr schön«, befand er. Er wandte sich an den Jungen und beugte sich vor.

Grace stellte das Diktiergerät auf den Tisch und rekapitulierte dabei, dass Harrigans Art, alle zu beruhigen, jeden Widerspruch im Keim erstickt hatte. Sie würde allerdings auch nicht vergessen, dass er ihr, um so den Frieden zu wahren, die Rolle einer namenlosen Statistin zugewiesen hatte. Unaufgefordert blieb sie nahe bei Matthew sitzen. Der Junge griff nach ihrer Hand und hielt sie fest.

»Du musst dich jetzt mit mir daran erinnern, was passiert ist, Matthew«, sagte Harrigan gerade. »Versuch, es der Reihe nach zu erzählen, wenn es geht. Lass dir so viel Zeit, wie du brauchst.«

Der Junge zögerte, bevor er antwortete. Grace spürte seine kleinen Finger, die sich in den ihren vergruben, und sie dachte, auch Harrigan müsse Mitleid mit ihm haben. Aber wie wollte man das wirklich wissen?

»Ich weiß nicht, wieso sie Dad umgebracht hat. Ich glaube, es ging ihr nur um Mum. Dieses Mädchen – ich hab sie erst gar nicht gesehen, plötzlich hat sie da auf der Straße gestanden. Die hat auf Mum geschossen« – Grace beobachtete, wie Mrs. Tsang die Augen schloss –, »und dann hat sie sich rumgedreht und Dad erschossen. Das hat nur … zwei Sekunden vielleicht gedauert. Und dann ist sie in den Laden auf der anderen Straßenseite gerannt – der steht leer, früher haben sie da Erdnüsse oder so was verkauft. Ich glaube, sie hat mich gar nicht bemerkt, bis sie sich noch mal umgedreht hat. Und da dachte ich, jetzt erschießt sie mich. Ich weiß nicht, warum sie es nicht getan hat. Warum hat sie es nicht getan?«

Er schüttelte den Kopf und begriff nicht, weshalb er noch am Leben war.

»Du darfst dich nicht fragen, weshalb jemand so etwas tut, Matthew«, erwiderte Harrigan. »Du musst dich nicht dafür interessieren, was in deren Köpfen vorgeht. Das ist der Mühe nicht wert.«

»Ein Drecksmädchen. Erschießt meinen Dad. Ohne Grund. Wissen Sie, ihre Hände – sie hatte so Handschuhe an, aber ihre Hände, die haben echt gezittert. Das ist doch verrückt, oder? Du denkst doch, da kriegst du überhaupt nichts richtig mit, aber dann habe ich ihre Hände so deutlich gesehen. Sie hat mich angeschaut, und ich habe diesen irren Blick gesehen und die Pistole …«

Er rieb sich die Stirn, und Grace spürte, wie er ihre Hand fester drückte. Sein Gesicht spiegelte nur noch erinnerte Todesangst, und er zitterte.

»Es ist gut, Matthew«, beruhigte sie ihn und musterte Harrigan.

»Wir haben die Pistole gefunden, Matthew«, sagte der nach einer kurzen Weile. »Sie hat sie am Hintereingang des Ladens fallen lassen, gleich da, wo ihr Auto stand. Sie hat sie also verloren, vor der Waffe brauchst du keine Angst mehr zu haben. Gut, kannst du sie mir beschreiben? Hast du ihr Gesicht gesehen?«

Der Junge schüttelte den Kopf. »Nein, ich hab sie nicht so richtig sehen können, weil, sie hatte dieses Schaldings um. Und den blauen Mantel. Mit Kapuze. Der war total voller Blut. Sie war klein. Kaum größer als ich. Und dünn. So scheißdünn, da war überhaupt nichts an ihr dran, und so winzig ist sie gewesen. Ich würde sie wiedererkennen. Wenn Sie mir ein Bild zeigen, ich würde sie auf der Stelle erkennen. Sie war – ich weiß auch nicht –, ich glaube, sie war nicht alt. Zwanzig?«

Mrs. Tsang hatte sich auf dem Stuhl aufgerichtet. Es schien ihr den Atem verschlagen zu haben. Ob das an Matthews Bericht oder an seiner Wortwahl lag, konnte Grace nicht beurteilen.

»Du bist ganz sicher, dass es eine Frau war?«, hakte Harrigan nach.

»Ja, ganz sicher. Zuerst habe ich es nicht glauben wollen. Aber ich bin sicher.«

»Meine Kollegin sagt, du glaubst, das Motiv zu kennen. Möchtest du mir davon erzählen?«

»Es ist wegen Mum, wegen dem, was sie macht. Sie leitet doch diese Whole-Life-Kliniken – wo es nur um Frauenzeugs geht. Die kümmern sich um diese Sachen, Gesundheitspflege und Abtreibungen und so. Dauernd kriegt sie so Post – Ultraschallbilder und Briefe, in denen steht, sie sei eine Mörderin und lauter so Bockmist. Und dann diese verblödeten Demonstranten, die dauernd vor den Kliniken rumhängen. Die werfen ihr so Sachen an den Kopf wie: ›Mörderin, Gott wird dich strafen.‹ Dabei sie ist keine Mörderin, sie rettet Leben, aber das interessiert die nicht, das ist denen zu kompliziert –«

Er brach ab und sah Harrigan mit weit aufgerissenen Augen an. »Aber Ihnen macht das nichts, oder? Sie machen ihr keinen Vorwurf?«

»Nein, Matthew, das beeinflusst mich weder so noch so. Darum kümmere ich mich nicht.«

»In letzter Zeit hat Mum diese echt üblen Hassbriefe gekriegt – eklig war das, Morddrohungen und tote Babys. Pausenlos hat Dad zu ihr gesagt, du musst damit zur Polizei gehen. Aber nein, sie hat gesagt, das tut sie nicht, weil ihr würdet sowieso nichts unternehmen, wenn sie es täte. Und gestern Abend hatten sie dann diesen furchtbaren Streit. Er hat ihr gesagt, du musst zur Polizei gehen, weil das genau dasselbe ist –« Einen Moment lang hielt er inne. »Vor ein paar Jahren haben wir noch in Amerika gewohnt, da war Dad in Berkeley drüben, und Mum hat in dieser Frauenklinik gearbeitet. Da hat sie sich von einem Haufen irrer Abtreibungsgegner genau denselben Scheiß anhören müssen, und es war echt gefährlich für sie. Die haben ihr Foto groß im Internet veröffentlicht und haben allen erzählt, wo sie wohnt. Und auf dem Rasen vor dem Haus haben sie lauter Kreuze aufgestellt, für die Babys, die sie angeblich ermordet hat. Und dann haben sie daneben gezeltet, und wenn sie in der Früh rauskam, dann haben sie zu ihr gesagt, eines Tages wird sie selber umgebracht werden, vielleicht noch heute. Da hat sie dann die Leute, mit denen sie gearbeitet hat, gefragt, ob das alles ernst gemeint ist. Und alle haben ihr gesagt, ja, diese Typen, das sind Irre, und man muss echt aufpassen bei denen. Sie hat dann diese kugelsichere Weste tragen müssen, wenn sie zur Arbeit ging, und die hatten dort bewaffnete Bodyguards. Und gestern Abend hat Dad zu ihr gesagt, es ist, als ob das genau dieselben Typen wären, und dass die gefährlich sind. Du musst jetzt zur Polizei gehen. Ruf sofort da an, hat er gesagt. Aber nein, hat sie gemeint, das kommt gar nicht in Frage. Ich werde zur Arbeit gehen, und dann werde ich morgen dort anrufen. Das ist wieder mal typisch für sie. Deswegen ist er ja überhaupt nur aus dem Wagen ausgestiegen. Er hat zu ihr gesagt: Du wirst ganz sicher anrufen? Sie hat gesagt: Ja, ich werde anrufen. Aber es war zu spät, oder?«

Grace saß still, damit der Junge sich an ihr festhalten und ein wenig beruhigen konnte. Dabei sah sie Harrigan zu, der abwartete, beobachtete und wieder nachhakte.

»Diese Gruppe, die deine Mutter in Amerika bedroht hat, hatte die einen Namen?«

»Ich weiß nicht mehr. Ich kann Ihnen sagen, wo sie damals gearbeitet hat, die Leute da wissen sicher Bescheid.«

»Wir werden mit ihnen reden. Wie steht es mit denen, die hier vor den Kliniken rumstehen?«

»Ich glaube nicht, dass die einen besonderen Namen haben, das sind einfach nur Blödmänner. Aber vielleicht wisst ihr ja was über die. Die haben ständig Fotos gemacht, von den Frauen, die in die Kliniken reingegangen sind, und dann hat Mum euch regelmäßig gerufen. Manchmal sind auch tatsächlich welche von euch gekommen und haben diese Spinner weitergeschickt. Mehr habt ihr nie gemacht.«

Die Anschuldigung perlte von Harrigan ab wie Wasser von poliertem Holz.

»Wir werden das überprüfen«, erklärte er. »Hast du heute Morgen sonst noch jemanden gesehen, Matthew? Wir haben hinten im Laden ein paar Spritzen gefunden, und wir sind ziemlich sicher, dass sich zur Tatzeit mindestens noch eine weitere Person im Laden aufgehalten hat. Hast du in der Nähe des Ladens noch irgendjemanden gesehen, vorher oder nachher?«

»Ich hab schon öfters Junkies da rauskommen sehen. Ich weiß, dass die da drin abhängen. Aber heute habe ich niemanden außer ihr gesehen.«

Seine Worte klangen jetzt seltsam, fand Grace, offenbar war er kurz davor zusammenzubrechen. Es wurde still.

»Werden Sie sie finden? Sie haben es versprochen.«

»Ja, das werde ich«, bestätigte Harrigan.

»Weil sie nämlich feige ist und eine kaltblütige Mörderin, und Sie müssen sie schnappen und wegsperren, und zwar für immer.«

Während er redete, beugte seine Großmutter sich mit geschlossenen Augen nach vorn, richtete sich wieder auf und schien sich zum Zuhören zu zwingen. Auf dem niedrigen Tisch stand nach wie vor Graces Diktiergerät und nahm auf.

»Wir werden sie finden.« Harrigans Stimme klang emotionslos. »Ich möchte nicht, dass solche Leute frei herumlaufen. Ich möchte, dass sie in der Zelle sitzt, in die sie gehört, und zwar für eine lange Zeit.« Er hielt inne. »Ich habe draußen ein paar Leute abgestellt, die fürs Erste bei euch bleiben werden. Wenn ihr irgendwas braucht, sagt es ihnen. Deswegen sind sie nämlich da. Möchtest du dich jetzt umziehen,

Matthew? Deine Großmutter hat dir frische Sachen mitgebracht. Du solltest raus aus dem, was du da anhast.«

»Das werde ich nicht tun. Sehen Sie das?« Der Junge ließ Graces Hand los und streckte die Arme aus, sodass das Blut sichtbar wurde, das auf dem Schulblazer zu einer dünnen, tiefroten Staubschicht getrocknet war. »Das ist echt. Das ist wirklich passiert. Ich zieh mich nicht um.«

»Das macht es nicht leichter für dich, Matthew«, sagte Harrigan leise. »Du solltest so viel wie möglich davon fortwaschen. Komm, deine Großmutter und ich, wir helfen dir.«

Die Atmosphäre verschob sich: Grace spürte, wie der Junge sich unter Aufsicht stellen ließ. Einige Sekunden lang verharrte er reglos, dann fügte er sich schulterzuckend. Sie verabschiedete sich von ihm, was er mit verdutzter Beiläufigkeit hinnahm, und wartete draußen, während er sich umzog. Kurz darauf trat Mrs. Tsang mit Harrigan auf den Flur.

»Ich werde Ihnen dies hier aushändigen, Mrs. Tsang. Ich nehme an, Sie möchten es haben«, sagte er, griff in die innere Jackentasche und übergab der älteren Dame einen Plastikbeutel mit den Habseligkeiten des Toten: eine goldene Uhr, eine Krawattennadel, eine Brieftasche, einen Ehering.

»Diese Uhr hat Henry von meinem Mann bekommen. Zur Heirat mit Agnes«, berichtete sie in alltäglichem Tonfall, als sie den Beutel entgegennahm. Harrigan leitete sie sacht ins Zimmer zurück, noch bevor sie zu Ende gesprochen hatte.

»Vergessen Sie nicht, dass Sie mich anrufen können. Jederzeit. Unter sämtlichen Nummern auf meiner Karte.«

Die Tür zum Wartezimmer schloss sich hinter Matthew und Mrs. Tsang, und Grace atmete tief durch.

»Hat er Ihnen dasselbe erzählt?«

Sie waren unterwegs zu seinem Auto. Vor dem Krankenhauseingang war sie stehen geblieben, um sich den Mantel überzustreifen, und nun stand sie im stürmischen Winterwetter und fühlte sich abgespannt und schmutzig. Was hätte sie in diesem Moment nicht alles für eine Zigarette gegeben. Leider hatte sie keine dabei, eine selbst auferlegte Kasteiung, die sie nun bitter bereute. Mit einem Stirnrunzeln antwortete sie ihm.

»Ja, so in etwa. Nur dass es diesmal wesentlich klarer klang; im Krankenwagen war er völlig von der Rolle. Aber egal, ich habe alles auf Band. Beide Male.«

»Wie schön für Sie, Grace.«

Er hatte seine Neutralität abgelegt und zog Grace rundweg auf! Ihr gefroren die Gesichtszüge, und sie starrte ihn wortlos an. Was soll ich denn bitte schön tun? Um Matthew weinen? Das kann ich machen, wenn du willst, aber was soll das bringen? Er musterte sie.

»Sie haben sich ja den Mantel gesäubert«, bemerkte er.

Sie berührte die schwarze Wolle, die noch feucht war, und spürte, wie ihre Alltagswirklichkeit sich verschob. Ein einziger Vormittag im Dienst hatte genügt, um all die gewohnten Grenzen auszulöschen.

»Das hat das Krankenhauspersonal für mich erledigt. Nett von denen, dass sie sich die Mühe gemacht haben.«

»Na gut. Jetzt sollten wir hier keine Wurzeln schlagen, denn wir haben noch einiges vor uns. Man erzählt sich, Sie können fahren?«

Forschend und mit dem Hauch eines Grinsens sah er sie an.

»Natürlich kann ich fahren.«

»In der Gerüchteküche heißt es, Sie wären ziemlich rasant unterwegs. Wenn das stimmt, dürfen Sie mich chauffieren.« Er warf ihr die Autoschlüssel zu, die sie wie ein Kricketprofi mit einer Hand aus der Luft fischte. »Das macht Ihnen doch nichts aus?«

Fast hätte sie erwidert, dass die Gerüchteküche nun wiederum ein Tempo draufhatte, mit dem sie es garantiert nicht aufnehmen konnte. Heute am frühen Morgen hatte Grace mit ihrem heiß geliebten Vehikel, einem roten Datsun 240Z, Baujahr '71, einem todschicken Stück Revivalkultur auf Rädern, einem schrottreifen Ford Cortina einen freien Stellplatz weggeschnappt. Dessen Fahrer, ein Mann um die vierzig, dessen Arterien sich deutlich auf der Stirn abzeichneten und dem vor Wut die Augen hervorquollen, hatte sich aus dem Fenster gelehnt und sie angebrüllt, das sei sein Parkplatz und schleunigst raus da. In der Nähe waren allerdings noch etliche freie Stellplätze, und Grace schaltete automatisch auf stur. »Zu spät«, flötete sie ihm mit dem liebreizendsten Lächeln zu, als sie ausstieg und davonmarschierte. Das war Jeffo, hatte ihr hinterher jemand erzählt, er arbeitete mit ihr im selben Team. Der kann fies werden, nimm dich in Acht vor dem.

»Es wird mir eine Freude sein. Wohin?«, erwiderte sie aufrichtig und gestelzt, um ihn seinerseits ihre Wut spüren zu lassen.

»Leichenschauhaus. Kennen Sie den Weg? McMichael hat den Prof auf die Schnelle dazwischenschieben können. Er stellt extra dafür eine arme Frau auf die Warteliste, die ein paar Volt zu viel abgekriegt hat, was ihrem Mann das Herz gebrochen hat. Alles nur für uns. Wir sollten uns geehrt fühlen. Sind Sie so weit?«

»Klar.«

»Eine Frau«, resümierte er, als sie in den fließenden Verkehr einscherte. »Klein. Jung. Wie kann das sein, dass er nur so wenig über diejenige weiß, die ihm da in einem Hinterhof in Chippendale beide Eltern niedergeschossen hat? Wieso tut die überhaupt so etwas?«

»Obsession?«, erwiderte Grace, die von der Frage überrumpelt war und nicht recht wusste, ob überhaupt eine Antwort von ihr erwartet wurde. »Wenn man so auf jemanden losgeht, dann deutet das stark auf eine gewisse Zwangsvorstellung hin. Sie hat ja offenbar einen Tunnelblick gehabt. Sie hat Matthew überhaupt nicht bemerkt, bis er direkt vor ihr stand. Wahrscheinlich hat sie nicht mal kapiert, wer er ist.«

»Genau das muss es sein, Gracie. Ich glaube, sie hat absolut nichts gesehen, außer dem, was sich vor der Mündung ihrer Pistole befand. Wenn wir sie geschnappt haben, müssen wir sie das unbedingt fragen. Ich werde auf der einen Seite von dem Tisch sitzen, und sie wird auf der anderen Seite von dem Tisch sitzen, und sie wird mir nichts sagen, was irgendeine Logik in diese Geschichte bringt. Und wir alle werden dasitzen und rätseln.«

Er hatte sein Handy in der Hand und tippte beim Reden mit angespanntem, geistesabwesendem Gesicht darauf herum. Grace sah ihn von der Seite an. War das nun gerade zynisch gemeint? Er entsprach so gar nicht dem verbissen ehrgeizigen Workaholic, auf den man sie vorbereitet hatte. Sie hatte eine fahrige, hektische Erscheinung erwartet. Tatsächlich aber bewegte er sich ohne Eile, und sein Gesichtsausdruck war zumeist gleichgültig. Er war jünger, als sie gedacht hatte, und eine Werbeagentur hätte mit seinem Typ jedes x-beliebige unwirksame australische Erzeugnis verkaufen können, vom Insektengift bis zur Geldanlage. An den Schläfen zog sich der Haaransatz langsam zurück, und um die grauen Augen lag ein Hauch von Mattigkeit. Das hätte einen modebewussten Marketingmanager womöglich ebenso gestört wie die tiefen Falten in seinem länglichen Gesicht, die auf ein gewisses Übermaß an Sorgen deuteten. Das Outfit aber passte. Anzug, Krawatte, Farbe, Stil: Er musste einige Zeit vor dem Spiegel zugebracht haben, um dies alles perfekt aufeinander abzustimmen. Es war die Aufmachung für den Aufstieg auf der Karriereleiter, eine Arbeitskostümierung, hinter der seine wahre Identität versteckt schien. Sie lächelte kurz in sich hinein. Bist du ein Betrüger? Und wenn nicht, was bist du dann? Diese beiden unausgesprochenen Fragen stellte sie sich stets zuerst, wenn sie jemanden kennen lernte. Als sie an einer Ampel hielten, betrachete er Grace aufmerksam. Hör auf, mich anzustarren, forderte sie ihn in Gedanken auf. Ich hasse es, wenn man mich anstarrt.

»Kümmern Sie sich nicht um mich«, bat er. »Ich habe ein paar Telefonate zu erledigen. Das ist keine vorsätzliche Unhöflichkeit.«

»Eins nur«, entgegnete sie. »Nennen Sie mich bitte nicht Gracie. Danke.«

Grace hatte nicht vor, sich von jemandem, den sie an diesem Morgen zum ersten Mal gesehen hatte und der sich zudem auch noch ihr Boss schimpfte, zur Gracie machen zu lassen. Harrigan sah sie nicht wenig erstaunt an.

»Wie Sie wollen. Mir ist das egal. Wenn ich jetzt weitermachen dürfte?« Er deutete auf sein Handy.

»Nur zu«, murmelte sie und blickte stur geradeaus.

Mir ist es auch gleich, tu ruhig so, als wäre ich nicht da. Ich bin die Neue, ich fahre nur den Wagen. Ein bisschen Zeit zum Nachdenken habe ich jetzt sowieso nötig.

Diese Spanne brauchte sie, um die Bilder der vergangenen Stunden aus ihrem Kopf zu verbannen oder doch wenigstens zu entschärfen. Genau wie den Anblick von Matthew Liu, zusammengekrümmt auf dem Stuhl im Krankenhauswartezimmer, ein erschütterndes, ausgeweintes Bündel. Sie hatte gedacht, sie wäre für solche Extremsituationen gewappnet, weil sie eigens für diese Art von Gewalt innerlich die Nilpferdhaut überstreifte. Jeden Morgen, wenn sie ihr Make-up auftrug, mobilisierte sie damit gleichzeitig den Rest ihrer schützenden Rüstung. Aber der Anblick des auf dem

Asphalt vergossenen Blutes heute Morgen hatte Risse in ihrem Panzer verursacht. Auf diese beunruhigende Wirkung war sie nicht vorbereitet. Sie musste an ihren Mantel denken, den sie auf die Rückbank des Wagens geworfen hatte, musste daran denken, wie feucht er sich am Revers anfühlte, wo man die Flecken entfernt hatte. Es schauderte sie leicht, und sie musste sich zwingen, sich auf die vor ihr liegende Fahrt zu konzentrieren.

2

Das Blechtor der Kfz-Werkstatt schloss sich mit einem Knall, der donnernd durch den leeren Raum hallte. Lucy Hurst lauschte, bis das Echo in einer tiefen Stille verklungen war. Durch die hohen Oberlichter in den Ziegelmauern fiel in einzelnen staubigen Rauten das Tageslicht auf die perlgrauen Schatten. Das ausgedünnte Licht legte sich auf den schmutzigen Beton, den weißen Mazda, den sie in der Mitte der verlassenen Werkstatt geparkt hatte, und schillerte als ölig-metallischer Glanz auf einer schmalen Wasserrinne neben dem Auto. Regenwasser war unter den breiten Metalltoren hereingesickert, die Rampe hinabgeflossen und hatte schließlich die Schmiergrube voll laufen lassen. Lucy stoppte neben der Grube und rang darum, wieder ruhig zu atmen.

Während sie dastand, rutschte ihr der Werkstattschlüssel aus der Hand, beinahe unbemerkt, und versank leise platschend im schwarzen Wasser. Bleierne Stille breitete sich aus. Sie stierte in die Grube hinab, betrachtete das unscharfe eigene Gesicht auf dem Wasser, das von den sich weitenden konzentrischen Kreisen zerrissen wurde. Ihr Atem ging langsamer, und die Zeit blieb stehen. Gedämpft, wie aus einer anderen Welt, drang nun der Verkehrslärm der Anzac Parade, etliche Straßen entfernt, an ihre Ohren. Sie horchte, wartete. Inmitten des ununterbrochenen Donnerns von Lastern und Bussen, die sich ihren Weg in die Stadt erkämpften, vernahm sie ein anderes Geräusch, ein leises, ein durchdringendes Geräusch: die fernen Klagen kleiner, weinender Kinder. Sie geboten jeder Erschütterung Einhalt, ließen jedes andere Geräusch verstummen. In der Stille ihrer eigenen Gedanken antwortete sie auf die Klagen. Ich höre euch an. Hört auch ihr mich an. Horcht. Horcht. In ihrer Erinnerung verebbte das Dröhnen der Schüsse, die sie abgefeuert hatte, und Stille kehrte ein.

Hier, an diesem tristen Ort, wurden nun sogar die Schatten tröstlich. Sie legten sich um sie, besänftigend wie eine Decke, zwar nicht unbedingt weich oder warm, doch in Ermangelung einer anderen Hilfe boten sie Beistand. Sie atmete die Ruhe, trotz des Gestanks von Schmutz und Diesel. Sie spürte, wie ihre Fesseln sich lösten, die Stränge, die ihr die Brust sonst einschnürten wie ein Windelband oder ein Leichentuch, sie lösten sich und fielen ab. Ein paar Sekunden lang verspürte sie eine ungekannte Leichtigkeit, eine Reinheit, als habe ihr Körper sich aufgelöst.

Lucy sog die Luft ein wie ein Durstiger das Wasser, dann lief sie zur Rückwand der Werkstatt. Hier befanden sich mehrere Büroräume, Kabuffs, die provisorisch aus grau gestrichenem Holz und Milchglas zusammengezimmert waren. Sie betrat eine dieser kleinen Kammern und knipste die nackte Glühbirne an. Vor sich, im pockennarbigen Spiegel über dem Waschbecken, sah sie ein Gesicht, das Abbild einer ihr unbekannten jungen Frau mit wildem Blick. Dunkle Streifen zogen sich über ihre Stirn, über die Brauen hinweg, über den Haaransatz. Lucy strich sich mit den Fingern über die eigene Stirn, sah das Spiegelbild es ihr gleichtun, und voll

Verwunderung erfühlte sie die getrockneten, bröckelnden Verwerfungen. Sie erinnerte sich, im Bruchteil einer Sekunde zuckte das farbenleere Bild vor ihr auf, und in der Erinnerung geriet das Blut zur öligen Flüssigkeit. Das zerstörte Gesicht des Mannes, sein Blut, das ihr auf Gesicht und Kleidung spritzte, das sich ähnlich anfühlte wie warmer, zähflüssiger Sirup. Mit einem gesplitterten Fingernagel kratzte sie an den Krümeln, zu denen dieses Blut geronnen war.

Sie hätte nicht sagen können, wie lange es dauerte, bis sie den Hahn am Waschbecken aufdrehte. Die Hände taten ihr weh. Sie waren beide aufgeschrammt, aber sie wusste nicht, wie das passiert war. Abgestandene, rostige Brühe kam aus der Leitung, und sie hielt den Kopf unter den breiigen Strahl, bis im braunen Wasser dünne herausgewaschene Blutrinnsale zu erkennen waren. Im Spiegel troffen Wasser und fremdes Blut von einem Gesicht, das darunter so weiß schimmerte, als wäre es aus Kalk.

Ich habe keine Waffe mehr. Laut hallte der Gedanke durch die Stille. Ein wesentlicher Teil ihrer selbst fehlte. Sie erinnerte sich. Sie hatte sich die Hände aufgeschürft, als sie die Waffe verloren hatte: Auf dem Weg zurück zum Wagen war sie gestolpert, war schwer gestürzt und hatte sich die billigen Handschuhe aufgerissen. Die Pistole war ihr entglitten und über die Straße geschlittert, außer Reichweite, glitzerndes Metall auf rauem Asphalt. Und sie war nicht stehen geblieben, um sie aufzuheben. Sie lag noch dort, wartete auf jemanden, der sie entdeckte. Sie schloss die Augen, als ihr das klar wurde, verbannte aber dann jeden weiteren Gedanken aus ihrem Hirn.

Sie strich sich das kurze, nasse rotbraune Haar aus der hohen Stirn und wandte sich ab. Es gab noch viel zu tun, vieles, was unbedingt getan werden musste. Sie setzte sich auf ihren zerknitterten Schlafsack, der auf einer Holzpalette auf dem

Boden lag, und zog sich um. Sie streifte die äußeren Zeichen der Ermordung von sich ab, sodass schließlich auf dem Boden in einem zerknüllten Haufen blutverkrustete Schuhe, zerrissene Jeans und ihre Jacke lagen, während sie sich rasch frisch einkleidete – eine zarte Gestalt von biegsamer Schlankheit. Arbeit. Auf dieses einzige Wort konzentrierte sie sich. Sie sah prüfend auf den Tisch, auf dem ein gestohlenes, schmales Notebook, mit dem man sich via Handy ins Internet einwählen konnte, auf den Einsatz wartete. Deshalb war sie hierher gekommen: nicht um sich zu verstecken, sondern um zu arbeiten. Unerledigtes galt es, zum Abschluss zu bringen.

Sie ließ sich vor dem Computer nieder, zögerte kurz, drückte die Leertaste und dann eine Reihe weiterer Tasten, bis teure Programme bunt über den Monitor flackerten. Lucy konnte sich nun daran machen, ihre virtuelle Welt neu zu beleben. Sie tauchte immer tiefer in diesen Raum und die Bilder, die sie allein geschaffen hatte, bis hin zu dem Pfad, über den sie ihr Programm betrat. Der Widerschein des Monitors spielte über ihr Gesicht, während sie das Kaleidoskop unsteter Formen und Farben aufrief. Diese Welt verschlang sie, in dieser Topographie entspann sich ihr transreales Endspiel. Das hatte sie entwickelt, sie hatte die Strukturen errichtet und in strategischen Zügen Details ausgetüftelt. Der Zielpunkt aber hatte von Anfang an festgestanden.

Im Zentrum stand das Ursprungsbild, das Herz, an das sie all die übrigen Bilder von stetig wachsender Komplexität angeschlossen hatte. Es hätte Lucy nicht einmal überrascht, wenn eine eigentümliche Übertragung der Ereignisse Dr. Liu von der Website entfernt hätte – so wie sie, Lucy, Dr. Liu heute Morgen aus dem Leben gelöscht hatte. Doch die Ärztin wartete an dem Ort, den Lucy ihr von Anfang an zugewiesen hatte: Sie lag in der Nachbildung jener Straße in Chippendale, auf der sie heute Vormittag gelegen hatte, erschossen.

Auf dieser vertrauten Computeranimation standen die Gebäude um die hingestreckte Frau herum in Flammen, die Straße war übersät mit den Trümmern einer zerstörten Landschaft, und auf allem lag leuchtend der grüne Schimmer atomarer Vergiftung.

Einige Bilder fehlten in dieser übertragenen Welt, Unvorhergesehenes, das Lucy vor weniger als einer Stunde in der realen Welt zugestoßen war. Ereignisse, die sie in ihre Website einfügen musste, damit die elektronische Vision auch weiterhin die Wirklichkeit nachbildete und das Erinnern erleichterte, indem sie sie in ein Piktogramm einband. Der Mann mit dem zerstörten Gesicht musste ebenfalls tot neben der Frau auf der Straße liegen. Und der Junge musste da hin, der sie anstarrte, so dicht bei ihr, dass sie ihn hätte berühren können. Als sie diese Erinnerung einholte, wurde sie von ihr vereinnahmt und all ihr Denken davon bestimmt. Die Hände wurden ihr schwer auf der Tastatur, erstarrten in der Bewegung.

Sie hatte vorgehabt, diese Frau zu töten. Nie hatte sie damit gerechnet, die Waffe gegen irgendjemanden sonst richten zu müssen. Sie wusste nicht, wie das hatte geschehen können. Es hätte sonst niemand dort sein dürfen. Der Knall des ersten Schusses betäubte sie, und sie stand in einer Luftblase gefangen, der Schock hatte ihr den Atem geraubt, sie leer zurückgelassen. Sie hatte auf den roten Fleck gestarrt, der sich durch die blaue Jacke der Frau leckte. Und dann plötzlich stand da ohne Vorwarnung dieser Mann vor ihr, so nah, genau vor ihren Augen. Reflexartig und ohne Verzögerung hatte sie gehandelt – und sein Gesicht vernichtet. An den Rückstoß der Pistole konnte sie sich nicht erinnern.

Im Geiste ließ sie den Vorhang vor dieser Erinnerung fallen. Mit einem ungelenken Ruck schlug sie auf die Schließen-Taste und sah zu, wie ihre andere Welt wieder zum Bildschirm-Icon schrumpfte, in sich zusammenfiel wie das lange

Band aus Seidentüchern eines Zauberers. Ihr Verschwinden ließ ein klares blaues Licht zurück, das aus dem Computer leuchtete wie ein Segensgruß.

Voller Verzweiflung tauchte Lucy in das Licht ein, hinaus ins Internet.

Turtle, ich bin's, Firewall. Bist du da? Wenn du da bist, bitte sprich mit mir, ich muss mit dir reden. Bitte sag, dass du da bist.

ich bin da wie ich immer da bin firewall. was geht ab??? frueh für dich

Einige Sekunden lang verharrte Lucy.

firewall???

Ich hab's getan.

was getan???!!! du machst witze firewall

Nein, mach ich nicht.

sag mir sofort dass das nicht stimmt! du luegst mich an!

Nein, ich hab's getan.

das glaub ich dir nicht. das kann nicht sein so was koenntest du nicht

Ich hab's getan. Surf los und überzeug dich, wenn du mir nicht glaubst, inzwischen ist es sicher schon im Web. Und ich war's. In Chippendale, wie ich's dir gesagt hab. Und wenn du mir nicht glaubst, ich kann dir Sachen drüber erzählen, die würden die dir wahrscheinlich nicht erzählen. Aber ich hab's getan.

ich raffs nicht. wieso????

Ich hab dir längst gesagt, wieso. Frag nicht.

ich red nicht von dem wirrkram den du dauernd loslaesst. ich mein wieso? ernsthaft

Jemand musste es tun. Und das war ich. So einfach ist das.

bullshit!!! ich kenn dich ich weiss was in deinem hirn abgeht ok??? du hast das nicht tun muessen. einen scheiss hast du das muessen!

Lucy saß da, starrte auf die Tastatur und massierte sich mit beiden Händen kräftig die Stirn, bevor sie weiterschrieb.

Das sagst du so, aber das stimmt nicht. Ich hab das tun müssen. Die ganze letzte Nacht hab ich hier in meinem Schlafsack gelegen und es im Kopf deutlich vor mir gesehen. Du weißt besser als jeder andere, wie es ist, wenn man etwas so deutlich im Kopf vor sich sieht. Es war, als hätte die Frau in diesem blauen Licht vor mir gestanden, und ich hab sehen können, wer sie wirklich ist. Sie war böse. Ich wusste, was ich zu tun hab. Dich führt dein Kopf überall hin. Aber ich kann mich bewegen, ich kann gehen, und das heißt, es gibt Sachen, die muss ich tun. Ich muss in die Welt hinausgehen, und ich muss Sachen tun. Was ich getan hab, hab ich tun müssen. So einfach ist das.

ich hab es tun muessen ich hab es tun muessen das ist nur eine mauer die du aufbaust aber nichts echtes. das sagst du nur weil du mir nicht sagen kannst wieso du es wirklich getan hast

Nein, es musste wirklich getan werden. Es war furchtbar, okay? War es wirklich. Es war furchtbar. Aber es musste sein. Aber das war es nicht, das war nicht das, was ich dir sagen wollte. Ich hab nämlich etwas wirklich Schlimmes getan. Etwas, das ich nie und nimmer hätte tun dürfen. Und ich weiß nicht, was ich jetzt machen soll.

was kann denn schlimmer sein???

Ich hab noch jemanden erschossen. Er stand einfach vor mir. Er war so nah. Fast so nah wie mein Computer jetzt. Wahrscheinlich hat er die Pistole haben wollen, darauf bin ich vorher noch gar nicht gekommen. Ich hab einfach abgedrückt. Ich hab's nicht mal gemerkt. Aber sein Gesicht – Turtle, es sah aus – ich hätt nie gedacht, dass es so aussieht. Ich frag dich, was hab ich nur getan?

was dachtest du denn wie es aussieht????? weshalb sagst du das??

Da ist auch ein Kind gewesen. Das hat alles gesehen. Ich weiß nicht, Turtle. Was soll ich nur tun?

zur polizei gehen sofort

Das werd ich nicht. Was soll das denn bringen? Alles, was ich getan hab, wär umsonst.

es war sowieso umsonst. vollkommen sinnlos egal was du sagst. es ist voellig gleich was du jetzt machst firewall das wird dich nie mehr loslassen

Vielleicht ist mir das aber scheißegal. Vielleicht ist das, was ich denen angetan hab, nämlich gar nicht so schlimm, weil sie es verdient haben. Die haben gewusst, was sie treibt.

bullshit. hoer auf damit hoer sofort auf glaubst du vielleicht ich hab meine lage verdient??? soll ich vielleicht sagen du hast alles verdient was sie dir angetan haben?? willst du dass die leute das ueber dich sagen??? was meinst du werden die sagen dass du jetzt verdienst?

Das hab ich nicht gesagt. Ich würd nie sagen, dass du verdient hast, was aus dir geworden ist, Turtle. Das darfst du nicht glauben. Das ist nicht fair.

ich hab gesagt ich kenn dich firewall. du & ich wir sind scheisskrueppel ja?? & scheiss drauf!!! das heisst lange nicht dass wir so was machen muessen. willst du vielleicht dass ich dich dafuer hassen soll? & sagen du hast es so verdient? das koennte ich naemlich aber ich tus nicht

Das ist verdammt noch mal nicht dasselbe. Und überhaupt, sie sind beide tot, also was soll das Gelaber?

firewall du kannst nicht so was machen & einfach abhaun. das kannst du nicht

Ich kann jetzt nicht länger quatschen, ich muss weiter. Ich muss raus an die frische Luft. Ich geh jetzt, aber ich komm wieder. Alles Liebe, Turtle, immer und ewig.

Lucy kappte die Verbindung, bevor Turtle etwas erwidern konnte, und sie ließ ihre letzten Worte im Cyberspace hängen.

»Ich muss hier raus.« Laut sprach sie mit der kleinen Kammer, als sie das Kabel zog und das Notebook zuklappte. Sie konnte nicht atmen, die Stille war grell geworden. Dieser Ort wurde von ihren eigenen Gespenstern heimgesucht, nie wieder würde sie hierher zurückkehren können. Sie stopfte Schlafsack und Computer, Handy, all ihre erworbenen und erstohlenen Habseligkeiten, in den Rucksack. Schnell marschierte sie aus dem verlassenen Büro, ließ den Haufen blutiger Kleider auf dem Boden zurück und verließ die Werkstatt durch eine Seitentür, ohne sich noch ein einziges Mal nach dem gestohlenen und nunmehr verlassenen Wagen umzusehen.

Sie war unauffällig, keiner hätte sich nach ihr umgesehen. Sie war nur eine junge Frau, zirka neunzehn Jahre alt, in Jeans und weißem Shirt, mit schwarzem Kapuzenregenmantel und Schnürschuhen wie von einer Schuluniform, dazu ein prall gefüllter Rucksack. So trat sie in die zerstörten Straßen hinaus, zwischen Häuser, die niedergerissen waren, um Platz für eine neue Wohnsiedlung zu schaffen. Sie lief durch den Regen, vorbei an den Zyklonschutzzäunen, bog um die Ecke zur Bushaltestelle Anzac Parade, vorbei an einem weiß getünchten Ziegelbau, der eingezwängt zwischen einem dreistöckigen Mietshaus und einem Imbissladen stand. Im Vorübergehen hielt sie inne, um das weiße Haus zu betrachten und das rot-weiße Schild zu lesen: The Women's Whole Life Health Centres Inc., Randwick Clinic. Dann aber war sie wieder lediglich eine Passantin, eine Studentin eventuell, die an einem Wintertag den Bus zum Hauptbahnhof besteigt.

Sie saß neben einer dicken Frau in einem orangefarbenen Mantel, die einen Grenzkonflikt auslöste, indem sie ihren

Einkaufskorb neben Lucys Beine quetschte. Wie eine alles schluckende Decke umfing sie die Hülle des Alltags. Der Bus war voll und die Luft dampfig von den feuchten Kleidern der Fahrgäste. Das Radio des Fahrers plärrte gegen den Verkehrslärm und die etwas leiseren Stimmen der eingepferchten Passagiere an. Während der Bus sich durch den dichten Verkehr quälte, lauschte Lucy dem permanenten Gequassel des Moderators einer Anrufsendung. Der Atem stockte ihr, als er dann in wütend abgehacktem Ton verkündete: *Okay, Leute, das habe ich gerade reinbekommen. Sie sollen wissen, in was für einer Gesellschaft wir heutzutage leben. In einer kranken Gesellschaft nämlich. Vor einer Frauenklinik in Chippendale wurde gerade ein Mann erschossen. Seine Frau wurde schwer und lebensbedrohlich verletzt. Da geht also ein Mann zur Arbeit, seine Frau ist bei ihm, und irgend so ein Typ kommt einfach auf die Idee, sich vor ihn hinzustellen und ihn mir nichts, dir nichts abzuknallen. Wie krank muss einer eigentlich sein, um so was zu tun? Sind Sie der Meinung, dass Gefängnis für so einen noch viel zu gut ist? Oder dass die Strafe dieses eine Mal wenigstens dem Verbrechen entsprechen sollte? Rufen Sie an, und sagen Sie's mir. Sie kennen die Nummer.*

Lucys Sitznachbarin ruckelte, schnaubte und grummelte wütend vor sich hin.

»Diese Leute haben kein Mitleid verdient. Total unfähig, die Regierung. Wieso hat Howard nicht die Todesstrafe wieder eingeführt, als er dran war? Aber von denen ist doch wirklich keiner zu irgendwas nütze. Wenn uns mal einer fragen würde, was wir wollen, die müsste am selben Tag noch eingeführt werden.«

Lucy reckte das Kinn und stierte auf den Hinterkopf der vor ihr Sitzenden, einen dichten Schopf leicht feuchter schwarzer Locken. Was wussten die schon? Was konnte einer von denen überhaupt wissen?

Der Bus hatte beim Zugang zum Hauptbahnhof an der Elizabeth Street gehalten. Die Frau wollte aussteigen und rempelte heftig gegen Lucy. »Willst du nicht Platz machen?«, schimpfte sie.

Ohne sie zu beachten stieg Lucy aus. Ihre Handflächen waren schweißgetränkt, und die Abschürfungen brannten. Auf dem Mäuerchen an der Ecke zur Eddy Avenue saßen etliche Leute und gafften: Hinterwäldler, Arbeitslose, Penner. Nicht weit entfernt saß, mit dem Rücken an die vom Abgas geschwärzte Sandsteinmauer gelehnt, ein Straßenmusikant. Er hatte sich die Haare zu einem langen Pferdeschwanz gebunden und spielte auf der Trompete zarte Melodien für die Passanten und gegen den nie abreißenden Verkehr.

Lucy strebte am kollektiven Beobachterblick vorbei, zwischen den braunen Sandsteinsäulen des Bahnhofseingangs hindurch, die Halle entlang auf die Fahrkartenschalter und die Toiletten zu. Zu beiden Seiten strömten Menschen an ihr vorüber. Sie hatte das Gefühl, sie habe die Tür zu einem Zimmer aufgestoßen, in dem jemand auf sie warten sollte; tatsächlich aber war es so verlassen, dass ihr fast schien, sie sei die Erste, die es jemals betreten hatte. Ihre Haut war verbrannt. Die Stimmen der Kinder drängten sich wieder in ihr Gehirn, die zarten Schreie strichen ihr über die Wange wie die Flügel eines winzigen Insekts, wenn es gerade zum Giftbiss ansetzt. Sie ging weiter, niedergeschlagen von diesem unerträglichen Druck, vom Radau in ihrem Hirn, der Furcht und den Fesseln der Zeit, die sie an diesen Leib ketteten, an diesen Ort.

Ihr Denken hellte sich auf. Verwaschen kam ihr die Wirklichkeit der Bahnhofshalle mit den wogenden Menschenmassen erneut zu Bewusstsein. Lucy stand nun am Beginn des nicht überdachten Weges, der an den Blumengeschäften, Zeitungskiosken und Fast-Food-Läden entlang zur Eddy

Avenue führte. Abgestumpfte Pendler hetzten durch das mistige Wetter zu den Vorortzügen und nahmen sie gar nicht wahr. Jetzt fiel ihr wieder ein, weshalb sie hierher gekommen war. Sie ging weiter, die Straße hinüber in den Belmore Park.

Sie sah den Gesuchten im Pavillon unter den Moreton-Bay-Feigen. Eine Gruppe hungriger Jungs war auf das Geländer geklettert und hockte dort, kaum vor dem Wetter geschützt, wie ein Chor zerlumpter Krähen, der über die Menschen wachte, die den Park betraten. Als sie näher kam, kletterte einer von ihnen herunter, er mochte zirka fünfzehn sein, trug Khakimantel und dunkelrote Mütze über zottigem Haar, und lief ihr entgegen.

»Lucy«, begrüßte er sie leise und besorgt, »wo bist du gewesen? Ich hab mich schon gefragt, ob du noch hier auftauchst. Also, ich hab gehört, dass da am Broadway diese zwei Leute erschossen worden sind. Das bist doch hoffentlich nicht du gewesen?«

»Doch. Kann erst ein paar Stunden her sein. Ich weiß nicht genau, wann. Doch, das bin ich gewesen.«

Ihre Stimme zitterte. Instinktiv hielt sie sich an ihm fest, und er packte sie an den Schultern. Verzweifelt klammerten sie sich unter dem grauen Himmel aneinander.

»Ach Lucy, das kann nicht sein! Wieso? Weshalb bist du denn hierher zurückgekommen? Das ist doch so nah dran. Und wenn die Bullen dich hier sehen?«

»Die wissen nicht, wer ich bin. Und du wirst es ihnen ja nicht sagen. Ich wollte dich sehen. Ich muss mich hinsetzen. Ich glaub, ich kipp gleich um.«

Sie setzten sich auf eine Bank am Rand der Wiese und drängten sich in der feuchten Kälte eng aneinander. Lucy schlang die Arme um den Rucksack und bettete für eine Minute das Gesicht darauf.

»Es hätte doch nur sie erwischen sollen, Greg. Aber da ist

noch ein Mann gewesen, und den hab ich auch erschossen.« Sie schaute zu ihm auf und flüsterte: »Ich hab das nicht tun wollen, ich hab es einfach gemacht. Ich weiß nicht mal, wie. Und jetzt ist er tot.«

Er starrte sie an und senkte dann den Kopf.

»Luce. Scheiße! Wieso nur? Was hast du jetzt vor?«

Sie zuckte die Schultern.

»Ich weiß nicht. Ich weiß es einfach nicht. Und dann war da noch dieses Kind. Das mich mit großen Augen angestarrt hat. Ich seh es ganz deutlich vor mir. Und sie ist nicht mal tot, dieses Weib. Ich hab's im Radio gehört. Sie ist nicht tot.«

»Scheiße, Luce«, wiederholte Greg. »Vorhin ist hier dieser Krankenwagen vorbeigerauscht, wie der Teufel! Meinst du –«

Sie sahen hinüber zum Verkehr der Eddy Avenue und weiter, bis zur ockergelben Kolonnade des Bahnhofs auf der anderen Straßenseite. Die Reihe der Bäume und das schlossartige Bahnhofsgebäude verdeckten den grauen Himmel.

»Was weiß ich. Ich will nicht drüber nachdenken. Es war furchtbar, weißt du. Überall Blut, auch auf mir drauf. Es war einfach furchtbar.«

»Fuck!« Greg hatte Angst. »Hattest du 'n Auto? Hat dich wer gesehen?«

»Nein, das passt schon, ich hab mich um alles gekümmert. Und ich hab die Werkstatt heil erreicht. Ich hab die Karre da stehen lassen und alles, wie ich's vorher gesagt hab, getan. Aber den Werkstattschlüssel hab ich verloren, der ist mir aus der Hand gerutscht. Ist in die Grube gefallen. Ich wusste nicht, was ich tu. Es war total strange. Es war furchtbar, aber gleichzeitig auch total easy. Du stehst einfach da, und du machst es, und es passiert, und das war's, aus, vorbei. Einfach so, aus und vorbei? Dass das *so* schnell geht. Ich hätte gedacht, es ist anders. Ich mein, ich weiß, Graeme hat gesagt, es wird total schnell gehen, und ich soll mir darüber keine Gedanken machen, aber trotzdem, ich hätt schon gedacht, dass das irgendwie schwieriger sein würde. Ich hätt nicht gedacht, dass es so sein würde.«

Ihre Stimme zitterte. Er sah ein einziges Mal zu ihr hin, dann saßen sie schweigend da und stierten ins Nichts.

»Willst du was rauchen?«, fragte er.

»Ja.«

Er drehte zwei Zigaretten. Lucys Hände zitterten zu sehr, um das Streichholz zu halten, und er zündete sie für sie an. Er saß neben ihr und runzelte die Stirn.

»Fuck, echt, Luce, wieso hast du das gemacht?« Die Worte platzten zu laut aus ihm heraus. Sie wollte ihn beruhigen, aber er schüttelte ihre Hand von sich. »Bloß weil Graeme –«

»Nicht ›bloß weil Graeme‹«, entgegnete sie in verbittertem, gepresstem Ton.

»Wohl. Erzähl mir doch nichts. Er hat dir das eingeredet, und du hast es mit dir machen lassen.«

»Nein. Das stimmt nicht. Das ist mein Ernst, Greg. Er war es nicht. Das war mein Ding. Meins. Ich hab's getan. Daran wirst du nichts ändern.«

»Bullshit!«

»Doch, so ist es.« Lucy runzelte die Stirn. Sie ließ die kaum angerauchte Zigarette auf die feuchte Erde fallen. »Ich kann nicht rauchen, ich kann gar nichts machen. Mein Hals ist so abgeschnürt, dass ich kaum atmen kann.«

»Komm doch mit zu Wheelo. Da kannst du 'ne Weile untertauchen. Der hat garantiert auch was, was dich wieder ein bisschen locker macht.«

Sie schüttelte den Kopf.

»Nein, das will ich nicht. Ich muss noch mal zurück und es noch mal sehen. Ich muss mich überzeugen, dass ich es wirklich getan habe. Abartig.«

Sie blieben noch eine Weile still sitzen. Passanten im Park sahen zu ihnen hin und wandten den Blick ab. Eine Frau starrte sie an; Greg schnitt ihr eine obszöne Fratze, und sie beschleunigte ihren Schritt. Schließlich stand Lucy auf und wuchtete sich den Rucksack auf die Schultern.

»Ich muss jetzt weiter. Und ich muss zu Graeme, ich habe ihm versprochen, dass ich zu ihm gehe. Gestern Nacht, weißt du, da hat er zu mir gesagt, wenn der Mut dich verlässt, mach dir keine Sorgen. Komm einfach zu mir, und wir reden. Dann werden wir sehen, wie es weitergeht. Und genau das werde ich tun. Er muss mir sagen, dass es gut war.«

»Ach ja, aber mit ihm hat das Ganze natürlich überhaupt nichts zu tun –«

»Du verstehst das nicht.«

»Das will ich auch gar nicht. Du hast das nicht tun müssen. Es war falsch, Luce. Du bist diejenige, die jetzt damit leben muss, nicht er. Dein ganzes Leben lang wirst du in der Früh aufwachen und wissen, du hast das getan. Nicht er. Er wird daliegen und sich einen runterholen und sich ansonsten einen Scheiß drum scheren. Und überhaupt, es ist einfach scheißgefährlich. Für so was buchten die dich dein Leben lang ein.«

Sie schwiegen und musterten einander.

»Nein«, entschied sie, »es war nicht Graeme. Das ist mein Ding. Okay? Meins.«

»*Das ist verdammt noch mal nicht wahr!*«

Er warf seine Zigarette auf die Erde. Sie sah sich um, wusste nicht, was sie sagen sollte. Zum ersten Mal fürchtete sie, in Tränen auszubrechen.

»Wann seh ich dich wieder?«, fragte er.

»Später. Heut Abend. Ich geh zu Graeme, hinterher schau ich dann bei Wheelo vorbei. Vielleicht übernachte ich da, wenn's euch nichts ausmacht.«

»Nee, das geht schon klar. Wir sehen uns dann. Jedenfalls geh ich nicht mehr ins Asyl zurück. Kommt überhaupt nicht in Frage, dass ich nach der Geschichte auch nur noch ein einziges Mal einen Fuß in dieses Scheißgemeindeasyl von Prediger Graeme setze. Und wenn ich hundertmal die Auflage hab, da zu wohnen. Ganz egal, was du von ihm hältst, mir macht der Typ so eine Scheißangst, dass ich überhaupt nicht drauf bin, bei ihm rumzuhängen. Nach dieser Geschichte werd ich unter Garantie bis in alle Ewigkeit einen Riesenbogen um ihn machen. Du hättest nicht zulassen dürfen, dass er dir das antut, Luce. Niemals.« Er schüttelte zornig den Kopf. »Versprichst du mir, dass du heut Nacht zu uns kommst?«

»Ich versprech's dir.«

»Gut.«

Er rieb sich übers Gesicht. Der Zorn war aus seiner Stimme gewichen, und sie klang nur noch traurig.

»Verdammt, Luce, was du immer anstellst! Bitte halte dein Versprechen und komm. Wir müssen überlegen, wie's jetzt weitergeht.«

»Ich komme, bestimmt.«

Sie ging durch den Park zur Straße zurück, und als sie sich umdrehte, um ihm zu winken, sah sie ihn noch immer auf der Bank sitzen, von wo er ihr nachwinkte, während sie darauf wartete, die Straße zu überqueren.

3

Unter Hupen und Dröhnen wälzte der Verkehr sich über den Bahnhofsplatz, und die regenfeuchte Luft roch nach Benzin. Lucy war in Gedanken versunken und nahm die Menschenmenge um sie herum kaum wahr. Nein, Greg, es ist nicht nur Graeme. Das solltest du wissen, schließlich kennst du mich, wir sind immerhin schon eine ganze Zeit zusammen. Wir haben in Hauseingängen geschlafen, unter Brücken, überall, wo es ein bisschen warm war. Du und ich, aneinander geklammert und nichts zwischen uns als alte Klamotten und ein paar Zeitungen. Du hast mich erlebt, wenn ich auf dem Trip bin und nichts weiter fühlen will als nichts. Wenn das Einzige, was mich am Leben erhält, das Blut ist, das mir durch die Adern fließt, weil ich es, verdammt noch mal, nicht stoppen kann. Manchmal wünsch ich mir, dass dieses Blut durch den nächsten Gully rauscht und mich mit sich reißt. Aber es ist jetzt nicht mehr meins allein, es ist auch das eines anderen. Und ich glaube, es steht ganz groß in den Himmel gemalt.

Sie blickte hinauf und erwachte aus der Trance: Der weite Himmel über dem Bahnhof war grau. Die Straße mündete in die George Street und führte den Verkehr am grünen Kupferdach des Turms der Christ Church St. Laurence vorbei und dann weiter, bis hinab zum Hafen. Sie bewegte sich in die entgegengesetzte Richtung, vorbei am hässlichen, klotzigen Turm der Technischen Universität. Während des vergangenen Jahres hatte sie dort viele Stunden in den Studentencomputersälen zugebracht, hatte sich, fernab der Hitze oder Kälte des Tages, mit einer gefälschten studentischen Zugangsberechtigung neue Welten eröffnet. Du brauchst nur außerhalb der Bürozeiten an der richtigen Tür der Studentenvertretung zu klopfen, und schon gibt ein dummer Junge, bleichgesichtig, mit leisem Stimmchen, dir, ohne Fragen zu stellen, ohne etwas zu verlangen, Passwort und Benutzernamen. Lucy hatte gar nicht erst versucht, seine Motive dafür ergründen zu wollen, sie fragte sich längst nicht mehr, warum irgendjemand tat, was er tat. Diese Frage hatte vor langer Zeit anderen weichen müssen. Gibt es eine Grenze im Handeln der Menschen? Woher kommt diese Lust, einander wehzutun? Sprach sie das einmal laut aus, so lachten die Menschen und nannten sie dumm.

Diese Fragen trieben sie an, während sie ihre Programmierkenntnisse erweiterte und ihre eigene Website einrichtete, sowohl im Computerlabor als auch auf dem eigenen, gestohlenen Rechner. Alles, was sie erstellte, gruppierte sich um dieses unlösbare Rätsel, das nie aufhörte, sie zu faszinieren. Indem sie das, was sie erlebt und auf den Straßen Sydneys mit angesehen hatte – Schlägereien, Raubüberfälle, Vergewaltigungen –, duplizierte und als elektrischen Impuls auf den Monitor bannte, löste sie es aus dem Fluss der Zeit. Im Computerlabor war sie sicher, und die Ereignisse, die sie auf ihrer Website nachschuf, waren gebändigt, sie konnten ihr nicht wehtun. Sie betrachtete die Bilder, die sie schuf, korrigierte sie, wenn nötig, und versuchte so zu ergründen, was es bedeutete, jemanden zu verletzen oder zu erschießen.

Heute hielt sie hier nicht an, ihre rastlose, sprunghafte Energie trieb sie weiter, vorbei an den Pubs, Restaurants und Imbissbuden hin zur gezackten Mauer der Carlton-Brauerei. Weiter unten am Broadway, kurz vorm Park, standen zwei alte, reich verzierte Gebäude mit kunstvoll gestalteten Uhrtürmen, auf denen, zerbrechlichen Kristallwelten gleich, durchsichtige Globen thronten. Was Lucy aber suchte, lag ein Stück davor. Die Autos, die sonst so zügig den Broadway hinabrauschten, bremsten ab, um sich an einem Polizeiabsperrband aus blauem Plastik vorbeizuschlängeln, das im Wind flatterte. Eine ganz bestimmte Seitenstraße war hier abgesperrt, und auf der Straße und auf dem Gehweg standen Streifenwagen.

Sie hatte diesen Anblick herbeigesehnt, und dennoch musste sie jetzt stehen bleiben, sich an die raue Brauereiwand lehnen und abwarten, bis das Blut ihr nicht mehr durch den Schädel pochte. Bilder aus ihrer Website tauchten vor ihrem geistigen Auge auf. In ihrer elektronischen Welt drückte das Lucy-Imitat nur den Abzug, das Arztweib starb, und kaum war dieser Hebel umgelegt, brach die Katastrophe los. Um die Ärztin herum explodierten nacheinander die Gebäude, der Himmel riss auf, und grünes Feuer regnete herab, die Flammen der Kernschmelze schlugen auf den Broadway über, und jedes Haus, das Lucy hier tatsächlich umgab, wurde pulverisiert. Auf ganzer Breite wälzte sich ein Feuerball den Broadway hinab und verschlang Strichmännchen und Spielzeugautos.

Aber außerhalb der Fantasie, im hellen Tageslicht, drehte die Welt sich völlig normal weiter. Sie aber unterschied sich von den Menschen um sie her, und man würde über sie herfallen, wüsste man, was sie getan hatte. Sie führte sich die beiden auseinander klaffenden Bilder vor Augen, wobei die elektronische Version den wahren Bezugspunkt darstellte. Was Lucy umgab – diese Gebäude, der Alltag, greifbare Dinge und unverrückbare Strukturen –, war hohl und hatte keine verlässliche Substanz. Es diente einzig dazu, etwas vor ihr zu verbergen, etwas, das stank, das längst tot war und verfaulte.

Im dichtesten Verkehr überquerte sie die Straße, eine ganz gewöhnliche Studentin von einer der Universitäten. Vor der Absperrung hatte sich eine kleine Menge angesammelt, die nun glotzend und schwatzend unter dem gelben Schild der St.-Barnabas-Kirche stand, das den Passanten erklärte: »Wem vergeben ist, der muss sich nicht länger verstellen«. Lucy reihte sich ein, schaute, lauschte.

»Zwei Leute. Einer hat zwei Menschen erschossen. Und das Kind hat alles mit ansehen müssen.«

Die Menge nahm die Worte auf, und sie breiteten sich aus wie ein Echo von unbekannter Quelle.

Ich war das. Ich hab das Weib erschossen. In dem verlassenen Laden da hab ich auf sie gewartet, und dann bin ich raus auf die Straße und hab sie erschossen. Alle beide hab ich erschossen.

Keiner griff sie ihrer ungesagten Worte wegen an. Die Häuser um sie herum sahen aus wie üblich. Die Streifenpolizisten, die die Straße absperrten, betrachteten die Leute, die Gesichter ausdruckslos vor Langeweile. Sie hätte jetzt vor sie hintreten können, sagen: »Ich bin die, die ihr sucht. Ich hab das getan.« Warum tat sie es nicht? Vielleicht würden sie sie auslachen oder gar wütend werden und sie davonschicken. Lucy blieb noch ein paar Minuten stehen und ging schließlich, da es hier nichts zu tun gab, weiter.

Im Victoria Park setzte sie sich auf eine Bank, den Rucksack hatte sie neben sich gestellt, und stierte auf die Zierteiche hinaus, wo sich Möwen und Enten nahe am Ufer drängelten. Kurz brach die Sonne hervor und ließ das magere Gras in trostlosem Gelb aufleuchten. Lucy sah zurück zum Broadway, zu der breiten Kreuzung, wo die City Road ihre Autos in den Verkehrsstrom entließ. Das Tageslicht verlosch jetzt langsam, es wurde dämmrig und trüb, und sie sah vereinzelt Abblendlichter und auf der gegenüberliegenden Straßenseite hier und da den Neonschein aus den Schaufenstern. Diese Lichter waren das einzig Helle, was zu ihr durchdrang; die imaginäre andere Welt war grau geworden, der wässrige Himmel hatte alles Bunte weggewaschen. Von hier aus konnte sie das Absperrband nicht sehen. Hier war sie total isoliert. Sie konnte sich einreden, die Schüsse wären nie gefallen, und da ging ihr mit einem Mal auf: Sie wollte gar nicht von dieser Hinrichtung lassen, egal wie blutig sie ausgefallen war.

Der Verkehrslärm hatte ausgesetzt. Die unnatürliche Stille versetzte sie in bange Erwartung, während die Atmosphäre merkwürdig klaustrophobisch wurde, merkwürdig einsam. In dieser Leere jagte sie nun einer weiteren Erinnerung nach. Die Sonne wärmte sie, im Hintergrund trällerten Elstern, und honigsüß tönte Graemes Stimme. Sie saßen einander gegenüber an einem Picknicktisch, den irgendjemand im Garten einer kleinen Privatklinik aufgestellt hatte.

»Weshalb, Lucy? Was drängt dich dazu, weiter auf der Straße zu leben? Du warst auf der Schule. Du hast eine Ausbildung. Du bist ein intelligentes Mädchen. Weshalb willst du dir das antun?«

»Ich spiele ein Spiel. Ich nenne es Tanz mit dem Tod. Das macht mir Spaß. Wusstest du das nicht?«

»Warum Tod? Warum nicht mit dem Leben?«

»Warum irgendwas? Ich kann tun, was ich will, weißt du.«

Einen anderen Grund für ihren Aufenthalt in dieser winzigen Privatklinik am nordwestlichen Stadtrand, Greenwood Convalescent nannte sie sich, ein heruntergewirtschafteter Laden mit kaum Patienten und einem alternden Arzt, den gab es nicht. Sie hatte Platte gemacht und gesoffen, hatte sich ganz bewusst auf Heroin eingelassen. Sie hatte es aufs Äußerste getrieben, hatte sich mit dem tödlichen Zeitvertreib vermählt, aus der Überlegung heraus, dieser Rausch sei womöglich ihre letzte Chance, das Sonnenlicht zu sehen. Immer wenn sie ans Licht zurückkehrte, grinste sie innerlich und dachte, na, diesmal bin ich noch am Leben, beim nächsten Mal vielleicht nicht mehr. Wie soll ich das vorher wissen? Und was juckt's mich?

Der Entzug war eine Alternative, die ihr Greg gemeinsam mit Ria aufgenötigt hatte, der Frau vom Sozialamt. Sie hatte auf die Schnelle nur in Greenwood einen Platz für Lucy auftreiben können, und selbst das nur nach endlosen, fieberhaften Telefonaten mit desinteressierten Einrichtungen, von denen keine einen freien Platz hatte. Lucy hatte eine Münze geworfen und sich daraufhin bereit erklärt, es dort zu versuchen.

Aber auch unter diesen Voraussetzungen war Greenwood ein seltsamer Ort, um darin wieder den Zugang zur Realität zu finden. Graeme, der sich ihr als ihr Betreuer vorstellte, war der erste normal aussehende Mensch, den sie bis dato getroffen hatte. Er war bei ihr gewesen, als sie sich im Cold Turkey wand und sich wie ein Mantra sagte, das ist genau die selbe Berg-und-Tal-Fahrt, zwar die andere Seite, aber eben dieselbe Münze, und sie würde das durchstehen, sie konnte alles überleben. Die fundamentale Regel, die Lucys Spiel zugrunde lag, war die unbedingte Bereitschaft, jedwede Konsequenz ihres Handelns zu tragen. An jeden Schmerz und Schweißausbruch, an jeden verzehrenden Krampf klammerte sie sich als ein Geschenk. Der Schmerz *war* ein Geschenk, er saß in den Fasern ihres Fleisches und würde ihre Existenz auch dann noch beweisen, wenn alles andere sie längst im Stich gelassen hätte. Auf der Straße diente alles als Währung, und mit dem Schmerz ließ sich handeln wie mit allem anderen. Viele handelten aus reiner Lust mit dem Schmerz, und sie suchten nach jemandem, den sie verletzen konnten, stellten in öffentlichen Toiletten und auf Stränden Fallen auf, um sich hinterher großzutun: Habt ihr gesehen, was ich mit dem gemacht hab? Darauf hatte sie nie Lust gehabt. Ihr Stolz gründete sich auf das, was sie ertragen konnte. Wenn du keinen Schmerz zufügen kannst, dann nimmst du ihn, du nimmst ihn an, ohne zu zeigen, dass du ihn spürst, und damit bist du so viel wert wie jeder andere.

Als die Nebel sich lichteten und ihre Berg-und-Tal-Fahrt zu Ende ging, war sie oft und lange mit Graeme im Klinikgarten beisammen, einem verwunschenen, von weißem Eukalyptus beschatteten Flecken. Sie war noch schwach auf den Beinen nach der brutalen Prozedur, war benebelt von den

Beruhigungsmitteln und qualmte eine Zigarette nach der anderen. Graeme saß ihr am Tisch gegenüber und lächelte beim Reden. Durch die Wirbel des Zigarettenrauchs hindurch betrachtete sie ihn mit zynischem Blick.

»Was treibst du hier?«, wollte sie wissen und warf ihm damit die eigenen Fragen frech ins Gesicht zurück. »Wieso meinst du, du musst dich für mich interessieren? Du kriegst doch Geld für deine Fürsorge, oder? Weil Ria vom Sozialamt mich hierher überwiesen hat. Die bezahlen dich.«

»Nein, Lucy. Niemand bezahlt mich. Dass ich jetzt hier bei dir bin, hat allein private Gründe. Dein Schicksal bedeutet mir tatsächlich etwas«, entgegnete er. »Aber wenn du es genau wissen willst, ich bin ebenfalls dabei, mein Leben neu aufzubauen. Nach vielen glücklichen Jahren in den Vereinigten Staaten, die letzten davon in Kalifornien, bin ich vor kurzem erst zurückgekehrt. Die Sonne setzt einem zu da unten, sie laugt dich langsam aus. Fast so ähnlich wie bei uns. Aber das hier ist halt meine Heimat.«

»Ach was«, meinte sie desinteressiert.

Für sie war Kalifornien ein mythischer Ort, ein grellbuntes Land jenseits des Meeres, das sich aus Namen zusammensetzte, die sie aus dem Fernsehen kannte, deren tatsächliches Aussehen aber verschwommen blieb: Santa Monica Beach, Beverly Hills, Sunset Strip. Aus einer seltsamen Anwandlung von Höflichkeit heraus nannte sie ihm diese Namen, und wieder lächelte er.

»Ja. Ich kenne all diese Orte. Der Strand in Santa Monica ist herrlich. Vielleicht kommst du ja eines Tages dorthin.«

»Ja, eines Tages, vielleicht.«

Sie musterte ihn voller Verachtung für diesen Vorschlag.

»Wieso nicht?«, fragte er. »Was spricht denn dagegen?«

Sie sparte sich die Mühe einer Antwort. Stattdessen drückte sie die Zigarette aus und zündete sich eine neue an.

»Du hast meine Frage nicht beantwortet, Lucy. Wieso lebst du auf der Straße?«

Sie zuckte die Schultern. »Weil die Welt zum Kotzen ist? Weil jeder jeden ausbeutet? Was spielt es schon für eine Rolle, was ich tue? Ist doch alles scheißegal.«

»Ist das dein Ernst, Lucy? Glaubst du das wirklich?«

»Ja. Glaubst du das nicht auch manchmal? Willst du nie alles in Trümmer hauen?«

Sie brach ab, hatte plötzlich keine Energie mehr. Nachdem sie zu sprechen aufgehört hatte, wartete er noch einen Moment und sagte dann:

»Doch, Lucy, das stimmt. Ich habe diesen Wunsch sogar sehr häufig.«

»Wirklich?«

Bei dieser Antwort explodierte in Lucys Hirn die Wut. »Aber ich tue es. Ich haue Sachen kaputt. Man kann mit einem Ziegel verdammt viel anrichten, wenn man ihn auf ein Auto schmeißt. Und wenn du ein Metallrohr in die Finger kriegst, geht sogar noch mehr. Und was machst du? Irgendwas?«

»Auf meine Art mache ich sogar sehr viel«, eröffnete er ihr. »Ich habe all dem mein Leben geweiht. Ich weiß, was du meinst, wenn du sagst, dass die Welt leer ist. Ich verstehe dich.«

»Ich habe nicht gesagt, sie ist leer. Ich habe gesagt, sie ist zum Kotzen.«

»Die Bedeutung ist dieselbe. Die Welt ist verdorben. Ihr Verfall stinkt zum Himmel. Und diesen Verfall kannst du riechen, den Gestank der Verderbtheit dieser Welt.«

Sie war verblüfft und wusste nicht, was sie darauf entgegnen sollte.

»Du lebst also auf der Straße, Lucy, weil die Welt, wie du es ausdrückst, zum Kotzen ist?«

»Ja, genau«, erwiderte sie sehr leise.

Sie hatte die Zigarette zu Ende geraucht. Bevor sie sich eine neue ansteckte, rieb sie sich die Augen. Es entstand eine Pause, und dann fing sie zu erzählen an, wie sie es nur selten tat.

»Aber dieses Leben macht mich fertig. Du hast Hunger. Inzwischen bin ich nicht mehr die ganze Zeit auf Platte, ich komme und gehe. Ich kann Buden auftreiben, wo ich wohnen kann, manchmal schaff ich es und krieg Stütze. Arbeiten tu ich auch. Ich hab Jobs gehabt. Selbst ich.« Sie lachte zynisch. »Aber weißt du, wovon ich meistens lebe? Ich klaue. Das ist das Einzige, was ich echt gut kann. Ich bin noch nie erwischt worden. Aber irgendwie hab ich keinen Bock mehr. Dauernd denk ich, was treibst du hier eigentlich, was hast du jetzt vor?«

Es wurde still, und sie rauchte.

»Aber letztlich komm ich doch immer wieder zurück. Ich komm immer wieder zurück, weil ich nirgends sonst hingehen kann. Wahrscheinlich ist das halt mein wahrer Platz.«

»Du verschweigst mir etwas, Lucy. Wer hat dir so sehr wehgetan? Was ist passiert?«

Aus seinen Worten schien echtes Interesse zu sprechen. Lucy hatte sich einen Test ausgedacht für Leute, die behaupteten, sie interessierten sich für sie. Sie wusste, wie sie die Lügner entlarven konnte. Sie griff in die Jeanstasche, aus der sie eine kleine Plastikbörse nahm, in der ein dunkelblau glänzendes Rechteck steckte. Sie wickelte das Rechteck aus und legte einen zerfetzten, abgerissenen Briefkopf auf den Tisch.

Deswegen. Weil das der Tag war. An dem sie dachte, das ist das Ende der Welt für mich. Das tun die mir nicht noch einmal an.

»Du willst wirklich wissen, was mit mir los ist?«, fragte sie. »Also gut. Schau dir das an. Und dann find's heraus. Wenn du schon so schlau bist.«

Sie schob ihm das Stückchen Papier zu, und er hob es auf.

»Sei gefälligst vorsichtig damit«, blaffte sie.

Die absichtlich kryptischen Worte sollten ihm klar machen, dass er es niemals würde einsehen können, dass er es niemals verstehen konnte. Niemand konnte das: Über dieses Wissen verfügte nur sie allein. Niemand konnte die Frechheit besitzen vorzugeben, dass er es verstand.

Sie beobachtete ihn. Na los. Trau dich. Komm schon, trau dich doch.

Er strich das abgerissene Stück Papier auf dem Tisch glatt. Ein Fetzen, den Lucy in einem unbeobachteten Moment vom Notizblock einer Ärztin abgerissen hatte. Dr. Agnes Liu. MB, BS (Syd.), FRACOG, MRCOG. Ganzheitliche Frauengesundheitszentren Inc.

»Ich kenne dieses Weib«, sagte er schließlich. »Ich kenne sie sehr gut.«

»Unmöglich.«

»Doch, Lucy. Warum auch nicht? Ich weiß, was dieses Weib tut, besser als die meisten. Wenn auch, wie ich annehme, nicht besser als du. Sie macht Abtreibungen. Sie mordet. Und jemand hat dich zu ihr gebracht, nicht wahr? Du bist nicht freiwillig dorthin gegangen. Jemand hat dich zur Schlachtbank gezerrt, Lucy. Genau das war es nämlich. Ein Doppelmord. An dir und deinem Kind. So ist es doch gewesen?«

Beinahe jeglicher Ausdruck war aus seinen klaren Augen gewichen, während er zu ihr sprach. Sie hatte genickt, hatte zunächst nicht sprechen können. Sie meinte, absolut nichts zu fühlen.

»Meine Mutter. Hat mich hingeschleift. Zweimal. Hat mir nicht mal gesagt, wo wir hingehen. Beim ersten Mal haben sie mich weitergeschickt ins Krankenhaus, weil ich gleich in deren Anmeldung die Fehlgeburt hatte. Aber beim zweiten Mal habe ich dann schon gecheckt, was da abgeht.«

Mehr konnte sie für den Anfang nicht sagen.

Er ließ ihr Zeit.

Dann sprach sie wieder, hektisch, die Worte taumelten übereinander, strömten unaufhaltsam und unwiederbringlich wie der Blutschwall aus einer geöffneten Schlagader.

»Es war mein Vater. Mit meiner kleinen Schwester hat er es auch gemacht. Jedenfalls versucht. Ich konnte ihn nicht aufhalten. Aber Stevie schon. Der ist mein Bruder. Er ist nicht so groß wie Dad, deswegen hat er mir damals nicht geholfen. Aber als ich fort war und er mitgekriegt hat, was Dad mit Mel machen will, da hat er Dad zur Tür rausgeprügelt und gesagt, er bringt ihn um, wenn er sie anrührt. Er hat mir erzählt, Mum hat nur mit offenem Maul dagestanden. Dad ist nämlich ein feiger Sack. Er hat sich nie wieder in die Nähe von Mel getraut.«

Die Erzählung ließ Lucy erleichtert auflachen. Die Worte sprudelten weiter aus ihr hervor.

»Weißt du, dass mein Dad jetzt Krebs hat? Hab ich dir das erzählt? Stevie hat mir gesagt, dass er's nicht mehr lang machen wird. Jetzt spielt er genauso mit dem Sterben. Ich könnte zu ihm sagen: ›Hey Dad, jetzt heißt's ich und du. Wir spielen beide dasselbe Spiel. Wie gefällt dir das?‹«

Ihre Stimme bebte.

»Und deine Mutter hat dich zu diesem Weib gezerrt.« Graeme tippte auf den Papierfetzen.

»Und die hat deiner Mutter und deinem Vater geholfen, vor der Welt zu verbergen, was er dir angetan hat. Das ist es nämlich, was dieses Weib ist: eine Gewissenlose. Ich will dir sagen, was da drin mit dir passiert ist, Lucy, in dieser Klinik – und lass es uns bei seinem wahren Namen nennen: in diesem Höllenpfuhl. Sie hat dich noch einmal vergewaltigt. Das haben sie dort mit dir gemacht. Etwas schrecklich, schrecklich Böses.«

Die Worte sickerten in ihr Gedächtnis und verankerten sich dort als uneingeschränkte, unerschütterliche Wahrheit, die für sie so greifbar war wie der Fetzen Papier, den sie stets bei sich trug. Die Bilder in ihrem Gedächtnis überlagerten sich. Die unauslöschliche Verletzung, die der Vater ihr eingebrannt hatte – die sie nach wie vor so sehr spürte, dass sie sich bisweilen die Haut abscheuern wollte –, verschmolz mit ihrem erinnerten Gegenstück: dem Eindringen des Stahls in ihre Vagina.

»Ja. Genau das hat sie gemacht. Du hast ja keine Ahnung, was da drinnen abgeht. Die hängen dich auf, und sie spült dich aus – als wärst du ein Stück Nichts. Und keinem macht's was aus. Denen ist das scheißegal. Wie hat sie das nur tun können?«

Lucy hatte das Papierstück wieder an sich genommen und faltete und presste es zusammen. Ihre Bewegungen waren mechanisch, zwanghaft. Sie weinte nicht. Sie spürte eine große Erleichterung, ihr Herz hatte sich geöffnet. Sie empfand eine eigentümliche Leichtigkeit, einen Rausch. Ihr Mund stand offen, sie atmete heftig und flach, und die Luft kam nicht in die Lunge.

»Weißt du, was sie zu Mum gesagt hat, als wir wieder gefahren sind? Sie ist uns nachgerannt – Mum hat gesagt, sie wäre fast in sie reingefahren, auf dem Parkplatz. Weißt du, was sie da gesagt hat?« Sie starrte auf das Stück Papier, das sie winzigst geknickt hatte. »Über mich. Sie hat zu meiner Mutter gesagt: ›Sie darf vierzehn Tage keinen Sex haben.‹ Ich dachte, fick dich. Mich rührt keiner mehr an, da kannst du erzählen, was du willst. Und dann war ich weg. Aus dem Staub gemacht hab ich mich bei der ersten Gelegenheit daheim. Ich war weg.«

»Gib mir den Zettel, Lucy«, bat er sie sanft. »Du kannst ihn mir anvertrauen. Ehrenwort.«

Sie hielt das Papier in den zitternden Händen und spürte, es fortzugeben, das hieße, einen wesentlichen Teil ihrer selbst wegzugeben. Und dennoch tat sie, worum er sie gebeten hatte.

»Sei vorsichtig damit«, mahnte sie. »Ich hab das mitgehen lassen, als ich das zweite Mal in dieser Klinik war. Das soll mich immer dran erinnern, dass ich damals gesagt hab, das habe ich hinter mir, ich komme nie zurück. Du darfst es nicht verlieren.«

»Ich werde gut darauf aufpassen. Das ist ein sehr wertvolles Stück Papier, Lucy. Warte hier auf mich. Vertrau mir.«

Als er gegangen war, zündete sie sich die nächste Zigarette an. Nach wie vor zitterten ihre Hände. Er kam zurück und legte eine Akte auf den Tisch, der er das Portraitfoto einer Frau entnahm, auf das jemand das Wort »Mörderin« gekritzelt hatte und das mit transparenter roter Farbe beschmiert war.

»Das ist sie, nicht wahr?«

»Ja, das ist sie.«

Er strich das abgerissene, geknickte Stück Papier erneut glatt und heftete es an das Foto, dann breitete er die Schriftstücke aus der Akte zwischen ihnen aus.

»Ja«, sagte er, »dieses Stück Papier ist sehr wichtig. Weißt du, Lucy, dieses Weib und du, ihr seid miteinander verbunden. Und diese Verbindung ist unauflöslich. Dies ist ihr Schicksal, Lucy, dieser Fetzen Papier. Dieses Papier ist ihr Verbrechen gegen dich, gegen Gott, gegen die Welt, und es ist ihr Schicksal.«

Er sprach, als wären sie zwei gute Freunde, die einander seit jeher verstanden und die alleine die echte Wahrheit kannten. Er tippte auf die Farbschmierer.

»Siehst du das Blut auf dem Weib? Das ist dein Blut. Jetzt kann sie dir nicht mehr entwischen, denn du weißt, wer sie ist. Eine Massenmörderin. Eine Serienmörderin. Und du hast sie überlebt. Du kannst sie anklagen. Du kannst dich vor der Welt erheben und verkünden: Dieses Weib ist eine Mörderin. Eine, die für das Töten bezahlt wird und sich daran ergötzt. Eine, die grinst, jedes Mal, wenn wieder ein Opfer ihre Abtreiberei mit den gleichen Narben verlässt, die dich jetzt so quälen. Aber sie kümmert das nicht. Es war dein Blut, das sie vergossen hat, Lucy, dein Blut und das deines Kindes. Aber sie kümmert das nicht.«

Die Heftigkeit seiner Rede überraschte sie.

»Es war aber auch mein Dad. Und mein Dreckstück von Mutter. Es war nicht nur sie.«

»Aber deine Mutter ist ein schwaches, närrisches Weib. Und das Urteil über deinen Vater ist inzwischen klar gesprochen. Er wird sehr bald büßen, was er dir angetan hat. Aber nicht dieses Mörderweib. Sie läuft frei herum und übt ihr Geschäft aus. An jungen Mädchen wie dir.«

Lucy erwiderte nichts. Die brennende Zigarette hing zwischen ihren Fingern, Asche fiel auf den Tisch.

»Sie hätte schlimmer sein können«, wandte sie nach einiger Zeit ein. »Ich denke, sie hat versucht, mir nicht wehzutun.«

»Darum geht es doch wohl nicht.«

Nein, darum ging es nicht. Lucy blickte auf die raue Platte des Picknicktisches. Quälerei. Das war ihr Wort, darauf fiel ihre Wahl, und sie sprach es sich noch einmal vor, denn es trug die ganze Last ihrer Erinnerungen. Die Ärztin, die ihr all diese Leck-mich-Fragen stellte. *Willst du das wirklich?* Wie soll ich das – verdammt noch mal – wissen? Sie hatte nur ein einziges Wort gewispert. Ja. Sie wollte es so schnell wie möglich hinter sich haben.

Sie schwieg, saß nur da und schüttelte sich unter seinem aufmerksamen Blick diese Gedanken aus dem Kopf. Sie ließ die Zigarette auf die Erde fallen, ohne sie auszutreten. Sie konnte nichts sagen und hielt sich die Hände vor den Mund. Er sah sie aus klaren, sanften Augen an.

»Ich hasse sie, weißt du, für das, was sie mir angetan hat. Alle hasse ich sie. Mum, Dad. So was darf man einem doch nicht antun.«

»Was sie tut, Lucy, tut sie, weil sie eine Mörderin ist, so einfach ist das. Sie hat dein Kind ermordet, und sie hat versucht, deinen Geist zu töten. Aber dank deiner Kraft hast du überlebt, um Zeugnis abzulegen. Sie sollte dich fürchten. Denn du kennst sie.«

»Weißt du, was ich manchmal höre?«, sagte Lucy nach einiger Zeit. »Ich weiß gar nicht, warum. Das Weinen von Kindern, von kleinen Kindern. Ich höre es in meinem Kopf. Sie bleiben bei mir. Manchmal glaube ich, die sind ich.«

Er lächelte sie an und schloss die Akte.

»Ich kenne Frauen, die so gequält wurden. Die Stimmen lassen dir keine Ruhe, nicht wahr? Wir werden einen Weg finden, sie zu verscheuchen. Siehst du, Lucy, du bist hier bei Menschen, die dich verstehen. Setz dich hierher. Versuch deinen Rücken zu entspannen.«

Er stellte sich hinter sie und legte ihr die Hände auf die Schultern. Er fing an, ihr den Nacken zu massieren, die verhärteten Muskeln zu kneten. Sie spürte seine Nähe, die menschliche Wärme, den Druck seiner schützenden Hände.

»Hör auf mich. Diese Stimmen in deinem Kopf. Das sind die Stimmen deines Herzens, wie du richtig sagst. Aber es sind auch deine Kinder.«

»Nein«, wehrte sie sich, »die haben nie gelebt. Ich will das nicht.«

»Doch, sie haben gelebt. Sie waren lebendig. Es waren deine Kinder, und sie sind noch immer am Leben. Du und sie, ihr seid unteilbar, ihr Kummer ist es, was du hörst.«

»Ich wünschte nur, sie wären nicht da. Die sollen mich in Ruhe lassen, sonst nichts.«

»Nein, Lucy. Du musst auf sie hören. Sie bitten dich, ihnen Frieden zu schenken. Du kannst ihnen geben, was dir selbst nie vergönnt war: Du kannst ihnen Wiedergutmachung zuteil werden lassen. Die Rache ist mein, spricht der Herr. Du hast ein Recht auf Rache, Lucy.«

Er setzte die gemächliche Massage noch eine Weile fort, dann hörte er auf und ließ die Hände leicht auf ihren Schultern ruhen.

»Wir wissen, wer Agnes Liu ist, Lucy. Wir wissen schon seit langer, langer Zeit über sie Bescheid. Es war nicht der Zufall, der dich hierher geführt hat. Es war Fügung. Du kamst hierher, um gereinigt zu werden, und gereinigt sollst du werden. Du kamst hierher, um Seelenfrieden zu finden, und du sollst ihn finden. Jetzt warte hier. Warte.«

Als er wiederkam, legte er eine Pistole vor ihr auf den Tisch, kompakt und metallisch blau. Sie betrachtete sie einige Zeit. Dann schüttelte sie den Kopf, um zu sagen, sie verstehe nicht.

»Hast du je mit einer Pistole geschossen?«, wollte er wissen.

»Nein«, sagte sie. »Ich weiß, dass es die gibt und so und dass Leute sich welche besorgen. Aber das hab ich nie tun müssen.«

Er nahm die Pistole und lud sie mit zwei Patronen.

»Das ist eine ganz besondere Pistole. Ich habe sie anfertigen lassen. Ich möchte, dass du sie ausprobierst. Komm mit«, sagte er, »ich zeige dir, wie man damit schießt.«

Er ging mit ihr in die Mitte der Wiese, stellte sich hinter sie und schloss ihre beiden Hände um die Waffe. Er war kein großer Mann, und ihr Leib fügte sich geschmeidig an den seinen, und seine Kraft war ihr ein Polster. Seine Gelassenheit und die Unmittelbarkeit seiner menschlichen Nähe hatten die Zeit für sie außer Kraft gesetzt, und sie hatte den Frieden gespürt, den er ihr verhieß. Sie entspannte sich.

»Lass dir Zeit«, mahnte Graeme beruhigend. »Hier draußen kann uns keiner hören. Verlass dich auf deine Stärke. Und dann schieß. Zweimal. Du kannst es.« Er trat von ihr zurück.

Die Schüsse lösten sich donnernd, und sie schwankte auf den Beinen. Graeme verbiss sich das Lachen, als er sah, wie sie sich das Klirren aus den Ohren schütteln wollte.

»Es ist ein bisschen laut, aber daran gewöhnt man sich«, sagte er. »Komm, setz dich, wir wollen miteinander reden, Lucy.«

Das Stück Rasen, auf dem sie sich damals niedergelassen hatten, war um so vieles üppiger gewesen als die wintertote Grasnarbe, die Lucy jetzt in diesem öffentlichen Park umgab. Zwischen ihnen hatte die Pistole gelegen, deren blaumetallischer Schliff in der Sonne schimmerte. Graeme war ein Mann von jugendlichem Aussehen, mit klaren braunen Augen, doch in jener Minute war Lucy der Gedanke gekommen, er könne womöglich älter sein, als er sich gab. Doch das störte sie nicht, er hatte ein gut aussehendes, ein tröstendes Gesicht und dunkles, noch nicht ergrautes Haar. Sie hatte nach der Pistole gegriffen und wog sie in der Hand.

»Eins muss dir stets klar sein, Lucy, wenn du diese Waffe in der Hand hältst, so wie du sie momentan in der Hand hältst, dann hast du die Macht. Sie gehört niemandem sonst, sie gehört nur dir. Und dann bestimmst du, was mit dir geschieht, nicht andersherum. Das darfst du nie vergessen.«

Sie hatte es nicht vergessen, weder das noch die seltsame Leichtigkeit, die ihren Geist erfasst hatte, wie als Ausgleich zum Gewicht in ihrer Hand. Während sie die Pistole auf der Handfläche balancierte, hatte er ruhig weitergesprochen.

»Du hast die Chance, diese Waffe an dich zu nehmen und

Vergeltung zu üben für die Sünden, die dir und deinen ungeborenen Kindern angetan wurden. Du, Lucy, bist eine sehr starke Frau. Nimm diese Waffe, und zeige der Welt, wie stark du bist.«

Sie hatte noch einige Zeit mit der Pistole in der Hand dort gesessen.

»Würdest du sie mir noch einmal laden?«, bat sie.

»Und wenn ja, was würdest du damit tun?«

»Ich werde auf diesen Baum schießen.«

»Sonst nichts?«

»Was soll ich denn sonst damit tun?«

»Waffen sind dazu da, dass man sie benutzt, Lucy. Dazu wurden sie erschaffen. Aber du musst sie sorgsam benutzen. Eine jede hat ihr vorbestimmtes Ziel. Dir ist dein Ziel bereits zugewiesen, aber das ist dir sicher längst klar.«

Er lud die Pistole. Sie sah zum Baum hin und stellte sich die Ärztin vor, die an der Wagentür stand und mit der Mutter sprach. Sie leerte das Magazin, schoss auf die beiden imaginären Gestalten, schoss, so schnell sie konnte, und sie spürte die Wucht der Geschosse, die in den Baum einschlugen.

»Ich möchte niemandem wehtun«, sagte sie, als die Pistole leer war. »Es macht mir keinen Spaß, jemanden zu verletzen.«

»Du wirst niemandem wehtun«, entgegnete er. »Sie wird überhaupt nichts spüren. Schmerzen, wie sie sie dir zugefügt hat, wird es nicht geben. Du wirst einen Faden durchtrennen, und es wird sauber und barmherzig sein. Blut wird durch Blut abgewaschen werden. Und du wirst gereinigt sein. Wenn es vorbei sein wird, wirst du nichts fühlen als seligste Befreitheit. Die Stimmen deiner Kinder werden für ewig verstummt bleiben. Sie und du, ihr werdet Frieden gefunden haben.«

Sie hielt die Pistole in der Hand und konnte einen leichten Glücksrausch nicht unterdrücken, das erhebende Gefühl, mit einem Mal stärker geworden zu sein.

»Sie ist wieder leer«, sagte sie.

»Ja.«

»Ich darf sie also nicht gegen mich selbst richten?«, fragte sie plötzlich.

»Bitte, tu das nicht, Lucy«, erwiderte er mit größter Sanftmut und lächelte sie dabei an. »Du bedeutest mir viel. Bitte, tu mir das nicht an.«

Auf der Parkbank, beim kalten Wasser der Teiche, erfasste jetzt mit einem Schlag eine große Klarheit Lucys Denken. Nein, denn das hätte natürlich alles kaputtgemacht. Damit wäre alles für die Katz gewesen.

Ein Laster donnerte an der Universität vorbei und zerriss mit einem Gellen des Signalhorns die Stille. Unter dem Lärm zerbarst die gläserne Hülle, die Lucy und ihre Gedanken umfing. Sie stand auf, wuchtete sich den Rucksack auf die Schultern und kehrte dem eisigen Wind den Rücken.

Ich habe die Waffe benutzt, Graeme, wie du es mir gezeigt hast. Jetzt werde ich zu dir gehen und mit dir darüber reden, und vielleicht kannst du mir dann ja noch einmal erklären, weshalb ich es getan habe.

Sie lief durch den Park in Richtung City Road und King Street, eine zierliche Gestalt im Schatten der Universitätsgebäude, die sich dicht an dicht am Rande des Parks erhoben. Von kaum einem Menschen bemerkt.

4

Manche Dinge, das wusste Grace, würde sie nie tun können. Das Sezieren einer Leiche war eins davon, auch wenn die Obduktionen, an denen sie teilgenommen hatte, stets noch so sachlich gewesen waren. Dabei war es diese Stilisierung der

Obduktion zum Alltagsereignis, die es für sie erträglich gemacht hatte. Die Obduktion heute aber war schlicht ein Teil des Jobs, und das hatte, sie konnte nicht sagen, weshalb, genau den entgegengesetzten Effekt auf sie.

Der Helfer rollte Henry Liu an den Tisch aus rostfreiem Stahl und forderte die Leiche, begleitet von einem Wink seines Daumens, dazu auf, doch bitte auf die Platte rüberzurutschen, Freundchen, sie hätten es schließlich alle ziemlich eilig. Grace hatte das Gefühl, man mache sich über sie lustig. Sie sah kurz zu Harrigan hin, der neben ihr stand. Doch der verzog keine Miene. Wie machte er das nur?

Dann kam der Pathologe, Kenneth McMichael, der schlurfende Engel des Todes, ein Schrank von einem Mann im Operationskittel. Er war exklusiv von St. Vinnies ausgestattet, und seine colaflaschendicken Brillengläser waren mit Schuppen gesprenkelt, die ihm aus dem ölig-schwarzen Haar rieselten. Er beugte sich über die Leiche, nahm den Kopf in die riesigen, geschickten Pranken und drehte ihn, so vorsichtig, als hielte er ein kleines Kind, hierhin und dorthin, um die Verletzung genau zu betrachten.

»Also«, verkündete er und stieß das Wort dabei beinahe als Seufzer aus, »das ist ja nicht eben das, worauf ich mich so einstelle, wenn ich in der Früh aus den Federn steige. Haben wir es hier mit einer handelsüblichen Schusswaffe zu tun?« Seine Stimme klang leise und trocken, wie das Knirschen von feinem Sand.

»Nein, haben wir nicht, Ken«, erwiderte Harrigan sachlich. »Das war ziemlich sicher ein Einzelstück. Eigens umgearbeitet, um aus nächster Nähe den größtmöglichen Schaden anzurichten.«

»In dem Fall würde ich die Aktion als gelungen bezeichnen«, sagte der Pathologe und zog dabei leicht ironisch die Augenbraue hoch. »Na schön. Fangen wir an.«

Harrigan verzog zwar das Gesicht nicht, aber Grace stellte erstaunt fest, dass es ihn Mühe kostete, bei dieser Bemerkung nicht zurückzuschrecken.

Inzwischen entkleideten Assistenten die Leiche auf der Stahlplatte, bis sie in alles gleichmachender Nacktheit dalag und ihre fragile Geographie mit Röntgenstrahlen vermessen wurde.

»Der geht heut nicht mehr tanzen«, sagte einer, als er den Körper vom Hemd befreite.

»Nicht ohne Generalsanierung«, ergänzte der Zweite.

Der Pathologe grinste bei diesem Dialog und summte kurz *Cha-Cha-Cha*. Mit einer geradezu zärtlichen Gewandtheit überantwortete er seinen Untersuchungsgegenstand dem ewigen Schweigen, indem er ihn abschnittweise zergliederte und die Ergebnisse mit leiser Stimme dem Kassettenrekorder anvertraute. Henry Lius Körper wurde so in all seiner vielgliedrigen Komplexität offen gelegt, und Grace nahm einen alles durchdringenden Geruch wahr, der ihr zuvor noch nie so deutlich bewusst geworden war: altes Blut. Es stank, dafür gab es kein anderes Wort. Sie machte einen Schritt zurück, schwankte auf den Beinen, schluckte. Kurz fürchtete sie, in Ohnmacht zu fallen.

»Fehlt Ihnen was? Gehen Sie raus, wenn Sie müssen«, empfahl Harrigan.

»Nein, es geht schon. Ich bleibe.«

»Das setzt deiner Gefährtin wohl zu, Harrigan?«

McMichael sah sie an, ohne zu lächeln, und war aus irgendeinem Grunde erzürnt. Sie schüttelte den Kopf.

»Doch, das tut es«, widersprach er. »Aber wieso denn nur? Das hier hat schließlich seine ganz eigene Schönheit.«

Er deutete auf die offene Schädelhöhle vor ihnen auf der Tischplatte, deren Inhalt rosa und grau ins Freie quoll. Auch die Assistenten sahen Grace an.

»Er ist ermordet worden«, entgegnete sie. »Manche Menschen haben Mitleid mit den Toten.«

»Haben sie das?«, fragte er und beugte sich über die Platte, auf der er sich mit beiden Händen abstützte. Er lächelte sie an. »Autopsie. Aus dem Griechischen. *Autós*, selbst. *Optes*, erkennen. Nabelschau mit anderen Worten.« Er richtete sich auf und gestikulierte mit seinen gewaltigen Händen zur Leiche. »Das ist, was bleibt, Madame. Vergessen Sie das nicht, denn auch Sie werden noch früh genug hier liegen. Sie sehen sich hier selbst, und das ist es, was Sie nicht ertragen können.«

Grace musste an die Ereignisse denken, die sie um ein Haar selbst auf eine solche Platte gebracht hätten, und empfand einen heftigen Brechreiz. Sie war am Leben, und sie stand aufrecht, und doch war ihr in diesem gekachelten, chromblitzenden Raum, in dem sich die Lebenden unter die Toten mischten, kalt bis aufs Mark. Sie funkelte den Pathologen an: Was weißt du schon über Menschen, die noch atmen?

»Ken, wir sind hier nicht in einer von deinen Vorlesungen. Wenn du meine Kollegin also freundlicherweise in Frieden lassen könntest«, mischte Harrigan sich gereizt ein. »Und jetzt bitte weiter. Wir haben nicht ewig Zeit.«

Mit einem Lächeln machte der Pathologe sich schweigend wieder ans Werk. Grace stand reglos da. Schließlich hatten McMichael und seine Assistenten ihre Arbeit beendet, und der Tote lag nackt auf dem Tisch, die Handflächen nach oben gekehrt, die nach wie vor geöffneten Augen starr zur Decke gerichtet. Was die Lebenden noch einmal zu Gesicht bekämen, war mit geübter Leichtigkeit zusammengeflickt worden. Er war jetzt nicht mehr als ein Zellhaufen, den es zu entsorgen galt. Grace schaffte es nicht, die normalen Verbindungen herzustellen. Wenn diese Teile jetzt nicht lebten, wie hatten sie dann vorher je leben können? Wieso konnte Henry Liu nicht einfach aufstehen, sich anziehen und davonspazieren? Kurz gesagt, der gewaltsame Tod ergab keinen Sinn für sie, sie konnte ihn nicht verstehen.

»Das wär's dann«, erklärte McMichael. »Und eins darfst du deiner reizenden Bekannten ruhig klar machen, Harrigan. Wir vollführen hier keine Wunder, nach denen die Leute wieder auf die Beine kommen. Da muss ich sie leider enttäuschen.«

Harrigan blieb völlig gelassen. »Danke, Ken. Ich brauche deinen Bericht, wie du weißt, so schnell es irgend geht. Ich warte darauf.«

»Ich bin solange draußen«, entschuldigte sich Grace würdevoll.

Sie war so schnell verschwunden, dass Harrigan nicht recht wusste, woran er war. Er folgte ihr auf den Korridor und fand sich unvermittelt in der alles andere als angenehmen Lage wieder, vor der Damentoilette herumzulungern. Er hielt eine technische Assistentin an, die gerade durch den Korridor kam.

»Ich fürchte, meine Kollegin ist da drin, und wahrscheinlich ist ihr ein bisschen schwummrig. Könnten Sie bitte mal nachsehen, ob alles in Ordnung ist? Richten Sie ihr aus, ich bin schnell in dem Café drüben, was essen. Wenn es ihr so weit wieder gut geht, soll sie doch dorthin nachkommen.«

»Natürlich mache ich das«, erwiderte die Assistentin und lächelte teilnahmsvoll.

Als die Frau die Tür öffnete und fragte, ob ihr etwas fehle, klammerte Grace sich gerade am weißen Porzellanbecken fest und sah in den Spiegel.

»Nein«, antwortete sie und versuchte sich ein Lächeln abzuringen, war ansonsten aber zu keiner Bewegung fähig. »Ich frische nur mein Make-up etwas auf.«

»Ihr Chef lässt ausrichten, er ist im Street Café drüben was essen, und Sie sollen doch nachkommen, wenn Ihnen danach ist.«

»Danke. Das werde ich.«

Sie sprach mit großer Mühe, und die Wangen unter der Schminke waren fahl. Die junge Frau lächelte ihr aufmunternd im Spiegel zu und ging.

»Wieso tue ich mir das an?«, fragte Grace sich selbst, während sie sich aufs Becken stützte und den Kopf schüttelte. Die Ohnmacht hatte sie verhindern können, aber sie hatte sich übergeben. Sie sah in den Spiegel und kontrollierte ihr Gesicht. Ein weiterer Spiegel hinter ihr warf das Bild zurück: In einer anhaltenden Folge von Spiegelungen sah sie die weiße Maske ihres Make-ups immer kleiner werden und schließlich verlöschen. Sie richtete sich auf, und während sie sich mit dem dunkelroten Lippenstift vorsichtig den Mund entlangfuhr, blickten sie und die restlichen Spiegelungen einander an.

»Schau der Welt ins Antlitz, okay, Gracie? Brust raus«, machte sie sich über ihre melodramatische Erscheinung lustig. Um der Rüstung den letzten Schliff zu geben, strich sie sich die Jacke glatt. Danach begab sie sich auf die Suche nach dem Zigarettenautomaten, ihrem Mantel und dem Boss, in dieser Reihenfolge, in dieser Wertigkeit.

Das Handy legte er anscheinend nie aus der Hand. Die ganze Hinfahrt über hatte er permanent telefoniert. Und jetzt, als sie mit einer Tasse Kaffee in der einen und einem Sandwich in der anderen Hand zu ihm stieß, telefonierte er schon wieder. Vor ihm auf dem Tisch wurde der Kaffee kalt, daneben stand eine halb gegessene Pastete.

»Wie fühlen Sie sich?«, erkundigte er sich und steckte den unverzichtbaren Apparat in das Täschchen am Gürtel zurück. Sie fragte sich, ob er wohl je daran dachte, es abzuschalten oder wegzuwerfen.

»Mir geht es gut«, erwiderte sie. »Hätten Sie was dagegen, wenn wir uns nach draußen setzen, damit ich eine rauchen kann? Ich weiß, es ist ziemlich kalt.«

»Sie rauchen? Dann sind wir ja genau am richtigen Ort für Sie, wenn Sie so eine Todessehnsucht haben. Nein, es macht mir überhaupt nichts aus, solange Sie nicht vorhaben, im Wagen zu qualmen. Seit ich selbst damit aufgehört habe, ist mein Auto zigarettenfreie Zone.«

Würde mir im Traum nicht einfallen, Boss, dachte sie.

Sie suchten sich einen Tisch unter einer Markise, an dem sie vor Regenschauern und dem Wind geschützt waren, der in kurzen Böen Müll über das winzige Rasenstück trieb.

»Sind Sie umgekippt?«, wollte er wissen, als sie sich setzten.

»Nein.«

»Sie sollten sich keine Gedanken darüber machen, wenn doch. Wenn Sie nicht völlig abgestumpft sind, dann passiert Ihnen das mindestens einmal.«

Es klang beinahe mitfühlend. Andererseits rief es in Grace die Erinnerung an die vergangenen Stunden wach, und ihr wurde sofort wieder übel. Sie legte das Sandwich weg und nahm lieber einen Schluck Kaffee.

»Das war nicht gelogen, ich bin wirklich nicht ohnmächtig geworden«, erklärte sie. »Mir war ein bisschen schwummrig, das ist alles. Ich brauchte einfach was im Magen.«

Er trank den Kaffee aus und beobachtete, wie sie den Rest des mit sonnengetrockneten Tomaten und Schinken belegten Brötchens hinunterwürgte.

»Das glaube ich Ihnen gern«, sagte er, als sie fertig war. »Soll ich Ihnen auch sagen, weshalb Ihnen das jetzt so nahe geht? Sie haben sozusagen den Menschen kennen gelernt.

Durch die Begegnung mit dem Jungen wurde der Vater für Sie real. Doch müssen Sie sich immer klar machen: Sie haben es nicht mit einem Menschen zu tun. Ganz gleich, wer oder was jemand vorher gewesen sein mag, das existiert nicht mehr, es – oder er – hat sich verabschiedet. Eine Leiche ist gar nichts, die gehört lediglich entsorgt. So müssen Sie das betrachten, dann wird Ihnen so was auch nichts anhaben.«

Er sprach leidenschaftslos, wie ein treuer Ratgeber. Ein kurzer Regenguss ging auf die Markise nieder wie die Aufforderung zum Schweigen, und Grace wischte die Krümel weg und zündete sich erleichtert die erste Zigarette des Tages an. Sie blinzelte in das Grau des Regens hinaus, und ihr war kalt bis ins Herz.

»Muss man es wirklich so sehen?«, entgegnete sie. »Eine Leiche ist nicht einfach nichts. Nicht für die, denen der Mensch etwas bedeutet hat.«

»Aber Sie sind nicht ›die‹, und Sie können sich nicht erlauben, so zu denken. Nicht da drinnen.«

»Nein? Weil der Pathologe das Messer sonst bei mir ansetzt? ›Das ist, was bleibt, Madame. Vergessen Sie das nicht, denn auch Sie werden noch früh genug hier liegen.‹« Sie hörte sich McMichaels trockenen, weichen Tonfall mit ätzender Präzision imitieren. »Was für ein Widerling! Ist der immer so?«

Zu ihrer Überraschung lachte Harrigan und zwar weitaus heftiger, als eigentlich angebracht gewesen wäre. Sie fragte sich, welche Anspannungen er wohl in sich aufstaute.

»Ja. Ist er. Ein echter Widerling«, prustete er. »Und ja, er ist immer so. Ich weiß gar nicht, wie oft ich diese kleine Ansprache schon von ihm gehört habe. Er kann von einer Sekunde auf die andere eklig werden. Zuverlässig ist er, das muss man ihm zugestehen. Aber zum Essen würde ich ihn nicht einladen.«

Er wischte sich die Lachtänen aus den Augen.

»Das war ein ganz schön stressiger Tag für Sie, oder? Und dabei mussten wir das nicht mal extra organisieren. Wir brauchten Sie nur ins kalte Wasser zu werfen.«

»Das ist schon okay, so schlimm war's gar nicht. Schließlich ist das nicht meine erste Stelle.«

Diese Fürsorglichkeit war ihr peinlich, sie wollte das möglichst lapidar abtun.

»Wie auch immer, denken Sie sich nichts. Sie haben's prima hingekriegt.«

»Danke«, entgegnete sie bündig und erblühte in zartem Rosa unter dem Make-up.

Sie hatte noch nie gut mit Lob umgehen können. Unbewusst griff sie sich an den Wulst der Narbe an ihrem Hals, ein gerades Mal, wie ein Strich, das mit einer Krümmung an der Schlagader begann und kurz oberhalb des Brustbeins endete. Das war eine Gewohnheit, die sie auch mit der größten Selbstdisziplin nicht unterdrücken konnte. Die Berührung durch die Finger sollte zugleich die Narbe wie auch die unauslöschliche, körperliche Erinnerung an den Schnitt selbst fortstreichen. Sie sah seinen Blick, der ihrer Handbewegung folgte, merkte, was sie da tat, und hielt inne. Sie fragte sich, ob er sie wohl darauf ansprechen würde, das kam ab und zu bei Leuten vor. Es hätte nur keinen Sinn gehabt, wenn Harrigan sie danach gefragt hätte: Für sie gab es da nichts zu erklären, niemandem gegenüber, niemals. Vor acht Jahren hatte ein Ex sie niedergerungen und ihr in wenigen Minuten, in denen sie gedacht hatte, es wären ihre letzten, diese Wunde am Hals beigebracht – und ihr Inneres verstümmelt. Er hatte sie brutal vergewaltigt und ihr dann die Faust ins Gesicht gerammt, bis sie das Bewusstsein verloren hatte. Er war ihr persönlicher Dämon. Ständig kratzte sie ihn sich wieder aus dem Gedächtnis, nur um ihn, wenn sie es am wenigsten erwartete, erneut zu entdecken, den Gestank von altem, verdorbenem Blut nach sich ziehend, ebenjenen Gestank aus dem Obduktionssaal.

»Wollen Sie wieder fahren?«, fragte Harrigan, der sie mit einem leichten Stirnrunzeln betrachtete. »Oder soll lieber ich?«

»Nein, es geht schon«, antwortete sie. »Fahren ist gut, es macht mir Spaß. Das macht mir den Kopf frei. Wohin geht's diesmal?«

»In die Stadt. Die haben mich zu einer Pressekonferenz mit dem Bereichskommandanten ›Mord- und Gewaltverbrechen‹ und diversen sonstigen Würdenträgern einbestellt. Zu Ihrer Information, Grace, der Bereichskommandant ist bekannt als der Tooth, Marvin Tooth. Falls Sie noch nicht das Vergnügen hatten, ihn kennen zu lernen, dürfen Sie sich jetzt darauf freuen. Vergessen Sie nicht, Ihre Finger nachzuzählen, wenn Sie ihm die Hand geschüttelt haben. Wahrscheinlich fehlen nämlich etliche.«

»Ich kann es kaum erwarten«, antwortete sie mit einem angedeuteten Lächeln. Erzähl ruhig mehr. Ich weiß längst Bescheid. Sie drückte die Zigarette aus und griff nach dem Autoschlüssel.

»Es gibt doch bestimmt einen Grund, weshalb Sie diese Stelle haben wollten, oder, Grace?«, sagte er auf dem Weg zum Auto.

Bis zum Erbrechen hatte Grace auf den Bewerbungsformularen ihre Gründe genannt.

»Das müsste eigentlich alles aktenkundig sein«, erwiderte sie.

»Sie sollen ihn mir ja gar nicht erzählen. Ihnen muss nur klar sein, ganz egal, was Sie sich so vorstellen: Das hier ist schlicht und ergreifend ein Job. Sie verdienen damit Ihre Brötchen. Wenn Sie am Abend heimgehen, können Sie tun und lassen, was Sie wollen. Aber wenn Sie versuchen, diesen Job zu einer Mission oder Ähnlichem zu machen, können Sie sich jede Menge Ärger einhandeln. Setzen Sie sich lieber nicht allzu sehr unter Druck. Das wird die Umwelt schon früh genug für Sie erledigen.«

Vielleicht hat sie das bereits. Vielleicht habe ich das alles sowieso schon längst herausgefunden. Und sei bloß nicht so bescheiden, Harrigan, du selbst hast mir heute ganz ordentlich Dampf gemacht. Und wenn es nicht völlig falsch ist, was man über dich munkelt: Seit wann ist das für dich einfach nur ein Job?

Zur Antwort lächelte sie ihn wortlos an.

Dieses Gespräch war weniger distanziert und unpersönlich, als es sonst seine Art war, soweit sie das nach der kurzen Bekanntschaft einschätzen konnte. Trotzdem wollte sie nicht den Fehler begehen, ein solches Interesse etwa als Kompliment aufzufassen. Ihren Quellen nach kümmerte er sich um das Wohlergehen anderer ausschließlich dann, wenn es seinem Ehrgeiz dienlich schien. Es war bekannt, dass er aufpasste, wie seine Leute mit ihrer Arbeit zurechtkamen, weil er Ergebnisse verlangte, weil er die Resultate schnellstmöglich auf dem Tisch haben wollte. Grace mutmaßte, sein guter Rat war Teil seines weit gerühmten »Teamdenkens«, womit im Grunde nur das kollektive Überleben gemeint war, eine Methode, durch die jeder den Kopf über Wasser behalten konnte. Sie hatte nichts dagegen, wenn alles auf einer rein professionellen Ebene blieb. Das erleichterte das Leben ungemein.

Während Grace die Parramatta Road entlangfuhr, fiel es Paul Harrigan wieder ein. Genauer gesagt, er konnte nicht verhindern, dass er sich erinnerte. Ein heißer Sommerabend vor einundzwanzig Jahren. Eine kleine Kammer mit mattgrün gestrichenen Wänden, an denen das Blut klebte. Glänzend schwarzes Haar – ausgebreitet in verklebten Strähnen auf dem Linoleum. Wie hell doch das Blut in diesem Neonlicht war, wie flüssig, wie glänzend und schillernd, genau wie Motorölflecken eigentlich. (So etwas denkt man, wenn man achtzehn ist und noch nie einen Toten gesehen hat.) Das Gesicht seiner Mutter konnte er nicht sehen, es war zur Sockelleiste gekehrt. Im Dämmerlicht hatte sein Vater sich umgedreht, den 38er Smith-&-Wesson-Revolver noch in der Hand. Dann war Paul in das Zimmer getreten und hatte die Mutter herumgewälzt, um ihr ins Gesicht zu sehen. Selbst jetzt in der Gegenwart schloss er gequält die Augen. Aus welchem Grund auch immer, in der Verhandlung hatten die Geschworenen die Behauptung seines Vaters akzeptiert, es sei ein Unfalltod gewesen. Nach dem Spruch der Geschworenen hatte Jim Harrigan sich von der Anklagebank erhoben und mit klarer, wenn auch zitternder Stimme erklärt: »Ich habe Helen nicht umbringen wollen. Ich wollte, ich wäre mit ihr tot.«

Nein, mein lieber Vater, so einfach ging das nicht. Ich habe dafür gesorgt, dass du den Rest deines Lebens mit dieser Erinnerung leben musstest. So wie ich noch heute. Nur darum war es gegangen.

Harrigan schnappte zu heftig nach Luft und bemerkte, dass Grace ihn neugierig von der Seite ansah. Er verscheuchte mit aller Macht diese Gedanken, diese Erinnerung. Für gewöhnlich ging ihm nämlich das, was er in seinem Beruf erlebte, nicht so nahe. Mit der gleichen Objektivität, mit der McMichael seine Kunden sezierte, reagierte auch er auf das, was er sah: akribisch, nahezu entspannt und stets distanziert. Sein Vorgehen entsprach seiner sorgfältigen morgendlichen Toilette, wenn er Hemdfarbe und Anzugschnitt präzise aufeinander abstimmte, die Aftershavelotion von Givenchy auftupfte und sicherstellte, dass das Äußere, mit dem er der Welt gegenübertrat, makellos war. Dabei war das kein essenzieller Bestandteil seiner selbst, nur eine Art, den täglichen Schmutz von sich fern zu halten. Aber der Schock des Jungen heute war ihm leider zu nahe gegangen. Harrigans säuberliche Kategorisierungen waren durcheinander geraten, als das Gesicht des Toten sich als Negativ auf seinem blauen Taschentuch abgezeichnet (das, wie er hoffte, inzwischen in irgendeinem Brenner des Leichenschauhauses restlos verbrannt war) und das Blut den schwarzen Mantel seiner neuesten Mitarbeiterin befleckt hatte. Vor einer Ampel kam der Wagen zum Stehen, und Harrigan schwor sich, was er sich schon am Tatort geschworen hatte: Wir werden diese Frau finden, Matthew, ganz gleich, wer sie ist. Ich kriege sie. Egal was es kostet, ich kriege sie. Ich werde dafür sorgen, dass sie so lange wie möglich eingesperrt wird.

»Wenn Sie mich bei der Pressekonferenz abgesetzt haben, fahren Sie zurück ins Krankenhaus, Grace. Sehen Sie zu, ob Sie rausfinden, wie's um Doc Liu steht, und schauen Sie auch noch mal nach Matthew. Bei Ihnen hat er sich sicher gefühlt. Ich würde ihn die nächsten paar Wochen über gern im Auge behalten. Vielleicht können Sie ihm helfen, damit zurande zu kommen.«

»Okay«, erwiderte sie. »Der Arme. Diesen grausigen Anblick für den Rest seines Lebens ertragen zu müssen.«

Ihre Worte entsprachen der Wut, die er empfand. Oft laugte die Wut ihn nur aus, heute aber empfand er sie als durchaus angenehm, sauber. In seinem eigenen Revier, quasi direkt unter seiner Nase, hatte jemand zwei Menschen, die lediglich ihrer täglichen Arbeit nachgegangen waren, einfach umgelegt, und er hatte die Überreste aufsammeln dürfen. Das fasste er als persönliche Beleidigung auf, als Angriff wider die Ordnung, die er aufrechterhalten wissen wollte.

Die Ampel sprang auf Grün, der Verkehr rollte an. Er musterte Grace von der Seite; sie drehte den Kopf gerade zum Außenspiegel, und er konnte die Narbe an ihrem Hals klar erkennen. Eine saubere Narbe von einem sauberen Schnitt. Den musste ihr, seiner Einschätzung nach, jemand beigebracht haben, der sehr genau wusste, was er tat. Ein Millimeter weiter rechts, und sie hätte jetzt weder dieses noch sonst irgendein Auto gefahren. Warum sollte ihr jemand das antun? Sie hatte ein hübsches Gesicht, fand er. Kaum jemand, der sonst mit ihm arbeitete, hatte auch nur annähernd so ein ansprechendes Äußeres. Also wieso tat sie sich diesen Drecksjob an? Ihr standen doch weitaus bequemere Möglichkeiten offen. Und was sollte diese dicke Farbschicht? Wie lange sie wohl brauchte, bis sie das in der Früh jedes Mal aufgelegt hatte? Die Haare trug sie straff aus der Stirn, hinten zu einem Zopf geflochten, und das Gesicht wurde beherrscht von diesem weißen Make-up, das wie eine sorgfältig gearbeitete Porzellanmaske wirkte. Die Augen waren dunkelbraun, die Brauen gleichermaßen dunkel, ein wenig dichter als nötig, der Mund dunkelrot vom Lippenstift. Vorhin im Café hatte er sie beim Abaschen beobachtet, und ihm war positiv aufgefallen, dass weder auf dem Zigarettenfilter noch auf dem Rand der Tasse ein Abdruck zurückgeblieben war. Er konnte solche Lippenstiftabdrücke auf Kippen oder Porzellan nämlich nicht ausstehen. Dafür hätten ihr etwas weniger Schminke und dafür mehr Haar gut getan, damit das Gesicht ein wenig weicher erschiene, damit man Lust bekäme, es zu berühren. So aber signalisierte alles wie ein elektrisches Knistern: »Rühr mich nicht an!« Es war eine Schande.

Er hätte sich gern mit ihr unterhalten, doch ihm fiel kein halbwegs vernünftiges Thema ein. Also richtete er den Blick auf die Straßen der Stadt. Er kannte diese Straßen, diesen

Weg ins Zentrum, kannte ihn aus dem Effeff, genauso wie er den Uferverlauf des Hafens kannte, von Coat Hanger an bis nach Iron Cove. Alte Industrielandschaften, aufgepfropft auf das unfruchtbare, ockergelbe Vorland eines verlandeten Flusses, denen man bei der Veränderung zusehen konnte. Er war im Herzen dieser Gegend aufgewachsen, auf der Halbinsel Balmain, das Kraftwerk Balmain in Sichtweite, unweit der Containerkais und des White Bay Hotels, das hoch auf dem Hügel über den Holzplätzen, den Kais und der Biegung der Victoria Road mit dem nie abreißenden Verkehr thronte. In den Straßen um sein Elternhaus drängten sich alte Pubs, schmale, enge Reihenhäuser auf hohen Sockeln, windschiefe Holzhäuser und lange Reihen völlig identischer einstöckiger Einfamilienhäuser aneinander. An gewissen Tagen goss die Sonne ein ausgewaschenes gelbes Licht über diese baumlosen Straßen, matt und spröde wie von einer Glühbirne. Als Kind hatte diese ausgespülte Leere ihm das Gefühl trostloser Zufriedenheit vermittelt. Er hatte sich sicher gefühlt im Schatten des riesigen Kraftwerks Balmain und seiner rostigen Förderbänder, ganz gleich, ob es sich vor einem heißen Sommerhimmel abzeichnete oder an einem Tag wie heute einsam und verlassen im grauen Regen stand.

Er wohnte inzwischen nicht mehr auf diesem Teil der Halbinsel, und Balmain hatte sich verändert. Häuser waren aufgekauft und renoviert worden, wurden teuer. Die Patina der alten Zeiten war wegpoliert oder vom ungewohnten Glanz eines frischen Anstrichs übertüncht. Derselbe Wandel und Untergang hatte sich in der Innenstadt ereignet, sodass altvertraute Wahrzeichen – der Uhrturm des Hauptbahnhofs etwa, den sie gerade passierten, oder die hässliche kannelierte Säulenreihe an der Eddy Avenue – nur noch als Überbleibsel in Erscheinung traten. Er dachte sich häufig, dass das Los der Stadtlandschaft sich nicht allzu sehr unterschied von dem vieler Menschen, mit denen er in den sechzehn Jahren seines Jobs zu tun gehabt hatte. Manche wurden herausgeputzt, bis man sie nicht mehr wiedererkannte, andere ließ man einfach vergammeln, oder sie lagen tot und verscharrt unter den Betonfundamenten der Bürotürme und Apartmenthäuser, die entlang der Straßen in die Höhe geschossen waren.

Hin und wieder sah er sich gern als Überlebenden aus einer anderen Ära, obwohl er wusste, dass das kaum den Tatsachen entsprach. Er hatte sich gewandelt, wie das die Zeiten und die Orte um ihn herum getan hatten. Und er war modebewusst geworden. In den letzten Jahren waren ein paar Aufstiegsmöglichkeiten, wie er sie sich nie erträumt hätte, in greifbare Nähe gerückt. Die hatte er sich nicht entgehen lassen. Er war erfolgreich und hartnäckig in den verschiedensten Phasen seines Jobs gewesen und durfte auf weitere Beförderungen hoffen. Er hatte sich Einfluss verschafft, und das gefiel ihm. Er nutzte seine Kenntnisse mit Vergnügen – es war eine erfreuliche Abwechslung. Er sah es als eine Art Wiedergutmachung, als Ausgleich und Gegengift für die düsteren Gefühle, die ihn ab und zu überschwemmten, wie heute.

»Kann ich Sie hier absetzen?«

Graces klare Stimme durchbrach seinen Tagtraum.

»Ja, das ist okay, danke. Wir treffen uns dann später im Büro. Rufen Sie an, wenn Sie was Wichtiges über Frau Doktor erfahren.«

»Natürlich«, erwiderte sie lächelnd.

Er sah ihr nach, als sie sich erneut in den Verkehr einfädelte. Er dachte an ihre Hände auf dem Steuer, die dunkelrot lackierten Nägel, die Farbe ihres Lippenstifts. Harte Farben. Weichheit zählte auch wahrhaftig nicht zu den Anforderungen für diesen Job.

Er konnte gerade noch seinen Platz einnehmen, da fing die Befragung schon an. Bei Pressekonferenzen kam er sich vor wie einer der drei aufgereihten weisen Affen. Er hätte am liebsten das Recht eingefordert, nichts Böses zu sagen, das war eigentlich die sicherste Option. Wer dagegen verstieß, konnte leicht in eine Gletscherspalte stürzen; das war ihm selbst schon passiert, einmal, auf spektakuläre Weise. Damals hatte er das Glück gehabt, mit einer siebenjährigen Versetzung in ein Kaff an der Riverina und einem zerschmetterten Unterkiefer davonzukommen. Beides hatte er einem Kollegen zu verdanken gehabt, der sich Harrigans Einmischung in seine privaten Geschäftsangelegenheiten, denn dafür hatte er es gehalten, auf das Strikteste verbat. Beides hatte er der Alternative entschieden vorgezogen: sich in die Statistik der im Dienst erschossenen Polizisten einzureihen. Das hätte ihm lediglich ein beeindruckendes Begräbnis eingebracht. Eine Lehre aber hatte Harrigan aus der ganzen Affäre gezogen: Es war unklug, die falschen Leute zu weit in die Enge zu treiben. Er erinnerte sich noch an die betretenen Gesichter seiner Vorgesetzten, die ihn während der Reha im Krankenhaus aufgesucht hatten, um ihn vor die Wahl Ausscheiden oder Exil zu stellen. Das Exil stand dabei überhaupt nur zur Debatte, weil die Sache in den Medien für einen gewaltigen Skandal gesorgt hatte. Mit dem Exil sollte garantiert werden, dass er den Mund hielt (was er auch getan hatte, ohne zu murren).

Den Polizisten, der ihn beinahe erschossen hätte, einen gewissen Michael Casatt, hatte es dann vor ein paar Jahren voll erwischt, als wieder einmal eine königliche Kommission zur Aufdeckung von Korruption in der Polizei eingesetzt wurde – jene Kommission übrigens, durch die sich für Harrigan die Möglichkeiten zum Aufstieg eröffnet hatten. Es hatte ihm großes Vergnügen bereitet, sich vorzustellen, wie Casatt sich im Gerichtssaal vor diesem veröffentlichten Video wand und fieberhaft nach Ausreden suchte. Selbst wenn die Jahre des Exils der Vergangenheit angehörten, der sporadische Schmerz in Harrigans zusammengeflicktem Kiefer tat es nicht. Er war ihm ein verlässlicher Mahner, seine Angelegenheiten in Zukunft mit etwas mehr Diskretion zu verfechten.

Er ermahnte sich zur Konzentration und lauschte nun dem stellvertretenden Polizeichef, der soeben seiner Trauer um den Verlust eines geliebten, geschätzten und bewunderten Mitbürgers Ausdruck verlieh. Harrigan bewunderte es, mit welcher Gelassenheit er sich sämtlichen Fragen verweigerte, die auf die Auswirkungen dieses Mordes auf die *law-and-order*-Kampagne der Regierung im bevorstehenden Wahlkampf abzielten. Harrigan verzog auch keine Miene, als Tooth im Anschluss von der Aufstockung von Harrigans Spezialermittlungseinheit durch Kräfte aus dem Bereichskommando daherschwadronierte. Was für eine hübsche Lüge. Man durfte sich bereits glücklich schätzen, wenn er zu Weihnachten ein Glas Freibier herausrückte – geschweige denn, dass er jemanden unterstützte. Tooth war ausgesprochen telegen: ein lächelnder Herr mit rundem Gesicht und kurz geschnittenem, silbergrauem vollem Haar, dessen aufgeplusterter Bauch unter dem Tisch verborgen blieb. Auf den ersten Blick wirkte er gütig und nachgiebig, doch Harrigan wusste sehr gut, dass er jeden Einzelnen von ihnen mit größter Leichtigkeit ins Abseits katapultieren konnte.

Als die Meute sich dann auf Harrigan stürzte, lehnten sich die beiden Männer neben ihm zurück und ließen ihn das allein durchstehen. Für Harrigan waren Pressevertreter Parasiten: Sie tranken anderer Leute Blut, um selbst zu überleben. Nützlich waren sie nur sehr selten. Er mauerte also. Die ersten Anzeichen sprächen dafür, nicht Professor Henry Liu sei das eigentliche Ziel gewesen, sondern seine Frau, Dr. Agnes

Liu. Letzten Informationen zufolge sei ihr Zustand kritisch, aber stabil. Das Motiv liege im Dunklen. Die Mordwaffe sei gefunden und werde untersucht. Auf weitere Fragen reagierte er mit nichts sagenden Floskeln, bis der stellvertretende Polizeichef die Pressekonferenz für beendet erklärte.

Beunruhigt musste Harrigan dann draußen im Flur feststellen, dass Tooth ihm in offenbar freundlicher Absicht nacheilte und beim Lächeln eine Reihe gerader, äußerst weißer Zähne aufblitzen ließ, die jedem Zahnarzt Ehre gemacht hätte. Mit diesem Lächeln wollte er sein Gegenüber zum Komplizen machen, es idiotisch zurückgrinsen lassen, wobei Harrigan staunte, wie Marvin es schaffte, dass das harmlose »Wie geht's?«, das er säuselte, wie eine Todesdrohung klang.

»Paul. Sehr hübsch, wie Sie die Jungs und Mädels da drin im Griff hatten. Wir sollten uns bei Gelegenheit noch mal zusammensetzen und die Personalfrage etwas offenherziger diskutieren. Leider habe ich noch andere Verpflichtungen, und da könnte es mit diesem Fall ein wenig eng werden. Na egal, hätten Sie gleich einen Moment für mich übrig? Ich möchte Sie gern etwas fragen.«

Er dirigierte ihn mit dem Ellenbogen an ein Fenster, wobei Harrigan seiner Berührung so rasch wie möglich auswich.

»Heute hat doch eine Neue aus dem Graduiertenübertrittsprogramm bei Ihnen angefangen? Grace Riordan? Irre ich mich?«

»Nein, Sie irren nicht«, antwortete Harrigan und brachte es fertig, nicht überrascht zu wirken.

»Genau, sie hat die Akademie noch nicht sehr lange hinter sich – acht, neun Monate vielleicht? Ich weiß ja, dass man in der Ermittlungsarbeit neuerdings mit irgendwelchen akademischen Methoden zugange ist, aber *ernsthaft* ...« Er machte eine Pause als brächte er ihrer beider übereinstimmende Verachtung zum Ausdruck. »In der Öffentlichkeitsarbeit wird noch jemand gebraucht. Lassen Sie die doch mal einen Blick auf sie werfen. Es gibt andere Leute, die ich Ihnen zuweisen kann. Nach allem, was ich weiß, ist das Einzige, worin sie tatsächlich gut ist, ihre Überheblichkeit.«

Autsch, dachte Harrigan.

»Mir gegenüber war davon nichts zu erkennen.« Er sprach in beiläufigem Ton und setzte die Worte mit Bedacht. »Nein, so ist es mir lieber, trotzdem danke, Marvin. Sie hat sich heute wacker geschlagen. Sie hat Verstand, und sie setzt ihn ein. Das trifft man selten genug.«

»Wie Sie wollen. Jedenfalls gäbe es andere Leute. Und scheuen Sie sich nicht, mich in Kenntnis zu setzen, falls Sie Ihre Meinung doch noch ändern. Eventuell findet sich ja eine Lösung, wenn Sie demnächst zu mir kommen, um Ihre Personalzuweisung zu besprechen. Es sollte mich nicht wundern, wenn sie nicht Ihr verlässlichster Neuzugang wäre. Aber das werden Sie früher oder später mit Sicherheit selbst herausfinden.«

»Früher oder später werden wir noch so manches herausfinden. Jedenfalls habe ich zurzeit nicht den geringsten Grund, negativ von ihr zu denken. Bis bald dann. Grüßen Sie Joan von mir.«

Sie heuchelten ein freundschaftliches Lächeln, wandten sich ab und gingen. Harrigan blieb noch einmal stehen und sah angewidert Tooths breiten Rücken in einer Aufzugkabine verschwinden, dann fragte er sich, weshalb er es wohl derart giftig auf die Neue abgesehen hatte. Ein Glück für sie, dass er niemals Marvin entscheiden ließ, wer mit ihm arbeitete und wer nicht. Das war reiner – und kluger Selbsterhaltungstrieb. Er konnte nie sicher sein, wen Tooth ihm aus welchem Grund ins Team einschleusen wollte. Jedenfalls, wenn Marvin sie nicht mochte, dann konnte er ihr wahrscheinlich vertrauen. Der blaue Himmel, Freund, sprach er sich ironisch, wenn auch ein wenig säuerlich, Mut zu. Schau stets in den blauen Himmel, wenn du dich am Drahtseil über die Gletscherspalte hangelst.

Er marschierte durch die Flure zurück zu seinem Büro und pfiff dabei leise vor sich hin: »Always look on the bright side of life.«

5

Lucy durchschritt die King Street, diesen Wechsel aus innerstädtischem Brachland und grellem, lebhaftem Treiben. Alles, was sie dabei von der Außenwelt wahrnahm, war ihr Ziel. Ihre direkte Umgebung war immateriell, als bestünde sie aus Nebel. Plötzlich fand sie sich in Bahnhofsnähe wieder, wie jemand, der nicht weiß, wie er nach einer durchzechten Nacht heil nach Hause gekommen ist. Durch vertraute, enge Sträßchen ging sie am alten Polizeirevier vorbei und folgte der Biegung des Hügels hinab zur Parramatta Road, wo an der Einmündung einer Gasse klotzig, klobig und mit flachem Dach ein kleines, altmodisches Kino stand. An der Kinofront war auf verwitterten Filmplakaten ein Schild befestigt: The New Life Ministries Temple – Seelsorge und kirchliches Jugendasyl – Prediger Graeme Fredericksen. Das Pendant dazu, das Asyl, ein mehrstöckiges Wohnhaus mit abgeschlossener Veranda, stand direkt gegenüber in dem engen Gässchen.

Die Vordertür des Kinos war wie üblich abgeschlossen. Lucy ging die Gasse entlang zur Rückseite. Dort gab es eine freie Fläche, da vor einigen Monaten zwei Häuser abgebrochen worden waren und wegen des daraufhin entstandenen

Widerstands momentan kein Neubau in Angriff genommen wurde. Auch die Hintertür war verriegelt, aber Lucy sperrte auf, ließ die Schlüssel in die Jackentasche fallen und zog die Tür hinter sich zu. Sie stand in einem kleinen Korridor, von dessen hoher Decke an langen Kabeln ausgeschaltete Glühbirnen baumelten. Eine Treppe führte in ein Zwischengeschoss, daneben befand sich eine Tür. Sie öffnete die Tür und lugte in das unordentliche Büro. Es war leer. Sie ging den kurzen Korridor entlang und rief, als sie die schwere Holztür zum kleinen Zuschauerraum aufzog: »Hallo?« Nur ein hohles Echo schallte zurück. Sie trat ein und schloss die Tür hinter sich.

Auf der Gassenseite, dicht unter der Decke, lag eine einzelne Reihe kleiner, rechteckiger, marineblauer Glasfenster, die kaum Licht hereinließen. Sie schufen Finsternis und verbannten die Geräusche und den Anblick der Außenwelt nach draußen. Ein gemalter Christus wurde auf die altertümliche Leinwand an der Wand des Zuschauerraums projiziert. In den Lichtstrahlen des Projektors blitzte der langsam tanzende Reigen der Staubkörner auf. Gesicht und Gewand des Erlösers leuchteten im lichtlosen Saal auf, und er schien über der winzigen Bühne zu schweben, während er dem Betrachter die zum Segensgruß gebreiteten Hände entgegenstreckte. Im Zentrum des Raums standen, im Banne seines Blickes, weiße Plastikstühle in konzentrischen Kreisen.

Lucy sah sich um, und ihr Herz schlug schneller. Sie legte den Rucksack auf einem Stuhl ab. Dann öffnete sich leise die Tür neben der Bühne, und Graeme betrat, in schwarzer Hose und grau gestreiftem Hemd, den Raum.

»Lucy«, sagte er, »ich habe mir solche Sorgen um dich gemacht. Ich hatte schon Angst, ich würde dich heute gar nicht mehr sehen. Ich habe alles im Radio gehört. Ich gratuliere. Ich kann es gar nicht oft genug sagen: Ich bin so stolz auf dich, ich bin so riesig, riesig stolz auf dich. Ich wusste, du hast den Mut dazu, ich wusste, du kannst es. Aber wie geht es dir jetzt? Kommst du damit zurecht? Du weißt doch, jetzt, wo du das getan hast, jetzt brauchst du vor nichts mehr Angst zu haben.«

Er war mit ausgestreckten Händen auf sie zugeschritten und hatte nach den ihren greifen wollen, doch irgendetwas in ihrer Miene ließ ihn stehen bleiben.

»Wie es mir geht? Gut geht's mir, Graeme! Ich habe auf zwei Menschen geschossen und einen davon umgebracht. Aber sonst, sonst geht's mir prima. Was glaubst du denn, wie es mir geht?«

Ihr wütender Ausbruch entsprang einem Abscheu, dessen wahre Intensität sie sich erst in dieser Sekunde eingestand.

Seine Antwort klang erschüttert: »Du warst mutig, Lucy. Du warst sehr, sehr mutig. Du hast getan, was getan werden musste.«

»Ach ja?«

Sie lief jetzt unruhig durch die Stuhlreihen.

»Ja, ich war mutig. Das hast du immer gesagt. Ich bin ja ständig so scheißmutig.«

Sie blieb stehen und trat einen Stuhl um, dann noch einen und noch einen. Sie polterten gegen die Wand. Der Prediger beobachtete sie, reglos.

»O wie scheiß-, scheißmutig. Weißt du was? Da stand ein Kind. Ich hab keine Ahnung, wer das war, ihr Sohn oder so, was weiß ich. Aber der hat zugesehen. Er hat alles beobachtet, was ich getan habe. Aber es hat sich überhaupt nichts verändert, oder? Ich hab gedacht, es wird anders. Du hast gesagt, es wird anders. Du hast gesagt, alles wird anders. Ich würde aufatmen können. Ich würde mich ... gereinigt fühlen. So war's auch, für fünf Minuten ungefähr. Da hab ich gedacht: Ja, gut, dass ich es getan habe. Aber so ist es nicht mehr. Und geändert hat sich überhaupt nichts. Gar nichts. Die Welt dreht sich einfach weiter, und ich fühl mich genauso wie vorher. Nein, das stimmt nicht. Ich fühl mich scheiße!«

»Lucy …« Ganz langsam kam er näher. »Beruhige dich. Du bist erregt, das ist normal. Eine solche Tat verlangt dir unendlich viel ab. Und sie ist nicht schön. Niemand, der eine solche Aufgabe übernimmt, wird darüber in Jubel ausbrechen. Niemand hat dir im Übrigen vorgegaukelt, dass es so sein würde. Aber es ist ein Reinigungsprozess, und jemand musste es tun –«

»Keinen Schritt näher, Graeme!«

Er blieb stehen, und sie verfolgte, wie sein Gesicht sich kurz unter einer Zornesaufwallung verzerrte. Erstaunt nahm sie die Emotion zur Kenntnis.

»Genau das hab ich Greg auch gesagt, weißt du? Ich hab ihm gesagt, jemand muss es tun. Und ich habe es getan. Und weißt du, was er da zu mir gesagt hat?« Sie lachte. »Bullshit. Genau das hat er gesagt. Für so was buchten die dich dein Leben lang ein.«

Sie brach ab und holte Luft. Vor ihrem geistigen Auge sah sie die elektronischen Worte Turtles: *das ist nur eine mauer die du aufbaust aber nichts echtes*. Sie schloss die Augen.

»Keiner wird dich je finden, Lucy«, erwiderte der Prediger. »Niemals. Keiner wird denen je sagen, wer du bist. Höchstens Greg. Ich verstehe nicht, weshalb du ihm überhaupt so viel erzählen musstest. Ich dachte, wir wären uns einig, dass du das nicht tust. Greg steht unter meiner Obhut, Lucy, der Staat hat ihn mir anvertraut. Mag sein, dass er dein Freund ist, aber ich kenne ihn. Woher willst du wissen, dass er nicht die feindliche Welt zu uns trägt?«

»Nein«, entgegnete sie und schüttelte den Kopf. »Du kennst ihn nicht besser als ich. Es gibt auf der ganzen Welt niemanden, dem ich mehr vertrauen würde als Greg, weil, verstehst du, wir sind wie eins und eins. Es gibt nichts, was er nicht von mir weiß, und er könnte den Leuten alles Mögliche erzählen. Aber nicht so was wie das.«

Das Gesicht des Predigers war sehr bleich, seine Miene starr; dieser Anblick beunruhigte sie. Sie verstummte und setzte sich neben den Rucksack. Dann beugte sie sich vor, als hätte ihr jemand die Nervenstränge durchtrennt. Graeme stand in einiger Entfernung und zögerte.

»Was hast du mit dem Auto gemacht?«, wollte er schließlich wissen.

»Das steht da, wo es stehen soll, in der Werkstatt. Ich hab alles da liegen lassen, wie du's gesagt hast, die Jacke, die Handschuhe, alles. Aber ich habe die Pistole verloren.«

»Das hätte nicht passieren dürfen. Das war sehr unbedacht von dir.«

»Sie liegt da irgendwo in der Gasse, wo, weiß ich auch nicht genau. Wahrscheinlich haben sie sie inzwischen schon gefunden. Ich bin hingefallen. Erst konnte ich mich gar nicht dran erinnern. Ich hab mir die Handschuhe aufgerissen.« Sie betrachtete ihre aufgeschürften Hände, dann ihn. »Du musst mir eine neue Pistole geben, Graeme. Jetzt, wo ich die verloren habe. Ich habe sie gern bei mir. Ich habe mir das nicht vorstellen können, aber so ist es. Ich fühle mich sicher damit.«

»Das war eine ganz besondere Waffe, Lucy. Du hättest sie nicht verlieren dürfen. Ich weiß nicht, ob sie sich einfach so ersetzen lässt.«

»Egal, du besorgst mir gefälligst eine. Weil ich es will.«

Wieder trat der Prediger einen zögerlichen Schritt auf sie zu.

»Waffen sind etwas Gutes, solange man sie für rechtschaffene Zwecke einsetzt, Lucy. Sonst nicht. Das darfst du nicht vergessen.« Er hielt inne. »Ich werde sehen, was ich für dich tun kann.«

Sie hörte nicht mehr zu. Sie saß vornübergebeugt da, starrte auf den Fußboden und kaute auf einem Fingernagel. Dann sah sie erneut zu ihm auf.

»Soll ich dir was sagen? Ich wünschte, ich hätte es nicht getan. Ich habe mir genau das vorgebetet, was du mir dauernd erzählt hast, nämlich dass ich es tun musste. Und ich weiß, das hört sich jetzt total verrückt an, aber ich glaube das nach wie vor. Ich glaube, dass so etwas geschehen musste. Aber jetzt, wo ich es getan habe ... Blut hat immer dieselbe Farbe. Es ist alles eins, egal ob es meins ist oder das von denen.«

Sie starrte ihn an und versuchte in Worte zu fassen, was sie empfand.

»Es ist nur so, ich wusste nicht, wie es sein würde. Ich hatte keine Ahnung, wie sie aussehen würden, wenn ich auf sie schieße. Und wenn ich das so sage, überlege ich, *wieso* habe ich das nicht gewusst?« Sie schrie jetzt. »Es ist unverzeihlich, dass ich mir nicht klar gemacht habe, wie es aussehen wird, wenn ich es tue. Ich hätte das von Anfang an wissen müssen. Bevor ich überhaupt auf die Idee gekommen bin, es zu tun. Nur um zu wissen, was es bedeutet.«

»Ich verstehe dich nicht, Lucy. Was hättest du wissen müssen? Dass Blut fließen wird? Dieses Weib lebte im Blut. Nicht zuletzt in deinem Blut. Du darfst dir von solchen Details nicht die Sicht verstellen lassen. Du musst sie aus deinem Kopf vertreiben.«

»Aber du hast sie nicht gesehen. Du hast nicht gesehen, wie der Mann aussah. Weißt du, was ich am liebsten tun würde? Ich möchte jetzt da hingehen und zur Polizei sagen: Ich war es. Fast hätte ich es sogar getan. Auf dem Weg hierher bin ich an denen vorbeigelaufen, und da dachte ich mir, ich muss jetzt nur da rübergehen und zu diesem Polizisten sagen: ›Ich war's. Es tut mir Leid, dass ich es getan habe, aber ich habe es getan. Also, was machen wir jetzt?‹ Und fast hätte ich das echt getan. Nur dass man die Zeit eben nicht zurückdrehen kann. Ich wünschte, ich könnte es. Ich höre immer noch die Schüsse, weißt du. Ich werde das nie vergessen.«

In ihrer elektronischen Welt waren die Schüsse der Auslöser. Einmal abgefeuert, kam die Zeit zum Stillstand, und die Welt wurde entzweigerissen, verbrannt und zertrümmert, um als etwas Reines gänzlich neu errichtet zu werden. Draußen, in der realen Welt, hatten die Schüsse für sie und die drei weiteren Menschen, die mit ihr dort gewesen waren, die Zeit zum Stillstand kommen lassen. Sie und die beiden Überlebenden waren in diesen Sekundenbruchteilen gefangen und nun aneinander gekettet, solange ihre Erinnerungen lebten. Nur der Tote war davongekommen.

Sie jagte diesen Gedanken nach, die ihr schlüpfrig wie Fische im Kopf herumschwammen, und sie saß in tiefem Schweigen versunken, während der Prediger völlig reglos im Halbdunkel stand und sie beobachtete. Als er wieder sprach, hatte sein Ton die gewohnte Sanftheit wiedergewonnen.

»Und wenn du das wirklich tust, Lucy, wenn du wirklich zur Polizei gehst, was wird dann aus uns hier? Was wird aus mir?«

Sie zuckte die Achseln und sah weg. »Was denn, jeder muss für sich selbst entscheiden, oder? Schließlich muss jeder mit sich selbst leben. Ich werde niemanden verpfeifen. Mach dir deswegen keine Gedanken.«

»Und dennoch würdest du die Welt hier hereinholen, Lucy. Das würdest du nicht verhindern können.«

Sie schüttelte den Kopf. »Nein, das wird nicht passieren. Das würde ich nicht zulassen«, widersprach sie.

Der Prediger setzte sich auf einen Stuhl, und sie saßen einander im Zwielicht gegenüber. Er beugte sich vor.

»Lucy, mein armes Mädchen. Es tut mir so Leid. Wir haben zu viel von dir verlangt. Ich hätte dich nicht allein da hinausschicken dürfen, ich hätte erkennen müssen, was dir das abverlangt. Es tut mir Leid, es tut mir unendlich Leid, dass ich dir das angetan habe. Du musst dich ausruhen. Denn was du jetzt durchmachst – ich habe es oft mit angesehen. Dies ist ein Krieg, und du bist eine Kämpferin. Und der Kampf ist hart, und manchmal musst du etwas tun, wovon du dir wünschst, du hättest es niemals tun müssen. Ruh dich jetzt aus, und dann werden wir sehen, wie es dir morgen früh geht, wenn du aufwachst. Ich glaube, bis dahin wirst du all das in einem ganz anderen Licht sehen.«

»Ausruhen?« Lucy richtete sich auf. »Ich bin müde. Ich bin hundemüde. Aber ich weiß nicht, was für einen Unterschied das machen soll. Wie denn auch? Ich hab das getan, okay? Gut, wir haben drüber geredet. Aber ich habe es getan. Nicht du. Ich weiß, was ich empfinde, Graeme. Ich weiß nur nicht, was ich jetzt tun soll. Ich weiß, dass es damit nicht einfach abgetan ist. Ich muss etwas unternehmen. Ich werde allen erklären, weshalb ich es getan habe. Ich werde aufstehen und ihnen sagen, weshalb, damit sie wenigstens das wissen.«

»Was bringt dich auf den Gedanken, dass sie dich verstehen würden?«

»Es ist mir scheißegal, ob sie mich verstehen! Sie werden es müssen, weil sie nämlich nicht so tun können, als wäre es nicht passiert. Und vielleicht werden sie mich dann eben nicht am nächsten Baum aufknüpfen wollen –«

Sie war aufgestanden und lief auf einer kurzen Strecke eine Weile hin und her. Endlich blieb sie stehen, stemmte die Hände in die Hüften und schüttelte den Kopf.

»Sie werden es sehen«, wiederholte sie. »Sie werden sehen, dass ich nie jemandem wehtun wollte. Was ich wollte, war einfach – ein bisschen Frieden, wahrscheinlich – etwas …«

»Lucy.«

Die Stimme des Predigers brachte sie wieder zu sich.

»Lucy, du bist erschöpft. Wann hast du zuletzt etwas gegessen oder getrunken? Sag mir das.«

»Ich weiß es nicht.«

»Warte.«

Sie setzte sich, und er ging aus dem Raum. Kurz darauf kam er mit einem Becher Kaffee aus der Maschine zurück, die im Büro ständig nachgefüllt wurde. Er war sahnig hell.

»Ich habe ihn gesüßt«, sagte er, »ich glaube, du kannst die Energie brauchen. Trink. Du brauchst es.«

Sie stritt nicht. Sie saß auf dem Stuhl und nahm in kleinen Schlucken das warme, milchige Getränk in sich auf.

»Lucy, wir müssen jetzt versuchen, uns auf das Grundlegende zu konzentrieren. Damit zumindest können wir umgehen. Du brauchst Ruhe, du brauchst Nahrung. Danach werden wir entscheiden, was als Nächstes zu tun ist.«

»Ich glaube nicht, dass ich etwas essen kann.«

»Du musst es versuchen. Du brauchst Nahrung, Lucy. So hat Gott uns erschaffen, falls dir das noch nicht aufgefallen sein sollte. Iss und schlaf, dann werden wir sehen, was wir tun können. Komm mit ins Büro, dort gebe ich dir zu essen.«

Er war jetzt dicht bei ihr. Rasch trank sie den Kaffee aus. Er nahm ihr den Becher ab, sie griff sich den Rucksack und folgte ihm in sein Büro hinter dem Zuschauerraum. Es war eine kleine Kammer, in der ein tragbarer Heizkörper neben dem Schreibtisch für Wärme sorgte. Er dirigierte sie sanft zu einem Stuhl beim Heizkörper.

»Wärm dich hier auf, ich mache uns inzwischen etwas zu essen.«

Er verschwand in der winzigen Behelfsküche hinter dem Büro. Sie wartete und hörte ihn mit Tellern klappern. Er rief nach ihr, wobei seine Stimme gedämpft klang.

»Lucy, du musst mir einfach vertrauen. Morgen wird alles anders aussehen. Völlig egal, was du jetzt denkst.«

Lucy betrachtete ein Plakat an der Wand, auf dem ein blassrosa Fötus in der Gebärmutter schwebte. Seine blinden Augen waren geschlossen, und die kleinen Händchen hatte er an den Mund gezogen. Auf dem Plakat standen die Worte: Abtreibung ist Mord.

»Nein, Graeme, das glaube ich nicht. Weil ich überhaupt nicht sehe, dass es irgendeinen Unterschied gibt. Zwischen dem, was sie gemacht hat, und dem, was ich heute getan habe. Wenn man es genau nimmt, ist es ein und dasselbe. Es ist Mord.«

»Und da bist du dir ganz sicher?«

»O ja, da bin ich sicher.«

Als er mit einem Teller belegter Brote ins Zimmer zurückkam, saß sie mit geradem Rücken da, die Arme ans Zwerchfell gepresst. Er stellte den Teller vor ihr auf den Schreibtisch und goss sich einen Becher Kaffee ein. »Möchtest du noch einen?«, erkundigte er sich, aber sie schüttelte den Kopf.

Hinter ihm hing ein weiteres Plakat an der Wand, darauf brach über dem Meer hinter Wolken die Sonne hervor, und darunter stand der Satz: Du musst wieder geboren werden im Geiste. Der Anblick löste zu gleichen Teilen Wut und Abscheu in ihr aus.

»Iss«, sagte er.

Sie nahm einen winzigen Happen von einem Sandwich, kaute und schluckte unter Mühen, dann legte sie das Brot auf den Teller zurück.

»Kann nicht essen. Mein Hals – ist ganz zu. Ich will das nicht, Graeme. Ich bin plötzlich so furchtbar müde.«

»Lucy, du verlangst zu viel von dir. Hast du denn letzte Nacht überhaupt geschlafen? Ich habe dir gesagt, du musst. Du kannst so etwas nicht schaffen, wenn du nicht im Vollbesitz deiner Kräfte bist.«

Bevor sie etwas erwiderte, lächelte sie grimmig. »Nein, viel habe ich nicht geschlafen. Ich habe es versucht, aber ...« Sie zuckte die Schultern. »Ich hatte solche Angst, und ich musste dauernd an sie denken. Ununterbrochen hab ich sie im Geist vor mir gesehen. Es war verrückt. Irgendwie hat sie so echt ausgesehen, so mächtig. Und als ich sie heute gesehen habe, da dachte ich – ist das wirklich sie? Sie sieht nach überhaupt niemandem aus. Sie sah gar nicht echt aus.« Lucy schloss die Augen und schüttelte den Kopf. »Dieser Mann, der da noch war – ich dachte, du hast gesagt, sie kommt immer alleine? Ich weiß überhaupt nicht, wieso ich auf ihn geschossen habe. Wahrscheinlich hab ich reflexmäßig weitergeschossen. Warum?«

»Ich sagte dir doch, sei auf alles gefasst. Dieser Mann, das war ihr Helfershelfer. Er war schuldig wie sie. Was macht das aus, dass du ihn erschossen hast?«

»Für mich macht das sehr viel aus.«

»Warum? Er wusste, wer und was dieses Weib war. Er hat mit angesehen, wie sie jeden Morgen loszog, um zu tun, was sie tat. Er hat von ihrem Geld gelebt. Wieso soll er um einen Deut weniger schuldig sein als sie? Erklär mir das, Lucy.«

»Es geht nicht um die, Graeme. Es geht um mich. Ich bin diejenige, die das getan hat. Es geht nicht darum, was die getan haben. Was ich getan habe, das ist mein Problem.«

Sie fixierten einander, zornig, störrisch.

»Es war eine Exekution, Lucy, sauber und barmherzig. Nur so darfst du es betrachten.« Er klang gereizt.

»Nein, so war es nicht, es war überhaupt nicht so. Es war nicht sauber, so fängt's schon mal an.«

Sie schüttelte den Kopf und öffnete den Mund, um noch etwas zu sagen, doch genau in diesem Moment spürte sie den Klammergriff einer Droge, die in ihren Adern floss, ein Gefühl der Taubheit, das von Sekunde zu Sekunde stärker wurde. Sie starrte in sein ausdrucksloses Gesicht.

»Du … hast du … ist das …«

Ihre Stimme schien auszutrocknen. Sie beugte sich vor, um sich auf dem Tisch abzustützen, und schüttelte den Kopf.

»Wieso hast du das getan – das war nicht …«, brachte sie noch hervor, dann sank sie schlaff auf den Stuhl zurück.

Er stellte den Becher ab und stand auf. Er blieb ganz ruhig. Was hier geschah, war nichts Ungewöhnliches, es war Alltag.

»Ich bringe dich nach oben, Lucy. Du musst dich ausruhen. Du hast es übertrieben, wie üblich. Du kannst mein Zimmer haben, da wird dich niemand stören. Da wäre nur eins, was ich zuvor noch von dir brauche …«

Er wühlte ihre Taschen nach dem Hausschlüssel durch. Als er ihn gefunden hatte, lächelte er sie an. Er ließ den Schlüssel in die eigene Tasche fallen, dann zog er Lucy hoch und brachte sie nach oben. Sie wollte sich wehren, konnte aber nur zappeln wie ein Fisch auf dem Trockenen.

Sein Zimmer lag hinter dem Zuschauerraum im Zwischengeschoss, gleich über dem Büro. Aus den Fenstern, die mit einem Sicherheitsrost aus Stahl vergittert waren, sah man das Stück Grund, auf dem die beiden abgerissenen Häuser gestanden hatten, und die Straße dahinter. Er setzte sie auf dem Bett ab und schlug die Decke zurück.

»Graeme«, rang sie sich ab, »das war nicht nötig, dass du …«

»Es ist alles gut, Lucy. Schlaf jetzt.«

Er zog ihr die Schuhe aus, stellte sie ordentlich neben das Bett, dann half er Lucy beim Hinlegen und deckte sie zu. Sie konnte ihn nicht aufhalten, ihr ganzer Körper war wie Gummi. Mit rasendem Schmerz spürte sie die Droge, als ihr Kopf auf das Kissen niederfiel und ihre Augen sich langsam schlossen.

»Nein, du darfst nicht …«, protestierte sie und sank in bleiernes Dunkel. Anscheinend träumte ihr, sie sei wieder im Haus des Vaters, ganz am nördlichen Ende der Stadt, und sie stand hinter dem verlassenen Häuschen am Rand des schmalen Steilabbruchs, der die Grenze zwischen dem väterlichen Grundstück und dem Nationalpark bildete. Sie schaute nach Norden, wo der Eukalyptuswald sich über Sandsteinfelsen hinabzog bis zum Hawkesbury River. Der Himmel erstrahlte in klarem Blau; sie spürte den kalten Wind auf dem Gesicht und hörte das lang gezogene Pfeifen der Currawongs. »Hier bin ich sicher«, sagte sie im Traum, so deutlich, dass sie glaubte, sie habe laut gesprochen.

Ihr Augen öffneten sich und schauten durch das kleine Schlafzimmer. Rücken und Hals waren kalt vom Schweiß, der Körper gelähmt, und ihr Atem ging flach. In dieser wallenden Übelkeit sah sie Graeme, der in seiner gewohnt sanftmütigen Art zu ihr hinabsah, ohne ein Lächeln, doch nicht ohne Freundlichkeit. In ihren Ohren dröhnte es, und dann, als das Dröhnen verklungen war, hörte sie ihn sagen: »Ja, hier bist du sicher. Das warst du von Anfang an. Und bald schon wirst du endgültig in Sicherheit sein, Lucy. Du wirst in ein Haus einziehen, das nicht in den Straßen dieser Stadt liegt, sondern in den Straßen der Stadt des ewigen Lebens. Greg kann dir dorthin folgen, ihr könnt gemeinsam glücklich werden, du und er, ihr könnt auf ewig eins in Christus sein. Ich habe dir versprochen, dass du Frieden finden wirst, und ich werde mein Versprechen halten. Das bin ich dir schuldig. Der Fluss des Todes ist kalt, aber er ist nicht breit. Und wenn du ihn erst überquert hast, wirst du Frieden finden. Du kannst dich ausruhen.«

»Du kannst nicht …«, hörte sie sich sagen, als von weit her ein Geräusch ertönte: Im Erdgeschoss klingelte das Telefon. Er ging aus dem Zimmer.

Wach bleiben, ermahnte sie sich und kämpfte gegen die Wogen der Droge an, bleib wach. Sie hatte sich unter Mühen halb aufgesetzt, als Graeme zurückkehrte. Sanft drückte er sie wieder auf das Kissen hinab.

»Wehr dich nicht dagegen, Lucy. Lass dich einfach drauf ein, wie du selbst so gern sagst. Das war Mrs. Lindley. Sie erwartet mich zum Abendessen, sie hat schon den Wagen losgeschickt, damit er mich abholt. Es kann nicht lange dauern, bis er hier ist. Ich werde erst spät am Abend zurückkommen, denn es gibt noch ein paar andere Dinge, die ich zu erledigen habe. Ich denke, du wirst bis dahin durchschlafen. Jetzt ruh dich aus. Du hast es dir verdient.«

Ich lass nicht zu, dass du mir das antust.

Während sie wegdämmerte, hörte sie, dass irgendwo eine Tür zufiel und jemand etwas rief. Sie hatte das Gefühl, sie müsste diese Stimme von irgendwoher kennen. Und das Letzte, was sie flüchtig wahrnahm, war Graeme, der eilends das Zimmer verließ.

6

»Ich wundere mich nur ein klein wenig, weshalb, mein Freund«, erklärte der Prediger mit einem leicht verblüfften, leicht besorgten Lächeln. »Hier stehen Sie nun und klopfen an meine Tür, die einzige Tür, die Lucy in der Vergangenheit offen stand, und doch ist mir nicht erinnerlich, dass Sie vor dem heutigen Tage je auch nur das geringste erkennbare Interesse für Lucy gezeigt hätten. Gibt es denn einen speziellen

Grund, weshalb Sie gerade jetzt hierher kommen und nach ihr suchen?«

Erstaunt stellte Stephen Hurst fest, dass er mit einem Mann, von dem er gedacht hatte, er wäre nur zu gern bereit, ihm zu helfen, seinen Willen messen musste. Als er vorhin an die Bürotür geklopft hatte, war der Prediger plötzlich wie aus dem Nichts hinter ihm aufgetaucht. Er hatte ihn hereingebeten, die Überreste einer Mahlzeit vom Schreibtisch geräumt und Stephen dann mit einem nichts sagenden Lächeln Platz nehmen lassen. Sein gesamtes Auftreten ließ erkennen, dass hier zwar seine Geduld auf eine schwere Probe gestellt wurde, er diesen Gast, der ihm nur die Zeit raubte, aber dennoch mit dem größten Entgegenkommen behandelte. Diesen Mann hätte Stephen kaum für Lucys auserwählten Retter gehalten, doch nach allem, was Lucy ihm in den vergangenen Monaten erzählt hatte, war er das.

»Nichts für ungut«, erwiderte Stephen besänftigend in seiner etwas schrillen, jungenhaften Stimme, »aber ich wüsste nicht, weshalb ich mich vor Ihnen rechtfertigen sollte, wenn ich mit meiner Schwester sprechen will.«

Das Antwortlächeln war engelsgleich.

»Mir liegen meine Schäfchen sehr am Herzen, Stephen. Ich kann nicht wissen, ob sie Sie zu sehen wünscht oder nicht, das aber ist ein ausgesprochen wichtiger Aspekt für mich. Hatte sie denn in letzter Zeit Kontakt zu Ihnen?«

Stephen richtete sich die Nickelbrille, sah seinem Gegenüber ins Gesicht, wurde aber nicht recht schlau aus dem Mann.

»Ja, hatte sie«, entgegnete er nach kurzem Schweigen. »Sie hat mich letzte Woche angerufen. Sie weiß, worum es geht. Nach dem, was sie mir erzählt hat, nahm ich an, sie hätte Sie in alles eingeweiht.«

»Nein, ich fürchte, nicht.«

»Ich muss sie finden«, erklärte Stephen. »Sie muss sich überlegen, ob sie nicht doch für eine kurze Zeit nach Hause zurückkommt. Ich muss das mit ihr besprechen.«

»Entspricht das ihren Wünschen?«

»Da werden wir sie schon selber fragen müssen.«

»Und zu Hause, das ist – wo?«

»Hat sie Ihnen das nicht erzählt? Ich war überzeugt, Sie wüssten das.« Stephen sah, wie das Gesicht des Predigers kurz rot wurde.

»Ich wüsste nicht, wie ich Ihnen helfen kann, Stephen, tut mit Leid«, entgegnete er und beugte sich vor. »Sie wissen ja sicher, dass Lucy ein ausgesprochenes Nomadenleben führt. Nach meiner Erfahrung ist sie es, die zu einem kommt. Und vielleicht wird sie das ja tun, wenn es das ist, was sie will. Zu Ihnen kommen. Vielleicht ruft sie Sie noch einmal an.«

»Lucy hat mir gesagt, wenn ich sie sprechen muss, soll ich hier zu suchen anfangen. Sie sagte, Sie würden mir weiterhelfen. Ich kann gerne hier warten, wenn Ihnen das recht ist. Vielleicht kommt sie ja bald vorbei.«

Der Prediger lächelte und schüttelte den Kopf. Er erhob sich, ging zur Bürotür und öffnete sie.

»Das wird leider nicht gehen. Dies ist Privatbesitz. Hierher kommen Menschen, um zu beten, und ich kann nicht zulassen, dass sie gestört werden. Ich komme nicht umhin zu sagen, dass es mich ein wenig erstaunt, auf welche Art Sie hier eingedrungen sind. Mir war nicht bewusst, dass die Hintertür nicht abgeschlossen ist. Sie hätten an der Eingangstür läuten sollen, das ist die allgemein übliche Art, sich bemerkbar zu machen. Aber ich werde Sie auf dem Weg nach draußen bringen, auf dem Sie hereinkamen. Wir wollen doch nicht, dass Sie sich verlaufen.«

Freundlich sah er Stephen auf eine Weise an, dass dieser unwillkürlich aufstand. An der Tür hielt er inne.

»Nein, ich werde auf sie warten«, entschied er und nahm seinen ganzen Mut zusammen. »Sie hat gesagt, sie kommt irgendwann hierher, und ich habe genug Zeit, um zu warten. Ich muss sie unbedingt finden. Ich will ihr auf keinen Fall einfach den Rücken kehren. Man kann nie wissen, was Lucy im Schilde führt oder was sie sich antut. Ich werde warten.«

Zu seiner Verblüffung streckte der Prediger den Arm aus und packte ihn am Handgelenk.

»Nein, Stephen. Ich finde nicht, dass Sie hier warten sollten. Ich finde, Sie sollten jetzt gehen. Zufällig muss ich nämlich selbst gleich weg.«

Stephen wollte sich losreißen, aber der Griff des Predigers drückte ihm das Blut ab, und er lächelte dabei nach wie vor, als spiele sich hier absolut nichts Ungewöhnliches ab. Sein Blick hielt Stephen im Bann, und er war nicht einmal in der Lage, einen so simplen Satz hervorzubringen wie: »Lassen Sie mich los.« Er stand vor der Wahl, entweder sofort zu gehen oder zu kämpfen, aber er hatte keine Kraft und keine Widerworte, auf die er sich hätte stützen können. Er zwinkerte hilflos hinter der Brille und entschied sich zu gehen.

»Hier entlang«, sagte der Prediger.

Er führte Stephen durch den kurzen Gang zur Hintertür. Sobald sie im Freien standen, ließ er ihn los. Stephen sah auf sein Handgelenk, das an den Knochen gänzlich weiß war. Entsetzt blickte er den Prediger an.

»Ihr Gang ist gehandicapt, Stephen. Sie hinken«, bemerkte er. »Wie kommt das?«

Stockend antwortete Stephen. »Wegen meinem Knie, das ist mir zertrümmert worden, als ich fünfzehn war. Ich bin dreimal operiert worden deswegen.«

»Wie schrecklich für Sie. Das tut mir aufrichtig Leid«, entgegnete der Prediger. »Und glauben Sie mir, Stephen, ich kann Ihre Befürchtungen, was Lucy angeht, nur zu gut verstehen.

Ich habe mir stets die größten Sorgen um ihre Sicherheit gemacht. Ich weiß, wie gepeinigt diese junge Frau ist. Sie lebt am Rande des Abgrunds, schlittert immer wieder in die Abhängigkeit und begibt sich in die größten Gefahren. Ich habe die schlimmsten Befürchtungen um sie, und ich frage mich sehr oft, welche Hiobsbotschaften der nächste Anruf mir bringen wird. Aber ich kann nicht vierundzwanzig Stunden am Tag bei ihr sein. Das nämlich wäre Ihre Aufgabe, und ich fürchte, was das angeht, haben Sie sie auf das Bitterste enttäuscht. Vielleicht wäre es das Beste, Sie gehen zur Polizei und berichten dort, welche Sorgen Sie sich um ihr Wohlergehen machen. Niemand will, dass es zum Äußersten kommt. Niemand will, dass man sie eines Morgens in einer engen Gasse findet, uns allen, die wir sie lieben, entrissen durch eine Überdosis.«

Die Stimme des Predigers schien sich in Stephens Ohren in ein seltsam mechanisches Flüstern zu verwandeln, leise wie die innere Stimme des Selbstzweifels. Stephen konnte nichts erwidern. Der Prediger wandte sich ab, kehrte in das ehemalige Kino zurück und verriegelte hinter sich die Tür.

Stephens Handgelenk puckerte, als das Blut wieder in die Hand zurückströmte. Er verharrte noch eine kurze Weile und rieb es sich, dann ging er durch die enge Gasse zurück zur Straße. Er stieg in seinen Wagen und fuhr an einen Ort, dessen Türen ihm mit Sicherheit offen stünden: das Hampshire Hotel auf der Parramatta Road.

Stephen saß einsam mit einem Bier und einer Zigarette in der Hotelbar und versuchte zu ergründen, was für einen Menschen er da eben kennen gelernt hatte. Der Prediger konnte gut mit Worten umgehen, wie der Anreißer vor einem Stripteaseladen, ein Gebrauchtwagenhändler oder ein Politiker. Genau wie sein Vater. Ihnen allen war dieser verschlagen-berechnende und leicht beunruhigte Seitenblick eigen, der stets zu fragen schien: Hat er mir das abgekauft? Sie alle hatten eine begnadete Schnauze und ein gewinnendes Lächeln. Sie schmeichelten sich bei einem ein, und kaum hatten sie das geschafft, da nahmen sie unweigerlich mehr, als sie gaben.

Freudlos erkannte Stephen, dass er es nun mit zwei solchen Typen zu tun hatte. Auf der einen Seite mit seinem Vater, dem Metzger des Ortes. Ein erfolgreicher Mann mit großem, profitablem Geschäft und Geld auf der Bank, der seine Kunden stets grinsend und mit dem Satz, den er irgendwann einmal im Radio aufgefangen hatte, begrüßte: *Bei uns kost' die Kost nicht die Welt. Ham Sie das Geld, wir ham das Schwein. Was darf's heut denn für Sie sein?* George Hurst hatte sich seine übrigen Sprüchlein von überallher zusammengeklaubt, eine frappierende Collage ausgesuchter Geistesblitze. Er brachte die Hausfrauen zum Lachen, und nicht wenige seiner Stammkunden waren in Tränen ausgebrochen, als sie von seinem Krebsleiden erfuhren. Aber nun waren die Tage der Redekunst für seinen Vater gezählt, er konnte sich die Krankheit nicht länger Süßholz raspelnd aus den Knochen quatschen, denn die Masse seines Körpers verzehrte sich selbst.

Und auf der anderen Seite mit diesem Prediger, ein Mann mit fischig-kaltem Lächeln, das im Nachhinein ein frostiges Gruseln auslöste, das zunahm, je länger er über ihn nachdachte. Stephen rieb sich das Handgelenk und fragte sich: Wer und was bist du? Was will Lucy von dir?

Er drückte die Zigarette im Aschenbecher aus und hob zur weiteren Bestellung das Glas. Der Mann neben ihm stand auf und ließ die Nachmittagszeitung auf dem Tresen liegen. Stephen nahm sich eine neue Zigarette und las, ohne den Kopf zu bewegen, die Schlagzeile und den ersten Absatz des Aufmachers. Einige kurze Momente baumelte die Zigarette unangezündet zwischen seinen Lippen. Dann zog er die Zeitung zu sich her und las noch einmal.

Als sie das Bier brachte, sagte die Barkeeperin: »Ist das nicht furchtbar? Und dann auch noch gleich um die Ecke. Man kann sich einfach nicht mehr sicher fühlen.«

»Ja, da haben Sie wohl Recht«, erwiderte er mechanisch und zündete sich endlich die Zigarette an, während er durch die Bar zur Musikbox hinüberstarrte, die in einer dunklen Ecke stand.

Es gab bestimmt Dinge, die würde Lucy niemals tun, ganz gleich, was sie ihm in den letzten Monaten erzählt hatte. Stephen musste das glauben, es blieb ihm keine Wahl, solange die Alternative undenkbar blieb. Ihm war es lieber, wenn etliches ungesagt blieb: So ließ sich leichter damit umgehen, und später dann konnte er vergessen, dass es je geschehen war. Wieder dachte er an den Prediger. Lucy, du lässt dich da auf einen extrem schrägen Typen ein. Wann wirst du endlich einsehen, dass keiner von denen da draußen dir jemals das geben wird, was du suchst? Zornig bellten die Worte ihm durchs Hirn.

Er schob die Zeitung von sich und nahm einen Schluck aus seinem zweiten Glas Bier. Er wollte etwas tun, wollte aufhören zu grübeln, wollte sie finden. Sie sicher nach Hause bringen und mit dem Tod seines Vaters die Vergangenheit endlich begraben, sie ein für alle Mal erledigt wissen. Um nie wieder darüber nachdenken zu müssen.

Zügig leerte er das Bier und stand auf.

7

»Hinreißende Grazie. So was wie dich kriegen wir hier nicht oft zu sehen. Komm, sprich mit mir. Ich bin ein echt sensibler New-Age-Heini.«

Ian Enright, Mitte dreißig, Fitnessstudio-Junkie und einer von Harrigans Leuten, grinste die Umstehenden an. Grace war soeben in das Büro gekommen und hatte die Handtasche auf ihren Schreibtisch gestellt, der ziemlich weit von seinem entfernt stand. Sie sah das Grüppchen forschend zu ihr hinüberschauen und fragte sich, ob die da wohl Gerüchte ausheckten, aber sogleich ermahnte sie sich, nicht so dünnhäutig zu sein. Plötzlich stand Harrigans Vize, Trevor Gabriel, an der Tür und rief in den Raum hinein: »Jetzt aber man los, Leute, es ist Showtime. Wir sind im großen Saal, nicht hier.«

Alle rappelten sich hoch. Grace winkte Trevor quer durch das geschäftige Büro zu, eine Geste, die er mit einem Lächeln erwiderte.

»Kennt ihr euch?«, wollte Ian wissen.

»Kennen uns schon seit 'ner verdammten Ewigkeit. Sie ist 'ne alte Freundin von mir. Vor Urzeiten sind wir zusammen auf der Uni gewesen.«

»Stell mich ihr doch vor. Ich würd sie auch gern näher kennen.«

Trevor warf ihm einen finsteren Blick zu, stellte sich zu Grace an den Schreibtisch und ließ die übrigen Rätsel raten.

Trev, ein bulliger Mann wie ein Ringer, ohne Hals und Schultern, trug das schwarze Haar millimeterkurz geschoren. Es war allgemein bekannt, dass er schwul war, und wenn er auch gelegentlich bis häufig Opfer boshafter Anspielungen wurde, war er doch eine so beeindruckende Gestalt, dass niemand, der noch ganz bei Verstand war, ihn je direkt angepflaumt hätte. Niemand hatte glaubhaft das Gerücht in Umlauf setzen können, er und Grace hätten etwas miteinander. Wenn sie aber Freunde waren, so ließ sich wunderbar verbreiten, sie sei nur auf seine Empfehlung hin hier. In der Gerüchteküche war diese spezielle Sichtweise auf ihre Einstellung allerdings längst Alltag. Ein Körnchen Wahrheit war auch durchaus daran. Trevor hatte Grace als mögliche Verstärkung vorgeschlagen, und er war ihr Informant, was das Leben in diesem Team und insbesondere Harrigan anbelangte.

Jetzt erschien Harrigan auf der Bildfläche, um sein Team zu einer Rekapitulation der Ereignisse des Tages zusammenzutrommeln. An Graces Schreibtisch blieb er kurz stehen und teilte ihr mit, dass er vorhabe, sie den Leuten offiziell vorzustellen, sobald alle im Einsatzzimmer versammelt seien, sofern sie nichts dagegen hätte.

»Natürlich nicht«, entgegnete sie mit einem höflichen Lächeln, das von den Umstehenden sofort auf versteckte Bedeutsamkeiten hin abgeklopft wurde.

Das Einsatzzimmer war der Motor. In dieser hässlichen, lang gestreckten, kunstholzvertäfelten, fensterlosen Halle spielte sich alles ab, was der Rede wert war. Es war ein öffentlicher Raum, in dem man ein und aus ging, wie in einem Theater, in dem die Berichte über Vergewaltigungen, Raubüberfälle und Morde in unbeteiligtem Ton und größtmöglicher Detailfülle ausgebreitet wurden und in dem Konkurrenzdenken und Aggressivität ohne jeden Aufpreis voll ausgelebt wurden. Hierher kam man, um Ideen auszubrüten, um herauszufinden, was als Nächstes von einem verlangt wurde, oder um sich ganz einfach mit ein wenig Gesprächsstoff zu versorgen.

»Also«, rief Harrigan zur Ruhe. »Bevor wir anfangen – die meisten von euch haben Grace Riordan ja schon kennen gelernt. Grace ist heute den ersten Tag hier, und ich habe ihr schon gesagt, was für ein Glück sie hat, dass wir ihr gleich am Anfang so einen Knaller vorsetzen konnten. Wir haben sie ins kalte Wasser gestoßen, und sie ist damit klargekommen. Und sie lächelt sogar noch. Viel mehr kann man kaum verlangen. Herzlich willkommen, Grace.«

»Danke«, erwiderte sie, und ihre klare Stimme tönte angenehm durch den ganzen Raum. »Na ja, ich musste mir heute nie überlegen, was ich wohl als Nächstes tun könnte, und darüber kann man sich nun wirklich nicht beklagen. Ich freue mich, hier zu sein. Danke für den Empfang.«

Gelächter und Applaus.

»Anders wird's nicht, Grace«, rief Ian. »Hier geht die Arbeit nie aus.«

»Das liegt nur daran, dass mir dein Wohlergehen wichtig ist. Du sollst dich schließlich nicht langweilen müssen«, sagte Harrigan an Ian gerichtet. »Sobald es geht, geben wir Ihnen einen anständigen Einstand mit ein paar Bier im Maryborough, Grace, aber momentan haben wir keine Zeit dazu. Es gibt jede Menge Arbeit.«

Kaum waren die internen Personalgeschichten abgehakt, da richtete er seine Aufmerksamkeit auf einen Stapel Fotos, die er vor sich auf dem Metalltisch aufgefächert hatte. Alles wartete gespannt, während er seine Gedanken ordnete. Er schaute hoch und wandte sich nun an die versammelte Mannschaft.

»Eins muss euch immer klar sein, gleich wenn ihr in der Früh aufsteht, gleich wenn ihr euch an die Arbeit setzt: Wir haben keine Zeit zu verlieren. Von jetzt ab hat dieser Fall Vorrang vor allem, was wir sonst noch tun, egal, was es ist. Und damit meine ich auch unsere Privatleben. Wir haben es hier mit einer Frau zu tun, die absolut krank im Hirn ist und frei herumläuft. Ob bewaffnet oder nicht, wissen wir nicht. Und wir müssen sie finden. Ich will, dass wir diese Frau schnappen, so schnell es geht. Gut, fangen wir an.« Er hielt den Stapel Fotos hoch. »Die hier wurden im Lauf der letzten drei Monate alle in Haymarket aufgegeben. Da ist nicht viel Relevantes für uns dabei, aber es ist ein Anfang. Es zeigt uns, wie unser Mädchen denkt.«

Er pinnte die Kopien der Fotohassbriefe an Dr. Agnes Liu

an eine Korktafel, die die halbe Längswand einnahm. »Igitt, eklig«, rief jemand, als die Bilder zu sehen waren. Eine Reihe von Föten in weißen Minisärgen, darüber die Worte: »Holocaustopfer«. Das Portrait von Dr. Liu, dick mit roter Tinte beschmiert, quer über das Gesicht gekritzelt die Aufschrift: »Satanistische Massenmörderin HÖR AUF«. Dann Ultraschallaufnahmen und wieder Bilder von abgetriebenen Föten. Ein Text, der von Kinderhand geschrieben schien: »*Und schändet das Land nicht, darin ihr wohnt; denn wer des Blutes schuldig ist, der schändet das Land, und das Land kann nicht entsühnt werden vom Blut, das darin vergossen wird, außer durch das Blut dessen, der es vergossen hat.*«

»Das ist doch total krank«, staunte ein anderer.

»Exakt so krank wie das Hirn, das dieses ganze Zeug gesammelt hat«, erklärte eine ältere Frau mit brüchiger, ruinierter Stimme. »Wer produziert schon gerne so was? Doch wohl nur jemand, der ein echt sonniges Gemüt hat.«

»Es ist nach fünf, und Louise ist noch nüchtern. Wer hätte das gedacht?«, hörte Grace jemanden murmeln. Jeffo, der sie heute Morgen auf dem Parkplatz angebrüllt hatte, stand eine Spur zu nahe bei ihr.

»Und so was lassen Frauen freiwillig machen?«, rief er in die Runde, dann, in Graces Ohr: »Da kann's einem doch schlecht werden.«

Grace biss nicht an, sie betrachtete intensiv die Hochglanzabzüge. Ein Motiv erkannte sie wieder, das harmloseste, das berühmte Bild eines winzigen Embryofüßchens, das ein Mann zwischen Daumen und Zeigefinger hält. Vor acht Monaten hatte eine Demonstrantin aus einer zerlumpten Gruppe, die auf der Straße Transparente schwenkte, es Grace in die Hand gedrückt, als sie sich in eine der Whole Life-Health-Centre-Kliniken gekämpft hatte, um selbst eine Abtreibung machen zu lassen.

»Es ist mir scheißegal, was andere machen lassen«, antwortete Harrigan mit professionellem Gleichmut. »Das ist nicht unser Bier.«

»Die brauchen sich doch nicht wundern, wenn's da Ärger gibt«, brauste Jeffo auf.

Niemand erwiderte etwas darauf. Mit dem rabiaten Einwurf hatte sich die Atmosphäre im Raum verändert, und es lag eine schleichende Anspannung und Aggression in der Luft. Harrigan hielt inne.

»Eines wollen wir von Anfang an klarstellen«, sagte er. »Ad eins. Wie ich eben sagte, es ist mir scheißegal, wer in diese Kliniken geht und was darin passiert. Das gilt für jeden in diesem Raum. Ad zwei. Wir suchen eine Mörderin. Alles andere hat uns nicht zu interessieren. Ende.«

Grace erinnerte sich an die Demonstrantin, die sie am Klinikeingang angefaucht und sie bis in die Halle ununterbrochen zugetextet hatte. Grace hatte sie schließlich am Arm gepackt und zurück auf die Straße gezerrt. Dort hatte sie ihr den Dienstausweis unter die Nase gehalten. »Sehen Sie das?«, hatte sie gezischt. »Soll ich Sie festnehmen? Wollen Sie die Nacht hinter Gittern verbringen? Oder wollen Sie lieber jetzt sofort hier verschwinden?« Die Frau hatte eine Weile mit offenem Mund auf den Ausweis gestarrt und war dann mit einem seltsamen, fast befriedigten Gesicht abgezogen. Als Grace zurück in die Klinik ging, kam Dr. Agnes Liu ihr entgegen und dankte ihr, bevor sie sie dann in den OP-Saal brachte. Mit dieser Frau hatten sie sich schon die ganze Woche herumplagen müssen, erzählte sie Grace, und sie seien ihr sehr dankbar, dass sie sie verscheucht habe. Grace hatte nicht vor, irgendjemanden in diesem Raum jemals in diese Geschehnisse einzuweihen.

»Dieses ist der wirklich wichtige Hinweis«, erklärte Harrigan gerade, indem er auf ein Foto deutete. »Doc Liu hat das nicht mehr gesehen. Das Ding kam erst heute Morgen in der Klinik an. Wir dürfen also annehmen, dass es gar nicht für sie bestimmt war, sondern für uns, respektive für diejenigen, die sich von da ab um die Geschichte kümmern. Ich möchte wissen, woher dieses Foto stammt, und ich möchte wissen, wer diese Frau ist. Sieht aus, als wäre es aus dem Internet runtergezogen, aber wir haben keinerlei Hinweis, von welcher Site. Louise wird das herausfinden, wenn sie kann. Wenn diese Site noch existiert.«

Die Anwesenden blickten schweigend auf das Bild einer Frau, die mit dem Gesicht nach unten vor einer offenen Haustür lag. Erschossen. Quer über das Bild stand geschrieben: »Du kannst rennen, aber du kannst dich nicht verstecken.« Aus dem Kopf quoll das Blut in Strömen über ein paar Stufen auf den Fußweg. In eine Ecke war eine kleine geflügelte Gestalt mit einem Schwert geritzt.

»Ich will wissen, wer glaubt, sie habe das Recht, so über einen Menschen zu richten«, erklärte Harrigan und tippte auf das Foto, bevor er sich abwandte.

»Die handeln im Auftrag des Herrn, Boss«, meldete Louise sich zu Wort. »Die können tun, was sie wollen. Denken sie – die Sorte Leute ist das.«

»Du wirst sie finden, Lou«, erwiderte Harrigan.

»Ich tu, was ich kann«, antwortete sie mit einem Grinsen, so brüchig wie ihre Stimme.

»Und nun zu den Demonstranten vor Ort. Die sind ebenfalls im Auftrag des Herrn unterwegs. Ian, du fängst mit den Schnüfflern an. Die haben sich drauf spezialisiert, die Frauen zu fotografieren, wenn sie in die Klinik gehen. Sie schicken ihnen dann hinterher Briefe, in denen Sachen stehen wie, du bist eine Mörderin, wir wissen, wo du wohnst, und so weiter und so fort. Frage: Woher stammen diese Informationen über Identität und Wohnort dieser Frauen? Ein paar von diesen Frauen haben sich schon auf der Hotline gemeldet, setz dich auch mit denen in Verbindung.«

»Kann ich Unterstützung haben?«, bat Ian.

»Sicher, such dir jemanden, der mithilft. Du kannst das selbst in die Hand nehmen.« Harrigan schien ein wenig überrascht.

»Ich hab mir gedacht, Grace hat vielleicht Lust, ein bisschen Erfahrung im Alltagsgeschäft zu sammeln. Sie kann bei mir arbeiten.«

Das wurde mit vereinzeltem Grinsen und unterdrücktem Gekicher quittiert, während Grace ihn, mitleidig den Kopf schüttelnd, ansah.

»Nein, such dir jemand anderen«, entschied Harrigan mit einem Anflug von Strenge. »Grace kümmert sich um Matthew Liu, ganz abgesehen von dem, was da noch auf sie zukommen dürfte. Darauf haben wir uns schon vorher geeinigt. Weiter, Amerika – dieser Spur geht Trevor nach. Und die Waffe, nicht direkt Marke Eigenbau, aber es kommt dem ziemlich nahe …«

Nein, mit Ian würde sie nicht zusammenarbeiten. Das dumme Gegrinse ließ Grace von sich abprallen, das kümmerte sie nicht. Sie konnte aber auf gar keinen Fall mit Ian zusammenarbeiten, denn sie war eine von *diesen Frauen*, wie Harrigan es nannte. Beim Verlassen der Klinik waren wie aus dem Nichts plötzlich diese seltsame Frau und der Mann aufgetaucht und hatten sie fotografiert, um dann ebenso schnell wieder in den Straßen der Stadt unterzutauchen. Nicht lange danach waren das mit roter Tinte beschmierte Foto und eine Ultraschallaufnahme in der Post gewesen. Dabei lag ein anonymer Brief, in dem stand, sie wüssten, was sie sei, eine Mörderin, und sie könnten sie finden, wenn sie wollten, und dass sie sich fürchten solle. Sie hatte alles sofort in den Müll geworfen. Sie wusste, sie müsste Harrigan darüber informieren. Das hatte sie in der Ausbildung zur Genüge gelernt. Aber schon die Vorstellung, das zu tun, war ihr zuwider. Nicht nur, dass sie gezwungen wäre, sich auf diese Weise zu offenbaren, womöglich würde er sie von dem Fall abziehen, sie vielleicht sogar aus dem Team entfernen und zum Bereichskommando zurückschicken, Tooth direkt in die Arme. Nein, sie würde schön in Deckung bleiben und hier aushalten, außer Sichtweite.

Harrigans Worte übertönten ihr Grübeln. »Meine größte Sorge ist, was unser Mädchen womöglich als Nächstes macht. Wir müssen hoffen, dass sie nicht noch eine Waffe wie die, die sie heute benutzt hat, daheim unter dem Bett liegen hat. Sie könnte sonst auf die Idee kommen, die auch noch an jemandem auszuprobieren. Also, bevor wir uns jetzt an die Arbeit machen …«

Er heftete ein Foto von Matthew Liu, der in Schuluniform in die Kamera lächelte, an die Pinnwand.

»Das soll uns ständig daran erinnern, was wir hier eigentlich tun. Denkt an diesen Jungen. Auch ein Teil von ihm ist heute ermordet worden. Und vergesst nicht – wir haben keine Zeit zu verlieren. Wir arbeiten, und wir arbeiten so lange, bis wir sie gefunden haben. Los denn.«

»Wenn sie noch eine Kanone hat, Boss, dann wird sie sich damit als Erstes in den eigenen Fuß schießen«, sagte Trevor zu Harrigan, als sie gemeinsam den Raum verließen. »Die ist irre. Wahrscheinlich kann sie nicht mal vernünftig furzen.«

Harrigan war kurz davor zu lächeln, als Jeffo sich zwischen sie drängte.

»Ich schätze mal, die Knarre hat einem gehört, dem es Spaß macht, hinter dem Haus auf der Veranda zu hocken und Zielübungen mit Katzen zu machen, weil's die so schön zerreißt. Ich kannte mal einen, der das getan hat«, erzählte er grinsend.

Es folgte eine kurze Stille, da keiner der Männer etwas erwiderte. Unvermittelt drehte Jeffo sich zu Grace um, die kurz hinter Trevor lief.

»Wie man hört, bist du ja eine große Schützin«, sagte er. »Du hättest irgendwelche Pokale gewonnen. Stimmt das?«

Sie sah ihn mit ausdruckslosem Gesicht an, während ein Schauder des Abscheus sie erfasste.

»Das stimmt. Hauptsächlich im Verein.«

»Du schießt?«, hakte Ian nach, der jetzt an ihrem Ellenbogen auftauchte. »Mein Schnitt ist auch nicht gerade schlecht. Wir sollten gelegentlich mal ein kleines freundschaftliches Wettschießen austragen.«

Grace hatte für Ians Aufplusterei nichts als ihr höflichstes Lächeln übrig.

»Schon mal was anderes als 'ne Zielscheibe getroffen?«, wollte Jeffo jetzt wissen. Sie schüttelte den Kopf. »Kinderkram. Wart ab, bis du mal auf ein wirkliches Ziel anlegst.«

»Ich kann jederzeit damit anfangen, wenn du dich zur Verfügung stellst«, erwiderte sie höchst liebreizend und ließ ihn stehen. Die Umstehenden lachten, während Harrigan sich offenbar bemühte, ein Grinsen zu unterdrücken. Jeffo lief feuerrot an und verschwand dann ohne ein weiteres Wort.

Später, als die meisten schon gegangen waren und auch Grace selbst gerade Feierabend machen wollte, kam Harrigan zu ihr an den Schreibtisch und sprach sie leise an.

»Ein Wort im Vertrauen, wenn Sie gestatten, Grace. In meinem Büro.«

Aus dem Augenwinkel sah Grace Trev, der ihnen nachschaute, als sie in Harrigans verglastem Adlerhorst in der Ecke des Raums verschwanden.

»Muss ich die Tür schließen?«, fragte sie leicht verdattert und überlegte, ob er wohl vorhatte, ihr eine Gardinenpredigt über das Austauschen von Beleidigungen unter Kollegen zu halten.

»Nein. Geben Sie denen nicht noch mehr Gesprächsstoff, das ist nicht nötig. Setzen Sie sich. Und sprechen Sie leise, das soll unter uns bleiben. Ich darf davon ausgehen, dass Sie Marvin Tooth bereits kennen?«

Grace lief es eiskalt den Rücken hinunter.

»Wir hatten einmal miteinander zu tun. Sehr kurz.«

»Das heißt, es gibt keinen speziellen Grund dafür, dass er mich bittet, Sie von hier zu versetzen?«

»Hat er das getan? Was wollen Sie damit in Wahrheit sagen? Soll ich meinen Schreibtisch räumen?«

»Nein, darum geht es mir nicht. Ich will offen zu Ihnen sein, Grace. Ich will wissen, weshalb er es auf Sie abgesehen hat. Ist es etwas Persönliches?«

Sie schüttelte den Kopf, und ihr Gesicht unter dem Make-up wurde wächsern.

»Würde es etwas ändern, wenn es so wäre?«

Harrigan sah ihr unverwandt in die Augen.

»Ja, es würde etwas ändern. Zuerst einmal würde er versuchen, uns allen das Leben schwer zu machen. Und Ihnen ganz besonders. Das möchte ich vermeiden, wenn ich kann.«

»Sie wollen also doch, dass ich gehe. Sie wollen, dass ich das dem Team zuliebe tue.«

Er runzelte die Stirn und schüttelte den Kopf.

»Nein, Grace. Hören Sie zu. Ich sagte bereits, dass ich das nicht von Ihnen verlange. Ich will Mitarbeiter, auf die ich mich verlassen kann. Heute konnte ich mich auf Sie verlassen. Es ist mir egal, was hinter dieser Sache steckt, ich will nur nicht, dass es uns gemeinsam das Leben schwer macht. Wenn das passiert, muss ich es auf jeden Fall vorher wissen. Das ist alles.«

Grace fragte sich, wie sie herausfinden sollte, ob sie ihm

trauen konnte. Wie sollte sie erkennen, was er tatsächlich dachte?

»Nein«, antwortete sie, »da ist nichts. Nichts von dem, was Sie sich jetzt womöglich vorstellen.«

Und was sollte das bitte sein?, fragte sich Harrigan. Er hatte gar nicht versucht herauszufinden, ob Marvin sie unter Druck gesetzt hatte. Er beschloss, es sei besser, ihr das zum jetzigen Zeitpunkt nicht zu verraten.

»Na schön«, sagte er und setzte, als sie schon aufstehen wollte, hinzu: »Seien Sie vorsichtig. Er ist einer, den man besser nicht zum Feind hat. Kommen Sie zu mir, wenn Sie es sich anders überlegen.«

Zur Antwort lächelte sie, ein etwas schiefes Lächeln, voller Selbstironie und einer Traurigkeit, die ihn überraschte.

»Danke«, erwiderte sie, stand auf und lief rasch in Richtung Aufzug.

Draußen auf dem Flur blieb sie stehen, lehnte sich an die Wand und atmete vor Erleichterung tief durch. Da tauchte Trev neben ihr auf.

»Alles in Ordnung, Gracie?«, erkundigte er sich.

»Alles bestens, ich muss nur eine rauchen.«

»Aber rauch nicht hier drinnen. Damit löst du die Rauchmelder aus.«

Sie lächelte. Trev nahm sich seiner Freunde mit wahrhaftem Pioniergeist an, ob es denen passte oder nicht. Er fühlte sich zudem für alle Schutzlosen verantwortlich. Einmal hatte Grace mit angesehen, wie er in den frühen Morgenstunden vor einem Nachtclub in Sydney mitten in eine Schlägerei marschiert war und gebrüllt hatte: »Ich bin schwul. Schlagt mich.« Die Angreifer hatten sich begeistert auf ihn gestürzt – wobei Trev den ersten mit einem einzigen Faustschlag zu Boden gestreckt hatte. Sowohl der Verprügelte als auch alle anderen ergriffen unter Schmerzgeheul die Flucht.

»Es war wegen Tooth. Er hat Harrigan empfohlen, mich hier abzuziehen.«

»Und, macht er es?«

»Nein, er sagt, er will, dass ich bleibe. Ich dachte schon, ich wäre weg vom Fenster.«

Dennoch ließ ihre Unruhe nicht nach, und es deprimierte sie zu erkennen, wie weit Tooths Einfluss reichte und wie verletzlich sie selbst war. Es stimmte schon, was auf dem Bild der Toten im Einsatzraum stand: Du kannst rennen, aber du kannst dich nicht verstecken; die haben es immer noch auf dich abgesehen.

Trev neigte sich zu ihr. »Dir wird hier keiner was tun. Mach dir da keine Sorgen. Jetzt geh erst mal heim, und schlaf dich aus.«

Genau in diesem Moment trat Harrigan in den Flur und sah sie dort stehen. Die beiden nickten ihm zu und schauten dann weg, als er im Herrenklo verschwand.

»Ja«, meinte Grace. »Alles wird gut, nicht wahr? Bis morgen dann.«

»Verlass dich drauf. Bis morgen. Pass auf dich auf.«

Sie verschwand im Aufzug. Nachdem sie fort war, ging Trevor ebenfalls in die Herrentoilette.

Harrigan sah zu ihm hin, als er eintrat.

»Was hast du mir zu sagen, Trev?«, wollte er wissen, als Trevor sich neben ihn stellte.

»Wie ich höre, hat Tooth sich mit dir über Gracie unterhalten. Du solltest nicht glauben, was er dir erzählt.«

Milde überrascht zog Harrigan die Augenbrauen in die Höhe, denn er zumindest durfte sie nicht Gracie nennen.

»Das tue ich sowieso nicht. Wieso glaubst du, dass dich das was angeht? Ich weiß, dass du mit ihr befreundet bist.«

»Es ist schließlich meine Schuld, dass sie überhaupt hier ist, oder? Ich bin der Idiot, der sie dazu überredet hat, sich für diese Stelle zu bewerben. Von allein wäre sie doch gar nicht auf die Idee gekommen.«

Harrigan lachte kurz auf. »Und sie wird dir nicht gerade dankbar dafür sein, nachdem Marvin es nun auf sie abgesehen hat.«

Trevor lächelte schmal.

Harrigan wusch sich die Hände und schaute in den Spiegel. Er ging auf die vierzig zu, aber man sah ihm das Alter noch nicht an. Nirgendwo ein graues Haar, auch das Gewicht hatte er im Griff, und er hielt sich fit. Er legte sich eine Hand auf den Bauch und atmete kurz durch. Im Spiegel tauchte Trevors Mondgesicht neben dem seinen auf.

»Ich wollte nur wissen, ob du vorhast, sie heimlich, still und leise dazu zu bringen, dass sie den Kram hinschmeißt. Das ist schließlich deine übliche Tour.«

Harrigan kämmte sich.

»Nein. Weshalb sollte ich? Es sei denn, du wüsstest etwas, das ich nicht weiß, und möchtest es mir sagen. Für den Anfang würde mir schon das genügen: Hat Marvin versucht, sie flachzulegen?«

Trevor, der so viel Modebewusstsein wie ein Nilpferd hatte, richtete sich vor dem Spiegel die Krawatte und strich sich den buschigen schwarzen Schnauzer glatt. Harrigan musterte ihn abwartend. Trev zuckte lediglich mit den Schultern.

»Nein, in der Richtung war überhaupt nichts. Sprich sie drauf an. Wenn sie will, wird sie's dir erzählen.«

Schweigen.

»Ist sie eigentlich Single? Oder hat sie jemanden?«, erkundigte Harrigan sich.

Im Spiegel sah Trevor sein Abbild von der Seite her an.

»Wer kann das wissen? Vielleicht ist sie 'ne Lesbe. Doch wenn, dann hab zumindest ich sie noch nie in der Szene gesehen. Nein, ich glaube nicht, dass sie jemanden hat.«

»Ich habe ihr gesagt, dass sie auf der Hut sein muss.« Harrigan war etwas verlegen und versuchte, den leichten Drang, sich zu rechtfertigen, niederzukämpfen.

»Das hab ich ihr auch schon gesagt«, erwiderte Trev. »Und zwar mindestens ein halbes Dutzend Mal.«

8

In ihrer winzigen Wohnung am Bondi Beach knipste Grace nicht erst das Licht an, sie bahnte sich den Weg durch ihr kleines Rechteck Lebensraum im Schein der Straßenlaternen. Frisch renoviertes Ein-Zimmer-Apartment, hatte es im Inserat geheißen, Wohn- und Schlafzimmer in einem. Grace fand, Totalaskese meets New-Age-Verwahrlosung hätte es besser getroffen. Dazu passte der mit Stahlwolle aufgewuschelte, kratzig-grüne Teppichboden als zusätzliches Designelement. Sie wusste, was ihr wichtig war, Einrichtungsfragen gehörten nicht dazu. Hier konnte sie zumindest schlafen und sich an- und umziehen. Sie war der Gegend wegen hierher gekommen, um der Aussicht auf die Landzunge willen mit ihren weißen und orangefarbenen Häusern und dem Uferstreifen – eine Landschaft, die sich bei Tagesanbruch für Minuten in einer Welle reinsten Lichts auflöste. Um in aller Frühe am Strand einen Becher Kaffee zu trinken und auf das Meer zu schauen, das zu dieser Jahreszeit in kaltem, marmornem Grün schimmerte, die salzige Luft auf dem Gesicht zu spüren, bevor sie sich gezwungen sah, das Make-up für den Tag aufzulegen.

Das Apartment hatte noch weitere nützliche und nicht zu verachtende Vorzüge: einen überwachten Parkplatz, der nur mit Magnetstreifenkarte zugänglich war, Türen, die auf die individuelle Schließkombination programmiert waren. Von Zeit zu Zeit tauchte in ihrem Leben (und in ihrer Erinnerung) ihr Exgeliebter, ihr persönlicher Dämon wieder auf. Manchmal sah sie ihn hinter sich auf der Straße, oder er stand in einiger Entfernung zu ihrem Haus und beobachtete ihr Fenster. Sie hatte diskrete Schritte zu ihrem Schutz unternommen und sich illegal eine Schusswaffe besorgt, was in ihrem gegenwärtigen Beschäftigungsverhältnis natürlich nicht ganz unproblematisch war. Aber es gab keinen anderen Schutz, auf den sie sich verlassen konnte. Heute stand niemand draußen auf der kalten, nebligen Straße, was bewies, dass sich durch schlechtes Wetter selbst ein persönlicher Dämon vertreiben ließ. Erleichtert setzte sie sich an den Tisch, legte die Tasche ab, zündete sich eine Zigarette an und kickte die Schuhe fort.

»Ich bin so müde«, sagte sie dem Rascheln der aufgezogenen Gardinen. »Ich bin so müde.«

In diesem Moment der Entspannung sah sie auf einmal Henry Liu nackt auf einem Stahltisch liegend vor sich. Sie sah ihn erst mit einem Taschentuch auf dem Gesicht, dann ohne, und sie erinnerte sich an den Gestank nach altem Blut, der ihr während der Autopsie so zugesetzt hatte. Dieselbe Intensität hatte der Gestank auch in ihrer Erinnerung, und für ein paar Sekunden überkam sie erneut Übelkeit. Sie schluckte. Sanft waren die Hände Dr. Lius gewesen, in der Klinik, als sie Grace auf der Wachstation getröstet hatte, wo sie nach der Abtreibung unvermutet in Tränen ausgebrochen war. Agnes Liu hatte diesen Blutgestank nicht an sich gehabt, absolut nicht. Sie war nicht das, was diese verqueren Leute von ihr behaupteten.

Grace legte die Zigarette in den Aschenbecher und schloss die Augen. Sie presste die Hände an den Kopf, streckte und beugte die Wirbelsäule gegen den Stuhl, bevor sie sich bewusst entspannte. Sie schob sich die Finger unter das Haar und massierte sich die Kopfhaut. Ich will, dachte sie und knetete das verspannte Rückgrat, ich will. Körperwärme, um das kalte, hässliche Bild aus dem Kopf zu verscheuchen. Sex, das wäre gerade schön. Nach Hause kommen zu einem schönen Mann, schlank und muskulös, mit glatter Haut und einem glatten Bauch, bei dem sie vergessen würde, was sie den Tag über gesehen hatte. Bei diesem Gedanken musste sie lächeln. Sie sollte eigentlich glücklich sein. Jetzt, da sie keinen hatte, mit dem sie ernste Absichten verband, konnte sie das Ganze locker angehen. Den Sex sparte sie sich auf, bis der Wunsch, die Begierde sie überfiel. Sie lud nur höchst selten jemanden in ihr schlichtes Allerheiligstes.

Sie schüttelte diesen Appetit von sich, löschte ihn aus. Grace hatte den Hang, von Zeit zu Zeit von der Abstinenz in die Maßlosigkeit und wieder zurück zu verfallen. Im Moment aber hatte sie weder auf das eine noch das andere Lust, auch nicht auf den emotionalen Druck, der sich zwangsläufig dann einstellt, wenn man etwas zu gierig auf jemanden ist. Sie wollte nun ihre Gedanken für sich behalten, sich auf die Arbeit konzentrieren und austesten, wie lange sie sich auf diesem Posten halten konnte, obwohl Tooth überall seine Minenfelder für sie auslegte. Es war schlicht ein Spiel, *Survival am Arbeitsplatz*, dessen Regeln nun einmal besagten, dass Gefangene nicht gemacht wurden. Sie musste ja nicht bis zum bitteren Ende aushalten, sie konnte jederzeit ihrer Wege gehen.

Sie gönnte sich noch ein paar Minuten der Ruhe und rauchte die Zigarette zu Ende. Dann widmete sie sich dem Vergnügen, sich vom Make-up des Tages zu befreien und das Haar zu lösen.

Am anderen Ende der Stadt stand Harrigan auf dem Pier der Snails Bay und blickte über das schwarze Wasser hinaus zum erleuchteten Bogen der Harbour Bridge. Er war in der Hoffnung hierher gekommen, sich den Kopf frei machen zu können und zu spüren, wie die Fesseln, die seinen Leib während des Tages einschnürten, von ihm abfielen. Oft konnte er nicht einschlafen, und wenn er dann im Bett lag, brachte er Stunde um Stunde damit zu, die Schatten mit seinen nächtlichen Gedanken zu füllen, Phantomen des Scheiterns, Fetzen böser Erinnerungen, altem Leid. Das war zu jeder Zeit eine höchst gefährliche Chemie für seine Wachträume: Wie eine Verheißung folgte ihnen die Depression. In den gefährlichen schlaflosen Nächten kam er hierher, wo er frei denken konnte. Wenn er, gefangen in der Stille der nächtlichen Geräusche, das Spiel des Lichts auf den Wellen beobachtete, gelang es ihm eventuell, sich schließlich so weit zu entspannen, dass er einschlief, sobald er sich wieder hinlegte.

Heute Nacht aber konnte nichts die Gedanken an das Gesicht des Professors oder das betäubte Unverständnis Matthew Lius vertreiben. Sie plagten ihn mehr als Agnes Liu, deren Leben von den mattgrün leuchtenden Strichen auf den Monitoren der Intensivstation des St.-Vincent's-Krankenhauses abhing. Er fragte sich, wer wohl sonst noch gerade in der Stadt im Sterben lag. Er konnte jederzeit gerufen werden, um sich mit dem Tod irgendeines Menschen zu befassen. Ihn aufzuklären, sofern er denn aufzuklären war, damit jeder den Grund wüsste, der es wissen wollte; und bisweilen war er das ganz allein.

Das schlichte Wort *Warum* lauerte ständig in seinem Kopf, egal an welchem Fall er gerade arbeitete, auch wenn dieses *Warum*, sobald man es entdeckt hatte, manchmal keinerlei Bedeutung besaß. Er fragte sich jedes Mal, was der Tod aus einem machte, seit damals, als sein Vater die Mutter erschossen und Harrigan mit bebenden Händen die Waffe gegeben und gesagt hatte: »Erschieß mich, Paulie. Ich will nicht mehr leben.« Er hatte abgedrückt, einmal, sein Vater war rückwärts gegen einen Stuhl getaumelt, und er hatte ihn sagen hören: »Das reicht nicht. Schieß noch mal.« Harrigan hatte erfahren, dass er kein zweites Mal abziehen konnte, so als gäbe es einen Schnitt in seinem Verstand, der trennte, was er konnte und was nicht. Sein Vater hatte den Schuss auf sich genommen und einen vermurksten Selbstmordversuch vorgeschützt. Das Gericht hatte ihm geglaubt.

Vor Jahren war Harrigan die soziale Leiter emporgeklettert und von White Bay hinüber an den inneren Hafen gezogen, jenseits der Darling Street – die sich wie ein Rückgrat durch die Halbinsel Balmain zog – und dort auf der anderen Seite den Hügel hinab. Nicht allzu weit entfernt von seinem Elternhaus, das bequem zu Fuß zu erreichen war. Doch inzwischen war das dort eine völlig andere Welt. Er spazierte am Rand des Birchgrove Park unter den Moreton-Bay-Feigen entlang und sah zu seinem Haus auf, das verhältnismäßig nahe am Ufer stand: ein helles, zweistöckiges Ziegelreihenhaus, über hundert Jahre alt, mit einer Schürze aus weißer Spitze auf dem Altan. »Wovon hast du dir das nur leisten können?« Eine Frage, die oft mit dem unausgesprochenen Nachsatz einherging: »Als kleiner Polizist.« »Vom Schweiße meines Angesichts«, entgegnete er regelmäßig grinsend. Es hatte seiner Tante gehört, der Schwester seines Vaters, deren Verhältnis zueinander nach Jahren des unversöhnlichen, hasserfüllten Streits nicht mehr zu kitten gewesen war. Sie selbst hatte es von einem Onkel geerbt, sehr zum Leidwesen seines Vaters, der erwartet hatte, dass er es damals beiden vermachen würde. Harrigan hatte es sich aber dann wirklich erarbeitet: Sie hatte ihn auf mehr als eine Art mit Schweiß und Blut dafür zahlen lassen.

»Ach, du bist doch mein lieber Junge, nicht wahr?« Die unnatürlich säuselnde Stimme seiner Tante hallte ihm durch den Kopf. Er hatte ihre Frage nie mit Ja beantwortet, nicht einmal als kleines Kind, wenn sie ihn auf die Knie genommen und ihm die knochigen Finger angeblich spaßeshalber in die Rippen gebohrt hatte. Sie war ledig, ihr Verlobter war im Krieg gefallen, eine fanatische Kirchgängerin, und sie verkündete stets, er müsse Priester werden, was nie sein Wunsch gewesen war. »Wir müssen darauf achten, dass er eine gute Bildung bekommt. Du kannst schließlich nicht wollen, dass er als Hafenarbeiter endet, Ellie. Du willst doch nicht, dass er wird wie Jim«, so hatte er sie zu seiner Mutter sprechen hören. »Ich sorge dafür, dass er nach St. Ignatius kommt. Ich übernehme die Aufnahmegebühr. Aber du wirst deinen Teil beitragen müssen.«

»Das werde ich. Verlass dich drauf«, hatte seine Mutter erwidert und sich dazu verdammt, über Jahre hinweg von morgens bis spätnachts zwei Jobs zu erledigen, um seinen Aufenthalt dort zu finanzieren. Schließlich war ihr die Genugtuung vergönnt gewesen, ihm den Übertritt auf die Universität zu ermöglichen. Danach brüstete sie sich in der alten Stammkneipe, dem West End auf der Mullen Street, bei einer Zigarette und einem Gin vor ihren Freundinnen, dass ihr Sohn kein Hafenarbeiter werden würde, der würde Jura studieren.

Wollt ihr mich denn gar nicht fragen, was ich will?, hatte es in ihm rumort. Doch die beiden Frauen hatten über sein Schicksal verfügt, und er hatte geschwiegen. Ein Schweigen, das ihn sechs Jahre lang an einen Ort verbannt hatte, an dem er gelernt hatte, als Außenseiter zu überleben und permanent darauf zu achten, was er sagte und tat. Eine Vergünstigung, die ihm seine beiden Schwestern bis heute nicht vergeben hatten, die beide mit fünfzehn dazu verdonnert worden waren, bei Woolworth zu arbeiten und sich ihren Lebensunterhalt selbst zu verdienen. Das Leben hatte sich verändert seit damals. Heute sah er oft Jungen in Iggie-Schuluniform durch den Birchgrove Park toben. Damals war er der einzige Schüler aus dieser Gegend gewesen. Doch auf eine Art blieb das Leben gleich. Er war nach wie vor ein Einzelgänger, der sich in einer starr reglementierten Gesellschaft durchschlug, die ihm jederzeit nach Belieben das Gefühl geben konnte, nicht willkommen zu sein.

»Paulie ist von klein auf das Schatzi von Mum und Tante Maeve gewesen«, behauptete Ronnie, seine älteste Schwester, bei Familientreffen gern und wuschelte ihm dabei neckisch durchs Haar. »Das war ein Fluch, Ronnie«, erwiderte er regelmäßig. »Sei darauf bloß nicht neidisch. Du hast es im Grunde doch gar nicht schlecht getroffen.« Das Leben in einer Villa am Ufer des Georges River war sicher nicht schlechter als in der Snails Bay.

Als seine Tante kurz nach seinem sechzehnten Geburtstag gestorben war, hatte sie ihm das Haus vermacht, das seine Mutter bis zu seinem achtzehnten Lebensjahr treuhänderisch verwalten sollte. Sein Vater hatte seiner Schwester diese öffentliche Schmach nie vergeben, und er weigerte sich, die Totenmesse zu besuchen. Er war ohnehin Atheist, Gewerkschaftler, Mitglied der Kommunistischen Partei, ausreichend gute Gründe für sie, ihn zu enterben. An dem Tag, an dem sie alle eingezogen waren, war er von Zimmer zu Zimmer gegangen und hatte ihren Geist verflucht. Über Jahre hinweg gärte die erlittene Demütigung im Haus und wurde zum Auslöser von derart wilden Streitereien zwischen seinen Eltern, dass Harrigan sich wünschte, sie würden beide sterben. Er nahm an, dass es genau das war, was seine Tante im Sinn gehabt hatte, jedenfalls hatte sie so viel Schaden angerichtet, dass eine Mordanklage zu vertreten gewesen wäre. Als er rekapitulierte, wer alles Schuld am Tod seiner Mutter trug, zählte er seine Tante (neben anderen) so unzweifelhaft dazu, als hätte sie die Waffe selbst geladen.

Harrigan trat durch die Gartentür und schaute zu den dunklen Fenstern seines Hauses hoch. All die Geister waren verschwunden, er hatte sie vertrieben und das Haus zu seinem Heim gemacht. Er hatte es in seiner Freizeit entkernt, hatte die Wände und den Fußboden des Raums, in dem seine Mutter gestorben war, herausgerissen und alles selbst neu gestaltet. Er gab den versetzten Wänden einen glatten, hellen Anstrich, der, wie die unzerstörte Membran unter einer Eierschale, das Licht gleichermaßen verstärkte und ihm die Schärfe nahm, sodass das Zimmer größer wirkte. Dieser Raum wurde sein Lieblingszimmer – und er fühlte sich wohl, auch wenn all der Platz und die Freiheit ursprünglich nicht für ihn allein gedacht waren. Er hatte das Haus auch für seinen Sohn umgebaut, sozusagen in umgekehrtem Verhältnis zu Tobys Körper, der verkrüppelt und an den Rollstuhl gefesselt war. Toby war von Geburt an auf intensive Pflege angewiesen. Doch heute Nacht hatte er nicht die Kraft, sich um seinen Sohn zu kümmern. Er war müde, morgen reichte auch noch, morgen würde er ihn besuchen.

Er ging in die Küche, goss sich einen Whisky mit Wasser ein und stellte fest, dass sein greiser Kater sich auf den Tisch gehievt und es sich auf den dort herumliegenden Papieren bequem gemacht hatte. Niemand wusste, wie alt das Tier war. Dreist war der Kater eines Tages – damals hatte sein Vater noch gelebt – von der Straße hereinspaziert, ein temperamentvolles rot-gelbes Fellknäuel, das es mit jeder anderen Katze in der Straße aufnahm und mit den Jahren die ganze Nachbarschaft eifrig mit seinem Nachwuchs versorgte. Sein Vater fand den Kater hässlich und bösartig und nannte ihn Menzies, als posthume Beleidigung eines Mannes, den er sein Leben lang gehasst hatte. Inzwischen hatte Menzies keine Zähne mehr und war so altersschwach, dass er höchstens noch mal kurz die – mittlerweile stumpfen – Krallen zeigte.

Harrigan schob ihn beiseite, worauf er pro forma fauchte und sofort wieder einschlief.

Harrigan trank den Whisky, wobei sein Blick auf Graces Lebenslauf fiel und ihr lächelndes Foto. Er hatte ihn bereits gelesen, doch nun nahm er ihn sich noch einmal mit größerem Interesse vor. Als Tochter eines hoch gestellten Offiziers hatte sie ihre Kindheit auf Neuguinea verbracht, wo sie ein Internat besucht hatte, bis die Familie dann an die Central Coast zurückkehrte. Zu der Zeit war sie etwa vierzehn. Bald darauf war sie, mit sechzehn, von der Schule abgegangen und nach Sydney gezogen, wo sie sich ihren Lebensunterhalt letztlich als Sängerin verdiente. So stand es im Lebenslauf: Gracie Riordan & Wasted Daze. Aha. Und wer soll das gewesen sein? Er hatte in seinem Beruf oft mit Frauen zu tun gehabt, die sich Sängerin nannten. Grace war von diesem Trip erst wieder heruntergekommen, als sie mit Mitte zwanzig auf die Universität ging.

Harrigan kannte die Central Coast, sein Vater war mit ihm dort fischen gegangen, als er noch ein Junge war. Von Gott und der Welt verlassen, hatte er in den Mangrovensümpfen in der Sonne gesessen, ein glückloser Fischer, der aber glücklich war, weder an Land noch auf See zu sein. Grace konnte zudem keine Surferbraut gewesen sein, wenn sie diese Welt so schnell hinter sich gelassen hatte. Ja – da stand es: Mitglied im Pistolenschützenverein Eastern Suburbs. Gewinn des Pokals des Vereinsverbands, offene Meisterschaft, zwei Jahre in Folge. So war sie zu der Stelle gekommen, unabhängig vom Rang. Nur wenige Frauen schossen gut genug, um zwei Jahre in Folge einen Preis zu gewinnen. Nachdem er sie kennen gelernt hatte, hätte er ihr das allerdings nie zugetraut.

Handfeuerwaffen. Er lehnte sich auf dem Stuhl zurück. Sie hatte das Drama heute miterlebt, sie wusste, was eine Handfeuerwaffe anrichten kann. Warum ballerst du?, wollte er sie fragen. Erzähl mir nicht, dass dich das heiß macht. Er hatte eine eigene Pistole, nicht die Dienstwaffe, sondern die 38er Smith & Wesson, die seine Mutter getötet hatte, sie lag in seinem winzigen Kellerabteil versteckt hinter einem lockeren Sandsteinquader. Die Pistole war greifbar gewordene Erinnerung, so etwas wie ein eigener Grabstein, etwas, womit man sich an dem Ereignis festhalten und nach einer Lösung suchen konnte, wenn die Erinnerung zu schmerzlich war, um sie zu ertragen. Es hatte Stunden gegeben, da hatte er daran gedacht, sich damit eine Kugel durch den Kopf zu jagen. Momente, nicht lange nachdem ihm der Kiefer zerschmettert worden war und er seine Freizeit damit verbrachte, in einem tristen Hotelzimmer in dem Kaff, in das sie ihn verbannt hatten, in den frühen Morgenstunden russisches Roulette zu spielen. Es war ein Nervenkitzel, der ihn erregt hatte, wie kaum etwas sonst damals. Jetzt nicht mehr. Das war es nicht, was er wollte, wenn es das denn je gewesen war. Er sehnte sich nach ein bisschen Fröhlichkeit, nicht nach dem Gegenteil.

Er schlug Graces Lebenslauf zu und beschloss, sein Glück mit dem Schlafen zu versuchen. Er knipste das Licht aus und ging nach oben zu Bett.

Wie üblich lag er da und grübelte. Da war ein schwarzes Loch im Herzen dieses Lebenslaufs, etwas, das sie allen verschwieg, zwei, drei ausgelöschte Jahre, angefangen an ihrem einundzwanzigsten Geburtstag. Das war zu jung, um schon am Ende zu sein. Wovon hatte sie damals gelebt? Von der Stütze? Etwas anderem? Er ermahnte sich, sich an die Fakten zu halten. Sie hatte die Aufnahmeprüfung bestanden. Lebensläufe haben eben Lücken, das war bei ihm nicht anders. Die entscheidende Frage war: Konnte er ihr trauen, war sie der Aufgabe gewachsen? Alles andere zählte nicht. Mit diesem Gedanken schlummerte er endlich ein.

9

Lucy Hurst hob den Kopf vom Kissen. Das abgedunkelte Zimmer kam ihr ungewohnt vor – mit den schimmernden Lichtstreifen, die von den Straßenlaternen durch den Gitterrost der Fenster über dem Bett fielen. Langsam setzte sie sich auf und sah im Garderobenspiegel gegenüber ein Gesicht, abgeschattet zu glanzlos strahlendem Weiß, blutleer wie Silikat, umfangen von einem starren Gewirr dunkler, krakenarmiger Locken. Sie griff sich an die Haare und sah die Gestalt im Spiegel es ihr gleichtun. Ein Ereignis, ein unmögliches, unausweichliches, an das sie sich nicht sofort zu erinnern vermochte, saß ihr im Nacken. Das Zimmer barg keinerlei Hinweis darauf, was das wohl sein könnte oder weshalb sie hier war. Es war eine Landschaft ohne Anhaltspunkte, statisch in ihrer Fremdheit.

Es fiel ihr wieder ein. Es war das erste Mal, dass sie sich hatte erinnern müssen. Diese Vision von präziser und surrealer Klarheit war ihr selbst jedoch ebenso gleichgültig wie den anderen drei Figuren, die es betraf. In Gedanken sah sie, lautlos wie in einem Traum, nacheinander die Frau und den Mann auf die Straße stürzen, sie sah den Fleck auf der blauen Jacke der Frau, die Reglosigkeit des Mannes, sein Gesicht, und den Jungen, so nah, der sie anstarrte. Mit entsetzlicher Unwirklichkeit stand nun die Szene vor ihr, und nur das so gewöhnliche Zimmer mit dem altertümlichen Kleiderschrank, einem Stuhl und Nachttischchen zeigte ihr, wie echt sie war. Sie starrte auf das Bild vor ihrem geistigen Auge – plötzlich todunglücklich, ungläubig.

Sie legte sich erschöpft zurück und bemerkte, dass das Bett feucht war. Sie fasste nach dem Warmen, worin sie lag, und sah auf ihrer Hand, die sie ins Licht hob, eine dunkle

Flüssigkeit. Es war ihr Menstruationsblut, nicht Blut aus einer Wunde. Es war dunkler und floss nicht so ungehemmt, war aber dennoch durch ihre Kleider bis ins Bett gesickert. Sie verstand das nicht, sie hatte seit Monaten keine Blutung gehabt, war froh gewesen, seit Monaten keine Blutung gehabt zu haben. Sie hatte ihren Zyklus kurzgeschlossen, ihn mit spärlicher Ernährung und nervöser Energie lahm gelegt und gespürt, wie das Äquivalent eines unbeschriebenen Blattes Papier die Stelle seines verbindenden, kreisenden Rhythmus einnahm, eine vollkommene, sterile Leere, ohne das Bedürfnis oder die Fähigkeit zur Veränderung. Sie schlug die Bettdecke zurück und setzte sich auf, krallte die Hand ins Laken, um sie abzuwischen, und wusste nicht, was sie tun sollte. Schwindel überkam sie. Sie schüttelte die Nebel der Übelkeit von sich, bemerkte den säuerlichen Nachgeschmack der Droge in ihrem Mund, und da fiel ihr wieder ein, weshalb sie in diesem Bett lag.

Sie musste hier raus! So schnell sie sich bewegen konnte stand sie auf, zog sich die Schuhe an, schnürte sie zu. Als sie den Mantel überstreifte, sah sie im Geiste erneut das Bild der drei Menschen vor sich, und diesmal ergriff sie zornig Besitz davon und hielt sich trotz aller scheinbaren Unmöglichkeit und Dramatik an der Tatsache fest. Ich habe das getan, sagte sie sich. Vergiss das nie. Ich habe diese Leute umgebracht. Das gehört mir, das werde ich nie vergessen. Sie sah auf das Bett mit der zurückgeschlagenen Decke, auf dem zwischen Rippen aus Licht das Blut glänzte, dunkle Schmetterlinge auf weißen Laken. Dann setzte eine merkwürdige Taubheit ein, und sie spürte, wie sie sich von der sie umgebenden Welt loslöste, als hätte sie ein Betäubungsmittel geschluckt. Sie ging aus dem Zimmer, musste aber sofort zurück ins Bad nebenan. Sie saß auf der Schüssel und spürte trotz der Menstruationskrämpfe überdeutlich, wie ihr Körper sich von den unterschiedlichsten Lasten befreite. Sie wusste nicht, warum sie überhaupt noch Blutungen hatte, wo sie doch jedes andere Bedürfnis – nach Nahrung, Wärme oder Obdach – bis auf das Allernötigste minimiert hatte. Als sie fertig war, säuberte sie sich, so gut es ging, fand aber nur ein Papierhandtuch, um das Blut damit aufzunehmen. Sie wusch sich noch einmal, fast wie unter Zwang, und schaufelte sich gierig mit beiden Händen das Wasser zum Mund. Sie fühlte sich wie verdurstet.

Sie hatte keinerlei Zeitgefühl mehr, sie wollte nur noch ihren Rucksack finden und den Tempel so schnell wie möglich verlassen. Sie verließ das Bad und stieg die Treppe hinunter. Stille hatte sich über das dunkle Gebäude gelegt, nicht einmal das Rascheln der Küchenschaben war zu hören. Sie ging zur Hintertür, doch die war abgesperrt. Es war schwierig, den Tempel zu betreten oder zu verlassen, sobald die Türen erst verschlossen waren: Es war eine Stätte der dicken Mauern, der vergitterten Fenster und der massiven Schlösser. Vor dem Büro blieb sie stehen und lauschte auf ein Geräusch, das ihr verraten hätte, ob jemand sich darin befand, hörte aber nichts. Vorsichtig öffnete sie die Tür und sah im Licht der Straßenlaternen, das durch die nackten Fenster fiel, dass der Raum leer war. Sie entdeckte ihren Rucksack, der in der winzigen, fensterlosen Küche stand. Er war geöffnet und durchwühlt worden. Auf der Ablage neben der Spüle sah sie eine leere Pillendose liegen. Sie griff danach. Rohhypnol, 2 mg. Fast hätte sie gelacht, als sie es las. Sie dachte: Ich brauche eine Waffe.

Sie wusste einiges, wovon Graeme nichts ahnte. Unter den Dielen in seinem Büro suchte sie nach seiner, wie er es nannte, Versicherung: eine einzelne Pistole mit einem ordentlichen Vorrat an Munition. Sie nahm beides an sich, lud die Waffe, wie er es sie gelehrt hatte, und verstaute den Rest Munition im Rucksack. Sie war größer und schwerer als die, die er ihr anvertraut hatte. Sie wog die Pistole in der Hand und war schlagartig erleichtert, denn sie wusste, wenn es etwas gab, auf das sie sich verlassen konnte, dann auf diese Waffe. Hast du erst einmal mit einer Pistole geschossen, dann kannst du es auch ein zweites Mal. Dieser letzte Gedanke huschte ihr als Negativ eines Flüsterns durchs Hirn.

Der Bürocomputer, ein leistungsstarker und teurer Rechner, war angeschaltet, und während der Monitor im Energiesparmodus dahindämmerte, bohrten die Leuchtdioden orangefarbene Nadelstiche ins Dunkel. Sie drehte sich nach der offenen Tür um, sah oder hörte dort aber niemanden. Das ganze Gebäude strahlte Verlassenheit aus. Ohne die Pistole aus der Hand zu legen, erweckte sie den Monitor zum Leben und klickte sich rasch ins Netz.

Turtle, bist du da irgendwo? Ich bin's, Firewall. Bist du da?

firewall??? ich wart schon stunden was von dir zu hoeren wo steckst du???

Frag nicht. Hier draußen. Mit einer Knarre in der Hand. In echt. Ich halt sie jetzt grade in der Hand. Ich halt sie, weil ich denk, ich werd sie noch brauchen. Total schräg, wenn man das weiß.

du darfst das nicht machen das darfst du nicht

Ich weiß nicht, was ich sonst tun soll. Ich muss mich schützen.

vor was???? die muessen doch vor dir angst haben!!!

Hier sind üblere Leute unterwegs als ich, Turtle. Außerdem: Klar hab ich Schiss vor denen. Glaub mir.

wenn ich bloss nicht hier festsitzen wuerd. ich wuerd dir helfen aber ich kann nicht & was hast du jetzt vor? kann ich nicht was tun?

Nein, hier geht's nicht um dich, hier geht's um mich. Ich will nicht, dass du dir das antust. Aber ich weiß nicht. Echt, ich weiß nicht, was ich machen werd. Ich kann jetzt nirgendwo mehr hin.

du kannst zur polizei gehn

Ich hab schon mal gesagt, das hat keinen Wert. Und wenn du zur Bullerei gehst, dann schlagen die dich ja doch nur zusammen.

das machen die nicht alle

Die, die ich kenne, schon. Nein, ich kann nirgendwo hin, höchstens vielleicht …

hoechstens vielleicht was????

Heim? Das ist der einzige Ort auf der Welt, den ich noch hab, oder? Und der schlimmste, den's gibt. Neulich hat mein Bruder mich angerufen. Er will, dass ich heimkomm. Aber wenn ich dahin zurückgeh, dann nur, weil das, was ich gemacht hab, mich dahin zurückgetrieben hat, aus keinem anderen Grund.

aber du musst doch nicht dahin zurueck?

Kann sein. Wenn die mich wollen, vielleicht geh ich. Ich hab einfach nur drüber nachgedacht, das war alles. Ich hab sonst keinen anderen Ort.

ich denk schon den ganzen tag: ich glaub nicht dass du das warst die das getan hat. du hast vielleicht abgedrueckt aber dein hirn war woanders es muss woanders gewesen sein. du hast das nicht tun koennen

Doch, Turtle. Ich hab das getan. Und ich hab's getan, weil ich glaubte, sie war böse. Aber vorhin bin ich aufgewacht, und alles, was ich in meinen Gedanken gesehen hab, das war das ganze Blut und wie diese Menschen ausgesehen haben. Und ich glaub – das muss ich doch glauben –, wenn sie das wirklich ist, was bin dann ich? Sind wir jetzt nicht beide gleich? Sind wir nicht beide Mörderinnen? Ich will nicht sein wie sie. Aber ich bin's. Und was heißt das jetzt? Ich weiß nicht mehr, was ich denken soll.

alles was du sagst – du sagst du bist nicht so ok??? ich

weiss das bist du nicht wenn ich mit dir rede – du bist nicht so. das war ein irres tier das warst nicht du

Aber dieses irre Tier bin ich. Ich frag mich nur, ob's mir anders gehen würd, wenn ich nur sie abgeknallt hätt und nicht den Typ? Ich weiß einfach nicht, was ich denken soll.

Während sie das gerade tippte, blickte Lucy auf und sah den Transporter des Asyls, der mit Standlicht über den Platz hinter dem Kino rollte und im Schatten des Gebäudes zum Stehen kam.

Ich muss los. Alles Liebe, setzte sie schnell hinzu.

nein warte firewall. mach kein bloedsinn. du darfst nicht

Lucy kappte die Verbindung. Sie sah Graeme am Fenster vorbeigehen und wusste, dass ihr nicht genug Zeit blieb, um durch die Hintertür zu fliehen. Schnell huschte sie in den Zuschauerraum, den Rucksack geschultert, die Waffe im Anschlag. Sie ließ die Tür einen Spaltbreit offen stehen und spähte durch die Ritze.

Die Hintertür ging auf und seine Silhouette erschien. Lucy hatte den Eindruck, er sähe geradewegs zu ihr hin. Sie war sicher, dass er sie gesehen hatte, und sie hob die Pistole, während sie darauf wartete, dass er sich ihr näherte. Er kam nicht. Er zog die Tür hinter sich zu und sperrte ab, dann stieg er rasch die Treppe hinauf zu seinem Zimmer. Im Halbdunkel sah sie, dass er eine kleine, weiße Papiertüte bei sich hatte, in der etwas Rundes, Kompaktes steckte. Eine Injektionsnadel, dachte Lucy instinktiv, die man umsonst und anonym in jeder Fixerstube bekam. Sie war sicher, dass sie für sie gedacht war.

Sie wartete nicht. Sie ging zur Hintertür, schoss das Schloss auf, trat hinaus in die kalte Nachtluft und rannte durch die Gasse bis vor zur Straße, die Pistole fest umklammert. Als sie die Einmündung der Gasse erreichte, hörte sie eine Art Schrei hinter sich, ein seltsam kehliges Geräusch, doch sie blieb nicht stehen, um sich umzusehen. Atemlos eilte sie, so leise es ging, auf Zehenspitzen durch enge Reihenhausgassen. Im Rennen hörte sie ein Auto, das hinter ihr angelassen wurde. Für den Bruchteil einer Sekunde fingen die Scheinwerfer sie ein, und sie legte noch einmal an Tempo zu, schaffte es bis zum Peace Park an der Church Street und dann weiter durch einen kleinen Eukalyptushain bis zur Sandsteinmauer des Friedhofs von St. Stephen's. Hier verließen sie die Kräfte. Sie stolperte zu Boden, ließ den Rucksack fallen, lehnte sich an die Wand und duckte sich keuchend aus dem Licht.

Sie sah sich nach dem Wäldchen um, doch niemand tauchte hinter ihr auf. Ihre Lunge brannte. Sie war immer noch panisch. Da fiel ihr Greg ein, und sie legte die Pistole neben sich und suchte in einer der Außentaschen des Rucksacks nach dem Handy. Mit zitternden Händen rief sie bei Wheelo an, eher in der Hoffnung denn der Erwartung, Greg wäre dort. Sie ließ den Blick durch den verlassenen Park mit seinen vereinzelten Lampen schweifen und wartete darauf, dass jemand sich meldete. Irgendwann würde sich jemand melden, irgendjemand ging immer ran. Irgendwer war immer wach. Mit der freien Hand hielt sie sich am Pistolengriff fest.

»Hm?«, meldete sich endlich eine Frauenstimme.

»Ich wollte Greg sprechen«, erwiderte sie.

»Hm, und wer ist dran?«

»Luce. Jade, bist du das?«

»Ja. Er ist nicht hier, Luce. Er ist mit Wheelo losgezogen. Hat gesagt, sie machen 'ne Spritztour. Er hat sich irgendwo 'nen Wagen krallen können. Ich glaub, sie wollten ihn abfackeln oder so. Wenigstens glaub ich, dass sie das so gesagt haben.«

Verdammt!, dachte Lucy. »Wann?«

»Was weiß ich. Schon 'ne Zeit her. Aber ich schätz, die Bullen haben Greg geschnappt, weil vor ein paar Minuten ein paar von denen hier gewesen sind und nach Wheelo gesucht haben. Mick hat mir gesagt, ich soll denen bloß nicht in die Quere kommen, aber ich glaub, ich hab gehört, dass die das gesagt haben. Aber wenn die Greggie geschnappt haben, dann heißt das, dass er wieder in den Bau wandert. Also kannst du ihn natürlich nicht sprechen. Außer du hast Bock, ihn in Kariong zu besuchen.«

Lucy schwieg.

»Bist du noch dran, Luce?«, erkundigte sich die Stimme.

»Wenn du Wheelo siehst, richt ihm von mir aus, dass ich angerufen hab und Greg sprechen wollte, okay? Und wenn er Greggie sieht, soll er ihm sagen, dass er vorsichtig sein muss. Total vorsichtig. Sag ihm, er darf auf gar keinen Fall je wieder zum Asyl kommen, okay? Genau so sagst du's ihm. Sag ihm, da ist es nicht sicher.«

Jade schien überrascht. »Na ja, wenn du meinst.«

Lucy bezweifelte, dass Jade daran denken würde, auch nur eine Silbe davon auszurichten. Ohne ein weiteres Wort legte sie auf. Sie hatte keinerlei Kraft mehr, und ihr ganzer Kopf und Körper waren schweißgebadet.

Dann heißt's für dich also zurück in den Bau, Greggie. Aber da komm ich nicht an dich ran, das wäre zu gefährlich. Glaub mir einfach, dass ich dich da drin nicht vergesse. Die werden dir erneut den Schädel kahl scheren und dir die Mütze wegnehmen, und wenn du Glück hast, dann kriegst du sie zurück, wenn sie dich rauslassen. Wann auch immer das sein wird. Diesmal wird Graeme dich nicht mehr da rausholen können. Aber diesmal bist du da drin, zum ersten Mal, vielleicht sogar besser aufgehoben. Wenigstens für den Moment.

Irgendwie würde Graeme erfahren, was passiert war, aber nicht von ihr. Die vom Sozialamt, Ria, die wird ihn anrufen, wenn schon sonst niemand. Oder die Polizei. Er wird böse werden, wenn er es erfährt, sehr böse. Als sie das dachte, musste sie beinahe lächeln. Dann überfiel sie ein Schwindelgefühl, und sie lehnte sich an die Mauer. Ihr war kalt, und eine Nachwirkung der Droge fuhr ihr durch den Kreislauf. Das Handy entglitt ihrer Hand und fiel auf die Erde. Da sie keinen anderen Platz dafür hatte, schob sie die Pistole in die Außentasche des Rucksacks, dann knöpfte sie die Jacke zu und mummelte sich darin ein. Sie wollte wegrennen, konnte aber nur reglos dasitzen und spüren, wie die Lider ihr gegen ihren Willen zufielen. Sie hatte keine Kraft mehr.

Sie atmete tief und war auf halbem Weg zwischen Wachen und Bewusstlosigkeit, als sie trotz des Dunkels merkte, dass ein Schatten auf ihr Gesicht fiel und jemand sich über sie beugte. Sie konnte den Atem hören und spüren. Sie zwang sich, wach zu werden, schrie beinahe auf und zerrte verzweifelt am Rucksack.

»Luce! Was hast du? Ich bin's doch nur.«

Sie erkannte Stephen exakt in dem Moment, in dem sie seine Stimme hörte. Völlig entnervt rappelte sie sich noch.

»Stevie, tu mir das bitte nie wieder an«, keuchte sie. »Du hast mich furchtbar erschreckt.«

»Du hast mich auch erschreckt.«

Er lächelte nervös und kniete sich neben sie. Ringsumher breiteten sich der verlassene Park und die finsteren Straßen der Newtown aus.

»Verdammt, Luce. Sieh dich nur an. Was hast du dir angetan?«, sagte er und legte ihr die Hand auf die schweißfeuchte Stirn. »Geht's dir gut? Du siehst aus – ich dachte, du bist clean. Ist das vorbei?«

Sie antwortete ihm nicht sofort. Sie versuchte zu lächeln, schaffte es aber nicht.

»Nein«, sagte sie, »dieses Zeug habe ich absolut nicht nehmen wollen.«

Diese spezielle Wahrheit kam ihr seltsam über die Zunge, wie der Geschmack von Metall.

»Gott, Lucy, auf was für Risiken du dich immer einlässt. Ich weiß nie, was ich als Nächstes über dich hören werde.«

»Schon, oder?«, sagte sie ein wenig wacklig. »Und jetzt jagst du mir durch die Gegend nach?«

»Sieht ganz so aus.« Er sprach leise und sah sich um. »Dieser Typ da übrigens, von dem du mir erzählt hast, der Prediger. Gestern Abend bin ich bei ihm gewesen, aber er hat gesagt, du wärst nicht da. Er hat mich rausgeworfen, und ich hatte ehrlich Angst, er bricht mir das Handgelenk. Wo warst du denn?«

Lucy erwiderte nichts. Sie schluckte einen Rest Angst hinunter und schüttelte den Kopf. Stephens Brille war den Nasenrücken heruntergerutscht. Er schob sie wieder hinauf.

»Als du da rauskamst«, sagte er, »da bist du so schnell gerannt. Ich wollte dir mit dem Auto hinterher, aber du bist einfach weitergerannt. Ich dachte, du hättest – hattest du nicht etwas in Hand? Ich wusste nicht, ob ...«

Er brach ab.

»Nein. So bin ich eben«, sagte Lucy. »Ich hatte Paranoia. Das kommt bei mir vor.«

»Ich hörte – ich weiß nicht ... Hast du nicht auch einen Schuss oder so was gehört? Hab ich mir das eingebildet? Hast du gehört –«

»Ich habe gar nichts gehört, Stevie. Ich hab nicht aufgepasst.«

Er sah sie an, wie sie da an der Mauer lehnte, die Jacke um sich gezogen, setzte sich neben sie ins Gras und streckte das verkrüppelte Bein aus. Der Widerschein der Parklaternen spiegelte sich auf seiner prägnanten Stirn, dem glatten schwarzen Haar.

»Ich hab Dad am Hals, Luce. Und er stirbt. Für etwas anderes habe ich keine Kraft. Versprich mir, dass du nicht in irgendwelchen Schwierigkeiten steckst und dass nicht gleich alles den Bach runtergeht. Damit würde ich nicht fertig werden.«

»Dad?«, fiel ihm Lucy ins Wort. »Er scheucht dich durch die Stadt, damit du mich suchst? Das ist wieder absolut typisch. Ist doch klar, dass er sich nicht die Mühe macht, selber nach mir zu suchen.«

»Das kann er nicht, Luce. Er kann sich kaum rühren. Er sagt, er will dich noch mal sehen, bevor er stirbt. Davon lässt er sich nicht abbringen. Wenn du nicht kommst, dann wird das das Letzte sein, was er sagt. Wir werden um ihn rumstehen, und alles, was er sagen wird, ist, dass du nicht da bist.«

»Und was will er mir denn so Wichtiges sagen?«

»Ich weiß es nicht. Ich glaube, er weiß es selbst nicht. Er will dich sehen. Sonst hat er mir nichts gesagt.«

»Und wenn jetzt ich gestorben wäre statt er? Das hätte passieren können. Ein- oder zweimal war es fast so weit. Was hätte er dann getan? Hätte er sich Sorgen um mich gemacht? Oder hätte er einfach gesagt, ach, sie hat mich gar nicht mehr besucht, bevor sie gestorben ist?«

»Ich weiß es nicht, Luce. Okay? Ich kann dir das nicht beantworten. Willst du die Wahrheit wissen? Ich bin hier, weil es für uns leichter wäre, wenn du heimkämst. Und ich bin einfach am Rand der Belastbarkeit.«

Solange er gesund war, hatte ihr Vater nie das Bedürfnis gehabt, sie zu sehen, weshalb wohl jetzt? Sie schaute über die geneigte Wiese hinab auf die schmalen Straßen, wo kleine Häuser und weiße Fabriken in ein Muster aus Straßenlaternen eingebettet schlummerten. Alles war so ruhig; es wollte scheinen, als existiere keine Welt jenseits des Lichts dieser Straßenlampen, nur endloses Dunkel auf der anderen Seite einer großen Glasschüssel.

»Also gut, ich komme heim«, entschied sie nach einiger Zeit. »Ich rede mit ihm. Weil *ich* mit ihm reden will.«

Vor vierundzwanzig Stunden noch hätte nichts in der Welt sie dazu gebracht, heimzugehen, aber gestern, kurz nach Sonnenaufgang, als sie diese Schüsse abgefeuert hatte, da war sie in einen Haarriss in der Zeit geraten. Jeder ihrer Gedanken, jede ihrer Taten, alles zerrte sie zurück zu diesen Sekunden. Dort warteten Mutter und Vater auf sie, wie zwei Kinogänger auf den billigen Plätzen, den Becher Popcorn in der Hand. Gedanken bildeten sich in ihrem Kopf, die sie den beiden ausdruckslosen Gestalten, die sie mampfend anglotzten, aus dem Schatten entgegenschleuderte. Ich will euch sehen. Zum ersten Mal will ich euch sehen, ich will euch was fragen. Sie wollte ihre Mutter und ihren Vater ansehen und sie fragen, war denn keiner von ihnen jemals nachts aufgewacht, so wie sie eben aufgewacht war, mit dem Gedanken: Ich habe das getan, was soll ich nur tun, jetzt, da ich etwas so Furchtbares getan habe? Sie wollte sie fragen: Geht es euch nicht auch so, nur ein bisschen? Wegen dem, was ihr mir angetan habt? Antwortet mir, ihr seid es mir schuldig.

»Versprichst du mir, dass du dich nicht mit ihm streitest?«, bat Stephen und schob sich noch einmal die Brille zurecht. »Wenn du das nämlich machst, dann wird er es nur an den anderen auslassen.«

»Nein, keine Angst, Stevie. Wenn er nicht sagt, was ich hören will, dann gehe ich einfach wieder.«

Sie sprach mit vorgetäuschter Entschlossenheit. Stephens Erleichterung war nicht zu übersehen. Rasch stand er auf.

»Dann lass uns verschwinden, hier gefällt es mir nicht. Hast du alles? Oder musst du noch mal zurück und irgendwas von da drin holen?«

Mit dem Daumen deutete er über die Schulter vage in Richtung Tempel.

»O nein«, erwiderte sie.

Nein, da würde sie nicht ein einziges Mal mehr hineingehen.

»Ist das deins?«, wollte er wissen.

Um ein Haar wäre er auf ihr glitzernd blaues Handy getreten, das er nun in die Höhe hielt.

»Ja, es muss mir runtergefallen sein.«

Auch im Halbdunkel stand auf seinem Gesicht die Frage zu lesen, die er ihr niemals stellen würde: Wo hast du das her?

»Funktioniert's?«, fragte er stattdessen.

»Bis vorhin«, erwiderte sie mit einer Art Lächeln.

»Was dagegen, wenn ich es benutze?«, erkundigte er sich. »Es ist besser, ich gebe Mel Bescheid, dass wir kommen.«

»Kannst es behalten.« Sie tat beiläufig. »Das ist gar nichts. So ein Nichts lässt sich immer und überall auftreiben.«

»Schon gut, Luce. Du kriegst es ja wieder, wenn ich fertig bin.«

Langsam stand sie auf und sah sich um. Ihr Kopf war nach wie vor nass vom Schweiß, und sie wusste nicht, kam das, weil ihr eine Droge verabreicht worden war oder weil sie Angst hatte. Sie hatte den deutlichen Eindruck, dass sie beobachtet wurden und dass dieser Beobachter gefährlich war.

»Hi, Mel, ich bin's, Stevie. Tut mir Leid, dass ich dich aus dem Bett gerissen habe. Nein, ich hab sie gefunden, sie kommt heim. Ja, ich weiß – alles in Butter. Ob du uns was hinstellen könntest, was Essbares? Ich bin am Verhungern, und ich habe keine Ahnung, wann Luce zuletzt was gegessen hat. Und wenn du ihr vielleicht ein paar saubere Sachen rauslegen könntest? Sie hat's nötig. Und ein paar … Binden, was auch immer … was weiß ich. Sie sieht furchtbar aus. Vierzig Minuten? Es hat keinen Verkehr. Okay. Bis dann.«

Er gab ihr das Handy zurück. Sie schaltete es aus und packte es weg, dann schulterte sie den Rucksack und schwankte unter dem Gewicht.

»Geht's? Soll ich ihn tragen?«

»Nein«, sagte sie. »Du wirst das nicht tragen, Stevie, das mache ich.«

»Du siehst aus wie der Tod, Luce«, sagte er und hatte im unnatürlichen Licht selbst ein ganz graues Gesicht.

Ja.

Der Park schien völlig verlassen, und sie liefen zu Stephens Auto, das in einer nahe gelegenen Straße stand, nicht weit von dem kleinen Hain und gegenüber eines Graffitis aus blauen und gelben Wirbeln und dem Text »Simultane Liebe, Baby«. Als der Wagen um eine Ecke bog, glaubte sie, im Dunkeln eine Silhouette zu erkennen, Graeme, unter einem Baum. Sie hatte ihn nur kurz aus dem Augenwinkel gesehen, und trotzdem drehte sie sich hastig weg.

Sie fuhren durch menschenleere Straßen hinaus auf den Highway. Sie kuschelte sich auf dem Sitz zusammen, war aber zu angespannt, um zu schlafen. Dann flogen die eklektischen Umrisse des Zentrums auf sie zu: Hochhäuser, Schaufenster, Tankstellen, die Gladesville Bridge, die sich über den dunklen Fluss spannte. Sie fuhren zügig durch die Innenstadt, und langsam verblich die Phalanx geisterhafter Gebilde beiderseits des Mittelstreifens. Eisige Kälte fuhr ihr in die Glieder, und weiter ging es dem Rand des urbanen Geschwürs entgegen; von dem Stoff, den Graeme ihr eingeflößt hatte, war ihr ganzer Körper in kaltem Schweiß gebadet.

»Wie spät ist es?«, wollte sie wissen.

Stephen warf einen Blick auf die Uhr. »Zwanzig nach vier. Fast schon Zeit zum Aufstehen.« Dann: »Dieser Typ in dem Kino – der weiß doch nicht, wo du daheim bist? Der wird doch nicht hier rauskommen und dich suchen, oder?«

Lucy sah Stephen an und beschloss, ihn nicht danach zu fragen, weshalb er sich vor dieser Aussicht fürchtete.

»Graeme?« Ihr war schon unwohl dabei, nur seinen Namen auszusprechen. »Nein. Ich hab ihm nie erzählt, woher ich komme. Er hat nie danach gefragt. Nach ’ner Weile haben wir überhaupt kaum noch von mir gesprochen«, fügte sie seltsam stockend hinzu.

»Was meinst du damit?«

Sie schüttelte den Kopf. »Nur, was wir so geredet haben, egal.«

Nein, in all den Monaten hatten ihre Vieraugengespräche auf etwas vollständig anderes abgezielt. Was immer sie zu ihm gesagt hatte, er hatte es in eine andere Richtung gelenkt, weg von ihr – das allein schon hatte sie damals aufatmen lassen – hin zu einer einzigen Tat. Die darin bestand, dass sie mit einer Pistole auf das von ihm ausgewählte Zielobjekt schoss. In der Erinnerung waren diese Vorgänge allesamt klar voneinander abgegrenzt und standen in unzusammenhängenden Bildern vor ihr: Graemes Lächeln, der Rückstoß der Pistole, als sie auf einen Baum feuerte, der Rückstoß, als sie auf einen Menschen feuerte. Dann sah Lucy alle Spieler in ihrem Hinrichtungsakt gefangen: das Weib und den Mann und schließlich den Jungen, der sie mit vor Entsetzen versteinertem Gesicht anglotzte. Sie fragte sich, wie oft diese Szene noch vor ihr auftauchen würde. Sie schaute kurz zu Stephen hinüber. Was würdest du wohl von mir denken, wenn du das wüsstest, Stevie? Was wird das mit dir anrichten, wenn du es erfährst? Du und Mel? Das habe ich mich nie gefragt. Das habe ich nicht einmal mich selbst gefragt.

Sie dachte an den Prediger und stellte fest, dass es ihr nicht mehr möglich war, ihn für sich zu beschreiben. Das Bild, das sie in Gedanken sah, war das eines Mannes, der sich über sie beugte, der sie mit sanftem, friedvollem Blick betrachtete und ihr, während sie der Droge ausgeliefert war, erklärte, dass er vorhabe, sie und jemanden, den sie liebte, zu ermorden.

Du wirst mich nicht finden, Graeme, und überhaupt, ich kann auf mich aufpassen. An Greg kommst du auch nicht ran, das ist das Entscheidende. Aber um ganz sicherzugehen, werde ich Ria anrufen. Sie kann Greg warnen, auch wenn niemand sonst es kann.

»Woran denkst du, Luce?«, wollte Stephen mit einem seltsamen Unterton wissen.

»An nichts«, erwiderte sie und merkte nicht, welchen Ausdruck sie im Gesicht hatte und dass Stephen ein Schauder den Rücken herunterlief, als er sie kurz musterte. Er drückte aufs Gas und überholte eine Kolonne LKWs, die wie eine Urgewalt auf dem Highway nach Norden donnerten, und im Sog ihres Luftstroms schoss er in rasendem Tempo an der zerbrechlichen Kette ihrer bunten Lichter vorbei.

Sie hatten die heimatlichen Straßenzüge erreicht, weit draußen am Nordrand der Metropole. Es war kein Mond zu sehen. Lucy betrachtete die großen Häuser, die das ehemalige Buschland verdrängt hatten und zwischen denen hier und dort zur Dekoration ein kleiner Baumbestand stehen geblieben war. Im Widerschein der Lichter der großen Stadt schimmerten sie in fahlem Silber.

»Das war früher alles nicht da«, sagte sie.

»Die Parzellierung hier schreitet schnell voran. Bald wird gar nichts mehr übrig sein. Inzwischen stehen die Häuser schon fast bis zu unserer Eingangstür. Andauernd rufen irgendwelche Immobilienmakler an. *Wenn Sie verkaufen wollen, wir machen Ihnen einen guten Preis*. Am liebsten würde ich denen immer sagen, du hast ja keine Ahnung, was du da kaufst, Alter. So viel Kohle hast du nicht.«

Nun kam das zweistöckige Ziegelhaus aus den Neunzehnvierzigern in den Blick, das ihr Großvater wenige Jahre nach der Entlassung aus der Armee errichtet hatte. Nach den Fotos, die Lucy gesehen hatte, hatte an dieser Stelle einst ein Vierzimmerhaus aus Holz gestanden, die Wände über Feder und Nut verbunden – vom Urgroßvater gebaut, nachdem er den Urwald dort gerodet hatte. Der Großvater hatte ihnen erzählt, dass er es niedergerissen und stattdessen diesen Klotz errichtet hatte, als er es zu etwas gebracht hatte.

Stephen stellte den Motor ab und ließ den Wagen lautlos die sanfte Neigung der Zufahrt hinabrollen, um schließlich kurz vor der Garage zu stoppen.

»Du bist daheim«, sagte er.

Genau.

Im fahlen Licht marschierten sie über ein Rechteck voller schwammiger Quecken. Eine Hündin kam mit rasselnder Kette aus ihrer Hütte gerannt. Lucy ging neben ihr in die Hocke und streichelte ihr den Kopf.

»Hallo, Dora. Hallo, Mädchen. Schau, sie kennt mich noch. Wieso ist sie denn angekettet? Das war sie früher nie.«

»Das hat sich so ergeben. Dad sagte, wir sollen sie an die Kette legen. Die Nachbarn haben was gegen sie. Die sagen, sie ist gefährlich und dass sie den Kindern Angst macht.«

»Sie würde niemals jemandem was tun. Armer alter Schatz.«

An der Hintertür blieb Lucy stehen. Sie horchte auf das Rascheln im Busch, der das Haus umgab, und fürchtete sich vor dem Hineingehen.

»Keine Angst«, sagte Stephen. »Mum schläft, und Dad ist nachts um die Zeit meistens bewusstlos. Da ist nur Mel. Komm.«

In der großen Küche roch es nach Toast, Kaffee und Milch, ein tröstender, Sicherheit verheißender Duft. Im grellen Neonlicht deckte Mel den Frühstückstisch. Ohne zu lächeln blickte sie ihre ältere Schwester Lucy an. Mit Bedacht schien sie jede Gefühlsregung aus ihrem Gesicht verbannt zu haben. Wie ihr Bruder war sie klein gewachsen, sie trug einen engen Jeansrock, aus dem die nackten Beine herausschauten, darüber ein Sweatshirt, und ihre Haare waren dicht gelockt und hellrot gefärbt.

»Hi, Mel«, grüßte Lucy mit einem vorsichtigen Lächeln.

Mel sah sie verdrossen an und verweigerte den Gruß. Ihr Blick war schläfrig.

»Ich hab dir dein Bett gerichtet. Willst du nicht lieber gleich duschen? Du hast es nötig, du siehst furchtbar aus. Im Bad sind Binden, wenn du welche brauchst. Wenn du fertig bist, bring die dreckige Wäsche bitte gleich in die Waschküche runter, weil ich sie, so schnell es geht, waschen und trocken kriegen muss. Ich muss jeden Tag das Bettzeug von Dad waschen, da hab ich nicht die Zeit, mich um deine Klamotten auch noch zu kümmern.«

Mit diesen Worten wandte sie sich wieder der Arbeitsplatte und der Bereitung des Frühstücks zu. Lucy antwortete nicht. Sie drehte sich um, blieb aber an Tür, die in die Wohnräume führte, stehen.

»Ist gut, Luce«, sagte Stephen. »Soll ich mit dir gehen?«

Lucy blickte sich um und merkte, dass Mel für diese Fürsorglichkeit nur Verachtung übrig hatte.

»Nein«, entgegnete sie und hielt sich am Rucksack fest. »Ich komme schon klar.« Im Flur und auf der Treppe zu ihrem Zimmer, auf der ein Nachtlicht brannte, war alles wie gewohnt. Das Haus war verschachtelt, eine Ansammlung stickiger Zimmer mit winzigen Fensterchen, bis obenhin angefüllt mit dem unterschiedlichsten Kram. Vera, Lucys Mutter, konnte nichts wegwerfen. Wenn es nach ihr ging, konnte sich alles, wenn man es nur lange genug aufhob, einmal als nützlich erweisen oder irgendwann repariert werden, sofern es kaputt war. Uralte Speisereste lagen im Permafrost der Tiefkühltruhe begraben; alte Kleider und altes Spielzeug waren unter die Betten gestopft; Zeitungen, Pappkartons, Aludosen stapelten sich auf den Fluren. Lucy ging den Flur im ersten Stock entlang, wo es nach Naphthalin und Flohmarkt roch, versetzt mit einem Schuss Schimmel und Spinnweben, ein Geruch, den nur die Sommerhitze vertreiben konnte, wenn das Haus unter der Sonne glühte.

»Es hat sich nicht verändert. Nichts hat sich verändert«, sagte sie, beinahe ungläubig, bei sich.

Als sie aber die Tür zu ihrem Zimmer öffnete und das Licht anschaltete, stellte sie überrascht fest, wie unvertraut es ihr war, wie verblasst es auf den ersten Blick erschien. Sachte zog sie die Tür hinter sich zu und stellte den Rucksack neben das Bett, dann sah sie sich unbehaglich um. Die Wände hingen voller Poster, die sie aus Zeitschriften ausgerissen hatte: Popstars, die sie längst nicht mehr kannte, goldäugige Tiger, die tropische Flüsse durchschwammen. Die Decke war blau gestrichen, Boden- und Deckenleisten silbern. Der Bogen aus goldenen Sternen, den sie auf eine Fensterscheibe geklebt hatte, war noch da. Es war eine Welt, deren Oberfläche nicht den geringsten Hinweis darauf gab, was sich regelmäßig hier ereignet hatte.

Jeweils am Nachmittag hatte der Vater ihr gesagt, was er am Abend vorhatte. Wenn er in ihr Zimmer kam, befahl er knapp: »Ausziehen.« Das war das Einzige, was er zu ihr sagte, vom ersten dieser schrecklichen Augenblicke bis zum letzten, vom ersten Mal bis zum letzten Mal. Dann war da eine andere Erinnerung: Seit zehn Tagen etwa war ihr morgens so übel, dass sie nichts essen konnte, da hatte die Mutter gesagt: »Beeil dich, wir fahren in die Stadt. Er nimmt uns bis Hornsby mit, von da nehmen wir den Zug.«

Laut beruhigte Lucy sich nun selbst: »Du brauchst keine Angst zu haben. Es ist genau, wie Turtle sagt – er muss sich jetzt vor dir fürchten. Und sie genauso.«

Sie hatte das Gefühl, sie müsse gleich in Panik ausbrechen. Sie setzte sich auf das Bett, schlang die Arme um sich und wiegte sich vor und zurück. Sie holte die Pistole aus dem Rucksack und schloss die Hand fest um sie, dann holte sie tief Luft und spürte die Sicherheit, die von ihr ausging.

»Ich werde dich immer bei mir behalten«, sagte sie, »dann kann mir nichts passieren.«

Im Bad schloss Lucy die Tür hinter sich ab und legte die Pistole in Griffweite auf das Waschbecken. Unter dem warmen Wasser der Dusche entspannte sich ihr Rücken, und sie betrachtete ihr Blut, das vor ihren Füßen in den Abfluss wirbelte. Sie musste den Kopf schütteln, so eigentümlich kam es ihr vor, einen Körper zu haben, der empfand und blutete. Sie trocknete sich die saubere Haut und rubbelte sich mit dem Handtuch ab, bis jeder einzelne Körperteil wieder zum Leben erweckt, bis die Nervenenden wieder miteinander verbunden waren. In dem Ganzkörperspiegel sah sie sich in weißem Licht gebadet. Sie war kräftiger geworden, seit sie die Sucht besiegt hatte. Obwohl sie kaum aß, war sie eher drahtig als dürr, und sie hatte sich sogar hier und dort ein weiches Polster und ein paar Muskeln zugelegt. Sie sah einen Körper, der – ohne dass sie es bemerkt hatte – ein wenig fraulich geworden war. »Das bin ich«, staunte sie und konnte sich dem Gefühl der Erschütterung nicht entziehen. Nachdem sie sich angezogen hatte, musterte sie sich noch einmal. Sie sah ihr Spiegelbild, vom Licht versilbert, eine metallene Gestalt, rein wie gefilterte Luft.

»Ich hätte hier nicht bleiben können«, erklärte sie ihrem Spiegelbild, »unmöglich. Was hätte ich anderes tun können als gehen?«

Sie strich sich das nasse Haar aus der Stirn. Im selben Augenblick verloschen ihr Gesicht im Spiegel und das Licht.

Widerstrebend steckte sie die Waffe in den Rucksack zurück, bevor sie nach unten ging. Es war bereits hell geworden, als sie wieder zur Küche kam. Dort hörte sie Stephen und Mel sich streiten. Mel sprach rasch, atemlos und zornig. Lucy blieb stehen und lauschte, bis sie nichts weiter hören wollte.

»Wieso soll ich nett zu ihr sein?«, fauchte Mel gerade. »Sie hat doch Mist gebaut. Sie ist einfach abgehauen und hat mich hier sitzen lassen. Ihr war das doch egal, sie hat nicht gewartet. Und jetzt zieht sie dauernd irgendwo rum und treibt, was ihr Spaß macht, und ich sitze hier und muss für ihn waschen und muss *ihn selbst* waschen, und ich koche für ihn, und ich kümmere mich um ihn, und alles, was Mum macht, ist, dass sie den ganzen Tag vor der Glotze hängt. Und dann kommt sie einfach hierher zurück, weil es ihr gerade in den Kram passt, und du sagst zu mir, *ich* muss –«

Mitten im Satz brach Mel ab, und sie drehte sich weg, als Lucy an der Tür erschien. Stevie saß am Tisch und rauchte. Mit einem kaum merklichen Schulterzucken begrüßte er Lucy. Verlegen stand sie da und wünschte, sie hätte die Pistole bei sich und könnte das kalte Metall spüren, das sich gegen ihre Hüfte presste. Einen kurzen Moment lang kochte die Wut in ihr auf.

So darfst du nicht von mir reden, Mel, das ist nicht fair. Ich habe damals nichts tun können. Wenn dir heute jemand wehtun wollte, ich würde ihn umbringen. Ehrlich. Dann könntest du so was nicht mehr von mir sagen.

»Setz dich, und iss dein Frühstück«, forderte Melanie sie auf, ohne sich umzudrehen.

Das Schweigen lastete schwer auf ihnen allen, und Lucy und Stephen aßen nur zögerlich. Nachdem sie den Teller zu zwei Dritteln leer gegessen hatte, brach Lucy ab.

»Ich kann nicht mehr«, sagte sie. »Mein Hals fühlt sich an, als ob er voller Knochensplitter wäre. Ich muss mich schlafen legen.«

»Fehlt dir was?«, erkundigte sich Stephen.

»Nein. Ich bin nur furchtbar müde.«

Sie stand auf. An der Tür hielt sie an und sah zu ihnen zurück, zu Melanie mit dem zornigen Gesicht und Stephen, der die Maske hatte sinken lassen und eine überwältigende Erschöpfung zeigte.

Ich kann euch beiden nicht sagen, was ich getan habe, niemals werde ich euch das sagen können.

»Bis später dann«, sagte sie.

In ihrem Zimmer überfiel sie dann mit brutaler Macht die Angst. Sie schob die Pistole unter das Kissen und verrammelte die Tür mit einem Stuhl. Sie musste ihre ganze Kraft zusammennehmen, um Ria anzurufen. Die ging auch gleich dran, aber die Verbindung brach immer wieder kurz ab, und es rauschte fürchterlich.

»Ja«, meldete sie sich mit knisternder Stimme.

»Ich bin's, Ria, Luce.«

Schweigen.

»Was willst du?«

Ihr Ton drang beißend klar durch das Rauschen.

»Ich habe eine Nachricht für Greg. Es stimmt doch, dass die Polizei ihn geschnappt hat?«

Lucy hörte Rias zorniges Lachen.

»Du bist gut informiert. Ja, das stimmt, die haben eben bei mir angerufen. Ich wünschte, ich wüsste so genau wie du, was er so treibt …«

Dann brach die Verbindung fast zusammen. Im Knistern konnte Lucy noch die Worte »nicht zu glauben« ausmachen, die untergingen und deutlich als »Beihilfe« und »Mord« wieder auferstanden. Als sie dies hörte, sprach Lucy leise und mit bitterem Unterton in den Äther.

»Ach was, die haben doch sowieso keine Ahnung. Die

schnappen sich doch einfach den ersten Besten. Die wahren Mörder, die kriegen sie nie.«

»Wie lautet deine Nachricht, Lucy?«

Plötzlich klang Rias Stimme ganz klar, argwöhnisch und besorgt.

»Sag ihm von mir, egal, was er macht, er darf nicht ins Asyl zurück. Das ist alles. Er darf auf keinen Fall in die Nähe kommen, nie. Er weiß, was ich damit meine.«

Stille trat ein.

»Lucy«, sagte die Sozialarbeiterin schließlich, »ich möchte nicht, dass du mir irgendetwas Weiteres erzählst. Ich werde jetzt auflegen. Egal, was passiert, ruf mich nicht noch einmal an.«

Lucy schwieg. Sie schaltete das Handy ab und schleuderte es auf den alten Schreibtisch. Erschöpft und ohne sich auszuziehen, kroch sie ins Bett und schlief ein, eine Hand auf der Pistole.

10

Im Wintermorgenlicht missachtete Paul Harrigan seinen eigenen Befehl, der Fall habe Vorrang vor allem Übrigen und nichts anderes sei wichtig. Er fuhr die kurze Strecke von Birchgrove nach Cotswold House in Drummoyne gegen den allgemeinen Verkehrsstrom und zwackte vor Dienstbeginn eine Stunde ab, um seinen Sohn zu besuchen. Womöglich war es die letzte Möglichkeit für geraume Zeit.

Toby war die Folge einer nur für kurze Zeit glücklichen Ehe, die Harrigan mit kaum einundzwanzig eingegangen war, als er durch die Lande gezogen und seinen Lebensunterhalt als Boxer und Obstpflücker verdient hatte. Anders als in den meisten Fällen blieb er nach der Ehe mit dem Baby im Arm zurück, während seine Frau sich aus dem Staub machte, weil sie das Kind, das in den Stunden der Geburt dauerhafte Schäden davongetragen hatte, von sich wies, ein winziges Baby, das ein Leben lang die Last dessen zu tragen hatte, was die Medizin Choreathetosis und Dysarthrie nannte. Für Harrigan war diese Tat absolut unverzeihlich. Sie hatten sich vor Jahren scheiden lassen, und Sara lebte jetzt mit einem anderen Mann in Westaustralien. Er verschwendete freiwillig keinen Gedanken an sie, und sie hatte nie versucht, ihren Sohn zu besuchen. Nicht einmal Geld hatte sie geschickt, aber das hätte er ohnehin nicht angenommen. Sie war nur eine weitere Gestalt, die er unbarmherzig aus seiner Vergangenheit getilgt hatte.

Nun überquerte Harrigan im anbrechenden Morgen die Iron Cove Bridge, und er sah seine Nachtgedanken sich im ersten Licht des Tages über dem Hafen auflösen und sich in die Gewissheit verwandeln, dass ihm nach wie vor Wege zum Glück offen standen. Nicht zuletzt lagen die Freuden des Lebens auch im Glitzern der aufgehenden Sonne im Hafen und im Anblick der schwarzen Kormorane, die von ihren Nestern auf den alten hölzernen Piers aus auf Fischfang gingen. In Cotswold House, das mit Aussicht auf die Inseln Cockatoo und Spectacle mit ihren aufgelassenen Werften am Ufer stand, bat die Direktorin, Susie Pavic, ihn herein und begrüßte ihn.

»Guten Morgen, Paul«, sagte sie. »Gestern Abend haben wir alle mit Toby zusammen Ihren Auftritt im Fernsehen gesehen. Eine furchtbare Geschichte.«

»Allerdings. Aber wir arbeiten daran. Wir kriegen das hin.«

Er mochte Susie, aber er wollte das Gespräch mit diesem Satz und einem kurzen Lächeln beendet wissen, denn er wollte verhindern, dass die Arbeit sich zwischen ihn und seinen Sohn schob. Am Ende eines schmalen, blitzsauberen Gangs sah er Toby, der von seinem Therapeuten aus seinem Zimmer geschoben wurde.

»Paul. Ich dachte schon, Sie würden es heute nicht mehr schaffen.«

Harrigan fand schon immer, dass Tim Masson, Tobys Therapeut, zu viel Tamtam machte.

»Nein, soweit ich das sehe, bin ich ausgesprochen pünktlich. Ich bin hier, und das zählt. Hi, Toby. Wie geht's?«

Mit seiner heilen Hand drückte Toby einige Sekunden lang die Hand, die sein Vater ihm entgegenstreckte. Masson verzog sich in den Freizeitraum und machte Kaffee für alle, während Harrigan im Zimmer seines Sohnes Mantel und Krawatte ablegte. Dann schob er den Rollstuhl durch den Gang ins Bad, einen großen Raum, dessen Boden und Wände blitzend weiß gefliest waren und in dem ein breiter Whirlpool mit Chromarmaturen stand. Hartnäckig zog Toby mit einer Hand an seinem Schlafanzug, während sein Vater neben der Wanne kniete, die Hähne aufdrehte und das Wasser verwirbelte. Dampfwolken stiegen auf, und das Rauschen des Wassers übertönte das beiderseitige Schweigen.

»Komm, ich helf dir«, sagte Harrigan und stand auf.

Er spürte die Nachtwärme seines Sohns, als er ihm vorsichtig die widerstandslosen Kleidungsstücke abnahm. Harrigan war Toby durch dessen behinderten Körper und seine Unfähigkeit zu sprechen verbunden, von Körper zu Körper, von Mensch zu Mensch. Eine Nähe, die Sex ihm nicht zwangsläufig bescherte. Toby war das Ebenbild seines Vaters: die Körpergröße, die Gestalt, der blasse Teint, die schwarzen Haare – er hätte Harrigan sein können. In ihren körperlichen Fähigkeiten unterschieden sie sich, nur darin. Das Gefühl des Verlusts, das Harrigan mit sich trug, war so unabänderlich wie Tobys Behinderung; seine Gefühle ließen ihn zärtlich mit seinem Sohn umgehen. Er klappte das Seitengitter des Stuhls herunter, schlang seinem Sohn einen Arm um die Schulter, den zweiten unter seinen Knien hindurch und hob Toby an, wozu er inzwischen aber seine ganze Kraft brauchte. Eines allzu nahen Tages würde er ihn gar nicht mehr heben können.

»Ich hab dich«, sagte er. »Also los.«

Er senkte seinen Sohn in die breite Wanne hinab, und aus den schmalen Düsen blubberte das warme Wasser, das Tobys Körper trug und entspannte. Im Wasser streckte Toby sich fast ganz gerade aus, nur sein steifer Arm war über dem Brustbein abgeknickt, und ein Bein lag ein bisschen über dem anderen.

»Liegst du bequem?«, erkundigte sich Harrigan und sah Tobys stumme Antwort, das Ja-Zucken der Finger seiner heilen Hand.

Toby konnte ein wenig sprechen, und manchmal tat er es auch, aber es bedeutete für ihn eine furchtbare Anstrengung, auch nur ein einziges Wort hervorzubringen. Seine Worte lebten als Gedanken, die sich in Lichter auf dem Monitor verwandelten, wenn er sie mit einer Hand in den Computer tippte. Ihre Gespräche verliefen schweigend, heute bestand es in den Bewegungen von Harrigans Händen, der seinem Sohn die Haare wusch und zur Antwort Tobys Kopf schwer auf seinen Händen ruhen spürte. Er massierte seinem Sohn die Schultern, knetete mit langsamen, geduldigen Fingern die steifen Muskeln und wusch dann schließlich den restlichen Körper. Er seifte das Geschlechtsteil seines Sohnes ein, das halb erigiert war. Es besaß die Vollkommenheit des Jünglings und war so hell wie die Haut an seinem übrigen Körper auch. Dabei spürte er, wie Toby ihm mit der guten Hand auf den Arm schlug.

»Hab ich dir wehgetan? Verzeih mir, ich dachte, ich hätte aufgepasst. Tut dir das weh? Okay, ich werd das nicht mehr tun.«

Harrigan spülte die Seife ab, sah aber kein Anzeichen einer Verletzung oder Reizung. Eine leichte Infektion vielleicht? Der Schmerz, der kommt, wenn man sich keine Erleichterung verschaffen kann? Oder willst du nur nicht mehr, dass ich dich wasche, weil du zu alt bist? Aber ich muss es tun, Toby, nur so geht es.

Er hielt inne und sah seinen Sohn an. Seine Hand ruhte auf dem Wannenrand, und Toby griff danach. Mit festem Griff hielt er Harrigan fest. Was?, überlegte Harrigan. Sag mir, was in deinem Kopf verschlossen ist. Harrigan war das gemeinsame Schweigen so gewohnt, dass ihm nicht auffiel, dass er gar nichts gesagt hatte. Eine Weile hielten sie sich noch gegenseitig fest, dann ließ sein Sohn los. Da der Bann gebrochen war, holte Harrigan die Badetücher, um Toby dann wieder aus der Wanne zu holen (wozu er, daran gab es nichts zu deuteln, Tim Massons Hilfe brauchte), ihn abzutrocknen und anzuziehen.

»Hast du Hunger?«, fragte er. »Ich könnte ein Frühstück durchaus vertragen.«

Als er wieder zu ihm sah, bemerkte er, dass Toby ihn mit einem seltsamen, undefinierbaren Blick anschaute. Er wusste nicht, ob es an der Hilflosigkeit seines Sohnes vorhin im Wasser lag oder an etwas anderem, das er nicht benennen konnte. Aber dieser Blick beunruhigte ihn. Er trocknete Toby ab, zog ihn an, er föhnte und kämmte ihm die Haare, und im Esszimmer fütterte er ihn und wischte ihm den Mund ab. Durch einen Strohhalm saugte Toby Orangensaft aus dem Trinkgefäß, das Harrigan ihm hielt. Ich bin da, Toby. Ich bin immer da.

»Was hast du auf dem Herzen, Toby?«, fragte er. »Irgendwas macht dir doch Kummer. Ich muss jetzt zur Arbeit, aber ich schau wieder vorbei, sobald es geht. Vielleicht schaffe ich es heute Abend noch. Dann kannst du es mir erzählen, wenn du willst.«

Mit der heilen Hand zuckte Toby »okay«, eine Geste, die weder einladend noch zurückweisend war. In beiderseitigem Schweigen verabschiedeten sie sich voneinander, und Toby drückte ihm fest die Hand.

Auf dem Hinausweg sah er noch im Büro der Direktorin vorbei. Die rundliche, blonde Susie und ihr regenbogenbuntes Make-up funkelten im Sonnenschein, der durch die Fenster drang.

»Haben Sie Anlass zur Sorge?«, erkundigte sie sich. »Er ist gesund, er isst gut. Seine schulischen Leistungen sind hervorragend, da gehört er zu den Allerbesten, Paul. In letzter Zeit surft er immer ziemlich lange im Internet, aber ich kann daran nichts Schlechtes sehen. Das hilft ihm, aus sich herauszugehen. Er macht sich wirklich hervorragend. Ich finde, wir sollten uns freuen.«

»Nein, Susie.« Harrigan schüttelte den Kopf. »Er hat etwas auf dem Herzen. Ich will wissen, was das ist. Und entweder Sie oder Tim sollten fähig sein, mir zu sagen, was es ist.« Dafür bezahle ich euch. Er ließ die Worte ungesagt zwischen ihnen stehen.

Susies schillernd blaue Fingernägel glitzerten in der Sonne. Sie antwortete mit der Umsicht des professionellen Seiltänzers.

»Nun, ich glaube nicht, dass ich Ihnen das erst erklären muss. Er wird bald siebzehn. In mancherlei Hinsicht ist er den meisten seiner Altersgenossen voraus, in anderen Punkten ist er weit zurück. Ich denke, das ist es, was dahinter steckt, wenn er nicht mehr von Ihnen gewaschen werden will. Er braucht die Gewissheit, dass sein Körper ihm allein gehört. Aber viel wichtiger ist der Raum seiner Gedanken. Dort lebt er. Sie wissen besser als jeder andere, dass ständig Leute um ihn sind, Paul, weil es nicht anders geht. Eigentlich kann er nur in seinem Kopf allein sein. Wir haben nicht das Recht, dort einzudringen, wenn er uns nicht einlädt. Wenn er etwas auf dem Herzen hat, wird er es Ihnen sagen, sobald er dazu bereit ist.«

Er erwiderte nichts, denn ihre Worte hatten ihm fast den Atem verschlagen. Durch den Schreibtisch getrennt musterten sie einander.

»Er braucht mich nach wie vor, Susie. Er wird mich immer brauchen.«

»Ja, das stimmt. Aber das ist es nicht, was ich gesagt habe.«

Er stand auf.

»Wir müssen ein andermal darüber reden. Ich kann nicht länger bleiben, ich hätte schon vor einer halben Stunde im Dienst sein müssen. Eigentlich hätte ich überhaupt nicht die Zeit gehabt, hierher zu kommen. Ich bin nur seinetwegen hier.«

Zur Antwort zeigte sie ihm ihr Dienstlächeln. Er ging, ohne ihr zu danken oder sich zu verabschieden. Bildete sie sich etwa ein, seinen Sohn besser zu kennen als er? Er konnte jetzt nichts zu ihr sagen, er konnte sie nicht ansehen.

Harrigan trat in den morgendlichen Sonnenschein hinaus und blieb an seinem Auto stehen. Toby saß mit seinem Therapeuten im Freizeitzimmer in der Sonne und betrachtete ihn durch die großen Fenster. Harrigan winkte und sah das Zucken von Tobys Fingern. Wie es nun einmal stand, würde Toby es sein Leben lang mit ihm aushalten müssen. Geld, Geld gab es genug. Harrigan hatte das Krankenhaus, in dem Toby zur Welt gekommen war, auf alles verklagt, was ihm eingefallen war, und er hatte diesen versoffenen, unfähigen Arzt bis durch die letzte Instanz gehetzt. Diese Übung bescherte ihm schließlich auch den Abschluss in Jura, den er eigentlich schon ein Jahrzehnt zuvor hätte machen sollen, und wenn es auch Jahre gedauert hatte, am Ende hatten sie doch gezahlt, hatten sie zahlen müssen, und zwar weit mehr, als er je erwartet oder erhofft hatte. Geld war nicht länger das Problem. Er braucht mich, Susie. Wer sonst kann dich denn lieben, Toby, so wie ich?

Es gab einfach kein Entrinnen. Über Handy machte Trevor Gabriel ihn ausfindig, als er auf dem Weg zurück in die Stadt gerade im dichten Verkehr feststeckte und sich sozusagen im Niemandsland zwischen Dienst und Nichtdienst befand.

»Morgen, Boss«, grüßte Trevor aufgekratzt. »Gute Neuigkeiten, wir haben den Wagen gefunden. Zwei Jugendliche wollten ihn mitten in der Nacht anstecken, in der Nähe vom Bahnhof Macdonaldtown, die sind auf frischer Tat ertappt worden. Einer sitzt in Untersuchungshaft.«

»Einer nur? Was ist mit dem zweiten?«

»Dem sind wir noch auf den Fersen. Der ist 'ne Wand hoch und über die Gleise, und weg war er.«

»Ach was.« Harrigan versuchte es sich auszumalen. »Da hat er ja direkt Glück gehabt, dass er nicht vom staatlichen Güterverkehr platt gewalzt worden ist. Und wen haben wir?«

»Wir haben einen gewissen Greg Smith. Der ist fünfzehn, und beim Jugendamt haben sie eine Akte über ihn, so dick wie ein Telefonbuch. Und das Jugendgericht hat das entsprechende Pendant.«

Harrigan schlängelte sich durch den Verkehr und überquerte das Stahlspinnennetz der neuen Glebe Island Bridge. Zu seiner Linken lag wie ein Eiland auf einem Spiegel glitzernden Wassers die Halbinsel Balmain, auf der sich zwischen Containerverladeplätzen hier und da ein kleiner Flecken Grün behauptete. Vor dem klaren Himmel zeichnete sich der neoromanische Turm der St.-Augustine's-Kirche mit seinen Säulen ab, das höchste Bauwerk in der Gegend.

»Habt ihr gecheckt, ob wir irgendwelche aktenkundigen Freunde von dem zweiten Knaben kennen?«

»Heute in der Früh hat die Streife ein paar Adressen abgeklappert, hat aber niemanden gefunden. Ich hab ein paar Jungs losgeschickt, die sollen sich noch mal umschauen.«

»Kümmert sich jemand um den Wagen? Haben wir dazu irgendwelche Infos?«

»Ian müsste inzwischen dort sein. Halterin ist eine gewisse Christine van Aalst. Der Wagen wurde gestern früh vor ihrem Haus in Enmore entwendet, sie hat um 7.08 Uhr Anzeige erstattet. Die fällt also schon mal weg. Ich sag mal, sie hat einfach Pech gehabt.«

»Ich fahre sofort da rüber und seh mich um. Du sorgst inzwischen dafür, dass keiner diesem Knaben auf die Pelle rückt. Der soll warten, bis ich wieder da bin.«

»Hat keine Eile«, erwiderte Trevor. »Der Junge ist einem Prediger Graeme Fredericksen unterstellt, wer immer das sein mag. Jedenfalls kriegen wir keinen Kontakt zu ihm, zu Hause ist er nicht, und er meldet sich auch unter keiner von seinen Telefonnummern. Außerdem warten wir noch auf die Sozialarbeiterin vom Jugendamt. Ich hab keinen Schimmer, was die treibt, aber auf jeden Fall lässt sie sich verteufelt viel Zeit.«

Während Trevor berichtete, ließ Harrigan den Blick über die Glasfronten der Bürotürme des Stadtzentrums schweifen, die sich nicht allzu weit entfernt vor dem blassen Himmel aufreihten. Mit der Schärfe frischen Stahls prallte das Sonnenlicht von den Hochhausflanken ab.

»Keiner will diesen Knaben haben«, sagte er. »Sieh doch mal zu, was du über diesen Prediger – oder was der ist – rausfinden kannst. Wenigstens der sollte dabei sein, wenn schon sonst keiner. Ich komme rüber, so schnell ich kann.«

Jetzt kannte seine Fahrt ein Ziel, und entlang der Hauptverkehrsadern der Stadt machte er den Umweg nach Newtown. An einer Straßenecke am Tatort hatte sich ein Grüppchen Schaulustiger eingefunden. Neugierig beäugten sie ihn, als er unter dem blauen Absperrband hindurchschlüpfte. Die Häuser waren wie die in White Bay, wo er aufgewachsen war: schmale, einstöckige Einzelhäuser mit einer winzigen Veranda zur Straße hin, dahinter ein einziges Fenster. Allerdings waren die Häuser hier bunt bemalt und um ein Obergeschoss aufgestockt, und die Fenster waren zur Sicherheit vergittert. Am Straßenrand standen Schatten spendende Bäume, und in den Gassen zwischen den Häusern wuchsen Lampenputzersträucher und Jasmin. Im Sommer vermittelten diese Pflanzen den Anschein von Kühle.

Das Auto, ein weißer, viertüriger Mazda neuerer Baureihe, stand in einer schmalen Gasse zwischen den rückwärtigen Gartenzäunen der Häuser und der Schutzmauer des Bahndamms. Auf den ersten Blick schien es weitgehend intakt. Knapp dahinter, am Ende der Gasse, stand ein Feuerwehrwagen. Ein wenig abseits vom Wagen sah Ian der Spurensicherung bei der Arbeit zu.

»Hi, Boss«, grüßte er, als Harrigan zu ihm trat.

»Morgen. Was ist hier passiert?«

»Der Knabe, den wir in U-Haft haben, der war gerade dabei, den Kofferraum mit Benzin zu tränken, als ein paar von den Anwohnern sich auf ihn gestürzt haben. Hier ist vor kurzem schon ein Wagen abgefackelt worden, und dabei wären fast die ganzen Garagen und Zäune niedergebrannt. Also haben die Nachbarn sich zusammengetan und heimlich die Polizei alarmiert. Gott sei Dank, muss man sagen, die Karre ist total benzingetränkt. Wenn da irgendwer Feuer gemacht hätte, die wär glatt in die Luft geflogen.«

»Und der, den wir nicht geschnappt haben, der ist über diese Mauer?«

Harrigan blickte die rußverschmierte, übermannshohe, unebene Steinmauer hinauf. Auf einem der dahinter liegenden Gleise donnerte in vollem Tempo ein Vorortzug vorbei.

»So haben sie's mir erzählt. Einfach auf und davon. Muss wohl stimmen, denn es hat ihn keiner finden können. Aber du solltest mal einen Blick in den Kofferraum werfen, da sind ein paar recht interessante Sachen drin.«

Harrigan ging mit Ian zum Auto und begrüßte die Leiterin des Spurensicherungsteams. Die Arbeit wurde unterbrochen und ihm Platz gemacht. Im Kofferraum lagen etliche blutverschmierte Kleidungsstücke: Jeans, Jacke, Handschuhe und ein Halstuch.

»Jetzt weiß ich, was du meinst«, sagte Harrigan und rümpfte die Nase, »der süße Duft von Benzin.«

»Können Sie uns irgendetwas darüber sagen?«, erkundigte er sich bei der Leiterin der Spurensicherung, einer Frau im mittleren Alter und mit lilafarbenem Haar.

»Aus dem Stand?«, fragte sie nach. »Wenn die sich da tatsächlich reinzwängen konnte, ist sie verdammt klein. Sie ist hingefallen und zwar heftig. Muss wehgetan haben. Sie ist auf Händen und Knien aufgekommen und hat sich dabei die Handschuhe zerfetzt. Ich bin ziemlich sicher, dass wir da ein paar Hautstückchen für Sie finden werden. Wenn ja, dann können wir ohne allzu viel Tamtam Waffe an Handschuh an Hand knüpfen. An diesen Klamotten ist auch eine ganze Menge Blut.« Sie lächelte ihn an. »In Hülle und Fülle.«

»Das können Sie laut sagen«, entgegnete Harrigan trocken. »Besten Dank.«

Er und Ian zogen sich zurück und machten der Spurensicherung wieder Platz.

»Deswegen hat sie die Waffe fallen lassen«, vermutete Ian. »Sie ist hingefallen, als sie aus dem Laden kam. Unser Mädel weiß also mit ziemlicher Sicherheit nicht, was sie tut. Ich schätze, sie hätte nicht viel mehr falsch machen können, wenn sie es drauf angelegt hätte.«

»Wir wissen alles über sie, was wir wissen müssen, nur nicht, wer sie ist. Und sie läuft nach wie vor frei rum«, erwiderte Harrigan. »Bleibst du noch hier, bis die fertig sind?«

»Ja, tue ich.«

Bevor Harrigan endgültig ging, musterte er noch einmal die hohe Schutzmauer, auf der nur einige wenige hartnäckige Pflanzen dem Kletternden Halt bieten konnten. Der zweite Junge muss wirklich die Hosen voll gehabt haben, um da raufzukommen: Angst verleiht bisweilen echt Flügel. Das wusste er aus seiner Erfahrung mit der Todesangst, als ihm Michael Casatt vor zehn Jahren in einem Hinterhof in Marrickville die eigene Pistole in den Mund geschoben und ihn mit den lakonischen Worten: »Du bist tot«, gezwungen hatte, selbst die Hand darum zu schließen. Diese Mikrosekunde hätte seine absolut letzte bewusste Wahrnehmung sein müssen, doch dann hatte eine brave, brave Seele, der er nie begegnet war und der er nie gedankt hatte, eine Brücke in die Zukunft geschlagen, indem sie das Licht der aufgeblendeten Scheinwerfer auf sie richtete. Dieser Moment hatte eine emotionale Tiefe gehabt, die Harrigan, hätte er es nicht selbst erlebt, für unmöglich gehalten hätte. Sein Körper hätte sich auflösen können, er hätte schon tot sein können. Dann knallte, alles im gleichen Moment, der Pistolengriff auf seinen Kiefer und sein Kiefer auf den Boden. Danach hatte er nichts mehr gespürt, nur diesen entsetzlichen Schmerz, der ihm, für eine kurze Weile, die schönste aller Empfindungen war. Wenigstens lebte er noch.

Vielleicht bereitete es ihm deshalb, anders als manchen seiner Kollegen, keinerlei Vergnügen zu sehen, wie die Angst den Menschen beim Verhör zusetzte. Er sah seine Opfer sich in den Klauen der Angst winden und empfand nichts als Abscheu über die Demütigung. Er kam damit zurecht, indem er sich einschärfte, dass Angst etwas völlig Menschliches war. Es kam nur darauf an, wie man sie einsetzte.

Er zückte das Handy und rief Trevor an. »Wozu hast du Grace heute Vormittag eingeteilt?«, wollte er wissen.

»Die macht das, was du angeordnet hast. Sie ist im Krankenhaus und kümmert sich um Matthew und Doc Liu. Wieso?«

»Mit dem Knaben gestern ist sie großartig umgegangen. Ich hätte gern gesehen, wie sie mit ihm heute klarkommt. Hol sie mir doch wieder rein, ja?«

»Du willst Grace? Nicht lieber Louise? Die wäre immerhin schon da. Und überhaupt, Boss, das soll doch nicht in Sexismus ausarten – du kannst beispielsweise einen von den Jungs da ranlassen.«

»Louise wird ihn mit ihrer Schnapsfahne benebeln, und sie wird ihn einschüchtern. Genau wie der Rest von euch Ekelvisagen. Hol Grace. Sie soll vor dem Vernehmungszimmer auf mich warten. Sag ihr, ich werd sie persönlich briefen und den Beisitzer machen.«

»Die Glückliche. Ich werd sie sofort ranschaffen.«

Harrigan ignorierte die sarkastische Bemerkung und legte auf. Genau, hol Grace. Mit ihrem klaren Stimmchen kann sie mit dem Jungen plaudern, und sie kann ihn einwickeln mit diesem hübschen Lächeln. Kann Süßholz raspeln, bis er weich wird. Vielleicht schafft sie es, dass er lange genug unvorsichtig wird und etwas rauslässt.

Er ging auf seinen Wagen zu, während die Spurensicherung sich eben daranmachte, die Kleidungsstücke aus dem Kofferraum zu entfernen. Er fand immer schon, dass eingetrocknetes Blut, egal ob an Kleidern oder auf Wänden, etwas äußerst Belangloses an sich hatte und sich schlicht abklopfen oder, im Falle der etwas hartnäckigeren Flecken, rauswaschen ließ. Der Junge, den sie in U-Haft hatten, hatte versucht, diese Fetzen restlos zu verbrennen, und dabei die Gefahr in Kauf genommen, sich selbst in die Luft zu jagen. Wenn sie wollte, konnte Grace ihn mit diesem Umstand auf denkbar sanfte Weise unter Druck setzen. Er war neugierig, ob sie es tun würde, ob sie den Mut dazu hatte. Das war eine angenehme Vorstellung, ein bisschen Zeit mit ihr zu verbringen, um das herauszufinden. Eine, die ihm den Tag wenigstens etwas versüßte.

11

Vor dem Vernehmungszimmer wartete Grace gemeinsam mit ihm schon eine Zeit lang, während er nun noch einmal auf die Uhr sah. Harrigan schätzte es nicht, so viel Zeit mit Herumstehen zu vergeuden.

»Es gibt doch kaum was Schöneres, als sich so die Hacken abzukühlen«, sagte er trotzdem grinsend zu ihr. »Gut zu wissen, dass ich nichts Besseres mit meiner Zeit anzustellen weiß. Was treibt diese Frau so lange? Dichtet die zu Hause einen Nachruf auf den Jungen?«

Sie lächelte ironisch. »Auf geht's. Das wurde aber auch Zeit«, sagte sie mit einem Kopfnicken zum Lift hin.

Die Sozialarbeiterin erschien auf dem Flur, eine dicke Frau in formlosem schwarzem Kleid mit Nickelbrille und bunten Ohrringen in Papageienform. Mit einem Lächeln ging Harrigan auf sie zu und streckte ihr die Hand entgegen.

»Ria Allard? Freut mich, Sie kennen zu lernen«, sagte er. »Ich bin Paul Harrigan, und das ist meine Kollegin Grace Riordan. Wie geht es Ihnen?«

Die Nettigkeiten hätte er sich sparen können. Sie rauschte

an ihm vorbei, ignorierte die ihr dargebotene Hand und erwiderte die Begrüßung, indem sie die beiden von oben bis unten betrachtete, als seien sie Marsmenschen.

»Wenn es Ihnen nichts ausmacht, sparen wir uns diesen Mist«, schnarrte sie. »Ich muss vorab kurz allein mit Greg sprechen, aber es wäre mir lieb, wenn wir das Ganze, so schnell es irgend geht, hinter uns bringen könnten. Ich habe heute auch noch etwas anderes zu tun.«

»Fühlen Sie sich ganz wie zu Hause, Ria. Ich halte Ihnen auch gerne die Tür auf«, entgegnete Harrigan ungerührt.

»Wie würde Ihnen das gefallen, wenn Sie mit der in so ein Kabuff gesperrt wären?«, meinte Grace, nachdem sich die Tür zum Vernehmungszimmer hinter der Sozialarbeiterin geschlossen hatte.

Harrigan feixte. »Ja, ein echter Charmebolzen. Lassen Sie sich von der nicht aus Ruhe bringen, Grace – ich vermute, das ist es, was sie vorhat. Egal was sie tut, lassen Sie sich Zeit, und bleiben Sie immer sachte. Lullen Sie ihn ein. Ich pass auf die Alte auf.«

»Gut«, erwiderte sie.

Sie mussten noch eine Viertelstunde warten, dann stand ihnen die Tür endlich offen.

»Ich habe ihm schon erzählt, wer Sie sind«, sagte Ria Allard, als sie eintraten. »Halten Sie sich damit nicht groß auf. Er kennt Ihre Namen und weiß, weshalb Sie hier sind.«

»Wir müssen es ihm trotzdem sagen, Ria. Ich bin überzeugt, Sie wissen das«, erwiderte Harrigan mit einem professionellen Lächeln.

Harrigan spulte das Prozedere ab und gab Grace so Gelegenheit, die Sozialarbeiterin genauer zu betrachten. Die Haare waren für das alternde Gesicht zu schwarz getönt, und sie hatte sich die Augenbrauen bis auf einen dünnen, gezeichneten Strich ausgezupft. Zorn war ihr offensichtlichster

Charakterzug; sie saß neben Greg Smith und kochte vor unausgesprochener Wut. Als die Formalitäten erledigt waren, rückte Harrigan ein Stück vom Tisch zurück und überließ Grace das Feld.

»Hi, Greg«, sagte sie. »Wie geht es dir?«

»Wie wird es ihm schon gehen?«, antwortete die Sozialarbeiterin an seiner Stelle. »Sie haben ihn unter irgendeinem wüsten Vorwand hierher gezerrt, und er hat kaum einen Bissen zum Frühstück bekommen. Was meinen Sie, wie er sich jetzt fühlt?«

»Vielleicht würde er mir das gerne selbst sagen«, entgegnete Grace mit ihrem entschlossenen, süßen Lächeln und wiederholte dann für ihn: »Wie geht es dir?«

Der Teenager zuckte die Schultern. Er hatte ein lang gezogenes, mageres, von der Nase bis zu den Wangenknochen eingefallenes Gesicht und Haar, das ihm in Strähnen auf die Schultern fiel. Er knetete die rote Mütze in der Hand und sah blitzschnell von einem Anwesenden zum nächsten. Das Zimmer war bis in den letzten Winkel grell ausgeleuchtet. Er bewegte sich so fahrig, dass Grace sicher war, er hatte den Eindruck, die Wände drohten über ihm zusammenzustürzen.

»Mir geht's gut«, behauptete er schließlich.

»Als Erstes möchte ich dich zu dem Auto befragen, Greg. Einverstanden?«

»Ganz wie Sie wollen«, erwiderte er höflich.

Im Hintergrund schnaubte die Sozialarbeiterin voller Verachtung.

»Wo hattest du es her?«

»Das stand einfach auf der Straße. Nirgends.«

»Nirgends? Du kannst dich also nicht mehr erinnern, wo es war?«

»Nein.«

»Und der andere Bursche? Was kannst du uns über ihn erzählen?«

»Der war einfach so da. Ich weiß nichts über den. Ich hab den noch nie gesehen gehabt.«

Gregs Lächeln war unbedacht: kurz und wenig überzeugend. Grace wartete ein paar Sekunden.

»Warum seid ihr extra zum Bahnhof Macdonaldtown gefahren, um den Wagen abzubrennen? Wohnst du vielleicht dort in der Nähe?«

»War halt ein guter Platz«, antwortete er, zuckte die Achseln und bemühte sich zu grinsen. »Das war alles.«

»Im New-Life-Ministries-Asyl nämlich«, fuhr Grace fort, »gleich hinter dem Hügel dort, da wohnt doch dein Vormund, Prediger Graeme Fredericksen. Er ist heute nicht da, er geht nicht ans Telefon. Weißt du zufällig, weshalb?«

»Wieso fragen Sie ihn das?«, echauffierte sich die Sozialarbeiterin.

»Lassen Sie ihn bitte antworten, Ria«, ging Harrigan leise dazwischen.

»Was weiß ich. Wahrscheinlich hat er zu tun. Ist mir doch egal, mit dem Arsch will ich nichts zu tun haben.«

Gregs Hände kneteten die Mütze, und er zitterte.

»Weshalb nicht? Wir würden ihn gerne sprechen, wenn wir ihn nur finden könnten.«

Bei diesen Worten ging eine Veränderung mit dem Jungen vor. Er rührte sich nicht mehr und blickte mit unergründlichem Gesichtsausdruck von Grace zu Harrigan.

»Hast du Angst vor ihm, Greg?«, wollte Grace wissen.

»Nein.«

Das Wort hallte in der kleinen Kammer nach. Greg schien beinahe zu lächeln, als er es aussprach.

»Wohnst du gerne im Asyl?«, fragte Grace in die Stille hinein.

Die Sozialarbeiterin rutschte ein wenig auf dem Stuhl herum, protestierte aber nicht. Der Teenager warf ihr einen Seitenblick zu.

»Das ist eine Bude von vielen«, meinte er mit ausdruckslo-ser Stimme. »Ich geh da nicht wieder hin, also wen juckt's?«

»Allerdings, dort gehst du nicht mehr hin«, erwiderte Grace, die ihm intensiv ins Gesicht sah und zu ergründen versuchte, was er gerade empfand. »Weshalb wolltest du das Auto anzünden?«

»Weil ich es brennen sehen wollte.«

»Das gefällt dir?«

»Ja«, blaffte er zurück. »Das gefällt mir. Ich genieße das. Es baut mich auf.«

»Es gefällt dir«, wiederholte sie sehr sanft. »Gefällt es dir auch, wenn du in so einem Raum sitzt? Und verhört wirst? Gefällt es dir, in Kariong zu sitzen? Baut dich das auch auf?«

»Ja«, sagte er und pulte an seinen Fingernägeln, »ich kann mir gar nichts Schöneres vorstellen.«

Er sah zu ihr auf und lächelte. In seinem Blick lag ein Elend, das ihr kurzfristig die Sprache verschlug.

»Du musst nicht so leben, Greg«, sagte sie und beugte sich zu ihm vor. »Wirklich nicht.«

»Das sagen Sie. Weil Sie einen Scheiß wissen. Was soll sich denn groß ändern in meinem Leben? Nichts. Es gibt keinen Ort, wo ich hinkann, wo mich einer haben will. Außer hier.«

Seine Körpersprache verhieß völlige Erschöpfung. Es versetzte Grace einen Stich, während sie ihn jetzt musterte und verstand.

»Wo einer dich will«, sagte sie. »Will dich wirklich keiner?«

»Verdammte Scheiße, nein«, sagte er leise.

»Quälen Sie ihn nicht.«

Die Sozialarbeiterin klang, als wäre ihr gerade eingefallen, dass sie ihre Anwesenheit hier irgendwie rechtfertigen sollte. Harrigan musste beinahe lächeln, schwieg aber.

»Du hättest das Auto brennen sehen, Greg«, fuhr Grace fort. »Genug Benzin war drauf. Es wäre hochgegangen wie eine Rakete. Da wäre nichts mehr übrig geblieben. Womöglich wäre auch von dir nichts übrig geblieben, wenn du nahe genug dabeigestanden hättest. Du hast das für jemanden getan. Es gibt also jemanden, der dich will.«

Greg sah sie an und blieb stumm.

»Diese Klamotten im Kofferraum«, fuhr sie fort, »wenn man sich die so anschaut, was kommt dabei raus? Ein Mädchen. Das kommt dabei raus. Und die will dich. Deshalb wolltest du, dass diese Klamotten auf Nimmerwiedersehen verschwinden. Um sie zu beschützen. Wo hast du das Zeug gefunden? Lag das alles schon in dem Wagen drin? Oder hast du es reingestopft, damit du alles in einem Aufwasch abfackeln kannst?«

»Das war halt da. Ich hab das nicht angefasst.«

»Wenn wir die Kleidungsstücke also untersuchen, oder den Kofferraum und was es da sonst noch gibt, werden wir da auf deine Fingerabdrücke stoßen? Irgendeine Verbindung zu dir?«

»Das spielt überhaupt keine Rolle«, entgegnete er mit großer Gefasstheit.

»Und weshalb?«

Er zuckte kaum merklich die Schultern und sah zur Seite.

»Deshalb. Es ist einfach egal. Alles, was Sie labern. Das ist alles egal.«

»Nein, das ist es nicht. Du bist nicht egal. Und sie ist nicht egal. Sie ist nicht egal. Sie ist dir nicht egal, und du bist ihr nicht egal«, erklärte Grace. »Sie ist kleiner als du. Klein und dünn. Ein zartes Mädchen. Wann hast du sie zuletzt gesehen? War das nach gestern früh?«

Er verharrte absolut reglos, nur sein Atem war noch zu hören.

»Sie ist gestürzt. Beim Fortlaufen. Wusstest du das? Hat sie es dir erzählt? Sie ist sehr unsanft aufgekommen«, berichtete Grace. »Sie ist auf Hände und Knie gefallen. Sie hat sich die Handschuhe zerrissen und sich die Hände aufgeschürft. Das muss wehgetan haben.«

»Das wusste ich nicht«, sagte er sehr leise.

»Sie hat es dir nicht erzählt.«

»Das ist eine Falle«, warf Ria schnell ein. »Sag ja kein Wort, Greg.«

Greg reagierte auf keine von beiden.

»Es ist viel Blut auf diesen Sachen, Greg. Ich habe die Opfer am Tatort gesehen, und das war das Erste, was mir durch den Kopf ging. So viel Blut.«

»Und wenn schon, dann war da eben Blut.«

Grace neigte sich näher zu ihm hin. Sie sprach zu ihm allein, niemand sonst existierte mehr.

»Sie kann nicht einfach so tun, als wäre es das gewesen, Greg. Sie wird gejagt werden, bis man sie gefunden hat, koste es, was es wolle. Und das weißt du auch. Vielleicht hast du es ihr sogar gesagt – du kannst nicht davor fortlaufen, weil es dich immer finden wird, egal, wohin du gehst. Die Frage ist nur, wie du damit umgehst.«

Wieder herrschte Schweigen.

»Willst du sie da draußen allein lassen? Was, meinst du, wird mit ihr geschehen, wenn du das machst? Wird sie sterben?«

Greg beugte sich vor, stemmte die Ellenbogen auf den Tisch, neigte den Kopf und presste sich die Fäuste gegen die Stirn. Ein einziges Mal schaute er zu Grace hoch, der Mund ein dünner Strich, dann ließ er den Kopf wieder sinken. Er schüttelte ihn von links nach rechts, im Zeitlupentempo.

»Sag es mir«, ermunterte Grace. »Sag mir, wer sie ist. Tu das, und wir können einen Schlussstrich unter diese Geschichte ziehen. Du und sie. Bevor ihr etwas zustößt.«

Erneut schüttelte er den Kopf.

»Ja«, ermunterte sie ihn nachdrücklich, »bring es jetzt zu Ende. Lass nicht zu, dass es schlimmer wird. Du brauchst mir nur zu sagen, wer sie ist.«

Ganz langsam schüttelte er den Kopf. Nein. Nein. Nein.

»Wieso denn nicht?«, fragte Grace. »Wieso nicht? Wen willst du damit schützen? Du kannst ihr das nicht ersparen. Dazu ist es zu spät. Dazu war es zu spät, als sie abgedrückt hat. Du kannst nicht mehr für sie tun, als ihr diesen Dienst zu erweisen. Nur so kannst du ihr helfen, und nur so kannst du dir helfen. Du kannst das für dich tun. Du kannst dir einen Dienst erweisen.«

Er trommelte sich mit den Fäusten an die Schläfen.

»Tu das nicht«, mahnte sie, »tu dir nicht weh.«

»Nein«, sagte er mit tränenerstickter Stimme, »das werd ich verdammt noch mal nicht tun. Nein.«

Er bekräftigte nein, nein, nein, beugte sich dann vor und ließ die Stirn mehrfach auf die Tischplatte knallen. Ria Allard sprang auf und lief zur Wand, während Harrigan auf den Notrufknopf drückte.

»Hör *sofort* auf!« Grace war aufgestanden, lehnte sich über den Tisch und stemmte ihn mit beiden Händen kräftig zurück. Als sie ihn berührte, hielt er inne wie ein Vogel im Flug. Auf seiner aufgeplatzten Stirn klebte Blut.

Harrigan hielt sich auf Distanz und beobachtete. Als die angeforderten Polizisten kamen, gab er ihnen mit einem Handzeichen zu verstehen, sie sollten erst noch abwarten.

»Das war dumm«, warf Grace dem Jungen aufrichtig zornig vor. »Siehst du das? Schau dir das an – komm mir nicht noch mal mit so was.« Sie tupfte ihm das Blut mit einem Papiertuch von der Stirn, zeigte es ihm und warf es dann auf den Tisch. »Glaubst du vielleicht, es macht irgendjemandem ernsthaft was aus, wenn du dich verletzt? Das tut es nicht. Die *genießen es*, dir dabei zuzusehen. Die stehen rum und schauen zu und jubeln. Und dann sagen sie: Ach, mach das doch bitte noch mal, aber diesmal mit einem bisschen mehr Blut, wenn's geht, und viel schmerzhafter. Je öfter du es machst, desto geiler werden sie darauf, bis sie richtig süchtig sind. Willst du wirklich jemandem diesen Triumph gönnen? Nein, niemals. Tu dir das nie wieder an. Nie, nie wieder.«

Greg saß da, starrte sie wortlos an, und die Spannung wich aus dem Raum. Er zuckte die Schultern, eine Geste, die weit eher verzweifelt denn aggressiv war. Grace setzte sich wieder.

»Ich mach, was mir Spaß macht«, erklärte er, nur an sie gewandt, »weil ja sowieso alles scheißegal ist. Das müssen Sie endlich schnallen. Wenn Sie das nicht raffen, dann werden Sie mich nie verstehen.«

»Nein«, widersprach sie und neigte sich erneut zu ihm hin, »es ist nicht alles scheißegal. Im Gegenteil. Du bist wichtig.«

»Nein.« Sein Ton ließ keinen Widerspruch mehr zu.

»Das kannst du nicht von dir glauben.«

Diesmal erwiderte er nichts.

Die Sozialarbeiterin trat wieder vor und stellte sich nun hinter ihn. »Die Vernehmung ist beendet«, erklärte sie.

»Wir fangen gerade erst an, Ria«, entgegnete Harrigan.

»Nein. Er braucht einen Arzt. Diese Vernehmung ist beendet.«

»Ich sprach nicht von ihm. Ich sprach von Ihnen, Ria. Setzen Sie sich«, sagte er.

»Was?«

»Setzen Sie sich, Ria. Es dauert nicht lang.«

»Bringen Sie ihn bitte auf die Sanitätsstation, danke«, befahl Harrigan den wartenden Polizisten. »Die Dame hier wird in Kürze nachkommen, sobald sie hier fertig ist.«

»Ich kann gehen, ja?«, fragte Greg nach.

»Allerdings«, bestätigte Harrigan mit ausdruckslosem Gesicht.

Grace nahm eine Karte aus der Jackentasche, unterstrich darauf ihren Namen und gab sie Greg.

»Hier hast du meinen Namen und meine Nummer. Wenn du mit mir reden willst, ruf an.«

»Wieso?«, fragte er und stierte auf die Karte.

»Nimm einfach. Nur für den Fall. Man kann nie wissen, wann man etwas brauchen kann.«

Er zuckte mit den Achseln und steckte sie ein.

»Verletz dich nicht«, mahnte sie.

Er sah sie an, sah ihr direkt in die Augen und lächelte. Sie verstand.

»Nicht«, sagte sie, aber er lächelte selbstvergessen weiter und wurde aus dem Zimmer geführt.

»Was sollte denn der ganze Schmu, bitte sehr? *Es ist nicht egal*«, parodierte die Sozialarbeiterin Grace, nachdem die Tür hinter Greg zugefallen war.

»Das soll heißen, dass ich ihn für akut selbstmordgefährdet halte«, fuhr Grace, die unter ihrer Make-up-Schicht hochrot angelaufen war, sie an.

»Da überreagieren wir aber doch wohl ein wenig, kann das sein? Mal wieder typisch.« Ria ließ sich auf keine Diskussion ein. »Oder haben Sie womöglich Angst, dass Sie am Ende schuld sein könnten?«

Grace hatte schon Luft für eine heftige Antwort geholt, da kam Harrigan ihr zuvor.

»Also schön, Ria«, schnurrte er, »nur ein paar kurze Fragen. Dauert nicht lange. Er kennt sie doch, oder? Er weiß, wer dieses Mädchen ist. Ich denke also, wir dürfen davon ausgehen, dass Sie es ebenfalls wissen. Ich frage Sie: Wer ist sie?«

»Weiß ich nicht. Woher sollte ich?«

»Wo Sie ihm doch so eine gute Freundin sind, Ria«, stichelte Grace. »Da muss er sich Ihnen gewiss anvertraut haben.«

»Nein. Wieso? Er traut keinem.«

Bei diesen Worten wandte sie den Kopf ab, und ihre Stimme bebte leicht.

»Wie heißt sie?«, fragte Harrigan.

»Wie heißt wer?«

»Dieses Mädchen. Die gestern in einer Seitenstraße zwei Menschen erschossen hat. Wie heißt sie? Sie wissen es. Sie wissen, mit wem er sich abgibt.«

Harrigan ließ keinen Zweifel daran, dass er keine Lust hatte, sich verarschen zu lassen. Ria brüllte ihm die Antwort beinahe entgegen.

»Nein, weiß ich nicht. Ich weiß es nicht. Das lass ich mir von Ihnen nicht anhängen.«

»Ria, ich war der Meinung, diese Menschen lägen Ihnen am Herzen. Ebenso wie uns.« Harrigan reagierte mit großer Gelassenheit auf ihren Wutausbruch.

Die Sozialarbeiterin starrte ihn in loderndem Zorn an.

»Ach nein. Weil die jetzt gerade mal nicht egal sind, oder? Mit den Leuten, die für Sie Abschaum sind, mit denen darf ich mich nämlich rumschlagen. Aber wieso fragen Sie mich dieses dämliche Zeug? Wieso sind Sie nicht auf der Piste und suchen diesen ehrenwerten Herrn Prediger Graeme Fredericksen? Der sollte über all das nämlich bestens Bescheid wissen. Und es müsste ihm eigentlich sogar wichtig sein. Wieso knöpfen Sie sich den nicht vor?«

»Das versuchen wir ja. Aber er ist momentan telefonisch nicht zu erreichen«, entgegnete Harrigan.

»Was Sie nicht sagen. Wenn das mal keine Überraschung ist.«

Sie sprach leise, und ihr Ton war von unerwartet tiefem Hass durchtränkt.

»Dann ist er also nicht gerade jemand, den Sie als Freund bezeichnen würden, Ria«, konstatierte Grace, die von der Miene der Sozialarbeiterin ernsthaft beunruhigt war.

»Fredericksen? Na, selbstverständlich ist der ein Freund. Er ist mit aller Welt gut Freund. Der ist doch unser allerneuester Wunderknabe. Er hat die hohen Tiere im Amt alle um den Finger gewickelt, die glauben, er kann übers Wasser gehen. Und dann haben sie ihm alles gegeben, was er wollte. Haben seine Einrichtung als wohltätig anerkannt und ihm den Zuschuss für die laufenden Mittel gewährt.« Sie holte tief Luft, als stünde sie kurz davor zu weinen. »Aber man kann sich nie sicher sein. Bei niemandem kann man sich sicher sein. Immer wirst du angelogen.«

Was du nicht sagst, dachte Grace mitleidslos.

»Und der ist tatsächlich so ein Wunderknabe? Die trifft man heutzutage selten. Mir ist bis jetzt noch nie einer über den Weg gelaufen«, lockte sie.

»Nein? Er ist einer von denen, die all unsere Probleme lösen werden. Und dazu brauchen sie nicht einen einzigen Cent. O nein, im Gegenteil, wir werden auch noch dran verdienen. Die stellen sich einfach hin und retten all die Leben, an denen wir gescheitert sind. Und wir anderen können derweil unsere Zelte zusammenpacken und uns verpfeifen.«

Grace hatte das Gefühl, dieser glutheiße, giftige Zorn musste Allards Energie bis auf den letzten Rest aufgezehrt haben. Harrigan beobachtete die Sozialarbeiterin und fühlte sich abgestoßen von diesem Ausmaß an Wut, das ihm unnütz und unkontrolliert schien.

»War's das?«, fragte Ria. »Kann ich jetzt zu Greg?«

»Das war's.« Harrigan erhob sich und öffnete die Tür. »Ich bin sicher, dass er Sie schon erwartet. Sie können gehen.«

Als die beiden hinter ihr auf den Flur traten, rauschte sie bereits eilenden Schrittes davon, eine gehetzte Wache im Schlepp. In unbehaglichem Schweigen sahen sie der Furie nach.

»Guter Ansatz, Grace«, lobte Harrigan. »Einen Moment lang dachte ich schon, Sie hätten ihn geknackt.«

»Ja. Aber ich bin leider nicht ganz bis zu ihm durchgedrungen«, entgegnete Grace und dachte: Nein, er hätte es mir nie erzählt, es war völlig sinnlos, ihn so zu quälen.

»Sie hätten auf die Angriffe der Lady nicht anspringen dürfen«, sagte er mit seinem charakteristisch distanzierten Gesichtsausdruck. »Lassen Sie sich nie auf irgendwelche Spielchen ein, die Ihnen jemand aufzwingen will. Sie dürfen denen nichts in die Hand geben.«

Grace spürte, wie ihr unter dem Make-up die Hitze in die Wangen stieg.

»Mag schon sein«, erwiderte sie, »aber es ist sein Leben. Und er ist definitiv selbstmordgefährdet, ganz gleich, was sie sagt.«

»Ist das Ihr Ernst?«

»Ja. Das ist ernst gemeint.«

»Also schön, wenn Sie das glauben, dann sorgen wir dafür, dass er beobachtet wird. Ich will keinen toten Zeugen. Ich werde Trev sagen, er soll den psychologischen Dienst einschalten, die sollen sich um ihn kümmern.«

Das war zumindest keine Zurücksetzung. Sie hatte schließlich keine Macht, und das wusste sie.

»Kann ich noch mal mit ihm reden?«, fragte sie, während sie den Flur entlanggingen.

»Ja, sicher. Sie haben ihn für sich eingenommen, das müssen wir ausnützen. Es war ein guter Anfang, wir werden sehen, was sich daraus ergibt. Beim nächsten Mal wird es einfacher. Vor allem dürfte Ihnen die explosive Ria dann nicht im Nacken sitzen. Ich schätze, in dem Moment kriegen Sie es aus ihm raus.«

Der Gedanke schien ihn ebenso zu befriedigen, wie er mit Grace zufrieden schien. Ich habe ihn für mich eingenommen, überlegte sie. War das alles, was ich da drin gemacht habe? Nichts sonst? Hatte der Junge sonst gar keine Bedeutung? Sie hätte Harrigan diese Frage gerne gestellt, wollte sich ihr Glück aber nicht verscherzen. Zurzeit wollte sie nichts weiter, als auf eine dringend benötigte Zigarette zu entfliehen.

12

Als Lucy erwachte, drang die Nachmittagssonne durch die Ritzen zwischen den Vorhängen vor dem kleinen, quadratischen Fenster. Es erstaunte sie, wieder in ihrem eigenen Bett zu liegen. Sie betrachtete das Lichtmuster an der Wand und erinnerte sich, wieder einmal erinnerte sie sich. Diesmal flossen der Anschlag des vergangenen Tages und die Vorgänge, die sich in diesem Zimmer ereignet hatten, in ihren Gedanken ineinander, ohne sich aber zu einem einzelnen, klaren Bild zu formen. Einige Minuten lang fühlte sie sich von beidem unberührt. Die Erinnerung an ihren Vater war ein Teil von ihr, seit geraumer Zeit schon. Die Erinnerung an den Anschlag war dabei, ein Teil von ihr zu werden, das heißt, sie war dabei, ein Teil von ihm zu werden. Sie vergrub den Kopf im Kissen und dachte: Das bin ich. Das gehört mir, es ist meine Tat, ich bin das.

Sie lag da, und es überkam sie eine stille Furcht. Eine Erwartung lag in dieser Stille, das leise Raunen imaginärer Stimmen hub an, wie Geräusche, die man durch einen schweren Vorhang vernimmt. Bewegungslos lag sie da und suchte nach Schutz in der Stille. Dabei schloss ihre Hand sich fester um etwas Hartes, Metallisches unter dem Kissen. Dieses metallische Objekt erwies sich als Schusswaffe, und ohne sie aus der Hand zu legen, setzte Lucy sich allmählich auf. Sie ließ sie aufs Bett fallen und streckte die verkrampfte, steife Hand. Im Sitzen barg sie den Kopf in den Händen und leerte ihr Hirn, bis jeder Gedanke verstummt war.

Es drängte sie, sich reinzuwaschen. Also ging sie ins Bad und duschte erneut. Sie zog sich um – in Jeans und ein T-Shirt, darüber ein weites, schweres Sweatshirt, das ihr bis über die Hüfte reichte. Ungelenk schob sie die Pistole unter den Hosenbund. Im Spiegel sah sie aus wie ein kleines, pummeliges Kind.

Als sie die Treppe herunterkam, hörte sie aus dem Wohnzimmer den Fernseher, den Ton bis zum Anschlag aufgedreht. Dort würde sie bestimmt die Eltern finden. Sie mied das Zimmer, ihr war nicht nach einem Wiedersehen. Sie ging weiter bis in die Küche, machte sich einen löslichen Kaffee und aß Reste aus dem Kühlschrank. Sie war gerade fast fertig, da kam Melanie herein. Sie musterten einander und schwiegen. Melanie ging an die Arbeitsplatte und stellte etliche Medikamente zusammen, dann zerdrückte sie mit einem Löffelrücken Pillen.

»Sind die für Dad?«, fragte Lucy, die gleichzeitig den letzten Bissen und ihre Beklommenheit hinunterschluckte.

»Für wen sollen die wohl sonst sein?«, erwiderte Melanie. »Willst du nicht endlich mit ihm reden? Er sitzt mit Mum im Wohnzimmer. Sie wissen, dass du da bist. Stevie hat es ihnen erzählt.«

»Nein, noch nicht«, sagte Lucy, die es allein bei der Vorstellung fröstelte.

Melanie zuckte die Achseln.

»Wo steckt Stevie?«

»Im Büro. Er war die ganze Nacht unterwegs, um dich zu suchen, und trotzdem musste er heute zur Arbeit. Aber ich nehme nicht an, dass dich das interessiert.«

»Das ist nicht meine Schuld«, wehrte Lucy sich.

»Ich hab nicht gesagt, dass irgendwas deine Schuld ist«, entgegnete Mel. »Was soll's, ich kann jetzt nicht mit dir plaudern, ich habe zu tun. Ich musste von der Schule abgehen, damit ich mich um Dad kümmern kann. Also tue ich das jetzt.«

»Das haben sie dir nicht angetan«, sagte Lucy entsetzt.

»Doch, haben sie. Ich habe also zu arbeiten.«

»Aber warum hast du dich nicht geweigert? Warum hat Stevie das nicht verhindert?«, fragte Lucy zornig.

»Weil es sonst niemand getan hätte. Mum jedenfalls garantiert nicht. Die hätte ihn schlicht verrecken lassen.«

»Aber wir hätten doch eine Pflegekraft bezahlen können?«

»Glaubst du ernsthaft, Dad würde für so was sein Geld raushauen? Sei nicht dumm! Das macht er nicht einmal jetzt, wo er im Sterben liegt. Er und Mum werden das niemals tun, nicht, solange sie mich dazu zwingen können, es umsonst zu machen. Aber was kümmert's dich? Du bist ja aus der Schule abgegangen, ohne dass dich einer dazu gezwungen hatte.«

Melanie verließ, ohne eine Antwort abzuwarten, mit dem Tablett voll Medizin die Küche.

»Ich musste doch«, sagte Lucy leise.

Sie ging hinaus in den Garten, wo die Luft noch frisch war vom gestrigen Regen, denn sie brauchte jetzt Weite. Als sie stehen blieb, um die Hündin von der Kette zu lassen und ihr den Kopf zu kraulen, bemerkte sie, dass das Fell vom Halsband ganz abgescheuert war. Am Eingang der Hundehütte zögerte Dora, dann stürmte sie, ihrer Freiheit ungewiss, nach vorn. Sie setzte sich neben Lucy, die über den Abhang des väterlichen Grundstücks hinaus zum Nationalpark blickte.

»Gehen wir, Mädchen«, forderte sie die Hündin auf. »Gehen wir spazieren. Gehen wir uns umsehen.«

Auf dem Hang hatte sich einst ein Garten befunden, den Lucys Großmutter zum Blühen gebracht hatte. Granny Hurst war eine dicke Frau gewesen, mit rissigen, erdverkrusteten Fingernägeln. In Lucys Erinnerung war sie immer da gewesen, schon seit Lucy ganz klein gewesen war, wenn sie auch nur selten gesprochen und nie jemanden direkt angeredet hatte. Nie sah sie Lucy an, wenn sie mit ihr redete, stets hielt sie den Blick auf einen Punkt in weiter Ferne gerichtet, irgendwo jenseits des Kopfs der Enkelin. Im Lauf der Jahre hatte Granny Hurst eine Folge von flach gestaffelten Terrassen angelegt, die über Holzstufen und Steinplatten miteinander verbunden waren. Sie hatte Gardenien, Azaleen, Kamelien und Rhododendren gepflanzt, mit elfenbeinweißen, tiefkarmesinroten, kirschroten und perlmuttrosigen Blüten; sie hatte Beete mit blauen und weißen englischen Veilchen bepflanzt, mit Sommer-Knotenblumen und hellgelben Bartlilien. Lucy streifte gern mit ihr durch den Garten, sie verbrachte viele Stunden mit ihr, beobachtete sie und ging ihr zur Hand. Auf diese stille Art hatten sie einander sehr nahe gestanden. Wenn Lucy aus irgendeinem Grund einmal nicht da war, dann kam die Großmutter sie suchen, und stets sprach sie dann zu jenem immer gleichen fernen Punkt hinter ihr und fragte: »Wo bist du denn gewesen? Ich habe auf dich gewartet, aber du bist nicht gekommen.« Lucy sammelte die Blumen ein, die die Großmutter schnitt, und brachte sie dann ins Haus. Sie stellte sie in Wasserkrüge und strich sanft über die Blütenblätter, fasziniert von den Farben und der Weichheit der Struktur.

Manchmal hatte die Großmutter in ihrem hässlichen braun-orangefarbenen Kittel auf der Stufe der obersten Terrasse gesessen, mit bequem gespreizten Beinen Mentholzigaretten geraucht und ihnen dreien erzählt: Stephen, Lucy und Melanie. Sie hatte von ihrem eigenen Großvater erzählt, der dieses Stück Land einst gerodet hatte. »Riesige Bäume haben hier gestanden«, erzählte sie, »die größten, die er je gesehen hatte, und die hat er gefällt.« Anfangs hatte er als Schmied gearbeitet, dann hatte er sich Milchkühe zugelegt und schließlich Kohl angebaut, aber mit nichts hatte er je Geld verdient, nicht einmal, als er das Holz der gefällten Bäume verkauft hatte. Großmutters Vater war es dann gewesen, der zu Geld gekommen war, ursprünglich mit dem Verkauf gebrauchter Kleidung auf dem Haymarket, und wenn er einmal einen Penny in den Fingern hatte, rückte er ihn nicht mehr heraus. »Genau wie mein Sohn«, sagte sie und meinte damit Lucys Vater, »der gibt auch ums Verrecken keinen Cent aus. Mit dem Unterschied, dass er keine Klamotten verkauft, sondern Fleisch. Das sieht ihm ähnlich.« Lucy hatte die leicht ätzende Stimme noch deutlich im Ohr, und sie sah Großmutter vor sich, wie sie auf der Stufe saß und die Zigarettenkippen in eine Büchse warf, damit sie nicht den Garten verschmutzten.

Dann war sie an Diabetes gestorben, da war Stephen vierzehn gewesen, Lucy dreizehn und Mel gerade zehn. Seitdem verfiel der Garten. Nur die Kamelien und Rhododendren blühten noch, der Rest war ein Gewirr aus toten und lebendigen Pflanzen, kleine grüne Krönchen auf totem Gezweig.

Lucy bahnte sich hinter der Hündin einen Weg durch das Gestrüpp, bis sie die alten Wege und Stufen wieder gefunden hatte und endlich an die alte Hütte gelangte, mit Blick auf den Nationalpark, nahe der Abbruchkante. Ihre letzten vier Lebensjahre nach dem Tod des Großvaters hatte die Großmutter in diesem Häuschen verbracht, ungerührt vom Winterwetter und, so hatte sie ihnen erzählt, glücklich über den Anblick des Gartens und des Buschlands vor ihrem Fenster. Von hier aus sah man die zarten Bestände blühender Eukalypten und senfgelber Akazien, die die Grenze des Nationalparks überwucherten und in der kurzen Zeit seit Lucys Weggang angefangen hatten, das Land zurückzuerobern.

Seit dem Tod von Granny Hurst war die Hütte verlassen, und die Aluminiumschiebetüren standen Wind und Wetter offen. Lucy blickte in eine Behausung, in der es nach frischer Erde roch. Dora schnüffelte sich an ihr vorbei und hinterließ ihre Pfotenabdrücke auf dem staubigen Boden. Kamelienbüsche, die an den Außenwänden wuchsen, hatten ihre dunklen Blätter gegen die Fenster gepresst und ihre Muster dort in den Spinnweben und dem Dreck verewigt, den der Regen nicht abgewaschen hatte. Durch die offene Tür hatte es Kamelienblüten hineingeweht, und überall lagen blasse Überreste abgerissener rosiger und roter Blütenblätter verstreut. In der Spur des alten Hundes trat Lucy in einen Hain des Schweigens. Das Spiegelschränkchen im winzigen Bad war von weichen, staubigen Spinnweben überzogen, und der Boden der weißen Kunststoffwanne war vollständig mit Blättern und Blütenresten bedeckt. Das Bad hatte kein Wasser. Die Hähne bebten zwar kurz, als Lucy sie aufdrehte, Wasser aber kam keins. Es war ein Haus, das unter dem allmählichen Druck der es umgebenden Pflanzen zerbarst, und während es sich der Erde zuneigte, wurde es zusätzlich von Wurzeln und Ranken erwürgt. Lucy sog die Stille in sich auf.

»Hi, Oma«, flüsterte sie in die Leere.

Sie trat wieder hinaus in die Nachmittagssonne und lauschte dem klaren Singen der Vögel, die einander im

Buschland riefen. In schmalen Wasserfällen ergoss sich der Regen des vergangenen Tages über den honigwabengelben Felsen in einen Bach am Fuß des Felsabbruchs. Die Hündin rannte ihr voraus durch den Farn, den kurzen Abhang hinunter zu einem Pfad, der entlang eines Bächleins verlief. Nach einem kurzen Stück Weges überquerte Lucy den Bach und erklomm am anderen Ufer einen überhängenden Sandsteinfelsen, auf dem in Schatten und vagen Umrissen Handflächen aufgemalt waren. Großmutter hatte ihnen erzählt, die Schwarzen hätten sie vor sehr langer Zeit dort angebracht.

»Als euer Uropa sich hier niedergelassen hat, da lebten hier noch Schwarze«, hatte sie ihnen einmal erzählt, »und er hat ihnen Arbeit gegeben, hat sie roden lassen. Sie haben in Holzhütten gewohnt, am Flussufer, da haben sie es nicht weit zur Arbeit gehabt. Als wir noch klein waren, haben wir da unten miteinander gespielt.«

Als Kind hatte Granny selbst ihre Hand auf den Felsen gemalt, mit dem Datum und ihren Initialen. Einmal hatte sie es den drei Enkeln gezeigt, und dann hatten die drei ihre Hände zu den übrigen auf den Felsen gemalt. Lucy fand die Hand aus Kindertagen wieder und legte ihre Erwachsenenhand darauf. Die Hündin kam und setzte sich still zu ihr. Lucy lehnte sich an den Felsen, befreite sich von allen Gedanken und lauschte dem Rhythmus ihres Atems.

An einem Abend, vier Monate nach dem Begräbnis der Großmutter und nicht lange vor Lucys vierzehntem Geburtstag, hatte ihr Vater sie zum ersten Mal in ihrem Zimmer missbraucht. Als er ging, waren die Laken blutbefleckt. Am nächsten Morgen hatte Lucy beim Frühstück die Mutter angesehen, unsicher, ob sie ihr sagen sollte, dass sie gewaschen werden mussten. Die Mutter sah ihr nicht ins Gesicht, und Lucy blieb stumm. Sie ging zur Schule wie üblich, und als sie heimkam, sah sie, dass das Bett frisch bezogen war. Nichts wurde gesagt. Regelmäßig war das Bett frisch bezogen, nie wurde etwas gesagt. Mit Ausnahme der Male, als Lucys Mutter sie in die Klinik am anderen Ende der Stadt brachte, war das Leben für sie so abgelaufen, als sei nichts passiert. Bis zu dem Tag, an dem Lucy den Rucksack geschultert hatte und verschwunden war. Und heute, da sie zurückgekommen war.

In diesem Moment spürte Lucy, dass keine andere Welt existierte, dass dieses Stück Land der einzige reale Ort war. Dieser Ort hier, am Rande des Nationalparks, wo ihre Familie in einem Haus mit einem verwilderten Garten gefangen saß, wo alles isoliert und in Unordnung war. Als sie sich gegen den Felsen lehnte, spürte sie die Pistole, die sich an ihre Hüfte presste. Das war eine Art Realität, und sie brachte sie zurück in die Gegenwart. Sie setzte sich ans Bachufer, sammelte ihre Kräfte und kämpfte die Furcht nieder. Die Hündin blieb bei ihr, bis etwas im nahen Unterholz ihre Aufmerksamkeit fesselte und sie ins Gebüsch tauchte, sodass Lucy allein zurückblieb. Lucy nahm die Pistole aus dem Hosenbund, zielte auf die Sträucher am anderen Ufer und tat, als würde sie schießen. Es dauerte sehr lange, es war längst dunkel und kalt geworden, bis sie den Mut fand, ins Haus zurückzukehren.

13

Am späteren Nachmittag bekam Harrigan eine Nachricht auf den Schreibtisch, die allem die Krone aufsetzte. Greg Smith stünde für weitere Verhöre nicht zur Verfügung, bis die dringend notwendige psychiatrische Untersuchung des Jugendlichen durch das Amt für Jugendkriminalität abgeschlossen wäre. Das war der Preis dafür, dass sie darum gebeten hatten, ihn wegen Suizidgefahr unter Beobachtung zu stellen. Es war kein Scheitern, nur frustrierend, aber etwas, das zusätzlich an ihrer aller Energie zehrte. Wer in Harrigans Metier die Zeit oder den Lauf der Dinge kontrollieren wollte, hatte einen Zermürbungskrieg zu führen: Man musste wissen, wann man zu warten hatte, und man musste wissen, wann man es laufen lassen musste. Wenn er die Wut Einfluss auf seine Arbeit nehmen ließ, konnte er alles gefährden. Die erzwungene Pause musste er darauf verwenden, die Anspannung abzubauen.

Er trat aus dem Büro und verkündete der Mannschaft, dass es Zeit für einen kleinen Umtrunk sei. Ein kurzes Stündchen im Maryborough, finanziert zu gleichen Teilen aus der Sozialkasse und aus Graces Geldbeutel, um sie im Team willkommen zu heißen. Danach konnten sich dann alle noch einmal an die Arbeit machen. Gut möglich, dass eine solche Gelegenheit sich in den nächsten Tagen oder gar Wochen nicht mehr bieten würde.

»Aber passt bloß auf, dass Marvin nichts mitkriegt«, schärfte er allen ein, als er die frohe Botschaft verkündete. »Sonst jault er mir damit bis zum Jüngsten Tag die Ohren voll.«

Unter allgemeinem Gelächter griff man zu den jeweiligen Mänteln.

Im Maryborough hielt der Wirt für Harrigan und seine Leute das Hinterzimmer stets auf Abruf bereit. Gut gelaunt nahmen sie es in Beschlag.

»Was darf's für Sie sein?«, fragte Harrigan Grace, als sie nach alter Sitte das Geld auf den Tresen legte.

»Soda Lime«, antwortete sie lächelnd. Er registrierte ihre Abstinenz, verkniff sich aber jeden Kommentar.

»Gib der Lady, was sie verlangt«, forderte er den Barkeeper auf. »Für mich einen Whisky Soda.«

Im ersten Ansturm auf die Bar hatte Ian schon ein großes Bier bestellt. Grace wartete auf ihre Zitronenlimo und betrachtete den weißen Bierschaum, der sich im Glas auftürmte, während der Geruch die Luft um sie herum schwängerte. Sie spürte eine leichte Übelkeit, und in ihrem Nacken stand prickelnder Schweiß.

»Trinkst du nichts?«, wollte Ian von ihr wissen.

»Nein«, ging Trevor wenig vornehm dazwischen, als er sich zum Tresen durchgekämpft hatte. »Meine Freundin kennt kein Laster. Höchstens, dass sie mal an einem Glimmstängel zieht, was, Gracie?«

»An warmen Brüdern hat's zudem keinen Mangel«, konstatierte Jeffo gehässig, aber Trevor überhörte die Stichelei dezent. »He, Gracie«, meinte Jeffo und grinste ihr zähneblekkend zu, »ich hab gehört, du hast dich heute mit dem Kleinen verlustiert. Aber diesen halb garen Psychologenkrampf solltest du dir in Zukunft sparen. Bei so einem Knaben, da braucht es ein paar Telefonbücher und eine halbe Stunde Zeit, dann wird er dir alles sagen, was du von ihm wissen willst.«

Grace spendierte ihm ein eisiges Lächeln und ließ sich zu keiner Antwort herab. Er nahm gerade Anlauf zu einem weiteren guten Rat, da schnauzte Harrigan ihn von der Seite an.

»Erspar uns deine Weisheiten. Da hat niemand Lust drauf, mich eingeschlossen.«

Mit dem Drink in der Hand verließ er den Tresen, während Jeffo hinter seinem Rücken eine Fratze schnitt.

»Das ist ja bitter, dass du nichts trinkst.« Louise bestellte sich einen Gin. Sie war eine stämmige Frau mit aufgeplatzten Äderchen in den Wangen und ergrauenden Haaren, die sie streng aus der Stirn gekämmt hatte. »Ich hätte gehofft, wir könnten des Öfteren mal gemeinsam einen zwitschern. Wir Mädels sollten zusammenhalten.«

Louise war jenseits der fünfzig und eine renommierte Programmiererin. Mit leicht zittrigen Händen leerte sie ihren Gin. Ihre Finger waren schwer mit verschnörkelten Ringen beladen, deren rote und weiße Steine ihr neben dem Ehering als glitzernde Schlagwaffe dienten. Grace hörte das Aufsetzen des leeren Ginglases auf dem Tresen, da bestellte Louise schon den zweiten. Grace trank nicht. Nicht mehr. Früher war der Alkohol mit metallischer, giftiger Schärfe in ihren Adern zirkuliert und hatte einen Abschnitt ihres Hirns zu unkontrollierbaren Wutausbrüchen und Phasen unwürdigen Selbstmitleids hingerissen. Sie wandte sich ab, Soda Lime in der Hand, und ging Ian in die Falle.

»Wie man hört, bist du mal Rockstar gewesen«, sagte er. »Ist das echt wahr?«

»Ich?«, lachte sie. »Nein, ich wünschte, es wäre so, dann müsste ich nie wieder arbeiten. Ich hab nur mal ganz kurz in 'ner Band gesungen. Wir haben uns für einen Hungerlohn abgerackert und durften uns mit den miesesten Typen rumplagen, die uns lediglich begrapschen und übervorteilen wollten. Zu größeren Auftritten hat's nicht gereicht.«

»Das hat dir aber so viel Spaß gemacht, dass du zur Polizei gegangen bist, wo es genauso zugeht«, resümierte er.

»Stimmt genau, ich bin wieder da, wo ich angefangen habe. So ist das Leben. Ich geh mal schnell zum Zigarettenautomaten«, entschuldigte sie sich.

Der Automat stand im Flur, hinter dem Spielzimmer, und sie warf summend das Geld ein. Mit einer großen Portion Selbstironie dachte sie an etliche Erlebnisse aus ihrer nicht gerade von überwältigendem Erfolg geprägten Rock-'n'-Roll-Karriere: von Autopannen bis hin zu einem Publikum, das so aufgebracht gewesen war, dass sie aus dem Fenster der Damentoilette fliehen musste. Was konnte sie dieser Polizeijob da noch groß schrecken?

Sie wollte gerade zu den anderen zurückgehen, da bemerkte sie Harrigan, der, ins letzte Rennen des Tages vertieft, an der Tür des Spielzimmers stand, wo auf dem großen Monitor gerade die Schranken geöffnet wurden und die Pferde losstürmten. Er war allein, völlig gefangen von diesem Anblick, die ganze Aufmerksamkeit auf das Rennen gerichtet, den ganzen Körper unter Strom. »Ja!«, jubelte er beim Einlauf der Pferde und schlug sich mit der Faust in die offene Hand. Dann drehte er sich um und entdeckte, dass sie ihn beobachtet hatte.

»Wetten Sie?«, fragte sie und fühlte sich ertappt.

»Setzen tue ich nicht viel, Grace. Mir macht nur das Tippen Spaß. Und Sie?«

Er nahm seinen Drink vom Tisch und schlenderte zu ihr.

»Ich kann noch nicht mal die Rennzeitung lesen«, gestand sie.

»Nein? In diesem Job könnte das ein ernsthaftes Handicap sein. Auf der Rennbahn tut sich einiges.«

»Muss man denn die Rennzeitung lesen können, um das mitzubekommen?«

»Nicht unbedingt. Das hängt davon ab, wofür man sich interessiert. Wie die Pferde laufen. Wie sie laufen müssten. Wer wettet.« Er lächelte, während er sich mit ihr unterhielt, und war auf eine Art entspannt, die er sonst nicht kannte. »Waren Sie noch nie beim Rennen? Das ist das echte Leben.«

»Ach ja? Wieso?«

»Es ist ein magischer Augenblick, wenn man sieht, wie sie kurz vor dem Ziel auf die Gerade kommen. Nur das Geräusch von den Hufen, die über den Boden donnern. Das ist Magie. Es gibt nichts Vergleichbares. Einem elegant laufenden Pferd zuzusehen ist etwas Wunderschönes.«

Harrigan besuchte die Rennbahn, seit er ein Kind war, und seitdem war es seine große Leidenschaft. An den Renntagen hatte seine Mutter das gute Kleid herausgenommen, die Schuhe, den Hut, und sie hatte sich geschminkt. Sie hatte die schweren Ohrklipps angesteckt, von denen ihr am Abend die Ohrläppchen wehtaten. Dann zog sie sie auf dem Heimweg im Bus ab und ließ sie mit einem erleichterten Seufzen in die Handtasche fallen. Auch er war fein herausgeputzt, und fröhlich hatten sie den ganzen Tag gemeinsam zugebracht. Das war wohl ihr größtes Vergnügen gewesen, und er glaubte, dass sie dort auch am glücklichsten gewesen war. Ihre Lieblingsbuchmacher begrüßten sie immer namentlich. Tag, Helen, wie stehen die Wetten heute? Wie geht's deinem Kleinen? Für manche der Alteingesessenen auf Royal Randwick war er heute noch Helen Harrigans Kleiner, obwohl er heute nicht mehr nur unten an der Bahn stand, sondern zusätzlich in der Members' Bar verkehrte.

»Ich glaube, ich habe in meinem ganzen Leben noch kein einziges Mal auf ein Pferd gewettet. Nicht mal beim Melbourne Cup«, verriet Grace mit einem merkwürdigen Unterton. »Mein Vater nahm nur meine Mutter zum Rennen mit.«

Ihre Gedanken schweiften ab. Sie dachte an die Kindheit in Neuguinea, in ihrer Erinnerung ein traumhafter, wunderschöner Ort. Eine Straße in den Bergen an einem heißen Tag: Sie sitzt neben ihrem Vater im Landrover, der langsam über die unbefestigte Piste holpert, durch den Strom der Dorfbewohner hindurch, die gemächlich ihren Geschäften nachgehen. Eine alte Kulturlandschaft, die sich bis in die Berge hinein erstreckt, voll strohgedeckter Häuser hinter dünnen, scharfen, unregelmäßigen Lattenzäunen. Ein kompliziertes Muster aus kräftigen Grüntönen; wie kräftig, war ihr erst bewusst geworden, als sie zu Beginn des Schuljahres nach Brisbane zurückkehrte und die vertrockneten, vergilbten Weiden dort sah. Eine andere Welt. Ja, es war Magie.

»Kommen Sie beim Frühlingsfest doch einfach mal mit. Es könnte Ihnen gefallen«, sagte Harrigan zu ihr.

»Das sollte ich probieren. Die Erholung könnte ich nötig haben, wenn ich es noch öfter mit Typen wie dieser Ria Allard zu tun bekomme.«

»Gut möglich«, sagte er und musterte sie aufmerksam. »Da fällt mir noch was ein, Grace. Ich möchte Sie nachher kurz alleine sprechen.«

»Weswegen?«, erkundigte sie sich.

»Nichts Dramatisches«, erwiderte er, während sie zurück zur Bar schlenderte. »Nur über die Art, wie Sie dieses Verhör heute geführt haben.«

»Ja, ich wollte schon fragen – haben wir eigentlich diesen Prediger Graeme Fredericksen schon auftreiben können?«

Ihr Ton war beiläufig, aber was den Prediger betraf, hatte sie eine böse Vorahnung.

»Nein, bis jetzt nicht. Für meinen Geschmack ist der eine Spur zu schwer zu fassen. Überhaupt hätte sich doch eigentlich er bei uns melden müssen und nicht umgekehrt. Froh bin ich, wenn wir den erst mal dingfest gemacht haben. Aber das war's nicht, was ich mit Ihnen besprechen wollte. Okay – tun wir's gleich hier: Wussten Sie, dass Greg Smith uns nicht mehr zur Verfügung steht, bis die vom Amt mit ihrer psychiatrischen Untersuchung fertig sind?«

Er nippte an seinem Whisky. Sie atmete den Schnapsgeruch ein, der ihr fast süßlich schien, alles durchdringend, und wieder stiegen die Erinnerungen in ihr auf, an abgestandenen Alkoholschweiß auf abgestumpfter Haut, das flüssige Pendant zur Farbe karamellisierter Zwiebeln im Einmachglas. Sie steckte sich eine Zigarette an, um den Geruch zu überdecken, und er wich vor dem Rauch zurück.

»Ist das ein Problem?«, fragte sie. »Sie haben ja selbst gesagt, wenn er tot ist, können wir gar nicht mit ihm reden.«

»Nein«, sagte er und hätte bei ihrer Antwort fast gegrinst. »Nein, ein Problem ist es nicht. Es zögert das Ganze nur hinaus, das ist es. Was ich wissen will, ist: Was haben Sie sich da drin eigentlich gedacht? Stehen Sie es ohne Nebenwirkungen durch, wenn Sie jemanden so nah an sich ranlassen wie vorhin diesen Jungen?«

»Ich habe da nichts an mich rangelassen«, sagte sie. »Was mich betrifft, ist da nichts anderes passiert, als dass ich mich mit ihm unterhalten habe.«

»Ja, das ließ sich kaum übersehen. Aber es ist nicht nur eine Sache zwischen Ihnen und ihm. Da ist ein ganzer Apparat mit im Spiel, den Sie nicht ignorieren dürfen. Und der wird ihn am Schluss unweigerlich an einen einzigen Ort bringen: nach Silverwater. Und womöglich ist es irgendwann mal Ihre Aufgabe, ihn dorthin zu schicken. Er weiß das, das hat er Ihnen selbst gesagt. Also, wollen Sie herausfinden, was er weiß? Oder wollen Sie sein Leben retten? Und wie kommen Sie überhaupt darauf, dass sich beides miteinander vereinbaren lässt?«

»Was soll ich also tun?«, wollte sie wissen. »Sie haben mich doch in diese Zwickmühle gebracht. Sie sagen mir, ich soll ihn einlullen. Also tue ich das. Ich muss ihn dort abholen, wo er ist, weil das die einzige Art ist, auf die ich das tun kann. Aber jetzt sagen Sie mir, ich lasse es zu nah an mich ran. Dann bleibt mir jedoch kein Spielraum mehr.«

»Sie haben ihn nicht abgeholt, wo er ist. Sie haben ihn irgendwo in Ihrem eigenen Hirn finden wollen. Und dorthin wollten Sie ihn mitnehmen, das haben Sie gemacht.«

»Dieser Junge steht am Abgrund. Er wird nicht mit mir reden, wenn ich mich nicht auf ihn einlasse.«

Er sah an ihr vorbei auf die Leute hinter ihr.

»Das ist es, was Sie lernen müssen, Grace. Ihn dazu zu bringen, sich zu öffnen, ohne das zu tun. Weil es nicht Ihr Job ist, sich auf ihn einzulassen. Man lässt sich nicht auf das ein, was andere im Vernehmungszimmer abladen. Das ist der

Weg ins Verderben. Man begibt sich nicht dahin, wo die sind. Man zieht eine Grenze.«

»Vielleicht ist es bei mir aber anders«, erwiderte sie. »Vielleicht rede ich lediglich offen mit den Leuten, ohne dass ich es so an mich ranlasse, wie Sie behaupten. Ich kann das nämlich, ohne mir wehzutun. Ich kann die da abholen. Eventuell ist das der Unterschied zwischen uns.«

Er sah in seinen Whisky hinab und schmunzelte eigentümlich.

»Ist Ihnen eigentlich klar, wie sehr Sie an die Leute rankommen? Sie haben das einfach drauf. Das denke ich mir jedes Mal, wenn ich sehe, wie Sie mit jemandem reden. Sie haben sich heute von dieser Frau anmachen lassen, und dann, fünf Minuten später, haben Sie es ihr perfekt heimgezahlt.«

Ohne groß herumzustochern treffen Sie den richtigen Nerv, als wüssten Sie ganz genau, wo Sie hinzielen müssen, hätte er ihr sagen können. Sie müssen den Röntgenblick haben.

»Man sagt mir häufig, dass ich den Leuten dermaßen auf die Pelle rücke«, erwiderte sie, schüttelte den Kopf und drapierte geistesabwesend den dichten braunen Zopf über die andere Schulter. »Ich tue das nicht absichtlich.«

»Das müssen Sie auch nicht. Wissen Sie, ich habe einen Sohn«, erzählte er unvermittelt, »und ich bin der Einzige, der sich um ihn kümmert. Seine Mutter hat ihn abgeschrieben. Er hat Gehirnlähmung. Kann weder laufen noch sprechen. Er ist ein echt helles Köpfchen, aber er ist an den Rollstuhl gefesselt. Bis ans Ende seines Lebens. Aber er will leben. Jetzt nehmen Sie diesen anderen Knaben: Bei allem, was er gegen sich hat, er kann nach wie vor etwas aus seinem Leben machen. Doch er will es einfach wegwerfen. Mir gefällt es nicht, wenn jemand draufgeht, Grace. Aber manche Leute – denen kann man nicht helfen, die wollen sich nicht retten lassen.

Wenn man denen die Hand reicht, dann versuchen sie, dich mit in die Tiefe zu reißen. Und dieser Knabe ist so einer, der sich nicht retten lassen will. Das hat er Ihnen selbst gesagt.«

»Ich habe gehört, dass er das gesagt hat. Aber ich gebe nur ungern jemanden auf. Da werde ich stur.«

Es war ihr peinlich, dass er sie ins Vertrauen gezogen hatte, und sie war gerührt von der Beschreibung seines Sohnes. Sie drückte die Zigarette in einem Aschenbecher aus. Harrigan stellte das leere Glas auf einen Tisch.

»Das mit Ihrem Sohn wusste ich nicht«, sagte sie, denn sie meinte Harrigan zumindest so viel an Höflichkeit schuldig zu sein. »Das tut mir Leid. Ich wollte nicht schnüffeln. Das ist nicht meine Art.«

»Das hätte ich Ihnen auch nicht unterstellt. Normalerweise rede ich nicht darüber. Niemand redet darüber«, entgegnete er und wich ihrem Blick aus. Möglicherweise ging beiden durch den Kopf, dass das wirklich das Einzige war, was nicht in epischer Breite vom ganzen Team durchgekaut wurde.

»Ich werde es für mich behalten«, meinte sie rasch und wechselte das Thema. »Sie machen den Job also, um diese Grenze zu ziehen? Ist das Ihre tägliche Aufgabe?«

»Wie bitte?« Er war es nicht gewohnt, der Gefragte zu sein. Er grinste. »Nein, ich tue das, weil mir nichts Besseres eingefallen ist, was ich aus meinem Leben machen könnte. Ich brauchte Arbeit, um für meinen Sohn sorgen zu können. Und das war das Einzige, wovon ich mir vorstellen konnte, es länger als vierzehn Tage durchzuhalten. Und sechzehn Jahre später bin ich tatsächlich immer noch hier.«

So weit entsprach das durchaus der Wahrheit, mehr ein Ablenkungsmanöver als eine Lüge. Er war bei der Polizei als Folge eines halb ausgereiften Gedankens, den sein Vater ihm eingepflanzt hatte, als er ihm eines Abends in der Küche gereizt vorhielt: »Geh doch zu den Bullen. Wenn du den Leuten schon andauernd vorschreiben musst, was sie zu tun haben.« Nicht lange danach hatte ein aktiver Polizist, ein alter Freund seines Vaters, ihn angerufen und ihm ein Angebot gemacht.

»Manchmal ist es reiner Zufall«, fand Grace. »Man weiß nie, wo das Leben einen hinführt.«

Er lächelte zustimmend, und sie erwiderte sein Lächeln.

»Sie sind stur«, konstatierte er. »Was wollen Sie wirklich?«

»Ich bin mutig und töricht«, sagte sie und nahm sich damit selbst auf die Schippe. »Ich will, dass es besser wird.«

»Heute haben Sie schon dafür gesorgt, dass etwas besser wird. Niemand sonst hier hätte aus diesem Jungen etwas anderes als Schimpfwörter herausgebracht.«

Sie zuckte die Achseln und lächelte erneut. »Danke.«

Sie merkten, dass sie einander schweigend ansahen, und beide suchten sie nach etwas Unverbindlichem, das sie sagen konnten. Grace spürte den inneren Kick, den unerwarteten Rausch der Anziehung und wünschte, dem wäre nicht so; das war zurzeit echt das Letzte, was sie brauchte.

»Du bist im Fernsehen, Boss. Du auch, Gracie«, rief Ian.

Sie drehten sich um, und in stummem Einverständnis trennten sie sich und versammelten sich mit den anderen um den Tresen. Der Barkeeper drehte die Lautstärke der Vorabendnachrichten hoch. Das gesamte Team verfolgte, wie Matthew Liu, flankiert von Harrigan und Grace, die Bevölkerung bat, ein jeder, der etwas wisse, was zur Ergreifung der Täterin beitragen könne, die auf seine Eltern geschossen hatte, möge sich melden.

»Du bist ja richtig telegen, Gracie. Das wird denen da oben gefallen«, meinte Trevor grinsend.

Grace überlegte, ob sie sich auf die schlechte Ausleuchtung herausreden solle, entschied aber, es als Kompliment aufzufassen.

»Na schön, Freunde, das war's dann wohl«, rief Harrigan und löste die Feier damit auf. »Zurück an die Arbeit.« Er ignorierte das kollektive Ächzen, und wenig später saßen alle wieder hinter ihrem Schreibtisch.

Doch die Auszeit hatte offensichtlich niemanden belebt. Drückende Stille lastete auf dem Großraumbüro. Harrigan musterte kurz Grace, die sich durch die Akte Greg Smith kämpfte, und dachte dabei über ihre Einwände nach. Sein Sohn fiel ihm spontan ein. Er verspürte plötzlich den dringenden Wunsch, ihn zu besuchen und sich zu vergewissern, dass es ihm gut ging. Er griff nach dem Telefon, um Cotswold House anzurufen, hob den Hörer aber nicht ab. Endlich, die Tagschicht ging gerade nach Hause, und die »Friedhofsschicht« kam herein, rappelte er sich auf und ging zu Trevor.

»Ich nehm mir mal 'ne Stunde frei, Trev«, sagte er leise. »Ich bin bei meinem Jungen und komm zurück, so schnell es geht.«

»Alles klar, Boss. Ich rufe an, wenn sich was tut.«

Harrigan nahm seine Jacke und stand unvermittelt mit Grace vor dem Aufzug. Er war fast ein wenig verlegen und ließ ihr höflich den Vortritt.

»Hast du das gesehen?«, fragte Ian. »Gehen die miteinander aus?«

»Er mag sie, und sie mag ihn«, erklärte Louise mit gingeschwängertem Atem. »In dem Pub haben die sich eine ganze Weile allein unterhalten.«

»Gracie geht heim, Leute«, stellte Trevor klar. »Ich hab ihr gesagt, sie soll sich dünne machen, weil sie für heute genug getan hat. Und er fährt zu seinem Sohn. Das hat er mir gesagt, damit ich weiß, wo ich ihn im Notfall finden kann. Er kommt später noch mal.«

»Willst du wetten?« Jeffo grinste. Er war ebenfalls auf dem Weg zur Tür. »Wie viel Zeit verschwendet man schon auf so einen Spasti? Die weiß doch ganz genau, wo sie den meisten Profit rausschlägt. Fünfzig Eier, dass er ihn ihr reinschiebt.«

Ian und Louise wandten sich von ihm ab.

»Herrgott«, schimpfte Trevor. »Du kennst ihre ganze Scheißgeschichte und erzählst so einen Mist. Wieso hältst du nicht einmal dein dreckiges Maul?«

Trev hätte versuchen können, das Gerede zu zerstreuen. Aber er wusste aus Erfahrung, dass es nicht mehr lange dauern würde, bis sich die Meute die Mäuler zerriss.

Unten auf dem Parkplatz schaute Harrigan sich um und beobachtete, wie Grace, ein paar Autos von seinem entfernt, ihre Tür aufschloss. Im Aufzug hatten sie kaum ein Wort gewechselt. Verlegen winkte er ihr über die kurze Distanz zu und sah die Geste in gleicher Weise erwidert. Dann stiegen beide in ihre Autos und fuhren davon.

Im Wagen blickte Grace entschlossen vorwärts auf die Straße und widerstand dem Drang, im Rückspiegel zu überprüfen, welche Richtung er eingeschlagen hatte.

14

Als Lucy im ersten Dämmerlicht des frühen Abends zum Haus zurückkehrte, merkte sie, dass die Hündin wieder an der Kette lag. Dora war im Lauf des Nachmittags verschwunden, und Lucy hatte sich schon gefragt, was aus ihr geworden war. Lucy hatte kaum einen Fuß in die Küche gesetzt, wo Melanie das Abendessen zubereitete, da ging die Schwester auch schon auf sie los.

»Du hast Dora von der Kette gelassen.«

»Ja, allerdings. Ich sehe nicht ein, dass sie so an der Kette rumvegetiert.«

Mit entnervtem Gesichtsausdruck stützte Melanie sich auf die Arbeitsplatte. Jede Muskelfaser ihres Körpers war bis zum Zerreißen angespannt.

»Sie liegt an der Kette, weil Dad das so wünscht. Also lass es gefälligst, wie es ist, sonst regt er sich auf. Und wenn er sich aufregt, dann lässt er das an mir aus. Das schafft er nämlich noch, auch wenn er mich nur anflüstern kann. Aber das, was er sagt – das ist ekelhaft. Geh bitte nicht mehr mit ihr spazieren, ja? Ich halt das nicht aus, Luce.«

Lucy wandte sich ab, um kopfschüttelnd die aufsteigenden inneren Furien abzuwehren.

»Isst du mit?«, rief die Schwester ihr nach, aber Lucy antwortete nicht.

Langsam ging sie durch den Flur zum Wohnzimmer, wie vom Ton des Fernsehers angezogen. Gelbes Licht fiel durch die halb offene Tür auf das konturierte, schillernde Polyesterblau des Teppichs im Flur. Lucy kaute nachdenklich am Daumennagel. Sie sah, dass im Fernsehen eine Vorabend-Gameshow lief, das Glücksrad, auf voller Lautstärke. Dann die Mutter, die das Quiz vom Sofa aus verfolgte, und den Vater, der ausgestreckt in seinem Liegesessel saß und offenbar eingeschlafen war, neben ihm auf einem Beistelltischchen das Tablett mit den Medikamenten, das Melanie ihm gebracht hatte. Sie blieb an der Tür stehen. Der Raum war vom Geruch der Krankheit erfüllt wie von verfaulenden Blumen. Als sie sie entdeckte, setzte die Mutter sich gerade und zog sich die Strickjacke zurecht. Sie wollte etwas sagen, schaffte es aber nicht. Lediglich ihr Blick pendelte von der Tochter zu ihrem kranken Mann, dessen Augen aber geschlossen blieben.

»Hi, Mum«, sagte Lucy und trat ein.

Die Mutter nickte einen stummen Gruß. Ihr Mann öffnete die Augen und richtete sie auf seine Tochter.

»Hi, Luce«, sagte er. »Wir haben gehört, dass du wieder daheim bist. Wie geht es dir?«

Das Gesicht ihres Vaters war verfallen. Die Krankheit hatte alles bis auf eine dünne Haut und Knochen aufgezehrt. Die Krankheit hatte den Schmerz in das Gesicht George Hursts eingegraben, beinahe schien er das Einzige, was überhaupt noch übrig war. Lucy konnte nichts sagen. Fast hätte sie geweint.

»Endlich heimgekommen, um noch einmal deinen alten Herrn zu sehen«, flüsterte er gegen den Radau der Fernsehshow an. »Komm, gib mir einen Kuss, ja? Ich weiß schon, ich bin nicht gerade ein schöner Anblick.«

Sie tat es nicht. Stattdessen setzte sie sich in einen Lehnstuhl, den beiden gegenüber.

»Stevie bat mich zu kommen«, begann sie und sah vom Vater zur Mutter, die an den Enden ihrer Strickjacke rumfummelte. Sie hatte sich kein bisschen verändert, war eine rundgesichtige Frau, leicht untersetzt, mit glattem Haar, das sie sich hinter die Ohren zurückkämmte.

»Wie geht's dir, Lucy?«, fragte sie, nun, da ihr Ehemann als Erster gesprochen hatte. »Geht es dir gut?«

Über dem Fernsehlärm schien die Luft mit Tausenden von schrillen Lauten angefüllt zu sein.

»Sicher«, erwiderte Lucy.

»Ich habe mir Sorgen um dich gemacht«, behauptete die Mutter, deren Interesse sich wieder dem Fernseher zuwandte.

»Was hast du denn so getrieben?«, wollte der Vater wissen.

»Weißt du das nicht?«, erwiderte Lucy mit versteinertem Gesicht.

»Stevie hat uns erzählt, du wohnst bei Freunden. Dass du in einem Laden arbeitest. Er hat gesagt, es geht dir gut«, berichtete die Mutter.

»Ich freue mich, dass du hier bist, Luce«, sagte der Vater. »Ich habe mir gewünscht, dich zu sehen. Mir bleibt nicht mehr viel Zeit. Ich will, dass du weißt, deine Mutter und ich, wir haben dich immer lieb gehabt. Immer.«

»Immer«, echote die Mutter und schaute ihre Tochter erneut an. »Ich habe immer getan, was ich für dich tun musste, Lucy. Ich habe immer auf dich aufgepasst. Ich habe getan, was ich konnte, mehr konnte ich nicht tun. Ich hoffe, du weißt das.«

»Wir waren krank vor Sorge, seit du fortgelaufen bist.« Der Vater stellte die Lehne ein Stück höher. »Ich dachte mir: Mein kleines Mädchen, da draußen, ganz allein. Wer soll denn auf sie aufpassen? Und nie haben wir etwas von dir gehört, nur über Stevie. Nicht mal zu Weihnachten.«

»Du hättest uns eine Karte schreiben können«, fügte die Mutter hinzu. »Wir hätten so gerne etwas von dir gehört.«

»Warum habt ihr nicht nach mir gesucht?«, fragte Lucy.

»Das konnten wir doch nicht, Luce. Wir wussten doch nicht, wo wir suchen müssen«, wehrte der Vater ab.

»Ihr hättet Stevie fragen können.«

»Der hat gesagt, du willst uns nicht sehen«, sagte die Mutter mit rotem Kopf.

»Es ist schwer für einen Mann, wenn er sich solche Sorgen um seine Tochter machen muss. Mein kleines Mädchen, habe ich mir gedacht, und ich weiß nicht, wo sie steckt. Und sie will es mir nicht sagen. Nicht einmal mir will sie es sagen.«

Lautstark brach der Moderator über ihr Gespräch herein, und Lucy sah, wie ihre Mutter neuerlich vom Fernseher gefesselt wurde. Sie stand auf und schaltete den Apparat ab. Die Mutter blinzelte kurz, schwieg aber. Der Vater starrte sie an, wobei die Augen in seinem ausgezehrten Gesicht groß und strahlend waren. Sie nahm wieder Platz, starrte ihn ebenfalls an und war unfähig, sich abzuwenden, obwohl sie doch gar nicht hinsehen wollte. Es war furchtbar, ihn so erleben zu müssen.

»Ich bin ein kranker Mann, Luce«, sagte er, als läse er ihre Gedanken. »Ich kann das nicht verbergen. Manchmal glaube ich, ich ertrage die Schmerzen nicht mehr. Ich will, dass es ein Ende hat. Wenn es ein Ende hat, dann werde ich glücklich sein.«

Lucy, die ihn zwar ansah und ihm zuhörte, schaltete ihre Gedanken aus. Ihre Gefühle waren ausgelöscht, flach wie eine Fasergipsplatte.

»Du musst wissen, dass ich und deine Mutter dich lieben. Mehr als alles.«

Lucy antwortete nicht, sie saß da und wartete. Ihr Blick wanderte vom Vater zur Mutter und wieder zurück. Die Mutter konnte sich nicht vom schwarzen Bildschirm losreißen und blieb stumm. Lucy fühlte sich plötzlich schwerelos, und ihre Gefühle drohten ins Chaos zu entschweben. Dazu summte es leise in ihrem Hirn – wie von Insekten.

»Luce, ich sterbe, aber dein Leben geht weiter, und du kannst daraus machen, was immer du willst. Du wirst heiraten und glücklich sein. Und ich freue mich für dich, ich freue mich. Denn alles, was mir je am Herzen lag, das war meine Liebe zu dir. Ich habe dich immer nur geliebt. Das ist normal für einen Vater.«

Hinter der Krankheit blitzte jetzt der Vater von einst auf. Wie gut sie diesen Blick doch kannte. An den Samstagen hatte sie ihn vormittags beobachten können, von ihrem Platz an der Registrierkasse aus, wenn er den Kunden altes, fettes oder zähes Fleisch andrehte. Da hatte er diesen Blick gehabt. Ob sie's mir abnehmen werden?

»Hast du dir Sorgen um mich gemacht?«, wollte sie wissen.

»Ja, Luce. Und wie.«

»Bist du nachts wach gelegen, aus Sorge um mich?«

»Immer.«

Lucy wartete ab und kaute wieder auf dem Daumennagel. Sie stellte sich vor, was ihr Vater wohl für ein Gesicht machte, wenn sie ihn jetzt in die Brust schösse. Dann sah sie zur Mutter hin und ging dieselbe Fantasie durch, bis beide Bilder in ihren Gedanken ineinander flossen. Unter dem unförmigen Sweatshirt drückte die Pistole sich an ihren Bauch.

»Bist du je wach gelegen und hast gewünscht, du hättest nicht getan, was du mir angetan hast?«, fragte sie.

»Sieh mich an, Luce«, erwiderte er. »Ich sterbe, und ich sterbe vor meiner Zeit. Ich will, dass wir uns gut verstehen, bevor ich abtrete. Du bist jetzt zu Hause. Das ist dein Zuhause. Hier wird immer ein Platz für dich sein. Und in meinem Testament. Ich habe dich in meinem Testament bedacht, Lucy, dich ganz besonders. Eines Tages, wenn ich tot bin, wirst du an mich denken und mir danken. Dann darfst du dir sagen, mein alter Herr war sehr großzügig in seinem Testament, das hat er für mich getan, er hat mir das Leben leicht gemacht. Die Sorge um dich, die hat deiner Mutter und mir in den letzten Jahren das Herz gebrochen. Mir ist das Herz gebrochen, aus Sorge um dich. Aber ich mache dir daraus keinen Vorwurf. Es hat keinen Sinn, den Menschen etwas vorzuwerfen. Das Leben ist ein einziges Geben und Nehmen. Lass uns gut sein. Na komm. Sei mir gut, Lucy, bevor ich sterbe. Bitte.«

Sie wartete, und das Schweigen schien ihr ewig zu währen. Erwartungsvoll schaute sie von einem zum anderen, aber weder er noch sie sagten etwas. Mit überkreuzten Armen saß sie da und drückte sich die Pistole fest an den Körper.

»Und sonst hast du mir nichts zu sagen?«, hakte sie nach.

Keiner sprach.

»Du brauchst es nur ein einziges Mal zu sagen. Du musst es ernst meinen, und du brauchst es nur einmal zu sagen. Du musst nur sagen, dass du wünschst, du hättest mir das nie angetan. Mehr brauchst du nicht zu sagen.«

Wieder das Schweigen. Die Mutter zupfte an der Strickjacke. Lucy sprach nun voller Verzweiflung. »Es geht doch nicht nur um mich! Da ist auch Mel. Was ist mit ihr? Willst du denn nicht sagen ...«

Ihre Stimme versiegte.

»Luce«, sagte der Vater, »ich will doch nur, dass wir einander gut sind. Das ist unsere letzte Chance. Ich sterbe. Mach es uns doch nicht schwer. Lass uns einfach gut sein.«

Lucy beugte sich auf dem Stuhl nach vorn und brach in Tränen aus. Sie blickte auf, weil sie noch etwas sagen wollte, und merkte, dass ihr Vater sie mit unverändertem Ausdruck beobachtete. Allenfalls lag ein Hauch von Befriedigung auf seinem Gesicht. Sie ertrug es nicht, auf diese Weise von ihm behandelt zu werden.

»Ich gehe jetzt wieder auf mein Zimmer«, sagte sie, »aber du – du kannst nicht ... Du wirst noch einmal mit mir reden, Dad. Ganz sicher. Und du wirst sagen –«

Sie brach ab, stand auf und wollte, noch immer weinend, das Zimmer verlassen. An der Tür wäre sie beinahe in Melanie hineingelaufen.

»Willst du denn kein Abendessen? Es steht auf dem Tisch«, fragte die Schwester.

»Jetzt nicht, verdammt«, fauchte sie.

»Achte auf deine Worte!«, hörte sie den Vater rügen – was ihr den Rest gab.

Im Türstock blieb Lucy abrupt stehen, und sie sprach, ohne sich umzudrehen. »Sag das nicht noch einmal zu mir.«

Dann machte sie kehrt und ging auf ihn zu. Instinktiv

wanderte ihre Hand zum Hosenbund hin, doch dann riss sie sich noch einmal zusammen. Zum ersten Mal schien er aus der Fassung gebracht zu sein. Sie baute sich vor ihm auf.

»Sag mir nie wieder, was ich wie zu sagen habe.«

Vor Zorn war ihre Stimme kaum wiederzuerkennen. Er schluckte, und auf seine Wangen trat der Schweiß. Niemand im Zimmer sagte etwas.

»Du machst es nicht mehr? Nie wieder?«

Er schüttelte den Kopf.

»Sag es, Dad. Na los, sag es.«

»Nein, ich tu's nicht«, flüsterte er endlich.

Sie sahen einander an.

»Ich werde noch einmal mit dir reden, Dad«, verkündete sie. »Denn du bist mir etwas schuldig. Das weißt du. Und ich werde es bekommen.«

Er starrte sie an, zeigte Wut und Furcht, ohne den Hauch von Verstellung, dann rollte er sich mit seinem Stuhl herum, drehte ihr den Rücken zu und weigerte sich, sie weiter zur Kenntnis zu nehmen.

Lucy stürmte aus dem Zimmer und hörte, während sie die Treppe hinaufhastete, hinter sich einen Aufruhr: den Lärm, als ihr Vater heiser nach Melanie rief, und den Fernseher, der erneut voll aufgedreht wurde.

In ihrem Zimmer leerte sie den Rucksack auf das Bett und wühlte hektisch nach dem Notebook, während sie sich mit dem Handrücken die Tränen fortwischte. Im Internet suchte Lucy Trost, jemanden, mit dem sie reden und das Surren aus ihrem Kopf vertreiben konnte. Sie stellte den Rechner auf ihren alten Schreibtisch und beleuchtete ihn mit der Leselampe. Dann steckte sie das Ladegerät ein und schaltete das Handy an, um sich bei ihrem Provider einzuwählen. Sie nahm die Waffe aus dem Hosenbund und legte sie neben den Computer. In dem Moment klingelte das Handy. Sie ließ es klingeln, bis es aufhörte. Als sie es gerade zur Hand nehmen wollte, klingelte es wieder. Sie betrachtete es kurz und hob ab.

»Ja«, sagte sie. Wie sie erwartet hatte, meldete sich die honigsüße Stimme des Predigers.

»Lucy? Bist du das? Du hörst dich so anders an.«

»Hi, Graeme«, erwiderte sie in gleichgültigem Ton. »Tue ich das? Ich wüsste gar nicht, wieso, ich bin immer noch dieselbe, die ich gestern war.«

»Es freut mich, das zu hören. Ich habe mich schon gefragt, wie es dir wohl geht. Seit ich feststellen musste, dass du verschwunden warst, habe ich jede Sekunde an dich gedacht.«

»Das glaube ich gern. Aber es macht sich zurzeit offenbar jeder Sorgen um mich, warum nicht auch du. Mir geht's gut. Richtig super«, erklärte sie. Es folgte ein Moment des Schweigens. »Was willst du? Ich nehme an, du willst etwas. Deshalb rufst du mich an.«

»Ja, Lucy, ich will etwas. Ich will dich unbedingt sehen. Den ganzen Tag versuche ich schon, dich zu erreichen, aber dein Handy war ausgeschaltet. Ich glaube nicht, dass das eine gute Idee war.«

»Ach nein? Tja, saublöd, dass ich vergessen habe, es anzuschalten.«

Lucy setzte sich zwischen ihre verstreuten Habseligkeiten aus dem Rucksack aufs Bett. Im kalten Zimmer zog sie sich den Schlafsack über die Knie.

»Wusstest du, dass Greg in U-Haft ist?«, fragte er.

»Ja, davon hab ich gehört.«

Pause.

»Du hast gute Informationsquellen. Du weißt ganz ohne Zweifel, wen du fragen musst. Und wo du etwas finden kannst.«

»Ja, darin bin ich gut«, sagte sie.

»Ich werde die Kaution hinterlegen und ihn meiner Obhut unterstellen lassen, Lucy.«

»Tatsächlich? Ich glaube aber kaum, dass dir das gelingt. Diesmal werden sie ihn nicht mehr laufen lassen wollen.«

»Ich kann es zumindest versuchen. Ich habe ebenfalls meine Beziehungen. Und ich glaube sogar, die Chancen, dass mir das gelingt, stehen ausgesprochen gut.«

Lucy biss sich auf die Lippe.

»Was willst du, Graeme?«

»Ich will dich sehen. Ich glaube ganz fest, du solltest herkommen und dich mit mir treffen.«

Darauf antwortete sie nicht. »Ich glaube nicht, dass du ihn auf Kaution rauskriegst«, sagte sie stattdessen.

»Das werden wir ja sehen. Ria sagte mir, er wird wahrscheinlich wegen Beihilfe zum Mord angeklagt.«

»Hat sie dich angerufen?«

»Sie hat mir auf Band gesprochen. Was Ria Allard mir für gewöhnlich so auf Band spricht. Aber Gott sei Dank werde ich nicht noch einmal von ihr hören müssen.«

»Greg weiß von überhaupt nichts«, entgegnete Lucy kategorisch.

»Letztes Mal hast du aber das Gegenteil behauptet, Lucy.«

»Schon, aber ich meinte doch nicht so. Er hat ja nichts damit zu tun gehabt.«

»Ich glaube kaum, dass das für die Polizei einen großen Unterschied macht. Ich denke, du wirst erkennen müssen, dass er tatsächlich Beihilfe geleistet hat. Offenbar haben sie eine Polizistin abgestellt, die ihn sich vornehmen soll. Sie wird ihn von nun an regelmäßig verhören. Wir werden sehen, was dabei herauskommt, nicht wahr? Ob er deinen Erwartungen gerecht wird und tatsächlich das Maul hält.«

»Auf jeden Fall ist es kein Mord, Graeme. Du hast doch gesagt, es ist eine Reinwaschung.«

»Aber nun rede ich davon, wie die Polizei es auffassen wird«, entgegnete er in scharfem Ton. Lucy musste lächeln, als sie den Zorn in seiner Stimme hörte.

»Was willst du?«, wiederholte sie.

»Lucy, das habe ich dir schon gesagt. Ich will dich sehen. Bald. Und allein.«

Es klopfte an Lucys Tür. Sie griff nach der Pistole und versteckte sie schnell unter dem Schlafsack.

»Da kommt jemand, ich muss Schluss machen. Selbst wenn du Greg auf Kaution frei kriegst, er wird nicht mit dir kommen. Also ist es sowieso egal.«

»Es wird ihm keine Wahl bleiben. Nicht die geringste. Die Polizei wird ihn mir persönlich aushändigen. Er wird aus einer Art Arrest in die andere überstellt. Und verhindern kann er das nur, indem er ihnen von dir erzählt. Hab ich nicht Recht?«

Der Prediger war in ein merkwürdig dunkles Flüstern verfallen, das wie ein Rauschen durch ihr Innenohr klang. Lucy verstummte für ein paar Sekunden.

»Bist du noch dran?«, fragte er.

»Ja, ich bin noch da.«

»Schön. Denn wenn dir sein Wohlergehen wirklich so wichtig ist, dann solltest du dir von jetzt ab sehr genau überlegen, was du tust. Und dir sehr genau überlegen, mit wem du dich unterhältst und was du dabei sagst. Ich glaube nämlich nicht, dass jemand in der Lage wäre, Greg daran zu hindern, eine Dummheit zu begehen, solange er in meiner Obhut ist. Oder siehst du das anders? Und man kann mich doch schließlich nicht für einen Selbstmord verantwortlich machen. Oder für einen tödlichen Unfall. Ich werde dich morgen anrufen, Lucy. Lass dein Handy angeschaltet.«

»Du kannst mich zu nichts zwingen, Graeme«, sagte sie, legte auf und schleuderte das Handy aufs Bett. Sie machte die Tür auf, und dort stand Stephen mit einem kleinen Heizlüfter.

»Ich bring dir einen Ofen. Ich dachte, es ist ein bisschen kalt hier drin«, meinte er.

»Ja, es ist echt arschkalt, Stevie«, erwiderte sie. »Danke.«

Zögernd lehnte er am Türstock, während sie das Kabel einsteckte.

»Hast du eben gerade telefoniert?«, fragte er.

»Ja. Aber das war nicht der Rede wert.«

»Willst du zu Abend essen?«

»Gern.«

Er ging hinaus und holte einen Teller von der Kommode im Flur.

»Was macht Dad jetzt?«, fragte sie, als er ihr das Essen hinstellte.

»Mel hat ihm seine Nachtspritze gegeben, da ist er ziemlich groggy. Bitte stell jetzt keine Forderungen an ihn, Luce. Warte bis morgen, wenn ihr euch beide etwas beruhigt habt. Ich werde inzwischen mit ihm reden und versuchen, ob ich nicht das eine oder andere einrenken kann. Du hattest mir doch versprochen, nicht mit ihm zu streiten.«

»Hast du ihnen erzählt, ich würde in einem Laden arbeiten?«

»Was?«

»Ob du Mum und Dad erzählt hast, dass ich in einem Laden arbeite?«

»Lucy, ich weiß nicht, wovon du sprichst. Jetzt nicht, okay? Hör zu, ich werde erst wieder zur Arbeit gehen, wenn das hier ausgestanden ist. Ich werde morgen zu Hause sein, und wenn du willst, können wir beide uns dann unterhalten. Aber jetzt bin ich zu müde«, sagte er und verschwand.

Lucy sperrte die Tür ab und schob das Nachttischchen davor. Sie knipste die Deckenlampe aus, setzte sich an den

Schreibtisch und zog den Elektroofen zu sich, dessen Heizstäbe rot aufglühten und das Zimmer mit dem Gestank verkokelnden Staubs erfüllten. Lügner, Lügner, Lügner, zischte sie bei sich, und ihre Finger trommelten beim Einloggen auf die Tastatur. Alle lügen, oder nicht? Drecks-Scheiß-Arschlöcher, einer wie der andere. Warum tust du mir das an, Dad? Hab ich dir je irgendwas getan?

Während sie ab und zu etwas von Melanies Essen in den Mund stopfte, suchte sie im Internet unter der gewohnten Adresse nach Turtle.

Turtle, bist du da? Ich bin's, die Firewall.

bist du endlich wieder da????? ich haeng hier schon den ganzen tag ab. wo warst du denn?

Frag lieber nicht.

natuerlich frag ich das

Nein, tu's nicht. Weil ich nämlich jetzt ganz unten im Dreck steck. Ganz tief in der Scheiße. Wir zwei gehn nicht so miteinander um. Es ist so, wie wir's von Anfang an gesagt haben: Wir sind immer aufrichtig, oder? Keine Lügen, nie.

ja so ist es: von herz zu herz & von seele zu seele. so ist es & so wird es immer sein

Du redest doch ehrlich mit mir? Du würdest mich nie anlügen?

nein firewall: ich beluege dich nicht & ich habe es nie getan

Ich vertrau dir, Turtle, ehrlich. Hast du mit irgendjemandem über das hier geredet?

nein

Tu's ruhig. Wenn du willst. Du musst das nicht mit dir allein ausmachen. Erzähl davon, wem du willst.

meinst du? aber erst erzaehlst du mir mal: was machen wir jetzt????? bevor ich wem von dir erzaehl erzaehl du mir was! wie weiter??? das muss naemlich von dir kommen das kann sonst keiner entscheiden

In ihrem Zimmer steckte Lucy sich eine Zigarette an.

Erst muss ich noch ein paar Sachen auf die Reihe kriegen.

erzaehlst du mir welche?

Familienkram hauptsächlich. Sachen zwischen mir und meinem Dad.

wieso? firewall tu dir das nicht an das ist reine zeitverschwendung: dein dad = 1 riesenfette 000000 der ist es nicht wert dass du dein leben kaputtmachst: so musst du dich an ihm raechen! mein dad sagt du darfst nicht zulassen dass sie dir wehtun. sonst tust du dir nur selber weh

Es geht nicht nur um ihn. Ich hab noch einen Freund, den ich nicht vergessen darf. Ich muss sicher sein, dass es ihm gut geht, bevor ich irgendwas anderes unternehm. Das Blöde ist bloß, ich weiß nicht, wie. Ich hab zwar meine Knarre, aber jetzt häng ich hier daheim fest, und ich weiß auch gar nicht, wie ich ihm damit eigentlich helfen soll. Weißt du, ich fühl mich so … Meinst du immer noch, dass ich zu den Bullen gehen soll?

mein ich mein ich mein ich & vielleicht koennen die auch deinem freund helfen

An ihrem Schreibtisch musste Lucy laut auflachen.

Das glaub ich kaum. Die wären die Letzten, die das täten. Aber ich geh an die Öffentlichkeit, Turtle, so oder so. Nur ob ich's den Bullen sag oder der Presse, das weiß ich noch nicht.

wieso denn der presse????

Damit alle wissen, warum ich gemacht hab, was ich gemacht hab. Ich muss es doch erklären.

meinst du vielleicht das juckt die firewall? meinst du das im ernst??????? die kapiern doch ueberhaupt nicht worauf du hinauswolltest – sieh das doch ein. das wird ueberhaupt nichts dran aendern wie die darueber denken

Die können mich nicht einfach ignorieren. Nicht nach dem, was ich getan hab. Ich hab nicht gemordet, einfach um jemanden zu ermorden. Das ist nämlich das, was sie macht: Sie mordet. Ich beschütze die Leute. Damit keine durchmachen muss, was ich durchmachen musste.

nicht dein job

Wenn nicht meiner, wessen dann? Sag nicht wieder, der Bullen, weil alles, was die machen, ist, dass sie dich platt machen. Und sag nicht, dass das nicht stimmt. Ich weiß, dass sie das machen, ich hab's mit eigenen Augen gesehen.

Lucy wartete.

Turtle, bist du noch da? Hab ich dich verloren?

ich bin noch da firewall aber das kann nicht dein ernst sein: man bringt niemand um! weisst du was die leute ueber mich sagen? die stellen sich vor meinen dad hin & fragen wieso hat er mich nicht sterben lassen als baby. das sagen die vor mir weil die nicht glauben dass ich sie hoeren kann! wo ist denn da bitte der unterschied??? mich umbringen & sie umbringen?

Sie war schlecht. Du nicht.

bullshit bullshit bullshit & ich glaub nicht dass du das wirklich denkst. sag mir was du wirklich denkst sag mir das

Willst du das wirklich hören? Ich wünschte, ich hätte nie auf diese Menschen geschossen, Turtle. Ganz ehrlich. Vielleicht hätt ich noch damit leben können, wenn ich nur sie erschossen hätt. Ich weiß es nicht. Aber dass ich diesen Mann erschossen hab: Ich wünsch mir nur, ich wünsch mir so, ich hätte das nie getan. So einfach ist das. Hab ich's dir nicht von Anfang an gesagt: Es ist ganz einfach. Und jetzt gibt es halt nichts, was ich tun könnte.

du musst zur polizei. jetzt!!!! ruf da an

Ich kann nicht. Nicht jetzt, noch nicht. Ich kann einfach nicht …

Bevor Lucy weitertippen konnte, hielt Turtle sie auf. *ende firewall* flimmerte über ihren Monitor: das Notabbruchsignal. Sofort zog sie sich zurück und fand sich auf seiner

Homepage wieder. Es war ein bezaubernder Anblick: ein Meer voll turmhoher, glasblauer, japanischer Wellen, über die der Wind dahinstrich und die Gischt forttrug, Möwen, die durch den Äther wirbelten, und ein kleines Boot mit durchscheinenden Segeln, das auf die strahlend rote Sonne zusteuerte. In dem Boot saß eine Gestalt, die winkte und aus dem Monitor herauslächelte. »Hallo, ich bin Turtle«, grüßte die Gestalt, die vor dem hellen Himmel dahinsegelte. Dann löste sich das Bild auf und verwandelte sich in das Foto eines Teenagers im Rollstuhl, dazu erschienen die Worte: *Hallo, ich bin Toby Harrigan. Ich nenne mich Turtle, weil es mir ohne meinen Rollstuhl geht wie einer Schildkröte, die auf dem Rücken liegt. Dann kann ich mich nicht mehr rühren und nur noch mit einer Hand wedeln, aber im Internet kann ich alles tun, was ich will. Ich kann segeln, fliegen, einfach alles. Also trau dich und sprich turtle mit mir, denn innen drin bin ich nicht anders als die anderen.* Dann flackerten nacheinander eine Reihe Buttons auf: Über mich, Über meine Familie, Leben in Cotswold House, Warum ich bin, wie ich bin – aber Lucy hatte jetzt anderes zu tun. Sie wollte ihre eigene Site weiterführen und entschlüpfte dem Cyberspace, da sie sicherheitshalber lieber offline auf dem eigenen Rechner arbeitete, wo niemand sie stören konnte.

Das Kaleidoskop ihrer Innenwelt entfaltete sich vor ihr, und kaum tauchte sie in die elektronischen Bilder ein, da lösten sich die Verspannungen in ihrem Nacken, das Leid wurde gemildert und die Außenwelt auf eine Abfolge von Schatten reduziert. Bei der Arbeit ging sie rasch über die Darstellungen Dr. Agnes Lius hinweg. Lucy suchte nur Trost.

15

»Was ist das denn?«

Toby spürte die Hand des Vaters auf der Schulter, den vertrauten leichten Druck des väterlichen Handballens auf dem Muskel: Das war ihr Gruß. Er kannte den unverwechselbaren Geruch seines Vaters, den Hauch von Schweiß unter dem gewohnten Aftershave. Die Gegenwart des Vaters, der Klang seiner Stimme und die Berührung seiner Hände, die Tobys verkrampfte Rückenmuskeln streichelten, das waren seine frühesten Erinnerungen. Seine heile Hand huschte über die maßgefertigte Tastatur mit der integrierten Maus, doch es war schon zu spät, um das Fenster zu schließen. Laut las der Vater vom Bildschirm ab.

»Sie war schlecht. Du nicht. Bullshit, Bullshit, Bullshit. Und ich glaube nicht, dass du das wirklich denkst. Sag mir, was du wirklich denkst. Sag mir das. Willst du das wirklich hören? Ich wünschte, ich hätte nie auf diese Menschen geschossen, Turtle. Ganz ehrlich. Vielleicht hätte ich noch damit leben können, wenn ich nur sie erschossen hätte. Ich weiß es nicht. Aber dass ich diesen Mann erschossen habe: Ich wünsche mir nur, ich wünsche mir so, ich hätte das nie getan. So einfach ist das. Hab ich's dir nicht von Anfang an gesagt: Es ist ganz einfach. Und jetzt gibt es halt nichts, was ich tun könnte.«

Harrigan wiederholte die letzten Worte und stand dann stumm da. Die verbale Begrüßung, die Entschuldigung dafür, unangemeldet hereingeplatzt zu sein, all das ging unter.

»Was soll das, Toby? Ist das ein Witz? Spielst du im Internet Rollenspiele? Ist es das? Oder willst du mir sagen, dass das ernst ist?«

Toby hatte einen Ordner, in dem er die Einbahngespräche

mit seinem Vater abspeicherte, eine tonlose Aufnahme ohne Rückspultaste, eine Folge von Erwiderungen, die sich flehentlich an das Gegenüber wandten. Den öffnete er in einem kleineren Fenster. Er holte aus, um zu tippen: *stimmt. nur ein witz dad*, und hielt inne. Sein Vater holte einen Stuhl heran, und sie saßen schweigend nebeneinander. In Gedanken lauschte Harrigan, der seinen Sohn nie mehr als ein paar zusammenhanglose Worte hatte sprechen hören, stets der Stimme, die Toby vielleicht gehabt haben könnte.

»Willst du mir davon erzählen?«, fragte er endlich.

Wenn ich es tue, wirst du mir das dann wegnehmen? Wenn ich nur noch ein einziges Mal mit ihr reden könnte, dann kann ich sie dazu bringen, zu dir zu kommen und sich zu stellen. Ich könnte ihr sagen: Ruf meinen Dad an. Er kommt und holt dich, er passt auf, dass keiner dir wehtut.

Worte, die Toby nicht tippte, die, wie so viele seiner Sätze, nie den Weg in die Atmosphäre fanden und wie kleine Nachtfalter im hermetisch abgeriegelten Reich seiner Gedanken lebten und starben.

wenn ich es sage – dann musst du mir versprechen dass ich mit ihr reden kann wann ich will

»Mit wem reden, Toby?«

du musst es versprechen

»Ich kann dich nicht daran hindern, auf diesem Rechner irgendetwas zu tun. Das haben wir doch alles schon durchgekaut. Das da drin ist deine Welt, nicht meine. Das weiß ich.«

wieso bist du ueberhaupt hier???

»Du bist so gereizt. Was ist los?«

du fragst mich & ich frag dich ok???

»Wäre es dir lieber, ich wäre nicht hier? Soll ich gehen? Ich gehe, wenn du es willst.«

nein dad ich will nur wissen: gibt es einen grund – also??? du hast immer einen

Es ging Harrigan durch den Kopf, dass niemand je so gut in seinen Gedanken hatte lesen können wie sein Sohn.

»Ich konnte mich einfach nicht konzentrieren. Ich habe mir Sorgen um dich gemacht. Du hast heute Morgen irgendetwas auf dem Herzen gehabt, und ich weiß nicht, was es war. Ich wollte nur wissen, ob es dir gut geht.«

Eine kurze Weile tippte Toby nichts.

du hast es nicht versprochen dad

»Ich habe dir gesagt, ich werde dich nicht daran hindern, mit diesem Rechner zu tun, was du willst.«

das ist nicht dasselbe. aber ich haette es dir sowieso gesagt nur spaeter. aber du hast gefragt und ich sag es dir: es ist kein witz. es ist ernst & es waer mir lieber es waer nicht so! dad ich erzaehl dir das weil sie meine freundin ist: ich weiss was sie getan hat. aber vergiss nicht sie ist meine freundin! pass auf das kennst du noch nicht

Der Bildschirm in Tobys Zimmer in Cotswold House erwachte flackernd zum Leben und zeigte die Warnung: *Du bist in Armageddon. Die Zeit läuft.* Eine Uhr zählte die Zeit herunter, Sekunde um Sekunde. Auf dem Bildschirm erschien eine dunkelhaarige Gestalt in kurzem schwarzem Mantel und Jeans, sie stand in einem langen, finsteren, müllübersäten Korridor. »Ich bin die Firewall. Bleib bei mir, ich werde dich beschützen«, versprach die Gestalt und streckte die Hand aus. Dann erschienen sieben kleine funkelnde Sterne und sammelten sich im Rautenmuster über ihrer ausgestreckten Hand. Wieder sprach die Gestalt: »Wir sind in der Finsternis, du und ich. Komm mit mir, ich zeige dir den Weg zum Licht.« Sie streckte die Hand nach Toby aus, der im Rollstuhl saß, und sie zog ihn auf die Beine. Sie umarmten sich, und er ging mit ihr durch den Korridor.

Toby schrieb seinem Vater ein paar Worte. *sie will ich soll laufen: sie hat gesagt dafuer wuerde sie ihr leben geben aber ich habe gesagt keiner kann das fuer mich tun & da hat sie dann das fuer mich gemacht*

Harrigan war auf seine professionelle Rolle als Beobachter zurückgeworfen und von dem elektronischen Szenario ausgeschlossen. Das schmerzte ihn weit mehr, als er erwartet hätte. Er fragte sich, wie es möglich war, dass derart plumpe Bilder und derart blecherne Stimmen eine solche Macht haben konnten.

»Sie kann sich nicht mehr als ich wünschen, dass du laufen kannst, Toby«, sagte er in seinem neutralen Ton.

In den Grenzen des Bildschirms führte Lucy Toby an schmutzigen Zimmern vorbei zu einer Tür in der Ferne. Grinsend folgten ihnen ein Mann und eine Frau mit Messern, von denen düsterrot falsches Blut troff. Der Korridor wurde abgehackt, und die Tür öffnete sich. Gemeinsam mit Toby trat Firewall an die frische Luft hinaus, und sie schwangen sich auf zu den funkelnden Sternen, während das Haus unter ihnen lodernd in Flammen aufging.

sie nimmt mich immer nur bis hierher mit & sagt weiter waere zu gefaehrlich fuer mich & ich sag ihr das ist nicht echt aber sie sagt ja & fuer sie ist es das auch & ich sage ihr gut: ich kann von ueberall aus mit dir reden. ich konnt ja nicht wissen dass sie mehr macht als das: ich dachte das ist nur die website nichts weiter

Die Szenerie löste sich auf. Vor Harrigans Augen tat sich der Himmel auf, und die vier Reiter der Apokalypse wüteten über den Monitor. Nun kam ein Hinterhof zwischen Reihenhäusern und Lagerhallen ins Blickfeld, und Firewall trat, bewaffnet, auf die Straße. Eine Frau in weißem Kittel verließ ein Gebäude, und eine Pistolenmündung füllte den gesamten Bildschirm aus. Licht explodierte im Lauf der Waffe. Dann ein Schwenk, und Projektile zerrissen die Luft. Die Frau brach tot zusammen, und Firewall hielt eine rauchende Pistole in der Hand. Die Häuser und Straßen um die beiden Figuren herum gingen in einem nuklearen Feuersturm unter.

»Kannst du das anhalten?«, fragte Harrigan. »Kannst du es zurückspulen, damit ich es noch mal sehen kann?«

warte dad

Während die gesamte Stadt der Verwüstung anheimfiel, schwebte ein Engel in pistolenblauer Rüstung zu Firewall herab und reichte ihr ein Buch. Die Seiten waren ausgeschnitten, und statt Worten umschlossen die Buchdeckel eine Pistole. Der Engel reichte ihr die Waffe und sprach: »Alle Erkenntnis ist bitter.«

»Das weiß ich jetzt«, sagte Lucy laut, die allein in ihrem Zimmer saß und völlig von ihren eigenen Bildern gefangen war. »Ich weiß jetzt, was damit gemeint ist, wenn es heißt, die Erkenntnis ist bitter. Turtle, du verstehst das nicht – ich musste doch tun, was ich getan habe. Ich muss nur stark genug sein, damit zu leben. Du musst mir vergeben.«

Auf dem Bildschirm verwandelten die Menschen sich in Monstren, die die Erde durchstreiften, die Lebenden mordeten und die Toten verspeisten. Unter ihnen wandelte Firewall und schoss sie nieder. Wenn sie starben, verflüchtigten sie sich zu Lichtpartikeln. Am Ende war nichts als leeres, wüstes Land und der leise Hauch des Windes, in dem es ächzte, wie das kleine Kinder manchmal taten, bis er zu absoluter Stille verklang.

In ihrem Zimmer saß Lucy und arbeitete. Inmitten dieser Ödnis errichtete sie eine neue Stadt, eine Vision aus Türmen, Brunnen und Bäumen. Einen Garten, in dem gestaffelte Terrassen voller Rhododendren und Kamelien, Azaleen und Gardenien sich abwärts bis an den Rand eines Eukalyptuswalds reihten. Aus den Befehlen der Programmiersprache schuf sie einen Ort, an dem sie beschützt und glücklich sein konnte, an dem sie zu Hause war.

Der Bildschirm in Tobys Zimmer zeigte das Standbild der in einem Hinterhof sterbenden Dr. Agnes Liu. Eine Minute lang saß Harrigan davor und konnte es nur anstarren.

»Wie lange weißt du schon von dieser Website?«, fragte er schließlich.

eine weile. paar monate

»Ist dieses Bild von Anfang an da gewesen?«

ja

»Und du hast es nie jemandem erzählt?«

was denn erzaehlt??? ich hab doch nicht gedacht dass sie es tut

»Weißt du denn überhaupt etwas über diese Person? Ihren Namen, wo sie wohnt, irgendetwas?«

nein das will sie mir nicht sagen. sie ist einfach die firewall & sie sagt sie hat kein zuhause & wir reden dad. wir reden andauernd: sie sagt sie weiss wie es ist wenn sie dich behandeln als waerst du ein ding & sie weiss es wirklich! wir reden turtle dad: wie du & ich

»Wie du und ich? Du weißt, was sie getan hat, und kannst so was sagen? Sie ist eine Mörderin, Toby.«

nein sie ist meine freundin

»Da taucht so eine einfach aus dem Nichts im Internet auf, und du vertraust dich ihr völlig an. Sie weiß, wie sie dich knacken kann, stimmt's? Woher willst du wissen, dass sie es wirklich getan hat?«

sie hat es mir am selben vormittag erzaehlt. bevor es in den nachrichten kam & so

»Sie hat es dir erzählt. Sie hat es dir erzählt, und du hast es weder mir noch irgendjemandem sonst gesagt?«

nein ich konnte nicht. sie hatte es mir noch nicht erlaubt

»Weiß sie, wer ich bin?«

nein

»Wie kannst du da sicher sein? Du hast doch mein Bild

mitten auf deine Website gesetzt, mit der Unterschrift: ›Mein Dad‹. Ich war heute Abend im Fernsehen und gestern Abend ebenfalls. Und es kann gut und gerne sein, dass ich morgen in der Zeitung stehe oder im Internet. Früher oder später wird sie mich sehen, wenn es nicht längst passiert ist. Wie wird sie sich dann wohl dir gegenüber verhalten?«

es wird sie nicht kuemmern. sie ist meine freundin: sie versteht das! du musst mich mit ihr reden lassen dann kann ich sie ueberreden dass sie sich freiwillig stellt. das tut sie wenn ich mit ihr rede. ich schaffe das weil ich sie verstehe! ich kann das in Ordnung bringen!

»Das kannst du ganz schnell vergessen. Du wirst dich da raushalten. Das hier ist Polizeiarbeit und kein Computerspiel. Du kannst mit ihr reden, wenn du willst, aber wir werden alles überwachen, was du ihr sagst. Und warum? Weil ich das tun muss. Ich werde Menschen, die mein Privatleben nicht das Geringste angeht, dazu abkommandieren müssen, deinen Computer bis in den letzten Winkel auszuschnüffeln und mit dir zu reden. Ich werde nachweisen müssen, dass du kein Mitschuldiger im Anschluss an die Tat geworden bist und dass ich nicht wegen Befangenheit abgezogen werden muss. Warum hast du mir nicht von Anfang an davon erzählt?«

wieso willst du uns ueberwachen? was wirst du tun?

»Was ich tun werde? Ich werde sie finden, Toby. Und wenn mir das gelungen ist, dann werde ich dafür sorgen, dass sie die nächsten dreißig Jahre oder so hinter Gittern sitzt für das, was sie getan hat.«

du kannst sie nicht finden: sie benuetzt ein handy & sie ist meine freundin & das ist kein spiel dad! also bitte: geh einfach weg

Harrigan stand auf.

»Sie ist nicht deine Freundin. Sie ist eine Mörderin. Sie hat dich benutzt, Toby, und du hast das zugelassen.«

Toby schaltete den Computer ab, und es wurde still im Zimmer, als das Geräusch des Rechners erstorben war. Ein Beben durchlief Tobys Leib, und er stieß ein seltsames Geräusch aus. Toby weinte. Noch nie hatte Harrigans Sohn geweint.

»Tu dir das nicht an, Toby. Das musst du nicht tun.«

»Meine Freundin.« Toby sprach die Worte laut aus.

Er trommelte mit der Hand auf den Tisch. Harrigan drückte den Notrufknopf und versuchte, Tobys Hand zu halten, doch sein Sohn stieß ihn zurück. Er hob Toby aus dem Rollstuhl, trug ihn aufs Bett und wollte ihn dort in den Arm nehmen. Toby wälzte sich von ihm fort und schnappte keuchend nach Luft. Als Tim Masson die Tür öffnete und ins Zimmer trat, wand Tobys ganzer Körper sich unter Zuckungen. Der Pfleger spritzte Toby ein Muskelrelaxans, und sie richteten ihn gemeinsam auf, damit er wieder atmen konnte. Harrigan hielt seinen Sohn in den Armen, bis das Zittern aufgehört hatte. Masson reichte ihm einen mit warmem Wasser getränkten Waschlappen, und er wusch Toby das Gesicht. Toby schüttelte den Kopf, damit er aufhörte.

»Du musst schlafen«, sagte Harrigan.

Toby deutete »Nein«. Sie warteten.

»Hat nicht benutzt. Freundin«, sagte er endlich.

Harrigan konnte sich nicht mehr daran erinnern, wann er seinen Sohn zuletzt so viele Worte hatte sprechen hören.

»Ja, sie ist deine Freundin. Was immer sie sonst sein mag, das ist sie. Und sie hat dich nicht benutzt. Ich hätte das nicht sagen dürfen. Es tut mir Leid. Bitte glaube mir. Es tut mir Leid.«

Schließlich zuckte Toby mit der Hand »Ja«. Harrigan strich über das Haar seines Sohnes, glänzend schwarzes Haar, genau wie sein eigenes, und er ließ die Hand ein paar kurze Momente lang dort ruhen.

Immer verlasse ich dich am Schluss, ich marschiere davon und lass dich allein zurück. Dich und das, was in deinem Kopf ist.

»Schlaf jetzt. Morgen komme ich wieder. Es tut mir Leid, ja?«

Toby schloss die Augen, und der Pfleger richtete ihm die Kissen. Er tauchte ins Unbewusste ab.

»Ich bleibe bei ihm«, sagte Masson.

»Gut«, entgegnete Harrigan.

»Gut«, wiederholte er, während er gänzlich ausgelaugt durch den Flur schritt. Auf der Plattform hinter dem Haus blieb er stehen und sah nach Cockatoo Island hinüber. »Es tut mir Leid«, sagte er der Nachtluft und spannte jeden einzelnen Muskel.

In Cotswold House herrschte striktes Alkoholverbot. In ihrem Büro bot ihm Susie, die kurz vor Feierabend eine Standpauke über sich hatte ergehen lassen müssen, stattdessen einen starken Kaffee an. Sie hörte ihm zu und blinzelte hin und wieder erschöpft.

»Er hat uns alle zur Zielscheibe gemacht, Susie, alle. Mich, Ronnie, Carolyn und ihre Kinder, die gesamte Familie. Er ist mein Sohn, er ist mir das Teuerste, was ich habe. Für mich gibt es kaum etwas Intimeres, aber er hat mich da mit den anderen ins Internet gestellt.«

Er sprach vom Stamm der Harrigans, wie eine ehemalige Lebensgefährtin das einmal genannt hatte: die beiden Schwestern und deren vereinigte Großfamilien, eine Menschenansammlung, die, wenn sie zusammengetrommelt wurde, einen ganzen Saal füllte. Bei solchen Anlässen war Harrigan meist damit beschäftigt, Verwandten aus dem Weg zu gehen, die ihn um einen Gefallen baten. Tobys Website war voll von Fotos von ihnen allen, auch von Harrigan. Toby hatte zwar nicht vor aller Welt ausposaunt, dass sein Vater Polizist war, doch das war so ziemlich das einzige Detail, das er nicht angeführt hatte. Harrigan hatte es ihm mit der Begründung verboten, andernfalls könne er sich darauf einstellen, in jeder E-Mail, die er öffnete, Beschimpfungen, Hilfeansinnen oder die abscheulichsten Schmeicheleien zu finden.

»Er macht sich keine Gedanken darüber, was es für Sie bedeutet, Paul«, hielt ihm Susie entgegen. »Ihm geht es nur darum, was es für ihn bedeutet. Sein Körper schränkt ihn in jeder Sekunde seines Lebens ein. Er ist in der Pubertät. Er muss der Welt erzählen, wer er ist.«

»Ja. Und Sie lassen zu, dass er mit einer Mörderin spricht. Und Sie haben es noch nicht einmal gewusst.«

Die Wucht der Anschuldigung verschlug Susie den Atem, und ihre Wangen liefen rot an.

»Ich kann nicht verhindern, dass er im Internet mit anderen chattet. Ich glaube nicht einmal, dass wir das auch nur in Erwägung ziehen sollten«, erklärte sie. »Er kann sonst nie mit Mädchen reden. Er ist ein Junge. Was meinen Sie wohl, was er da tut? Und wie hätte jemand wissen können, wer dieses Mädchen wirklich ist?«

Harrigan saß da, den Kopf zwischen den Händen, und starrte auf Susies Schreibtisch.

»Er hat ihr vertraut, wissen Sie. Wieso? Warum sollen wir zulassen, dass ihm so jemand wehtut? Ich –«

Harrigan hielt inne, denn er musste sich wohl oder übel eingestehen, dass er es war, der seinem Sohn heute Abend den größten Schmerz zugefügt hatte. In Susies Ton lag ein Hauch von Strenge.

»Was werden Sie tun? Wollen Sie ihn wegsperren, damit er nie wieder mit jemandem reden kann?«

»Nein, natürlich nicht. Ich verstehe es nur nicht, ich möchte meine Gesprächspartner sehen können.«

Er wusste, dass nicht jeder seinen Sohn gern ansah, dass mancher sich angewidert von ihm abwandte. Wieder herrschte Schweigen. Ein Teil der Anspannung verflüchtigte sich.

»Toby hat einen sehr starken Willen, Paul. Er ist der stärkste Mensch, den ich kenne. Er wird damit klarkommen.«

»Ja, das wird er. Ich weiß, dass er das wird. Ich muss gehen, Susie. Ich muss wieder zur Arbeit. Ich werde darüber Bericht erstatten müssen. Ich komme morgen wieder, aber ich weiß noch nicht, wann. Wann immer ich mir eine Stunde abknapsen kann.«

»Machen Sie sich inzwischen keine Sorgen um Toby. Wir kümmern uns um ihn, es wird ihm nichts geschehen. Gute Nacht. Passen Sie auf sich auf.«

Sie sprach in ihrem berufsmäßigen Tonfall und klang doch so müde, wie er sich fühlte.

»Danke, Susie. Gute Nacht«, verabschiedete er sich.

Harrigan trat in die kalte Nachtluft hinaus. Hemd und Jackett waren von Tränen und Schleim seines Sohnes befleckt. Das war die Liebe: die seltsamste Empfindung der Welt, so grundlegend und schwierig sie war. Er konnte sich ein Leben ohne diese Verbundenheit zu seinem Sohn nicht vorstellen.

Er hätte nicht genau sagen können, wie er die folgenden Stunden bewältigte. Auf der Herrentoilette wusch er die Flecken von Jackett und Hemd. Anschließend im Büro sah er sich selbst bei der Arbeit zu: gewissenhaft, ohne laut zu werden, kontrolliert. Als er in dieser Nacht ging, war die Information zu Protokoll gegeben, waren die zuständigen Ermittler eingeteilt und das Team eingewiesen. Er zog das alles wie unter örtlicher Betäubung durch und wusste doch, dass der Schmerz ihn erwartete, sobald die Narkose nachließe. Als er sich auf den Heimweg machte, regnete es in Strömen, und er konnte erleichtert mit ansehen, wie die Stadt sich hinter den Sturzbächen auf den Autofenstern auflöste. In dieser Nacht war er so erschöpft, dass er sofort nach dem Hinlegen einschlief.

Im Tempel war der Prediger ebenfalls an der Arbeit. Er saß an seinem Schreibtisch, starrte auf das Telefon und dachte an Lucy, an ihre unerhörte Anmaßung. Und er überlegte ganz allgemein, dass eine solche Anmaßung niemandem gut anstünde. Im Kunstlicht schien er bis zur Unkenntlichkeit gealtert. Im Luxus der Einsamkeit ließ er alle Masken fallen.

»Meinst du vielleicht, ich kann dich nicht dazu bringen, zu mir zu kommen, Lucy?«, sagte er laut und so teilnahmslos, als mache er eine Beobachtung über das Wetter. »Ich denke, du wirst feststellen, dass ich das kann, wenn ich will. Ich denke, du wirst feststellen, dass es im Grunde nur eine Frage des Timings ist.«

Von Lucy einmal abgesehen – die zeitliche Koordination der Ereignisse war inzwischen vordringlich geworden. Auf diesen Gedanken hin griff er zum Telefon.

»Hallo? Hier ist Yvonne Lindley.«

Es war die Stimme einer alten Frau, krächzend und überrascht.

»Yvonne. Ich bin's, Graeme. Ich hoffe, ich rufe nicht zu spät am Abend an.«

»Nein, überhaupt nicht. In letzter Zeit schlafe ich nachts sowieso nicht mehr. Ich hätte mir gleich denken können, dass du das bist, Graeme. Einen kurzen Moment hatte ich gehofft, es könnte eins von meinen Kindern sein, aber das war natürlich Unfug. Trotzdem, schön, dich zu hören. Wie kann ich dir helfen?«

»Leider Gottes ist es wieder einmal eine Asylgeschichte.«

»Immer eine gute Sache. Weißt du, John wäre an deiner Arbeit sehr interessiert gewesen, er hätte ihren Wert erkannt. Wo liegt das Problem?«

»Einer meiner Schutzbefohlenen war auf Bewährung entlassen worden. Es ist ein kleiner Rabauke, und ich fürchte, er hat sich wieder einsperren lassen. Was wirklich schade ist, denn wir haben sehr gute Fortschritte erzielt.«

»Was hat er denn angestellt?«

»Sie haben ihn auf einer Spritztour mit einem gestohlenen Auto erwischt. Wie ich vielleicht hinzufügen darf, war er nur Beifahrer und nicht der Anstifter. Törichterweise ist er mit ein paar alten Bekannten losgezogen, von denen dann einer plötzlich mit diesem Auto daherkam, und dann sind sie allesamt eingestiegen. Er ist erst fünfzehn, er saß also definitiv nicht am Steuer.«

»Wenn man jung ist, macht man verrückte Sachen, hab ich Recht? Jedenfalls haben wir damals Sachen getrieben, die waren nicht ganz astrein. Aber wir hatten Spaß, John und ich. Weißt du, dass das seine letzten Worte an mich waren? Es hat Spaß gemacht, Evie, es war klasse. Fünfzehn, sagst du? Das ist aber noch ziemlich jung.«

»Allerdings. Und auch geistig ist er noch ausgesprochen jung, nur deshalb hat er sich ja überhaupt zu dieser Dummheit überreden lassen können. Die Sache ist die, wenn ich ihn bei mir im Asyl hätte, dann könnte ich mit ihm auf dem Weg der Besserung fortfahren. Kommt er aber zurück in die Erziehungsanstalt, wird er sofort wieder seine alten Gewohnheiten annehmen.«

»Das dürfen wir natürlich keinesfalls zulassen. Überlass das nur mir. Ich denke, das lässt sich ohne allzu viel Tamtam regeln.«

»Stell dich lieber schon mal drauf ein, dass die Polizei nicht sehr kooperationsbereit sein wird. Denen fällt nichts anderes ein, als ihn wegzusperren. Und was noch schlimmer ist, Yvonne, das muss ich dir leider sagen, man will ihm eine absolute Ungeheuerlichkeit unterschieben. Und das der Tatsache zum Trotz, dass ich mit Bestimmtheit weiß, dass er mit diesen Vorgängen nicht das Geringste zu tun hat. Doch was reiner Zufall ist, ist in deren Augen offenbar tatsächliche Schuld.«

»Überlass einfach alles mir, Graeme. Ich kümmere mich darum. Die werden schon sehen, dass noch Leben in dem alten Mädchen steckt. Ich werde sie schön gerade sitzen und mitschreiben lassen. Hier müssen doch noch irgendwo Stift und Papier sein – dauert keine Sekunde – ah, da haben wir's ja. Also, wie heißt unser Junge denn?«

»Das lässt sich leicht merken, Yvonne. Greg Smith.«

Geduldig berichtete er alle Einzelheiten, bis sie über die nötigen Informationen verfügte, dann konnte er endlich auflegen, und er war heilfroh, sie los zu sein, selbst wenn er ihr nur telefonisch nahe gekommen war.

Jetzt, da das Geschäftliche erledigt war, musste er sich einer Sache annehmen, der er den ganzen Tag lang aus dem Weg gegangen war. Er ging zu seinem Zimmer hinauf und blieb eine geschlagene Minute lang mit widerwilligem Gesicht an der Tür stehen. Durch die offenen Fenster war schwerer Regen gefallen und hatte den Fußboden durchtränkt. Das gefiel ihm: Die Macht des Wetters hatte alle menschlichen Ausdünstungen und jede Spur einer körperlichen Anwesenheit aus dem Raum getilgt. Er trat ein, zerrte die Decke vom Bett und schleuderte sie zu Boden. Er zog das blutbefleckte Laken ab, das Kissen, alles, knotete es zu einem losen Bündel und warf es die Treppe hinunter. Der Brechreiz, der ihn überkam, war nicht ganz so akut wie gestern Nacht, als er hier hereingekommen war und die Hand auf das Laken gelegt hatte, das noch warm und feucht von Lucys Blut war. Er riss die Matratze vom Bett und ließ sie, dem Bettzeug hinterher, hochkant die Treppe hinunterpoltern. Im strömenden Regen schleifte er Matratze und Bettzeug über den holprigen

Boden zum Rand des Abbruchgeländes, an einen blauen Müllcontainer, von dem er wusste, er würde im Lauf der nächsten Tage geleert werden. Er warf das blutverschmierte Zeug hinein, schlug den Deckel zu, und der Knall hallte durch die leere Straße.

Er stand im Regen und ließ sich bis auf die Knochen durchweichen, erleichtert, dass er das alleine zuwege gebracht hatte, dass es nicht nötig gewesen war, Bronwyn darum zu bitten, eine Frau aus seiner Gemeinde, die für ihn putzte. Er kehrte ins Büro zurück und dann in die kleine Küche, wo er sich abtrocknete und sich den letzten Rest jedweden Sudels von den Händen zu schrubben versuchte. Er fragte sich, wo er heute schlafen solle: Wenn nötig, konnte er so gut wie überall schlafen. Bequemlichkeit war etwas, woran ihm noch nie viel gelegen hatte. Letztlich entschied er, nicht im Tempel zu bleiben. Hier konnte die Polizei ihn zu leicht finden, und er war noch nicht so weit, dass er mit denen reden konnte. Er brauchte Zeit zum Nachdenken, bevor man Greg seiner Obhut übergäbe.

Er nahm den asyleigenen Transporter und suchte Obdach bei Gleichgesinnten, bei Bekannten, auf die er sich verlassen konnte. Im Regen fuhr er durch menschenleere Straßen, und seine Gedanken waren wie elektrisiert von zukünftigen Möglichkeiten.

16

»Gibt es auf diesem Bild jemanden, den du wiedererkennst?«

Grace und Matthew Liu saßen an einem weißen Tisch in der Mitte des großen Raums, nicht weit von dem Einsatzschalter, wo die Schwestern kamen und gingen. Die Betten auf der Intensivstation waren mit hellblauen Vorhängen voneinander abgeteilt. Grace sprach leise, und der Teppichboden dämpfte jedes äußere Geräusch. In einem mit Glas abgetrennten Raum am hintersten Ende der Station schlief, unter Schatten wie von dunklem Wasser, Agnes Liu. Auf einem Monitor skizzierten leuchtende Kurven in bleistiftdünnen Strichen das Muster ihres Atems und Herzschlags.

»Ja«, sagte Matthew, »die da. Das ist sie. Ganz sicher.«

»Wie kannst du dir so sicher sein?«, wollte Grace wissen.

Matthew Liu legte das Foto zurück auf den Tisch und begrub es unter seinen Händen. Zarte Fingerknochen spreizten sich über die glänzende Oberfläche. Das Foto zeigte in Schrägansicht, sodass der Eindruck der Ferne noch verstärkt wurde, ein kleines Grüppchen obdachloser Jugendlicher im Belmore Park. Einer der Jugendlichen stand ein wenig abseits und unterhielt sich mit einer anderen Gestalt, die nur von hinten zu sehen war: ein schlanker, weiblicher Umriss in schwarzer Jacke und Jeans, mit kurzem, lockigem Haar. Anscheinend hielt sie die Arme vor der Brust verschränkt, und sie zog die Kleidung eng um den Körper.

»Wegen der Art, wie sie die Schultern hält. Genauso hat es ausgesehen, als sie weggegangen ist. Sie ist wie ein Scherenschnitt. Wenn dir eine so was antut, dann erkennst du sie einfach. Die sitzt in deinem Kopf, und du kriegst sie nicht raus.«

Er war zornig.

»Gut.« Grace schob das Foto zurück in die Akte. »Wie geht es dir heute? Möchtest du, dass ich mit dir rede, oder soll ich nur bei dir bleiben? Ich habe alle Zeit der Welt, wenn du willst.«

Er zuckte die Achseln. Er hatte sich zum äußeren Zeichen der Trauer das dichte schwarze Haar geschoren, und die Wangen wirkten eingefallen. Alter hatte sich seiner bemächtigt und überlagerte seine Züge wie Rauputz. Er trug abgenützte, schwarze Kleidung. Er hatte in ihrer Gegenwart nicht mehr geweint, seit sie sich an jenem schrecklichen Vormittag zu ihm auf die Straße gesetzt hatte. Er weigerte sich zu sprechen, mit ihr, mit allen. Manchmal, wenn sie ihn besuchte, wollte er nur, dass sie stumm bei ihm saß, während er neben seiner Mutter saß und wartete.

»Sie müssen nicht bleiben, das macht mir nichts aus. Mum wird jetzt nicht sterben, das wissen Sie ja. Ich will nicht reden. Ich setze mich zu ihr.«

»Du weißt ja, wo du mich findest, du kannst mich jederzeit anrufen.«

Er schüttelte den Kopf und ging. Jede seiner Bewegungen drückte zu gleichen Teilen Leid und Wut aus, und beides war gewaltig.

Am Eingang zur Intensivstation wartete Agnes Lius Arzt auf Grace.

»Haben Sie einen Moment Zeit für mich?«, fragte er. »Ich werde ihr erlauben müssen, mit Ihnen zu reden. Vorher wird sie nicht zur Ruhe kommen, und ich kann ihr nicht verständlich machen, dass das nicht klug ist. Also wird es das Beste sein, wir bringen es so schnell wie möglich hinter uns. Ich melde mich bei Ihnen, wenn ich glaube, dass sie ein kurzes Gespräch durchstehen kann. Das dürfte frühestens morgen Nachmittag der Fall sein.«

»Wenn Sie mich vorher anrufen, kann ich es so einrichten, dass ich hier bin. Nur ich?«

»Wenn Sie sonst noch jemanden mitbringen, wird der draußen stehen bleiben müssen. Ich will nicht, dass zwei Leute sich über sie beugen. Einer von euch ist schlimm genug. War nicht böse gemeint«, setzte er hinzu, runzelte die Stirn und ging.

Grace verließ das St.-Vincent's-Krankenhaus von einem alten, vertrauten Gefühl benebelt: dem Eindruck, ihr stocke das Herz, das Blut habe zu zirkulieren aufgehört. Taub bis in die Spitzen aller Gliedmaßen, jeder Fingerkuppe, befiel sie eine emotionale Unterkühlung. Es war eine Last, unter der sie sich setzen musste, und so beobachtete sie, vor den Ampeln an der Oxford Street gestrandet, die Menschenmassen, die im nachlassenden Regen vorüberströmten. Es war das alte Übel, entweder zu viel oder zu wenig zu fühlen, wo sie sich doch nach nichts anderem sehnte als einem Gleichgewicht. Sie hatte gedacht, sie sei geheilt.

Sie kam gerade rechtzeitig zur Vormittagsbesprechung im Einsatzraum, die für gewöhnlich früher stattfand. Die heutige Besprechung war nach hinten verschoben worden, und der Raum war voll von ungeduldig Wartenden. Man munkelte, Harrigan säße in seinem Büro fest und müsse sich telefonisch mit Tooth herumschlagen, der sich ausführlichst erklären ließ, wohin die für die Ermittlung aufgewendeten Gelder geflossen seien und worin die Gründe für den (wie er sagte) bislang ausbleibenden Erfolg zu suchen seien. Die Informationen liefen so spärlich bei ihnen ein, dass die Ermittlungen mehr und mehr versandet waren. Nicht einmal den Prediger hatten sie bis jetzt auftreiben können, es war, als habe er sich in Luft aufgelöst. Es hieß, man könne geradezu sehen, wie Harrigan beim Arbeiten heißlief.

Grace wartete zusammen mit den Übrigen. Mit der Akte Greg Smith unter dem Arm schritt sie langsam die Reihe der drastischen Bilder Firewalls ab, die sie noch einmal eingehend betrachtete. Die isolierten Bilder folgten einander auf der Pinnwand wie von einer Garnspule abgerollt: eine glänzende Schlangenhaut mit den Zeichen gewaltiger und willkürlicher Zerstörung. Während sie von Blatt zu Blatt ging, fragte sie sich: Wenn das dein Schlachtplan ist, was ist dein Ausgangspunkt? Und wie bist du dahin gekommen?

Plötzlich stand Ian neben ihr, und sie schreckte kurz auf.

»Was wirst du machen, wenn der Weltuntergang kommt, Gracie?«, fragte er sie mit einem Lächeln.

»Ich weiß nicht. Was muss man denn machen, damit man zur Himmelspforte kommt? Sich die Zähne mit WC-Reiniger putzen? Ich denke mal, ich werde versuchen, so gut wie möglich auszusehen.«

»Das wäre nicht nötig, du siehst so schon toll aus«, entgegnete er. »Ich würde erst mal ein paar kühle Blonde kippen. Im Jenseits gibt's kein Bier.«

Über die Schulter hinweg sah Grace, dass Jeffo die Reihe der Bilder um einen neuen Abzug erweiterte. Einige, die gerade in der Nähe standen, warfen einen Blick darauf, sahen einander an und zogen die Augenbrauen hoch. Grace stockte der Atem. Doch sie schauten nicht zu ihr her, und sie lachten nicht. Sie entspannte sich und lächelte Ian an.

»Man kann nie wissen, womöglich sind die Straßen da oben überschwemmt davon. Irgendwas Gutes muss es da ja schließlich geben«, sagte sie.

»Ich wünsche es mir«, antwortete er.

»Wenn ihr beiden es wirklich wissen wollt«, grummelte Harrigan im Vorbeigehen, »dann fragt doch die Frau da vorn auf der Pinnwand. Die kann es euch sagen. Die hat's ins Jenseits geschafft. Und das Einzige, was bei der fließt, ist ihr Blut.«

»Gleichfalls guten Morgen«, sagte Grace leise.

»Was hat der denn heute?«, murmelte Ian.

Sie sahen sich an und dann auf die Pinnwand. Louise hatte einen zweiten Ausdruck des Bilds befestigt mit der unbekannten Toten auf der Treppenstufe und den darüber gekritzelten Worten: »Du kannst rennen, aber du kannst dich nicht verstecken«. Diesmal stammte die Reproduktion aus einem Internet-Nachrichtendienst und trug die Überschrift:

Der Todesstoss der Racheengel.

Extremistische Abtreibungsgegner erschiessen Ärztin. Polizei tappt im Dunkeln.

Das Erscheinen Harrigans ließ alle im Raum verstummen. Er legte seine Unterlagen auf den Tisch und nahm sich ein paar Momente Zeit, damit sein Zorn verrauchte. Wenn Tooth ihn auf diese Weise quälte, dann hatte das für gewöhnlich zu bedeuten, dass andernorts eine andere Intrige gesponnen wurde, weshalb sich für Harrigan zwei Fragen stellten: Hatten seine Leute und er selbst ausreichend Rückendeckung? Und wo lagen die wahren Tretminen vergraben? Die Zeit lief ab, wie bei der Uhr auf der Website des mordenden Mädchens. Zwar waren erst etliche Stunden vergangen, seit er die Website entdeckt hatte, doch der Druck, Ergebnisse zu präsentieren, nahm permanent zu. Firewall war nach wie vor auf freiem Fuß, seine Vorgesetzten machten ihm Feuer unter dem Hintern, die Politiker machten seinem Vorgesetzten Feuer unter dem Hintern und die Presse lechzte nach Blut. Er warf einen kurzen Blick auf das Mosaik der Einzelbilder auf der Pinnwand, ohne es bewusst wahrzunehmen. Die Deckenlampen warfen gleißende Glanzlichter, und alles Dargestellte ging im Glitzer unter.

»Wir wissen jetzt, wer das ist.« Selbst jetzt, am späten Vormittag, war Louises Stimme schon rau vom Alkohol. Mit leicht zitternder Hand tippte sie auf das Bild der Toten. »Dr. Laura Di-Cuollo, Geburtshelferin, Long Beach, Kalifornien. Sie wurde vor sechzehn Monaten auf der Schwelle ihres Hauses ermordet. Die Ermittlungen dauern noch an. Die Gruppe, die für den Mord verantwortlich ist, nennt sich die Racheengel. Den Schnappschuss hier haben sie unmittelbar nach der Tat aufgenommen und dann an sämtliche Nachrichtenagenturen verteilt, die das drucken wollten. So sind die. Die legen keinen Wert drauf, zu verheimlichen, was sie tun.«

»Ganz im Gegensatz zu unseren Kollegen in den Vereinigten Staaten«, warf Harrigan ein. »Wir haben versucht, diesbezüglich ins Gespräch zu kommen, aber die zeigen uns die kalte Schulter. Jedes Telefonat mit mir würgen sie ab, so schnell es irgend geht. Wir schicken dringliche E-Mails und Faxe, die sie prompt verlieren. Wir werden es weiterhin probieren, aber wenn wir damit irgendwie weiterkommen wollen, werden wir in dieser Sache wohl oder übel zusätzlich selbst ermitteln müssen. Also – was wissen wir über unsere Mörderin? Sie ist bewaffnet und gefährlich. Sie ist bereit, neuerlich zur Waffe zu greifen. Sie ist unberechenbar. Sie ›hängt hier daheim fest‹, wo immer das sein mag. Was wissen wir nicht? Gehört unsere Freundin auch zu den, in Anführungsstrichen, Racheengeln? Wer sich in derartige Vereinigungen einbringt, ist nicht nur willens, das Personal zu erschießen, sondern auch gleich Granaten in Kliniken zu werfen. Im Großraum Sydney gibt es fünf Whole-Life-Health-Centre-Kliniken. Ich versuche alle fünfe unter Objektschutz stellen zu lassen, aber Marvin ...«, Harrigan stockte und wägte seine Worte ab, »... ist noch dabei, alle Möglichkeiten in Betracht zu ziehen, so hat er es mir gesagt. Er wird mir Bescheid geben, sobald er unseren Etat durchgerechnet hat. Ihr müsst also Folgendes in eure Überlegungen einbeziehen: Haben wir es mit einer Einzeltäterin zu tun? Oder ist sie Mitglied einer Organisation, die über eigene Mittel verfügt, und das wahrscheinlich aus mehreren Staaten.«

»Warum sagst du uns das nicht gleich selber? Vielleicht weiß es ja dein Kleiner. Also frag doch den und nicht uns«, murmelte Jeffo giftig.

Grace konnte nicht sagen, für wie viele der Umstehenden die Worte gedacht waren. Sie jedenfalls stand in Hörweite, und etliche in ihrer Nähe hatten gegrinst. Jeffo spielte auf eine Geheimhaltungspolitik an, die unter einigen von ihnen für böses Blut gesorgt hatte. Toby Harrigan und seine Verbindung zu Firewall war einer kleinen Gruppe zugewiesen worden, die Louise zuarbeitete und den strikten Befehl hatte, über ihre Entdeckungen ausschließlich mit Harrigan zu sprechen. Grace hatte das säuerliche Rumoren der Gerüchteküche vernommen. Dass der Boss eine ausgebrannte Alkoholikerin protegiere und die Chance aufs Spiel setze, dass sie etwas erreichten. Eine geflüsterte Ketzerei – »Harrigan hat's nicht mehr drauf, er sollte sich von dem Fall abziehen« – machte die Runde.

»Jeder Einzelne von euch ist aufgefordert, sich intensiv mit diesen Fragen zu beschäftigen«, mahnte Harrigan, der in die Runde sah und mit einer Bitterkeit im Ton sprach, die darauf schließen ließ, dass ihm die Unterströmungen nicht verborgen geblieben waren. »Jeder Einzelne, denn bis jetzt haben wir noch keine Antworten, und es wird Zeit, dass wir welche bekommen. Zumindest haben wir schon mal ein Bild von ihr, wie Grace mir mitteilt. Wenn ich bitten darf.«

»Wenigstens eine Art Bild«, schränkte Grace ein, während sie das Foto aus der Akte zog und vortrat. »Das stammt aus der Jugendgerichtsakte über Greg Smith. Es ist ein Zeitschriftenfoto aus einer Reportage über das Schicksal Jugendlicher unter staatlicher Vormundschaft, die vor etwa einem Jahr veröffentlicht wurde. Dummerweise kam die Recherche nicht weit über dieses Bild hinaus.«

Auf der Pinnwand stand nur mehr begrenzter Raum zur Verfügung, so sehr war sie von der Website Firewalls belegt. Auf der Suche nach einer Lücke sah Grace plötzlich Toby Harrigan in seinem Rollstuhl vor sich: Es war das Bild, mit dem er die Besucher seiner Website willkommen hieß. Sonst hing kein Bild von Harrigans Sohn auf der Pinnwand, er hatte es nicht zugelassen. Sein Sohn trat hier nur als Teil der schlimmen Welt Firewalls in Erscheinung. Harrigan, der nicht weit entfernt stand, schaute im selben Moment wie sie darauf. Sie sahen sich flüchtig an, beließen es aber dabei. Harrigan wandte sich ab und ließ den Blick über die versammelte Mannschaft schweifen, bis er Jeffo entdeckte und ihn scharf musterte. Sofort schaute der weg.

»Matthew Liu ist sich sicher, dass sie das ist. Er war sich vom ersten Moment an sicher, und ich glaube ihm«, sagte Grace und hängte es auf den letzten verfügbaren Platz, direkt neben Harrigans Sohn. »Die Größe stimmt, ein Meter sechsundfünfzig. Mit anderen Worten, winzig. Sie ist dünn und würde in die Kleidung der Täterin passen. Wenn man sie neben die Website hält, ergeben sich auch Übereinstimmungen mit der Website. Viel ist es nicht, aber wir haben eine Verbindung zwischen ihr und Greg Smith.«

»Was uns doch richtig weiterbringt, was?«, giftete Jeffo, und diesmal wollte er, dass jeder es hörte. »Jetzt können wir alle losziehen und Hinterköpfe vergleichen.«

Es wurde gelacht. Grace vergeudete ihre Zeit nicht damit, auch nur einen Blick in Jeffos Richtung zu verschwenden.

»Ich freue mich schon darauf, von dir bessere Ergebnisse präsentiert zu bekommen«, blaffte Harrigan mit gerade so viel Gehässigkeit, dass jeder mitbekam, was er von Jeffo hielt. Er wandte sich an Trevor: »Für eine Personenbeschreibung reicht es jedenfalls. Lass es zusammenfassen und veröffentlichen, mit dem Foto. Ja, Dea, was gibt es?«

Seine Sekretärin, eine kleine, robust aussehende Frau mit blond gefärbten Haaren, erschien in der Tür.

»Marvin ist noch mal am Telefon«, erklärte sie.

Welche Freude, dachte Harrigan gereizt. Er nickte Trevor zu, er solle für ihn übernehmen, und verließ den Raum. Mit zynischer Fröhlichkeit verteilte Trevor die Aufgaben des Tages.

»Heut Nachmittag darfst du dich dann endlich an den jungen Greggie ranmachen, Gracie. Der Seelenklempner hat sein Okay gegeben. Die erwarten dich um halb vier«, eröffnete er ihr. »Pech gehabt. Ist ’n Drecksjob, aber jemand muss ihn tun.«

»Damit komm ich schon klar«, sagte sie und heuchelte unbekümmerte Gleichgültigkeit.

Drecksjobs zu Spottpreisen sind schließlich meine Spezialität, Trev, dachte Grace, der angesichts ihrer schmalen Lohntüte ein alter Hit in den Sinn kam.

Erstaunt stellte Grace nach einer kurzen Mittagspause fest, dass Toby Harrigan noch immer an der Pinnwand hing, was wahrscheinlich daran lag, dass Harrigan seit der Besprechung durch dauernd neue Ansinnen von Tooth in seinem Büro festgehalten wurde. Sie betrachtete den Jungen und meinte, er habe Harrigans Gesicht von vor zwanzig Jahren etwa. Harrigan war nicht der Einzige mit einem geliebten Menschen im Rollstuhl, auch sie hatte einen – einen Exgeliebten und Freund, den eine genetische Erkrankung, die sich unerkannt in ihm ausgebreitet hatte, zu derselben Fortbewegungsmethode verdammte. Grace dachte an die ablaufende Zeit ihres Freundes, dessen Nervenbahnen eine nach der anderen verkümmerten, sodass er sich unweigerlich dem Schicksal von Harrigans Sohn näherte.

Mit nicht ganz dreißig Jahren hatte eine unentwegte Unsicherheit von Grace Besitz ergriffen. Jeden Tag verlebte sie in der Vorahnung kommenden Unheils. Jeden Tag konnte etwas passieren, das einen in Stücke riss, ohne dass man es im Mindesten kommen sah. In ihren Tagträumen sah der Bondi-Pavillon wie die abbruchreife Cantina eines Spaghettiwesterns aus, durch deren Dach man freie Sicht in den Himmel hatte, wo Sandwehen sich in den Ecken der verlassenen Räume angehäuft hatten und die Wände mit Vogelkacke getüncht waren. Eines Tages zerfielen wahrscheinlich auch die weißen

Mauern, um im Meer zu versinken, sodass nur die Ruinen der Mauerbögen sich noch als Silhouette vor dem flirrend blauen Himmel Sydneys abzeichneten. Schwärmerische Träume, verglichen mit den apokalyptischen Bildern von Firewalls Website, diesen Visionen der Auslöschung, die Graces diesbezügliche Ambitionen, wie sie neidlos anerkennen musste, amateurhaft erscheinen ließen.

Sie hielt inne und betrachtete die fiktive Umarmung von Firewall und Toby Harrigan in einem Flur, der wie ein Gefängniskorridor wirkte, einem Raum, der unerträglich stickig wirkte. Ganz kurz berührte sie die beiden Gestalten. Du kannst sie nicht sehen, aber du liebst sie. Sie weiß, wer du bist, und sie liebt dich. In ihren Augen steht ihr beide gemeinsam dort. Deshalb will sie dich auf die Beine kriegen und dich retten. Dich will sie retten, und sich will sie retten.

»Wen liebst du?«, flüsterte Grace vor sich hin.

»Interessieren Sie sich für meinen Sohn, Grace? Wollen Sie etwas über ihn erfahren? Ich kann Ihnen so viel Material zu lesen geben, wie Sie wollen. Es gibt allgemeine Besuchstage, da wo er lebt, wenn es Sie interessiert. Schauen Sie dort vorbei, seien Sie nur nicht schüchtern.«

Harrigan stand unvermittelt neben ihr, nahm das Foto seines Sohns von der Pinnwand und schob es in eine Mappe.

»Nein, deshalb stehe ich nicht hier«, verteidigte sie sich sofort. »Ich will nachdenken, denn das ist der einzige Ort, wo es ruhig genug dazu ist. Er sieht Ihnen sehr ähnlich, das ist alles, was mir zu Ihrem Sohn einfiel.«

Er zuckte die Achseln. Sein Ausbruch war ihm offenkundig peinlich. Um seine Augen lagen Stressfalten.

»Das kann man sagen. Das gleiche Gesicht, wenn Sie so wollen. Armer Kerl.«

Er sprach jetzt leiser.

»Eigentlich habe ich über sie nachgedacht«, sagte sie und

deutete auf die namenlose Gestalt auf dem Foto. »Ich versuche, aus ihr schlau zu werden. Sie hatte keinen Blutrausch. Sie hat das nicht gemacht, weil es sie aufgegeilt hätte.«

»Fast wäre es mir lieber, es wäre so gewesen. Das würde es nachvollziehbarer machen. Leute, die wegen irgendwelcher Fantasien jemanden umlegen, kann ich überhaupt nicht verstehen.«

»Ja, das ist so extrem, dass ich gar nicht weiß, wo ich damit überhaupt anfangen sollte«, sagte Grace und ließ den Blick erneut über die Pinnwand schweifen. »Wenn man sich das anschaut, da gibt es absolut keine Tabus mehr. Wie weit muss man getrieben worden sein, um die Welt so zu sehen?«

»Das hat uns nicht zu kümmern. Es ist mir gleich, was sie zu dem gemacht hat, das sie ist, Grace. Ich will, dass sie aus dem Verkehr gezogen wird, bevor sie noch einmal jemandem etwas antut. Gib jemandem, der auf die Art tickt, eine Waffe in die Hand, und er wird sie benutzen, so läuft das nun mal. Aber wieso stellen Sie sich diese Frage?«

»Weil man sie so aus dem Verkehr ziehen kann. Indem man sich klar macht, wer sie ist und was sie womöglich als Nächstes tut.«

Er musterte die Pinnwand. »Man betrachtet sich das und sagt sich: Also, so tickt die«, sinnierte er. »Und dann sagt man sich: Na und? Manche Leute haben kein Problem damit, andere umzubringen. Die machen es einfach aus Spaß oder aus Profitgier. Andere wieder machen's, weil sie nicht mehr alle Tassen im Schrank haben. Das wissen wir alles schon. Der Rest ist halt Arbeit.«

»Aber geht es denn nicht darum, ihnen einen Schritt voraus zu sein?«, widersprach Grace. »Ist das nicht der eigentliche Knackpunkt? Ganz zu schweigen davon, was man für die Menschen empfindet, die ihr zum Opfer gefallen sind. Drängen sich Ihnen diese Fragen nicht auch auf?«

Der letzte Punkt war kein Argument, sondern Ausdruck ihrer Empfindungen.

»Ja, die Opfer sind nicht egal«, sagte er. »Und um ehrlich zu sein, Grace, ich stelle mir diese Fragen andauernd. Und ich lese jedes Buch darüber. Jede Neuerscheinung über dieses Thema besorge ich mir und denke, dass ich dann eventuell etwas klüger werde. Was ich damit sagen will, ist, ich kann nicht sehen, dass es am Ende viel bringt, wenn man weiß, was sie zu dem gemacht hat, was sie heute ist. Das wird garantiert nicht die große Erleuchtung sein.«

Unbewusst strich Grace eine Strähne ihres langen braunen Haars aus der Stirn zurück, eine unerwartet elegante Bewegung, wie Harrigan fand.

»Man muss denen in allem, was man tut, einen Schritt voraus sein«, beharrte sie und sah gegen ihren Willen im Geiste den Mann vor sich, der sie vergewaltigt hatte und dessen Körper ihr noch immer eingeschrieben war, wie sehr sie sich auch bemühte, ihn von sich zu schrubben. »Die Leute können auch von weitem ihre Spielchen mit dir treiben. Das darf man nie zulassen.«

Harrigan blieb eine Weile stumm.

»Das ist eine gute Sichtweise in diesem Job«, meinte er schließlich. »Nehmen Sie das Bild mit, wenn Sie zu dem Knaben gehen?«

Beide sahen das Foto aus dem Belmore Park an.

»Ja, ich habe es mir schon besorgt. Ich sollte mich jetzt besser auf den Weg machen. Es ist eine ziemliche Strecke.«

»Kommen Sie bitte gleich zu mir, wenn Sie zurück sind. Ich würde gerne hören, was er zu sagen hat, bevor Sie es zu Papier bringen. Und vergessen Sie nicht, mich anzurufen, wenn sich was Spektakuläres ergibt.«

»Natürlich«, sagte sie.

Sie lächelte ihm zu und verließ den Raum. Er wandte sich

ebenfalls zum Gehen. Kommen Sie zu mir, dann können wir irgendwo miteinander essen gehen, hätte er so gerne hinzugesetzt. Nein, lieber nicht, dann würden sich nur alle das Maul zerreißen. Es machten eh schon genug Gerüchte die Runde, da musste man nicht so etwas obendrauf setzen.

Genau in dieser Minute wurde Harrigan zurück in sein Büro gerufen, um schon wieder einen Anruf von Tooths Privatsekretärin entgegenzunehmen, einer Frau mit der perfekten Leck-mich-am-Arsch-Stimme, die zusätzliche Auskünfte darüber verlangte, was bislang ausgegeben und erreicht worden war. Also saß er an seinem Schreibtisch in der Falle und beobachtete, wie Grace sich startbereit machte. Sie hätte ja ohnedies keine Lust, sich mit ihm abzugeben. Oder? Die Idiotin von Sekretärin kaute ihm geradezu ein Ohr ab, während er Grace mit den Augen folgte, die aus dem Büro ging – eine hübsche, schwerelose Bewegung, voller Anmut –, und grübelte.

Sofort als Harrigan das peinigende Telefonat hinter sich gebracht hatte, riss er das Foto seines Sohns in kleine Stücke. Jeffo sollte seinen dummen Scherz noch bereuen. Es ließ sich nicht länger übersehen: Harrigan wurde sowohl von außen als auch von innen unterminiert. Wenn er hier überleben wollte, musste er jeden einzelnen Schritt sorgfältig abwägen. Es war der denkbar schlechteste Zeitpunkt, um auf die skandalträchtige und selbstmörderisch dämliche Idee zu verfallen, mit seiner jüngsten Untergebenen ins Bett gehen zu wollen. Sinnvoller war es, sich ganz auf das zu konzentrieren, was aller Voraussicht nach die tragfähigeren Resultate zeitigen dürfte. Die eigene Karriere weiterzuverfolgen, beispielsweise, und dafür zu sorgen, dass ihm nicht allzu viele Messer zwischen die Schulterblätter gerammt würden.

Grace kam im Verkehr flott voran und genoss die Freiheit. Sie sang beim Fahren vor sich hin, aktuelle Radiohits ebenso wie Relikte von Songs, die sie während der eigenen, kurzen Sangeskarriere interpretiert hatte. Sie fühlte sich ruhelos, was für gewöhnlich damit endete, dass sie die Glitzerklamotten und hochhackigen Schuhe abstaubte und einen Zug durch die Lokale machte. Sie hatte Talent dafür, es krachen zu lassen, wie die meisten Leute hier in Sydney, wo man wusste, wie man feiert. Da war einerseits Bondi mit der aufgedonnerten Strandmeile am schimmernden Meer, und dann war da die gleißende City. Unter der Sonne war es tagsüber eine träge Stadt, die leger und teilweise geschmacklos aufs Amüsement schielte. Gewissenhaft war die Metropole nur in der Abwicklung ihrer Korruptheit, das leitende Prinzip bei allen wichtigen Unternehmungen. Sie hatte allerdings nie irgendwo sonst leben wollen.

Auf der Schnellstraße überholte sie die langsameren Autos und näherte sich, als sie bergab in Richtung Brooklyn und Hawkesbury River Bridge raste, dem Fluss. Vor fast vierzehn Jahren war sie die gleiche Strecke in entgegengesetzter Richtung gefahren, damals im Zug, und sie hatte, seit sie damals von zu Hause fortgezogen war, um in der Stadt zu arbeiten, nie wieder ein derart intensives Gefühl der Freiheit erlebt. Die Eisenbahnstrecke hatte sich (und tat es noch) an den Buchten des Hawkesbury River entlanggeschlängelt, vorbei an aufgegebenen Austernbänken und blauen und grünen verfallenden Zementplattenhäusern, die einsam im Eukalyptuswald am Ufer standen. Der Zug hatte Tempo aufgenommen, sich in den Tunnels auf das Brückenniveau hinaufgearbeitet und war schließlich aus der Finsternis auf die Brücke hinausgedonnert. Da hatte sie das Gefühl gehabt, der Himmel habe sich um sie herum aufgetan, hatte das Gefühl gehabt zu fliegen. Östlich der Bahnlinie lagen die grauen Pfeiler der alten Brücke, der grüne Fluss, der zwischen baumbestandenen Hügeln zum Meer hin mäanderte, und am Südufer, zu ihren Füßen, die Stadt: ein Potpourri aus weißen Häusern und roten Dächern, dazwischen Autos, die in der Sonne blitzten. Der Fluss, den sie auf der Autobrücke überquerte, markierte die Grenzlinie. Während sie sich an den Aufstieg zur Central Coast machte, lieferte sie sich einen Wettlauf mit einem Vorortzug im Hintergrund. Ihn zu überqueren war stets mit einem ganz eigenen, bittersüßen Gefühl verbunden. Heute rieselte ihr ein Schauder der Erwartung, der Energie den Rücken hinunter.

Diese Energie hielt so lange an, bis sie in Kariong angekommen und in der Verwaltung zu einem Mann gebracht worden war, der keine unnötige Sekunde darauf vergeudete, sich mit ihr zu unterhalten. Schneller als erwartet war sie wieder draußen und rief den Boss an.

»Harrigan.«

»Ich bin's, Grace.«

»Ja?«

»Ich fürchte, ich habe keine gute Nachricht. Ich bin in Kariong, aber Greg Smith leider nicht. Er ist auf Kaution raus.«

»Sie machen Witze. Wer hat ihn rausgeholt? Wann?«

»Prediger Graeme Fredericksen. Er hat die Kaution für Greg heute gegen Mittag beim Kindergericht Parramatta hinterlegt, als ich noch auf dem Weg hierher war.«

»Sieh an, er ist also doch noch aufgetaucht. Und warum sagt uns das keiner? Wieso haben wir da nichts mitzureden?«

»Offenbar wollen die, dass wir komplett außen vor bleiben. Die hatten selber vorab keinerlei Information, behaupten sie jedenfalls. Während der Mittagspause kamen zwei Ministerialbeamte in der Dienstlimousine angerauscht und haben ihn mitgenommen. Die Dokumente kamen vom Ministerium und waren von ein paar ausgesprochen hochrangigen Persönlichkeiten abgezeichnet.«

»Ist er jetzt bei dem Prediger? Sind sie wieder in sein Asyl gefahren, oder was immer das ist?«

»Jedenfalls hat Greg mit ihm das Gericht verlassen. Aber im Asyl kann ich niemanden erreichen, und den Prediger erwische ich auch nicht. Ganz gleich, unter welcher Nummer man es versucht, man kriegt dauernd nur die Mailbox dran. Die haben sich völlig von der Welt abgeschottet. Was ich Ihnen sagen kann, ist, sie haben das Gericht um vierzehn Uhr fünfundvierzig in dem Transporter des Asyls verlassen, aber das ist auch schon alles, was ich weiß.«

»Kommen Sie so schnell wie möglich zurück. Von jetzt ab übernehme ich.«

Es war eine sinnlose Fahrt gewesen. Als sie wieder auf die Schnellstraße kam, blickte Grace die Gosford Road entlang, und sie dachte an zu Hause, sie wusste, es war nur ein kurzes Stück Weg bis zum Haus ihres Vaters auf Point Frederick am Broadwater, und sie fragte sich, was er jetzt wohl tat. Vielleicht saß er im Arbeitszimmer, in die Arbeit vertieft, und schrieb wissenschaftliche Abhandlungen und Reden, oder er stand im Garten am Uferrand und fragte sich, weshalb alles so gekommen war. Doch sie hatte jetzt keine Zeit, um ihn zu besuchen, egal wie sehr sie das bedauerte. Sie hatte zu arbeiten.

An der Mooney-Mooney Bridge drückte Grace aufs Gas, um schnellstens zurück in die Stadt zu gelangen. Seit ihrem vierzehnten Geburtstag hatte man sie häufig auf dem Beifahrersitz eines gestohlenen Wagens finden können, der mit überhöhtem Tempo ebenjene Schnellstraße entlangdonnerte: Das rauschhafte Vergnügen, das die Geschwindigkeit ihr damals bereitet hatte, empfand sie heute genauso. Früher hatte sich die Beschleunigung in ihrem Kopf abgespielt. Sie hatte versucht, im Gefühl der Geschwindigkeit aufzugehen und alles Übrige von sich abzustreifen. Den Fahrer hatte sie (auch ein Teenager, dem ihr Verhalten Todesangst einjagte) angefeuert: Fahr schneller, brich irgendwo durch. Es war nie etwas zu Bruch gegangen, weder das geklaute Auto noch ein anderes Auto noch der Sandsteindamm, aber sie waren dem stets sehr nahe gekommen. Sie musste es sich eingestehen: Sie wollte diesem verlorenen Jungen das Leben retten. Aber nun konnte sie nichts anderes tun, als die Grenze zu ziehen, von der Harrigan gesprochen hatte.

Als sie ihr Büro wieder betrat, hatte man den Prediger samt seinem Schützling nach wie vor nicht auftreiben können, aber jede verfügbare Kraft war auf der Suche nach ihnen. An der Tür zu Harrigans Dienstzimmer blieb sie zögernd stehen. Er telefonierte gerade und bedeutete ihr zu warten. Er legte auf und sah sie erwartungsvoll an.

»Ich habe die Unterlagen aus Kariong dabei, wenn Sie sie sehen wollen«, sagte sie, und ihr wurde ganz kalt dabei. »Die haben die psychiatrische Untersuchung als Argument benutzt, um ihn rauszukriegen.«

»Ja.« Er war distanziert, unergründlich. »Legen Sie's mir hin, ja, Grace? Ich habe jetzt keine Zeit für ein Gespräch. Okay?«

»Natürlich«, entgegnete sie.

Sie kehrte an ihren Schreibtisch zurück, wo sie sich hinter ihrem Make-up versteckte und die Enttäuschung verdrängte.

Kurz darauf klopfte Louise leise an Harrigans Tür und legte ihm eine Nachricht auf den Tisch. Es war der Ausdruck einer wiederhergestellten E-Mail aus Tobys Computer-Papierkorb.

firewall du musst jetzt ganz vorsichtig sein. die polizei kennt deine website & alles was du sagst & tust wird ueberwacht! vergiss nicht ich liebe dich firewall. ich liebe dich auf ewig

Harrigan las und nickte.

»Halt mich auf dem Laufenden«, sagte er und vergrub den Kopf in den Akten, die er in mörderischem Tempo durchackerte, um jeden anderen Gedanken aus seinem Kopf zu verjagen.

17

Am Nachmittag erwachte Lucy mit einem eigentümlichen Gefühl der Mattigkeit aus ihren elektronischen Träumen. Es war der sechste Tag seit der Hinrichtung. Wenn sie dachte: »Ich bin hier«, so war das nur das Eingeständnis, praktisch eingesperrt zu sein. Alles verharrte in gelähmter Schwebe. Irgendwo im Haus schlief ihr Vater seinen Betäubungsschlaf. Nach dem Gespräch hatte er sich in sein Schlafzimmer zurückgezogen, hatte die Tür vor ihr zugeschlagen und hielt Lucy seitdem hin. Was in der übrigen Welt existierte, befand sich in labilem Gleichgewicht. Sie hatte das Gefühl, weder sie noch der Prediger konnten etwas unternehmen, ohne damit einen Ausbruch der Gewalt zu initiieren. Sie empfand diese Bedrohung so intensiv, als hörte sie die sich nähernden Schritte eines gefürchteten Menschen.

Sie ging aus dem Zimmer, um sich zu waschen. An der Tür hielt sie an und sah den Flur entlang, hin zur verschlossenen Schlafzimmertür ihres Vaters. Sie brauchte nur dort hineinzugehen und zu sagen: »Da bin ich, Dad. Ich habe es dir doch gesagt, du schuldest mir was. Kannst du mir nicht ein wenig entgegenkommen, nur ein kleines bisschen?« Worte, die sich, während sie sie dachte, in ein sehendes Verlangen verwandelten. Aber er würde es wohl nicht tun, diese Tür war ihr verschlossen, und sie durfte dahinter nicht auf Mitleid rechnen. Würde sie ihn darum bitten, er würde ihr den Rücken zudrehen und sich in hartnäckiges Schweigen und undurchdringliche Taubheit hüllen. Durch Melanie ließ er ihr aber geflüsterte Nachrichten zukommen, bat sie, nicht fortzugehen, richtete aus, er wolle sie noch immer sehen, aber nur, wenn sie lieb zu ihm sei, denn er liege doch im Sterben. Komm, sei meine Freundin, bevor ich sterbe, flüsterte er ihr durch die Schwester zu, wozu sollen diese Anschuldigungen denn gut sein? Gegen diese Flüsterstimme war ihre Waffe sinnlos.

Im Bad wusch sie sich gründlich. Inzwischen hatte die Blutung aufgehört, doch sie wusch sich mehrmals täglich und pflegte die ungewohnte Haut, den unvertrauten Körper, wie ein Kind es getan haben könnte. Sie saß auf dem Wannenrand und trocknete vorsichtig die weiche Haut ihrer Vagina, dann zog sie sich an und dachte: Niemand kann mich jetzt berühren. Sie musterte sich im Spiegel und fuhr den Rand ihres Gesichts nach, und das Bewusstsein, dass diese Maske und nichts anderes ihr Gesicht war, raubte ihr den Mut. Sie hatte das Gefühl, sich selbst zu okkupieren, wie ein Geist, der von einem fremden Körper Besitz ergreift.

Sie ging nach unten in den Flur und hörte aus dem Wohnzimmer den Fernseher. Aus der Küche hörte sie leisere Stimmen, dort unterhielten sich Melanie und Stephen miteinander. Ihre Worte waren nur zum Teil zu verstehen, doch es schien um etwas Alltägliches zu gehen. An der offen stehenden Tür hielt sie inne. Stephen saß am Tisch, rauchte und las die Zeitung, während Melanie auf der Arbeitsplatte Kartoffeln schnitt. Er schaute hoch und lächelte sie an.

»Hi, Luce«, sagte er.

»Hi.«

Diese Silbe erfüllte den Raum wie ein lang angehaltener Atemstoß, und sie fühlte sich um Jahre in die Vergangenheit zurückversetzt. Es war spät am Abend. Sie hatte ihr Zimmer unmittelbar nach ihrem Vater verlassen und ging ins Bad, um sich zu waschen. Als sie wieder herauskam, sah sie den Vater, der die Treppe hinunterging, und dann Stephen, der im Flur stand und sie beide beobachtete – mit offenem Mund und totenbleich. Er blieb aber stumm, drehte sich um und folgte dem Vater in die Küche. Sie stand am oberen Treppenabsatz, zu verängstigt, um sich zu rühren, und horchte. Sie hörte Stephens leisere Stimme, konnte aber nichts verstehen. Im kalten, stillen Haus hörte sie erst den Vater in seinem vertrauten, plötzlichen Jähzorn aufbrüllen, und dann, dass jemand geschlagen wurde und zu Boden fiel. Sie rannte hinunter und fand Stephen, der sich mit zerschmettertem Knie unter Schmerzen über den Küchenboden wälzte. Sie konnte nichts sagen, und er klammerte sich an sie, ohne einen Ton von sich zu geben. Der Vater aß eine Scheibe Brot, wie üblich. Er aß zu Ende, klopfte die Krümel von sich ab und rief in aller Ruhe den Notarzt. Als der Krankenwagen in die Auffahrt einbog, ließ sich die Mutter zum ersten Mal in der Küche blicken.

»Alles in Ordnung, Luce?«

Stevie sprach sie an. Er und Mel starrten zu ihr hin. Sie schüttelte den Kopf, um wieder aus der Vergangenheit aufzutauchen.

»Ja, ja, alles in Ordnung«, behauptete sie.

»Willst du was essen?«, fragte Mel.

»Nein, nur einen Schluck Kaffee.«

»Wie du meinst.«

Lucy brühte sich löslichen Kaffee auf und bemerkte, dass Stephen sie mit einer Mischung aus Besorgnis und Angst betrachtete.

»Wo ist Dad?«, wollte sie wissen.

»In seinem Zimmer. Ich glaube nicht, dass er noch mal rauskommt.« Melanie antwortete für ihren Bruder. Sie legte das Messer aus der Hand, drehte sich um und stand mit verschränkten Armen da. Sie sprach kraftlos. »Weißt du, dass er mir den ganzen Vormittag über da drin andauernd ins Ohr geflüstert hat, wie sehr er dich liebt? Ich werde damit nicht fertig, Luce. Ich kann schon den Klang seiner Stimme kaum ertragen.«

Melanie erwartete eine Antwort von ihr, aber Lucy schwieg. Die Schwester schüttelte den Kopf.

»Ihr zwei seid doch einer wie der andere«, sagte sie, »ihr könnt einfach nicht aufhören. Er wird dir nie sagen, was du von ihm hören willst, Luce, niemals. Er wird lediglich weiter auf mich und auf Stevie losgehen, bis du ihm sagst, dass es nicht schlimm war, was er dir angetan hat. Wenn du hier bleiben willst, dann gib ihm einfach, was er verlangt. Es spielt doch sowieso keine Rolle mehr, der Zug ist abgefahren.«

Wieder blieb Lucy stumm. Sie hatte keine Stimme, alles, was sie zu sagen hatte, blieb ihr in der Kehle stecken.

»Mum ist im Wohnzimmer, oder?«, war alles, was sie schließlich hervorbrachte.

»Wo denn sonst?«, erwiderte Melanie und wandte sich ab.

Stephen sagte nichts, zündete sich nur an der Kippe, die er gerade rauchte, eine neue Zigarette an.

Lucy nahm den Kaffeebecher und ging nach draußen, um sich neben Dora zu setzen und der alten Hündin den Kopf zu kraulen. Die Hündin schmiegte sich an sie, und Lucy malte sich aus, wie sie Dora von der Kette ließe und dann zu ihrem Vater ginge, um ihm zu sagen, für wie schlecht sie ihn hielt. Sie rührte sich nicht: Die Gedanken an ihren Vater hatten sie gelähmt. Sie wusste nicht, was sie wollte, ob sie bleiben sollte oder gehen. Das Bleiben hatte überhaupt nur Sinn, weil sie sich hier gut verstecken konnte. Vor lauter Verwirrung schüttelte sie den Kopf. Das Klingeln ihres Handys, das sie sich in die Jackentasche gesteckt hatte, unterbrach ihre Gedanken.

»Ja?«, meldete sie sich und wusste schon, wer dran war.

»Lucy«, sagte der Prediger. »Wie geht es dir denn?«

»Mir geht's gut, Graeme. Ich habe mich überhaupt noch nie besser gefühlt. Was willst du?«

»Ich habe hier jemanden, der mit dir reden will.«

Lucy wurde es kalt, als sie hörte, wie er das Telefon weitergab.

»Luce?«

»Hi, Greg. Er hat dich also tatsächlich rausgeholt. Er hat ja gesagt, dass er das schafft.«

»Ja, hat er. Die Scheißbullen haben mich direkt in seinen Transporter gesteckt. Pass auf, ich … Was wirst du jetzt tun?«

Lucy hatte sich die Hand auf den Hosenbund gelegt und konnte die Waffe unter der weiten Kleidung spüren. Ohne die Pistole verließ sie nicht ihr Zimmer.

»Was er verlangt, Greg. Haben sie dir meine Nachricht ausgerichtet? Worum ich Ria gebeten hab?«

»Ja, haben sie. Ich kann jetzt nicht reden, weißt du, ich –«

»Dann weißt du, dass du verdammt vorsichtig sein musst. Pass immer genau auf, was er macht. Ich werde tun, was er verlangt. Ich tue alles, was ich tun muss. Vergiss das nicht. Mit mir kannst du rechnen. Ich hab dich nicht vergessen.«

»Ja, geht klar. Luce, geht's dir gut?«

»Ja, mir geht's gut. Und dir? Haben sie dir wieder den Schädel rasiert und die Mütze abgenommen, wie gewöhnlich?«

»Ja, Haare hab ich keine mehr, aber die Mütze hab ich diesmal nicht hergegeben. Die ist alles, was ich noch hab, alles andere haben sie mir geklaut. Also dann, ich muss jetzt Schluss machen, er will mit dir sprechen.«

»Ich bin da. Vergiss das nicht.«

Während sie darauf wartete, dass Graeme sich wieder meldete, hörte Lucy Verkehrslärm über den Apparat. Sie blickte über den Nationalpark hinaus in Richtung der nördlichen Schnellstraße und fragte sich, wo sie wohl sein mochten.

»Siehst du, es ist genau so, wie ich es dir gesagt habe,

Lucy«, sagte der Prediger. »Ich habe auch meine Beziehungen. Das solltest du nicht vergessen.«

»Ich habe es nicht vergessen. Und es macht mir nichts aus, zu dir zu kommen, Graeme. Ich habe nämlich meine Versicherung dabei.«

»Glaubst du denn, dass du sie einsetzen wirst?«

»Wieso denn nicht? Hat man so ein Ding erst einmal benutzt, dann kann man es jederzeit wieder tun. Weil man dann nämlich wirklich weiß, wie's geht. Das ist nicht mehr so, als ob man auf Bäume schießt.«

Sie schwiegen.

»Graeme?«

»Mir ging nur gerade durch den Kopf, dass du dich, als wir uns das letzte Mal sprachen, noch ein wenig anders über diese Sache geäußert hast. Änderst du womöglich deine Meinung? Ist dir inzwischen etwas wohler dabei?«

Furcht fuhr Lucy in die Magengrube.

»Ich tue nur, was ich tun muss, Graeme.«

»Natürlich. Nun, wollen wir uns nicht einfach alle miteinander heute Abend sehen? Ich dachte mir, wir könnten uns in der Werkstatt treffen.«

»Nicht heute Abend«, erwiderte Lucy barsch. »Ich hab kein Transportmittel. Und außerdem, da will ich nicht mehr hin. Da gefällt es mir nicht. Als ich das letzte Mal da war … dort sind Geister, Graeme, letztes Mal habe ich wieder die Stimmen der Kinder gehört. Ich gehe da nie wieder rein. Nein, ich bestimme, wo und wann wir uns treffen. Okay? Ich. Ich bestimme.«

»Ganz wie du möchtest, Lucy. Ich richte mich ganz nach dir.«

»Wir treffen uns hinten am Hauptbahnhof. In dem Lagerhaus dort.«

»Sind da nicht etwas zu viele Leute?«

»In einer Menschenmenge fällt keiner auf, Graeme. Wenn die Masse um dich rum groß genug ist, gehst du einfach unter.«

»Ja, da hast du Recht. Gut. Wann?«

»Ich weiß nicht. Ich muss mir ein Auto besorgen.«

»Wo bist du denn? Vielleicht kann ich helfen.«

»Ich bin nirgendwo, Graeme, mach dir darüber mal keine Gedanken. Ich melde mich wieder. Und wenn ich das tue, dann will ich mit Greg reden. Klar? Jedes Mal, wenn ich dich anrufe oder wenn du mich anrufst, dann will ich mit ihm reden.«

»Das wirst du. Ich verspreche dir, das wirst du. Und ich verspreche dir, dass er bei mir sein wird, wenn wir beide uns treffen.«

In seinem Ton schwang eine Bedeutungsebene mit, die Lucy nicht recht deuten konnte. Sie wusste allerdings, hätte sie ihn gefragt, was er damit wirklich meinte, hätte er nur noch mehr Wortspielchen mit ihr getrieben.

»Ich leg jetzt auf«, sagte sie.

»Ich erwarte deinen Anruf.«

»Graeme ...«

»Ja?«

»Mach nichts, was mir nicht gefallen würde.«

Die Verbindung brach ab.

»Was soll ich nur tun, Dora?«, fragte sie die Hündin laut.

Dora drängte sich mit der Schnauze näher an sie heran und sog diese Aufmerksamkeit in sich auf, diese Nähe eines anderen Wesens.

Lucy ging zurück auf ihr Zimmer, loggte sich ein und ging ins Internet.

Turtle, bist du da?

firewall ich hab dir gesagt die beobachten uns

Ist mir egal. Ich muss dich was fragen.

was gibts

Ich hab einen Freund, der ist echt in Megaschwierigkeiten, und ich weiß nicht, wie ich ihm helfen kann, ohne dass ich mich selbst noch tiefer reinreite. Geht das überhaupt? Kann ich mich noch tiefer reinreiten?

ja das kannst du! locker! was soll ich fuer dich tun? sags mir

Ich will nur wissen, was du wirklich denkst.

firewall ich habs dir doch schon gesagt. du musst zur polizei gehn

Was kann die schon machen? Die kann meinem Freund nicht helfen.

wieso denn nicht??

Erst mal weiß die schon gar nicht, wo er steckt.

weisst dus denn???

Ich kenn ein paar Orte, wo sie ihn vielleicht hinbringen. Aber wahrscheinlich werden sie eher mit ihm in der Gegend rumfahren. Ich bin mir nicht ganz sicher.

die???

O ja. Da ist mehr als nur einer im Spiel, Turtle.

geh zur polizei! jetzt!

Wieso bist du derart sicher, dass das das Richtige ist?

du hast keine andere wahl weil die erst aufhoern werden wenn sie dich gefunden haben firewall. das weiss ich genau! du musst zu denen gehn & keiner wird dir wehtun. ich versprechs dir!

Das kannst du nicht wissen. Aber ich hab sowieso keine Angst vor denen, und es ist mir egal, was die mit mir anstellen. Ich mach mir über was anderes Gedanken. Wenn ich ein Auto hätte, könnte ich meinen Freund selber suchen. Vielleicht wär das überhaupt das Beste. Ich brauch ein Auto. Ich könnt –

was koenntest du????

Ich könnte meine Knarre nehmen und bei den Typen reinschaun, die ihn sich gekrallt haben. Und denen sagen, ich hab 'ne Knarre, und sie müssen machen, was ich sage, weil ich sonst schieß, und diesmal auf die. Dabei würd's mich gar nicht wundern, wenn die schon drauf warten, dass ich genau das tu. Ich bin nicht die Einzige mit 'ner Knarre. Vielleicht bin ich am Schluss die, die erschossen wird. Wahrscheinlich ist es genau das, was passieren wird, wenn ich so drüber nachdenk.

nein mach das ja nicht. du reitest dich nur noch tiefer rein! je mehr solche sachen du machst desto schlimmer wirds! machs nicht firewall hoer sofort auf!

Was soll ich denn sonst tun, Turtle?

ruf die polizei an & was ist mit denen die du erschossen hast? hast du das schon vergessen????

Nein, ich habe sie nicht vergessen. Ich glaube nicht, dass ich das je tun werde. Es ist, als ob sie immer da wären, ganz egal, was ich tu. Immer sind sie bei mir. Ich wach in der Früh auf und denk: »Oh, hi, auch schon da?« Die gehen niemals weg. Für den Rest meines Lebens werd ich diese Typen sehen und diese Stimmen hören. Ich muss jetzt erst mal nachdenken. Ich komm wieder, okay? Ich melde mich. Ich hab dich lieb, Turtle, ich werd dich immer lieb haben.

firewall geh zur polizei: SOFORT! OK???? du musst

Ich überleg's mir, Turtle.

wart geh nicht fort. du musst mir glauben: ich bin dein freund das bin ich fuer ewig & ich werd dich auch immer lieben & du musst zur polizei bevor noch was wirklich schlimmes passiert

Turtle, ich muss jetzt nachdenken, okay? Ich melde mich.

Sie trennte die Verbindung und öffnete, von der Enge des Zimmers bedrückt, die Tür. Sie setzte sich aufs Bett, schaute in den Flur hinaus und beobachtete Melanie, die mit einem Tablett voller Medikamente zum Zimmer ihres Vaters ging. Wenig später sah sie Stephen aus der entgegengesetzten Richtung heranhinken.

»Stevie«, rief sie.

»Ja. Was gibt's denn, Luce?«

»Wie geht's Dad?«

»Hundeelend. Wieso? Willst du zu ihm? Er hat gerade gefragt, ob du noch da bist, und ich habe Ja gesagt.«

Lucy trat an den Türrahmen und schaute zur geschlossenen Tür ihres Vaters hin.

»Was macht Mel da drin?«, wollte sie wissen.

»Was glaubst du, was sie da macht? Sie wäscht ihn. Sie füttert ihn. Sie gibt ihm Pillen und Spritzen. Sie hört ihm zu, wenn er wieder mal über irgendwas herzieht. Ich hab keine Ahnung, wie sie das aushält.«

»Und du?«, fragte sie nun aufgebracht. »Wie geht's dir? Was ist mit deinem Knie? Hast du noch diese Schmerzen?«

»Kümmer dich nicht um mein Knie, Luce. Damit komm ich alleine klar.«

»O ja. Selbstverständlich. Wir kommen alle alleine klar.«

»Er leidet wirklich. Du hast das nicht so mitgekriegt.«

»Gut«, erwiderte sie.

»Nein, es ist nicht gut. Du hast nicht miterlebt, was das heißt. Es ist schrecklich, und dass er es ist, ändert daran gar nichts«, entgegnete er zornig.

»Doch, er hat es verdient«, blaffte sie zurück. »Wieso tust du dir das überhaupt an?«

»Ich tue es für Mel. Und weil es ohnehin bald vorbei sein wird. Und dann werd ich aus diesem Loch hier rausschmeißen, was ich nur kann. Wir werden es von oben bis unten reinigen, ich werde es frisch anstreichen, und es wird wie neu sein. Damit hat es sich dann. Andere Gründe habe ich nicht. Ich will nicht weiter darüber reden. Könntest du es also bitte mal einen Moment gut sein lassen?«

»Stevie, eins muss ich dich noch fragen –«

»Nicht jetzt!«

Er ließ sie stehen.

Sie trat in ihr Zimmer zurück, konnte es dort aber nicht aushalten. Also stiefelte sie nach unten und folgte dem Ton des Fernsehers ins Wohnzimmer. Wie üblich saß ihre Mutter dort. Lucy stand an der Tür, die Mutter sah flüchtig zu ihr auf, hüllte die Strickjacke enger um sich und wandte sich stumm wieder dem Fernseher zu. In die alte Windjacke eingemummelt, ging Lucy auf die Wiese hinaus, lief bis an den Rand von Großmutters Garten und ließ den Blick über den Nationalpark schweifen. Es war später Nachmittag, kurz vor Sonnenuntergang. Weit drüben in den Vororten flammten die Hausbeleuchtungen auf und markierten den äußersten Rand der großen Stadt. Es war wolkig, und die Umrisse der Baumkronen in der Ferne hatten die Farbe von frisch geförderter Kohle.

Sie stand im zunehmenden Dämmerlicht am Waldrand, schlang die Arme um sich und versuchte kopfschüttelnd die erwachenden Furien und Stimmen in ihrem Kopf abzuwehren. »Nicht«, bat sie, »nicht«, als die vertrauten Schreie ihrer persönlichen Geister wiederkehrten und sie heimsuchten. Sie setzte sich ins feuchte Gras und barg den Kopf in den Händen.

Als sie wieder zu sich kam, hörte sie Doras Kette rasseln. »Fick dich, Dad«, sagte sie und blickte in den wolkenzerfetzten Himmel auf, dann erhob sie sich und ließ den Hund von der Kette. Der Zorn gab ihr Kraft, und sie zerrte an der losen Kette, die sich leicht vom verfaulten Holz der Hundehütte löste, und schleuderte sie in den verwilderten Garten. Sie riss sich die Windjacke vom Leib und stand in der schneidenden Kälte und ließ die eisige Luft ihren Körper gefrieren. Sie spürte die Pistole an ihrer Taille, die auf der Haut rasch kälter wurde, und es war ihr egal, ob jemand sah, dass sie sie besaß. Sie wartete, bis sie das Gefühl hatte, vereist zu sein, und sie nichts mehr spürte.

Sie brauchte ein Auto. Auch wenn sie zur Polizei ging, sie

brauchte ein Auto. Morgen früh würde sie Stevie bitten, ihr zu helfen. Sie wählte die Handynummer des Predigers, bekam aber nur die Mailbox an den Apparat. »Graeme«, sprach sie in das mechanische Vakuum hinein, »hier ist Lucy. Ich werde morgen in der Früh bei dir anrufen. Bis dahin müsste ich wissen, ob ich ein Auto habe. Klar? Also sieh zu, dass du dann da bist, Graeme. Und vergiss nicht, was ich dir über unsere Telefonate gesagt habe. Ich will nicht nur mit dir allein reden. Also ruf nicht mich an, ich ruf dich an. Vergiss ja nicht, auf meinen Anruf zu warten.«

Sie kehrte zurück ins Haus, in ihr Zimmer. Sie war gerade auf dem Flur, als die Tür zum Zimmer ihres Vaters aufging und Melanie mit einem Tablett schmutzigen Geschirrs herauskam. Das Tablett war schwer beladen, und sie balancierte es unsicher. Nicht weit vom Zimmer ihrer Schwester blieb sie stehen und stützte das Tablett auf dem Geländer am Treppenabsatz ab.

»Soll ich dir was helfen?«, fragte Lucy und fühlte sich absolut machtlos.

Eine Minute lang stand Melanie mit vor Erschöpfung geschlossenen Augen da.

»Nein, nicht nötig«, sagte sie mit einem Kopfschütteln, und dann: »Oder doch. Wenn du wirklich helfen willst: Geh da rein, und sag ihm, dass es dir egal ist, dass es dir komplett scheißegal ist, was er dir angetan hat. Weil er mich nämlich immer noch für das bestraft, was du ihm neulich gesagt hast. Mich und Stevie. Wenn du es uns leichter machen willst, so kannst du es.«

»Morgen«, erwiderte Lucy mit stählerner Stimme und schloss die Tür.

Sie loggte sich ins Internet ein und fragte sich noch einmal, was Turtle ihr raten würde. Er war nicht da. Enttäuscht klappte sie ihren Laptop zu. Der Hunger trieb sie in die Küche, wo sie nach etwas Essbarem suchte. Danach verzog sie sich in ihr Zimmer und baute weiter an ihrer Schöpfung des himmlischen Jerusalems, des einzigen Ortes, an dem sie sich nicht völlig fremd fühlte.

18

Die Morgenzeitung war nur eines der Elemente auf Harrigans Schreibtisch, die ihn zu der Überzeugung gelangen ließen, der heutige Tag würde den gestrigen noch übertreffen. Die Schlagzeile des *Daily Telegraph*:

Firewalls Welt – Die Website der Mörderin, verschaffte seiner mordenden Freundin jede Publicity, die sie sich erträumen mochte. Er musste sich allerdings eingestehen, dass das zwingend notwendig war, ganz gleich, wie abstoßend er es auch fand. Der Bericht umfasste etliche Seiten und enthielt jedes Foto und jede Beschreibung, die sie nur je veröffentlicht hatten. Praktischerweise hatte irgendein Idiot von der Presseabteilung sein neuestes Foto mit der Erklärung herausgegeben, dass er die Ermittlungen leite. Eine Information, die die Zeitung zusammen mit einem spektakulären Lebenslauf abgedruckt hatte, den er andernfalls nicht als den seinen wiedererkannt hätte. Das Einzige, was ihn aufmunterte, war der Hinweis, dass auf Informationen, die zur Ergreifung der Täterin führten, eine Belohnung von $ 25 000,– ausgesetzt war. Das müsste ein wenig den Druck von ihm nehmen. In der ganzen Aufregung hatte sie bis jetzt noch niemand öffentlich dafür gescholten, dass sie es fertig gebracht hatten, den einzigen Zeugen zu verlieren.

Er warf einen Blick auf den restlichen Papierberg, darunter den Ausdruck von Tobys letzter Unterhaltung mit Firewall, den Louise ihm hingelegt hatte. *Ich hab dich lieb, ich werd dich immer lieb haben, Turtle*, las er da. Dieser Pesthauch einer eingestandenen Liebe – das sah er darin – löste wütende Echos in Harrigan aus. Wenn sie dich wirklich liebt, dann soll sie doch kommen und dich waschen und füttern, Toby. Soll sie doch deinen Rücken massieren. Und dich abwischen. Ich werde sie gerne einweisen. Ob sie wohl noch so für dich empfindet, wenn sie die Zeitung liest? *du musst mir glauben: ich bin dein freund das bin ich fuer ewig & ich werd dich auch immer lieben & du musst zur polizei bevor noch was wirklich schlimmes passiert*, hatte Toby zur Antwort geschrieben. Diese spezielle Zeitbombe musste irgendwann im Lauf des Tages hochgehen, unweigerlich. Toby, warum hast du dir das angetan?

Ohne sich Zeit zum nochmaligen Nachdenken zu lassen, schickte Harrigan seinem Sohn eine E-Mail. *Lies die heutige Zeitung, Toby: Da steht was über mich drin, das wird sie irgendwann sehen. Ich möchte nicht, dass das auf dich zurückschlägt. Melde dich, wenn du mich brauchst. Ich bin da.* Jede Zurückweisung durch Toby, jede Anschuldigung von ihm könnte er leichter ertragen als das Bewusstsein, ihn vernachlässigt zu haben.

Er hätte auf dieses Übergreifen der Arbeit auf seine Privatsphäre gerne verzichtet: Es verlangte ihm zu viel ab, machte das Abwägen schwierig. Noch deutlicher wurde ihm das bewusst, als er sich eine dringliche Aktennotiz von Tooth zu Gemüte führte. Die gegenwärtige Personalausstattung ließ Rund-um-die-Uhr-Personenschutz von Whole-Life-Health-Centre-Kliniken nicht zu. Die Analyse unter Risikomanagement-Gesichtspunkten legte den Schluss nahe, die Kliniken wären besser beraten, sich an einen privaten Sicherheitsdienst zu wenden, und hier konnte Marvin auch tatsächlich ein äußerst zuverlässiges Unternehmen empfehlen.

Während Harrigan noch über die möglichen finanziellen Anreize nachgrübelte, die Tooth zu dieser Empfehlung veranlasst haben mochten (eine eigene Beteiligung, erwiesene Gefälligkeiten, die Aussicht auf einen künftigen Sitz in der Geschäftsleitung), überlegte er auch, ob er das umfangreiche medizinische Personal, das nun ungeschützt dastand, nicht besser warnen sollte. Achten Sie auf ungewöhnliche Personen mit zeitzünderversehenen Explosionskörpern, die Sie zu Hause aufsuchen – unter Umständen haben die Besucher kein unmittelbar medizinisches Anliegen. Ja, achten Sie darauf, das Land hat Beobachter nötiger denn je, und ich übrigens auch. Er rieb sich die Augen. Diese Absurdität wurde jedoch mühelos von dem Anruf in den Schatten gestellt, mit dem der Dienst habende Sergeant am Empfang ihn jetzt überraschte. Hier stünde ein Prediger namens Graeme Fredericksen, der ihn sprechen wolle, ob er ihn vorlassen solle? Er bestünde nämlich darauf, mit ihm und nur ihm zu sprechen. Harrigan verkniff sich den Hinweis, dass seit inzwischen etwa achtzehn Stunden jeder verfügbare Mann zur Suche nach diesem Burschen abkommandiert war, wobei es in der Zeit davor auch nicht gerade wenige gewesen waren.

Der Auftritt des Gesuchten ließ sich dann allerdings nur als butterweich bezeichnen. Irgendwie hatte er es fertig gebracht, unbemerkt in den Raum zu schlüpfen, seines uniformierten Begleiters völlig ungeachtet. Harrigan holte sich gerade eine Mappe mit Unterlagen, da stand der Prediger urplötzlich am Schreibtisch und sprach mit Dea. Kein großer Mann. Nichts sagende Kleidung, die wirkte, als habe er darin geschlafen. Ein jung-altes Gesicht, kantig, mit offenen, ehrlichen Zügen, dazu dunkles Haar ohne jedes Grau. Er musste einmal sehr gut ausgesehen haben. Doch das war vorbei, die Schönheit welkte dahin.

»Ist gut, Dea«, sagte Harrigan. »Prediger Graeme Fredericksen? Sie wollten mich sprechen – Paul Harrigan. Erfreut, Sie zu sehen.«

Harrigan reichte ihm die Hand, die der Prediger ohne jedes Anzeichen von Befangenheit schüttelte. Sein Händedruck war kraftlos und gleitend. Mit offenherzigem Blick sah er Harrigan ins Gesicht. Er hatte klare Augen und vermittelte den beunruhigenden Eindruck, nicht zu blinzeln.

»Paul«, sagte er, als ob er einen alten Freund begrüße, »zu gütig, dass Sie mir Ihre Zeit opfern. Ich sah heute Ihr Bild in der Zeitung und dachte, ja, das ist der Mann, an den ich mich wenden muss. Ich hoffe sehr, dass Sie in der Lage sein werden, mir zu helfen. Ich fürchte, ich bin nämlich auf Ihre Hilfe gegenwärtig dringend angewiesen.«

»Ja, Sie dürfen mich Paul nennen, Graeme«, erwiderte Harrigan nach einer kurzen Pause in seinem gewohnten neutralen Ton. »Wir legen hier keinen Wert auf übertriebene Etikette. Dort drüben ist ein Raum, in dem wir ungestört reden können. Dea, Kaffee?«

»Nein, bitte, machen Sie sich keine Mühe. Ich weiß, wie wertvoll Ihre Zeit ist, Paul. Ich will versuchen, so wenig wie möglich davon in Anspruch zu nehmen.«

Mochte seine Kleidung auch nichts sagend sein, die Stimme war es nicht. Sie klang angenehm im Ohr und verleitete zur Vertraulichkeit. Es schien, als künde sie, er sei dein Freund, er kenne dich seit vielen Jahren. Man hörte ihm zu und fühlte sich getröstet, weil seine Stimme sagte, sei dir meines Wohlwollens gewiss.

»Es ist unsere Aufgabe zu helfen, Graeme. Mal sehen, was wir für Sie tun können. Gleich hier – das ist eins von unseren Vernehmungszimmern. Die Einrichtung ist allerdings nicht gerade vom Allerfeinsten.«

In der düsteren, unpersönlichen Kammer rückte er dem Prediger einen Stuhl zurecht. Er legte die braune Aktenmappe auf den Tisch und bemerkte, dass der Prediger, als er sich setzte, geradezu darauf schielte.

»Nun, es wird Ihnen sicher nicht entgangen sein, dass wir seit geraumer Zeit, und verstärkt seit gestern Abend, versuchen, Sie zu erreichen. Wie können wir einander also zu Diensten sein?«

»Nein, seien Sie versichert, davon wusste ich nichts. Meine Arbeit führt mich so häufig zu meinen Gemeindemitgliedern, dass es Zeiten gibt, zu denen ich schlicht nicht zu erreichen bin.«

Seine Antwort wies in nichts darauf hin, dass er log.

»Glauben Sie mir, wir haben es versucht«, erwiderte Harrigan. »Wir müssen uns mit einem Jugendlichen unterhalten, der sich in Ihrer Obhut befindet. Greg Smith.«

»Aber genau seinetwegen bin ich ja bei Ihnen.«

Der Prediger ließ die Hände auf dem Tisch ruhen. Seine Fingerspitzen stießen an die Mappe, die Harrigan mitgebracht hatte, und der kämpfte gegen den Drang an, die Akten Fredericksens Reichweite zu entziehen. Seine Umgebung schien dem Prediger vollständig egal zu sein: Weder das verspiegelte Fenster noch die Tonbandgeräte oder die absperrbare Tür schienen ihm etwas auszumachen.

»Was für eine glückliche Fügung. Mich plagten durchaus Zweifel, ob ich bei Ihnen vorsprechen solle oder nicht. Nun aber bin ich wahrhaft erleichtert, dass ich gekommen bin. Ob Sie mir wohl sagen könnten, weshalb Sie ihn suchen?« Der Prediger lächelte, als er die Frage aussprach.

»Warum sagen nicht Sie zuerst, weshalb Sie gekommen sind, Graeme? Anschließend will ich Ihnen gerne antworten.«

Der soll nur reden. Wer weiß, was er dabei womöglich ausplappert.

»Gerne. Wie Sie ja wissen, befindet sich Greg in meiner

Obhut. Selbstverständlich wissen Sie das – schließlich gibt es ja diese unglückliche Geschichte, mit der er augenscheinlich und, wie ich absolut überzeugt bin, höchst irrtümlich in Verbindung gebracht wird. Doch davon abgesehen – wussten Sie, dass ich Prediger bin? Dass ich einer Kirche in Camperdown vorstehe? Dass ich ein Asyl leite?«

Harrigan nickte.

»Nun, dann wissen Sie ja, dass mir die Entrechteten auf der Seele liegen. Die Süchtigen, Alkoholiker, Diebe, Dealer, die Armen, die Gewalttätigen, die Hoffnungslosen. All die armen Seelen, die niemand sonst auf dieser Welt haben will. Ihnen steht meine Tür stets offen. Ich bin immer da, um sie aufzunehmen. Sehen Sie, ich verdanke die Kraft, die ich brauche, um meine Berufung zu erfüllen, allein Gott. Nichts kann einen Menschen davon abbringen zu tun, was der Herr verlangt. Wenn ich mich auch gesegnet fühlen darf, dass er mir Wohltäter beigesellt hat, die mich unterstützen.«

»Aha. Vielleicht könnten Sie deren Namen nennen?«, bohrte Harrigan nach.

»Mrs. Yvonne Lindley. Kennen Sie sie? Sie hat mein Asyl im vergangenen Jahr überaus großzügig bedacht. Sie ist die Halbschwester meiner Mutter. Daher kenne ich die Familie natürlich mein Leben lang. Ich selbst bin ja Einzelkind; ihre Kinder waren mir wahrhaftig Brüder und Schwestern, in jungen Jahren waren wir Spielgefährten. Mit Geoffrey ging ich zur Schule, aber wie Sie sehen, haben wir seither sehr unterschiedliche Wege beschritten. Er bekleidet inzwischen einen hohen Posten im Stab des Premierministers. Allerdings bin ich mir nicht ganz sicher, ob ich vor Elizabeths Augen noch Gnade finde. Sie nennt mich den Anarchisten Gottes. Das ist meine ganze Familie auf Erden, Paul, seit meine Eltern vor einigen Jahren verstarben. Wir sind uns gegenseitige Stütze.«

Wenn das mal nicht eine echt nützliche verwandtschaftliche Beziehung war. Und es erklärte Fredericksens Fähigkeit, im Familienausschuss Türen zu öffnen. Yvonne Lindley war die angejahrte Witwe John Lindleys, seines Zeichens Pferdeliebhaber, zeitweilig Landespolitiker und Minister in sämtlichen gängigen Ressorts, darunter auch Polizei. Er war vor kurzem verstorben und hatte seiner Familie erhebliche Reichtümer hinterlassen. Yvonne Lindley, die stets bestrebt gewesen war, politischen Einfluss zu nehmen, konnte auch heute noch reichlich Fäden ziehen. Der Prediger wartete ab, doch Harrigan schwieg.

»Sie müssen verstehen, Paul«, fuhr er schließlich fort, »dass mir mein Asyl sehr viel bedeutet. Die Kindlein, die zu mir kommen – die haben niemanden. Viele finden bei mir zum allerersten Mal ein wirkliches Zuhause. Greg ist das perfekte Beispiel. Er hat niemanden auf dieser Welt, absolut niemanden. Er bedarf der denkbar liebevollsten Zuwendung, oder wir werden ihn verlieren. Er ist süchtig danach, sich selbst zu verletzen. Er steht am Abgrund. Vergessen Sie das nicht. Denn wenn Sie ihn finden, werden Sie sich ihm mit großer Umsicht nähern müssen. Sonst kann ich für nichts garantieren. Für gar nichts.«

»War es das, was Sie mir sagen wollten?«, entgegnete Harrigan nach kurzem Schweigen. »Dass wir ihn finden müssen? Und dass wir vorsichtig sein müssen, wenn wir ihn gefunden haben?«

»Ja. Ich wäre schon früher gekommen, aber ich habe die ganze Nacht die Straßen nach ihm abgesucht. Ich kenne die Orte, an denen er sich herumtreibt, und ich war so arrogant zu glauben, wenn überhaupt jemand ihn finden kann, dann ich. Doch als der Morgen heute graute, ging mir auf, dass ich diese Aufgabe nicht alleine bewältigen kann, dass ich Hilfe brauche. Gregs Wohlergehen liegt mir sehr am Herzen, Paul. Ich mache mir größte Sorgen um ihn.«

Er sprach mit Leidenschaft, während in seinem Gesicht merkwürdigerweise kein Zeichen einer Emotion zu sehen war.

»Wo haben Sie ihn verloren?«, erkundigte sich Harrigan.

»Kurz vor dem Asyl, als der rettende Hafen schon in Sicht war. Ich war gerade von der Parramatta Road abgebogen. Ich glaube, er hat so lange ausgeharrt, weil er von dort aus leicht in das Stadtzentrum gelangen konnte. Es war schon dunkel, also wahrscheinlich kurz nach sechs. An einer Straßenkreuzung hielt ich an, und bevor ich es verhindern konnte, war er schon aus dem Wagen und auf und davon. Aber Greg braucht dringend alles, was er an Zuwendung bekommen kann. Als ich dann gestern Nacht auf der Suche nach ihm durch die Straßen fuhr, da dachte ich ständig, ich habe versagt, ich habe versagt, und ich darf nicht zulassen, dass andere dieses Versagen fortführen.«

Wieder trat Schweigen ein.

»Um sechs, sagen Sie?«, fragte Harrigan.

»Richtig.«

»Die Kaution hatten Sie um drei viertel drei hinterlegt. Was haben Sie in der Zwischenzeit getan? Die Fahrt von Parramatta nach Camperdown dauert nicht so lange.«

Harrigan tappte mit den Fingern auf die Aktenmappe, die einen Ausdruck beinhaltete, der belegte, dass Firewall Toby um 16:09 Uhr in einem Online-Chat mitgeteilt hatte, sie habe einen Freund, der in Megaschwierigkeiten stecke, und sie wisse nicht, wie sie ihm helfen solle, ohne sich selbst noch tiefer reinzureiten.

»In vielerlei Hinsicht ist Greg ein ganz gewöhnlicher Heranwachsender, Paul, seinem unglückseligen Schicksal zum Trotz. Ich war mit ihm bei McDonald's, dann sind wir auf seine Bitte hin in ein Spielecenter gegangen und haben Videospiele gespielt. Für ihn war das wie das Öffnen eines Überdruckventils, und es gab ihm Zeit zum Nachdenken.«

»Wo waren Sie gegen vier?«

»Da bin ich mir nicht ganz sicher ...« Der Prediger hielt inne und stieß noch einmal mit den Fingern an die Aktenmappe. »Ich glaube, zu dieser Zeit waren wir mit dem Transporter auf dem Weg von McDonald's zum Spielecenter. Ich war zu sehr damit beschäftigt, mir über Greg Gedanken zu machen, um auf die Uhr zu sehen.«

»Natürlich«, erwiderte Harrigan. »Vergangene Nacht – haben Sie ihn da mit dem Asyltransporter gesucht?«

»Nein, der wurde anderweitig gebraucht. Ich nahm ein anderes Auto, den Wagen eines meiner Gemeindemitglieder.«

»Aha, wir haben letzte Nacht nämlich nach Ihrem Transporter gefahndet, aber der war offenkundig nirgends unterwegs. Wie kommen Sie eigentlich zu der Ansicht, Greg könne etwas zugestoßen sein? Vielleicht hängt er einfach irgendwo rum. Schließlich ist er an diese Art Leben gewöhnt.«

»Greg ist ein sehr ungestümer junger Mann. Er lässt sich auf haarsträubende Risiken ein, er lebt unerträglich leichtsinnig. Oft, wenn ich ihn beobachtet habe, wollte mir schier das Herz stehen bleiben. Ich muss sagen, ich mache mir größte Sorgen um ihn. Vor allem, wenn er Angst haben muss, erneut in Haft zu kommen.«

Diese Bekräftigung des Predigers war ohne jeden Nachdruck vorgebracht. Eine kurze Weile saß Harrigan schweigend da, sah ihn an und trommelte dabei unbewusst mit den Fingern auf der Tischplatte.

»Sie sagen also, Sie glauben nicht, dass er mit der Schießerei, die wir gerade untersuchen, etwas zu tun hat?«

»Ich bin überzeugt, dass sich das als Irrtum erweisen wird. Es sollte mich sehr überraschen, müsste ich feststellen, dass er etwas damit zu tun hat.«

»Gut.« Harrigan sprach das Wort mit leichtem Nachdruck. »Sagt Ihnen der Name ›Firewall‹ irgendetwas?«

»Ja, ich habe von ihr gelesen – es handelt sich doch um eine Sie? –, in der heutigen Zeitung.«

»Kennen Sie jemanden, der diesen Namen benutzt?«

»Wie meinen Sie das, Paul?«

»Ob Sie von so jemandem gehört haben, Graeme. Oder so jemanden persönlich kennen. Suchen Sie's sich aus.« Harrigan lehnte sich auf dem Stuhl zurück und entspannte sich für den Moment.

»Bei meiner Tätigkeit treffe ich oft auf Menschen, die mehr als einen Namen tragen. Ich wüsste aber nicht, dass jemand sich unter diesem Namen bei mir vorgestellt hätte.«

»Sagen Sie mir, erkennen Sie auf diesem Bild jemanden wieder?«

Er nahm einen Abzug aus der Mappe und legte ihn auf den Tisch. Der Prediger betrachtete die obdachlosen Jugendlichen im Belmore Park.

»Das war heute in der Zeitung, aber ich habe es definitiv auch zuvor schon gesehen«, antwortete er. »Es wurde aufgenommen, einige Zeit bevor Greg in meine Obhut kam. Ich war nicht wenig erzürnt über die Art, auf die diese Presseleute glaubten, ihn charakterisieren zu müssen. Abgesehen davon aber kann ich Ihnen nichts dazu sagen.«

»Gibt es noch jemanden, den Sie wieder erkennen? Jemanden, mit dem Sie zu tun haben?«

»Neben Greg, meinen Sie? Ich glaube nicht.«

»Was ist mit ihr?«

Harrigan deutete auf die junge Frau, die nur von hinten zu sehen war.

»Es ist schwierig, jemanden am Hinterkopf zu erkennen, Paul. Wie kommen Sie darauf, dass das Ihre Mörderin ist? Weil sie mit Greg spricht? Spontan würde ich sagen, es handelt sich hier um eine Unterstellung. Es sei denn, natürlich, Sie verfügen über weitere Informationen – und ich hoffe doch, in diesem Falle würden Sie die an uns weiterreichen. Wenn nicht an Greg selbst, so doch zumindest an mich als seinen Vormund. Auch er hat seine Rechte.«

Er sprach mit einer Ausdruckslosigkeit, die derjenigen Harrigans in nichts nachstand, und seine Augen waren so fahl, dass sie blind zu sein schienen.

»Ich ziehe nur Erkundigungen ein, Graeme. Könnte dieses Mädchen vielleicht eine Freundin von Greg sein?«, erkundigte sich Harrigan.

»Mädchen sind das Letzte, worüber Greg mit mir reden würde, Paul. Man kann keine Informationen aus seinen Schutzbefohlenen herauspressen.«

»Nein, da haben Sie Recht«, bestätigte Harrigan, der das Foto in die Mappe zurücksteckte und ein paar Sekunden wartete.

»Ich meine, ich höre bei Ihnen einen leichten amerikanischen Akzent heraus, Graeme. Darf ich annehmen, dass Sie einige Zeit in den Staaten verbracht haben?«

Die Wendung, die die Befragung nun genommen hatte, brachte Fredericksen keineswegs aus der Ruhe.

»Meine Stimme verrät mich, nicht wahr? Ja, ich habe dort gelebt, fast mein halbes Leben lang. Erst vor kurzem bin ich zurückgekehrt. Ich rate Ihnen dringend, fahren Sie einmal dorthin, wenn Sie es noch nicht getan haben. Es ist in der Tat ein Land unzähliger Möglichkeiten. Wieso fragen Sie?«

»Ich versuche nur, Sie einzuordnen. Was veranlasste Sie zur Rückkehr?«

»Die Erkenntnis, dass meine Heimat eben doch hier ist. Zumindest war dieses Gefühl unbestreitbar vorhanden, als ich durch den Flughafen von Sydney schritt.«

»Sie waren wohl immer schon ein Reisender?«

»Ja, das stimmt. Ich reise für Gott und gehe, wohin ich gerufen werde. Ich weiß, ich bin am nützlichsten dort, wo ich so viele Menschen wie möglich erreichen kann. Es gibt in dieser Welt nichts Wundervolleres, als am Straßenrand ins Morgenrot zu sehen und zu wissen, nur ein kleines Stück entfernt liegt wieder so ein Städtchen, wo sie dich brauchen. Das sind die Momente, in denen man das Gefühl hat, man ist in der neuen Welt und sieht die Sonne aufgehen. Die Menschen öffnen mir ihre Herzen, Paul, denn ich verstehe sie. Ich verstehe sie besser, als sie selbst sich verstehen. Ich bin einer, der ihnen eröffnen kann, wer sie in Wahrheit sind, der sie dazu anleiten kann, so zu handeln, wie es ihrem wahrhaftigen Wollen am nächsten kommt. Sie vertrauen mir, und ich habe dieses Vertrauen noch stets belohnt.«

Harrigan lief ein kalter Schauder über den Rücken, was bei ihm nur höchst selten vorkam.

»In Ihrem Geschäft ist das wahrscheinlich auch notwendig«, vermutete er. »Von Zeit zu Zeit ist es in meinem ebenfalls ganz nützlich. Sie sind ein Gemeinschaftsmensch, richtig, Graeme? Trifft das Ihren Ansatz?«

In distanziert neugierigem Erstaunen lauschte er den eigenen Worten. Angesichts der Gefühle, die er seinem Gegenüber entgegenbrachte, war das bestenfalls ein schlechter Scherz.

»O ja. Unbedingt. Ich kann sagen, dass ich die Menschen wahrhaft liebe und dass mir ihr Schicksal überaus am Herzen liegt. Und ich kenne sie. Ich kenne nicht allein ihre Herzen, ich kenne auch ihre Gesichter und Namen. Ich vergesse niemals jemanden. Gleich, wer an meine Tür klopft, gleich, mit wem ich durch meine Arbeit zu tun habe, ich erinnere mich an ihn. Ich besitze diese Gabe.«

»Aha.«

Stille setzte ein. In dem kleinen, ihm vertrauten Raum überkam Harrigan Klaustrophobie, der Mann auf dem anderen Stuhl aber schien ungerührt.

»Als Sie in den Staaten waren, wo haben Sie da die meiste Zeit verbracht?«, wollte er nun wissen.

Der Prediger lächelte.

»Überall, Paul. Überall. Wenn mir die Bemerkung gestattet ist – diese Fragen überraschen mich doch ein wenig. Mir will fast scheinen, Sie sollten sich in der gegenwärtigen Situation etwas mehr um Greg sorgen. Müssten Sie jetzt nicht eine Fahndung einleiten?«

»Das ist längst geschehen, Graeme. Ich habe jeden verfügbaren Beamten zur Suche abkommandiert. Das habe ich Ihnen aber bereits gesagt. Und aus dem, was Sie mir eben mitgeteilt haben, darf ich wohl schließen, dass es nicht übermäßig eilt.«

»Aber es eilt, Paul. Es hat die allergrößte Eile. Das muss ich mit allem Nachdruck betonen. Wie kommen Sie nur darauf, dass es anders sein könnte?«

»Dann danke ich, dass Sie geholfen haben, uns auf die richtige Fährte zu führen. Ich begleite Sie gerne nach draußen.«

Der Prediger lächelte erneut und erhob sich, ohne eine zweite Aufforderung abzuwarten.

»Gewiss. Vielen Dank, dass Sie mir Ihre Zeit schenkten. Diese Unterredung war mir überaus wertvoll. Ich werde sie nicht vergessen. Ich hoffe, wir sehen uns wieder.«

»Das werden wir, Graeme. Allein deshalb schon, weil wir wegen Greg noch mit Ihnen sprechen müssen. Ob wir ihn finden oder nicht. Ich werde eine meiner Kolleginnen instruieren, die sich dann bald bei Ihnen meldet.«

»Unbedingt. Ich rechne mit ihr.«

Vor dem Aufzug wartete Harrigan auf den Polizisten, der den Prediger nach draußen führen sollte. Von ihrem Schreibtisch aus spähte Dea zwischen den einzelnen Telefonaten wiederholt rüber.

»Wie ich höre, soll Ihre Gemeinde in Camperdown ja großen Zulauf haben, Graeme«, behauptete er, obwohl er niemals etwas Derartiges gehört hatte und nur neugierig war, wie die Reaktion darauf ausfallen mochte.

»Sie wächst und gedeiht, Paul. Ich hoffe, mit ihr zu gegebener Zeit nach Westen ziehen zu können, denn dort gibt es, wie ich glaube, viele, die meiner bedürfen. Gestern erst dachte ich das wieder, als ich mit Greg unterwegs war. Aber wenn es Sie interessiert, besuchen Sie doch eine Gebetsversammlung. Sie sind uns jederzeit willkommen. In der Vergangenheit haben oft Polizisten meiner Gemeinde angehört. Darf ich Ihnen meine Karte dalassen?«

Harrigan nahm die ihm dargebotene Visitenkarte. Darauf stand die Adresse des New-Life-Tempels mit den Terminen der Gebetsversammlungen, dazu ein Spruch aus der Offenbarung: *Siehe, ich komme bald, und mein Lohn mit mir, einem jeden zu geben, wie seine Werke sind.*

»Danke. Ich werde darauf zurückkommen«, sagte er und steckte sie ein.

In diesem Moment öffneten sich die Aufzugtüren, doch anstatt des Begleiters für den Prediger stieg Grace aus, die von ihrem täglichen Krankenhausbesuch zurückkehrte. Sie begrüßte Harrigan, taxierte kurz den Prediger und war schon unterwegs zu ihrem Schreibtisch, als Harrigan sie aufhielt.

»Grace. Hätten Sie eine Sekunde Zeit?«, rief er ihr rasch nach.

»Sicher«, erwiderte sie und drehte sich um.

Langsam, fast misstrauisch, kam sie näher.

»Das ist eine Kollegin, die Sie kennen lernen müssen, Graeme. Das ist Grace Riordan. Grace, das ist Prediger Graeme Fredericksen. Grace ist die Kollegin, die ich mit Gregs Angelegenheit betraut habe. Sie wird sich um ihn kümmern, falls wir ihn finden sollten. Ihr müssen Sie Bescheid geben, wenn Sie etwas erfahren, was uns vielleicht nützlich sein könnte. Sie beide müssen sich unbedingt einmal zusammensetzen und sich austauschen.«

»Freut mich, Sie kennen zu lernen«, sagte Grace mit ihrem professionellen Lächeln und streckte ihm die Hand entgegen. »Wenn Sie Zeit hätten, können wir uns gerne jetzt gleich unterhalten.«

»Das ist leider unmöglich«, wehrte er ab.

Er hatte die dargebotene Hand nicht ergriffen und starrte sie an. Da er ihre Hand zurückwies, griff Grace in die Handtasche.

»Darf ich Ihnen meine Karte geben? Sie können mich jederzeit anrufen«, sagte sie.

»Danke«, erwiderte er automatisch und steckte sie ein, ohne sie anzuschauen. Weiter sagte er nichts, musterte sie nur unverwandt. Auf seinem Gesicht erschien als flüchtiger Anflug einer Hautlandschaft der Ausdruck tiefsten Ekels und war im Bruchteil einer Sekunde wieder verschwunden.

»Ob Sie wohl auch eine Karte hätten?«, fragte sie in die Leere seiner Reaktion hinein. »Wenn wir in Kontakt bleiben sollen –«

Er trat zurück und hörte nicht auf, sie anzustarren.

»Das wird nicht nötig sein«, erklärte er.

Erneut öffneten sich die Aufzugtüren, und der uniformierte Begleiter für den Prediger erschien.

»Wir werden uns wiedersehen, Graeme«, sagte Harrigan, der das Schauspiel fasziniert beobachtet hatte.

»Ja, davon bin ich überzeugt«, entgegnete der Prediger mit einem Lächeln und war verschwunden.

Als die Türen sich geschlossen hatten, wandte sich Grace an Dea.

»Ich muss heute Morgen mein Deo vergessen haben. Ohne meine Mami bin ich einfach hoffnungslos«, setzte sie mit überzogenem Sarkasmus hinzu.

»Nicht du, Herzchen«, erwiderte Dea mit einem kehligen Lachen. »Er ist derjenige, der das Problem hat. Schon als ich mit ihm geredet habe, ist mir aufgefallen, wie er mich angesehen hat. Er hat was gegen Frauen. Das kann man spüren.«

»Wir haben ihn also gefunden?«, erkundigte Grace sich bei Harrigan.

»Nein«, entgegnete der, »er hat uns gefunden. Und es war ein herzlich unerfreuliches Tête-à-tête. Ich brauche jetzt Koffein.«

»In der Teeküche gibt's frischen Kaffee. Genehmigt euch doch beide einen«, schlug Dea vor, die von Harrigan zu Grace und wieder zurück schaute.

In der Teeküche roch es nach saurer Milch und abgestandenem Kaffee, die Abfalleimer waren bis an den Rand voll mit Essensverpackungen: alles Anzeichen für den Stress, unter dem Harrigans Team derzeit stand. Hier hingen neben den Pin-up-Girls schlechte Scherze und Cartoons am Schwarzen Brett, wenn Pornografie inzwischen auch kaum noch zu finden war. Grace goss sich Kaffee ein und reichte die Kanne dann Harrigan.

»Vielleicht finden wir jemand anderen, der mit ihm reden kann. Wenn eine Unterhaltung mit mir tatsächlich so abstoßend ist«, sagte sie.

»Machen Sie sich darüber keine Gedanken, Grace. Dieser Mann kam hier rein, um mir zu erklären – er konnte nicht einfach zum Telefon greifen, er konnte es nicht Trev sagen, nein, er musste mich persönlich treffen –, also um mir zu erklären, dass er den Jungen verloren hat, dass er die ganze Nacht damit zugebracht hat, sämtliche Straßen nach ihm abzusuchen, und dass er sich jetzt die größten Sorgen um seinen Zustand macht. Und weshalb? Weil, sagt er, der Junge dazu neigt, sich selbst etwas anzutun. Falls der Bursche also nicht ohnehin schon längst tot ist, dann ist er es bald. Wenn wir ihn jemals wiedersehen, dann wird er an einer Überdosis verreckt sein – oder er ist während des Trips in den Hafen gefallen. Irgendwas, wo wir unmöglich beweisen können, dass es kein Selbstmord oder ein tödlicher Unfall war.«

Grace rührte Milch in ihren Kaffee und stierte auf die schmuddelige Wand. Er stand neben ihr und trank seinen schwarz.

»Gestern kam ich zwei Stunden zu spät, um ihn zu holen. Wahrscheinlich ist das Gregs ganze Tragödie«, sagte sie mit einem Kopfschütteln, während ihr ein kalter Schauder den Rücken hinablief. »Aber man muss wirklich mehr als nur ein dickes Fell haben, um hier reinzuspazieren und so eine Show abzuziehen, oder? Wenn man ihn umgebracht hat, meine ich. Das heißt doch, dass es ihn richtig heiß macht, was er da treibt: Seht mich an, ich fahre volles Risiko, und ich werde damit durchkommen.«

»Eins kann ich Ihnen sagen, der hat sich höllisch amüsiert hier drin. Aber so ganz werde ich noch nicht schlau aus unserem Prediger. Ich habe das Gefühl, den Burschen lässt absolut alles kalt.«

»Auch Matthew Liu?«

»Der wahrscheinlich auch.«

»Apropos«, sagte sie, »Agnes Liu ist heute im Lauf des Nachmittags so weit. Die rufen mich an. Haben gesagt, sie werden mir ungefähr eine Stunde vorher Bescheid geben. Das heißt, ich müsste die Abschrift und das Tonband heute Abend hier abliefern können.«

»Nein, darauf will ich nicht warten. Klopfen Sie bei mir, wenn Sie abfahrbereit sind. Ich komme mit. Ich will mithören.«

»Sicher?«, hakte sie leicht zögernd nach. »Die wollen nur mich allein zu ihr lassen.«

»Nein, ich will dabei sein, ich will hören, was sie zu sagen hat. Wir werden Sie mit einer Wanze ausstaffieren. Mit Matthew würde ich mich auch gerne noch mal zusammensetzen, vor allem seit heute Morgen.«

»Gut. Ich gebe Ihnen Bescheid.«

Jeffo kam herein und ließ den Blick über die beiden schweifen, die da Seite an Seite standen.

»Tag, Boss. Hi, Gracie«, sagte er.

Er setzte sich mit einem Mittagessen aus einer Imbissbude an den Tisch und grinste Grace an. Der Blick, mit dem sie ihn daraufhin bedachte, hätte praktisch jeden anderen zu Asche zerfallen lassen.

»Ich muss jetzt das Protokoll für heute Vormittag schreiben«, sagte sie und verließ mit der Tasse in der Hand den Raum. Harrigan, der ebenfalls zu tun hatte, folgte ihr.

Wieder in seinem Büro, betrachtete er noch einmal sein Foto in der Zeitung. Die hatten ganz schön was aufgefahren: das Bild von ihm, das von Greg Smith und der undeutlich erkennbaren Firewall im Park, dazu unheimliche Grafiken aus ihrer Website und der obligatorische Zeugenaufruf. Er hoffte, neben den unerschöpflichen Darbietungen an Einbildung und Wichtigtuerei, die durch solche Aufrufe stets angezapft wurden, gäbe es tatsächlich jemanden, der ihnen etwas Nützliches mitzuteilen hatte. Sie war immer noch auf freiem Fuß, und die Ausdrucke der Chats mit seinem Sohn waren wie Köder, die vor seiner Nase baumelten. Diese Direktverbindung zu ein paar blinkenden Bits auf einem Monitor musste ihn auf geradem Weg zu ihr führen, wenn es nur gelänge, sie zu orten. Ein unerwarteter Stimmungsumschwung verlieh ihm jedoch nun die große Geduld des lautlosen Fallenstellers. Unabhängig von seinen persönlichen Gefühlen:

Es war nur eine Frage der Zeit, und egal, wer und wo sie war, sie konnte nicht entkommen.

19

Auf der anderen Seite der Stadt streifte Lucy im klaren, fließenden Mittagslicht mit ihrem alten Hund durch den verwilderten Garten. Auf schlammigen Wegen lagen die tiefroten Blätter der Kamelienblüten zu kleinen Häufchen aufgefächert auf der Erde. Im Schimmer des Laubs im fahlen Sonnenschein und in der Transparenz des Himmels meinte Lucy ein inneres elektrisches Licht zu sehen. Was sie wahrnahm, sah sie zweidimensional, es hätte ebenso gut die Spiegelung auf einem flachen Tümpel sein können. Ihr inneres Gleichgewicht und ihr Denken wurden komplett von dieser Tiefenlosigkeit getragen, und in ihren Gedanken jagte sie diversen Möglichkeiten nach. Wenn sie doch ein Auto hätte. Wenn sie doch Greg aufspüren könnte. Wenn sie doch an Graeme rankäme. Es war nicht leicht, in den Tempel hineinzukommen, wenn die Tür verriegelt war und man keinen Schlüssel hatte. Die Frage aber blieb: Was dann? Das ist meine Pistole an deinem Schädel, Graeme. Nein, das ist deine Pistole an deinem Schädel. Und wie willst du dich dagegen wehren? Mit Wortverdrehungen. Mit Spielchen. Und wie würde sie sich dagegen wehren? Konnte sie ein zweites Mal abdrücken?

Sie setzte sich unweit der Hütte an den Abhang, zog die Pistole hervor, zielte auf einen Baum, gab imaginäre Schüsse ab und ahmte leise das Explosionsgeräusch nach. *Ka-päng, Ka-päng*. Während sie dasaß, überfiel sie unvorbereitet die Erinnerung. In einem klaren Bild stand ihr im Geiste Dr. Agnes Liu vor Augen, die ihr, unmittelbar bevor sie an jenem

Morgen in dem Hinterhof in Chippendale den Abzug drückte, ins Gesicht schaute. Lucy schluckte und sah sich noch einmal mit dem geradezu ruhigen, aber überraschten Gesicht konfrontiert, das Agnes Liu gemacht hatte, als sie die Waffe entdeckt und dann Lucy in die Augen gesehen hatte. Du wusstest nicht, wer ich bin, machte Lucy sich klar. Du konntest nicht sehen, wer ich bin, weil Graeme sagte, du musst verhindern, dass du erkannt wirst. Und das habe ich getan. Ich habe mein Gesicht verhüllt. Das hätte ich nicht tun sollen. Ich hätte dir zeigen müssen, wer ich bin. Dann hättest du vielleicht gewusst, warum. Nicht, um es noch schlimmer für dich zu machen, nur, damit du zumindest gewusst hättest, weshalb es geschieht. Und ich hätte niemals hinterher noch auf den Mann schießen dürfen. Niemals.

Sie legte sich die Pistole auf den Schoß, und die Welt sank langsam aus ihren Gedanken. Jedes einzelne Gefühl floss aus ihr heraus, und sie blieb leer zurück und willenlos. Ich wünschte, ich wäre nicht so.

»Es tut mir Leid«, sagte sie aus diesem Gedanken heraus, »es tut mir so Leid, dass ich es getan habe.« Aber es gibt nichts, was ich jetzt tun kann. Ich muss einfach weitermachen.

Stephen war früh am Morgen nach Hornsby gefahren, um einzukaufen, Medikamente zu holen und bei dem Arzt vorbeizuschauen, der täglich Hausbesuche bei seinem Vater machte. Er wurde zwar für den frühen Nachmittag erwartet, aber er wollte vorher unter vier Augen mit ihm besprechen, wie es stand. Lucy stieg auf den Hügel und sah Stevies Auto in der Auffahrt stehen. Sie traf ihn in der Küche an, wo er den Inhalt aus mehreren weißen Plastiktüten auspackte. Auf dem Küchentisch lag unter etlichen Zigarettenschachteln die heutige Zeitung.

»Ich hab dir Zigaretten mitgebracht. Ich dachte, du

kannst welche brauchen«, sagte er. Er sprach schnell und ohne sie anzusehen.

»Allerdings. Danke.« Sie wusste nicht, weshalb er so mit ihr sprach. Sie nahm die Zigaretten und entdeckte die Zeitung darunter. Sie legte die Schachteln aus der Hand und starrte auf die Titelseite.

»Scheiße«, sagte sie leise.

WER KENNT DIESE FRAU? Mitten auf der ersten Seite sah sie das Foto, mit ihr von hinten, das vor fast einem Jahr im Belmore Park gemacht worden war. Sie kannte das Bild gut. Stephen ebenfalls, sie hatte es ihm selbst gezeigt. Sie musterte ihn. Sein Mund stand eine Spur offen, und es schien, als bräche sich der Ausdruck des Entsetzens in seinen Augen, in den runden, randlosen Brillengläsern. Sie verstanden einander so deutlich wie selten zuvor. Das Verstehen blieb unausgesprochen. In diesem Moment war das Schweigen die einzige Zärtlichkeit, die sie einander zu schenken vermochten.

»Du musst gehen«, setzte er an, aber sie unterbrach ihn.

»Ich werde sowieso bald gehen, Stevie, so schnell wie möglich, und ich werde nicht zurückkommen. Aber erst muss ich mit Dad reden. Sobald ich kann. Ich muss mit ihm reden. Ich muss ihm etwas sagen. Ich muss es zu Ende bringen, ich kann nicht gehen, solange es nicht zu Ende gebracht ist.«

»Was musst du ihm denn sagen?« Er setzte sich, griff nach seinen Zigaretten, steckte sich eine an. Sie setzte sich gegenüber, er schob ihr die Zigaretten zu, und sie steckte sich ebenfalls eine an. »Willst du ihm sagen – dass das alles seine Schuld ist? Ist es das, was du ihm sagen willst?«

Beim Reden deutete er mit einer eigentümlich verkniffenen Geste auf die Zeitung. Lucy rauchte schweigend. Niemals würde Stephen es über sich bringen, das Geschehene deutlicher anzusprechen.

»Nein, Stevie, das werde ich nicht sagen. Alles, was ich tue,

tue ich selbst. Nicht er ist verantwortlich, ich bin es. Ich verlange nur, dass er sagt, dass er mir nicht hätte antun dürfen, was er mir angetan hat, dass es ihm Leid tut, irgendwas …«

»Luce, ich weiß nicht, wie du darauf kommst, dass er das jemals tun würde.«

»Es ist ein Bedürfnis. Ich brauche es einfach. Und wieso sollte ich es nicht wollen? Wenn es dich erst überkommt, dann lässt es dich nicht mehr los. Nein, ich weiß, dass es jetzt nichts mehr bringt«, sagte sie. »Er ist mir jedoch was schuldig. Von hier bis zum Himmel hinauf, so viel ist er mir schuldig, für den Rest meines Lebens, aber wie Mel schon sagte, vielleicht ist der Zug längst abgefahren. Vielleicht ist es mir inzwischen auch scheißegal. Ich muss es nur zu Ende bringen, bevor ich gehe. Mehr kann ich nicht tun. Es verdammt noch mal zu Ende bringen. Anders geht's nicht. Das bin ich mir schuldig. Bevor ich mich um irgendetwas anderes kümmere.«

Sie sprachen miteinander wie ein Paar, das übereingekommen ist, die Ehe zu beenden, und obwohl keiner von beiden das wirklich will, wissen sie, dass ihnen keine andere Wahl bleibt. Beide bemühten sich, nichts auszusprechen, was sich nicht mehr zurücknehmen ließe, und alles zu unterlassen, was die Sache nur noch schlimmer machte.

»Wenn du schon mit ihm reden musst, mach es wenigstens nicht noch schwieriger für uns.«

»Keine Angst. Ich will dir und Mel nicht wehtun. Richte ihm von mir aus, es ist gut. Und ich werde ihm nicht wehtun und ihm keine Vorwürfe machen. Oder sonst was antun.«

Sie lachte. »Ich werde ihm nicht wehtun«, wiederholte sie. »Toller Witz.«

»Das ist jetzt nicht mehr wichtig«, sagte Stephen sehr sanft.

»Doch, es ist wichtig. Ich kann nur nichts mehr dagegen tun. Ich muss dich um einen Gefallen bitten. Hast du einen Wagen, den du mir leihen kannst?«

»Ja. Du kannst den alten Datsun haben, der kommt gerade aus der Reparatur. Nimm ihn, wenn du willst. Du kannst auch die Papiere haben. Ich werde ihn heute Nachmittag noch auftanken. Einverstanden? Mehr kann ich nicht tun, Luce. Damit dürftest du ein ganzes Stück von hier fortkommen. Ich kann nicht sagen, wie weit.«

»Das passt schon. Mach dir keine Gedanken.«

»Ich werde für dich mit Mel über Dad reden«, sagte er.

Sie schienen nicht zu wissen, was sie sich sonst noch sagen konnten. Schweigend saßen sie da, und es klopfte an der Hintertür.

»Das ist der Arzt«, meinte Stevie, »er hat angekündigt, dass er früh dran sein wird.«

»Kann ich die Zeitung haben?«

»Sicher, nimm sie mit, wenn du gehst«, sagte er, ohne sie anzusehen.

»Ja, mach ich«, sagte sie, »ich werde sie für dich loswerden.«

Stephen führte den Doktor, einen etwa fünfunddreißigjährigen Mann, in die Küche, als Lucy gerade ihre Zigaretten einsteckte.

»Guten Morgen«, sagte er und streifte sie mit einem missbilligenden Blick. »Sie wissen hoffentlich, dass die sehr schlecht für Sie sind. Sie wollen doch nicht enden wie Ihr Vater.«

Wen juckt's, dachte Lucy und blinzelte ihn ungläubig an. Sie sparte sich eine Erwiderung und ging in ihr Zimmer.

Dort blätterte Lucy die Zeitung durch und betrachtete die Abbildungen ihrer Website, die Fotos von Greg und vom Tatort. Sie las Artikel, in denen sie auf eine Art beschrieben wurde, dass sie sich nicht wiedererkannte. Sie war nicht grausam, dessen war sie sich absolut sicher. Was waren nur die magischen Worte, die den Zeitungsmachern und Radiomoderatoren verständlich machen würden, was sie in Wahrheit hatte erreichen wollen? Diese Gedanken ließen sie nicht los, bis ein Zeitungsfoto sie stocken ließ: Es zeigte nicht sie oder Greg, aber doch jemanden, den sie wieder erkannte. Ein Gesicht, das ihr wohl vertraut war, wenn auch von anderer Stelle. Sie starrte eine Weile darauf, dann klappte sie das Notebook auf, wählte sich ein und ging ins Netz. Als sie gefunden hatte, wonach sie suchte, überkam sie beinahe eine Art Erleichterung, ein letztendliches und vollkommenes Loslassen von allem. Greg hatte es ihr oft genug gesagt: Es ist alles egal.

Turtle, bist du da?

ich bin hier firewall. ich warte schon auf dich

Und wieso das?

wieso denn nicht?

Eine kurze Weile verharrte Lucy.

bist du noch da?

Ich bin da, ich bin immer für dich da. War ich wenigstens. Turtle, du hast gesagt, du lügst mich niemals an. Dass du es nie getan hast und nie tun wirst.

hab ich auch nie! glaub mir es stimmt ich hab dich nie im leben angelogen

Nein? Bist du dir da ganz sicher?

nie im leben

Heute ist ein Bild in der Zeitung. Von dem Bullen, der hinter mir her ist. Und ich denk mir, den kenn ich doch. Das ist dein Vater, stimmt's? Ich kenn ihn, weil ich sein Bild gesehen hab, ich hab die Bilder von allen deinen Verwandten gesehen. Stundenlang hab ich sie mir angeschaut und mir gedacht: Ach, ich wünschte, das wär meine Familie. Du hast gesagt, dass er sich total um dich kümmert. Du hast gesagt, dass er dich liebt. Und ich hab mir gedacht: Das muss doch was Schönes sein. So jemanden zu haben. Und dann les ich heut die Zeitung, und da haben wir ihn. Du hast mir nie gesagt, dass das sein Job ist. Du hast mir nie gesagt, dass er ein Bulle ist.

das ist er nicht! er hat gesagt ich darf das niemandem sagen weil die leute sonst auf mich losgehen & da hab ichs dir auch nicht gesagt weil es war nicht wichtig: mit dir & mir hatte das nichts zu tun

Wenn du mir also sagst, ich soll zur Polizei gehen, dann sagst du das nur, weil es gut für ihn ist. Weil er dann kriegt, was er will. Und das tust du nur für ihn. Ich hab keine Ahnung, ob mir das irgendwas bringt, aber ihm bringt es ganz sicher was.

ich hab das ueberhaupt nicht deswegen gesagt & ich bin nicht mein vater: das muesstest du doch am besten wissen du bist ja auch nicht deine eltern oder??? was zwischen uns ist ist nur zwischen dir & mir! sonst nichts! & es ist nie anders gewesen: das darfst du nicht sagen

Das glaub ich dir nicht. Du lügst genau wie alle andern. Die Leute lügen dich zu, und hinter deinem Rücken lachen sie sich eins. Du bist ein Lügner, Turtle. Du lügst genau wie die andern. Du lügst. Du lügst wie ein Schwein.

nein

Weißt du, was da über mich in der Zeitung steht? Dass ich total grausam bin. Dass es mir Spaß macht, Leute umzubringen. Dass ich es geil find, Blut zu sehen. Die haben 'ne Umfrage gemacht, da wollten sie von den Leuten wissen, was man mit mir machen soll. Und diese ganzen Leute, die haben alle gesagt, man müsste mich genauso erschießen. Jeden Tag denk ich drüber nach, was ich getan hab. Ich hab es nicht zum Spaß getan. Ich hab es getan, weil ich es tun musste. Denkt dein Vater auch so über mich?

Es dauerte eine Weile, bis die Antwort kam.

ja tut er aber ich hab ihm gesagt nein & dass du ueberhaupt nicht so bist & dass er das nicht von dir denken darf

Was ändert das schon groß? Du erzählst mir die eine Geschichte, und ihm erzählst du vielleicht eine andere, und in Wahrheit hast du einen ganz anderen Grund für die Geschichten, die du uns beiden auftischst.

hoer mir zu: ich hab dich lieb & mit niemandem red ich so wie mit dir! du hast keine wahl firewall du kannst nirgendwo hin: nur deswegen hab ich gesagt geh zur polizei & ich weiß nicht was sonst aus dir werden wird aber wenn du das machst kann mein dad dir helfen. ich bring ihn dazu dass er dir hilft

Nein. Wohin ich geh und was ich tu, das entscheide nur ich. Und wenn ich dabei draufgeh, na und? Kümmert doch keinen. Du versuchst hier Entscheidungen für mich zu treffen, und das geht nicht.

was willst du eigentlich??

Nichts, was machbar wäre, aber das ist jetzt auch egal. Ich wollte mich nur verabschieden.

nie hoerst du zu. nie hoerst du auf jemanden

Auf dich hätte ich beinah gehört. Aber du hast mich belogen.

Sie kappte die Verbindung und loggte sich aus. Sie schwebte durch den Raum, und da war nichts, woran sie hätte ankern können, nur der nächste Schritt, die nächste Tat. Sie griff zum Handy und rief Graeme an. Während sie wählte, überlegte sie, dass er keine Macht mehr über sie habe und die nächste Tat ganz einfach von dem jeweiligen Spiel bestimmt würde, das sie beide im fraglichen Moment spielten. Er meldete sich beim ersten Läuten.

»Hi, Graeme«, sagte sie. »Willst du reden?«

»Lucy. Aber sicher. Wo steckst du nur die ganze Zeit? Du hast mich warten lassen. Ich sitze schon seit Stunden mit Greg hier rum.«

»Wir warten alle auf etwas. Als ich das letzte Mal mit dir geredet habe, da hast du auf das Ende der Welt gewartet, stimmt's? Wie geht's dir denn?«

»Mir geht es gut, Lucy. Mir geht es wirklich ausgesprochen gut, und es freut mich sehr zu hören, dass du so gehobener Stimmung bist. Hier ist jemand, den du sprechen wolltest. Wie du es dir gewünscht hast.«

Es raschelte, und das Telefon wurde weitergereicht.

»Hi, Luce.«

»Tag auch, Greg. Wie geht's?«

»Ich bin okay.«

»Bestimmt?«

»Ja, ehrlich, Luce«, behauptete er. »Im Augenblick ist es so einigermaßen okay.«

»Wo bist du?«

»Das kann ich dir nicht sagen.«

»Wieso nicht? Du hast doch gesagt, es wär einigermaßen okay?«

»Schon. Aber eben nur einigermaßen. Ich muss Schluss machen.«

»Nein. Ich –«

Dann meldete sich der Prediger wieder. Gereizt lauschte Lucy dem Klang seiner Stimme.

»Es ist an der Zeit, dass wir uns treffen«, sagte er.

»Okay, ich hab 'nen Wagen, muss jedoch noch ein paar Sachen erledigen. Aber morgen dann. Morgen Abend?«

»Warum müssen wir so lange warten?«

»Weil ich noch was zu erledigen hab, Graeme. Was Wichtiges.«

»Wann?«

»Ich werde einfach da sein, Graeme. Irgendwann nach zehn. Du kannst kommen, wann immer du willst. Aber wir werden alle da sein, wir alle drei, richtig?«

»Aber gewiss. Dann ist es also fix?«

»Ja, ja«, entgegnete sie ungeduldig. »Gibst du mir jetzt Greg noch mal?«

»Also schön«, erwiderte er nach einer Pause.

»Eins noch«, sagte sie, »vergiss nicht: Ruf mich nicht an. Ich ruf dich an.«

Das wäre nicht nötig gewesen. Sie wollte ihn nur ein wenig nach ihrer Pfeife tanzen lassen.

»Wie du wünschst«, erwiderte er.

»Ich wollte dir nur sagen, dass wir uns wiedersehen werden«, sagte sie, als Greg sich erneut meldete.

»Ja, irgendwann sehen wir uns wieder, Luce. Hör zu – pass auf dich auf, ja? Und mach dir um mich keine Sorgen. Weil alles gut wird. Vergiss das bloß nicht. Denk einfach nicht mehr an mich. Du musst jetzt nur an dich selbst denken«, mahnte er, dann wurde die Verbindung getrennt.

Lucy trat hinaus an die frische Luft eines Tages, der klarer, wenn auch kälter war als der gestrige. Diesmal nahm sie die Waffe nicht mit, sie ließ sie zurück und genoss es, einmal nicht ihren Druck auf der Haut zu spüren. Der Arzt war längst weg. Sie stand am Ansatz des Abhangs und sah zur Abbruchkante hinab. Der Hund war nicht in der Hütte, allerdings lagen etliche Knochenreste um den Napf verstreut. Keiner hatte die Kette wieder angebracht. Wo immer sie war, Dora lebte in Freiheit.

Stephen kehrte zurück und lenkte den alten Datsun, den er ihr versprochen hatte, auf die Auffahrt, wo er ihn hinter seinem Auto parkte. Er stieg aus , kam auf sie zu und blieb vor ihr stehen.

»Ich hab ihn voll getankt, Luce«, erklärte er. »Brauchst du auch Geld? Ich kann dir ein paar Hunderter geben, wenn du sie brauchst.«

»Ja, wenn's möglich ist«, antwortete sie. »Wie geht's Dad?«

»Der Doktor hat ihm 'ne Spritze gegeben, die wird ihn für 'ne Weile außer Gefecht setzen. Mel hat gesagt, sie gibt dir

Bescheid, wenn er aufwacht, aber es kann gut sein, dass es erst spät in der Nacht so weit ist. Gut möglich, dass du erst morgen mit ihm reden kannst.«

»Kein Problem. Ich warte es ab. Ich habe Zeit.«

Denn dies ist der Schlusspunkt, jetzt folgt nur noch das endgültige Adieu. Es war das letzte bisschen Zeit, das ihr noch vergönnt war.

Sie verfolgte, wie er ins Haus ging. Es schien fast, als wolle die klobige Klinkerbehausung sich bis an den Rand des Abhangs vordrängen. Wenn es nach ihr gegangen wäre, sie hätte den Klotz niedergebrannt, nicht übertüncht. Wenn sie diesmal von hier fortginge, würde sie nie mehr zurückkönnen. Als sie dies als Endgültigkeit akzeptiert hatte, suchte sie erneut ihr Zimmer auf. Der Nachmittag neigte sich dem Ende zu, aber womöglich musste noch ein ganzer Tag verstreichen, ehe sie das ungeliebte Elternhaus verlassen konnte. Und wieder warte ich auf dich, Dad. Anscheinend tue ich nichts anderes.

20

Nicht lange nachdem Firewall das Gespräch mit Turtle abgebrochen hatte, legte Louise einen Ausdruck der Unterhaltung auf Harrigans Tisch. Er überflog ihn und sagte, er werde ihn behalten. Sobald Louise gegangen war, rief er Susie an und erkundigte sich nach Tobys Zustand.

»Im Moment ist Tim bei ihm«, berichtete sie. »Ich seh mal nach.«

Geraume Zeit später meldete sie sich wieder.

»Alles in Ordnung, Paul. Er ist erregt, aber er will mit niemandem darüber reden.«

»Ich komme sofort rüber«, entschied er.

»Nein, nicht.« Sie sprach hektisch. »Er hat gesagt, dass Sie das tun würden und dass er das nicht will. Das soll ich Ihnen ausrichten.«

Es folgte eine kurze Stille, da Harrigan sich eine Antwort lieber verbiss.

»Paul – bitte akzeptieren Sie das. Wir kümmern uns hier um ihn. Er hat auch keine Krämpfe oder so. Er braucht ganz einfach Raum für sich. Sie müssen ihm seinen Freiraum lassen.«

»Richten Sie ihm von mir aus, dass ich morgen in der Früh da sein werde, egal, was ist. Es sei denn, er will mich vorher schon sehen und bittet mich, früher zu kommen. Aber morgen bin ich in jedem Fall da.«

»Das werde ich ihm ausrichten, das ist kein Problem.«

»Gut.«

Er legte auf und las noch einmal den Ausdruck.

ich bin nicht mein vater. Habe ich denn je behauptet, dass du das wärst, Toby? Ich wollte doch immer nur, dass du du selbst bist. Das muss ich dir doch gesagt haben.

Die einzige Rettung für diese Ermittlung wäre gewesen, sie einem anderen zu übertragen – was er nicht tun würde, denn da war niemand, dem er vertraut hätte – oder sie schnellstmöglich zu Ende zu führen. Seiner Erfahrung nach tötete die Erschöpfung ohnehin jede seelische Anteilnahme ab, und die ununterbrochene Arbeit mündete fast zwangsläufig in einer tiefen Erschöpfung. Mit diesem Gedanken machte er sich wieder an die Arbeit. Er kontrollierte, überprüfte, berichtete, ordnete an, wo etwas weiterverfolgt werden musste, und verlangte seinem Team ab, was er sich selbst abverlangte.

Als am Nachmittag dann der Anruf vom Krankenhaus zu Grace durchgestellt wurde, war das eine Erleichterung auch für ihn. Sie kam an seine Tür, um ihm mitzuteilen, dass sie sich auf den Weg mache. Sie fuhren in getrennten Autos los. Auf den Straßen tobte inzwischen der Berufsverkehr, und es gab kaum ein Fortkommen. Firewalls Website hatte ihn infiziert und überlagerte gegen Abend seinen Gemütszustand. Er hatte das Gefühl, die Straßen wären überflutet von Menschen, die alle aus der Stadt flohen. Er reihte sich ein und fühlte sich geradezu hilflos.

Die grell erleuchteten Korridore und der raunende Geräuschteppich im St.-Vincent's-Krankenhaus vermittelten den Eindruck von Aktivität und hellten seine Weltuntergangsstimmung an diesem kalten Wintertag ein wenig auf. Grace erwartete ihn bereits. Als Harrigan eintraf, hatte sie das Gefühl, die Lampen hätten sein Gesicht mit einer Schicht übertüncht, die auf eigentümliche Art dem Make-up glich, das sie zu ihren Konzerten zu tragen pflegte. Warum auch nicht? Ihrer Beobachtung nach brachte Harrigan ein Gutteil seiner Zeit damit zu, anderen etwas vorzuspielen. Gemeinsam gingen sie zur Intensivstation hinauf, wo Matthew sie schon in einem Vorraum erwartete.

Das kurz geschorene Haar und die schwarze Trauerkleidung konnten Harrigan, der ihn seit der Tat zum ersten Mal sah, nicht entgehen.

»Hallo, Matthew. Wie geht es dir?«, fragte er.

»Sie haben gesagt, Sie werden sie schnappen«, entgegnete Matthew mit verschränkten Armen.

»Das werden wir auch. Ich verspreche es dir.«

»Davon merke ich bis jetzt aber nichts. Und wenn ihr es nicht schafft, dann krieg ich sie. Und dann wird sie zahlen, dann wird sie richtig dafür bezahlen. Und das ist ein echtes Versprechen, kein Rumgewichse.«

»Du wirst das nicht tun müssen, weil wir sie kriegen werden. Aber im Moment sind wir wegen deiner Mutter hier.

Jede Kleinigkeit kann uns helfen. Jeder Schritt bringt uns dem Ziel näher.« Harrigan wusste keine andere Antwort.

»An Ihrer Stelle hätt ich nicht den Nerv, den Leuten mit so 'nem Scheiß zu kommen. Weil ich mich nämlich schämen würd«, erklärte Matthew und stakste davon.

Ohne ein Anzeichen der Rührung sah Harrigan ihm nach.

»Helfen Sie mir mal auf die Sprünge, ich versuche gerade, mich an Ihre Berichte zu erinnern«, bat er Grace. »Benimmt er sich Ihnen gegenüber auch so?«

»Zu mir ist er weniger aggressiv, aber ansonsten nicht anders. Er prügelt auf jeden ein, und er lässt niemanden an sich ran. Lange hält er das nicht mehr durch, irgendwann bricht er zusammen.«

Harrigan ging durch den Kopf, dass er lieber nicht dabei sein wollte, wenn das geschah.

Hinter dem Sichtfenster lag Dr. Agnes Liu in ihrem hohen Krankenhausbett auf einem Berg von Kissen, die von einer Schwester sorgsam zurechtgerückt wurden.

»Egal, wie Agnes das einschätzt«, erklärte der behandelnde Arzt Grace, »einen Marathonbesuch hält sie nicht durch. Wenn es sein muss, werde ich sofort dazwischengehen. Ich will Sie nur gewarnt haben.«

»Ich werde sehr vorsichtig sein«, entgegnete sie.

Harrigan stand ein wenig außerhalb von Agnes Lius Gesichtsfeld, wartete und beobachtete.

Im Zimmer nickte die Schwester Grace zu und setzte sich dann neben das Bett. In der Luft lag ein menschlich-organischer Geruch nach Verletzung und Krankheit und ein zweiter nach Antiseptikum. Grace, die das Mikrofon ihres Diktiergeräts am Revers festgemacht hatte, setzte sich neben Agnes Liu.

»Wie geht es Ihnen, Agnes?«, erkundigte sie sich.

»Ich finde, alle Welt macht sich zu große Sorgen«, antwortete sie. »Aber ich bin es auch nicht gewohnt, die Patientin zu sein.«

Beim Reden ergriff sie Graces Hand, und Grace beugte sich vor. Der Schock hatte Agnes Lius Gesicht, an sich eine aparte Mischung anglo-australischer und chinesischer Züge, bis auf das Knochengerüst verfallen lassen. Sie war Anfang vierzig. Die Augen waren dunkel, der Teint elfenbeinern. Das schwarze Haar war frisch gewaschen und gekämmt und zeigte silbergraue Lichter, die sich von der Stirn zurückwellten.

»Wo ist Matthew? Er ist böse auf mich, weil ich mit Ihnen rede. Ich habe ihm gesagt, es müsse sein.«

»Er ist draußen. Ich habe eben mit ihm gesprochen.«

»Wie geht es ihm?«

»Keine Sorge. Er schafft das schon. Er ist ein sehr starker Junge.«

Agnes sprach jedes Satzglied kurz und prägnant aus, und sie teilte sich ihre begrenzten Kraftreserven sehr sorgsam ein. »Ja, das stimmt. Aber er weiß noch nicht, wie man etwas verbirgt. Verstehen Sie, mir wurde beigebracht, auch in schwierigen Situationen nie die Fassung zu verlieren. Meine Mutter lernte meinen Vater auf der Universität kennen. Sie verliebte sich, und sie heirateten. Neunzehnhundertfünfundfünfzig. Da war sie achtzehn. Es war ein Skandal, ihre Familie hat jahrzehntelang nicht mehr mit ihr gesprochen. Meine Großmutter väterlicherseits, die war genauso schlimm. Hat sich geweigert, sie willkommen zu heißen. Immer haben wir den Schein wahren müssen, egal, wie es uns ging. Matthew kann das noch nicht. Wenn es mir besser geht, werde ich mit ihm reden.«

Sie brach ab.

»Wissen Sie, was mir am deutlichsten in Erinnerung ist von dem Vormittag, an dem auf mich geschossen wurde?

Diese Frau. Wie wir uns gemustert haben. Ich drehte mich um, und da stand sie auf der Straße. Einfach so. Direkt vor mir. Mit ihrer Pistole. Ich weiß noch, dass ich dachte, ach, wie klein sie ist. Und ich beobachtete sie. Wir sahen einander in die Augen, und in der Sekunde wusste ich, sie würde mich umbringen. Das war mir völlig klar. Als hätte ich gedacht: Ah, da ist jemand mit einem Termin. Ich sah ihr in die Augen, als sie abdrückte. Und ich dachte: Ich kenne dich.

Jetzt liege ich hier und denke die ganze Zeit darüber nach. Ich denke mir, wie kann man sich so sicher sein, dass man jemanden erkennt, wenn man doch nur seine Augen sieht? Aber dann sind mir noch andere Einzelheiten eingefallen, und ich dachte, ja, das ist sie. Vor ungefähr vier Monaten hat jemand angerufen. Bei mir daheim. Meine Privatnummer gebe ich an niemanden heraus. Keine von uns tut das. Aber diese Frau kannte sie. Sie sagte, wissen Sie, wer ich bin? Ich sagte, nein. Woher auch? Sie war nur eine Stimme. Sie sagte, ich bin die Metzgerstochter. Ob es mir jetzt wieder einfiele? Nein, es fiel mir nicht ein, noch nicht. Sie sagte, ich sei eine Mörderin, und eines Tages würde ich sterben für das, was ich getan habe. Sie weinte. Ich legte sofort auf. Wir besorgten uns eine neue Nummer. Ich verdrängte den Vorfall. Solche Vorfälle muss ich verdrängen.«

Sie hielt inne, und es wurde totenstill.

»Ich kann mich nicht an jedes Detail erinnern. Da sind Lücken. Aber so viel weiß ich noch. Eines Tages – Matthew muss, glaube ich, neun gewesen sein, so um den Dreh –, an einem sehr heißen Tag, ich weiß noch, dass alle gestöhnt haben, wie heiß es ist. Die Klimaanlage war fast überfordert. Da tauchte in einer der Kliniken diese Frau mit ihrer Tochter auf. Es war am späten Vormittag. Sie hatten keinen Termin. Und das Kind, sie sah so krank aus und so jung. Ich habe gesagt, ich nehme sie sofort dran. Und dann hatte sie eine Fehlgeburt, fast im selben Moment, direkt im Wartezimmer. Da war so viel Blut, dass ich ... Da waren andere Frauen, die ihre Kinder dabeihatten zu Kontrolluntersuchungen, ältere Frauen, die haben alles mit angesehen. Wir riefen den Krankenwagen. Ich habe zu dieser Frau gesagt: Wollen Sie in Ihrem eigenen Auto fahren? Oder steigen Sie lieber mit in den Krankenwagen ein? Die hatten gar kein Auto. Die waren im Zug gekommen und mit dem Bus. Von irgendwo, absurd weit her. Und ich habe zu dieser Frau gesagt, ich weiß gar nicht, wie Ihre Tochter die Fahrt hat überleben können. Haben Sie denn nicht gesehen, wie schlecht es ihr geht? Wieso sind Sie denn hierher gekommen? Von so weit her. Jemand habe ihr von mir erzählt, sagte sie. Sie wüsste nicht, was sie sonst hätte tun sollen. Und wenn sie im Krankenwagen mitfahren müsste, um ins Krankenhaus zu kommen, dann würde sie eben im Krankenwagen mitfahren. Wir standen alle unter Schock. Sie war völlig ungerührt. Am Ende hat dann jemand von meinen Leuten sie hingefahren. Und ich dachte nur, das arme Kind.«

Wieder trat eine Pause ein. Grace sah zu der Schwester hinüber.

»Ich möchte weiterreden«, erklärte Agnes Liu, und sie nickte.

»Agnes«, warf Grace leise ein, »erinnern Sie sich noch, wo sie wohnten? Die Siedlung würde schon genügen.«

»Ich habe es versucht, aber es geht nicht – da ist eine Lücke.«

»Die Klinik?«

»Nein. Ich wechsle, wissen Sie. Ich ziehe von Klinik zu Klinik. Ich möchte sicher sein können, dass überall gut gearbeitet wird. Ich weiß einfach nicht mehr, wo es gewesen ist. Ich weiß, dass das alles geschehen ist, aber ich kann es nicht einordnen.«

Dann bleiben also fünf von fünf möglichen Kliniken, dachte Harrigan, der draußen stand.

»Am selben Abend habe ich im Krankenhaus angerufen und mich nach ihrem Zustand erkundigt. Sie sei schon wieder zu Hause, hieß es. Ihr Vater habe sie abgeholt. Ich war wütend auf die Leute da. Ich sagte, sie braucht Pflege. Ach, man habe so viel zu tun. Es war kein Personal da, niemand hatte etwas mitbekommen. Sie hatten nicht einmal die Adresse. Oder wenigstens keine brauchbare. Ich konnte nichts tun. Aber ich machte mir Vorwürfe. Ich dachte, warum hat das alles so kommen müssen? Und dann, eines Tages – es war etliche Monate später, ich weiß nicht genau, wann –, da kam diese Frau erneut in die Klinik. Diesmal hatten sie einen Termin bei mir gehabt, aber der Name sagte mir nichts. Ich glaube, es war ein anderer Name, aber ich kann mich nicht daran erinnern. Sie wollte unbedingt zu mir.

Ich habe sie in meinem Sprechzimmer empfangen. ›Diesmal haben wir ein Auto‹, das war das Erste, was sie sagte. Ich wusste nicht, was ich darauf antworten sollte. Ihre Tochter sei wieder schwanger, sagte sie. Sie wolle abtreiben lassen, sie warte draußen im Auto. Ob ich das machen könne? Mir blieb die Spucke weg. Ich sagte, weshalb sind Sie wieder zu mir gekommen? Ach, hat sie gesagt, ich wusste nicht, wohin sonst. Ich fragte, was will Ihre Tochter? Ach, die will es auch so. Und dann hat diese Frau noch gesagt – wobei ich nicht weiß, ob sie sich absichtlich so blöd gestellt hat: ›Meine Tochter ist so schrecklich unbeherrscht. Mein Mann will, dass sie die Pille nimmt, damit das nicht noch mal passiert. Ihm passt das gar nicht.‹

Manchmal, wenn ich mit den Leuten rede, dann studiere ich ihre Gesichter. Ich sah diese Frau an und fragte mich, ist das Dummheit oder Gerissenheit? Ich weiß es nicht. Aber so oder so, es ist böse. Ich sagte, ich könne das nicht verantworten. Ihre Tochter war jung, ich glaube, sie war erst fünfzehn. Es ist nicht gut, in dem Alter schon die Pille zu nehmen. Ich bat sie, das Mädchen hereinzubringen. Ich unterhielt mich unter vier Augen mit ihr, ich bestand darauf. Ich fragte sie nach ihrem Freund. Sie starrte mich nur groß an. Ich fragte sie nach ihrem Vater. Sie schien nicht zu verstehen, worauf ich hinauswollte. Sie sagte, er sei Metzger. Genau, dachte ich. Ich fragte, ob sie das hier wolle? Sie sagte Ja. Was hätte sie auch sonst sagen sollen? Die Mutter wartete vor dem Sprechzimmer. Und sie sah mich unverwandt an. Ich kann nur sagen, dass ich wusste – so wie sie mich ansah, bestand da nicht der geringste Zweifel –, dass der Vater dieses Kindes auch der Vater ihres Kindes war. Und ich dachte, ja, es ist Gerissenheit. Du willst mich da mit hineinziehen. So versuchst du, die Schuld abzuschieben. Wenn ich Bescheid weiß, dann ist es nicht mehr deine Schuld. Sondern meine. Mir wurde übel.

Was hätte ich tun sollen? Die Polizei rufen? Sie rauswerfen? Ich dachte, ich habe eine Verpflichtung. Ich muss Schaden von diesem Kind abwenden. Ich kann diese Abtreibung vornehmen. Dann weiß ich zumindest, dass es eine saubere Sache ist und keine Pfuscherei. Dieser Frau hätte ich alles zugetraut. Ich sagte ihr, ich bräuchte Angaben zur Familie, und sie solle ein Formular ausfüllen. Das tat sie. Ich führte die Abtreibung durch. Und als es zu Ende war, fing das Kind zu weinen an. Ich dachte schon, sie hört überhaupt nicht mehr auf. Ich wartete nicht länger. Ich rief die Polizei an. Aber während ich noch am Telefon war, sah ich, wie die Frau ihre Tochter aus der Wachstation zerrte. Ich wusste nicht, was ich tun sollte.

Ich legte den Hörer auf und lief ihnen nach. Auf den Parkplatz. Ich ließ sie nicht wegfahren. Das Mädchen lag auf der Rückbank zusammengerollt. Ich glaube, sie weinte immer noch. Die Tür war verriegelt. Durch das Fenster sagte ich zu der Frau: ›Sie darf mindestens vierzehn Tage lang keinen Geschlechtsverkehr haben. Das mussten sie wissen.‹ Mehr konnte ich für das Mädchen nicht tun. Und diese Frau ist einfach losgeprescht. Hätte mich fast überfahren. Ich rief bei der Polizei an. Und dort musste ich erkennen: Jede Angabe, die diese Frau gemacht hatte, war erlogen. Natürlich. Ich war so naiv gewesen, dass ich darauf gar nicht gekommen war. Ich weiß bis heute nicht, ob ich mich richtig verhalten habe.« Sie brach ab und schloss die Augen. »Ich muss an dieses Mädchen denken, das weinend auf der Rückbank lag – hasste sie mich für das, was ich getan habe? Ich weiß es nicht.«

Es entstand eine Pause.

»Können Sie sie beschreiben, Agnes? Geht das?«

»Ich weiß nicht. Ich bin mir nicht sicher – ich sehe ihr Gesicht vor mir, aber ich weiß nicht, wie ich ... Sie war so jung ...«

Von draußen gab der Arzt der Schwester ein Zeichen.

»Schluss jetzt. Sie muten ihr zu viel zu«, mahnte er Harrigan. »Das war's.«

Die Schwester berührte Grace an der Schulter. Grace nickte. Sie wollte ihre Hand lösen.

»Lassen wir's damit bewenden, Agnes. Denken Sie nicht mehr daran. Danke, dass Sie uns so weit helfen konnten. Das waren sehr wertvolle Informationen.«

»Warten Sie«, sagte Agnes so leise, dass niemand sonst sie hörte. »Näher.«

Grace neigte sich herab, und die Ärztin flüsterte ihr ins Ohr: »Ich kenne Sie. Sie waren auch in einer Klinik. Wo diese Verrückte uns so zu schaffen gemacht hat. Sie haben sie rausgeschmissen.«

»Ja, so war es.«

»Sie sehen jetzt besser aus. Viel besser als damals.«

Sie ließ die Hand herabgleiten. Plötzlich fand Grace sich vor dem Krankenzimmer neben Harrigan wieder, und gemeinsam beobachteten sie Arzt und Schwester, die sich über das Bett beugten.

»Entschuldigen Sie«, sagte sie zu Harrigan und floh in die Damentoilette, wo sie sich Papiertücher unter die Augen hielt, damit ihr die Tränen nicht die Wangen hinabliefen. In kleinen schwarzen Flecken hängte die Wimperntusche sich an das weiße Papier. Sie nahm sich zusammen, besserte das Make-up nach und ging wieder hinaus, wo Harrigan sie auf dem Flur erwartete.

»Doc Liu ist so weit in Ordnung«, sagte er und musterte sie forschend. »Sie ist völlig k. o., aber sonst stabil. Die haben uns unmissverständlich heimgeschickt. Und wie geht's Ihnen?«

»Gut.«

»Darf ich Sie auf einen Kaffee einladen? Da Sie ja nicht trinken.«

»Was ich jetzt wirklich brauche, ist eine Zigarette«, erwiderte Grace und gestattete damit einen minimalen Blick auf ihre seelische Verfassung.

»Warum nicht das eine mit dem anderen verbinden?«, schlug er vor. »Machen wir doch eine halbe Stunde blau. So viel Zeit können wir schon erübrigen.«

In einem nicht weit entfernten Café, in dem sie sich, den Blicken der Menge entzogen, in einer abgetrennten Sitzgruppe niederlassen konnten, bestellte Harrigan bei einem silberbetressten Kellner zu exorbitanten Preisen einen Espresso und eine Latte macchiato. Grace steckte sich eine Zigarette an und sog den Rauch dankbar ein. Sie schüttelte sich kurz, um den verspannten Rücken zu lockern, dann wandte sie sich Harrigan zu und stellte fest, dass er sie beobachtete.

»Das war eine unschöne Geschichte«, sagte sie.

In diesem Moment kannte Harrigan keinerlei Mitleid für Firewall. »Das dürfen Sie laut sagen«, entgegnete er. »Aber ich kann Ihnen versichern, ich habe schlimmere gehört. Das ist keine neue Geschichte.«

Was konnte denn schlimmer sein? Diese Antwort brachte Grace völlig aus dem Konzept.

»Nein«, sagte sie und schwieg, die Augen aufs Tischtuch gerichtet, an der Zigarette ziehend. Als sie den Kopf wieder hob, sah Harrigan einen Ausdruck größter Traurigkeit über ihr Gesicht huschen.

»Dabei wissen wir nicht einmal, ob es wirklich sie war. Womöglich redet Doc Liu von einer ganz anderen, die nichts mit der Sache zu tun hat«, vermutete sie.

»Möglich wär's. Ich halte es nicht gerade für wahrscheinlich, aber möglich wär's.«

»Wenn es aber doch sie ist, dann: warum? Wieso geht sie auf die Ärztin los? Wieso knallt sie nicht ihren Drecksvater ab, wenn er ihr so was angetan hat? Oder die hirnlose Mutter. Das wäre Totschlag. Ich würde sie dafür nicht hinter Gitter bringen.«

Mit einem Zornesfunkeln in den Augen sog sie gierig mehr Rauch ein. Harrigan lachte unwillkürlich trocken auf.

»Gute Frage. Wir dürfen wohl annehmen, dass sie in irgendeiner Form beeinflusst wurde. Obwohl ich nicht finde, dass es das wirklich erklärt.«

Der Kellner brachte den Kaffee. Harrigan zögerte kurz und bestellte dann einen Whisky pur. Er sah Grace an, ob sie ebenfalls noch einen Wunsch habe, aber sie schüttelte den Kopf.

»Insgesamt gesehen«, sagte sie, »ist sie doch total unberechenbar. Wie weit lässt so jemand sich überhaupt beeinflussen?«

»Ich gehe mal davon aus, unser freundlicher Nachbarschaftsprediger würde sich dieser Herausforderung mit Freuden stellen«, meinte Harrigan. »Und der ist einer, der es unter Garantie nicht ausstehen kann, wenn so eine freche Göre ihm auf der Nase rumtanzt und nicht macht, was er von ihr will.«

Er trommelte beim Reden mit den Fingerspitzen auf den Tisch.

»Würde ihn das aufgeilen? Ihr eine Knarre in die Hand zu drücken und zu sagen: ›Los, benütz sie‹?«, fragte Grace.

»Mit Sicherheit.« Harrigan grübelte. »Sehen Sie ihn sich ruhig genauer an, wenn er das nächste Mal vorbeikommt. Ich glaube nicht, dass ich schon viele Leute getroffen habe, die noch kaltblütiger sind.«

»Nein? Aber Sie hatten doch mit etlichen Klasseexemplaren zu tun – Massenmörder und so.«

»Alle nicht der Rede wert. Diese Leute sind alle Nullen, Grace. Leerstellen. Das Einzige, was sie auszeichnet, ist ihre Gefährlichkeit. Mit diesen Leuten geht man völlig unpersönlich um. Man bringt sie zur Strecke, sperrt sie weg, vergisst, dass es sie gibt. Die sind es nicht wert, dass man auch nur eine Sekunde an sie verschwendet.«

Der Kellner kredenzte ein Schnapsglas mit einem Fingerhut voll Whisky. Er ergänzte die Rechnung und lümmelte sich dann wieder dekorativ hinter die Bar. Harrigan lugte kurz auf den geforderten Betrag und fragte sich, ob er sich damit hier ein Wohnrecht auf Lebenszeit erworben hatte.

»Dann ist sie nicht wie der Prediger«, resümierte Grace. »Wenn er wirklich derart drauf ist, hat sie nichts mit ihm gemein.«

»Wie wollen Sie das wissen?«

Grace drückte die Zigarette aus und wollte sich eine neue anstecken, unterließ es aber.

»Sie ist vergewaltigt worden«, erklärte sie Harrigan, dem sie direkt ins Gesicht sah, während sie ein Zittern ihrer Stimme unterdrückte. »Ich will damit nicht sagen, dass das irgendetwas entschuldigt, aber es ist ein Grund für das, was sie getan hat.«

»Ein Grund? Sie erschießt zwei Unschuldige, und ihr einziger Grund ist, dass sie vergewaltigt wurde?«

Sofort war Graces gesamter Rücken in kaltem Schweiß gebadet. »Meinen Sie vielleicht, das ist egal?«

»Nein, das habe ich damit nicht gesagt. Und es ist auch nicht das, was ich denke.«

»Sie haben die Geschichte ja selbst gehört«, sagte sie gezwungen unbeteiligt. »Die war nun echt nicht gerade unkompliziert. Nicht, dass es jemals unkompliziert sein könnte. Warum sollte das kein Grund sein?«

»Sind Sie sicher, dass Grund das richtige Wort ist?«

Grace kreuzte die Arme, beugte sich vor und legte sie auf dem Tisch auf.

»Vielleicht. Für sie ist es ein Grund, auch wenn wir das anders sehen. Ein Zwang, wenn Ihnen das besser gefällt. Vielleicht will ich ja gerade deshalb in ihr Hirn schlüpfen, damit ich verstehe, warum sie tut, was sie tut.«

»Sie wollen sie sein?«

»Eine Zeit lang eventuell. Nur, um den Einblick zu bekommen.«

»Grace, könnten Sie so kaltblütig zwei Menschen erschießen?«

»Ich glaube nicht, dass sie es kaltblütig getan hat. Aber wenn Sie mich fragen, nein. Ich hoffe zumindest, ich könnte es nicht.«

Sie zündete sich noch eine Zigarette an.

»Dann können Sie nicht sie sein. Aus exakt demselben Grund, aus dem Sie es angeblich wollen. Sie hat keinen Einblick in die Motivation ihres Handelns, unmöglich. Aber Sie.«

»Ich will wissen, dass sie ein Mensch ist. Damit ich sie als solchen behandeln kann.«

»Wieso will jemand wie Sie sich zu so jemandem in den Schmutz begeben?«, fragte er.

Wieso macht Ihr Sohn das? Diese Frage zu stellen wäre unverzeihlich gewesen.

»Ist es Schmutz?«

»Ja.«

»Nun, wenn es das ist, dann stecken wir aber doch alle drin, oder? Auf die eine oder andere Art. Genauso gehen die Menschen doch andauernd miteinander um. Diese lieben, netten Menschen.«

»Nein«, widersprach er, »ich sehe mich nicht dort unten. Und es ist völlig ausgeschlossen, dass ich Sie jemals dort unten sehen würde. Nicht eine Sekunde lang.«

»So klar und einfach kann ich das leider nicht sehen«, sagte sie. »Es ist mehr eine Skala, auf der wir uns permanent hinauf- und hinabbewegen.«

»Kann sein. Aber manchen gefällt es stets ganz unten, Grace, die fühlen sich wohl im Dreck. Die machen etwas, schlagen alles kurz und klein, und dann spazieren sie davon, als wäre überhaupt nichts gewesen. Denen ist alles egal. Und die werden regelmäßig eine Ausrede parat haben, weshalb sie keine Verantwortung für ihr Tun übernehmen müssen. Ich glaube nicht, dass wir beide so sind.«

Du hast keine Ahnung, wer oder was ich bin, Paul, dachte sie. In dem kurzen Schweigen, das nun eintrat, sahen sie einander an.

»Sie sind müde«, sagte er laut.

»Wer denn nicht? Sie doch auch«, entgegnete sie und drückte die Zigarette aus.

Er antwortete nicht.

»Diese Befragung hat mir ganz schön zugesetzt«, sagte sie. »Stärker, als ich gedacht hätte.«

»Und es wird nicht das letzte Mal gewesen sein, stellen Sie sich lieber gleich darauf ein. Machen Sie was Bestimmtes, wenn Sie sich entspannen wollen?«, erkundigte er sich.

»Ich tauche in Musik ab. Ich kann mich stundenlang darin verlieren. Möglicherweise tue ich das, wenn ich heimkomme.«

»Wahrscheinlich keine schlechte Idee.«

Schweigen.

»Haben Sie eine bestimmte Methode?«, wollte sie wissen.

»Wenn's schlimm wird, gehe ich meinen Sohn besuchen. Bei ihm bekomme ich das Gefühl, ein Mensch zu sein. Wenn ich mal richtig ausspannen will, fahre ich die Küste runter zum Angeln. Ich höre das Meer so gern. Ist aber nicht weiter aufregend.«

Wieder saßen sie schweigend da. Warum sitzen wir hier rum und reden solchen Quatsch, dachte er. Warum lade ich dich nicht einfach nach Hause ein? Ich habe eine Stereoanlage, auch wenn ich mir die letzte CD schon vor ungefähr einem Jahr gekauft habe und keine Ahnung mehr habe, was das war. Oben in meinem Schlafzimmer steht ein bequemes Bett. Ich würde dich zu gerne nackt auf meinem Bett sitzen sehen, wenn dir das Haar über die Schultern fällt und die Arbeit das Allerletzte wäre, wofür du dich interessierst. Er schüttelte diese Gedanken heftig von sich ab.

»Was ist?«, fragte sie.

»Ich dachte nur gerade an die Arbeit, die ich noch zu erledigen habe«, meinte er ein wenig verlegen und war froh, dass sie wenigstens seine Gedanken nicht lesen konnte.

»Ja«, erwiderte sie und sah ihn mit der gleichen Traurigkeit an. »Ich will Sie auch nicht länger aufhalten.«

»Ich wollte Sie nicht hetzen, Grace. Glauben Sie nur das nicht.«

»Na, egal. Wir müssen beide weiter. Ich habe ja auch noch jede Menge Arbeit vor mir. Was bin ich für den Kaffee schuldig?«

Sie war bereits aufgestanden und streifte sich den Mantel über.

»Der geht auf mich, das habe ich Ihnen doch versprochen. Fahren Sie nach Hause, wenn Sie sich nicht gut fühlen. Geben Sie mir die Kassette, ich lasse das Gespräch abtippen.«

»Ja, gerne. Danke.«

Sie legte die Kassette auf den Tisch, ohne ihn anzusehen, ging hinaus und ließ ihn mit einem kalten Kaffee, einem halb getrunkenen Whisky und der Frage, was das nun eigentlich zu bedeuten hatte, allein zurück. Wenn es denn etwas zu bedeuten hatte. Durch das Fenster des Cafés beobachtete er, wie sie die Straße überquerte, und er registrierte, dass er ihr seine Zeit geschenkt hatte, wo er doch eigentlich nicht eine Minute zu erübrigen hatte. Und sie hatte es nicht einmal bemerkt.

Er trank den Whisky aus, legte eine Banknote auf den Tisch und ging ebenfalls: zurück an die Arbeit.

Inmitten der grellen Lichter und des tosenden Verkehrs der Oxford Street empfand Grace einen rasenden seelischen Schmerz, wie zuvor im Krankenhaus schon. Durch den beißenden Wind wurde er noch verstärkt. Was du dir auch wünschst, Harrigan, ich will nicht, dass du deine Zeit mit mir vergeudest. Es ist nicht nötig, dass ich etwas für dich empfinde, weil das ja doch nirgendwohin führen kann.

Es war der alte Kummer, verschwendete Gefühle, Chancen, die schon im Entstehen starben. Sie stand an der Fußgängerampel und rang darum, ihn aus ihren Gedanken zu verbannen. Mit Harrigan mochte das sogar gelingen, doch Firewall wurde sie nicht los, die hatte sich in ihr festgekrallt. Mit der Menge überquerte Grace die breite Straße, aufgespießt von den grellen Scheinwerferlichtern der Autos. Dein Vater hat dich vergewaltigt. Und deine Mutter hat dabeigestanden und ihn machen lassen. Und wenn es dann nötig war, haben sie dich wieder sauber gemacht und mit dir nicht einmal darüber geredet. Ich weiß, wie du dich fühlst, ich habe das selbst durchgemacht. *Aber es war nicht mein Vater.* Diese in Graces Gedanken gewisperte Wahrheit verwies jedoch auf ihr Gegenteil: dass andere Väter es eben taten, was ihr im Lichte der eigenen Erfahrungen geradezu unfasslich scheinen musste. Im Lichte ihrer Berufstätigkeit aber war es eine schlichte Tatsache, wie ein Felsbrocken, der halt zufällig eine ganz bestimmte Form hat.

Zu Hause zog sie sich aus, duschte, zog sich etwas anderes an, schüttelte das Haar aus und bürstete es, bis es glänzte, und dennoch drohten die Wände ihres kleinen Wohnzimmers auf sie einzustürzen. Sie knipste die Lampen aus, setzte sich auf die Couch und schaute auf die Straße, auf das kleine Stückchen Strand dahinter. Licht fiel von draußen in ihr Zimmer. Auf ihrem Schoß lag eine rote Seidenschachtel, die mit einem Elfenbeinbügel verschlossen war. Nach einiger Zeit öffnete sie die Schachtel und breitete den Inhalt auf dem Couchtisch aus. Untertässchen, Minitassen mit eleganten Henkeln, eine Zierteekanne, ein Zuckerdöschen, all das entnahm sie den schützenden Mulden aus leicht vergilbter weißer Seide. Ein Teeservice, das sie mit neun von ihrem Großvater geschenkt bekommen hatte, etwas Schönes, Zerbrechliches, das er in Hongkong erstanden hatte. Da war er zwanzig gewesen. Als sie diese Stücke zum allerersten Mal betrachten und anfassen durfte, da war ihr das zarte Döschen zerbrochen. Der Großvater hatte das schluchzende Kind getröstet. »Das macht doch nichts, Gracie«, hatte er gesagt, sie zärtlich angelacht und in den Arm genommen, »nichts hält ewig.«

Selbst in dieser diffusen Beleuchtung bildete der kaum sichtbare Haarriss einen Schatten auf dem reparierten Porzellan. Wenn sie das Döschen aber auf bestimmte Weise gegen das Licht hielt, war der Sprung nicht mehr zu sehen, nur noch das Gesicht einer schwarzhaarigen Kurtisane inmitten einer weichen Wolke. Grace barg das Döschen in Händen, wie sie ein neugeborenes Baby hätte halten können, ein Kind, dessen wachsame Augen diese Welt wahrnahmen, wie sie sonst niemandem zugänglich war. Es war ihr eigenes Gedankenkind, das Kind, das Grace sich entschieden hatte, nicht auszutragen. Sein kurzes Dasein lebte in ihr fort, so wie eine Zwillingsschwester womöglich irgendwo in ihrem Leib den teilweise ausgeformten Fötus des Bruders oder der Schwester tragen mochte, wissend, dass es ihn gab, dass er dort zusammengerollt schlief und dass er hätte wachsen und sich abspalten können, es aber nicht tat. Ein Geist, der Teil der Mutter geworden war, etwas, das nicht wirklich lebte und nicht wirklich tot war.

Ich bereue es nicht, dachte sie. Damals habe ich geweint, und heute denke ich darüber nach, aber ich bereue es nicht. Alles, was ich empfand, als es vorbei war, war Erleichterung. Das ist auch alles, was ich jetzt empfinde.

Nichts hält ewig. Sie stellte das Porzellangeschirr auf dem Couchtisch zu einem Muster zusammen. Durch die Fenster drangen der Mondschein und das Licht der Straßenlaternen herein. In diesem Licht schien das zarte weiße Porzellan beinahe von innen heraus zu strahlen, und die feinen Formen fügten sich zu einem Muster aus Halbschatten auf dem blass durchschimmernden Material. In Graces Gedanken formten sich Bilder: Mutter mit Tochter, die nebeneinander in einem

Zug oder im Bus saßen, beide stumm, beide vor sich hin sinnend. Das Mädchen, das sich im Ungewissen über das Ziel der Fahrt war, fragte sich, ob es wohl lange genug leben würde, um es zu erreichen. Was sollten sie sagen, so nebeneinander sitzend? Nichts. Gar nichts.

Sie hielt es nicht länger aus in diesem Zimmer, es war zu klein. Grace rief ihren Exgeliebten an und bat ihn um Zuflucht.

»Komm ruhig rüber, Süße. Du bist stets willkommen. Ich leg Musik auf. Ich glaub, ich werd dir ein paar Nummern Elvis Costello gönnen«, sagte er.

Grace lachte.

»Ich hab Hunger«, erwiderte sie. »Soll ich unterwegs irgendwo was zum Essen mitnehmen?«

»Ja, tu das. Du kannst mir dann beim Futtern helfen.«

»Fein. Und dazu ein Gläschen Apfelsaft.«

Sie hörte ihn am anderen Ende lachen.

»Da haben wir früher aber andere Sachen gekippt«, meinte er.

»Stimmt. Also dann, bis gleich.«

Grace bunkerte Zigaretten, ließ den Piepser in die Handtasche fallen und vergewisserte sich, dass das Handy ausgeschaltet war. An einem Schnellrestaurant, einem Glasfenster an der Straße, wo allerlei kulinarische Experimente zu erstehen waren, kaufte sie in Plastikschalen Trost für sich und ihren Ex. In den ersten Monaten der Abstinenz vom Alkohol hatte die Welt sich in ein trockenes Gleichgewicht gefügt. So etwas wie Klarheit hatte sich ihres Verstandes bemächtigt, und sie hatte Appetit und Geschmackssinn wieder entdeckt, Empfindungen, die sie für immer verloren geglaubt hatte. Ihr Bruder Nicholas war Koch, eine ungewöhnliche Berufswahl für einen Offizierssohn. Er hatte ihr in jenen ersten Tagen das Essen beigebracht, und er hatte in dem Haus, das sie gemeinsam bewohnten, seine Kochkünste an ihr erprobt, als sie sich wieder aufrappelte und er sein Handwerk lernte.

Tja, falls wir je Sex haben sollten, Paul, dann würde ich uns vorher was kochen. Oder wir müssten fein ausgehen, denn Essen ist wichtig. Aber dazu würde es zwischen ihr und Harrigan nicht kommen, also spielten auch die Präliminarien keine Rolle.

Sie fuhr an der Küste entlang zu den Stränden im Norden, bis Whale Beach. Hoch über dem Meer leuchteten die Sterne, die im Widerschein der Lichter der Großstadt blass und klein waren. Leise sang sie beim Fahren »Time after Time«.

Als sie ankam und die Wellen hörte, die sich auf dem Strand brachen, spürte sie erleichtert, dass sie sie selbst sein konnte. Das Licht über dem Eingang war an, und die Tür stand schon offen für sie. Sie kam jetzt nicht mehr oft hier heraus, anders als früher. Ein anderes Leben nahm von ihr Besitz und drängte das alte beiseite.

»Hi, Frankie. Wie geht's?«, rief sie und trat ein.

»Hallo, Grace. Gar nicht schlecht heute Abend.«

Er erwartete sie im Rollstuhl in der Mitte eines großen weißen Zimmers mit blank poliertem Parkett und Fenstern mit Aussicht aufs Meer. Er war ein imposanter Mann, selbst im Rollstuhl, mit dichtem, schwarz gelocktem Haar und einem leuchtendroten Hemd über der breiten Brust. Er rollte auf sie zu. Sie stellte die gesammelten Plastikschüsselchen auf dem Tisch ab.

»Du siehst gut aus«, sagte sie und beugte sich hinab, um ihm die Wange zu küssen und ihn zu umarmen.

»Und wie geht es dir? Das ist doch wohl eher die Frage«, entgegnete er und sah sie pfiffig an.

»Könnte besser sein. Ich brauche Abstand von der Arbeit, die setzt mir momentan zu sehr zu. Ich muss mich zur Abwechslung mal wieder in der Wirklichkeit umtun.«

»Wieso machst du überhaupt diesen grässlichen Scheißjob? Wieso machst du nicht irgendwas Zivilisiertes? Wo du es mit Leuten mit Hirn zu tun hast? Du weißt schon. Bahnhofsklos putzen oder so.«

»Du kennst mich doch, Frankie. Ich muss es einfach wissen. Ich muss immer einen Schritt weiter gehen, um zu sehen, was dann kommt.«

Er lachte und setzte die Musik in Gang, während sie in der Küche das Essen in die Mikrowelle stellte, Gabeln und Löffel holte und Trinkbecher, mit denen man auch bei stark zitternden Händen nichts verschüttete.

»Wo ist Phyllis heute? Hast du ihr für die Nacht freigegeben?«, wollte sie wissen, als sie mit dem Tablett zurückkam und sich fragte, wo Frankies Pflegerin steckte, die auch bei ihm wohnte.

»Ja, ich hab ihr freigegeben. Ich dachte, sie hat womöglich auch mal gern ein paar Stunden für sich.«

»Ja. Vermutlich. Vor allem haben wir so ein paar Stunden für uns.«

Für heute Nacht würden Grace, ihr ehemaliges Leben und ihr ehemaliger Geliebter einander gerade genug Trost spenden können. Viel mehr brauchte es nicht.

21

Als Grace Whale Beach verließ, toste die Brandung über die Landzunge herein, und das Wasser unterspülte tief den Sand. Die Tide rollte heran, und sehr zart schimmerten weit draußen im vormorgendlichen Dunkel weiße Striche, die Wellenkämme, auf dem Wasser. Sie fuhr nach Hause und wählte in Gedanken bereits die Kleidung für den Tag aus. Sie startete vom Handy die Fernabfrage des Anrufbeantworters, und was sie da hörte, ließ sie anstatt nach Hause direkt zur Arbeit fahren. Im Büro stellten sich ihre reichlich verschlafen wirkenden Kollegen gerade Styroporbecher mit dampfendem Kaffee auf die Schreibtische. Sie klopfte an Harrigans Tür, der schon mit Trevor und Ian zusammensaß und den heutigen Arbeitsplan besprach. Er schaute hoch und konnte nicht verhindern, dass ihr Anblick, ohne Make-up und in Freizeitkleidung, von einer abgetragenen Lederjacke abgerundet, seine Wirkung auf ihn tat. Was sie da trug, nannte er den Zwerchfell-Nabel-Look. Er bemühte sich, nicht zu sehr auf die nackte Haut zwischen dem sehr kurzen T-Shirt und dem Bund der Jeans zu glotzen.

»Tut mir Leid, dass ich störe«, begrüßte sie ihn.

»Ist das die neue Arbeitskleidung? Hm. Also, was gibt's?«

Er runzelte die Stirn. Er war ebenfalls leger gekleidet, was hieß, dass er ausnahmsweise keine Garrotte umgelegt hatte, also krawattenlos ging.

»Ich war noch nicht zu Hause, um mich umzuziehen«, erwiderte sie. »Als ich heute früh den Anrufbeantworter im Auto abgehört habe, war das hier drauf.«

Sie gab Harrigan ihr Handy, und er hatte das Vergnügen, mit anzusehen, wie Ian Grace anhimmelte und hinter ihrem Rücken hechelnd grinste. Er hörte die Nachricht ab, der anschließend noch Trevor und Ian lauschten. Zu Anfang war auf der Aufnahme nur Schweigen zu hören, gefolgt von Bewegungsgeräuschen und schließlich einer Stimme, die undeutlich und langsam sprach.

»Is' das diese Frau, Grace? Die, die mit mir geredet hat? Hier is' Greggie. Ich ruf an, weil ich Ihnen sagen wollt, dass ich grade fliege. Ich fliege, weil's mir Spaß macht. Mir ist es in meinem ganzen Leben noch nie so gut gegangen. Weil ich nämlich jetzt endlich aussteig, und keiner kann mich mehr aufhalten, und ich bin jetzt frei. Und ich bin noch nie so glücklich gewesen. Ich werd einfach einschlafen. Das wird ihm nicht gefallen, weil ich ihm damit die Tour versau, aber das geschieht ihm nur recht. Ich wollt nur sagen – Sie müssen sie verstehen. Firewall, mein ich. Sie würd nicht wollen, dass ich Ihnen sag, wer sie ist. Ich wollt sie anrufen, aber sie hat das Handy nicht an, deswegen kann ich mich nicht verabschieden. Können Sie das für mich machen? Wenn es Ihnen wirklich nicht total scheißegal ist, wie Sie behauptet haben. Sagen Sie ihr nur, ich hab mich von ihr verabschieden wollen. Sie hat Gründe, Sie müssen es nur aus ihr rauskitzeln, nur mit ihr reden. Sie ist nicht wie er, vergessen Sie das nicht.«

Es folgte ein leises Klicken, und er hatte aufgelegt. Nach einer kurzen Pause dann die mechanische Ansage: »Dienstag, 18. Juli, 3 Uhr 59.«

»Das war unser Zeuge«, sagte Harrigan. »Tschüss, Greggie. Armes Kind.«

Er saß ausdruckslos da, trommelte mit den Fingern auf den Schreibtisch, rührte ansonsten aber keinen Muskel. Er verströmte eine Spannung, die alle Anwesenden erst einmal verstummen ließ.

»Er. Ihm. Wer denn?«, wollte Ian wissen, als er Grace das Handy zurückgab.

»Wer wohl? Unser netter Nachbarschafts-Jeder-ist-mein-Kumpel-Prediger vom New-Life-Ministries-Tempel. Da geh ich jede Wette ein«, erwiderte Harrigan.

»›Ich versau ihm die Tour‹«, rekapitulierte Trevor. »Er wollte nicht, dass er draufgeht.«

»Noch nicht, sollte das heißen.«

»Außerdem war er echt treu«, meinte Grace. »Er hat uns nicht gesagt, wer sie ist, nicht mal jetzt.«

Harrigan fixierte sie über den Tisch hinweg.

»Sie haben die Nachricht nicht gehört, als er sie aufgesprochen hat? Wieso sind Sie nicht ans Telefon gegangen? Wieso haben Sie bis jetzt gewartet, um uns daran teilhaben zu lassen?«

»Wie ich sagte. Ich habe es eben erst gehört.« Stille. Harrigan wartete. »Ich hatte mein Handy ausgeschaltet. Deswegen wurde der Anruf nicht weitergeleitet«, erklärte sie.

»Sie waren nicht zu Hause und haben das Handy ausgeschaltet. Sie waren nicht erreichbar.« Ihm wurde heiß im Genick.

»Ich hatte den Piepser dabei.«

»Das reicht aber nicht. Nein, schlimmer, es ist komplett nutzlos. Sie wussten, dass der Bursche Ihre Nummer hat, Sie haben sie ihm ja selbst gegeben. Wäre Ihr Handy an gewesen, hätten Sie mit ihm reden können. Sie hätten ihn fragen können, wo er steckt, vielleicht hätten wir noch etwas für ihn tun können, wir hätten den Anruf zurückverfolgen können. Wenn jeder andere das auf die Reihe kriegt, wieso nicht auch Sie?«

Sie sah ihn mit versteinerter Miene an; er wandte sich an Ian. »Nimm dir das mal vor, und stell fest, wo der Anruf herkam. Eventuell kriegst du ja noch was raus.«

Ian stand auf. »Kann ich das Jeffo geben? Wenn ich mich nämlich drum kümmere, bleibt mir keine Zeit mehr, um –«

»Jeffo ist zu blöd, um 'ne Feige von 'ner Dattel zu unterscheiden.« Harrigans Ton war barsch, um es höflich auszudrücken. »Mach du's.«

»Ich mach's«, schaltete Grace sich zornig ein. »Ich kann das.«

»Also los dann.« Harrigan wusste, dass sein Gesicht hochrot war. »Und ziehen Sie sich bei Gelegenheit was anderes an!«

Wortlos marschierte sie, gefolgt von Ian, aus seinem Büro.

»Nimm's nicht so schwer«, mahnte Trevor Harrigan leise, nachdem die beiden gegangen waren. »Pass auf deinen Blutdruck auf. Du musst uns schließlich vor Marvin beschützen.«

Harrigan antwortete nicht gleich. Er beobachtete Grace, die an ihrem Schreibtisch stand, sich das lange braune Haar zu einem Pferdeschwanz band und mit Ian redete. Dabei fragte er sich, mit wem sie sich um vier in der Früh beschäftigt haben mochte. Auf seine Gesellschaft hatte sie jedenfalls keinen Wert gelegt.

»Keine Sorge. Ich brauch nur etwas frische Luft und einen kurzen Tapetenwechsel«, erklärte er und schnappte sich den Mantel, um sich beides zu gönnen.

wie gehts dad?

Es hätte Harrigan nicht überraschen dürfen, dass sein Sohn die Initiative ergriff. Er spähte auf den Monitor.

»Wie geht es *dir*, das ist doch wohl eher die Frage«, antwortete er.

ganz ok dad. ich bin immer noch hier & glaub nicht dass ich gross drueber reden will was gestern passiert ist. aber du hast mir noch nicht gesagt wies dir geht

»Mir geht es gut.«

so siehst du aber nicht aus

Harrigan setzte sich neben seinen Sohn. Fast hätte er gelächelt. Er wusste nicht recht, was er sagen sollte. Er war nicht gekommen, um über Frauen im Allgemeinen zu reden, nur über eine im Speziellen. Eine Gesamtmenge von eins, die Grace nicht einschloss. Er richtete den Blick vom Monitor auf seinen Sohn.

»Du liebst sie.« Er spürte, dass er das aussprechen musste.

sie weiss wie ich ausseh & sie sagt sie liebt mich & ich glaub ihr. ich glaub immer noch dass es wahr ist

Harrigan wartete.

ich dachte sie wuerds verstehen aber das hat sie nicht. sie hoert nicht zu. ich weiss auch nicht vielleicht kommt sie zurueck & redet wieder mit mir

»Das ist sie dir schuldig, Toby. Du hast ihr mehr gegeben als jeder andere.«

Sein Sohn zuckte mit der heilen Hand die »Ach was«-Geste.

»Warum sie, Toby? Ich weiß, du willst nicht darüber reden. Aber willst du mir nicht wenigstens so viel sagen, damit ich dich verstehe?«

was glaubst du denn warum??? weil sie mit mir redet. ich kann nichts machen dad. wie ich allen sag: ich bin eine schildkroete die auf dem ruecken liegt: das bin ich! maedchen reden mit mir nicht. die wollen mich ja nicht mal ansehen. wieso auch? aber sie weiss wie ich ausseh & ihr machts nichts aus & ich hab zu ihr gesagt wir sind beide scheisskrueppel & sie hat gesagt ja genau & das sind wir auch dad: deshalb

»Du bist nicht wie sie, Toby. Du könntest nicht einmal daran denken, so etwas zu tun.«

vielleicht doch. das kannst du nicht wissen. ich bin in diesem rolli gefangen & sie in ihrem kopf: deswegen hat sie gemacht was sie gemacht hat! wer weiss was ich taete wenn ich nicht im rolli saesse

»Du lebst in der Wirklichkeit. Sie nicht.«

ich leb in meinem kopf dad & ich leb im monitor. sonst kann ich nirgendwo hin ohne dass einer mir hilft

»Du lebst nicht nur über den Monitor. Du wirst mich haben, so lange ich lebe. Du hast Ronnie, du hast Carolyn und deine Cousinen. Die lieben dich. Du kannst nicht behaupten, dass wir dir das nicht bewiesen haben.«

darum gehts aber doch nicht dad! welches maedchen will schon sex mit mir????

Harrigan saß da und schwieg.

»Es gibt andere Möglichkeiten«, sagte er schließlich.

ach ja?

»Ja.«

fuer geld meinst du??? hast dus vielleicht so gemacht?

»Nein, ich nicht«, gestand er schließlich.

wie hast dus denn gemacht?

»Ich hatte eine Freundin. Das erste Mal, das war auf dem Rücksitz vom Auto ihres Bruders. In der Garage. Der war ein derartiger Autonarr, ich weiß gar nicht, ob er je herausgefunden hat, was mit dem Bezug passiert ist. Gott, war das unbequem.«

besser als o

Im Nachhinein hatte sich das gar nicht mal so übel entwickelt. Die Situation hatte sich deutlich gebessert, nachdem seine Freundin sich über einen obskuren Deal den Schlüssel der Wohnung besorgt hatte, in der ihre studierende Schwester mit einer stetig wechselnden Schar von Freundinnen hauste.

»Es liegt an dir, Toby. Du brauchst es mir nur zu sagen, und ich organisiere dir, was du willst. Mehr brauchst du nicht zu tun.«

aber nicht eine die mich gern hat

»Toby, du musst es mir nur sagen, und ich tu für dich alles, was ich kann. Es gibt die verschiedensten Menschen. Ich kann die guten für dich finden.«

Wieder zuckte Tobys heile Hand: »Ach was«. Harrigan stand auf.

»Ich muss jetzt wieder zur Arbeit«, sagte er. »Ich habe einen Termin. Wenn du etwas brauchst, gib mir Bescheid. Egal, was du willst.«

weisst du was ich tun werd??? ich geh sie suchen! vielleicht redet sie wieder mit mir

»Gut möglich. Aber bis dahin: Vergiss nicht, ich bin da, wenn du irgendetwas brauchst.«

ja ok dad. mach dir nicht so viele sorgen

Wenn es das war, was Toby wollte: Der Gedanke, jemanden für Sex zu bezahlen, war Harrigan schon mehrfach in den Sinn gekommen. Nicht, dass er das als sonderlich befriedigend empfunden hätte. Die Vorstellung, einen vorab ausgehandelten Preis zu bezahlen, war ihm widerlich; das war schon immer so gewesen. Die Leute grinsen dich an, wenn sie dein Geld nehmen, und du wirst manipuliert, egal, ob du bezahlst oder bezahlt wirst. So oder so bist du es, der blechen muss. Aber Toby blieb eben nur diese Möglichkeit, oder aber Bilder im Internet, so war es nun einmal. Mach dir deswegen nur nicht zu viele Gedanken, Toby. Anständige Frauen sind so selten wie Hühnerzähne, und wenn ihr beide einfach nur Spaß haben wollt, wen kümmert's da schon, was sie sonst so treibt? Was spielt das für eine Rolle. So musst du es sehen.

Harrigan trat in den strahlenden Vormittag hinaus, fühlte sich unendlich trostlos und sehnte sich nach Einsamkeit. Aber für solche Eskapaden war jetzt keine Zeit. Er hatte zu tun.

Harrigan parkte unweit des New-Life-Ministries-Tempels, kurz bevor das erste Gebetstreffen des Tages anfing. Auf der Straße hatte sich eine kleine Ansammlung von Menschen eingefunden und wartete darauf, dass die Türen sich öffneten, kaum anders als zu den Zeiten, da hier noch Filme gezeigt wurden. Nachdem das Kino geschlossen wurde, waren hier wahrscheinlich regionale Boxkämpfe veranstaltet worden, wie die, zu denen sein Vater ihn als Kind mitgenommen hatte. Später dann waren es vermutlich Hunde- oder Hahnenkämpfe gewesen. Er dachte an die schmutzigen Scheine, die unter den Zuschauern die Hände wechselten, bevor die Tiere im Ring aufeinander losgelassen wurden.

Nun öffnete der Prediger in einem billigen dunklen Anzug und Krawatte die Kirchentüren und hieß die Versammlung willkommen. »Wie es mich freut, dass du da bist«, begrüßte er jeden Neuankömmling. »Schön, dich wieder zu sehen«, grüßte er den Gemeindestamm. Er kannte sie alle beim Namen, und wen er nicht kannte, den zwang er, ihm den Namen zu nennen. Harrigan war der Letzte in der Reihe.

»Paul. Welche Überraschung. Guten Morgen. Sind Sie gekommen, um mir mitzuteilen, dass Sie Greg gefunden haben?«

»Nein, Graeme, ich muss leider gestehen, dass uns das nicht gelungen ist. Aber wir suchen ihn nach wie vor. Ich nehme nicht an, dass er bei Ihnen ist, das hätten Sie uns ja sicher mitgeteilt. Sie haben ihn nicht zufällig gesehen? Mit ihm gesprochen?«

Was weißt du, fragte sich Harrigan, während er ihn beobachtete.

»Nein, leider Gottes ist er nicht heimgekehrt«, entgegnete der Prediger sibyllinisch und überließ es Harrigan, diese Worte ganz nach seinem Geschmack zu interpretieren. »Ich gebe die Hoffnung niemals auf, doch dieser Lohn blieb mir bislang versagt. Sie sind also um unseres Gebetstreffens willen hier?«

»Ich dachte mir, ich schaue mal vorbei, nachdem Sie ja so großzügig waren, mich einzuladen. Sie haben doch nichts dagegen, wenn ich mich dazusetze?«

»Wir werden Sie mit Freuden unter uns begrüßen, Paul. Weshalb auch nicht? Es macht Ihnen doch nichts aus, wenn ich Sie bitte, sich einzubringen? Ich verlange das von jedem, der an unseren Andachten teilnimmt. Meine Tür steht jedermann offen, vorausgesetzt, er kommt mit gleichermaßen offenem Herzen.«

Schlimmer als Tooth und die monatlichen Leitermeetings im Bereichskommando konnte das ja kaum sein.

»Aber gern«, antwortete er.

»Bitte, treten Sie ein.«

Er folgte dem Prediger durch die zweiflügelige Glastür in ein winziges Foyer und weiter in den hallenartigen, von schirmlosen Lampen grell erleuchteten Zuschauerraum. Der Prediger verriegelte die Glastüren zur Straße und zog zwei massive hölzerne Brandschutztüren zwischen Foyer und Zuschauerraum zu, die er ebenfalls absperrte. Harrigan vermerkte das mit einiger Verwunderung.

»Lassen Sie denn keine Nachzügler ein, Graeme?«

»Uns steht in dieser Welt nur ein sehr schmaler Spalt offen, Paul. Wer nicht zur rechten Zeit kommt, wird ausgeschlossen bleiben.«

Lass alle Hoffnung fahren, ging es Harrigan ironisch durch den Kopf, als er auf die kaum überwindliche Barriere blickte, die die Türen gegen die Außenwelt bildeten. Seine Verstärkung würde es nicht leicht haben, hier einzudringen. Er hoffte, er würde sie nicht brauchen.

Die Gemeinde saß auf Stühlen, die in großen, konzentrischen Kreisen angeordnet waren, wie die kurzen, weißen Blütenblätter einer Plastikblume. Auf jedem Stuhl lag ein Blatt mit Liedern. Harrigan nahm weit hinten, nahe bei der Tür, Platz und beobachtete. Es waren mehr Menschen hier, als er erwartet hätte, und die Plätze waren dicht belegt. Familien, Männer mit Frau und Kindern, Menschen, die wohl alle keine Arbeit hatten, schließlich war Werktag. Ältere, billig gekleidete Paare. Alleinstehende, ein Mann, Ende zwanzig, mit scharfen, vorspringenden Gesichtszügen und einem Teint von der Farbe sauer werdender Milch, der die schmalen Hände beständig umeinander wand. Eine ältere Frau mit grauem Topfschnitt in dunklem Kostüm und einer bis zum Kragen zugeknöpften altrosa Bluse. Eine dröge, etwa fünfundvierzigjährige Frau mit dicker Brille in einem blauen

Trainingsanzug. Leute, die in keiner Menschenmenge groß auffallen würden. Vielleicht hätte er doch besser Trevor herschicken sollen; er wusste, dass sein Vize regelmäßig mit seinem Lebensgefährten zur Messe ging, was Harrigan nicht wenig überrascht hatte, als er davon erfuhr. Vielleicht hätte Trev diese Leute besser verstanden.

Harrigan war stets in Begleitung von Frauen zur Kirche gegangen: mit seiner wunderschönen Mutter, mit der Tante mit dem verbitterten Gesicht und, bis sie dagegen rebelliert hatten, seinen beiden Schwestern; und brav in der Mitte er, das Hätschelkind. Wenn der Vater nicht dabei war, so nur aus Trotz gegen die Kirche und, wie Harrigan jetzt, Jahre später, zu wissen glaubte, gegen diese erdrückende Weiberherrschaft, durch die, Jim Harrigan zufolge, sein Sohn nur verzogen wurde. Wie sein Vater hatte auch Harrigan den Glauben vor langer Zeit schon verloren. Für den kleinen Jungen hatte er noch Magie besessen. Er wusste noch, wie er am Sonntagmorgen auf dem Weg zur Kirche den Hügel hinaufging und den hohen Turm von St. Augustine's in den Himmel aufragen sah. Er hatte das schön gefunden. Im Kircheninneren hatten ihn die Statuen von Maria und Jesus fasziniert, die zu beiden Seiten des zuckergussschnörkeligen Altars standen, und er hatte sich vorgestellt, dass sie lebendig würden, dass Jesus die Hand ausstreckte und Maria lächelte. Sein Kopf war voller Bilder der biblischen Geschichten, leuchtend bunten Visionen aus den Bilderbüchern, die er damals las. Auf eine seltsame und paradoxe Weise waren diese Visionen – im Lauf der Zeit, es hatte etliche Zeit gedauert – unter der Strenge der späteren Erziehung in St. Ignatius alle verschwunden. Unter der Wucht der kompromisslosen Argumente, die er sich im Unterricht gewissenhaft aneignete, waren die Worte der Schrift zu Asche zerfallen: Es waren nichts als Worte. Danach hatte er nur noch pro forma mitgemacht und war zum Fremden in dieser ganz eigenen Welt geworden. Er hatte sich zum perfekt getarnten Doppelagenten entwickelt und war es bis heute. Dann hatte der Tod der Mutter jeden möglichen Glaubensrest ausgelöscht. Fast. Wenn du so lange mit Bildern lebst, dann brennen sie sich dir von innen in die Haut ein. Sie bleiben an dir haften, und sei es nur als Erinnerung, wie alles, das der Vergangenheit entspringt.

Die Anwesenden in diesem kalten, hässlichen Saal schienen alle in gedämpfter Stimmung. Der Prediger musste nicht erst um Ruhe bitten. Er stand in der Mitte des innersten Kreises, im Zentrum der sitzenden Versammlung.

»Freunde«, sprach er in das Schweigen, »heute haben wir das Glück, einige neue Gefährten unter uns begrüßen zu dürfen. Menschen, die wie ihr selbst auf der Suche nach dem Weg zu Erlösung und Wahrheit sind, die es nach dem dauernden Seelenfrieden verlangt. Daher möchte ich unsere neuen Gefährten bitten, sich zu erheben, sich uns vorzustellen und uns zu erzählen, weshalb sie heute zu uns gekommen sind. Vielleicht fangen wir gleich mit dir an, Martin. Du sagst, deine Frau hat dich verlassen. Möchtest du uns davon erzählen?«

Auf diese einleitende Aufforderung hin erhoben sich nacheinander verschiedene Menschen und berichteten einer Schar von völlig Fremden intimste und beängstigende Einzelheiten aus ihrem Leben. Harrigan lauschte und wartete. Er brachte seine Arbeitszeit mit Leuten zu, die entweder Berufslügner waren oder aber den Drang hatten, sich auf ebendiese Art bis aufs Letzte zu entblößen. Alles in allem waren die Lügner ihm lieber. Deren Beweggründe ließen sich leichter aufdecken.

»Ich bin Paul Harrigan«, sagte er, als die Reihe an ihn kam. »Ich bin hier, weil mir das Schicksal unserer Jugend am Herzen liegt. Es interessiert mich, was du ihnen anzubieten hast, Graeme. Ob das ein Lebensstil ist, aus dem sich vielleicht mehr Hoffnung für die Zukunft schöpfen lässt, Hoffnung, die vielen heute zu fehlen scheint. Ich habe in meiner Arbeit viel mit jungen Menschen zu tun. Heute Vormittag erst habe ich einen von ihnen über genau das sprechen hören. Ich frage mich, was aus ihm werden wird.«

»Das ist höchst lobenswert, Paul. Ja, diese heutige Welt tötet jede Hoffnung, ist es nicht so? Hast du selbst Kinder?«

»Das möchte ich lieber für mich behalten. Hier geht es um mich, um niemanden sonst.«

Ein verblüfftes Raunen wurde laut. Der Prediger lächelte.

»Für gewöhnlich kennen wir in diesem Raum keine Geheimnisse, Paul. Das gehört zu den Zutrittsvoraussetzungen, und ich dachte, ich hätte dir das deutlich gemacht. Aber wenn das deine Sicht ist ... Möchtest du uns berichten, womit du deinen Lebensunterhalt verdienst?«

»Ich bin Gesetzeshüter.«

Auch eine Art zu sagen, dass du Bulle bist, hatte sein Vater ihn oft gutmütig verspottet.

»Vielen Dank, Paul. Ich glaube, es sind heute keine weiteren Polizisten unter uns, obwohl wir schon welche bei uns hatten. Fangen wir also an. Bronwyn?«

Völlig überraschend marschierte die Frau im blauen Trainingsanzug zur Rückwand des Zuschauerraums und löschte das Licht. Harrigan saß in völliger Dunkelheit. Er wurde still, lauschte und wartete, und er spürte ein besorgtes Kribbeln im Genick. Das gemeinsame Atmen der Anwesenden war zu vernehmen, dann ein Rascheln und Scharren, jemand hatte wohl die Orientierung verloren und etwas fallen lassen. Im Dunkeln war jeder Orientierungssinn aufgehoben. Dann ertönte geisterhaft der Gesang einer nicht geschulten Frauenstimme:

Preiset den Herrn im Himmel,
Preist ihn in der Höhe,

Preist ihn, all ihr Engel,
Preist ihn, ihr leuchtenden Sterne,
Preist ihn, die ihr im Finsteren haust,
Preist ihn, die von der Sonne gewärmt,
Ihr alle, preiset den Namen des Herrn.

Danach war alles still. Schließlich ertönte die körperlose Stimme des Predigers, die von der hohen Decke des Saals widerhallte: »Wir wandeln in der Finsternis, ihr und ich. Kommt mit mir, und ich weise euch den Weg ins Licht.«

Während er sprach, erschien langsam ein Bild auf der Leinwand an der Stirnseite des Saals: eine Gestalt in einem langen weißen Gewand, über deren ausgestreckten Händen sieben glitzernde Sterne schwebten. Die Silhouette des Predigers zeichnete sich vor diesem Bild ab, und sein verschattetes Gesicht war von gleißendem Licht umrahmt. An den Wänden des Zuschauerraums gingen gedimmte Lichter an und erhellten die Gesichter der Gemeinde.

»Ich grüße euch alle, meine Blutsbrüder und -schwestern in Christo. Erhebt euch bitte, und reicht euch die Hände«, forderte er. Es raschelte, als jeder den Nachbarn bei der Hand nahm. Harrigan ergriff zur einen Seite die Hand eines älteren Mannes, zur anderen die einer Frau unbestimmbaren Alters mit ausdruckslosen blauen Augen. »Da wir hier am Rande der Ewigkeit stehen, meine Brüder und Schwestern, dürft ihr eines nicht vergessen. Ihr und ich, wir sind ein Fleisch, ein Leib. Ja, und wir lieben einander wie Vater und Kind, Bruder und Schwester, so lieben wir. Schließt die Augen. Bedenkt dies. Wir sind eins. Sprecht mir nach. Wir sind eins.«

»Wir sind eins.« Die Antwort erschallte mächtig, mit voller Stimme.

»Wir sind eins«, wiederholte der Prediger.

»Wir sind eins«, antwortete die Gemeinde.
»Wir sind eins.«
»Wir sind eins!«

Zwischen Schatten und Licht baute sich eine allgemeine Erwartung beständig auf. Harrigan, der vermutlich als Einziger im Raum die Augen nicht wie gefordert geschlossen hielt, beobachtete einen nach dem anderen – bis er zum Prediger kam. Der Prediger hielt die Augen ebenfalls offen, und es schien, als sähe er ihn geradewegs an. Er vermittelte das Gefühl, als hätte er jeden Einzelnen im Saal voll im Blick.

»Bitte, nehmt Platz«, sagte er.

Wieder erklang das Rascheln, und die Hände der Teilnehmer lösten sich voneinander, und man setzte sich. Der Prediger hob ohne Nachdruck und fast emotionslos zu reden an und schritt dabei im Stuhlkreis von einem zum Nächsten. Sämtliche Köpfe wandten sich ihm zu, sie ließen ihn nicht aus den Augen und streckten sich ihm entgegen. Er verfiel ins Psalmodieren, sprach ohne Unterbrechung und in gleichmäßigem Tempo.

»Wir aber wissen, dass Jesus uns liebt, selbst über den Tod hinaus. Sein Blut ist das Blut des Lebens, und ein einziger Tropfen davon besitzt die Kraft, uns zu erlösen. Uns reinzuwaschen von der quälenden Bürde des Lebens. So tief ist seine Liebe. Wir aber, erwidern wir diese Liebe?«

Er blieb vor dem Mann stehen, der vom Scheitern seiner Ehe berichtet hatte. »Ich frage dich, Martin. Weinst du nächtens laut um die Liebe Gottes? Nein?«

Der Prediger beugte sich zu ihm hinab und sprach sanft, wenn seine Stimme auch im ganzen Saal zu vernehmen war. »Das musst du. Über das Leben hinaus muss es dich dürsten nach der Liebe, die Gott dir geben kann. Solange dieser Durst dich nicht ganz verzehrt, wirst du nie wirklich zufrieden sein. Niemand ...« Er hielt inne und richtete sich auf, dann schritt er weiter die Reihen ab. Das Schweigen war von spürbarer Intensität. »... Niemand kann Gott verleugnen und leben. Tut es, und in eurem Herzen wird nichts sein als Tod. Und dann? Oh, meine Freunde, lasst mich nur dies sagen, es kommt die Endzeit, und bald schon wird Jesus euch holen, eines nahen Tages, zu einer nahen Stunde. Und er wird kommen mit furchtbarer Geschwindigkeit, und es wird euch keine Zeit bleiben zu sagen: Oh, ich muss aber dieses noch tun, bevor ich gehe. Wenn wir diese Türen zur Straße aufstoßen, werden dann die Stürme, welche das Ende der Welt verkündigen, schon losgebrochen sein? Wie können wir wissen, dass es nicht so ist? Am kommenden Tag, zu der kommenden Stunde, werdet ihr es sein, die auf der Brücke in die Ewigkeit stehen, den Schlund der Hölle unter euch? Wird euch der Weg nach drüben offen sein? Dann wird die Furcht Gottes euch überkommen und, o ja, die Haare werden euch zu Berge stehen und ein kalter, schwarzer Wind wird euch hinabschleudern in die Hölle, bis in alle Ewigkeit, in eine Welt ohne Ende.«

Beim Zuhören bemerkte Harrigan einen ungewohnten kalten Schauder im Rücken. Dieses Kribbeln an der Wirbelsäule war echte Furcht. Es war das zweite Mal, dass der Prediger diese Emotion bei ihm auslöste. Er sah auf die anderen ringsum, von denen etliche mit offenem Mund dasaßen und nach jedem Wort gierten.

»Aber fürchtet euch nicht«, sprach der Prediger jetzt leise und besänftigend. »Nein, fürchtet euch nicht, meine Brüder und Schwestern. Denn *ihr* werdet vor Gott hintreten und sagen: Ich kämpfte gegen das Unnatürliche und Perverse. *Ich* stellte mich zwischen die Mörderin und das Ungeborene. Satan wandelte durch die Welt, *ich* aber stellte mich ihm entgegen. Erinnert euch der Worte des heiligen Johannes in der Offenbarung. Sei getreu bis an den Tod, so will ich dir die Krone des Lebens geben. Und ich weiß, ihr werdet eure Herzen erforschen, und ein jeder wird darin finden die Liebe, die Gott ist, und die Kraft, hinauszugehen und sein Werk zu tun.«

Er kehrte zurück in die Mitte des Kreises, und alle stießen den angehaltenen Atem aus und seufzten gemeinschaftlich auf.

»Und nun fordere ich euch auf – sagt es ganz laut, meine Brüder und Schwestern, was ist es, das ihr tun werdet, um Zeugnis abzulegen für Christus, wodurch ihr euch am Ende der Zeiten in die Gemeinschaft der Erretteten einreihen werdet? Paul. Du bist heute zum ersten Mal bei uns. Was wirst du tun?«

So seltsam es war, Harrigan fühlte sich beinahe erleichtert, als er seinen Namen aufgerufen hörte. Er stand auf, und die Gesichter der Versammelten, die ihn anschauten, waren, wie das des Predigers, vom herrschenden Halbdunkel fast verschluckt. Andere hätten es vorgezogen, selbst auserwählt zu werden. Sie lechzten danach zu sprechen, er sah es ihren Gesichtern an.

»Wie du schon sagtest, ich bin zum ersten Mal hier. Sage doch du mir, was du von mir erwartest.«

»Gehe hin, und schließe noch heute eine Abtreibungsfabrik. Das ist es, was die Polizei tun sollte«, erklärte der Mann mit der milchigen Haut, der dicht am Zentrum des Kreises saß und aggressiv grinste. Sein Gesicht schimmerte in diesem Licht fast silbern.

»Kämpfe gegen all das, was ein Gräuel ist im Angesicht Gottes«, erwiderte der Prediger unter Missachtung des Zwischenrufs, ohne zu zögern. »Du, Paul, bist gebenedeit, denn du hast die Staatsmacht hinter dir. Wir nicht. Wir stehen hier als einsame Rufer. Wir haben keine weltliche Macht zu unserer Verfügung. Und wenn, was du bei uns zu finden hoffst, wahrhaftig die Hoffnung ist, Paul, so frage ich dich, weshalb hast du mit der dir verliehenen Macht nicht bisher schon mehr getan? Hast du Angst? Oder willst du mir nicht antworten?«

»Ich arbeite im Rahmen des Gesetzes, Graeme. Das muss ich.«

Er setzte sich.

»Abtreibung verstößt gegen das Gesetz.« Wieder erhob der Mann mit dem milchigen Teint die Stimme.

»So ist es in der Tat. Doch es wird nicht gewünscht, dass dem Gesetz Genüge getan wird, und so wird es ohne Furcht in den Schmutz gezogen«, sagte der Prediger. »Also demonstrieren wir. Doch anders als du, Paul, brauchen wir uns vor niemandem zu fürchten. Auch wenn der Protest unser einziges Mittel ist. Zu unserem Protest haben wir die Rückendeckung Gottes. Nichts kann dem widerstehen.«

»Ich habe es getan. Ich habe protestiert«, sagte die Frau im dunklen Kostüm und übertönte damit alle anderen in die Runde geschrienen Entgegnungen. »Immer, wenn die Gesundheitsministerin einen öffentlichen Termin hat, warte ich schon auf sie. Wohin sie auch geht, ich bin hinter ihr. Solange sie zulässt, dass die ungeborenen Kinder in diesem Staat dahingemetzelt werden, werde ich da sein. Ich habe ihr gesagt, was sie ist.«

»Ich schreibe den Politikern«, sagte der Mann mit dem milchigen Teint. »Ich sage ihnen, was heute in Australien geschieht, ist eine Versündigung gegen Gott. Ich sage ihnen, es gibt kein schwules Leben, nur ein schwules Sterben, und es verseucht, womit es in Berührung kommt. Aber was unternehmen sie dagegen? Nichts. Sie antworten mir nicht einmal.«

Harrigan kam zu dem Schluss, es war nicht verkehrt gewesen, Trevor nicht hierher zu schicken.

»Nichts davon reicht aus«, behauptete die Frau, die gesungen hatte, Bronwyn. Sie hatte die ganze Zeit nicht weit von Harrigan entfernt am Saalende bei einem kleinen Tisch mit einem Projektor gestanden. »Wir müssen alles geben, was wir haben.«

»Was soll das bedeuten – alles geben, was man hat?«, fragte Harrigan. »Wie weit muss man gehen?«

Sie sah ihn etwas verdattert an: eine pummelige Gestalt mit langem, leicht gewelltem Haar, um den Hals ein silbernes Amulett in Form eines winzigen Babyfüßchens.

»Wir müssen gehen, so weit man nur irgend gehen kann«, antwortete sie leise. »Hier haben wir nichts zu verlieren. Die, welche sich uns in den Weg stellen, machen uns nur stärker. Denn wir haben keine anderen Bande, keine anderen Verpflichtungen, als die vor Gott, und es gibt nichts, was man uns nehmen könnte. Die einzige Pflicht, die es geben kann, ist die Pflicht Ihm gegenüber, und man muss alles unternehmen, um dieser Pflicht gerecht zu werden.«

»Ich will dir sagen, was es heißt«, sagte der bleiche Mann. »Du musst eine Entscheidung fällen. Du musst aufstehen und kämpfen. Und wenn man irgendwann die Schnauze derart voll hat, dass man gewalttätig wird, dann werden sich darüber nur diejenigen wundern, die von Anfang an nicht zuhören wollten.«

»Doch du musst verstehen, dass wir das nicht tun würden, weil uns das Spaß macht. Wir akzeptieren den Part, den Gott uns zugedacht hat. Uns geht es nicht um den Tod. Uns geht es ums Leben. Wir sind nicht die Mörder«, erläuterte Bronwyn. »Sondern die Ärztinnen in diesen Familienplanungskliniken. Und genauso ist es mit den Homosexuellen. Alles wird von ihnen infiziert, weil sie verseucht sind, weil sie Vernichter sind. Wir reichen das Leben dar. Aber ständig werden wir angefeindet, weil wir die Einzigen sind, die den Mut haben, aufzustehen und es laut auszusprechen.«

Es herrschte gespanntes Schweigen, während sie sprach. Sie trat vor bis in den Kreis hinein, und ihre Stimme erfüllte den in farbloses Licht getauchten Zuschauerraum. »Ich bin das Alpha und das Omega, der Anfang und das Ende, der Erste und der Letzte. Jeder hier glaubt das. Das einzige Gesetz, das wir zu befolgen haben, ist das Gesetz Gottes, komme, was da wolle. Das hat Graeme uns gelehrt.«

»Bronwyn«, meinte der Prediger, »es ist Zeit fortzufahren. Würdest du wohl das Dia wechseln?«

Die Figur mit den sieben Sternen über der ausgestreckten Hand verschwand, und stattdessen erschien das Bild einer einfachen Gestalt in weißem Gewand, sodass Harrigan annahm, es müsse sich um Christus handeln. Sie hatte nichts mit den komplexen Bildwelten gemein, mit deren Studium er seine Jugendjahre verbracht hatte.

»Wir sollten uns jetzt wieder uns selbst und der Gegenwart zuwenden und von dem Frieden sprechen, den finden kann, wer an Gott glaubt. Du, Martin«, wandte der Prediger sich an den geschiedenen Mann, »vergiss nicht, solange du hier bist, bist du bei deiner Familie. Berichte uns nun, was dein Herz erfüllt.«

Harrigan saß eine weitere Stunde ab, während der die Anwesenden in epischer Breite ihr persönliches Herzeleid bejammerten, bis der Prediger endlich sagte: »Bronwyn, öffne bitte die Türen.«

Flackernd ging das Saallicht an, und die Türen öffneten sich. Harrigan blinzelte zur Straße hinaus. Das Tageslicht verwirrte ihn, denn es schien ihm für einen Moment weniger real als die Schatten in dem dunklen Saal. Im Gänsemarsch strebte die Gemeinde nach draußen, und der Prediger verabschiedete sich von jedem Einzelnen mit einem Händedruck. Nicht ohne Überraschung nahm Harrigan zur Kenntnis, dass Fredericksen seinen Schäfchen kein Geld abverlangte.

Er sah den Prediger dem Geschiedenen die Hand drücken und hörte ihn sagen, wie er sich darauf freue, ihn wieder hier begrüßen zu dürfen.

»Du hast mir Mut gemacht«, erwiderte der.

Harrigan verließ als Letzter den Saal. Der Prediger reichte ihm die Hand, und als er sie gegen seinen Willen schüttelte, fühlte er noch einmal diesen matten, schlüpfrigen Druck.

»Paul«, sagte der Prediger, »vielen Dank, dass du so bereitwillig mitgemacht hast. Ich hoffe, unser Ansatz hier erscheint dir nicht zu aggressiv. Es gibt in der heutigen Welt einfach so vieles, gegen das wir die Stimme erheben müssen. Ich fürchte, aus mir spricht ganz mein Herz, das hat mich früher schon in Schwierigkeiten gebracht. Ich hoffe sehr, wir werden dich hier wiedersehen.«

Harrigan überlegte, ob er nachfragen solle, ob irgendein Hintersinn mit der Einladung verbunden war, ob etwa der Weltuntergang in allernächster Zukunft bevorstünde.

»Sie bekommen keine Schwierigkeiten, weil ich heute hier war, Graeme. Danke für die Einblicke. Mir ist aufgefallen, dass Sie gar keine Kollekte machen.«

»Richtig. Keiner, der hierher kommt, hat Geld. Ich will meinen Leuten nicht noch das wenige, was sie besitzen, nehmen. Warum? Würdest du gerne etwas spenden? Wir wären dir höchst dankbar.«

»Ich wollte mich für Ihre Großzügigkeit bedanken. Das gibt es heutzutage nicht oft. Rein aus Interesse gefragt – sind diese Leute Ihre Leute? Sehen die sich so?«

»Ja, das sind sie. Sie kommen zu mir, weil ich der Einzige bin, der sich die Mühe macht, sich um sie zu kümmern. Ich weise ihnen den Weg zum Seelenfrieden. Wie Jesus. Er ging zu den Leprakranken, den Siechen, den Ausgestoßenen, und er reichte ihnen das Leben dar. Du musst versuchen, mich zu verstehen, Paul. Ich habe dir gesagt, dass ich die Menschen liebe, und das ist die Wahrheit. Ich bin sehr empfänglich für die Bedürfnisse der anderen. Ich kann in ihre Herzen sehen. Diese Menschen – es sind gewöhnliche Menschen, verirrte Menschen, auf der Suche nach Hoffnung. Wie du. Du bist kein glücklicher Mensch, Paul. Ich sehe das. Wenn du zu mir kommst und mir wahrhaft das Herz öffnest, dann will ich dir Glück schenken. Dann will ich dir Hoffnung geben.«

»Wissen Sie, Graeme, selbst wenn Sie Recht hätten, dann wäre das immer noch mein Problem und nicht Ihres, und ich glaube nicht, dass ich Wert darauf legen würde, es mit Ihnen zu teilen. Wir sehen uns wieder. Wenn ich Greg gefunden habe. Denn ich habe fest vor, ihn zu finden. Das verspreche ich Ihnen.«

»Daran zweifle ich nicht. Ich hoffe inständig, dass Sie ihn sehr bald finden werden«, erwiderte der Prediger mit einem Lächeln und ebenfalls wieder in das offizielle »Sie« verfallend.

Noch nie hatte die Luft Sydneys so süß geduftet wie jetzt, da Harrigan wieder auf die Straße hinaustrat. Als er losfuhr, schaltete er das Aufnahmegerät ab und rief Trevor an.

»Wie lief's?«, wollte Trevor wissen.

»Dafür sind die mir 'ne Gehaltserhöhung schuldig, Trev«, erwiderte Harrigan. »Ich bin auf dem Weg zu euch.«

»Dann bis gleich. Wir sind schon in den Startlöchern, um den Nachmittag anzugreifen. Wir warten nur auf das Zeichen zum Loslegen.«

»Schon gut. Dauert nicht lang, bis ich da bin.«

Harrigan manövrierte sich durch den zähen Verkehr und ließ sich noch einmal durch den Kopf gehen, was er gerade erlebt hatte. Er hätte es als Schmierentheater abtun können und sich fragen, ob es – im Falle des Predigers – eine Frage der echten Überzeugung oder eher eine Sucht war, und überlegen, wer hier eigentlich wen aussaugte, aber das hätte im

Grunde nichts gebracht. Die Gemeinde des Predigers glaubte an ihn, und er glaubte an sich. Manche von denen hatten das Zeug dazu, gefährlich zu werden, aber wie gefährlich? Schaumschläger und Quälgeister eher als Brandstifter und Mörder. Wie viel davon war nur leeres Geschwätz? Der Prediger hatte seine Gemeinde aufgefordert, sich zur Schau zu stellen, und sie war ihm freudig gefolgt. Er selbst hatte sich nicht offenbart, er hatte keine Drohungen ausgestoßen und kaum etwas verlautbart, das man nicht jeden Tag von den Hass-Talkmastern im Radio hören konnte.

Harrigan fuhr tief in Gedanken versunken in die Innenstadt zurück. In den Häusern gegenüber vom Tempel räumte die Verstärkungstruppe ihre Siebensachen ein und zog über den Hinterausgang ab. Die Fotografen und die Überwachungsteams blieben vor Ort und verzeichneten jedes Kommen und Gehen, rund um die Uhr.

22

Lucy saß in ihren alten Mantel gehüllt auf der Stufe vor der Hintertür. Sie rauchte und dachte, es existiere nichts als nur dieser Moment und dieser Ort. Sie würde jetzt jede Minute nehmen, wie sie war, und ihre Bedeutung sollte sich ganz erschöpfen im Anblick des Tageslichts, in jedem Atemzug, den sie tat, in jedem Schlag ihres Herzens.

Sie wartete auf die Begegnung mit dem Vater. Als der Zeitpunkt näher rückte, fragte sie sich, wie es kam, dass sie etwas so sehr wollen konnte. Die Erinnerung an ihn hatte die Kraft eines Säuglingsklammergriffs. Sie wollte ihn aus sich herausschneiden und dann nur leben, in jeder Sekunde, ohne Verknüpfung zu Vergangenheit oder Zukunft, ohne Last.

Einfach nur existieren im reinen, endlosen Licht. Als ihr Handy läutete, dachte sie: Jemand verfolgt mich. Warum? Ich habe ihnen nichts zu geben. Ich habe nichts. Ich existiere nur.

»Lucy«, meldete der Prediger sich mit vor Zorn unterdrückter Stimme. »Wie geht es dir?«

»Ich hab dir doch gesagt, du sollst nicht anrufen, Graeme«, erwiderte sie gelangweilt. »Ich hab gesagt, ich ruf an.«

»Ich musste dich anrufen, Lucy«, behauptete er, »ich habe leider eine sehr schlechte Nachricht für dich.«

»Welche?« Plötzlich hatte sie Angst.

»Ich kann heute Abend nicht kommen. Du wirst dich gedulden müssen bis morgen, denn zuvor muss ich hier noch diverse Vorkehrungen treffen.«

»Wieso?«

»Weil ich von der Polizei überwacht werde.«

»Wie sind die denn auf dich gekommen?«, wollte sie wissen.

»Über Greg, Lucy. Wie sonst? Du hast ihm ja unbedingt erzählen müssen, was du getan hast. Und deswegen rücken die jetzt mir auf die Pelle. Die glauben, ich hätte etwas damit zu tun. Und mehr braucht es nicht, damit die anfangen, Scherereien zu machen.«

»Schließlich hast du ja auch etwas damit zu tun, nicht wahr, Graeme? Damit liegen sie gar nicht mal falsch«, erwiderte Lucy grinsend. »Wie willst du überhaupt wissen, dass sie dich überwachen?«

»Weil einer von ihnen heute hier gewesen ist. Er hat sich in die Gemeinde gesetzt, er hat jeden Einzelnen beleidigt, denn er ist ja so viel besser als wir. Er hält sich für unendlich schlau. Aber er wird erkennen müssen, dass er das nicht ist. Er hat keinerlei Macht, ganz egal, was er denkt. Besorg dir die Zeitung von gestern, Lucy. Da wirst du ihn sehen. Aufgebläht vor Arroganz wie die Söhne Beliars.«

Lucys Hände zitterten, und sie schluckte vor Furcht.

Es war niemals gut, wen Graeme die Könige zitierte.

»In der Zeitung«, echote sie mechanisch.

»Ja. Sieh dir dieses Gesicht an, und du wirst den Sohn des Teufels erblicken.«

»Das kannst du nicht wissen. Er kann einfach irgendjemand sein. Vielleicht ist er nur der Vater von irgendwem.«

»Es spielt keine Rolle, wer dieser Mensch ist, Lucy, er ist in jedem Fall unser Feind. Er ist einer, der es nicht verdient, zu leben. Du weißt, was einer ist, wenn du siehst, mit wem er sich abgibt. Jetzt hör zu, was ich dir sage.« Die Wut, die aus dem Apparat drang, ließ Lucy verstummen. »Ich habe gesehen, wer sie sind. Ich bin dort gewesen. Ich bin in ihre Höhle gegangen, habe mich zu ihnen gesetzt und mit ihnen gesprochen. Ich habe gesehen, wer dort arbeitet. Einer begegnete ich, und ich erkannte sie. Ich erkannte ihr Gesicht, ich kannte diesen Namen. Denn ich weiß, wer diese Leute sind, ich mache es mir zur Aufgabe, das zu wissen. Und als ich in den Tempel zurückkehrte, durchforstete ich unser Verzeichnis der Hexen, und richtig, da stand sie. Damit haben wir es hier zu tun, Lucy. Mit den –«

»Das interessiert mich im Moment alles überhaupt nicht, Graeme.«

Sie fiel ihm unbarmherzig ins Wort.

»Zurzeit gibt es nur eins, was mir wichtig ist, und das ist Greg. Ich hab jetzt ein Auto und ein bisschen Geld. Ich will nur noch Greg zu mir holen und dann nach Norden fahren, einfach fort, egal wohin. Du brauchst also überhaupt keine Angst zu haben, weil ich nämlich einfach verschwinden und das alles vergessen werde. Und versuch bloß nicht, mich daran zu hindern. Weil es mir nämlich wirklich scheißegal ist, was mit mir passiert. Aber ich wette, dir ist nicht egal, was mit dir passiert. Wir sehen uns morgen Abend. Sei pünktlich. Du kriegst das schon hin.«

»Lucy, es gibt gewisse Dinge, die du vorab bedenken solltest.« Der Ton des Predigers war jetzt ganz ruhig. »Wohin du auch gehst, die Polizei wird dich finden. Und was wirst du dann tun?«

»Wie wollen die mich denn finden? Die wissen doch gar nicht, wer ich bin. Die können mir überhaupt nichts nachweisen. Niemand wird denen von mir erzählen. Du nicht. Und Greg auch nicht.«

Und Stephen ebenso wenig, der würde schlicht behaupten, er habe das alles nie gewusst. Dennoch war Lucys Zuversicht erschüttert.

»Allerdings«, erwiderte der Prediger in seinem gewöhnlichen Tonfall, »da hast du ganz Recht. Greg wird dich nicht verraten, Lucy, weder jetzt noch in Zukunft. Wenn es also so ist, sehen wir uns morgen Abend. Ich bin sicher, wir werden viel zu bereden haben. Bis dann.«

Er legte auf, bevor sie es erwartete.

Sie saß da und grübelte, was ihn dazu gebracht haben mochte, so abrupt Schluss zu machen – da berührte Melanie sie an der Schulter.

»Willst du jetzt zu Dad?«, fragte sie. »Er ist wach und macht gerade einen ausgeruhten Eindruck.«

»Ja, gut. Ich will mich nur kurz sammeln.«

»Lass dir ruhig Zeit. Ich sage ihm, dass du gleich kommst.«

An jenem frühen Julinachmittag stand ihr die Tür zum Zimmer des Vaters offen. Lucy ging darauf zu, und sie roch die Kühle und Reinheit der frischen Luft. Die Fenster waren geöffnet, und der Krankengeruch war, wenn auch nur vorübergehend, vertrieben. Das Fenster ging auf den Nationalpark hinaus, und Lucy sah die weißen Wolken, die hoch am gewölbten, fahlen Himmel standen, und das Meer der Bäume, das sich nach dem Horizont streckte.

Der Vater saß an die Kissen gelehnt, und seine Arme ruhten auf geblümtem Bettzeug. An der Tür hielt sie zögernd inne, da sprach er sie an.

»Mein kleines Mädchen«, sagte er.

Sie entgegnete nichts, sah sich nur um. Melanie saß auf einem Stuhl beim Fenster.

»Komm herein. Komm, und sprich mit deinem alten Herrn. Komm, und gib mir einen Kuss«, sagte er.

Sie stellte sich ans Fußende des Bettes. Es war altmodisch, aus einzelnen Latten gezimmert, und sie stützte sich mit den Händen darauf und fixierte ihn. Sie sah ihn mit Röntgenaugen, sah, dass die Krankheit jede Unreinheit ausgebrannt hatte und nur ein mattes, fahles Feuer in ihm verblieben war, das sich selbst verzehrte. Der Mann, den sie vor vier Jahren noch gekannt hatte, existierte nicht länger. Nur die Stimme war dieselbe, diese schmeichlerische Stimme, mit der er sie dazu brachte, seinen Willen zu tun und zu glauben, was er sagte. Während sie ihn so musterte, wurde ihr klar, sie brauchte ihm nicht zu sagen, dass sie ihm nicht vergeben konnte. Sie verspürte keinerlei Zwang mehr dazu. Sie konnte jetzt einfach hier herausspazieren, denn es würde so oder so in Bälde vorbei sein, und Melanie und Stephen wären erlöst.

»Jetzt steh nicht einfach da rum, Lucy. Komm, und gib deinem alten Herrn einen Kuss.«

Mit einem kaum wahrnehmbaren Anflug von Entsetzen wurde ihr bewusst, dass sie dazu in der Lage war. Sie trat zu ihm, küsste ihn auf die Stirn und spürte für eine Sekunde die trockene Beschaffenheit seiner Haut, die sie so gut gekannt hatte, die sie von sich hatte fortscheuern wollen, manchmal wie besessen. Sie merkte, dass sie die Erinnerung mit einem Achselzucken abstreifte wie etwas, das endlich aufgebraucht ist, wie den Panzer einer Zikade, brüchig und durchsichtig.

»Wir haben einander nichts vorzuwerfen, nicht wahr? Das willst du mir doch sagen, nicht wahr, Lucy?«

»Früher war es anders, Dad«, sagte sie, als sie endlich sprach. »Aber jetzt nicht mehr. Du sagst, du wirfst mir nicht vor, dass ich dich und Mum verlassen habe und euch nicht gesagt habe, wohin ich gehe. Und jetzt macht es mir nichts mehr aus, was zwischen uns passiert ist. Ich kann dir nicht mehr wehtun, und du kannst mir nicht wehtun. Du kannst mir nie wieder etwas antun. Also werde ich nun von euch allen fortgehen.«

»Luce ...«

Melanies Stimme klang angsterfüllt, und sie beugte sich mit angespanntem Körper auf dem Stuhl nach vorn, doch der Vater hörte gar nicht richtig hin.

»Es gibt nichts, was du mir vorhalten könntest«, sagte er. »Das hast du selbst gesagt.«

Sie machte den Mund auf, um zu sagen, dass da sehr wohl etwas sei und er das auch wisse. Doch sie sprach es nicht aus. Der Mann, der da vor ihr im Bett lag, war inzwischen so zerbrechlich wie ein zerrissenes Spinnennetz.

»Nein, da ist nichts, Dad. Mach dir deswegen keine schlaflosen Nächte.«

Mehr konnte sie ihm nicht sagen, doch es reichte aus.

»Ich wusste doch, dass du im tiefsten Herzen so empfindest. Ich wusste, dass du mich verstehst. Alles, was zwischen uns passiert ist, das war nicht so wichtig. Es war normal, und du weißt das. Ich habe immer gewusst, dass du eines Tages über diese kindischen Vorwürfe hinwegkommst«, sagte er.

»Ja, schön, Dad. Es ist vorbei. Ich gehe jetzt«, sagte sie. Sie musste unbedingt hier raus.

Er nickte, und die Augen fielen ihm zu. An der Tür griff Melanie kurz nach ihrer Hand.

»Danke dafür«, sagte sie.

Lucy lächelte unaufrichtig und verließ das Zimmer. Sie ging nach unten, trat durch die Hintertür ins Freie und fand Dora in der Hundehütte. »Na los, Mädchen«, sagte sie, und der Hund folgte ihr in den Garten und zur Abbruchkante.

Unterwegs hielt Lucy an, um einen Kamelienstrauch zu betrachten: Die Blüten waren zartrosa und noch feucht vom Regen, der über Nacht gefallen war, die Blätter glänzten in der Sonne. Großmutter hatte ihn geliebt, für die Farbe und die Form der Blüten. Lucy hatte keine Worte, ihn zu beschreiben: Er verwandelte sich in ein Bild, das ihrem Gedächtnis als etwas ausschließlich Visuelles eingeschrieben war. Sie hatte die Fähigkeit zu sprechen, die Fähigkeit des wortgestützten Denkens verloren. Ihre Gedanken bestanden nur aus Bildern dessen, was sich spüren und schauen ließ, alles sprachliche Wissen war aus ihr gespült worden. Sie blieb dort eine kurze Weile stehen, dann lief sie durch den Garten hindurch und weiter in das Buschland. Schließlich hielt sie an und setzte sich ans Bachufer, um dort so lange vergessen zu können, dass die Welt existierte, bis sie sich ihr wieder stellte. Heute Nacht würde sie noch einmal im Haus schlafen, und dann, ganz früh am Morgen, würde sie fort sein.

23

Daran zweifle ich nicht. Ich hoffe inständig, dass Sie ihn sehr bald finden werden.

Selbst im normalen Gespräch war der Ton des Predigers mit rhetorischer Finesse aufgeladen. Der Tonbandmitschnitt des Gebetstreffens war abgespielt, und im Einsatzraum blieb es erst mal still.

»Das müssen zwei spaßige Stunden gewesen sein, Boss«, brach Trevor das Schweigen, worauf sich die versammelte Mannschaft erleichtert reckte und streckte.

»Darauf kannst du Gift nehmen. Ab heute braucht sich keiner mehr an meiner Schulter auszuweinen, denn nach der Erfahrung werde ich für den Rest meines Lebens Gliederreißen haben«, antwortete Harrigan.

»Wir wandeln in der Finsternis, ihr und ich. Kommt mit mir, und ich weise euch den Weg ins Licht«, wiederholte Grace mit ihrer klaren Stimme. »Er weiß verdammt gut, worauf's beim Sprechen ankommt, und setzt dem Zuhörer richtig zu. Wahrscheinlich würde er auch einen ganz passablen Sänger abgeben, wenn er das wollte.«

Sie sprach mit einer gewissen Schärfe. Harrigan sah sie an. Irgendwann während seiner Abwesenheit hatte sie sich wieder hinter ihre vorschriftsmäßige Kleidung und Schminke zurückgezogen. Ian ergänzte die Korktafel gerade um die Bilder von dem Fotografen und der Schreckschraube, denen Grace vor etwas mehr als acht Monaten vor dieser Whole-Life-Health-Centre-Klinik in die Falle gegangen war. Beide waren heute Vormittag beim Verlassen des Gebetstreffens fotografiert worden und prangten jetzt zur Ansicht, Beobachtung und Analyse an der Pinnwand.

»Das kannst du so alles heraushören, Gracie?«, wunderte sich Ian.

»Es ist einer der Gründe, warum er so angenehm ins Ohr geht. Du musst natürlich den Schrott vergessen, mit dem er dich dabei zumüllt.«

»Gut, dass du das gesagt hast, Gracie. Von dem Scheiß, den diese Typen abgelassen haben, kann's einem echt übel werden«, sagte Trevor.

»Also dann, Ian. Was kannst du uns über diese beiden Sektierer sagen?«, wollte Harrigan wissen und würgte damit jede mögliche Diskussion über die Qualität gewisser Ansichten ab, die, nach allem, was er wusste, gar nicht weit von denen mancher der hier Anwesenden entfernt waren.

»Eins immerhin kann ich sagen: Die haben ihren Beruf verfehlt – die sollten eigentlich hier sitzen«, antwortete er. »Beide gehören zu den Stammdemonstranten vor den Whole-Life-Health-Centre-Kliniken, und sie reisen von einer zur nächsten. Wie machen sie die Patientinnen ausfindig? Sie kaufen bei einer staatlichen Quelle vertrauliche Informationen, und wir sind ziemlich sicher, dass wir wissen, wer die Quelle ist. Zunächst besorgen sie sich den Namen, um die weiteren Details kümmern sie sich selbst. Manchmal verfolgen sie die Frauen bis zum Auto und kommen so an das Nummernschild, manchmal finden sie andere Wege. Es gab Einbrüche in die Kliniken, bei denen Patientenkarten gestohlen wurden. Die stecken da richtig Arbeit rein, das gibt ihrem Leben einen Sinn.«

»Dieser Fettkloß da ist aber nicht Firewall«, grummelte Louise, die auf das Bild Bronwyns stierte. »Da ist keine Spur von Verstand in diesem Gesicht. Und um eine Website wie die von Firewall zu bauen, braucht es Verstand, wenn auch einen verqueren.«

»Wir wissen natürlich, dass sie das nicht ist.« Ian runzelte die Stirn. »Aber sie hat der Liu diese Hassbriefe geschickt, und sie hat es genossen. Diese beiden, die machen, was man ihnen anschafft. Für die heißt es nur, von wie weit oben soll ich springen, wo ist die Klippe?«

»Und was ist mit dem Prediger?«, fragte Harrigan, der vorankommen wollte. »Was wissen wir über ihn?«

Trevor trat einige Schritte vor und legte ein Aktenbündel auf den Metalltisch, dann strich er sich mit einer Hand über das kurz geschorene schwarze Haar und sammelte sich.

»Es war gar nicht so leicht, seinen Spuren zu folgen. Angefangen haben wir mit dem Lebenslauf, den er beim Sozialamt abgegeben hat, und Ehre, wem Ehre gebührt, er ist tatsächlich, wofür er sich ausgibt: ein fahrender Prediger. Er gibt an, er habe am Freedom World Theological College in Illinois Theologie studiert. Das, Kinder, ist ein Witz. Freedom World ist eine Wohnwagensiedlung außerhalb von Chicago. Wenn du denen Geld schickst, kriegst du von der Poststelle das gewünschte Stück Papier. Falls du unter Zeitdruck stehst, wie es bei uns der Fall war, und du nichts dagegen hast, für den Service extra zu bezahlen, faxen sie es dir sogar zu. Wir haben Ian ein Abschlusszertifikat zum Geburtstag besorgt. Alles Gute, lieber Ian, dir steht ein völlig neues Leben offen. Gratuliere.«

Der gesamte Raum brach in Gelächter aus, als Trevor einen verschnörkelten, auf Ian ausgestellten akademischen Abschluss neben einem Foto des Predigers an die Pinnwand heftete. Er stemmte die Hände in die Hüften.

»Fein. Du bist also völlig abgebrannt und stehst zum ersten Mal seit fünfundzwanzig Jahren wieder wie bestellt und nicht abgeholt am Flughafen Mascot rum. Wen rufst du an? Tantchen Yvonne Lindley. Die lässt dich nicht im Regen stehen. Warum auch? Sie sitzt da oben im Norden den ganzen Tag einsam und allein in ihrem Mausoleum in St. Ives rum. Freut sich über jede Gesellschaft. Du möchtest ein Gemeindeasyl aufmachen und brauchst dafür ein Empfehlungsschreiben für den Sozialamtsleiter? Tante Yvonne besorgt dir eins mit dem Briefkopf des Ministers. Und sie überlässt dir auch mietfrei ein paar von ihren Immobilien, das macht die Lindley'sche Vermögensstiftung doch gern.«

»Sie ist schon über achtzig, oder?«, fragte Ian. »Die muss doch inzwischen völlig verkalkt sein.«

»So wenig wie am Tag ihrer Geburt, Ian«, krächzte Louise, »allerdings ist sie auch ungefähr genauso helle.«

»Pass auf, was du sagst«, fuhr Trevor fort, »ihre Sippe sucht schon eifrigst nach Leuten, die die Einweisungspapiere unterschreiben. Angeblich will sie nämlich ihre Kinderchen enterben und den Prediger als Alleinerben einsetzen. Und an dem Punkt gibt man ihm nun zu verstehen, er soll es nicht auf die Spitze treiben und sich verziehen. Geoff Lindley sagt ihm, wenn er nicht sofort abtaucht, macht er ihm den Laden dicht. Ergebnis? Mutter erteilt Sohn Hausverbot. Schach. Elizabeth Lindley erzählt überall herum, die liebe alte Mama kriegt das Leben nicht mehr so recht auf die Reihe, es ist wirklich ein Jammer, aber wahrscheinlich ist es das Beste, sie vom Hausarzt entmündigen zu lassen. Schachmatt. Damit ist die gegenwärtige Partie beendet. Wobei die Entmündigung nicht geklappt hat. Das Leben im Lande Lindley ist längst nicht mehr so rosig, wie es einmal war.«

»Verfügt er über eigene Geldmittel?«, mischte Harrigan sich ein. »Irgendwo muss er doch was liegen haben.«

»Wir haben davon jedenfalls nichts entdeckt, und glaub mir, wir haben gründlich gesucht«, antwortete Trevor. »Würde man ihm diesen Hahn also zudrehen, worauf könnte er noch zurückgreifen? Wir wissen es nicht.«

»Dann finden wir es heraus. Lassen wir ihn ein bisschen schwitzen«, schlug Ian vor.

»Wenn er denn schwitzen kann«, überlegte Louise.

»Schauen wir mal rüber in die Staaten«, sagte Trevor. »Wieso ist er da überhaupt hin? Darauf haben wir keine Antwort. Die Eltern sind tot. Er schmeckt da und dort immer wieder mal in die Ausbildung zum Geistlichen rein, schließt sie aber nie ab. Es gibt nichts, was ihn hier halten würde. Aber wieso in die Staaten? Nur, weil er da in einem fernen Land ist? Weil er sich dort vor allem einen Fetzen Papier kaufen kann, der ihn zum Prediger macht? Das kann er uns nur selbst sagen. Bis dahin …«

Er pinnte ein Foto an die Wand, das eine Gruppe von sehr gewöhnlich aussehenden Menschen mit humorlosen Gesichtern und in abgerissener Kleidung zeigte.

»Lieber Himmel, seht euch die an. Willkommen bei der Addams Family«, sagte Grace.

Einige, darunter auch Harrigan, prusteten kurz.

»Nein, Gracie, das ist die Lebensrettungsgruppe.« Trevor grinste. »Das sind die Typen, die Agnes Liu in ihrer Zeit in Kalifornien verfolgt haben. Das sind absolute Extremisten unter den Abtreibungsgegnern. Frag sie, was eine Abtreibung ist, und sie werden dir weismachen wollen, es ist eine satanische Opferung. Frauen lassen sich schwängern, nur um abtreiben zu lassen und als Hexen Satans Werk zu tun. Das ist der Trichter, auf dem die sind.«

»Es geht doch nichts über einen gesunden Realitätssinn«, murmelte Louise.

»Du sagst es, Lou. Diese Leute sind echte Stadtguerilleros. Bomben in Kliniken, Drohungen, Einschüchterungen, das gehört alles zum Standardrepertoire. Eine von denen sitzt im Moment wegen Brandstiftung hinter Gittern. Im Internet ist sie leicht zu finden. Sie hat ihre eigene Website, sie ist eine religiöse Gefangene. Gibt es eine Verbindung zwischen diesen Typen und dem Prediger? Unsere amerikanischen Vettern rücken keinerlei Informationen über diesen Haufen heraus, die weigern sich strikt, mit uns zu reden. Also haben wir getan, was man eben macht, wenn man feststeckt – wir haben uns das passende Gleitmittel gesucht. In diesem Fall die Journalistin, die diesen Artikel verfasst hat.«

Trevor deutete auf den Ausdruck eines Internet-Nachrichtendienstes, der den Titel trug:

Der Todesstoss der Racheengel.

Extremistische Abtreibungsgegner erschiessen Ärztin. Polizei tappt im Dunkeln.

Alle johlten geringschätzig, worauf Trevor mit einer schwungvollen Handbewegung den Tumult beendete. »Lacht nur. Aber sie hat uns mit Informationen versorgt. Seitenweise. Hier nur ein Vorgeschmack.«

Er pinnte einen fotokopierten Artikel aus einer kalifornischen Sonntagsillustrierten an die Wand, der mit dem Satz begann:

DAS FINSTERE DENKEN DER EXTREMEN:

DIE BLUTIGEN FOLGEN DES MILLENIUMSGLAUBENS UNTER DEN ABTREIBUNGSGEGNERN. VON JANE MONAHAN.

»Was soll jetzt dieser Scheiß?«, klagte Jeffo.

»Uns interessiert hier nur, dass wir es mit der Lebensgeschichte dieser Frau zu tun haben, Jane Monahan. Sie schreibt Reportagen wie die. Sonst tut sie nichts. Offenbar war sie eng mit der ermordeten Laura Di-Cuollo befreundet. Als die Ermittlungen damals zu nichts führten, hat sie sie in den Medien weitergeführt. Als wir uns bei ihr gemeldet haben, wollte sie gar nicht mehr aufhören zu reden. Sie weiß eine Menge über die Racheengel. Ihrer Aussage nach haben die mehr als einen Menschen erschossen. Das Problem für uns ist: Wie viel von ihren Informationen können wir benutzen? Das meiste davon würde kein halbwegs seriöser Rechtsanwalt je verwenden. Aber es passt. Sie kennt Fredericksen, er taucht in ihrem letzten Artikel auf, wenn auch nur in einem Nebensatz. Er lebte in der Nähe von Berkeley, zur selben Zeit, als auch Doc Liu dort war, und er hatte sich dort sehr ähnlich eingerichtet wie heute hier: reiche Gönner, politische Beziehungen, eine private Kirche. Nur, dass er damals nicht die Hauptrolle spielte, sondern eher Zuarbeiter war. Einige Aktivisten der Lebensrettungsgruppe gehörten der Kirche an. Diese Journalistin hat mit Leuten gesprochen, die aus der Gruppe ausgestiegen sind, und ein paar von denen kannten unseren Mann. Den ›Schönredner‹ hat einer ihn genannt, den, der die Sachen anleiert. Und sie weiß, mit was für einer Waffe ihre Freundin ermordet wurde. Sie sagt, sie hat die Ergebnisse der ballistischen Untersuchung gegen Bezahlung aus dem forensischen Labor der Polizei bekommen – ob ihr's glaubt oder nicht, das hat sie mir tatsächlich ins Gesicht gesagt. Und wenn die Angaben stimmen, kann ich euch sagen, dass die Schüsse auf Di-Cuollo und Doc Liu von derselben Art Pistole – nicht von derselben Waffe, aber von identischer Bauart – abgegeben wurden. Es handelt sich um eine umgearbeitete Pistole, die Monahan zufolge eine Visitenkarte der Racheengel ist. Nicht lange nach diesem Mord hat der Prediger die Staaten verlassen. Es ist ihm wohl ein bisschen zu heiß geworden. Er steckt in der Sache drin, doch wir haben nichts als unsere Journalistin, um das zu belegen.«

»Aber ist Firewall auch eine von denen?«, wollte Grace wissen.

»Das spielt im Moment keine Rolle«, erwiderte Harrigan, der damit zum ersten Mal seit heute Vormittag das Wort an sie richtete. »Wir wissen, dass er mit drinsteckt. Wie es mit ihr steht, fragen wir, wenn wir sie gefunden haben.«

Eine kurze Zeit herrschte Stille.

»Dann ist es also ein Spiel«, meinte Grace endlich. »Es macht ihm Spaß, mit anderer Menschen Leben zu spielen. Er sieht das wie eine Hetzjagd, es macht ihn high. Es geht nicht ums Geld. Es geht um den Kick.«

»Das könnte möglich sein«, meinte Trevor nickend.

Unwillkürlich sah Harrigan sie wieder an.

»Schön«, sagte er, »das hat uns ein gutes Stück vorangebracht. Hört jetzt nicht auf weiterzuwühlen. Und während wir das tun, werden wir den Prediger auf Schritt und Tritt überwachen, und wir werden sehen, was passiert. Wir müssen bald ein Ergebnis präsentieren können.«

»Eine Leiche zum Beispiel?«, fragte ihn Trevor, während

alle schon den Raum verließen. »Vom armen Greggie vielleicht?«

»Wenn ich ehrlich sein soll, Trev, ich glaube kaum, dass wir es noch erleben werden, dass der Junge gefunden wird«, erwiderte Harrigan.

Grace lief an ihm vorbei, als er das sagte, und sie warf ihm einen stirnrunzelnden Seitenblick zu. Bevor er sie ansprechen konnte, war sie in der Menge verschwunden.

Der Kantinenkaffee gehörte nicht unbedingt zu Harrigans Lieblingsgetränken, aber da er dringend Koffein und etwas Abstand von seinem Team brauchte, war der jetzt seine erste Wahl. Er hatte sich gerade mit der Tasse gesetzt, als er Grace entdeckte, die sich auf der Terrasse ans Geländer lehnte, die Augen auf die Stadt gerichtet, und eine Zigarette rauchte. Er überlegte ein paar Sekunden und stellte sich dann neben sie. Überrascht sah sie ihn an, nickte und blickte weiter auf das Gewirr der Dächer und Hochhäuser.

»Wie geht es Ihnen?«, fragte er.

»Gut.«

Ja, das war kaum zu übersehen.

»Tut mir Leid, dass ich heute früh so auf Sie losgegangen bin«, sagte er. »Ich hätte Ihnen das nicht vor versammelter Mannschaft an den Kopf werfen dürfen. Sie leisten hervorragende Arbeit, Grace. Ich bin nicht darauf aus, Ihnen das Leben schwer zu machen.«

Sie richtete sich auf und zuckte kaum merklich die Achseln. »Danke. Aber ich wünschte, ich hätte das Handy nicht abgeschaltet. Ich wünschte, ich hätte diesen Anruf entgegengenommen«, erwiderte sie.

»Was hätten Sie tun können? Wir hätten es lediglich etwas früher erfahren, das ist so ziemlich alles. Nehmen Sie's sich nicht zu Herzen.«

»Es passt einfach so perfekt ins Muster. Der Junge schickt der Welt seine Abschiedsbotschaft, und ich bin nicht einmal da, um ihm zuzuhören.«

»Wo waren Sie überhaupt?«, fragte er und wusste genau, dass ihn das nicht das Geringste anging.

»Ich habe bei einem alten Freund auf der Couch übernachtet«, antwortete sie leichthin, wenn auch mit leicht ablehnendem Unterton. »Ein Refugium, wenn ich mich ausgepowert fühle.«

Es entstand ein unangenehmes Schweigen, und Harrigan rang nach einer intelligenten Antwort.

»Es sollte übrigens nicht unhöflich wirken, als ich gestern Abend so plötzlich ging«, sagte sie, bevor er sich etwas zurechtgebastelt hatte. »Tut mir Leid, falls das so aussah. Ich war einfach ein bisschen geschlaucht.«

Du lädst dir so viel auf, Grace. Wieso glaubst du, dass einer von denen das wert ist?

»Keine Sorge«, sagte er, »das macht nichts. Wir sind alle irgendwann geschlaucht. Wir haben alle zu viel Arbeit.«

»Klar. Ich rauche nur noch kurz zu Ende.«

»Nein, nicht doch, Grace. Ich wollte Sie nicht hetzen. Lassen Sie sich Zeit. Bis später.«

»Ja, bis dann«, sagte sie und schämte sich ihrer Hypersensibilität.

Auf dem Weg zurück ins Büro fühlte er sich so aufgeräumt wie den ganzen Tag noch nicht. Die Zaungäste in der Kantine hatten keine Ahnung, dass sie soeben Zeuge eines noch nie da gewesenen Schauspiels geworden waren: Harrigan hatte sich bei einer seiner Untergebenen entschuldigt.

24

Keine Stunde nach dem Gespräch in der Kantine schreckte Harrigan Grace geradezu auf, denn unvermittelt stand er an ihrem Schreibtisch, die Krawatte gelockert und die Ärmel hochgekrempelt. Er gab ihr eine Akte und stützte sich mit beiden Händen auf der Tischplatte auf.

»Sie ist nur eine kleine Prostituierte«, erklärte er. »Ich habe ihr Straffreiheit zugesagt, falls ihre Geschichte wasserdicht ist, aber bis jetzt will sie nicht mit den Details rausrücken, und ich habe keine Ahnung, wieso. Ich möchte, dass Sie allein mit ihr reden. Beruhigen Sie sie. Sie können das, ich habe das schon miterlebt. Lesen Sie sich die Akte durch, und denken Sie sich rein. Nehmen Sie die Zigaretten mit, wenn Sie so weit sind. Sie hat gefragt, ob sie rauchen darf, und ich sagte Ja. Im Moment qualmt sie die Gegend zu wie ein Fabrikschlot.«

Er verschwand in Richtung Vernehmungszimmer. Grace holte Luft, schlug die Akte auf und dachte: Dein Auftritt, Mädel, öl schon mal die Stimmbänder. Das Brustbild zeigte ein Mädchen mit olivgrüner Haut und schulterlangem, dunklem Haar mit eingefärbten blonden Strähnchen. Gina Farrugia, Alter zweiundzwanzig, wohnhaft Potts Point. Vorbestraft wegen Heroinbesitzes in einer Menge, die über den persönlichen Bedarf hinausgeht. Vor sieben Monaten in den kontrollierten Entzug entlassen. Aktenkundige Kontakte: ein Lebensgefährte, Mike Sullivan, ehemaliger Boxer, Gelegenheitsgorilla, Gelegenheitsdealer, Gelegenheitsinformant, Junkie. Das war alles. Eine schmale Akte. Als sie zum Vernehmungszimmer kam, wartete Trevor neben Harrigan.

»Bist du so weit, Gracie?«, erkundigte er sich.

»Klar.«

»Gehen Sie immer schön sachte ran, und lassen Sie sich Zeit. Ich habe ihr gesagt, wer Sie sind. Vergessen Sie nicht – ich will diese Information haben«, mahnte Harrigan.

Wie hätte sie das vergessen können?

Grace öffnete die Tür und erwartete die von den üblichen Anspannungen elektrisierte Atmosphäre, Vorahnungen und Abwehrmanöver, die wie Blitze hin und her zuckten. Heute Nachmittag aber herrschte in der grauen Kammer eine andere Stimmung. Die junge Frau, die jetzt zu ihr hochschaute, sonderte einen tierischen Geruch ab: Furcht, die so greifbar war wie ein kleines, scharrendes Tier, das sich ganz in die hinterste Ecke des Zimmers gezwängt hat und den Kopf gegen die Wand presst. Zigarettenrauch hing schwer in der Luft, und der Aschenbecher quoll von Asche und Kippen über. Daneben lag eine leere Zigarettenschachtel.

»Hi, Gina«, sagte Grace auf ein kaum wahrnehmbares Nicken hin. »Wie geht's?«

Es folgte keine unmittelbare Antwort. Als sie sich setzte, merkte sie, dass Ginas Blick sich von ihr löste und zu dem blinden Fenster in der Wand schweifte.

»Wer beobachtet uns?«, wollte sie wissen.

»Hab keine Angst deswegen. Du sprichst nur mit mir. Soll ich dir meine Karte geben?«

Die junge Frau warf einen Blick auf die Karte und steckte sie ein.

»Ich brauche also keine Angst zu haben?«, versicherte sie sich. »Dann wissen Sie aber wohl was, was ich nicht weiß.«

»Nein. Es gibt einfach nichts, wovor du Angst haben musst. Keiner hier wird dir irgendwas tun. Magst du eine Zigarette?«

»Ja.«

Grace steckte zwei Zigaretten an und legte Schachtel und Feuerzeug in der Tischmitte ab.

»Bedien dich«, sagte sie.

Gina nickte. Sie saß da, paffte in schnellen Zügen und begann schließlich, überhastet zu reden.

»Wenn Sie's interessiert, wieso ich nicht schon früher gekommen bin – ich konnte nicht herkommen. Das ist wahr. Ich konnte echt nicht herkommen. Ich wär schon früher gekommen, wenn ich gekonnt hätt.«

»Das spielt für mich keine Rolle, Gina. Ich sehe das so, du bist jetzt hier, und alles Weitere interessiert mich nicht. Für mich geht es nur um eins, und das ist, was du mir zu sagen hast.«

»Ja, das glaub ich gern. Aber es gibt auch eine Belohnung, oder? Fünfundzwanzigtausend Dollar? Ich muss das wissen. Würd ich die bekommen?«

»Das ist gut möglich. Wenn du Informationen für uns hast, müsstest du zumindest einen Teil davon bekommen. Vielleicht auch die ganze Belohnung. Das hängt davon ab, was du uns mitteilen kannst. Spielt das eine große Rolle für dich?«

»Ich muss es einfach wissen. Wann kann ich es haben?«

»Du brauchst es schnell, oder?«

»Ja, schon.«

»Wenn es so ist, wahrscheinlich, sobald du willst. Aber das hängt halt ganz davon ab, was du uns zu sagen hast. Also entspann dich ein bisschen, und überleg dir, was du mir erzählen willst. Wir haben alle Zeit, die du brauchst.«

Es entstand eine kurze Pause. Gina aschte ab und runzelte die Stirn. Sie warf einen kurzen Blick auf Grace und dann wieder auf das blinde Fenster. Grace erkannte die nackte Furcht im Gesicht des Mädchens, einen Riss in der Fassade, die Selbstbeherrschung, die für Sekunden verloren ging und wiedergefunden wurde. Sie drückte die Zigarette aus und griff zur Schachtel, die sie etliche Male in den Händen drehte, bevor sie sich noch eine nahm und anzündete.

»Und wenn ich mehr will? Ich meine, wenn ich außer dem Geld noch was anderes will?«

»Was möchtest du denn noch?«

»Ein paar Stunden? Von Ihrer Zeit. Würden Sie das für mich machen? Nur ein paar Stunden.« Mit zitternden Händen sah sie Grace an. »Mehr will ich nicht. Und das Geld. So schnell es geht.«

»Wieso willst du meine Zeit?«, fragte Grace.

»Nur so. Sie brauchen keine Angst haben, es wird nichts passieren. Versprochen. Ehrenwort.«

»Ich soll dir zwei Stunden zur Verfügung stehen? Was hast du vor?«

»Was ich vorhab?« Gina biss sich auf die Lippe. »Eigentlich gar nichts. Ich möchte nur Gesellschaft haben. Wissen Sie, dieses ganze Junkfood-Zeugs, Pommes und so, das ist mein absolutes Lieblingsessen, das lieb ich total. Gehen Sie mit mir einen Hamburger essen? Mit allem?«

»Da hätte ich nichts dagegen«, erwiderte Grace emotionslos. »Ich esse ganz gerne Junkfood, wenn mir danach ist. Du möchtest also, dass ich mit dir Hamburger essen gehe? Also gut. Was möchtest du noch tun?«

»Nur irgendwo sitzen und reden. Sonst nichts. Ehrlich, das ist alles, was ich will.«

»Das ist alles?«

»Ja.«

Grace verstummte einen Moment. Gina drückte die halb gerauchte Zigarette aus und wartete.

»Warum möchtest du das, Gina?«, hakte Grace nach.

»Ich hätte einfach gerne Gesellschaft.«

»Rauch noch eine«, sagte sie und wartete ab, bis Gina sie sich angezündet hatte.

»Gibt es sonst niemanden, mit dem du zwei Stunden verbringen möchtest?«, fragte sie.

Die junge Frau schüttelte wortlos den Kopf.

»Gina«, drängte Grace, »was geschieht nach diesen beiden Stunden?«

»Dann gehen Sie heim.«

»Und was wirst du tun?«

»Ich geh anschaffen.«

»Du schaffst noch an?«

»Klar. So kommt Geld rein. Ich möchte heute Abend einfach nicht allein sein.«

»Du könntest hier bleiben.«

»Nein«, sie sah sich in dem hässlichen Raum um, »hier will ich nicht bleiben. Ich will raus. Aber mein Freund ist nicht da, und ich weiß nicht, wo er gerade steckt. Ich mache mir leicht Sorgen um ihn. Ich möchte einfach nicht allein da rumhängen und dauernd an ihn denken müssen.«

»Gut«, meinte Grace nach einer Pause, »ich denke, das lässt sich einrichten. Ja, das dürfte kein Problem sein.«

»Haben Sie Kaffee? Einen richtig starken Kaffee? Ich hätt jetzt echt gern einen Kaffee«, bettelte Gina fast verzweifelt.

»Klar, ich besorg dir einen.«

In diesem Moment klopfte Harrigan an die Tür und bat Grace hinauszukommen.

»Was bilden Sie sich eigentlich ein?« Er klang wütend. »Sie haben doch keine Ahnung, was die vorhat. Sie könnten sich da auf sonst was einlassen.«

»Ich glaube nicht, dass sie irgendwas vorhat. Die ist ehrlich.«

»Um Ehrlichkeit geht's hier aber nicht.« Harrigan hätte ebenso gut zu einem begriffsstutzigen Kind reden können. »Es geht um das, was Sie erwartet, wenn Sie mit ihr losziehen.«

»Sie ist doch nur ein Mädchen. Mit der werd ich schon fertig«, sagte Grace und verbarg, so gut sie konnte, ihre nicht weniger intensive Wut.

»Boss«, mischte Trevor sich ein, »wollen wir uns nicht erst mal anhören, was sie uns eigentlich zu sagen hat? Wenn Gracie mit ihr loszieht, wird sie vorsichtig sein müssen, aber sie müsste locker mit der Situation fertig werden. Dafür wird sie im Übrigen bezahlt. Wir schicken ein paar Leute zur Verstärkung hinter ihr her.«

Harrigan warf ihm einen zornigen Blick zu und sah dann wieder durch die Einwegscheibe.

»Bei der Luft da drin – wie kann man da überhaupt noch atmen?«, fragte er Grace, die stumm blieb.

Beide merkten, dass er sich wieder beruhigte. Auf der anderen Seite der Einwegscheibe saß das Mädchen und starrte, ohne sie zu sehen, mit ausdruckslosem Gesicht zu ihnen, wie ein Kaninchen, das von den Scheinwerfern eines Autos erfasst ist. Grace wandte sich ab.

»Also holt ihr schon den Kaffee, und dann sehen wir zu, dass wir hier weiterkommen«, sagte Harrigan endlich.

Der Kaffee wurde ins Vernehmungszimmer gebracht. Gina nippte daran und zündete sich erneut eine Zigarette an.

»Hat Ihr Boss sich endlich entschieden? Oder wollen Sie einen Rückzieher machen?«

»Nein, Gina, versprochen ist versprochen«, beruhigte Grace sie. »Und jetzt bist erst einmal du an der Reihe, uns etwas zu sagen. Das könnte dir sehr viel Geld einbringen.«

Darauf verzog Gina ihr Gesicht zu einem schmalen, bitteren Grinsen.

»Ja. Schätze schon. Da kann ich mich ja schon mal freuen. Aber das hier ist garantiert auch einiges wert. Wir waren nämlich da. An dem Morgen, an dem sie geschossen hat. In diesem kleinen Laden da. Das ist ein Unterschlupf, und wir sind die ganze Nacht dort gewesen. Ich und Mike, in diesem verschissenen kleinen Zimmer. Es war so scheißkalt. Er hat sich einen Schuss gesetzt, und dann ist ihm übel geworden, aber das haben Sie wahrscheinlich selber gemerkt, wie Sie da reingegangen sind.« Sie trank einen Schluck Kaffee und zog an der Zigarette. »Es ist schon hell geworden, und ich wollte, dass wir da verschwinden, aber ich hab ihn nicht von der Stelle gekriegt. Dann hab ich gehört, wie jemand zur Hintertür reinkommt und durch den Flur geht. Und ich dachte, wir müssen sofort abhauen, wenn da jemand da ist. Irgendwie hab ich Mike auf die Beine gekriegt und ihn hinten rausbugsiert, ich weiß selbst nicht genau, wie. Und dann hab ich ihn in dem Eingang an der Rückseite von dem Lagerhaus an die Wand gelehnt. Und dann hab ich dieses Auto da stehen sehen, und ich dachte, gut, das nehmen wir. Und dann hab ich die Schüsse gehört. Das waren echt laute Knaller, wissen Sie, einer nach dem anderen. Ich konnt's überhaupt nicht glauben, so eine Scheißangst hab ich gehabt. In dem Moment ist Mike aufgewacht. Und wir haben in diesem kleinen Eingang gestanden und uns angestarrt. Und dann kam sie plötzlich hinten raus. Gerannt. Eine Pistole hat sie dabeigehabt. Ich konnte nur hinstarren. Und dann ist sie gestolpert, wissen Sie? Sie ist hingesackt, und die Pistole, die ist ihr aus der Hand gefallen und irgendwohin geschlittert, wohin genau, weiß ich nicht. Ich konnte nicht sehen, wo sie liegen geblieben ist. Wahrscheinlich ist sie in einen Abfluss rein oder so. Und dann ist sie einfach wieder aufgestanden und in den Wagen rein. Als hätt sie gar nicht gemerkt, dass sie überhaupt hingefallen ist. Sie hatte sich was um den Kopf rumgewickelt, aber das hat sie im Wagen dann runtergezogen. Richtig weggefetzt hat sie es, als ob sie keine Luft mehr kriegen würde. Dann ist sie mit einem Höllentempo an uns vorbeigezischt. Keine Ahnung, wieso sie uns nicht gesehen hat. Weiß der Geier, wo die ihre Augen hatte. Jedenfalls haben wir nicht länger abgewartet, wir sind sofort verschwunden. Am Broadway sind wir in ein Taxi gestiegen. Manche Fahrer scheißen sich gar nichts, da brauchst du nur mit dem Geld zu wedeln, und die lassen dich einsteigen. Scheißegal, wie du aussiehst.«

Sie schwieg. Grace spürte förmlich, wie Harrigan sich draußen gespannt gegen die Scheibe drückte.

»Konntest du ihr Gesicht sehen, Gina? Kannst du sie uns beschreiben?«, fragte sie ruhig.

Gina lächelte und nahm sich eine neue Zigarette, die sie am noch glimmenden Stummel der vorherigen anzündete.

»Werden Sie Ihr Wort halten?«, erkundigte sie sich.

Immer noch lag das schmale, starre Lächeln auf ihrem Gesicht. Grace betrachtete diesen Gesichtsausdruck und bekam ein leichtes Frösteln.

»Kannst du uns ihren Namen nennen, Gina?«, fragte sie statt einer Antwort.

»Ja, kann ich. Aber erst muss ich wissen, ob Sie Ihr Wort halten.«

»Ich werde Wort halten.«

»Ich hab sie erkannt. Das war's ja. Ich kannte sie. Sie ist mal meine Freundin gewesen.« Gina massierte sich mit nun völlig abgespanntem Gesicht die Stirn. »Lucy Hurst. Ja, Lucy. Ich hab sie gemocht, wissen Sie. Hätt nie gedacht, dass ich ihr das antun würde.«

Auf der anderen Seite der Scheibe richtete Harrigan sich auf. »Ja!«, rief er aus. »Jetzt bist du dran!«

»Kennst du ihre Adresse?«, wollte Grace wissen.

»Nein, keine Ahnung, wo sie herkam. Sie hat immer in der Nähe von da, wo ich anschaffe, abgehangen. Manchmal hat sie mir was abgekauft, wenn Sie's genau wissen wollen. So haben wir uns kennen gelernt.«

»Sie war süchtig?«

»Irgendwie schon. Sie hat's sich mal gegeben und mal nicht, sie hatte das drauf. Manchmal hat sie auch gesoffen.

Ich hatte dauernd das Gefühl, sie spielt so ein ganz komisches eigenes Spiel, ich weiß auch nicht, was für eins. Lucy konnte echt seltsam sein.«

»Sie hat selbst nicht angeschafft?«

»O nein. Auf keinen Fall. Bei Lucy ist keiner auch nur in Rufweite gekommen. Ich will damit nicht sagen, dass sie da draußen nicht geknallt worden ist, das schon. Das passiert, da kannst du gar nichts dagegen tun. Aber sie hat mit niemandem was Ernstes gehabt. Sie war ständig mit diesem Kleinen zusammen, Greg. Aber die waren nur Kumpels, wissen Sie, sie haben's nie miteinander getrieben oder so. Und dann war da noch ihr Bruder, der ist ab und zu vorbeigekommen und hat nach ihr gesucht. Stevie hat der geheißen.«

»Könntest du ein Phantombild für mich machen?«, fragte Grace.

»Klar, mit Gesichtern hab ich's. Ich muss mir ja die merken, die ich nicht mehr sehen will.«

»Nur eine Frage noch, Gina.«

»Ja?«

»Weshalb hast du so lange gewartet, bis du dich bei uns gemeldet hast?«

Gina beschrieb mit der Zigarette einen Kreis um den Aschenbecherrand. Sie lugte zu Grace auf, als erwarte sie eine Art Schlag, einen Gewaltausbruch, als hätte sie sich angesichts dieser Vorahnung ganz in sich selbst zurückgezogen.

»Ich hab echt nicht früher kommen können. Ich hab's nicht können.«

»Aber jetzt konntest du. Weil du das Geld brauchst?«

»Wie viel davon krieg ich?«

Grace warf einen kurzen Blick auf das blinde Fenster, bevor sie antwortete.

»Für diese Information eine ganze Menge. Wahrscheinlich alles«, antwortete sie.

»Ich brauch es, echt«, erwiderte die junge Frau sehr leise, fast geflüstert. »Ich muss es haben.«

»Keine Sorge, Gina. Wir regeln das«, versprach Grace. »Aber jetzt kümmern wir uns erst mal um das Phantombild.«

Vor dem Vernehmungszimmer wartete Trevor allein.

»Harrigan möchte dich auf jeden Fall noch sprechen, bevor du mit ihr losziehst«, sagte er leise.

»Geht klar«, erwiderte sie nicht ohne Magengrummeln.

Später legte Grace das Phantombild zusammen mit dem Protokoll auf Harrigans Tisch. Er griff nach dem etwas surrealen Abbild: die roboterhafte, leicht comicartige Portraitzeichnung einer jungen Frau. Ein Gesicht mit hohen Wangenknochen, einer breiten Stirn und kurzem rötlich-braunem Haar.

»Nicht gerade hässlich«, sagte er. »Meinen Sie, es taugt was?«

»Ja, allerdings. Sie war ausgesprochen bestimmt. Hat nicht gezögert und ihre Angaben nicht ein einziges Mal zurückgenommen.«

Er legte das Blatt auf den Tisch. Draußen im Großraumbüro hatten sich kleine Grüppchen zusammengefunden und betrachteten die Kopie des Bildes, die von Hand zu Hand ging. Jetzt wurde es hektisch: Kontaktpersonen wurden angerufen, Datenbanken durchforstet und Listen nach möglichen Adressen oder sonstigen Anhaltspunkten abgesucht.

»Wo wollt ihr hin?«, fragte er.

»Ins Cross-Viertel.«

»Wieso überrascht mich das nicht? Bleiben Sie immer in Kontakt. Das Letzte, was ich will, ist, dass jemand verletzt wird.«

Oder draufgeht. Doch er war zu abergläubisch, um das auszusprechen.

»Ich würde gerne Matthew anrufen und ihm Bescheid geben. Ist Ihnen das recht?«

»Absolut«, erwiderte sie. »Er soll es nur ja nicht aus den Nachrichten erfahren müssen.«

»Grace«, sagte er, als sie aufstand, »die ganze Sache hat einen ausgesprochen unfeinen Geruch. Ist Ihnen das bewusst?«

»Ja, das ist mir bewusst. Ich habe mir das lange durch den Kopf gehen lassen. Aber was wollen wir dagegen tun? Sollen wir Gina einbuchten? Ist es das, was wir jetzt tun?«

»Von mir aus gern. Ich hätte große Lust, sie wegen des Zurückhaltens von Beweisen zu verhaften. Ich würde sie gerne die ganze Härte des Gesetzes spüren lassen, dafür, dass sie die ganze Zeit auf diesem Namen hockte. Aber nein, das werden wir nicht tun. Ich werde jemandem ihren Namen stecken, und vielleicht schauen die ja mal, was da so alles abgeht. Vorausgesetzt, die haben die Zeit und das Geld. Aber passen Sie inzwischen auf, dass Ihnen nichts zustößt. Und vergessen Sie nicht anzurufen, wenn es vorbei ist. Also dann los.«

Er beugte sich wieder über die Akten, und sie ging hinaus. Beide sahen einander nicht an, bis zum letzten Moment, als er den Kopf hob, um sie aus der Tür gehen zu sehen, und gerade noch bemerkte, dass sie sich nach ihm umdrehte. Kaum war sie verschwunden, da teilte er der Pressestelle mit, ein Phantombild sei unterwegs und solle mit der größtmöglichen Streuweite veröffentlicht werden. Dann rief er im Krankenhaus an und ließ sich mit Matthew Liu verbinden.

25

»Wohin fahren wir zuerst, Gina?«, fragte Grace und fädelte sich in den abendlichen Verkehr ein.

Wolken waren aufgezogen, und ein leichter Regen hatte eingesetzt. Gina zündete sich eine weitere von Graces Zigaretten an, während sie sie von der Seite her musterte. Sie beugte sich vor und stützte sich mit einer Hand am Armaturenbrett ab. Ihre Nägel waren bis zum Bett abgekaut, und der Zigarettenqualm verwirbelte an der Windschutzscheibe.

»Wir wär's mit Maccas? Ich kann Ihnen zeigen, wo Sie parken können.«

»Fein.«

Grace fuhr gemütlich die Liverpool Street entlang. Die grellen Lichter des Verkehrs umströmten sie.

Gina summte eine Melodie, die Grace kannte. Leise sang sie mit. »*Corinna, Corinna, where you been so long?/Corinna, Corinna, where you been so long?/Got no home, baby, since you been gone.*«

»Sie kennen das Lied?«

»Ja. Ich hab es früher mal gesungen. Ich war mal Sängerin. Ist aber schon 'ne Weile her.«

»So furchtbar lang kann's ja wohl nicht her sein. Wieso haben Sie aufgehört?«

»Ich hatte die Schnauze voll. Wollte zur Abwechslung mal was anderes machen.«

»So nenn ich mich bei der Arbeit«, sagte Gina, »Corinna. Weil ich das Lied mag.«

»Ja, ich auch«, erwiderte Grace.

»Sie haben eine schöne Stimme«, meinte Gina nach kurzer Pause. »Ich hätte nicht damit aufgehört, wenn ich so singen könnte wie Sie. Ich hätte weitergemacht.«

»Tja, ich aber nicht. Und es tut mir auch nicht Leid drum. Nach 'ner Zeit war's nämlich gar nicht mehr so lustig. Jeder will nur einen Teil von dir.«

»So ist es doch immer, ganz egal, was man macht«, entgegnete Gina. »Da, wo Sie jetzt sind, ist es doch bestimmt auch nicht anders.«

Grace lächelte. »Ein bisschen vielleicht. Nein, es ist nicht dasselbe«, meinte sie. »Du bist inzwischen clean, oder, Gina?«

»Ja. Ich hab wieder 'nen klaren Kopf. Abgefahren.«

»Wie hast du es geschafft?«

»Ich hatte ja nur die Wahl: entweder das oder Knast. Ehrlich gesagt weiß ich's auch nicht. Ich hab's einfach gepackt. Ich wollte Mike helfen. Ich dachte, vielleicht schafft er es, endlich mal was für sich zu tun. Völlig idiotisch. Das würde er nie tun.«

»Du hast ihn wohl sehr gern?«, meinte Grace mitfühlend.

»Ja. Das lässt sich nicht vermeiden. Irgendwann fängt einer an, dir was zu bedeuten.«

»Allerdings. Mit der Zeit wächst er dir ans Herz.«

Und dann wirst du ihn nicht mehr los, ob du das willst oder nicht. Selbst wenn du gar nicht so genau weißt, was du von ihm halten sollst. Oder was er von dir hält.

Gina lotste Grace zu einem Parkplatz oberhalb von Rushcutters Bay, an einem Straßenzug mit großen, heruntergekommenen, aber bunt bemalten Reihenhäusern. Auf einer Treppenstufe nicht weit entfernt saß ein Mann und schaukelte mit verkrampften Armen im Nieselregen vor und zurück, einsam im Reich der Drogen. Sie liefen an ihm vorbei durch die schmale, windschiefe Gasse. Sie gingen zum McDonald's in der Darlinghurst Road und aßen Hamburger mit allem, Pommes und heißen Apfelkuchen.

»Wie gut kanntest du Lucy, Gina? Willst du mir vielleicht

noch etwas über sie erzählen?«, fragte Grace, während sie sich durch die Riesenportionen kämpfte.

»Sie ist oft hier gewesen.«

Bei dieser Antwort weiteten sich Graces Augen interessiert. Gina hatte sich den Mund abgewischt und sah sich um. Sie schaute die Leute ringsumher an, von denen die meisten wegsahen, manche aber sogar lachten. Ihr Mund bewegte sich, aber sie sprach nicht. Grace folgte ihrem Blick.

»Was ist?«, wollte sie wissen.

»Gar nichts.« Beim Sprechen gewann Gina ihre Festigkeit wieder. »Früher war das halt unser Stammlokal. Wir haben alle zusammen gesessen und geredet und so. Gleich da drüben im Eck.« Grace sah zu dem großen Tisch hin, an dem etwa sechs Leute Platz fanden. »Den ganzen Nachmittag haben wir hier gesessen und nur gelacht.«

»Sie war wirklich deine Freundin?«

»Ja, wirklich. Für eine kurze Zeit.«

»Was ist geschehen?«

»Eigentlich gar nichts. Es war nur die Zeit. Plötzlich sieht man sich aus allen möglichen Gründen nicht mehr. Aber jetzt kann sie nicht mehr meine Freundin sein. Wegen mir wird sie für immer ins Gefängnis kommen. Und ich hab keine Ahnung, was mit mir passiert.«

»Was meinst du denn, was dir passieren könnte?«

»Das war nur so dahingesagt. Jedem kann alles passieren. Man weiß nie, was passieren wird, vielleicht läufst du morgen vor 'nen Laster. Jedenfalls sind wir immer hierher gekommen. Wir hatten Spaß. Und deswegen wollte ich es noch mal sehen. Weil es eine schöne Zeit war. Sie hat oft so Sachen gesagt, die dich total zum Lachen gebracht haben. Sie hat vor nichts Angst gehabt.«

Grace ließ den Blick über das Plastikmobiliar schweifen, über die grellen Lampen an den Wänden und Spiegeln.

»Und sie hat auch gerne Hamburger gegessen?«

»Aber wie. Und Schokomilchshake. Das war ihr Leibgericht.«

Gina zerriss die gebrauchte Serviette zu winzigen, weichen Papierflöckchen. »Wollen Sie noch woandershin, auf einen Kaffee? Ich will jetzt hier raus. Ich kenne einen Laden, da gibt es echt klasse Baklava, selbst gebacken. Da kann man auch rauchen. Ich brauche jetzt eine Zigarette.«

»Von mir aus gern. Ich hätte auch nichts gegen einen Zug Nikotin einzuwenden.«

Sie traten hinaus in die feuchte, dicht belebte abendliche Straße voller Lichter und Geschäftigkeit. Gina blickte sich um, und wie schon zuvor im Burger-Restaurant bewegte sie dabei stumm den Mund.

»Früher bin ich da unten ein paarmal anschaffen gegangen. Da bist du manchmal am Ende der Nacht ganz schön geschlaucht. Aber das macht mir nichts, wissen Sie. Mir gefällt's hier. Echt. Für mich gibt's keinen anderen Ort.«

»Brauchst du denn einen anderen Ort? Wenn es das ist, was du willst«, fragte Grace.

»Das war nur so dahingesagt. Ich find's echt schön, jetzt hier zu sein.« Sie drückte das Rückgrat durch, ließ den Mund einen Spalt offen stehen und atmete tief die dreckige Luft ein. Der Regen pladderte ihr aufs Gesicht, sie lachte. »Einfach hier zu sein. Mehr will ich gar nicht. Nur diese kurze Weile.«

»Wenn du willst, ich hab mehr als zwei Stunden Zeit, Gina«, bot Grace an. »Wenn du Hilfe brauchst, will ich versuchen, dir zu helfen.«

»Nein, ich muss noch wohin. Gehen wir, ja?«

Die Luft in dem Café am anderen Ende der Crown Street war blau vom Zigarettendunst. Sie setzten sich an einen der hinteren Tische und ließen sich starken, süßen Mokka und kleine, honigtropfende Baklavas servieren.

»Wissen Sie, die Lucy«, begann Gina unvermittelt, »die hat dauernd Sachen gemacht, die sonst keiner tun würde. Die hat alles geklaut, was nicht niet- und nagelfest war. Die hat auf Bestellung geklaut.« Gina lachte. »Früher hab ich meine Klamotten und das komplette Schminkzeug von ihr gekriegt. Sie hat nie Geld dafür verlangt, nichts. Wenn sie irgendwas haben wollte, dann hat sie's sich einfach genommen. Und dann wieder hat sie alles Mögliche einfach verschenkt. Sie hat sich Sachen gekrallt, bloß um sie zu verschenken. Es war ein Spiel, und das hat sie pausenlos gespielt. Sie hat gesagt, die Welt ist so am Arsch, was spielt es da für eine Rolle, was ich treibe. Und auf die Art hat sie das auch allen gezeigt. Ich bin ja ganz froh, dass ich das nicht so sehe. Man muss nicht so denken. Manchmal muss man ein bisschen Hoffnung haben. Meinen Sie nicht?«

»Ich sehe das anders«, sagte Grace. »Manchmal muss man es einfach ertragen, bis es besser wird. Manchmal ist das das Einzige, was man tun kann.«

»Genau. Genau so ist es. So sehe ich das auch.«

»Auf was hoffst du jetzt gerade, Gina?«

»Dass alles klappt. Was sollte ich mir sonst wünschen?«

Das Gespräch stockte. Über die Zigarette hinweg musterte Gina sie herausfordernd.

»Sind Sie schon mal anschaffen gegangen?«, platzte sie heraus. »Wie Sie noch gesungen haben, vielleicht? Sie hätten's draufgehabt. Sie hätten einen Haufen Kohle machen können.«

Grace schüttelte den Kopf und war sich sehr bewusst, dass alles, was sie sagte, mitgehört und aufgezeichnet wurde.

»Nein, Gina, Sex habe ich nie verkauft. Nur meine Stimme«, antwortete sie leise.

Ja, ihre Stimme, das war alles, was sie von sich je verkauft hatte. Aber es war auch sie gewesen, die sich dort oben auf der Bühne begaffen ließ. Nein, Gina, Sex verkaufe ich nicht, früher nicht und nicht in Zukunft. Sex verschenke ich, und ab und zu gehe ich auf die Jagd danach. Weil ich es so will. Solange ich nur bestimmen kann, mit wem und wann, ist das okay.

Gina redete immer noch.

»Es ist eine gute Art, um an Geld zu kommen, wenn man welches braucht. Aber wenn du so anschaffen gehst wie ich, musst du schon aufpassen mit den Freiern. Das kann ja sonst wer sein.«

Das ist bei den Typen nicht anders, mit denen du umsonst oder aus Liebe oder aus einem momentanen Bedürfnis heraus schläfst. Stets herrscht da dieses höchst labile Gleichgewicht zwischen Liebe und Hass, und du kannst nie wissen, was der Mann, mit dem du zusammen bist, als Nächstes tun wird, ganz egal, wie nah du ihm bist oder wie nackt ihr beide seid.

Sie schwiegen.

»Sind Sie bewaffnet? Haben Sie eine Knarre dabei?«, fragte Gina plötzlich und aggressiv.

Grace, deren Waffe unter der Achsel an ihrem Brustkorb ruhte, antwortete nicht.

»Sie haben eine, stimmt's?«, meinte Gina.

»Wieso willst du das wissen?«

»Na ja, wenn Sie mir wirklich helfen wollen, dann können Sie sie mir geben.«

Grace schüttelte den Kopf.

»Wenn du Hilfe suchst, Gina, dann komm zu uns. Rede mit jemandem. Sprich mit mir«, sagte sie.

Gina lachte spöttisch und schüttelte den Kopf.

»Wie spät ist es?«, wollte sie wissen.

Grace sah auf die Uhr. »Noch früh. Halb zehn erst.«

Sie saßen noch eine Weile schweigend da. Grace beobachtete Gina, die in ihre Kaffeetasse starrte, die zähflüssigen schwarzen Überreste inspizierte und wieder aufsah. Der stumpfe Blick des Mädchens verhieß Todesangst, nichts anderes. Sie warf das Haar zurück.

»Zeit zu gehen. Ich kann nicht länger warten«, sagte sie, rührte sich aber nicht. »Danke für das Gespräch. Und die Kippen.«

»Gina, wenn du mir noch irgendwas zu sagen hast, ruf mich an. Unter den Nummern auf der Karte kannst du mich jederzeit erreichen. Vergiss das nicht. Jederzeit.«

»Klar. Warum nicht?«

Sie traten auf die Straße hinaus. Dichter Regen hatte eingesetzt. Der Asphalt war schlüpfrig von der Nässe, und die Lichter der vorbeifahrenden Autos spiegelten sich darauf.

»Kann ich dich irgendwohin bringen?«, fragte Grace.

»Nö.«

Gina stand im Regen und breitete die Arme aus, wie eine Tänzerin, die sich daranmacht, aus dem Lichtkegel zu wirbeln. Sie lachte laut.

»Vielleicht trifft man sich ja mal wieder, Gracie.«

»Gina …«

»Ja?«

»Vergiss nicht, du kannst mich anrufen.«

Noch einmal lachte das Mädchen auf, dann entschwand sie auf der leeren Straße, halb gehend, halb rennend, ihrem Blick.

Telefonisch gab Grace Bescheid, dass sie auf dem Rückweg sei, dann setzte sie sich in ihr Auto, das abseits der Straße auf einem großzügigen Parkplatz stand, zu dem Gina sie gelotst hatte. Sie dachte: Ich werde dieses Mädchen nicht lebend wieder sehen. Sie versuchte, ihren Atem zu beruhigen, und ließ die Hände auf dem Schoß ruhen. Du musst eine Grenze ziehen. Du musst es jetzt tun.

Sie fuhr los, konnte Ginas Weg aber nicht verfolgen, da die Einbahnstraße sie in die entgegengesetzte Richtung zwang. Wohin war Gina jetzt unterwegs? Denk nicht drüber nach, denn du kannst nichts tun.

Kaum hatte Grace sich für heute abgemeldet, da suchte auch Harrigan seine Sachen zusammen und ging. Trevor war schon weg, und die »Friedhofsschicht« hatte sich an die nächtliche Arbeit begeben. Harrigan gab den Befehl, man solle ihn auf der Stelle verständigen, sobald eine Adresse, eine Identifikation oder irgendetwas sonst auftauchte. Lucy Hursts Bild wurde bereits über die Spätnachrichten und die Internetnachrichtendienste verbreitet.

Er ging nicht sofort nach Hause, sondern knapste erst noch eine halbe Stunde ab und fuhr nach Cotswold House. Toby saß noch am Computer und erwartete ihn. Als Paul ins Zimmer trat, winkte ihm Toby mit der heilen Hand.

»Hallo, Toby«, grüßte Harrigan und sah über seine Schulter auf eine Website über das Bergsteigen in Peru.

schau dad. siehst du wie steil das ist? wusstest du dass die echt hohe berge haben? die zweithoechsten nach dem himalaya

»Nein, das war mir neu«, sagte er. »Wie geht es dir?«

gut denk ich. und dir??

»Mir auch, nur müde bin ich. Toby, da ist etwas, worüber ich mit dir reden muss.«

was????

Harrigan setzte sich.

»Also – ich dürfte das gar nicht tun, okay? Deswegen muss ich dich fragen. Wirst du sie warnen, wenn ich dir das erzähle?«

du weisst wer sie ist??

»Ja.«

Toby wendete den Rollstuhl auf der Stelle und sah seinen Vater an. Seine heile Hand ruhte auf der Tastatur.

du hast gesagt du wirst sie finden. wie heisst sie?

»Wirst du sie warnen?«

sie spricht nicht mit mir dad. ich kann sie nicht warnen

»Aber du suchst nach ihr.«

die frage kommt sowieso zu spaet dad. ich kann ihr jetzt eine email schicken: firewall pass auf die wissen wer du bist

»Wirst du das tun?«

wieso machst du das?? was willst du wirklich wissen dad? wen ich lieber hab? sie oder dich?

»Nein, Toby. Das ist es nicht.« Er suchte verzweifelt nach einer Erklärung. »Jetzt weißt du, wo wir stehen. Ich weiß nicht, was von jetzt ab alles passieren wird. Ich weiß nicht, was sie tun wird oder ob sie womöglich ungeschoren davonkommt.«

willst du sie erschiessen??? hast du das vor??

»Ich greife nur zur Waffe, wenn es sich nicht vermeiden lässt. Und das hängt davon ab, was sie tut. Wenn ich es verhindern kann, werde ich es tun.«

wieso soll ich sie dann nicht warnen??? sie ist da draussen. vielleicht erschiesst du sie & wenn nicht sperrst du sie ein. sie ist noch nie eingesperrt gewesen. das wird furchtbar fuer sie

»Aber wenn ich sie nicht hinter Gitter bringe, Toby, was wird sie dann machen? Sie wird noch jemanden ermorden.«

Toby trommelte mit den Fingern der heilen Hand auf den Tisch. Harrigan sah sich mit der ihm eigenen Geste konfrontiert.

manchmal glaub ich das koennte passieren. ich weiss nicht was ich dann tun soll

»Lass das nicht deine Sorge sein, Toby. Ruf mich an, ich werde immer tun, was ich kann.«

Sie saßen eine Weile schweigend beieinander.

kann sie nicht retten. leider. wie heisst sie??

»Lucy Hurst, Toby. Sie ist Firewall. So sieht sie aus.«

Mit der heilen Hand schob Toby das Phantombild in die Tischmitte.

sieht komisch aus

»Ja. Auf diesen Bildern sieht nie einer wie ein Mensch aus.«

ich hab sie mir aber immer ein bisschen so vorgestellt

»Warum sagst du das?«

weiss auch nicht. es passt einfach irgendwie. sie ist schon huebsch findest du nicht?? ich schon. sie hat kein schlechtes gesicht dad. sie sieht nicht boese aus.

»Das geht zurzeit gerade an jeden Multiplikator in der Stadt, Toby. Wir werden sie bald gefunden haben. Irgendjemand wird uns sagen, wo sie steckt.«

wenn ihr sie findet fragst du ob sie mit mir reden will? ich will naemlich mit ihr reden

»Wenn du das willst, ja, ich werde es tun.«

Wortlos saßen sie da.

»Weshalb willst du das, Toby? Sie hat dir gesagt, dass du verschwinden sollst. Warum willst du sie zurückbitten?«

wir sind verwandt dad. wir verstehen uns. ich werde fuer sie da sein

»Du und sie?«

ja ich & sie

Wie könnte er mit ihr verwandt sein?

»Alles, was du willst, Toby.«

es macht dir nichts aus???

»Nein. Wenn du es willst, erfüll ich dir deinen Wunsch. Ich muss jetzt gehen, Toby. Ich brauche dringend etwas Schlaf. Ich will versuchen, baldmöglichst wieder zu dir zu kommen, aber ich kann nicht sagen, wann das sein wird. Schick mir eine E-Mail, wenn du was brauchst. Okay?«

kann ich das behalten??

»Es ist deins. Ich hab's für dich mitgebracht.«

mit dir & mir ist es anders dad. sie hindert uns nicht daran zu sein wer wir sind

Mich schon, Toby, auch wenn du davon nichts weißt, erwiderte Harrigan innerlich für sich.

Und dennoch, als er Cotswold verließ, fühlte er, dass der Druck nachließ. Es konnte nicht mehr lange dauern.

26

Als Harrigan nach Hause kam, lag Menzies zufrieden schnarchend auf dem Küchenfenstersims, haarte im Rhythmus des Steigens und Sinkens seines Brustkorbs und verströmte diesen undefinierbaren Geruch nach alter Katze. Harrigan beschloss, es seinerseits mit dem Schlafen zu versuchen, und legte sich mit der hoch gelobten Enthüllungsgeschichte eines Journalisten über eine prominente Figur aus der Pferderennszene Sydneys zu Bett. Das Unterhaltsamste an dem Buch waren noch die sachlichen Fehler, doch offensichtlich trug es zu seiner Entspannung bei. Als das Klingeln des Telefons ihn kurz vor Tagesanbruch aus tiefem Schlaf riss, brannte die Nachttischlampe noch, und das Buch war auf die Bettdecke gesunken. Sein erster Gedanke galt Toby; sein zweiter Lucy Hurst.

»Harrigan.«

»Grace hier. Tut mir Leid, dass ich Sie so früh wecke.«

Sie war nun wirklich die Letzte, von der er zu dieser oder einer anderen Tageszeit einen Anruf erwartet hätte. Er setzte sich auf, und das Buch fiel mit leichtem Poltern zu Boden.

»Was ist los?«, schnarrte er.

»Ich habe gerade einen Anruf bekommen. Von einem Kollegen, von dem ich noch nie gehört habe. Gina ist gefunden worden. Und ihr Freund.« Sie brach ab und schien erst einmal tief Luft zu holen. »Sie sind beide tot. Sie sind in Surry Hills gefunden worden, nicht weit von der Foveaux Street. Er hat mich dahin bestellt. Aber er hat gesagt, ich soll allein kommen und keinem aus meinem Team etwas davon sagen. Er sagte, kommen Sie erst mal allein, dann sehen wir schon, wie's weitergeht. Mir ist nicht ganz klar, was das soll.«

»Wer war der Kerl?«

»Jerry Freeman. Sagt Ihnen der Name was?«

Mist!, dachte Harrigan.

»Ja, zufällig kenne ich Jerry. Wieso hat er Sie angerufen?«

»Gina hatte meine Karte in der Tasche. Er meinte, das hätte ihn neugierig gemacht.«

»Wo sind Sie jetzt?«

»Noch in meiner Wohnung.«

»Geben Sie mir zwanzig Minuten. Wir treffen uns dort. Seien Sie aber nicht vor mir da. Okay?«

»Ja, geht klar. Aber wer ist dieser Kerl?«

»Fragen Sie mich das später noch mal, Grace.«

Sollte Freeman wieder auf seine alte Tour reisen, dann handelte es sich hier um einen akuten Fall von Murphys Gesetz, und der unfeine Geruch, den Harrigan gestern Abend wahrgenommen hatte, wäre schlagartig um etliche Grade unfeiner geworden. Während er duschte und sich anzog, hing er der Frage nach, ob sein ehemaliger Sparringspartner sich überhaupt die Mühe gemacht hatte, den Pathologen oder die Spurensicherung zu verständigen. In der eigentümlichen Stille zwischen Schlafen und Wachen fuhr er durch Birchgrove zur Darling Street. Es regnete noch immer, und die Straßen trugen einen glitschigen Ölfilm. Er näherte sich dem Stadtzentrum. In der Dämmerung des frühen Morgens ragten die Hochhäuser wie verwaschen von ferne im Regen auf.

Er bog auf die Foveaux Street ein. Das Licht seiner Scheinwerfer fiel auf eine innerstädtische Landschaft aus Fabrikverkaufsläden, die billige Klamotten feilboten, und verrammelten, finsteren Schaufenstern. Reihen von Kleiderständern traten wie menschliche Silhouetten ans Licht und tauchten wieder in die Schatten ab. Nicht weit von der Einmündung einer kurzen, krummen Gasse, etliche Blocks oberhalb des Hauptbahnhofs, stand eine kleine Ansammlung von Polizeiautos und Menschen in grellem Lichterschein. Etliche Schaulustige hatten sich eingefunden, Obdachlose und Alkoholiker, und betrachteten das Spektakel aus der Distanz: finstere Gestalten am Rande des Lichtkreises. Zum Glück befanden sich noch ein paar weitere Leute am Tatort, nicht nur Freeman, der an seinem Auto lehnte und wohl auf Grace wartete. Harrigan stellte den Wagen ab und wies sich bei dem wachhabenden Sergeanten aus. Von weitem warf er einen kurzen Blick auf die Leichen hinter dem Absperrband, dann trat er beiseite und wartete ab, denn es drängte ihn nicht sonderlich, hier polizeiliche Ermittlungen anzustellen. Freeman, ein Schrank jenseits der Fünfzig, mit Übergewicht und schütterem Haar, schälte sich plötzlich aus der Menge.

»Guten Morgen«, sagte er, »dich hab ich ja ewig nicht mehr gesehen. Dachte, du liegst noch im Bett. Eigentlich hab ich ja deine Kleine erwartet. Das ist wohl eine von den ganz Vorsichtigen, wenn sie erst einmal bei dir angerufen hat. Es sei denn, du warst schon da, als ich mich bei ihr gemeldet hab. Na, wie ist's? Hast du jetzt endlich mal eine abgekriegt?«

Er brach in schallendes Gelächter aus und boxte Harrigan auf den Arm.

»Nein, ich war allein zu Haus«, erwiderte Harrigan und

schüttelte Freeman genervt ab. »Aber einen guten Morgen auch dir, Jerry, ich freue mich, dich zu sehen. Wozu brauchst du sie?«

»Nur für ein paar Fragen, mein Freund, sonst nichts. Das ist ein Klacks für sie. Warum nicht? Angeblich sieht sie doch ganz gut aus. Ich freu mich schon darauf, sie kennen zu lernen.«

»Allerdings hätte ich vorher doch selbst noch die eine oder andere Frage. Was hatte diese Kleine mit dir zu tun?«, bohrte Harrigan nach.

»Sagen wir einfach, sie und ihr Kumpel haben unsere Ermittlungen in der letzten Zeit in vielfältiger Weise unterstützt, wozu sie nun allerdings kaum noch fähig sein dürften. Was hat sie mit euch zu tun gehabt?«

»Sie war unsere Zeugin. Rein zufällig. Sie hatte einfach das Pech, zur falschen Zeit am falschen Ort zu sein. Aus ihrer Sicht, nicht aus unserer.«

»Doch nicht wegen der Chinesin, die neulich umgenietet worden ist? Tja, zumindest wird sie nicht mehr für dich singen. So ein Pech aber auch.«

Freeman wurde gerufen, bevor Harrigan etwas erwidern konnte, und er nutzte die Gelegenheit, sich zurückzuziehen, solange er abgelenkt war. Grace kam später, als er erwartet hätte. Schließlich hielt ein Taxi an einer Straßenecke in der Nähe, und Grace kletterte heraus.

»Was ist mit Ihrem Wagen passiert?«, erkundigte er sich, während er ihr entgegenging.

Sie trug Arbeitskleidung, das Haar geflochten über der Schulter, aber dem Gesicht fehlte die übliche Schminkschicht.

»Ich glaube, die Lichtmaschine hat den Geist aufgegeben. Früher oder später musste das ja passieren.« Sie sah kurz zu den rotierenden Blaulichtern hinüber, wo die Spurensicherung ihrer Arbeit nachging. »Sind sie da – dort drüben?«

»Ja. Aber sie sehen beide nicht sehr gut aus. Sind Sie dem Anblick jetzt schon gewachsen?«

»Ja, damit werde ich fertig. Ich folge Ihnen.«

Im Sirren der ultravioletten Lampen und dem von weither kommenden Schein der Straßenlaternen saß Gina Farrugia an einer moosbewachsenen Ziegelmauer an der Ecke eines Hinterhofs neben ihrem Freund, an dessen Schulter sie gelehnt war. Sein gelbes T-Shirt war durchsetzt von hell- und tiefroten Flecken. Kenneth McMichael hatte seine Untersuchung abgeschlossen und packte die Tasche. Harrigan beobachtete die Spurensicherungsleute, die sich wie kreisende Haie zusammenrotteten, während Grace sich niederkniete und Gina Farrugia ins Gesicht sah. Ihr Kopf hing herab wie ein kompakter Strauß welker Blumen, der am Stiel von einer roten Schnur zusammengehalten wird.

»Nageln Sie mich nicht drauf fest, aber bei beiden sind es höchstens zwei Stunden oder so.« Wie ein Exhibitionist richtete sich McMichael den schmutzigen Mantel. »Sie ist vorher vergewaltigt worden, und ich würde sagen, sehr wahrscheinlich mehr als einmal. Für mich sieht das aus wie ein ganz normales Kunstfaserseil, das man in jedem Supermarkt bekommt. Ich denke also, erst sie, dann er. Das war vermutlich der Sinn dabei. Dass er zusehen musste. Offen ist, wie lange es gedauert hat. Hoffen wir, dass es schneller ging, als es den Anschein hat. Wie auch immer, jetzt ist sie tot.«

Harrigan sah ihn ins Dunkel davonwatscheln, mit seiner braunen Polyesterhose, die auf Halbmast schlotterte, und er verspürte eine gewaltige Erleichterung darüber, dass er selbst nicht vor zehn Jahren so aufgefunden worden war.

»Sind hier abgeladen worden, oder?«, fragte er einen jungen Beamten mit kurz geschorenem Haar und Chorknabengesicht.

»Sieht ganz danach aus. Passiert ist es definitiv woanders,

und sie dürften kaum anschließend hergelatscht sein.« Freeman kehrte zurück und stieß den Chorknaben mit dem Ellenbogen beiseite. »Ist das deine Kleine, ja? Willst du mich nicht vorstellen?«

»Nennen Sie mich nicht Kleine«, zischte Grace.

»Kein Grund zur Kratzbürstigkeit. Ich will ja nur nett plaudern. Dem Namen ein Gesicht zuordnen. Nichts, weswegen Sie sich aufregen müssten.« Freeman betrachtete genüsslich ihr Gesicht, während er das Notizbuch zückte. »Wenn Sie so nett wären, mir ein paar Einzelheiten zu nennen. Wo und wann zuletzt gesehen. Worüber gesprochen. All so was.«

»Jerry«, ging Harrigan dazwischen, »das haben wir alles auf Band. Du kannst die Abschrift haben, wenn du willst.«

»Und das Band?«

»Das brauchst du nicht. Die Abschrift tut's völlig.«

»Jetzt lass mich einfach mit deiner Kleinen reden, ja? Bloß keinen Ärger, okay? Ich möchte nur, dass das erledigt ist.«

»Haben Sie was dagegen?«, wandte Harrigan sich an Grace.

»Ich habe damit kein Problem. Ich glaube nicht, dass wir uns etwas gesagt haben, das nicht jederzeit in der Zeitung stehen dürfte, wenn jemand Lust hätte, es zu drucken.«

Freeman grinste nur.

Harrigan stand daneben und hörte gereizt zu, wie Freeman es bei Grace mit allen Tricks, Verdrehungen und Verzerrungen der Wahrheit versuchte, zu denen er auch bei einem Verhör gegriffen hätte. Es gab Erfreulicheres als die Bekanntgabe, dass er jemanden aus seinem Team in ein Minenfeld geschickt hatte, das von Jerry Freeman angelegt worden war. Auch im günstigsten Fall würde er bei der Geschichte noch wie ein Idiot dastehen. Endlich klappte Freeman das Notizbuch zu und schlenderte, mit einem neuerlichen Grinsen zur

Verabschiedung, davon. Inzwischen waren Gina und ihr Freund verladen, und die Spurensicherungsleute hatten ihre Ausrüstung eingepackt. Übrig waren nur die ein wenig dunkleren Flecken auf dem nassen Asphalt und die Absperrbänder, die im Wind flatterten. Grace stand eine kurze Weile schweigend da, die Augen auf die Mauer und die dunklen Flecken gerichtet. Die Schaulustigen blieben noch einige Minuten stehen, dann verschwanden sie in den Straßen ringsum.

»Möchten Sie einen Kaffee?«, fragte Harrigan.

»Wo wollen Sie denn zu dieser Zeit einen anständigen herkriegen? Aber, ja, möchte ich. Und eine Zigarette. Ich glaube, in der letzten Woche habe ich mehr geraucht als sonst in einem Monat.«

»Das ist nicht zur Entspannung, Grace, es geht um Arbeit. Es gibt einiges, worüber wir sprechen müssen. Ich kenne einen Laden, da gibt es den besten Kaffee in Sydney, und die machen nie zu. Da drin können Sie auch rauchen. Ich fahre. Es ist nicht weit.«

Harrigan fühlte sich schuldig. Ein ungewohntes Gefühl. Seinen Untergebenen den Rücken freizuhalten war das eine; sich mit ihren privaten Empfindungen zu befassen etwas anderes.

Es war ein etwas altmodisches Café, ähnlich einer Milchbar, lang und schmal, mit abgestandener Luft und Pappkartons, die sich neben dem Hinterausgang türmten. Der Mann hinter dem Tresen hatte sich das silbrig schwarze Haar zu einem Pferdeschwanz gebunden und grüßte Harrigan beim Vornamen. Er nahm einen tiefen Zug aus seiner Zigarette, dann stellte er zwei Untertassen auf den Tresen.

»Was dagegen, wenn wir ins Zimmer gehen?«, fragte Harrigan.

»Überhaupt nicht. Hab grade aufgeräumt drinnen. Geht ruhig durch.«

»Warum sitzen wir hier drinnen?«, fragte Grace, die wegen der Kälte den Mantel nicht auszog und sich in dem Raum umsah, an dessen holzvertäfelten Wänden Fotos von Fußballmannschaften hingen. Um einen kleinen, wackligen Kartentisch herum waren frei stehende Aschenbecher gruppiert. Sie setzte sich. Harrigan drehte einen Heizkörper auf, und der Geruch von geröstetem Staub rang mit dem beißenden Gestank von altem Zigarettenrauch um die Vorherrschaft. Er zog die Jacke aus und setzte sich ihr gegenüber.

»Wir müssen ungestört sein«, erklärte er, als der Kaffee kam. Der Barmann taxierte Grace kurz und verließ das Nebenzimmer. Harrigan wartete ab, während sie sich eine Zigarette anzündete und ihn erwartungsvoll und ein wenig argwöhnisch ansah.

»Woher kennen Sie den Laden?«, wollte sie wissen.

»Ich komme ab und zu zum Kartenspielen her. Wenn ich mir den Verlust leisten kann. Ich muss Sie das fragen: War es die ganze Wahrheit, wie man so schön sagt? Oder haben Sie bei der Unterhaltung mit Jerry geknausert?«

»Nein. Genau so ist es gewesen. Warum sollte ich ihm etwas vorlügen? Es ist ja alles auf dem Band drauf.«

»Ich muss sicher sein können. Wenn Sie ins Büro kommen, schreiben Sie das auf – was Sie ihm gesagt haben, Wort für Wort. Das geben Sie mir, und ich zeichne es ab. Dann legen Sie die Abschrift des Tonbands dazu. Eine Version davon lassen Sie Freeman persönlich aushändigen, eine geben Sie zu den Akten, eine geben Sie mir, und eine behalten Sie zuunterst in Ihrem Schreibtisch. Wenn das erledigt ist, werden Sie mit niemandem darüber reden, solange es nicht unbedingt notwendig ist. Sie behalten das für sich, und vorerst vergessen Sie die Geschichte. Und egal, was passiert, Grace, machen Sie bloß keine große Sache draus.«

Grace blies Rauch in die Luft.

»Weshalb?«, fragte sie. »Oder darf ich das ganz allein herausfinden?«

»Das werden Sie ganz allein herausfinden. Mehr will ich dazu nicht sagen.«

Sie schwieg einige Sekunden.

»Wieso geben wir ihm nicht einfach eine Kopie von dem Band?«, fragte sie.

»Weil ich will, dass es unverfälscht bleibt. Ich will nicht, dass irgendwelche fantasievollen Nachdichtungen in der Gegend herumschwirren, die uns allen schaden könnten.«

Sie legte die Zigarette ab und musterte ihn einige Zeit lang.

»Was ist mit Gina? Was wird aus ihr?«

»Sie ist jetzt nicht mehr unser Problem. Sollen andere sich den Kopf über sie zerbrechen. Sie wollen das alles gar nicht wissen, Grace. Glauben Sie mir. Sie wollen nicht wissen, wie und warum dieses Mädchen und ihr Freund ums Leben gekommen sind.«

»Weshalb soll ich das nicht wissen wollen? Vielleicht ist es mir wichtig.«

»Ich gebe Ihnen den guten Rat, dass es das nicht ist. Wir mischen uns da nicht ein. Und wir haben nie darüber gesprochen. Ich möchte nicht, dass dieses Gespräch bekannt wird.«

Grace presste den Mund zu einem so dünnen, zornigen Strich zusammen, dass ihr ganzes Gesicht verbissen wirkte.

»Also wird wahrscheinlich nie jemand erfahren, wie und warum sie umgebracht worden sind? Und wir vergessen so etwas ganz einfach?«

»Wie wir jetzt dastehen, bleibt uns gar keine andere Wahl. Wenn jemand anders dem nachgehen will, ist das seine Sache.«

»So unwichtig ist sie? Nur eine kleine Nutte?«

»Mir gefällt das doch auch nicht. Es macht mir keinen Spaß, tote Mädchen oder sonst jemanden in Hinterhöfen liegen zu sehen. Aber unseren Möglichkeiten sind Grenzen gesetzt. Überschreite sie, und du bist selbst Geschichte. So einfach ist das.«

Ungläubig schüttelte sie den Kopf.

»Nein, Grace«, mahnte er, bevor sie wieder etwas sagen konnte, »lassen Sie es gut sein. Aus, Ende.«

Sie sah ihn forschend an und fragte sich, weshalb ihm das so wichtig war und ob nicht eventuell ein Teil davon seine eigene Geschichte war.

»Sie wusste, dass das passieren würde«, entgegnete sie schließlich mit beißendem, herausforderndem Zynismus. »Wissen Sie, was das sollte, als ich gestern Abend mit ihr unterwegs war? Sie hat sich die Sterbesakramente gespendet. Ein Hamburger, Kaffee, selbst gebackenes Baklava, Zigaretten und ein Spaziergang durchs Cross-Viertel mit ein wenig Gesellschaft. Mehr hat sie nicht verlangt.«

»Dann haben Sie ihr also einen Gefallen getan? Sie waren da, um ihr das zu geben. Niemand sonst hätte es für sie getan.«

»Aber sie hat nicht wissen können, dass die ihr das antun werden. Man kann nicht kaltblütig in so was reinspazieren, wenn man weiß, dass die das vorhaben.«

»Sie hat versucht, sich freizukaufen, aus in was auch immer sie sich da reingeritten hatte«, sagte Harrigan. »Mit fünfundzwanzigtausend Dollar. Aber es hat nicht gereicht.«

»Ist Jerry eigentlich habgierig?«, erkundigte Grace sich unschuldig.

»Ich hab ihn nie gefragt.«

Er antwortete sehr leise. Graces Zigarette war erloschen. Sie griff nach der Tasse und nahm einen kleinen Schluck. »Der Kaffee ist kalt«, meinte sie, eher in die Luft hineingesprochen als zu ihm, eine sachliche Feststellung, keine Beschwerde. Harrigan drückte auf einen Knopf hinter seinem Stuhl an der Wand. Kurz darauf erschien der Barmann.

»Schenkst du uns bitte nach, Con? Danke.«

»Haben wir denn so viel Zeit?«, fragte Grace, als die Tür wieder zufiel.

»Wieso nicht? Wir haben uns ein Päuschen redlich verdient. Und telefonisch bin ich schließlich für jeden erreichbar.«

Sie beugte sich vor und stützte das Kinn auf die Hände. Ihr Gesicht war abgespannt und müde.

»Mir gefällt das nicht«, sagte sie. »Ich will das nicht auf sich beruhen lassen.«

»Grace, hören Sie auf mich. Lassen Sie es gut sein. Sie müssen sich schützen.«

Die Tür ging erneut auf, der Barmann brachte zwei frische Tassen Kaffee und verschwand wieder. Einige Zeit saßen sie schweigend da und tranken.

»Das sind so die Tage, an denen ich fast wünschte, ich wäre Sängerin geblieben. Und das will was heißen«, meinte sie schließlich.

Nein, für diesen Drecksjob bist du wahrlich nicht geschaffen, ging es Harrigan durch den Kopf. Du solltest das nicht tun. Du bist nicht kaltblütig genug. Du denkst zu viel, du empfindest zu viel. »Warum haben Sie damit aufgehört?«, wollte er wissen.

»Es macht dich fertig. Die Auftritte, meine ich. Singen ist zu intim. Du stehst da oben auf der Bühne, ganz allein, und das Publikum will dich mit Haut und Haaren verschlingen. Und wenn du fertig bist, ist nichts mehr von dir übrig. Wenigstens habe ich das so empfunden.«

»Und in diesem Job geht es Ihnen nicht so?«

»Nein, da ist es anders. Damit komme ich klar. Es laugt mich nicht so aus.«

»Beim Boxen ist es auch so«, sagte er nach einer Pause, »so wie Sie das Singen beschrieben haben. Es ist genauso intim.«

»Sie boxen?«

»Früher mal. Ich hab eine Zeit lang davon gelebt. Nicht sehr gut, muss ich gestehen. Da war ich noch jung. Neunzehn, zwanzig. Es war gut für mich, es hat mir über eine schwere Zeit hinweggeholfen.«

»Wann haben Sie angefangen?«

»Da war ich ungefähr elf. Mein Vater hat mich mit in den Polizeiknabenklub genommen, so nannten die das damals.«

»Ist das nicht etwas sehr früh?«

»Nein. In dem Alter fügt man sich noch keinen Schaden zu, dazu schlägt man nicht fest genug.« Er grinste. »Das kommt später.«

»Aber Sie sind nicht dabeigeblieben«, stellte sie fest. »Weshalb?«

»Es heißt nicht umsonst ›Du musst tanzen wie ein Schmetterling‹. Und tanzen muss man erst mal können. Ich war nicht leichtfüßig genug. Aber ich habe es gern gemacht. Es steckt viel mehr dahinter, als die Leute immer denken. Die Leute haben keine Ahnung, was zu so einem Kampf alles dazugehört. Im Ring, da gibt es nur noch zwei Leute. Bis zum Gong. Es gibt nur noch dich und dein Überleben.«

»Und das hat Ihnen gefallen?«

»Ja.«

»Gehen Sie noch zu Kämpfen?«

»Wenn ich mal dazu komme. Sind Sie noch nie bei einem Boxkampf gewesen?«, wollte er wissen.

»Nein, dazu hat es mich noch nie gedrängt. Gehen Sie zu Konzerten? Hören Sie Musik?«

»Nein«, antwortete er. »Mein Musikwissen passt auf eine Briefmarkenrückseite.«

»Wie kann man ohne Musik nur leben?«, fragte sie mit leichtem Lächeln.

»Ich weiß auch nicht. Ich tue es eben.«

Keine Musik. Womöglich ließest du dich ja überzeugen, dass sie deinem Leben fehlt. Grace hatte gar nicht bemerkt, dass sie sich mit der Hand über die Halsnarbe fuhr. Er sah sie die blasse Linie entlangstreichen, wie er glaubte, ohne dass sie sich dessen bewusst war.

»Diese Narbe«, fragte er, »war sie der Grund, dass Sie schießen gelernt haben?«

Wie elektrisiert zog sie die Hand zurück.

»Nein. Das hatte damit nichts zu tun.«

»Wieso schießen Sie? Oder wollen Sie nicht, dass ich Sie das frage?«

»Nein, das macht mir nichts. Es ist ein Teil von mir, den ich gar nicht leugne. Ich bin Alkoholikerin gewesen. Meine Hände haben heftig gezittert.« Ihre Hände waren sorgfältig manikürt und ohne Schmuck. Sie hätte ihm ebenso gut erzählen können, sie wäre früher Pfadfinderin gewesen. »Mit dem Schießen habe ich angefangen, um die Konzentration wiederzuerlangen. Das war ein Rat meines Vaters – er kann schießen, er ist bei der Armee gewesen. Er sagte, das sei eine Möglichkeit, die Hand-Augen-Koordination wiederherzustellen. Und es hat funktioniert.« Sie lächelte mit einem leichten Anflug von Spott. »Inzwischen betreibe ich es nicht mehr so intensiv. Irgendwie hat es mir nie so richtig Spaß gemacht. Löcher in eine Zielscheibe zu ballern ist doch ziemlich dröge, wenn man es genau nimmt. Wieso interessiert Sie das?«

»Ich habe nicht viel für Waffen übrig.«

»Aber Sie benutzen sie in der Arbeit, zwangsläufig.«

»Nur, wenn es sein muss. Ich vermeide es, wo ich kann.«

Im Zimmer war es völlig still, als sie einander ansahen.

Dein Vater war also bei der Armee. Aber er war ganz bestimmt keine kleine Nummer, oder? Meiner hat es bis zum Kleinkriminellen gebracht. »Und mit dem Trinken«, sagte er, »haben Sie von einem Tag auf den anderen aufgehört?«

Nachdem ich eines Tages im Krankenhaus aufwachte, in der Entgiftung, mit völlig zerschnittenen Beinen, und ich mich nicht erinnern konnte, wie ich dorthin kam oder wie ich hieß, ja, da habe ich aufgehört. »Mir blieb keine große Wahl«, antwortete sie laut.

»Darauf würde nie im Leben jemand kommen, Grace, wenn man Sie heute sieht.«

Zur Erwiderung lächelte sie ihr eigentümlich trauriges Lächeln. »Was ist?«, fragte sie.

»Sie. Sie sehen so anders aus ohne Make-up.«

»Ohne Maske«, entgegnete sie. »Ich habe sie noch nicht aufgelegt. Ich kann noch eine kurze Zeit ich selbst sein.«

»Lass mich dein Gesicht berühren«, murmelte er.

»Das geht entschieden zu weit, Paul.«

»Dann gehen wir halt zu weit.«

Er strich ihr mit den Fingerrücken über die Wange, ließ die Hand leicht unter ihrem Kinn ruhen, strich ihr über den Hals, führte die Hand zu ihrem Haar hinauf und streichelte die losen Strähnchen am Ende ihres Zopfs. Sie lehnte sich in seine Hand hinein und ergriff sie schließlich. Er schlang die Finger zwischen ihre, streichelte ihre Haut. Über den wackligen Tisch hinweg neigten sie sich einander zu, als mit dem perfekten Timing, das ihm aus der Arbeit so vertraut war, Harrigans Handy klingelte und beide ruckartig in den Alltag zurückholte. Er fischte sein Telefon heraus, schaltete es an und griff wieder nach ihrer Hand, die er gemächlich massierte.

»Harrigan. Guten Morgen, Trev. Nein, ich hab nur drauf gewartet, dass du anrufst. Wo? Hast du die Streife losgeschickt? Wir sehen uns dort, ich bin schon unterwegs. Bis dann.«

Er trennte die Verbindung. Grace hatte die Zigaretten schon weggepackt und angelte nach seiner Jacke.

»Wir haben Lucys Adresse. Los«, sagte er.

»Was bin ich für den Kaffee schuldig?«

»Gar nichts. Der geht aufs Haus.«

Sie schaute ihn stirnrunzelnd an.

»Die verlangen nichts von mir, Grace, haben sie noch nie. Das sind sie mir schuldig, für das Geld, das ich hier beim Zocken verliere.«

»Danke, Con«, sagte er, als sie an der Theke vorbeigingen.

»Geht klar, Paul«, erwiderte der Barmann und sah den beiden nach, als sie auf die Straße hinaustraten.

Der Sonnenaufgang tauchte die steile, enge Hügelstraße oberhalb des Hauptbahnhofs in bleiches Licht und ließ den Müll an den Bordsteinkanten aufblitzen.

»Kann ich fahren?«, bat Grace.

»Klar.« Er warf ihr die Schlüssel zu.

»Wie sind wir an die Adresse gekommen?«, erkundigte sie sich beim Einsteigen.

»Ein Doktor Andrew Matheson aus Hornsby hat die Hotline angerufen. Er sagt, er ist sich sicher, sie gestern Nachmittag in einem Haus in Berowra Heights gesehen zu haben. Er behandelt da einen Mann, der Krebs im Endstadium hat. Er heißt Hurst und ist früher Metzger gewesen«, sagte Harrigan.

»Berowra Heights. Das ist verdammt weit vom Stadtzentrum weg.«

»Wenn wir Glück haben, haben wir sie. In einer halben Stunde könnten wir sie haben.«

Sie betrachtete ihn von der Seite. Er schlug sich vergnügt mit der Faust in die Handfläche. Ganz ruhig, Paul. Nur keine voreiligen Schlüsse ziehen, dachte sie. Und später würde sie sich um die Spekulationen zu kümmern haben, die sich unvermeidlich einstellten, wenn ruchbar wurde, dass sie früh am Morgen in Harrigans Wagen zur Arbeit kam.

27

In der Stunde vor Tagesanbruch wurde Lucy durch Schritte und Raunen vor ihrem Zimmer geweckt. Sie stand auf, streifte sich den alten Morgenmantel über und öffnete die Tür. Aus dem Zimmer des Vaters fiel Licht in den Flur. Melanie eilte vorüber.

»Dad«, sagte sie, »ich glaube, er stirbt. Ich rufe den Notarzt.«

Mit Tränen in den Augen wandte sie sich der Treppe zu.

»Kann ich rein?«, rief Lucy ihr nach.

»Wenn du willst. Aber ich glaube nicht, dass er dich hören kann. Ich glaube, es ist zu spät.«

Lucy nahm ihren Mut zusammen und lief zur Tür des väterlichen Zimmers. Dort saß Stephen und hielt seine Hand. Im Zimmer herrschte absolute Stille. Stephen blickte auf, sah sie und schüttelte den Kopf.

»Er ist tot«, sagte er leise und ungläubig. »Tot. Es ist vorbei.«

Lucy hörte jetzt den Regen ans Fenster klatschen. Das Fenster stand einen Spalt offen, und der Vorhang wehte im kalten Wind. Das fahle Feuer, das sie gestern noch in ihrem Vater erkannt hatte, war erloschen, und sein Körper war nur mehr das, als was sie ihn empfand: Überreste. Sein Gesicht hatte nichts mit jenem gemein, das sie als Gesicht ihres Vaters gekannt hatte. Es war weniger als eine Maske, war etwas vollständig Aufgebrauchtes. Sie stand da und zitterte. Sie empfand eine Klaustrophobie, einen erstickenden Sauerstoffmangel. Sie war überzeugt, dass er als Schatten noch anwesend, noch im Zimmer gefangen war. Sie stieß das Fenster weit auf und ließ den starken Wind in den ummauerten Raum fahren. Mit unerwarteter Wucht brach er herein und warf die Nachttischlampe um. Innerhalb einer einzigen Sekunde schien das Zimmer vom Positiv ins Negativ und wieder zurückzukippen, und dann spürte sie, dass er fort war, dass es leer war.

Stephen schreckte aus seinen Gedanken auf und ließ die Hand des Vaters los. Er starrte die Schwester an.

»Jetzt ist es ganz vorbei«, erklärte sie ihm. Entsetzt stellte sie fest, wie intensiv und schmerzhaft ihre Erleichterung war. Ihr Herz raste, und sie atmete so tief, als hätte etwas sie zu Tode erschreckt.

Stevie stand auf, schloss das Fenster und stellte die Lampe wieder auf.

»Entschuldige«, bat sie. »Ich hatte das Gefühl, sein Geist wäre noch hier drin, und ich müsste ihn rauslassen.«

»Schon gut, Luce. Mach dir nichts draus. Lass mich nur einen Moment still hier sitzen.«

Er trat wieder zum Vater. Durch das Fenster sah Lucy in der Ferne, am Rand des Nationalparks, ein paar vereinzelte Lichter. Auf der dunklen Scheibe legte sich das Spiegelbild des toten Vaters über die Szenerie. Sie wandte sich dem Zimmer zu und sah, dass Stephen dem Vater die geblümte Bettdecke übers Gesicht zog. Ihr Vater war nun nichts als ein Umriss.

»Wir brauchen nicht hier drin zu warten«, sagte Stevie. »Gehen wir runter. Wir brauchen ihn nicht anzuschauen.«

Er ließ das Licht brennen, und sie verließen den Raum. Bevor er die Tür zuzog, warf Lucy einen letzten Blick auf die verhüllte Gestalt.

»Wir sehen uns unten, Stevie«, erwiderte sie. »Ich zieh mich an. Ich hau ab.«

»Bestimmt?«, fragte er bestürzt.

»O ja. Ganz bestimmt.«

Ja, sie war vollkommen losgelöst. Es gab nichts, was sie hier noch hielt.

Lucy ging zurück in ihr Zimmer und zog sich gemächlich an. Den Rucksack hatte sie schon gestern Abend gepackt. Die Pistole hatte sie in einer Außentasche verstaut, wo sie leicht erreichbar war. Sie blieb ein paar Minuten auf dem Bett sitzen. Dann stand sie auf, nahm den Rucksack, trat auf den Flur hinaus und warf einen allerletzten Blick auf die geschlossene Tür zum Zimmer ihres Vaters.

Auf dem Weg nach unten hörte sie den vertrauten Radau des Fernsehers aus dem Wohnzimmer, in dem Licht brannte. In der Küche saßen Stephen und Melanie am Tisch und tranken löslichen Kaffee. Melanie weinte leise. Stephen rauchte.

»Weiß es Mum?«, wollte Lucy wissen.

»Du hast sie doch gehört.« Stephen stieß Rauch aus. »Ja, sie weiß es. Mel hat sie aus dem Bett geholt. Es ist doch egal, Luce. Soll sie tun, was sie will, es ist egal. Soll sie meinetwegen den Rest ihres Scheißlebens vor der Kiste hocken.«

»Ja«, sagte sie. »Ich gehe jetzt. Ihr braucht mich nicht. Ich wäre euch nur im Weg.«

»Warum willst du gehen?«, fragte Melanie. »Du musst doch jetzt nicht mehr gehen.«

»O doch, ich muss«, bekräftigte Lucy mit einem schmalen Lächeln.

»Das ist für dich. Ich wollte es dir schon gestern Abend geben«, sagte Stephen.

Mit weit aufgerissenen Augen beobachtete Melanie, wie er Lucy mehrere hundert Dollar und einen Bund Autoschlüssel reichte.

»Er steht draußen«, sagte er, und sie nickte.

»Danke.«

»Das versteh ich nicht«, sagte Melanie.

»Da gibt es nichts zu verstehen, Mel. Kümmer dich nicht drum«, erwiderte Lucy.

Zu dritt gingen sie durch die Diele bis zum Lärm des Fernsehers. An der Wohnzimmertür blieb Lucy stehen und fragte sich, was sie wohl sagen sollte, wenn es denn überhaupt etwas zu sagen gab. Die Mutter stand auf und starrte sie entgeistert an. Mit offenem Mund glotzte sie ihr entgegen und stocherte aufgeregt mit dem Finger durch die Luft in ihre Richtung. Ihr Mund stand offen wie das Maul eines Fisches, doch es entrang sich ihm kein Laut. Lucy erriet sofort, was geschehen war. Und als sie ins Zimmer trat, sah sie auch prompt das eigene Gesicht auf dem Bildschirm, begleitet von der Aufforderung des Sprechers, wer Angaben zum Aufenthaltsort Lucy Hursts machen könne, solle sich unverzüglich bei der Crime-Stoppers-Redaktion melden.

Lucy betrachtete ihre Mutter und musste unvermittelt laut auflachen.

»Ich lass dir was hier, damit du dich an mich erinnern kannst, Mum«, sagte sie, stellte den Rucksack ab und holte die Pistole aus der Tasche. Sie zielte auf die Mutter.

Die Mutter kreischte, und Stephen schrie: »Nein, Lucy, nicht!«

Lucy bewegte die Pistole von der Mutter weg zum Fernseher und zerschoss ihn. Die Bildröhre riss, zerplatzte und verlosch; ein Querschläger zerschmetterte das Fenster dahinter.

Es herrschte völlige Stille, dann hörte man Weinen. Die Mutter war auf die Couch zurückgesunken und schluchzte. Melanie hatte sich vornübergekrümmt, hielt sich die Ohren zu und weinte und bebte im Stehen. Stephen konnte seine Schwester nur anstarren, während die die Pistole gewissenhaft verstaute und den Rucksack schulterte.

»Tschüss«, sagte sie und trat durch die Tür in die Vordämmerung, um dann in Stevies altem Datsun Richtung Stadt zu fahren.

Dreißig Minuten später brachen kreischend die Streifenwagen aus Hornsby über die Auffahrt herein, dicht gefolgt von einem Notarztwagen, der in weit gemächlicherem Tempo denselben Weg genommen hatte.

28

Wieso roch es in diesem Haus nur so? Ein leicht ranziger Geruch hinter der Kälte, etwas, das den Mauern selbst entströmte, eine durchdringende Fäulnis, die Harrigan sofort aufgefallen war, als er durch die Tür trat. Er sah zu den Glühlampen hin, die mit dem zunehmenden Tageslicht wetteiferten, auf den zerschossenen Fernseher und das zertrümmerte Fenster. Er sah eine junge, ihm unbekannte Frau, die sich auf dem Sofa wiegte, die Arme um sich geschlungen, weinend. Alles nichts Ungewöhnliches. Hausmüll, als Überrest eines nächtlichen Gewaltausbruchs, Entsetzen, das sich in den Nachgeschmack des morgendlichen Katers mischt. Lucy Hursts vormalige Anwesenheit hing der Atmosphäre an, ihre Abwesenheit lag als Schatten in jedem Raum.

Harrigan spulte sein Programm ab: Er bewertete die verfügbaren Informationen, teilte seine Leute ein, sprach ruhig und gelassen. Unberührt von dem, was er vorfand, spielte er den Beobachter. Er wollte sehen, ob sich nicht doch ein Nutzen aus dieser ansonsten völlig zwecklosen Übung ziehen ließ; denn dass es das war, war ihm sofort auf der Auffahrt klar geworden, als er an den Streifenwagen, dem Notarztwagen, den Gesichtern der wartenden Polizisten vorüberlief. Er hatte Grace gebeten, Melanie Hurst zu trösten und mit der Mutter zu reden, während Trevor und Ian sich den Bruder zur Brust nehmen sollten. Sie trafen Stephen Hurst im Flur, als er gerade die Treppe herunterkam.

»Mein Vater liegt da oben. Er ist kaum eine Stunde tot.

Hat das nicht noch Zeit? Kann ich mich nicht erst um ihn kümmern?«

»Sie haben den Hausarzt verständigt, Mr. Hurst?«, fragte Harrigan.

»Selbstverständlich habe ich das. Er ist jetzt da oben. Ich habe eben mit ihm gesprochen.«

»Wenn ich dann nach oben dürfte? Ich muss ihn sprechen, bevor Ihr Vater abtransportiert wird.«

»Ich glaube das alles nicht. Ich konnte es nicht glauben, als sie die Waffe zog, und ich kann es auch jetzt nicht glauben. Wenn Sie wollen, gehen Sie rauf. Da gibt es nichts zu sehen. Nur meinen toten Vater.« Stephen Hurst schüttelte den Kopf.

Harrigan nickte und ging nach oben. Trevor bat Mr. Hurst, ihn doch freundlichst in die Küche zu begleiten, um dort ein paar kurze Fragen zu beantworten. Harrigan sah noch einmal kurz hinab und bemerkte ein deutliches Hinken des jungen Mannes.

Im Obergeschoss blickte er kurz in ein leeres Zimmer, das bereits mit Absperrband gesichert war und das die Spurensicherung sich zuerst vornehmen sollte, sobald sie denn käme, um es auf Hinweise auf einen menschlichen Körper zu untersuchen. Boden, Bettzeug, alles. Haar, Körperflüssigkeiten, Blut. Leidenschaftslos dachte er an Lucy Hursts Elektronikstimme, die sich wohl von diesem gewöhnlichen, schäbigen Jugendzimmer aus an seinen Sohn gewandt hatte. Er ging weiter. Die Tür zum Elternschlafzimmer stand offen. Der Arzt entfernte die Bettdecke über dem Kopf des Toten. Am Fuße des Bettes stellten er und Harrigan sich einander vor und schüttelten sich, vor dem stummen Körper unter den rosa Baumwollblumen, die Hand.

»Ich gedenke, den Totenschein jetzt auszustellen«, verkündete der Arzt etwas hochtrabend. »Er ist eines natürlichen

Todes gestorben, es war nur eine Frage der Zeit. Es ist gut, dass er es nun überstanden hat.«

»Ja«, erwiderte Harrigan lakonisch und ohne jeden Anflug von Ironie.

»Die Hinterbliebenen wissen wohl nicht, dass ich es war, der Sie verständigte?«

Er wartete ab. Harrigan nickte.

»Es wäre mir lieb, wenn das auch so bliebe«, erklärte der Arzt.

»Zurzeit möchten sie von Ihnen wahrscheinlich nur das hören, was Sie mir gerade gesagt haben«, antwortete Harrigan mit einem nichts sagenden Lächeln.

Der Arzt ging.

Der Geruch menschlichen Siechtums, den Harrigan im ganzen Haus wahrgenommen hatte, war hier keineswegs stärker, dafür aber deutlich ätzender. In diesem kalten Raum schien es, als fehle die Luft zum Atmen. Er betrachtete den Körper im Bett. Ungerührt von der Gegenwart des Todes zog er die Decke beiseite, um sich vom definitiven Ableben zu überzeugen. Das Gesicht war bereits bis auf den Schädelknochen eingesunken. So hinfällig sie auch sein mochte, der Leiche haftete unverkennbar ein vertrauter Geist an, ebenso bösartig wie nun machtlos. Harrigan fiel auf, dass dieses ganze Haus mit seinen engen Fluren und voll gestopften, schuhkartonhaften Zimmern, soweit er es bislang erkundet hatte, von diesem Geist geprägt war. Dieser spezielle Dämon hatte sich endgültig ausgetobt. Was er aber freigesetzt hatte, das war jetzt irgendwo in der Stadt, außerhalb seiner Reichweite. Und nach allem, was er wusste, hatte es den eigenen Kreuzzug erst begonnen. Er schlug die Decke wieder über den Toten, trat ans Fenster und schaute auf den Nationalpark hinaus. Über dem morgendlichen Horizont türmten sich Regenwolken, und der Wind zauste die Baumkronen und rüttelte an der Scheibe. Er schloss das Fenster und ging nach unten.

Die Küche war ein finsterer Raum ohne Fenster nach außen. Nur durch die Hintertür der angeschlossenen Waschküche konnte etwas Tageslicht hereinkommen. Diese Tür aber war jetzt vor dem Sturm verschlossen, und er sah sie im Wind zittern wie das Fenster im ersten Stock. Dafür wurde der Raum von einer einzelnen, flach an der Decke anliegenden Leuchtstoffröhre erhellt. Harrigan trat unbemerkt ein und lehnte sich im Hintergrund an die Arbeitsplatte, von wo aus er Stephen Hurst beobachten konnte. Der Junge hatte ein offenes Gesicht, das im Moment aber vom weißen Licht verschattet wurde. Auf einer grünen Laminattischplatte waren willkürlich Alltagsgegenstände verstreut: Zigaretten, Plastikfeuerzeuge, Aschenbecher, angeschlagene Kaffeetassen, halb voll mit löslichem Kaffee. Stephen, in einem dunkelrotblau karierten Flanellhemd, stützte sich mit einem betäubten Gesichtsausdruck auf die Ellenbogen. Er rauchte, schwer hing der Geruch in der Luft. Harrigan wertete jede seiner Antworten sofort nach den Parametern Fakt, Gefühl und Vorsatz aus.

»Sie hat also Geld, Ihren Wagen und einen vollen Tank. Ein brauner '77er Datsun 120 Y?«, rekapitulierte Trevor ohne den Hauch eines Grinsens.

»Genau.«

Harrigan fragte sich, wie er der wartenden Presse am besten verklickern konnte, dass ihre reizende kleine Terroristin dem wachsamen Auge des Gesetzes von New South Wales entkommen war, indem sie in einem stinknormalen, kackbraunen 120er Y davonzuckelte.

»Dann kann sie nicht sonderlich schnell unterwegs sein«, bemerkte Ian. »Glauben Sie, dass Ihre Schwester nötigenfalls ein Auto stehlen würde?«

»Das hat sie wahrscheinlich schon«, antwortete Stephen erschöpft.

»Dafür hat sie wohl ein Talent?«, hakte Ian nach.

Stephen schwieg.

»Sie sagen, Sie wüssten nicht, wohin sie wollte«, fuhr Trevor fort. »Sagt Ihnen ein Prediger Graeme Fredericksen etwas?«

»Ich glaube nicht, dass sie zu ihm ist.«

»Sie kennen ihn also?«, fragte Trevor.

»Ja, ich hatte das Vergnügen. Ein schleimiges, widerliches Arschloch.«

Schade nur, dass deine Schwester das nicht genauso gesehen hat, dachte Harrigan.

»Wie kommen Sie darauf, dass sie nicht dorthin will?«, fragte Ian.

»Weil ich einmal auf der Suche nach ihr da gewesen bin. An dem Tag, an dem der Überfall auf diese Leute war. Am Nachmittag«, berichtete Stephen. »Er hat behauptet, sie ist nicht da, aber das war gelogen, davon bin ich überzeugt. Ich hab die Gegend später durchsucht, und in der Nacht hab ich sie dann gefunden. Sie war in einem furchtbaren Zustand, sah richtig krank aus. Ich weiß nicht, was geschehen war, aber ich glaube …« Er brach ab und schluckte. »Ich weiß, dass das völlig verrückt klingt, aber es würde mich nicht überraschen, wenn er versucht hätte, sie umzubringen oder so. Jedenfalls traut sie ihm jetzt nicht mehr. Ich hab sie ein paarmal mit ihm telefonieren hören –«

»Sie hat ihn angerufen?«

»Ja, ziemlich oft sogar. Oder er hat sie angerufen. Wenigstens glaube ich, dass er es war. Graeme. Wer sollte es sonst sein? Ich weiß nicht, was da abgeht. Das ist die reine Wahrheit.«

»Dürfte ich kurz mal eine Frage stellen – Ian, Trevor?

Wenn es Ihnen nichts ausmacht, Mr. Hurst?«, fragte Harrigan in seinem gewohnt beiläufig-ruhigen Ton und zog sich einen Stuhl heran.

»Sicher«, sagte Stephen, schüttelte ratlos den Kopf und griff nach einer Zigarette.

»Ihre Schwester befand sich in einem furchtbaren Zustand, sagen Sie, als Sie sie in jener Nacht fanden. Haben Sie sie gefragt, weshalb sie sich in einem derart furchtbaren Zustand befand?«

»Nein.«

»Sie haben ihr keinerlei Fragen gestellt?«

»Ich stelle Lucy nie Fragen. Seit Jahren nicht mehr.«

»Ihre Familie verlangt Ihnen viel ab, Mr. Hurst. Geld. Ein Auto. Die ganze Nacht auf der Suche nach Ihrer Schwester unterwegs.«

»Das geht nicht nur mir so. Fragen Sie Mel, die saugen sie auch bis aufs Blut aus. Bis vor kurzem wenigstens, ab heute wohl nicht mehr.«

»Mir ist aufgefallen, dass Sie hinken, Mr. Hurst.«

»Mit fünfzehn habe ich mir die Kniescheibe gebrochen. Das ist nie richtig verheilt.«

»Hat Ihr Vater Ihnen das angetan?«, fragte Harrigan aus einer Ahnung heraus.

Stephen blieb stumm.

»Wann wurde Ihnen klar, dass Ihre Schwester einen Mord begangen hatte?«

»Ich habe das nicht gewusst. So etwas kann man von seiner Schwester einfach nicht denken. Ich weiß es erst seit heute früh, seit sie weg ist.«

»Weshalb haben Sie ihr dann aber Geld und den Wagen gegeben? Haben Sie nicht doch gestern etwas in der Zeitung gelesen, das Sie misstrauisch gemacht hat?«

»Ich habe es nicht gewusst.«

»Sie haben es gewusst. Warum haben Sie nichts unternommen?«

Stephen Hurst stützte das Gesicht auf die Hände, sodass ihm die Brille verrutschte. Die Zigarette baumelte schlaff zwischen seinen Fingern. Als er wieder hochschaute, bemerkte Harrigan, dass ein Brillenglas sich unter dem Auge abgedrückt hatte. Der junge Mann lächelte bitter.

»Ich habe es nicht gewusst. Ich will doch nur, dass hier alles läuft, damit ich und Mel hier irgendwann heil herauskommen. Ich weiß nicht, was ich sonst noch machen soll. Was verlangen Sie denn von mir? Ich weiß nicht, was ich Ihnen geben kann.«

»Ich möchte Ihre Schwester finden, bevor die Liste der Verletzten und Toten noch länger wird, Mr. Hurst. Diese Liste ist jetzt schon länger, als mir lieb sein kann.«

»Ich weiß nicht, wo sie ist. Wenn ich es wüsste, hätte ich es Ihnen gleich am Anfang gesagt.«

Er nahm einen Zug aus der Zigarette. Harrigan schob den Stuhl zurück und stand auf.

»Meine Leute werden jetzt Ihre Aussage aufnehmen. Vielen Dank.«

»So machen Sie das dauernd, oder? Den Leuten solche Fragen stellen und dann eiligst wieder abhauen«, meinte Stephen Hurst wie zu sich selbst, während er die Zigarette ausdrückte.

»Nein, Mr. Hurst. Ich muss mich allerdings sämtlicher Gesichtspunkte wertfrei annehmen. Nur so kann ich meine Arbeit tun«, entgegnete Harrigan.

Er trat auf den Flur hinaus und sah, wie Grace ebenfalls gerade aus einem Zimmer kam und sachte die Tür hinter sich zuzog. Er lächelte ihr zu, sie lächelte zurück.

»Wie sind Sie mit der Mutter zurechtgekommen?«, erkundigte er sich.

»Hören Sie sich das an«, antwortete sie leise.

Er lauschte an der Tür und hörte einen Fernseher.

»Sie hat einen tragbaren da drin«, erklärte Grace. »Das hat sie verlangt. Tee, Toast und den Fernseher. Anstatt mit ihr zu reden, kann man sich auch gleich vor die Wand setzen. Sie glotzt einen nur an wie ein frisch geschlüpftes Küken. Sie schaltet ununterbrochen auf Durchzug, also hat sie keine Ahnung, beziehungsweise will keine haben, was rund um sie passiert.«

»Und die Tochter?«

»Die ist unansprechbar, der Arzt hat ihr eine Spritze gegeben. Sie ist völlig erschöpft. Ich glaube, sie hätte gar nicht die Zeit gehabt, mitzubekommen, was los war. Die haben uns beide nichts Brauchbares zu erzählen.«

»Dann sind sie in guter Gesellschaft«, meinte er, »hier kann uns niemand was sagen. Sie ist mir entwischt, Grace, um eine halbe Stunde.«

»Was soll ich jetzt machen?«

»Hier gibt es für Sie erst mal nicht mehr viel zu tun. Wenn Sie wollen, gönnen Sie sich eine Zigarettenpause. Bis später dann.«

»Okay.«

Grace ging hinaus an den Rand des verwahrlosten Gartens, zündete sich dort aber keine Zigarette an, sondern ließ sich von der frischen Luft die Gerüche des Hauses aus der Nase wehen. Sie verschränkte die Hände hinter dem Kopf und spürte die Wucht des aufziehenden Sturmes. Er war stark und eisig und pustete sie zurück, als sie sich hin und her wiegte, um die Hals- und Rückenmuskeln zu lockern. Über dem Horizont türmte sich eine schwarze Wolkenwand auf. Das Haus auf der Wiese oberhalb der Bäume war der ganzen Kraft des Sturmes ungeschützt ausgesetzt.

Der Garten am Abhang war bereits durchkämmt worden

und daher nicht mit Absperrband gesichert. Grace stieg hinab in das kühle Grün und kämpfte sich über schlammige Wege voran. Überall lagen welke Blüten auf dem Boden, alte Rhododendren und Kamelien hatten sich ineinander verschlungen. Am Fuß des Abhangs stand, dicht an der Abbruchkante, eine verwitterte Hütte. Die Tür stand offen wie ein Maul. Grace spähte hinein, blieb aber draußen stehen. Der Raum war finster, es roch wie in einer Höhle voll feuchter Erde, und die Fenster waren mit Spinnweben überzogen.

Bist du da drin? Nein, hier konnte niemand sein, das ganze Gelände war abgesucht worden. Die lauernde Stille schien ihr wie eine Falle kurz vorm Zuschnappen. Grace wandte sich ab und blickte über den Urwald des Nationalparks hinaus. Da hörte sie hinter sich ein leises Knurren. Sie drehte sich um. In der Hütte stand ein alter Hund, der sie aus dem Schatten heraus anfletschte.

»Du bist ein scheußlicher Köter«, sagte sie leise, »jetzt brauchst du sie nicht mehr zu beschützen, sie ist fort. Ich wäre da sowieso nicht reingegangen.«

Der Hund knurrte lauter, wütender. Er machte zwei Schritte vorwärts und drängte sie damit in gefährliche Nähe zum Abhang.

»Geh weg. Mir machst du keine Angst.«

Der Hund wich nicht, fletschte seine gelben Zähne und rückte noch ein Stück in ihre Richtung. Grace verharrte reglos. Dann machte sie einen Schritt zur Seite, zum Weg zum Wohnhaus hin, und fixierte das Tier starr.

»Du bleibst hier, du bleibst gefälligst hier.«

Er stemmte sich mit ausgestreckten Krallen in den Boden, doch als sie sich langsam entfernte, rührte er sich nicht vom Fleck, sondern sah ihr nur nach. Als sie den Hauptweg erreicht hatte, beobachtete sie, wie er die Drohgebärde aufgab und wieder in der Hütte verschwand. Erleichtert lief Grace den Hang hinauf und fand, dass das absolut kein Ort für ein gutes Leben war. Hier war es gefährlich, unheimlich und voller verborgener Tücken. Niemand konnte freiwillig hier leben wollen.

Neben der Wohnzimmertür stand Harrigan im Flur und unterhielt sich mit Ian und Trevor. Er winkte sie heran, während die anderen forschend zu ihr hinschauten. Sie wich den gemeinsamen Blicken aus, indem sie ins Wohnzimmer lugte, wo die Spurensicherung am zerstörten Fernseher hantierte.

»Da sind Sie ja«, sagte er und folgte kurz ihrem Blick, um ihr dann wieder ins Gesicht zu sehen. »Wir haben uns ein paar Ideen durch den Kopf gehen lassen. Wenn wir schon mit ihr schattenboxen, dann soll sie auch für uns tanzen. Wollen Sie mit ihr reden?«

»Im Cyberspace, meinen Sie? Ist sie da überhaupt noch?«

»Testen wir's. Schicken Sie ihr eine E-Mail – lassen Sie ihr Greggies letzte Worte zukommen. Ganz exakt, Wort für Wort. Schließlich wollte er das.«

»An wen soll ich mich wenden? Lucy Hurst oder Firewall?«, fragte sie nach.

»Was meinen Sie?«

»Ich glaube, ich sollte mich an das Mädchen wenden, das die Welt rettet.«

»Gut. Dann versuchen Sie also, Kontakt zu Firewall zu bekommen. Okay, ich bleibe noch eine Weile hier, aber ihr könnt euch auf die Socken machen. Die beiden nehmen Sie mit«, verkündete Harrigan mit einem Blick auf Trevor und Ian. »Ich hab ihnen befohlen, nicht ohne Sie zu gehen.«

Er ließ sie stehen, und unwillkürlich sah Grace ihm nach.

»Na fein, Gracie«, meinte Ian mit einem leichten Anflug von Sarkasmus und ab sofort die kumpelhafte Anrede benutzend, »willst du's dir auf dem Rücksitz bequem machen?«

»Macht es dir was aus, wenn ich fahre?«

»Pass bloß auf, Alter«, mahnte Trevor, »Gracie ist von der schnellen Truppe.«

»Kein Problem«, sagte Ian, während er ihr die Schlüssel gab und Trevor angrinste. »Du kannst hinten sitzen. Geraucht wird nicht.«

»Alles klar«, sagte sie.

Es war eine Erleichterung, am Steuer zu sitzen. Rasch war sie auf dem Pacific Highway und schlängelte sich durch den Verkehrsfluss. Das Tempo vertrieb ein bisschen die Anspannung aus ihren Gedanken. Für kurze Zeit herrschte Schweigen.

»Das war ein schreckliches Haus«, meinte Grace nach einiger Zeit. »Wieso fackelt Lucy die Bude nicht ab, wenn sie schon so gut in Schwung ist? Die hätte es nötig.«

Von hinten lachte Trevor.

»Bring sie bloß nicht auf zusätzliche komische Gedanken, Gracie. Willst du eigentlich wirklich mit ihr reden?«

»Klar. Wieso nicht?«

Er zuckte die Achseln. »Ich weiß nicht, ob das tatsächlich der richtige Ansatz ist. Keine Ahnung, wie gefährlich das werden könnte.«

»Ja, da hat er Recht. Wen sie wohl als Nächstes umlegt? Du solltest ihr besser nicht in die Schusslinie kommen«, riet Ian.

»Es ist ja nicht gesagt, dass sie jeden wegballert«, entgegnete Grace kurz angebunden.

»Sie wird es tun, Gracie«, entgegnete Ian beinahe zärtlich. »Ich sage das nicht gern, aber nachdem sie nun einmal damit angefangen hat, wird ihr die Fortsetzung keine Schwierigkeiten bereiten.«

»Worauf hat Harrigan euch eigentlich angesetzt?«, lenkte sie ab.

»Wir sollen den Prediger schnappen. Er will, dass wir ihn zu dritt ausquetschen, was auch immer das bringen soll«, erwiderte Trev.

Sie schwiegen wieder.

»Also, Graciemausi«, platzte Trevor plötzlich raus, »Schluss jetzt mit dem Gelaber. Wo hast du die letzte Nacht gesteckt? Du wirst doch nicht bei Harrigan daheim gewesen sein?«

»Was ist das denn für eine blöde Frage? Nein, war ich nicht. Ich war in meiner Wohnung. In meinem Bett. Allein. Wie kann man nur so argwöhnisch und neugierig sein?«

»Das ist unser Beruf«, warf Ian helfend ein. »Das müsste auf dich genauso zutreffen.«

»Ich schlafe nicht mit Harrigan!«

»Ich habe nur gesagt, was alle sagen«, verteidigte sich Trevor. »Und wenn du mit ihm bumsen willst, tu dir bloß keinen Zwang an, es glauben sowieso alle, dass ihr es miteinander treibt.«

»Trev, du bist so *ordinär*!«

»Ich sag nur, wie's ist«, behauptete er grinsend.

Ian gluckste kurz, riss sich dann aber zusammen.

»Wir glauben dir, Gracie«, sagte er und zupfte sich am Ohr, »aber ich weiß nicht, ob das auch auf die anderen zutreffen wird.«

Sie schüttelte den Kopf, schwieg jedoch. Stattdessen drückte sie aufs Gas und fuhr viel zu schnell, weil sie so ein diffuses Gefühl des Gehetztseins verspürte. »Immer schön mit der Ruhe«, hörte sie Ian nach einer Weile indigniert sagen, was sie tatsächlich zur Rücknahme des Gaspedals brachte. Zum Teil allerdings auch deswegen, weil der Himmel nun sintflutartig seine Schleusen öffnete.

29

An einem Bahnhof in der Nähe von Hornsby ließ Lucy den Datsun abseits der Straße stehen und stahl einem Pendler den Wagen, was der erst bemerken würde, wenn er abends aus dem Zug gestiegen war. Tarnen konnte sie sich nur, indem sie sich die Kapuze über den Kopf zog und hoffte, dass niemand sie allzu genau anschauen würde. Es sah gut für sie aus: Es war noch früh, kaum hell, und das Wetter war schlecht, bedrohlich und kalt. Inmitten des spärlichen Verkehrs fuhr sie wachsam auf die Hochhäuser der Innenstadt zu, unterwegs zu dem einzigen Ort, an dem sie sowohl sich als auch das Auto verstecken konnte. Sie hatte keine andere Wahl.

Die Kfz-Werkstatt in Randwick war noch genauso leer wie damals, als sie nach dem Anschlag hierher geflüchtet war. Das Tor hatte lediglich ein neues Vorhängeschloss, das sie mit einem Schraubenzieher knackte, den sie extra zu diesem Zweck stets bei sich trug. Dann fuhr sie in dieses hermetisch abgeriegelte Sanktuarium hinein, eine von vier Ziegelwänden umschlossene Betoninsel, auf der sie geschützt und alleine war.

Sie parkte neben der Grube, und als sie nun erneut in der Mitte des verlassenen Gebäudes stand, ging ihr durch den Kopf, dass sie wieder dort war, wo sie angefangen hatte. Hier war es so dunkel wie zuvor. Sie holte den Rucksack aus dem Auto und brachte ihn ins Büro. Während sie zaghaften Schrittes durch die Schatten tappte, fragte sie sich, ob wohl die Geister, denen sie früher hier begegnet war, nach wie vor auf sie warteten. Schließlich kehrte sie in den Hauptraum der Werkstatt zurück.

Was mache ich jetzt?

Sie brauchte nicht zur Polizei zu gehen, um sich zu stellen. Sie brauchte bloß anzurufen, und man würde sie holen. Die ganze Straße wäre voll von denen, und dann würde sie, sobald sie erst einmal in Haft war, sich nie wieder entscheiden müssen, etwas zu tun. Sie würde von Ort zu Ort gebracht, wie es den Anforderungen des Systems entsprach. Sie würde nur sicherstellen müssen, dass sie abfahrbereit war, wenn sie es sein sollte, und dass sie redete, mit wem zu reden ihr befohlen wurde. Dass sie tat, was man ihr befahl, sich wusch und aß. Sollte sie sich weigern, würde man sie zwingen. Nein, sie würde nicht anrufen, noch nicht.

Sie musste irgendwie den Tag hinter sich bringen und wissen, auf welche Art sie sich am Abend mit Graeme treffen sollte. Und sie musste über ihr zukünftiges Leben entscheiden. Im Augenblick schwiegen ihre Geister. Gleichzeitig hatte sie das seltsame Gefühl, keinerlei Empfindungen mehr zu besitzen. Die Erinnerung an die Menschen, auf die sie geschossen hatte, quälte sie jetzt nicht. Diese Gedanken waren verblasst, seit sie den Fernseher der Mutter zerschossen hatte. Sie lächelte zufrieden, als sie daran dachte.

Dann begann sie, in der Werkstatt herumzulaufen und nach den Abfällen zu treten. Erst als sie direkt davor stand, bemerkte sie die abgetragene dunkelrote Mütze, die jemand beiseite geworfen hatte. Sie hob sie auf, ließ sie auf dem ausgestreckten Finger kreisen und starrte sie an. Durch den Kopf zuckte ihr der beinahe abstrakte Gedanke, dass ihr Vater heute früh gestorben war. Es war ihr egal, und sie redete sich auch nichts anderes ein. Es war so, als wäre etwas verschwunden, das ihr einen Nerv abgedrückt hatte. Während sie die Mütze anstarrte, tauchte ein zweiter Gedanke auf: In der Werkstatt hatte sich etwas verändert! Schlagartig wurde ihr klar, was das zu bedeuten hatte.

Ein paar Minuten ließ die Angst sie versteinern. Doch

dann beruhigte sie sich, sie könne alles ertragen, hatte es ja längst. Sie ging um das Auto herum zur Grube. Sie war mit schweren Holzbohlen abgedeckt. Sie betrachtete die Bohlen und beschloss, sie nicht zu verschieben. Sie wollte nicht sehen müssen, dass einer, den sie liebte, sich in das verwandelt hatte, was aus ihrem Vater geworden war.

Eine innere Ruhe überkam sie, eine Leere, gänzlich anders als die hauchzarte Leichtigkeit, die sie empfunden hatte, als sie zuletzt hier gewesen war. Gänzlich anders auch als die Stille, die für gewöhnlich das Raunen der Stimmen ihrer Kinder ankündigte. Sie hatte kein Blut. Sie bestand nur noch aus Schichten raschelnden, trockenen Pergaments. Ihre verbalisierten Gedanken waren von einer merkwürdigen Dichte, wie Geräusche, die nicht gut vernehmbar sind, weil eine Wand aus dickem, entfärbtem Glas sie dämpft. Mit dieser eigenartigen, nachhallenden inneren Stimme dachte sie in absoluter Ruhe, dass das einzig Wichtige jetzt die nächste Tat sei, der nächste Schritt. Und dann, erst dann, würde nichts mehr wichtig sein, weil danach alles zu Ende wäre.

Sie ging um das Auto herum und lehnte sich an seine Seite. Uneingeladen und ungewünscht kehrten die Geister mit Macht in ihre Gedanken zurück, eine jaulende Meute, die wütend den Vorhang der Stille zerriss. Im Kopf schrie sie sie an aufzuhören. Abrupt verstummten sie und lösten sich auf. Eine intensive Wut nahm ihren Platz ein. Ein Flüstern brannte sich durch ihre Adern, summte ihr durch den Kopf und ließ ihr den Blick verschwimmen.

»Ich muss vor niemandem Angst haben, stimmt's? Vor dir nicht, Graeme, und vor niemandem sonst. Ich hab das alles schon durchgemacht«, sagte sie laut.

Die Wut schlug in Kälte um und wurde zu einer planetarischen Eiseskälte, die ihr die Fähigkeit zur strategischen Planung verlieh. Diese innere Distanz war ein Narkotikum, äußerst nützlich. Mochte sie auch von Trauer oder Wut besessen sein, sie konnte ungerührt handeln. Sie hatte zu tun. Wichtiges.

Lucy ließ den Wagen an und fuhr ihn über die Grube. Sie brauchte eine Barriere zwischen sich und dem, was dort unten war. Dann ging sie ins Büro, zog das Handy aus dem Rucksack und rief Graeme an. Der Akku musste bald aufgeladen werden, daran musste sie denken. Er meldete sich sofort.

»New Life Ministries. Prediger Graeme Fredericksen am Apparat.«

»Ich bin's nur, Graeme. Du kannst dir den Scheiß sparen«, sagte Lucy.

»Es tut mir Leid, aber ich verstehe Sie nicht recht. Ich glaube nicht, dass ich Sie kenne. Wollten Sie jemand Bestimmten sprechen?«

»Man hat mir Ihren Namen gegeben. Und Ihre Nummer. Ich dachte, Sie wüssten über mich Bescheid«, sagte Lucy, die aus seiner Antwort schloss, dass er annahm, das Gespräch würde abgehört. »Sehen Sie, ich suche jemanden. Jemanden, der mir sehr viel bedeutet. Und es hieß, Sie könnten mir vielleicht helfen. Also legen Sie nicht auf.«

»Nenne mir dein Begehr«, lautete die salbungsvolle Antwort. »Ich bin immer da, um den Bedürftigen zu helfen.«

»Ja oder nein, mehr will ich nicht. Werde ich finden, wen ich suche ...« Sie hielt inne und dachte nach. »Wissen Sie, es gibt Orte, die ich nicht betreten habe, weil ich mich fürchtete. Weil ich Angst hatte, wenn ich dorthin gehe, würde ich meinen alten Geistern wieder begegnen, und ich würde mich vor ihnen fürchten. Doch ich musste dorthin zurück, weil es keinen anderen Ort gab, an den ich hätte gehen können. Und ich muss Ihnen sagen, jetzt fürchte ich mich vor gar nichts mehr. Werde ich hier finden, wen ich suche? Wenn ich mich hier umsehe, merke ich, dass sich etwas verändert hat, es ist mit Brettern verrammelt. Sie wissen doch sicher, was hier anders ist? Und seien Sie bloß ehrlich. Das ist kein Witz.«

»Ja, ich denke, du hast Recht. Wahrscheinlich musst du es ergründen. Wahrscheinlich musst du auch wissen, dass der von dir Gesuchte sich dort befindet, weil er selbst es so wollte. Er schläft, wo er nun schläft, kraft seines eigenen Handelns. Und wenn er in der Wiege des Totenflusses ruht, so nur, weil er selbst es so gewollt hat.«

»Weißt du, was mich am meisten schmerzt, Graeme? Das ist, wenn ich enttäuscht werde. Ich hoffe nur, das wird nicht mehr passieren. Ich bin schon ganz begierig darauf, es zu erfahren. Ich werde am bewussten Ort sein, und ich hoffe, ich werde dort treffen, wen ich erwarte.« Lucy ließ sämtliche Deckung sausen.

»Es kann zwar sein, dass du länger warten musst, als du denkst, aber ich bin gewiss, enttäuscht wirst du nicht werden.«

Lucy legte auf. Es galt, keine Zeit zu verlieren, sie hatte zu tun. Es galt zu arbeiten, zu bauen.

Sie reinigte die Pistole, lud nach und legte sie schussbereit auf den Tisch. Im Schrank fand sie Schalter und Apparaturen, Sprengkörper, die Graeme dort lagerte. Er hatte sie auch hierin unterrichtet, doch damals hatte sie dem nicht allzu viel Aufmerksamkeit geschenkt. Jetzt aber konnten sie ihr nützen. Sie stöberte, bis sie in einer Schublade ein von einer Heftklammer zusammengehaltenes Pamphlet mit dem Titel fand: *Ka-wumm: Abtreibung wirksam verhindern.*

Ich werde dir ein Denkmal errichten, Greggie, und zwar so, dass sie sich endlich einmal für dich interessieren müssen, ob sie wollen oder nicht. Ich werde dich rächen, für das, was die dir angetan haben. Wart's nur ab.

Jede Muskelfaser war bis zum Zerreißen gespannt, während sie arbeitete. Sie konzentrierte sich krampfhaft auf jede hergestellte Verbindung, war besessen von ihrem Tun. Als sie fertig war, war sie erschöpft und furchtbar hungrig. Sie warf den Schlafsack auf die Palette, legte sich mit der Pistole in der Hand darauf, zielte an die Decke und schoss zum Schein auf die Schatten. Wehe, du kommst heute Abend nicht, Graeme. Du wirst mir doch sicher das eine oder andere erklären, was du in letzter Zeit so angestellt hast, oder? Ich warte auf dich. Trotz des Hungers schlief sie nach kurzer Zeit ein, so tief, als hätte ihr jemand ein Mittel gegeben.

30

Harrigan wollte Lucy Hurst tanzen lassen, in Wahrheit aber konnte er sich nicht rühren. Wenn man die Karten alle auf den Tisch legte, so gab es letztlich nur einen möglichen Zug: beobachten und abwarten. Er konnte lediglich Druck ausüben und die Leute ein wenig anschubsen, um zu sehen, ob eventuell etwas zerbrach – und dann die Scherben aufsammeln.

Er hatte alle verfügbaren Ressourcen aufmarschieren lassen: Überwachungsteams, Fahndungsmannschaften, ausführliche Medienberichterstattung, seine Leute gingen jedem noch so kleinen Informationsfetzen nach, dessen sie habhaft werden konnten, und jeder wartete auf den Durchbruch. Abgesehen davon aber saß er in dem kleinen Kubus gefangen, der sich Büro nannte.

Das Wetter draußen schien derweil exakt den gleichen Scheinkrieg auszufechten. Der Wind jagte Abfall durch die Luft und nutzte ihn als Punchingball für unsichtbare Fäuste. Die Erde war trocken, seit Stunden war kein Regen gefallen, nur die Ahnung hing in der Luft. Er saß in diesem Bauwerk, distanziert und isoliert, und er wartete hinter seinem breiten Glasfenster den Ausgang ab, wider Willen Zuschauer in einem abgekarteten Gladiatorenkampf, bei dem der Kitzel für die Mehrzahl der Zuschauer schlicht darin bestand, dass das Ende real war.

Seine Leute hatten den Prediger geholt, und Harrigan hatte sich entschlossen, ihn warten zu lassen, wenn er auch bezweifelte, dass diese Taktik großen Eindruck auf ihn machte. Er legte nacheinander seine Fotos auf dem Tisch aus und fragte sich, was es wohl brachte, sie vor jemandem auszulegen, den er ohnehin bereits als unerreichbar einschätzte. Aber auch der Prediger war schließlich ein Mensch. Die meisten Menschen lassen sich durch Angst knacken, andere wiederum können einem Spiel nicht widerstehen. Er schob die Fotos in eine Mappe und marschierte aus dem Büro.

Im Vernehmungszimmer saß der Prediger vor Trevor und Ian und wartete. Harrigan begrüßte ihn mit seinem Berufslächeln. Ian schob seinen Stuhl an die Wand und setzte sich, Trevor wich mit seinem seitlich aus. Harrigan hatte um Freiraum gebeten, wenn er mit dem Prediger sprach.

»Danke, dass Sie gekommen sind, Graeme. Wir wissen das zu schätzen«, behauptete er und setzte sich.

»Paul, ich bin Ihnen doch gerne behilflich, wann immer ich nur die Möglichkeit habe. Ich hoffe, ich werde Ihnen etwas Wertvolles mitteilen können.«

»Schön.« Harrigans Ton war beiläufig. »Eins sollten wir vielleicht gleich zu Anfang klarstellen. Kennen Sie Lucy Hurst?«

»Ja, die kenne ich. Sie ist Mitglied meiner Gemeinde und eine wahrhaft gepeinigte junge Frau. Sie war, oder ist, dringendst der Hilfe bedürftig. Allerdings jedoch«, kam der Prediger ihm zuvor, »wird es mir leider nicht möglich sein, irgendwelche Angaben zu Unterredungen zu machen, welche wir womöglich geführt haben könnten. Das unterliegt der Schweigepflicht. Und diese Schweigepflicht ist natürlich bindend.«

»Das war nicht meine Frage, Graeme. Ich will Ihnen sagen, was ich wissen möchte. Sie sind ein Mann Gottes. Das sagen Sie jedenfalls von sich.«

»Das bin ich.«

»Was macht Sie dazu?«

Der Prediger setzte sich aufrecht hin und legte die gefalteten Hände auf den Tisch.

»Sie brauchen mir diese Frage nicht zu stellen. Sie kennen die Antwort. Sie haben mich predigen gehört. Sie wissen, dass ich die Herzen erreiche. Es ist nicht meine Stimme, welche durch mich spricht, es ist die Stimme der ewigen Liebe, nein, die Stimme der Urliebe, des Ursprungs aller Liebe, sie spricht durch mich. Ich spreche die ewige Wahrheit aus, für alle, die sie hören wollen.«

»Wozu brauchen Sie dann das hier? Nach dem Lebenslauf, den Sie beim Familienausschuss eingereicht haben, haben Sie bei der Freedom-World-Universität den Magister in Theologie erworben. Unseren Informationen nach handelt es sich dabei um einen Briefkasten in einer Wohnwagensiedlung in South Chicago. Wozu der Aufwand? Wenn Sie doch auch ohne diesen Fetzen über all diese Fähigkeiten verfügen?«

Der Prediger ließ den Blick über die reich verschnörkelte Urkunde schweifen, die Harrigan ihm zugeschoben hatte.

»Ian Enright«, las er den Namen darauf ab. Er sah Ian an. »Das sind Sie. Und wieder ist da bereits die Antwort auf Ihre Frage, Paul. Sie haben den wahren Wert dieses Papiers bereits entdeckt.«

»Meine Frage war aber, wieso Sie sich die Mühe gemacht haben?«

»Die Menschen bedürfen der Sicherheit, die diese Schriftstücke zu verheißen scheinen.«

»Wieso haben Sie sich nicht ein echtes besorgt?«

»Ich habe keinen Bedarf dafür.«

»Sie haben keinen Bedarf für eine echte Urkunde, für eine falsche aber schon?«

»Es ist eine Krücke für die anderen, Paul. Ich habe nicht die Zeit, mich dieser Art von Studien zu widmen. Ich muss mich der Welt annehmen. Von Jesus Christus wollte auch niemand wissen, ob er ein Diplom hat.«

»Es macht Ihnen also nichts aus, sich in betrügerischer Absicht als etwas auszugeben, das Sie nicht sind?«

»Ich gebe mich nicht für etwas aus. Ich bin rein der, der zu sein ich erkläre. Jenes Stück Papier erlaubt es anderen, welche womöglich an mir zweifeln, ihre Zweifel abzulegen und mich als das zu erkennen, was ich in Wahrheit bin.«

Harrigan sah den Prediger ein paar Sekunden lang an. Dann stieß er ein kurzes, geringschätziges Lachen aus.

»Da stimme ich hundertprozentig mit Ihnen überein«, sagte er. »Ich glaube ebenso, dass da ganz genau steht, was Sie für einer sind.«

Die Falten im Gesicht des Predigers erstarrten unter ausdruckslosem Zorn. Die Atmosphäre wurde angespannter, die Einsätze hatten sich erhöht. Harrigan nahm das Scheinzertifikat wieder an sich und steckte es in die Mappe zurück.

»Ich habe hier eine Liste, wenn Sie die bitte laut lesen würden, Graeme.« Sein Ton war brüsk. »Sie waren Angehöriger der New Life Ministries in Berkeley, Kalifornien. Dies sind die Mitglieder der Lebensrettungsgruppe, die ebenfalls zu dieser Kirche gehört. Sagen Sie mir, wen Sie davon kennen.«

Der Prediger lächelte und legte die Finger auf die Liste, ohne sie eines Blickes zu würdigen.

»Ich habe in meiner Arbeit mit so vielen zu tun, Paul.«

»Aber Sie vergessen nie jemanden. Das haben Sie mir selbst verraten. Als ich Ihr Gebetstreffen besuchte, da kannten Sie sogar die Kinder. Bei Ihrer Arbeit müssen Sie doch jeden Menschen persönlich begrüßen können, nicht? Sie wollen doch Macht über sie haben, damit sie auch wirklich springen, wenn Sie sagen: ›Spring!‹ Dazu müssen Sie aber auch wissen, wer sie sind, nicht wahr? Lesen Sie die Namen vor, und sagen Sie, wen Sie kennen.«

»Dazu bin ich nicht verpflichtet.«

Fredericksen schob das Blatt über den Tisch zurück.

»Trev?«, bat Harrigan. Trevor las die Liste Name für Name vor.

»Erinnern Sie sich an einen dieser Namen, Graeme?«

»Für mich sind das nur Namen, Paul.«

»Sind Sie Mitglied einer Gruppe namens ›Die Racheengel‹?«

»Wer soll das sein?«

»Sie wissen sehr wohl, wer die sind. Sagen Sie's mir.«

Fredericksen antwortete mit unerschütterlicher Selbstbeherrschung.

»Ich bin mein eigener Herr, Paul. Ich tue nur, was meine Berufung mir auferlegt. In Bezug auf die Menschenwelt bin ich nur ich selbst, nichts sonst.«

»Kennen Sie diese Frau?«

Er legte ein Foto auf den Tisch, auf dem eine Frau zu sehen war, die man auf ihrer Türschwelle erschossen hatte, darüber standen die Worte: »Du kannst rennen, aber du kannst dich nicht verstecken«.

»Und wieder bitten Sie mich, jemanden am Hinterkopf zu erkennen.«

»Dieser Frau wurde das Gesicht weggeschossen, das würde Ihnen also nicht weiterhelfen. Ich will sie Ihnen trotzdem vorstellen: Dr. Laura Di-Cuollo, Geburtshelferin aus Long

Beach, Kalifornien. Sie hat in einer dortigen Frauenklinik Abtreibungen durchgeführt.«

Fredericksen warf einen kurzen Blick auf das Foto. In einer Geste snobistischen Widerwillens ruckte er den Kopf hoch. Dann aber huschte ihm ein nicht zu unterdrückender Ausdruck übers Gesicht: Freude.

»Sagt dieses Bild Ihnen zu? Freut es Sie?«

Der Prediger sagte nichts. Harrigan hakte nach.

»Es ist ein grausames Bild, Graeme. Empfinden Sie nicht etwas wie Trauer oder Kummer, wenn Sie es betrachten?«

»Diese Frau war eine Arbeiterin des Todes. Wie sollte es jemanden überraschen können, sie selbst, ihre Weggefährten, wenn der Tod sie eines Tages einholt?«

»Sie sagen also, sie hat es verdient zu sterben?«

»Nein, nicht im Mindesten. Ich sage nur, wer dem Tod in die Hände arbeitet, darf nicht überrascht sein, wenn dieser Gefährte schließlich erscheint, um auch ihn selbst zu holen.«

Kurzfristig schien Polarkälte das Zimmer zu beherrschen.

»Aha«, sagte Harrigan schließlich. »Was ist damit?«

Er legte dem Prediger ein Foto von Professor Henry Liu vor, der tot in einer Straße in Chippendale lag.

»Nichts davon hat das Mindeste mit mir zu tun. Weshalb zeigen Sie mir das?«

»Was ist damit?«

Eine Aufnahme des Professors in derselben Straße, diesmal mit dem blauen Taschentuch, das Harrigan ihm eigenhändig über das Gesicht gebreitet hatte. Er legte die beiden Fotos nebeneinander.

»Sie zeigen mir Bilder, Paul, aber Sie sagen mir nicht, weshalb.«

»Als wir an jenem Vormittag zum Tatort gerufen wurden, fanden wir eine Leiche und eine Schwerverletzte. Und einen Jugendlichen, dem das Leben entzweigeschossen wurde. Ich habe dieses Taschentuch über das Gesicht des Toten gebreitet, weil ich den Anblick nicht ertragen konnte.« Es entstand eine Pause. »Macht Sie dieser Anblick nicht auch krank?«

Harrigan sprach mit ruhiger Stimme. Er beobachtete den Prediger, der von einem Foto zum anderen schaute, ohne zu zwinkern oder seine Miene auch nur geringfügig zu verändern.

»Wissen Sie, womit dieser Mann seinen Lebensunterhalt verdient hat? Er hat Musik unterrichtet. Ich frage Sie, Graeme: Hätte er damit rechnen müssen, erschossen zu werden?«

Während er sprach, erinnerte Harrigan sich flüchtig an das Gespräch mit Grace heute Morgen. Es war still. Der Prediger sah Harrigan durchdringend an, und seine Hände ruhten auf den Fotos.

»Ich weiß es nicht«, entgegnete er ruhig.

»Empfinden Sie überhaupt keine Trauer für ihn? Seinen Sohn? Seine Frau? Sie kennen sie, Graeme. Die Spießgesellen aus Ihrer Gemeinde verbringen ihr halbes Leben damit, vor ihren Kliniken die Patientinnen zu verängstigen.«

»Sie war eine Arbeiterin des Todes. Ihr Sohn sollte sie anklagen. Wie auch der Geist ihres Gatten. Und vielleicht wird er das im ewigen Leben tun, sobald ihm erst die Schuppen von den Augen gefallen sein werden. Vielleicht wird er sie anklagen, während er sie in die Hölle hinabstürzen sieht.«

Wieder herrschte diese schreckliche Kälte im Raum. Harrigan sah, dass sämtliche Aufmerksamkeit, seine eigene, die seiner beiden Mitarbeiter, allein auf diesen Mann gerichtet war, der sie furchtlos in sich aufsaugte.

»Für Sie gibt es nur das Gesetz Gottes, Graeme.«

»Für uns alle gibt es nur das Gesetz Gottes, Paul.«

»Halten Sie das für den Ausdruck des Gesetzes Gottes?«

Er tippte mit den Fingern auf die Bilder und vermied jeden

körperlichen Kontakt mit dem Prediger. Fredericksen lächelte ihm leicht höhnisch zu.

»Sie sind hier der Gesetzeshüter, Paul. Sagen Sie doch mir, was Sie davon halten.«

»Für mich ist es kaltblütiger Mord.«

Schweigen. Fredericksen hörte nicht auf zu lächeln.

»Dann müssen wir die Antwort auf Ihre Frage abwarten. Wir werden warten, bis zu dem Tag, an dem wir vor das Angesicht Gottes gerufen werden, um Rechenschaft abzulegen. An jenem Tage werden die wahrhaften Vertreter des Gesetzes uns enthüllt werden. Und wir werden sehen, wessen Blut rein ist und wessen nicht.«

»Sie wollen also über Blutschuld sprechen?«, sagte Harrigan. »Die Lius wurden mit einer Pistole derselben Machart erschossen, durch die auch Laura Di-Cuollo umkam. Eine Waffe, wie sie hierzulande in den Händen einer neunzehnjährigen Obdachlosen nicht eben häufig anzutreffen ist. Haben Sie Lucy Hurst diese Waffe gegeben?«

»Wie sollte ich ihr eine Waffe gegeben haben können? Ich habe keine Waffen. Ich kann diese Frage nicht beantworten.«

»Sie können meine Frage nicht beantworten?«

»Nein.«

»Weil Sie mir ins Gesicht lügen müssten, wenn Sie es täten?«

»Ich lüge nicht, Paul. Ich sage den Menschen die Wahrheit in ihren Herzen.«

»Haben Sie Lucy Hurst eine Pistole gegeben und sie aufgefordert, diese Tat zu begehen?«

Er zeigte den Bruchteil eines Zögerns.

»Nein, dazu habe ich sie nicht aufgefordert«, erwiderte er glatt.

»Sie hat den Falschen ermordet. Sie wusste nicht mal, wie man mit dieser Pistole umgeht. Wieso haben Sie sich eine so junge Frau ausgesucht? Hatte sonst niemand den Nerv? Sie eingeschlossen? Das Gesetz Gottes zu vollstrecken ist eine feine Sache, vorausgesetzt, *Sie* müssen die Drecksarbeit nicht selber machen.«

Harrigan lachte dem Prediger ins Gesicht.

»Ihre Taten haben nichts mit mir zu tun«, log er frech.

»Weil sie so einen Bockmist gebaut hat, meinen Sie?«

»Nichts davon hat das Geringste mit mir zu tun.«

»Sie selbst bringen niemanden um. Sie bringen andere so weit, dass die es für Sie tun.«

»Das ist unwahr.«

»Sie bringen die Leute also auch selbst um?«

Das Gesicht des Predigers war weniger weiß als vielmehr farblos. Er saß völlig reglos da.

»Ich bin kein Handlanger des Todes. Andere sind die Handlanger des Todes. Wieso belästigen Sie nicht die?«

»Ihre Handlanger. Würden Sie Lucy Hurst ermorden, wenn sie eine Gefahr für Sie darstellte?«

»Ich bin kein Handlanger des Todes. Ich bin ein Bewahrer des Lebens.«

»Hatten Sie nie den Wunsch, jemanden umzubringen? Würden Sie es nicht jetzt gerne bei mir probieren?«

Wieder richtete der Prediger den Oberkörper mit dieser snobistischen Geste auf, und wieder huschte der Ausdruck barbarischer Freude über sein Gesicht.

»Sie sind nicht meine Sorge, Paul. Ihr Schicksal wird von einer Macht entschieden, die weit größer ist als die Ihre oder auch die meine. Und es mag sein, dass ich ihr diene. Aber ich bin nicht der Handlanger des Todes. Ich beschere das ewige Leben.«

»Pass bloß auf, welchen Mist du hier ablässt.« Trevor sprach sehr leise und wütend. Diese Worte hatte er einfach herauspressen müssen.

Die Spannung zerbarst wie ein Stück zartes, sprödes Glas. Der Prediger schoss von seinem Stuhl hoch. »*Wie kannst du es wagen, mich anzusprechen!*«, brüllte er.

Harrigan war auf den Beinen und stand dem Prediger Auge in Auge gegenüber, bevor jemand sonst sich rühren konnte.

»Sprechen Sie nicht in diesem Ton mit meinen Leuten!«

Die Wucht seiner Worte stieß den Prediger zurück auf den Stuhl. Es herrschte Schweigen. Wut hatte das Gesicht des Predigers verwandelt. Bebend saß er da.

»Bin ich verhaftet?«, knurrte er.

Harrigan schüttelte den Kopf.

»In diesem Fall möchte ich jetzt gehen, andernfalls werde ich Anzeige wegen Freiheitsberaubung erstatten.«

»Sie sind freiwillig hier erschienen, Graeme. Und Sie können natürlich gehen. Ich bin einstweilen fertig. Aber ich bin überzeugt, dass wir uns bald wiedersehen werden.«

Diesmal kam keine Erwiderung, kein Lächeln. Graeme stand auf, die Türen wurden geöffnet, und zu viert gingen sie zu den Aufzügen. Auf ein Nicken Harrigans hin forderte Dea telefonisch jemanden an, der den Prediger nach draußen begleitete. Niemand sagte etwas. Der Wachmann ließ sich Zeit.

Während sie dastanden, hörten sie Frauenstimmen: Louise und Grace kehrten von einer Kaffeepause zurück. Auf dem Rückweg zum Schreibtisch durchquerten sie den Vorraum. Unbeabsichtigt sahen Harrigan und Grace einander an. Dann bemerkte er den Blick, mit dem sie den Prediger musterte, und diesen stählernen Gesichtsausdruck, den sie bisweilen an sich hatte. Fredericksen sah ihr nach, das Gesicht völlig ungerührt. Die Aufzugtüren gingen auf, und der Wachmann erschien.

»Wissen Sie, Paul«, sagte der Prediger und wandte sich ihm zu, »man soll nie arrogant sein. Hochmut kommt vor dem Fall.«

Harrigan stellte sich zwischen den Prediger und die Übrigen, und er sprach sehr leise und freundlich.

»Wem wollen Sie drohen, Graeme? Mir oder einem meiner Leute? Das wäre ein überaus dummes Vorgehen.«

»Ich bedrohe niemanden, Paul. Das tue ich nie. Alles liegt in Gottes Hand. Ängstigt Sie das? Ließe Sie das womöglich Ihre Befugnisse überschreiten?«

»Der Kollege wird Sie heimbringen lassen«, entgegnete Harrigan lächelnd. »Vielen Dank, dass Sie gekommen sind.«

Sie fixierten einander, dann wandte der Prediger sich ab. »Ich wünsche einen guten Tag«, sagte er an keinen Besonderen gerichtet.

Seinem Verschwinden folgte allgemeines Aufatmen.

»Leck mich«, sagten Ian und Trevor gleichzeitig.

»Uups«, gluckste Trevor. »'tschuldige, Dea.«

»Schon gut«, sagte sie und winkte lässig ab.

»So einer ist mir bis jetzt noch nie untergekommen«, sagte Harrigan kopfschüttelnd, der damit herunterspielen wollte, dass die Vernehmung und Fredericksen selbst ihn weit mehr als üblich beschäftigten.

»Wieso hat er dich eigentlich so angebrüllt?«, wollte Ian wissen.

»Wen juckt's?«, erwiderte Trevor achselzuckend.

»Wieso hast du das überhaupt gesagt?«, fragte Harrigan.

»Wegen dem ganzen Mist, den er da rausgekotzt hat. Was weiß der denn schon? Ich brauch 'ne Zigarette.«

»Mach kurz Pause, und dann komm in mein Büro, du auch«, befahl Harrigan.

Er kehrte zurück in den Hauptraum des Büros und sah, dass Grace gerade im Computerzimmer verschwinden wollte. Er ging ihr nach.

»In mein Büro«, befahl er, »jetzt!«

»Was ist los?«, fragte sie verdattert.

»Arbeit.« Jeffo hatte diese Bemerkung aufgeschnappt, und Grace bemerkte, wie er ihnen beiden nachgrinste und Harrigan hinter dessen Rücken eine Grimasse schnitt.

»Wo brennt's?«, fragte sie, als sie sich setzte.

»Ich muss das wissen – besteht die Möglichkeit, dass der Prediger oder jemand, der mit ihm in Verbindung steht, irgendetwas über Sie weiß?«

»Wieso fragen Sie das?«

»Falls dem nämlich so wäre, müsste ich davon ausgehen, dass Sie sich ab sofort in beträchtlicher Gefahr befinden. Ich frage also noch einmal. Wissen die etwas über Sie? Ihre Adresse, egal was? Alles, was Sie mir sagen, ist streng vertraulich, Grace.«

Grace malte sich aus, wie es wäre, wenn sie ihm gestand, dass sie vor acht Monaten eine Abtreibung gehabt hatte. Oder wenn sie ihm auch nur verriet, dass die Spießgesellen des Predigers sie ausfindig gemacht hatten, damit er sich den Rest dann selbst zusammenreimte. Sie konnte sich nicht dazu durchringen, die Beichte blieb ihr im Halse stecken. Was spielte es schon für eine Rolle, wenn sie schwieg? Was konnte sie ihm überhaupt sagen, das er nicht eventuell selbst wusste? Nicht mehr lange, und die Ermittlungen wären ohnedies abgeschlossen, in ein paar Tagen allerspätestens. Sie schüttelte wortlos den Kopf.

»Ganz bestimmt?«

Wieder schüttelte sie den Kopf. Er trommelte mit den Fingerspitzen auf den Tisch.

»Haben Sie die E-Mail an Firewall geschickt?«, erkundigte er sich.

»Ja. Bis jetzt habe ich aber keine Rückmeldung.«

Er schwieg noch eine Weile.

»Ich werde Sie beim Wort nehmen, Grace«, sagte er. »Sie sind verantwortlich für das, was Sie hier tun –«

»Davon bin ich immer ausgegangen.«

»Das stelle ich auch nicht in Abrede. Wir haben uns neulich über Mörder unterhalten. Sie haben da eben im Vorraum einen waschechten vor sich gehabt. Er geilt sich daran auf. Vergessen Sie das nicht. Geben Sie mir sofort Bescheid, wenn Sie eine Rück-Mail erhalten.«

»Gut«, sagte sie und traf beim Gehen an der Tür auf Trev und Ian.

»Hallo, Jungs«, grüßte sie und verzog sich ins Computerzimmer.

»Sind wir in irgendwas reingeplatzt?«, erkundigte Ian sich hinterhältig.

»Nein, hier gibt's nichts, wo man reinplatzen könnte«, knurrte Harrigan. »Also weiter.«

Im Computerzimmer saß Grace vor dem Monitor, und während sie wartete, dass Firewall online gehen würde, fragte sie sich, wie Harrigan sie überhaupt schützen wollte. Wollte er sie von dem Fall abziehen und irgendwo wegsperren? Sie konzentrierte sich auf die Arbeit. Arbeit war zurzeit die einzig denkbare Entspannung. Sie kam zu dem Schluss, selbst Eintönigkeit half manchmal, wenn man sie nur nötig genug hatte.

31

Der Hunger weckte Lucy. Sie lag da und überlegte, dass noch etliche Stunden vergehen mussten, bis sie wieder aktiv werden konnte, und sie bis dahin nichts zu tun hatte. Sie ging zur Spüle und trank einen Schluck Wasser, um das Hungergefühl zu mildern, dann schaute sie zu Computer und Handy hin und fragte sich, wie lange die beiden noch durchhalten würden, jetzt, wo sie keine Möglichkeit hatte, die Akkus wieder aufzuladen. In der Werkstatt gab es zwar eine gleichermaßen lebensgefährliche wie illegale Stromleitung, an der das Licht hing, allerdings keine brauchbare Steckdose. Trotzdem loggte sie sich ins Internet ein.

Mehrere Mails waren aufgelaufen. Von Turtle: *firewall wenn du da bist bitte red mit mir*. Sie ignorierte den Stich in ihrer Seele, der ihr sagte, ja, red mit ihm, es gibt nichts, was du dringender bräuchtest. Sie löschte die Nachricht. Dann war da noch eine E-Mail von jemandem, den sie nicht kannte. Die Betreffzeile lautete: *Nachricht von Greg*. Lucy öffnete sie sofort.

Ich wende mich an Firewall. Du kennst mich noch nicht, mein Name ist Grace. Ich will vorwegschicken, dass ich Polizistin bin. Ich habe eine Nachricht von Greg für dich. Was ich dir mitteile, ist Wort für Wort das, was er mir gesagt hat. Ich habe mich einmal mit ihm unterhalten können, kurz bevor er nach Kariong gebracht wurde, später hat er mich dann angerufen und mir die folgende Nachricht auf den Anrufbeantworter gesprochen. Sie ist für dich. Du kannst das Band haben, wenn du willst. Wenn wir einen Weg finden, es dir zukommen zu lassen, werden wir das tun, damit du weißt, dass ich die Wahrheit sage. Wenn du mich kontaktieren willst, sobald du es gelesen hast, kannst du mir eine Mail schicken oder mit mir chatten. Wie es dir lieber ist. Wenn du mit mir reden willst, ich bin in jedem Fall für dich da. Melde dich. Grace.

Lucy las die Bandnachricht mehrfach durch, dann wandte sie sich an den Absender.

Bist du da, Grace? Gibt's dich wirklich? Wer du auch bist. Hier ist Firewall. Wieso willst du mit mir reden?

Firewall? Bist du es wirklich?

Logisch.

Woher soll ich wissen, dass das stimmt?

Woher soll ich wissen, dass du du bist?

Ich habe dir Gregs Nachricht geschickt.

Dafür kann ich dir auch was sagen. Ich weiß nämlich längst, dass Greggie tot ist. Ich hab seine Mütze, und die liegt hier vor mir auf dem Tisch. Ich weiß sogar, wo er selber steckt. Ich kann's dir auch sagen. Werd ich auch. Aber erst will ich wissen, wieso du mit mir reden willst. Wieso? Was willst du?

Am anderen Ende der Stadt stand Louise an der Tür zu Harrigans Büro und informierte ihn, dass Grace Firewall online dranhatte.

»Klasse«, rief er und war schon aufgesprungen. Im Computerzimmer beugte er sich über Grace, um den Text auf dem Bildschirm zu entziffern, was sie höchst irritierte. Hinter ihnen versammelte sich eine kleine Gruppe.

»Sie hat sich eben erst gemeldet«, berichtete sie.

»Halten Sie sie am Reden.«

In der Werkstatt wartete Lucy auf Graces Antwort.

Ich will wissen, ob es dir gut geht. Wo du jetzt steckst. Und was du als Nächstes vorhast. Wir sind beide in der Sackgasse, Firewall. Wir müssen einen Ausweg finden.

Für mich gibt's keinen Ausweg. Das weißt du. Ich glaub dir gern, dass du wissen willst, wo ich stecke, aber deswegen werd ich's dir noch lange nicht verraten. Woher weißt du, wer ich bin? Doch nicht von Greggie?

Nein, nicht von ihm. Von ihm habe ich absolut nichts über dich erfahren. Er hat dich nie verraten, Firewall.

Das hat er mir auch versprochen, egal, was passiert. Ich hab denen immer gesagt, wegen Greggie brauchen sie keine Angst haben.

Wem hast du das gesagt?

Das sag ich dir nicht. Noch nicht. Wie ist dein Nachname?

Im Computerzimmer schüttelte Harrigan den Kopf. »Nein«, sagte er.

Das werde ich dir jetzt ebenfalls noch nicht sagen, Firewall.

Vertraust du mir nicht?

Kann ich dir denn vertrauen?

Eigentlich ist mir total egal, ob du das tust oder nicht. Mir ist nur wichtig, ob ich dir trauen kann. Was willst du? Ich werde mich jetzt noch nicht stellen, also was kannst du sonst noch wollen?

Ich wollte nur mit dir reden. Es ist besser, wir reden, als wir reden nicht.

Das behaupten die Leute pausenlos. Und dann drehen sie sich um und lassen dich verrecken. Wie soll ich wissen, dass du mich nicht genauso belügst wie alle andern?

Ich belüge dich nicht, Firewall. Warum gibst du dir nicht einen Ruck und vertraust mir wenigstens ein kleines Stück weit?

Weil sich manchmal eben rausstellt, dass sogar die, die man liebt und von denen man meint, man kann ihnen immer und ewig vertrauen, Lügner sind. Verdien dir mein Vertrauen. Erzähl mir, woher du weißt, wer ich bin.

Grace blickte zu Harrigan auf.

»Sagen Sie's ihr«, entschied er.

Eine Bekannte von dir hat dich gesehen, als du an dem Morgen weggefahren bist. Sie ist zu uns gekommen und hat uns gesagt, wer du bist.

Wer?

Gina.

Gina? Du meinst Corinna? Ist nicht wahr.

Sie war ziemlich am Ende, Firewall. Sie brauchte Schutz.

Sie hätte zu mir kommen können, ich hätte mich um sie gekümmert. Wo ist sie jetzt?

Sie ist tot.

Ist sie nicht. Du lügst.

Ich lüge nicht. Es wäre mir lieber, ich müsste dir das nicht sagen, aber es ist die Wahrheit.

Genau deswegen bin ich hier draußen, Grace. Pass auf, was ich dir jetzt sage. Wir waren alle mal eine Clique, ich, Greggie und Corinna, und jetzt bin bloß ich noch übrig. Bloß ich. Und sie sind tot. Und deswegen muss ich hier bleiben. Wir haben niemanden. Und deswegen vertraue ich niemandem, Grace, auch dir nicht. Weil sie dir am Ende immer in den Rücken fallen. Und sie finden das auch noch geil. Die Leute lachen dir ins Gesicht, während sie dir wehtun. Hast du das etwa auch vor?

Nein, ich habe dir den wahren Grund genannt, weshalb ich mit dir rede. Du weißt, wer ich bin und was ich will. Ich verheimliche dir nichts. Es wäre mir lieber gewesen, ich hätte nicht schreiben müssen, dass Gina tot ist. Aufrichtig.

Ach was? Wenn ich nur wüsste, was ich von all dem halten soll. Ich red mit den Leuten und hab ständig das Gefühl, ich weiß nicht, wo ich bin.

Das Gefühl kenne ich. Ich war mal Sängerin und hab angefangen, genau darüber ein Lied zu schreiben. Es ging ungefähr so: Manchmal, wenn ich mit anderen rede/Ist mir/Als würd ich durch Finsternis irren/Und wüsst nicht, wohin ich nun gehe/Und wüsst nicht, woher ich nun komme. Das war der Refrain. Und genau so hab ich mich gefühlt. Weiter bin ich mit dem Lied, glaube ich, nie gekommen.

So ist es wirklich. Es ist, als wär ich dauernd im Finstern. Was soll ich denn jetzt tun? Jeder, der mit mir redet, erzählt mir, was er glaubt, dass ich tun soll. Was meinst du, dass ich tun soll?

Ich finde, du solltest uns sagen, wo du bist, damit wir dich holen können. Auf die Art kommt niemand mehr zu Schaden.

Und was soll mir das bringen? Es sind schon so viele zu Schaden gekommen. Was sollte das denen jetzt noch bringen?

Es bedeutet nur, dass nicht noch jemand Schaden nimmt. Ich bin sicher, du würdest gerne noch etwas für Greg tun, wenn du kannst.

Was soll ich denn bitte jetzt noch für ihn tun können?

Du willst doch nicht, dass er da bleibt, wo er jetzt ist. Du willst, dass ihm Gerechtigkeit widerfährt.

Sicher will ich das. Aber wie du ihn finden kannst, sag ich dir erst, wenn der richtige Moment da ist.

Wann wird das sein?

Weiß ich noch nicht.

Gibt es etwas, das du vorher erledigen musst?

Genau. Erst muss ich noch mit jemand reden. Ein paar Sachen abklären. Weißt du was, Grace, ich meld mich später wieder, dann sehen wir schon, was – und ob – ich dir alles erzählen will.

»Sie trifft sich mit dem Prediger«, schloss Harrigan. »Finde die Zeit raus.«

Wann wirst du dich wieder melden?

Heute Nacht. Weil ich mich erst mit jemand anderem unterhalten muss. Und dann unterhalt ich mich mit dir. Könnte ziemlich spät werden. Irgendwann nach Mitternacht vielleicht.

Kannst du es mir nicht genauer sagen? Nur damit ich es ganz sicher nicht verpasse.

Nein, kann ich nicht. Soll das heißen, du wirst dein Versprechen nicht halten?

Doch, ich werde da sein.

Das heißt, ich kann mich drauf verlassen? Dass du da sein wirst?

Wenn nicht, dann bin ich nur kurz von meinem Schreibtisch weg, um mir was zu essen zu holen oder so. Wenn das passiert, gib einfach Bescheid, dass du mit mir reden willst, und ich komm zurück und red mit dir, so schnell es geht.

Da sind also noch andere Leute?

Ja, so ist es.

Schauen die zu, wenn wir reden?

Ja, so ist es.

Das hast du mir nicht gesagt. Aber ich kann dir vertrauen, oder wie?

Ja, du kannst mir vertrauen. Du kannst dich darauf verlassen, dass ich aufrichtig zu dir bin.

Nein, Grace. Kann ich dir vertrauen und Punkt?

Du kannst mir vertrauen und Punkt. Aber tust du das auch, Firewall? Wirst du dich stellen? Wirst du uns sagen, wo du bist?

Noch nicht. Im Moment ist alles noch nicht

Die Worte tauchten auf dem Schirm auf, und Lucys Computer schien zu erstarren. Der Akku ihres Handys war leer.

Vor dem anderen Rechner wartete Grace.

»Irgendwas ist da passiert«, meinte sie. »Die Verbindung ist zusammengebrochen. Wir haben sie verloren.«

»Versuchen Sie's noch mal«, sagte Harrigan.

Firewall, bist du noch da? Habe ich dich verloren?

Keine Reaktion.

»Sie ist nicht mehr da. Vielleicht hat sie einfach keine Lust mehr gehabt«, vermutete Grace.

»Zumindest ist das ein Anfang«, sagte Harrigan und richtete sich auf. »Wir werden weiter mit ihr reden. Mit ihr werden wir reden, und ihn werden wir überwachen. Früher oder später müssen sie sich treffen. Wir brauchen nur Geduld.«

Grace stützte sich auf die Ellenbogen und starrte auf den Bildschirm.

»Sie ist ein Kind. Sie redet wie ein kleines Kind«, sagte sie.

»Ja. Aber ein gefährliches«, erwiderte er.

Grace wandte den Blick nicht vom Monitor und schüttelte den Kopf. Die Übrigen zerstreuten sich.

»Halten Sie mich auf dem Laufenden«, sagte er und widerstand dem Drang, ihre Schulter zu berühren. Schleunigst kehrte er in sein Büro zurück.

Er schaute aus dem Fenster und fragte sich, wenn Firewall

und der Prediger aufeinander trafen, wer würde dann wen umbringen? Im Moment setzte er ganz auf den Prediger. Draußen regnete es immer noch nicht. Die Wolken waren fast schwarz, und obwohl angeblich noch Tag war, war es so finster wie in der Nacht. Er wartete, mehr konnte er nicht tun. Er wartete, dass er endlich zum Zug käme.

Lucy hob das leere Handy hoch und zuckte die Achseln. Sie warf es auf einen Haufen Müll in der Ecke und ging in den Hauptraum der Werkstatt. Sie setzte sich auf den Betonboden, lehnte sich dicht neben der Bürotür an die Wand und betrachtete das Auto über der Grube. Dann zog sie die Knie an und legte die Stirn darauf. Der Tod erschien ihr jetzt als eine Kombination aus Anwesenheit und Abwesenheit, bei der der Körper nur zurückbleibt, um daran zu erinnern, dass man nie wieder mit jemandem reden kann. Sie jagte diesen Gedanken durch ihr Hirn und zog kopfschüttelnd mit der rechten Hand Kreise in den Staub auf dem Boden. Abwesenheit türmte sich auf Abwesenheit, und sie hatte nicht mehr die Kraft, um jemanden zu weinen. Sie war ausgetrocknet, aufgebraucht.

»Ich hab schließlich nichts zu verlieren, oder?«, fragte sie ihre stummen Geister. »Niemand kann mir das einreden. Auch diese Grace nicht. Auch nicht, wenn sie genauso durch die Finsternis irrt wie ich. Ich habe kein Gefühl mehr.«

Sie steckte sich eine Zigarette an und warf das brennende Zündholz auf den Betonboden. Es brannte noch kurz, bis es aufflackernd erlosch.

Turtle hätte jetzt behauptet, sie habe immer noch etwas zu verlieren. Er musste es wissen, besser als jeder andere. Wie geht's dir, Turtle? Kommt dein Vater nach wie vor zu dir und massiert dir den Schmerz aus dem Rücken, wie du's mir erzählt hast? Wenn ich könnte, ich würde dich besuchen, ich würde mich zu dir setzen und dich füttern, so wie du's mir von ihm erzählt hast. Ich würde mit dir rausgehen, wenn du gern rausgehen würdest, und es wäre mir egal, was die Leute von uns halten. Du sagst, manchmal schauen die Leute dich nicht an. Du sagst, sie stehen direkt neben dir und sagen, dass du keinen Verstand hast und keine Gefühle. Wenn irgendwer so was über dich sagen würde und ich wär dabei, dann würd ich schon dafür sorgen, dass der nicht noch einmal was Verletzendes zu dir sagt. Dem würd ich schon Bescheid geben!

Sie hatte das dringende Bedürfnis, mit ihm zu sprechen, online zu gehen und ihn zu fragen: Verzeihst du mir? Ich verzeihe dir. Ich möchte so gern mit dir reden. Ihr fehlten die Grundlagen, um mit ihm zu reden, und sie hatte keine Möglichkeit, sich diese Grundlagen zu verschaffen. Alles, was sie hatte, war Zeit, Stunden des Wartens. Sie ließ den Kopf gegen die Wand sinken. Das war das Endspiel. Einmal schlafen noch, dann wäre alles vorbei. Falls sie denn noch einmal schliefe.

32

Das Warten ging weiter, langsam und zermürbend wie Mühlräder. Harrigan hatte die »Friedhofsschicht« eingewiesen und etliche seiner übrigen Leute heimgeschickt. Am späten Abend waren aber auch die Neuen so ausgelaugt wie er selbst, das Eingesperrtsein setzte ihnen zu. Sie erkundigten sich am Telefon, prüften die permanent einlaufenden Informationen nach, nur um festzustellen, dass fast alles davon entweder alt oder unbrauchbar war. Gegenüber dem Tempel in Camperdown saßen die Überwachungsteams und rubbelten sich die Augen, während sie vor einem stillen, so gut wie gar nicht erleuchteten Gebäude ausharrten. Die Langeweile zehrte an jedem Einzelnen. Harrigan hatte seinen Leuten eingeschärft, wann immer möglich ein kurzes Nickerchen zu machen, und er schickte sie ab und zu in die Pause, damit sie ein wenig frische Luft schnappten und in Bewegung blieben.

Kurz nach neun erhielt er einen Anruf des Überwachungsteams: Der Prediger hatte soeben den Tempel verlassen.

»Er ist von einem sehr schnieken Jaguar abgeholt worden«, berichtete eine Frauenstimme, »mit Chauffeur. Wir haben die Zulassung überprüft, demnach gehört er einer Mrs. Yvonne Lindley aus St. Ives Nord. Da ist er wohl zu einem nächtlichen Dinner verabredet. Und ab geht die Post. Dem Anschein nach fahren sie zur Harbour Bridge. In nördlicher Richtung.«

Wenigstens etwas.

»Bleiben Sie an ihm dran«, sagte Harrigan. »Lassen Sie ihn bloß nicht entwischen.«

»Wir tun unser Bestes.«

»Nein«, entgegnete Harrigan. »Sie werden ihn nicht entwischen lassen! Das werden Sie tun.«

Aus einer Anwandlung heraus, die nicht zuletzt seinem Selbstschutz galt, hatte er zuvor schon bei dem Sicherheitsdienst angerufen, der mit der Bewachung der Whole-Life-Health-Centre-Kliniken betraut war. Man hatte ihm versichert, die Kliniken würden rund um die Uhr bewacht. Er ließ sich das schriftlich geben und hielt den exakten Zeitpunkt seines Anrufs fest. Er schickte Marvin eine E-Mail, die in Kopie auch allen für seine Absicherung nötigen Stellen zuging, und verlieh seiner Befürchtung Ausdruck, wenigstens eine dieser Kliniken könne heute Nacht noch hochgehen, worauf sich Tooths Privatsekretärin telefonisch bei ihm meldete und mitteilte, man habe vollstes Vertrauen in die getroffenen Maßnahmen. »Geben Sie mir das bitte schriftlich«, bat er lakonisch und wusste, sie würde es nicht tun. Harrigan saß in der Zwickmühle, und er hatte keine freien Leute, mit denen er die Lücke schließen konnte. Er konnte nichts weiter tun, als die Klinikbelegschaften von seinen Leuten persönlich warnen zu lassen und sicherzustellen, dass die Streifenpolizisten informiert waren.

Die Zeit mahlte weiter, und erneut meldete sich das Überwachungsteam.

»Wir hocken hier vor dem Kasten von Yvonne Lindley am Nordstrand. Das ist so ein richtig luxuriöser Prachtbau. Er ist drinnen«, berichtete die Frauenstimme.

»Geben Sie Bescheid, wenn sich was tut.«

»Und es fängt zu regnen an. Wir melden uns wieder, sobald er sich auf den Weg macht.«

Der Sturm, der sich den ganzen Tag über zusammengebraut hatte, brach endlich los: Der Regen prasselte in Strömen auf die Fensterscheibe. Er atmete auf. Er betrat den Hauptraum des Büros, um zu sehen, wer dort war und wer nicht. Grace verschwand gerade in der Teeküche, wahrscheinlich auf der Suche nach Kaffee; weiterhin in einer Ecke eine kleine Gruppe um Jeffo; nicht weit entfernt saß Ian. Trev holte etwas zu essen. Grace kam zurück und strebte zum Computerzimmer. Die kleine Gruppe um Jeffo betrachtete sich irgendetwas so intensiv, dass sie Harrigan gar nicht bemerkten. Er hatte sich schon wieder seinem Büro zugewandt, als er Gelächter hörte, dann ein paar leise, fast geflüsterte Bemerkungen, lauteres Lachen und schließlich Ian, der überhaupt nicht leise sprach.

»Lass mich in Ruh mit dem Mist. Ich würde das nicht rumzeigen, wenn ich du wär.«

Harrigan drehte sich um und sah gerade noch, wie Grace

nicht weit davon entfernt stehen blieb und die Kaffeetasse auf einen Schreibtisch stellte.

»Was ist das?«, wollte sie wissen.

Jeffo entgegnete ihr etwas, das Harrigan nicht verstand. Er wedelte mit einem Foto vor ihr herum, wiegte sich dabei hin und her und lachte.

Sie trat vor ihn hin. Die Gruppe um ihn teilte sich.

»Gib her«, sagte sie.

»Das hättest du wohl gern«, erwiderte Jeffo und gab es einem anderen, damit sie es nicht erwischen konnte.

Sie schlug ihm kräftig mit der flachen Hand auf die Wange, und das Geräusch hallte wie ein Peitschenhieb durch das Büro. Überrascht zuckte er zurück und spürte Blut im Mund. Es folgten ein allgemeines Luftschnappen und, aus dem Hintergrund, gedämpfte Jubelrufe einiger der übrigen Zuseher. Langsam richtete Jeffo sich auf und ging drohend um seinen Schreibtisch auf sie zu. Sie wich nicht zurück.

»Gracie, du verziehst dich jetzt«, befahl Ian, der sich ebenfalls erhoben hatte und die beiden umkreiste. »Jeffo, setz dich jetzt bitte wieder hin, und halt endlich mal das Maul.«

»Du Nutte. Ich hab mir auf die Lippe gebissen«, knurrte Jeffo und kam ihr gefährlich nahe.

»Gib das jetzt her«, wiederholte sie und sah ihm, ohne mit der Wimper zu zucken, ins Gesicht.

Nun stellte Harrigan sich zornig zwischen sie.

»Was bilden Sie sich eigentlich ein?«, zischte er Grace an. »Tun Sie das nie wieder. Man schlägt nie, nie einen Kollegen. Nicht, solange Sie meine Mitarbeiterin sind.«

Grace trat zurück, strich sich das Haar aus dem Gesicht und verschmierte dabei das Make-up. Sie sah zur Seite, dann ihn an und nickte kaum wahrnehmbar. Jeffo war ebenfalls zurückgetreten und hatte ihr dabei ein einzelnes Wort zugebrummt. Er grinste, als er jetzt das Foto wieder an sich nahm, sonst aber lächelte niemand. Harrigan wandte sich ihm zu, als er es gerade in der obersten Schreibtischschublade verschwinden lassen wollte.

»Was hast du da? Zeig's mir«, forderte Harrigan.

»Das ist bloß ein Witz. Nichts weiter.«

»Wenn es ein Witz ist, dann wollen wir alle drüber lachen. Wir haben's nötig. Also los. Zeig schon. Rück es raus.«

Es herrschte Stille, als Harrigan nun die Aufnahme einer jüngeren Grace auf irgendeiner Bühne betrachtete, in Stöckelschuhen und ein Mikrofon in der Hand, darüber hinaus aber bis zur Taille nackt und auch sonst recht spärlich bekleidet.

»Das bin nicht ich«, sagte sie wütend. »Das ist mit der Spritzpistole fabrizierter Müll. Das hat überhaupt nichts mit mir zu tun. Ich seh nicht mal so aus.«

Harrigan war speiübel. Er fixierte Jeffo, riss das Foto in vier Teile und rief Dea, die sofort anschoss.

»Jag das durch den Schredder«, ordnete Harrigan an. »Und dann spülst du es mit dem restlichen Dreck die Toilette runter. Hast du sonst noch was von dem Zeug?«

»Nein, bloß das eine.«

»Erzähl mir nichts. Du hast doch immer noch was im Ärmel stecken. Schauen wir doch mal in deinen Schreibtisch.«

Harrigan zog einen Umschlag hervor, in dem noch etliche weitere Bilder steckten. Er zerriss sie ebenfalls. Schweigend lauschten alle dem Schredder.

»Woher kommt das eigentlich?«, wollte Harrigan wissen und betrachtete den Umschlag. »Aus Old Roger. Mit anderen Worten, direkt aus Marvins Büro. Wer hätte das gedacht? Schön zu wissen, dass die da unten Zeit genug für so was haben. Und Geld genug. Ganz im Gegensatz zu uns.«

Er lächelte. Im Raum war kein Mucks zu hören.

»Du stehst da drauf, oder?«, fragte er, nach wie vor lächelnd, Jeffo. »Auf diese kleinen Scherze. Du stehst einfach drauf.«

»Es war doch bloß ein blöder Witz, Boss. Ich bin nicht der Einzige, der die Dinger hat. Was soll die Aufregung?«

»Ah, aber du fährst schon drauf ab. Hier ein Messerchen reinstoßen, da jemanden schlecht machen, kleine Spielchen abziehen, putzige kleine Bildchen an die Wand hängen. Immer hast du was, womit du die anderen zum Lachen bringst. Das baut dich echt auf, stimmt's nicht? Du bist einer, auf den sich jeder hier unbedingt verlassen kann, wenn es hart auf hart kommt. Du weißt, was Loyalität ist. Du wartest nur darauf, den Leuten eins reinzuwürgen, wenn sie dich am nötigsten brauchen.«

»Es war lediglich ein Spaß. Weiter nichts. Was soll das Getue? Es weiß doch sowieso jeder –«

Er brach ab.

»Was weiß jeder?«, fragte Harrigan gütig.

»Gar nichts.«

»Na los, komm schon, sag's mir. Jeder hier weiß etwas, nur ich nicht. Grace, glaube ich, weiß es auch noch nicht. Was ist es? Willst du es sagen?«

Jeffo schwieg. Er sah Grace an, die sich an einen freien Schreibtisch gesetzt hatte. Sie wandte den Blick ab.

»Na fein«, sagte Harrigan, »es weiß also niemand was. Aber nun weißt du was: Räum deinen Tisch aus und verschwinde. Du kannst heimgehen.«

»Das kannst du nicht machen.«

»Doch. Raus. Sofort. Ich warte. Ein bisschen zügig, wenn ich bitten darf.«

Harrigan stand daneben, während Jeffo seinen Schreibtisch ausräumte und zum Ausgang ging. An der Tür blieb er noch einmal stehen.

»Wieso schickst du nicht sie zum Teufel statt mich?«, bellte er als letzte Bosheit in den Raum. »Dann gäb's keine Schereien. Aber die Antwort darauf kennen wir ja alle, nicht wahr?«

»Raus!«, brüllte Harrigan beinahe – der Bogen war überspannt.

Jeffo verschwand im Aufzug, und Harrigan drehte sich um und sah allen ins Gesicht. Er sprach Grace nicht an, es gab nichts, was er ihr vor den anderen hätte sagen können. Die Atmosphäre war bis zum Zerreißen aufgeladen mit Anspannung, Erleichterung und Erschöpfung – und dem nagenden Gefühl der Gereiztheit.

»Wer was zu arbeiten hat, macht sich an die Arbeit«, ordnete er an. »Wer Zeit für eine Pause hat, macht Pause. Geht kurz Luft schnappen und was essen. Und dann vergessen wir die letzten zwanzig Minuten. Wir müssen uns ganz auf den Fall konzentrieren. Vergesst eure Piepser nicht.«

Zwei Leute verdrückten sich sofort, nachdem er geendet hatte: Freunde Jeffos, was ihm egal war. Die anderen begaben sich erneut an ihre Recherchen.

»Boss.«

Louises träge, raue Stimme schreckte ihn auf. Sie stand neben ihm und benebelte ihn mit ihrem Whiskyatem.

»Was gibt's, Lou?«

»Du solltest dir da mal was ansehen. Ich wollte dich vorhin schon deswegen ansprechen, aber da warst du beschäftigt.« Sie grinste schräg und ließ den Blick unbestimmt durch den Raum schweifen. »Da wartete ich lieber ein bisschen. Aber du musst das wissen. Und vielleicht sollten das auch ein paar andere mitbekommen. Gracie, du zum Beispiel. Hier geht's um eine andere Art Bild«, fügte sie sehr still hinzu.

Man sammelte sich um den Monitor. Grace setzte sich etwas abseits auf ihren Stuhl und hielt sich im Hintergrund. Jemand tippte ihr auf die Schulter, und als sie den Kopf hob, entdeckte sie Ian, der ihr eine frische Tasse Kaffee gebracht hatte.

»Mach dir nichts draus, Gracie«, riet er leise, »Jeffo ist halt ein kleines Arschloch.«

In einer Mischung aus Dankbarkeit und Erleichterung lächelte sie ihn an.

Harrigan bemerkte den kleinen Austausch und fragte sich kurz, was zwischen den beiden alles sein und nicht sein mochte. Dann wandte er sich energisch dem Bildschirm zu.

»Ich habe nach den Racheengeln gesucht«, erklärte Louise mit ihrer knarzenden Stimme. »Ich war sicher, dass sie irgendwo sein müssen. Wer Spaß dran hat, Fotos zu verschicken wie die, die da verteilt worden sind, der ist garantiert auch irgendwo im Internet zu finden und tut sich damit groß. Und bingo, da hatten wir sie schon. Diese Homepage wird dauernd verlegt. Du wirst noch sehen, weshalb. Sie ist ziemlich laienhaft gemacht, muss ich sagen, das würdest sogar du noch besser hinkriegen. Keine Spur von Talent. Firewall würde da schon mehr draus machen, die hat wenigstens Fantasie. Aber sieh selbst. Los geht's.«

Unter blechernen Trommelschlägen baute sich die Homepage auf, und auf dem Monitor erschienen die Worte: »Die Racheengel: Wir bringen Abtreiberinnen vor das Angesicht Gottes.« Eine Flügeltür öffnete sich, und im Hintergrund knallten Pistolenschüsse. Ein Engel, der sich Patronengurte um die Hüften geschlungen hatte, deutete mit der Waffe auf einen Aushang auf der Ziegelmauer eines Hinterhofs. »Kopfgeldjäger gesucht«, stand auf dem Plakat. »Großzügige Belohnungen für die Unschädlichmachung von Personen, die Abtreibungen vornehmen und Kindsmord billigen, sowie für die Zerstörung von Bauwerken, die solche Höllenpfuhle beherbergen. Ob du Gott oder dem Teufel dienst (auf dass die Kinder Satans einander schlachten mögen, ist unser Motto), die Racheengel zahlen all denen gutes Geld, die eine Massenmörderin oder eine der Hexen, die ihnen dienen, vor das höchste Gericht bringen: den Thron Gottes. Sei ein Held. Rette ein Kind. Garantierte Zahlung bei Vorlage eines eindeutigen Beweises von Vernichtung, Tod oder Verstümmelung.«

»Ist das ernst zu nehmen?«, staunte Harrigan.

»Das habe ich mich auch gefragt. Erst dachte ich, da macht sich einer einen schlechten Scherz, aber ich bin ja nicht blöd. Nein, das ist ernst gemeint. Hier hast du den Beweis«, erwiderte Louise.

Auf dem Bildschirm erschien unter dem Titel »Die Verdammten« eine Reihe von acht Bildern, während im Hintergrund weinende Kinder zu hören waren.

»Und los geht's. Einmal noch.«

Louise klickte auf das Bild von Agnes Liu, das einen roten Querstrich trug. Sie stand auf dem Parkplatz eines Supermarkts, mutmaßlich irgendwo in Kalifornien, die Sonnenbrille in der Hand und eine Tasche über der Schulter. Darunter erschienen die Worte: »Kopfgeld ausbezahlt«.

»Nur damit du Bescheid weißt, dieses Kopfgeld ist nicht eben gering. Wer den Anschlag auf Doc Liu ausgeführt hat, konnte immerhin zwanzigtausend amerikanische Dollar einsacken. In australischem Geld ist das noch mal ein ganzes Eck mehr. Und dies hier ist das Bildchen, das unsere Freunde Doc Liu an dem Tag geschickt haben, als Hurst auf sie geschossen hat.«

Das Bild von Dr. Laura Di Cuollo ging auf und füllte den ganzen Monitor aus. Auch hier prangten die Worte »Kopfgeld ausbezahlt« darunter.

»Da drin befindet sich eine ganze Datenbank mit Namen, Adressen und Fotos von Leuten, auf deren Kopf ein Preis ausgesetzt ist, und da steht auch, wo man sie finden kann, wenn man sie sucht.«

»Ist darunter jemand, den wir kennen?«, erkundigte Harrigan sich in seinem neutralen Tonfall.

»Nein. Diese Glückspilze sind ausschließlich Amerikanerinnen und Kanadierinnen. Wahrscheinlich haben sie sich auf Doc Liu auch nur gestürzt, weil sie eben für eine kurze Zeit in Kalifornien war. Das hat sie zum Freiwild gemacht.«

»Wo liegt diese Site?«

»Keine Ahnung. Ich habe ein Verfolgerprogramm gestartet, aber zurzeit kann ich den Server noch nicht bestimmen, und die können mich jeden Moment rausschmeißen.«

»Wer sind diese Leute?«, fragte er sich.

»Aber Boss«, grinste Louise, »die stellen sich doch nicht hin und plaudern lauthals ihren Namen aus. Nur die Namen der anderen, die werden herausposaunt.«

Das war nicht ganz das, was er gemeint hatte.

»Wer hat die zwanzigtausend Dollar für den Anschlag auf Doc Liu kassiert?«, wollte er wissen.

»Der Prediger«, antwortete Grace wie aus der Kanone geschossen. »Lucy Hurst hat sie jedenfalls nicht.«

»Er aber auch nicht, Gracie.« Trevor, der gerade einen Bissen seines Hamburgers hinunterschluckte, war als Letzter hereingekommen und stand ganz hinten. »Wir haben Fredericksens Konten überprüft. Von diesem Blutgeld ist da nichts zu finden.« Er kam nach vorn. »Arbeitet Lucy also für die? Mit denen?«

»Vermutlich benutzen sie sie«, spekulierte Grace.

»Oder Lucy benutzt die«, warf Louise ein.

»Sie hat sich nicht wieder online gemeldet?«, wollte Harrigan von Grace wissen.

»Nein. Ich vermute, ihr Handy ist leer. Falls das ihr einziger Kommunikationsweg ist, werden wir erst wieder von ihr hören, sobald sie sich ein neues geklaut hat.«

Harrigan sah auf die Uhr.

»Okay. Wir gehen fürs Erste dieser Information nach. Und wir warten weiter. Wir beobachten den Prediger. Wir nehmen Anrufe entgegen. Wir behalten alles im Auge. Sobald sich irgendwas rührt, stürzen wir uns drauf.«

Die Ansammlung zerstreute sich, und auch Louise verließ den Raum. Grace drehte ihren Stuhl dem eigenen Bildschirm zu, stützte die Ellenbogen auf den Tisch und vergrub die Hände in ihrem langen Haar. Eine Bewegung neben ihr ließ sie aufblicken. Harrigan stand dicht bei ihr.

»Ja?«, meinte sie.

»Komm mit, und red mit mir, solange ich ein wenig Zeit habe, Grace«, forderte er sie in vertrauter Anrede, das formelle Sie vergessend, sehr leise auf. »Komm mit, und klär mich über diverse Angelegenheiten auf. Du bist mir eine Erklärung schuldig. Mehr als eine.«

Grace starrte auf den Bildschirm.

»Und wenn sie wieder online geht?«

»Wenn sie das tut, wird Louise hier sein und dich holen. Ich gehe in das kleine griechische Café an der Ecke zu einem Ouzo mit Wasser, damit ich nicht vergesse, dass es da draußen auch noch eine andere Welt gibt. Du kannst nachkommen, wenn du möchtest.«

Kurz nachdem er das Zimmer verlassen hatte, kehrte Louise zurück. Es schien fast, als hätte sie das Gespräch belauscht.

»Mach mal Pause, Gracie«, riet sie, »geh eine rauchen. Ich behalt hier solange alles im Auge.«

»Würdest du das tun?«

»Klar, keine Sorge, ich ruf dich schon«, bekräftigte die Ältere. »Geh eine rauchen. Gönn dir mal was. Das Leben ist zu kurz. Zu kurz für alles.«

»Danke, Lou.«

Grace lächelte und ging mit dem dringenden Bedürfnis

nach Nikotin hinaus. Auf der Damentoilette wusch sie sich das verschmierte Make-up aus dem Gesicht, war aber zu ausgelaugt, um es zu erneuern. Das kalte Wasser belebte sie. Sie kehrte ins Büro zurück und sah, dass auch etliche andere etwas Luft schnappen gegangen waren. Sie stahl sich hinaus. Die noch Anwesenden bemerkten, dass sie fort war, versicherten sich, dass auch der Boss verschwunden war, und zogen ihre eigenen Schlüsse.

Die Lichter der Bürotürme brannten Goldflitter in den Regen, ein Schachbrett aus Licht und Dunkel. Die Straßen waren verwaist, mehr des Regens als der späten Stunde wegen. Unrat bedeckte die Bürgersteige, der Regen aber fiel nur noch sacht, und auch die Windstärke war weniger geworden. Grace parkte im Halteverbot, ging sie doch davon aus, in einer Nacht wie dieser würde niemand Waren anliefern oder Knöllchen ausschreiben. Das Café war leer. Gelbe Leuchten spiegelten sich auf stumpfem Holz und abgeriebenem grauem Linoleum. Der Mann, der sich das mit silbernen Strähnen durchzogene schwarze Haar zu einem Pferdeschwanz gebunden hatte, stand hinter der Theke und sah irgendwie noch verschrumpelter aus als am Vormittag. Er erkannte sie wieder.

»Er sitzt hinten«, sagte er. »Was soll's denn sein?«

»Kaffee. Haben Sie was zu essen?«

»Klar, ich bring Ihnen was. Setzen Sie sich schon mal.«

Im Nebenzimmer roch es noch genauso wie am Morgen. Harrigan saß in Hemdsärmeln am Tisch, trank Ouzo mit Wasser und aß eine Art Fleischeintopf. Piepser und Handy lagen vor ihm auf dem Tisch. Er lächelte ihr zu.

»Du bist tatsächlich gekommen«, grüßte er. »Ich war mir nicht sicher, ob du es tust.«

Sie lächelte und legte die Zigaretten auf den Tisch.

»Rauch ruhig, wenn du magst.«

»Nein, das werde ich nicht tun«, wehrte sie ab. Kaffee und ebenfalls ein Teller Eintopf wurden serviert. »Wie ist das Essen hier?«, erkundigte sie sich, nachdem der Barmann gegangen war.

»Schlicht«, erwiderte er. »Einfacher Treibstoff. Es hält dich am Laufen.«

Sie fing zu essen an, als er gerade damit fertig war.

»Sprich mit mir, Grace«, forderte er. »Erklär mir, warum ich Jeffo vorhin aus dem Team geworfen habe.«

»Tut es dir Leid, dass er weg ist?«

»Darum geht's hier nicht. Und das weißt du. Du kannst es mir sagen. Ist da noch etwas, worüber ich Bescheid wissen muss?«

Grace kaute schweigend ein paar Bissen.

»Es dreht sich nicht um Marvin«, sagte sie endlich. »Es ist Baby Tooth. Ich war mit ihm auf der Akademie.«

»Du Glückliche«, sagte Harrigan mit aufrichtigem Mitleid und sparte sich die Frage, ob sie das Vergnügen gehabt hatte, sich der Avancen von Tooth junior zu erwehren, der im Ruf stand, hinter allem her zu sein, was einen Rock trug.

»Bei denen stimmt es wirklich: Wie der Vater, so der Sohn. Es war der letzte Abend. Es gab eine Party, und er hat sich voll laufen lassen. Mit einem Freund zusammen habe ich ihn dann auf sein Zimmer geschleift, damit er sich ausschläft. Und was soll ich dir sagen? Er hatte die Prüfungsfragen auf dem Tisch liegen. Man konnte das ›Vertraulich‹ förmlich riechen. Er hat sie sich aus dem Rektorzimmer besorgt. Bei jeder einzelnen Prüfung hat er gemogelt und trotzdem nicht gerade toll abgeschnitten.«

»Grace, ich dachte, du hast Verstand. Sag mir, dass du die Sache nicht publik gemacht hast.«

»Ich nicht, mein Freund war's. Er war so wütend, dass er

den Direktor auf der Stelle aus dem Bett gezerrt hat. Sweet Freddie war das noch. Der wollte sich aber nicht den Ruhestand versauen. Also hat mein Freund es an die Leitung gemeldet. Nichts passierte. Bis zur Abschlussfeier. Da steht plötzlich Tooth neben mir, grinst breit übers ganze Gesicht und teilt mir in aller Ruhe mit, ich solle doch am besten gleich den Dienst quittieren und nicht erst meine Zeit verschwenden, weil es mir im anderen Fall nämlich noch ernsthaft Leid täte. Die vergangenen acht Monate über hat er bewiesen, wie ernst es ihm war. Ich habe dieses Bild schon an vielen Pinnwänden hängen sehen. Und ich weiß, dass es nach wie vor im Umlauf ist.«

»Was ist aus deinem Freund geworden?«

»Der hatte vor der Geschichte schon längst einen anderen Job. In London. Das wusste ich aber damals nicht. Er ist gerichtlicher Wirtschaftsprüfer. Verdient sich da drüben dumm und dämlich.«

Sie wollte es mit einem Lachen abtun. Komm mit mir nach London, Gracie, aber häng mir bloß kein Baby an. Sie hörte es ihn noch sagen. Zu dem Zeitpunkt war alles, was zwischen ihnen war, gestorben.

Harrigan betrachtete sie schweigend, während sie noch eine Weile weiteraß und dann den nicht ganz leer gegessenen Teller beiseite schob.

Er hat dich sitzen lassen, stimmt's? Hat dich in den Dreck geritten und ist einfach abgehauen. Ich würde dir so etwas nicht antun.

»Das war gar nicht mal so übel«, behauptete sie.

»Die Höflichkeiten kannst du dir ruhig sparen.«

Sie zündete sich eine Zigarette an.

»Das ist eine hässliche Geschichte.«

»Es ist nur eine Geschichte.«

»Tooth kann dir nichts anhaben, solange du für mich arbeitest. Aber tu das nie wieder, Grace. Du darfst nie jemanden schlagen. Egal, wie sehr er dich provoziert.«

»Ich hab's aber getan«, sagte sie. »Vielleicht, weil ich auch nur ein Mensch bin. Vermutlich war das einfach der Tropfen, der das Fass zum Überlaufen bringt.«

Er wollte sagen: Man kann nicht Mensch sein, solange man diese Arbeit tut; du bist zu menschlich, das ist dein Problem. In die kurze Stille hinein klingelte sein Handy. Es war das Überwachungsteam.

»Er ist wieder unterwegs«, berichtete die Stimme. »Hier schüttet es wie aus Kübeln, und die Sicht ist miserabel. Das wird nicht leicht werden.«

»Verlieren Sie ihn ja nicht«, befahl Harrigan. »Ganz egal, was passiert.«

Grace musterte ihn erwartungsvoll.

»Der Prediger ist wieder unterwegs«, informierte er sie.

»Wir sollten wieder zurückfahren.«

»Gleich. Du bist immer noch nicht ganz offen zu mir gewesen, Grace.«

»Doch.«

»Nicht vollständig. Erzähl mir nicht, dass ich mich irre.« Er hatte ausgetrunken und die Ellenbogen auf den Tisch gestützt. »Marvin ist gefährlich, aber im schlimmsten Fall kann er dich lediglich um den Job bringen. Und glaub nicht, ich wüsste nicht, was das heißt. Doch die Leute, mit denen wir es jetzt zu tun haben, werden sehr viel mehr tun. Also sag es mir. Wissen die, wer du bist? Gib mir bitte eine ehrliche Antwort. Ich muss das wissen.«

Grace drückte die Zigarette aus und sah sich plötzlich außer Stande, ihn anzulügen.

»Ja, die kennen mich. Ich weiß nur nicht, ob sie inzwischen schon draufgekommen sind.«

Sie lehnte sich zurück. Ihr war kalt, ihr Herz hämmerte.

Sie hatte Angst, und ihre Hände zitterten heftig. Sie sah ihn nicht an.

Harrigan stützte das Kinn auf den rechten Handballen.

»Fredericksen schon«, sagte er. »Ihm war es von dem Moment an klar, in dem er dich das erste Mal gesehen hat. Heute hat er dich ebenfalls wiedererkannt und dich mir gegenüber bedroht. Er weiß genau, wer du bist.«

»Er kann nur mein Foto gesehen haben. Ich weiß nicht, wie er mich allein daraufhin so eindeutig identifizieren will.«

»Du hast ein Gesicht, das man nicht leicht vergisst.«

»Es ist nur ein Gesicht«, sagte sie. »Was soll's. Die haben mich fotografiert. Als ich unterwegs in die Klinik im Zentrum war. Sie sind auf mich losgegangen, ich hab denen meinen Dienstausweis gezeigt und sie fortgeschickt. Das hätte ich nicht tun sollen, oder? Die haben sich meinen Namen gemerkt. Sie haben mir eins von ihren netten Briefchen geschickt, da stand drin, sie wüssten, wo sie mich fänden.«

»Die haben deine Adresse, und du hast es mir nicht gesagt?«

»Du brauchtest es nicht zu wissen.«

Er schwieg und starrte sie an. Er konnte nicht recht glauben, was er da hörte.

»Wann war das?«

»Kurz vor Weihnachten«, sagte sie, wieder ohne ihn anzusehen.

Er reimte sich nun alles zusammen, während Grace sich mit gesenktem Kopf eine frische Zigarette ansteckte.

»Und das hast du übers Herz gebracht?«, fragte er sehr leise.

Kaum hatte er es ausgesprochen, da wünschte er, er hätte den Mund gehalten. Unvorbereitet hatten ihn die Tabus eingeholt, die ihm während der Kindheit eingeimpft worden waren. Und unvorbereitet widerte es ihn an, dass sie eine Abtreibung hatte machen lassen können. Er wollte nicht so empfinden.

Sie sah ihn an und zog an der Zigarette. »Ja, Paul, ich habe es übers Herz gebracht.«

Ihr Ton war eisig. Es herrschte Schweigen.

»Ich kann das nicht brauchen«, sagte er.

»Das ist alles, was dich interessiert, ja?«

»Wenn ich derjenige bin, der alles zusammenhalten muss, allerdings.«

»Das geht dich überhaupt nichts an«, sagte sie wütend. »Es wird dich nicht daran hindern, das hier aufzuklären.«

»Wenn dir etwas zustößt, wer geht dann zu deiner Familie? Ich. Diese Irren erschießen Leute, von denen sie meinen, sie hätten den Tod verdient. Meinst du vielleicht, ich habe Lust, zu deiner Familie zu gehen und ihnen das beizubringen? Du wirst nicht dafür bezahlt, dass du solche Risiken eingehst.«

Grace schüttelte den Kopf. »Ist das nicht mein Leben? Ist das nicht meine Entscheidung?«

»Nicht, solange du für mich arbeitest.«

»Nein? Weißt du eigentlich, dass du den Leuten nicht gerade viel Raum lässt, Paul? Du kommandierst zu viel herum. Weil du glaubst, du wüsstest ganz genau, wie sie empfinden müssen und was sie tun sollen. Aber womöglich weißt du das gar nicht.«

Harrigan spürte, wie die Hitze ihm das Genick hochstieg.

»Du wirst gerade sehr persönlich, Grace. Jeder andere wäre jetzt weg vom Fenster.«

»Es ist aber persönlich. Weil wir nämlich eine persönliche Verbindung haben, oder? Alles, was wir tun, ist persönlich. Zumindest weiß ich, dass es heute früh genau hier ungefähr zwanzig Minuten lang so war. Ich glaube nicht, dass ich mir das nur eingebildet habe. Du hast mich gefragt.«

Harrigan betrachtete ihre Hand, die über die Narbe an ihrem Hals strich. Er hätte sie viel lieber gefragt, ob sie mit ihm schlafen wollte, denn er glaubte, dass sie ähnlich empfand wie er. Jetzt wusste er nicht, ob er sie überhaupt jemals fragen konnte.

»Gibt es noch etwas, das wir einander zu sagen haben? Oder irgendetwas, das du wissen musst?«, fragte sie in sein Schweigen, aus dem sie schloss, dass ihre zwanzig Minuten von heute früh endgültig der Vergangenheit angehörten. »Ich sollte nämlich wieder an die Arbeit gehen.«

Bevor er etwas erwidern konnte, klingelte sein Handy.

»Wir sind auf dem Pacific Highway«, berichtete die Stimme. »Ich bin untröstlich, aber ich muss Ihnen gestehen, dass wir ihn verloren haben.«

»Das ist nicht wahr.«

»Doch. Er ist uns entwischt, er hatte alles geplant. Er ist an einer Kreuzung ausgestiegen, und wir gehen davon aus, dass er über eine Seitenstraße in einem Vorgarten verschwunden ist. Wo er von da aus hin ist, wissen wir nicht. Wir haben den Jaguar angehalten und den Fahrer befragt. Die Zielperson hatte ihn aufgefordert, anzuhalten und ihn aussteigen zu lassen. Wir haben die Fahndung eingeleitet, aber ich fürchte, diese Nacht ist er für uns verschwunden.«

»Sucht gefälligst weiter. Und morgen früh können Sie bei mir auftauchen und sich rechtfertigen.«

»Er ist ihnen entwischt«, erklärte er Grace ungläubig. »Was haben die eigentlich im Hirn? Und das soll die Elite sein! *Scheiße!*«

Schockiert sah sie, wie stark Erschöpfung und Stress sein Gesicht veränderten. »Verzeihung«, bat er eigenartig höflich und verließ das kleine Zimmer.

Sie wartete zwei Minuten ab und drückte schließlich die Zigarette aus. Sie sammelte beider Habseligkeiten ein, Mäntel, Handys, ihre Handtasche, seine Brieftasche, die er auf dem Tisch hatte liegen lassen. Auf dem Weg zum Ausgang blieb sie an der Theke stehen.

»Was bin ich schuldig?«, fragte sie.

Der Barmann schüttelte den Kopf. Durch die Tür blinzelte er in Richtung Harrigan, der unter dem Vordach des Eingangs stand und in den Regen hinausstarrte.

»Er schuftet zu viel«, murmelte er.

»Ja«, bestätigte sie. Tun wir das nicht alle.

»Danke noch mal«, sagte sie, ging hinaus zu Harrigan und reichte ihm den Mantel. Wortlos nahm er ihn entgegen, zusammen mit Piepser, Handy und Brieftasche, bei deren Anblick er die Augenbrauen nicht wenig überrascht in die Höhe zog.

Der Stoff seines Jacketts, die Baumwolle des weißen Hemdes, die Nähe von Aftershave und natürlichem Geruch, all dies ließ Grace die Wärme von Harrigans Körperlichkeit spüren. Doch den Körper unter den Textilien wahrzunehmen war inzwischen jenseits des Möglichen gerückt. Das sexuelle Bedürfnis, das sie nach wie vor für ihn empfand, hatte ihr außer Kummer kaum etwas eingebracht. Aber das war ja nichts Ungewöhnliches. Da war es schon klüger, sich zu fragen, was sie sich überhaupt davon erhoffte, womöglich ein Verhältnis mit ihrem Boss zu beginnen.

Er spähte auf die verlassene Straße hinaus, als warte er darauf, dass Lucy Hurst sich jeden Moment aus dem Dunkel schälte. Sein Gesicht spiegelte eine gewisse wiedererlangte Kontrolle.

»Du hättest mir das alles schon früher sagen müssen, Grace«, sagte er. »Nichts von dem, was du heute Abend getan hast, war besonders professionell.«

Sie wusste nicht, wie sie die Enttäuschung in seiner Stimme interpretieren sollte.

»Ich stehe gerade erst am Anfang. Mit der Zeit werde ich mir eine dickere Haut zulegen, wie man es von mir erwartet«, entgegnete sie spröde. »Wir sehen uns im Büro.«

Damit ließ sie ihn stehen und rannte durch den Regen zu ihrem Auto.

»Ja. Wahrscheinlich wirst du das. Wahrscheinlich hast du das Zeug dazu«, grummelte er vor sich hin.

Grace versuchte die Einsamkeit als Freiheit zu begrüßen. Niemand brauchte zu wissen, dass ihr auf der Fahrt zurück ins Büro die Tränen über die Wangen flossen. Der Regen prasselte gegen die Windschutzscheibe, und vereinzelte Blitze zuckten grell aus dem Himmel.

33

Der Blitz zerteilte zischend das Dunkel und beleuchtete für ein paar Sekunden Lucy in ihrem Auto, die gerade in der Nähe der Whole-Life-Health-Centre-Klinik Randwick parkte. Sie kannte das Gebäude gut genug aus eigener Erfahrung: Zweimal war sie hierher gebracht worden, gegen ihren Willen. Und später war sie auf dem Weg zu und von der Werkstatt daran vorbeigekommen. Hauptsächlich aber hatten andere aus Graemes innerem Kreis es zusammen mit den übrigen Kliniken ausgekundschaftet. Man hatte es fotografiert, Grundrisse aufgezeichnet und im Tempel Möglichkeiten zu seiner Zerstörung diskutiert. Diese Diskussionen hatten sich, wie fast alles in diesem Bereich, zwischen Graeme, Bronwyn und den wenigen Auserwählten abgespielt. Über die Zerstörung wurde geradezu verzweifelt geredet. So ähnlich, wie manche von Lucys Bekannten von der Straße erzählten: wen sie zuletzt gevögelt hatten oder wie viel Geld irgendein Bruch ihnen einbringen würde, irgendein Deal. Die Zerstörung war eine Vision, die keiner von ihnen vermutlich je umsetzen würde. Lucy war aus einem anderen Grund hier, sie hatte ihre eigene Aussage zu machen.

»Das Alarmsignal ertönt in der Zentrale«, behaupteten die Schilder am Haus. Lucy bezweifelte das und stieg mit geübter Leichtigkeit durch ein schmales, rückwärtiges Toilettenfenster ein. Kein Mensch war bei diesem Wetter freiwillig unterwegs, doch ihr machte das nichts aus, sie hatte nichts gegen den kalten Regen, der sie bis auf die Knochen durchnässte. Den Sprengkörper, den sie fabriziert hatte, schützte sie vor Feuchtigkeit, indem sie ihn in Plastik eingewickelt um den Körper trug. Sie brachte ihn voll funktionstüchtig nach innen, wo sie ihn, ungeachtet der Gefahr, in die sie sich damit begab, bei den elektrischen Schaltkreisen platzierte. Sie brauchte nur genügend Sprengladung und Beschleuniger, um ein Feuer auszulösen, bei dem das Gebäude komplett ausbrannte. Wie das anzustellen war, das wusste sie. Sie war allein in dem lichtlosen Haus, was wäre also schon dabei, wenn es gemeinsam mit ihr explodierte? Als sie wieder rauskletterte, überlegte sie, dass, wenn das Alarmsignal tatsächlich in der Zentrale ertönt war, sich offensichtlich niemand die Mühe gemacht hatte, darauf zu reagieren. Wahrscheinlich saßen dort alle gemütlich vor dem Fernseher und klagten über das schlechte Wetter.

Sie stieg in ihr Auto, stellte wenig später den Wagen auf der anderen Seite des Hauptbahnhofs ab und überließ ihn seinem Schicksal. Sie hatte ihren allerletzten Zufluchtsort erreicht, eine ehemalige Textilfabrik mit eingeworfenen und verrammelten Erdgeschossfenstern in Surry Hills, die zur Sanierung ausgeschrieben war, seit die Besitzer Konkurs angemeldet hatten. Drinnen waren die Fußböden übersät mit Stoffresten, zerbrochenen Nähnadeln, Kleiderständern und

Teilen ausrangierter Schneiderpuppen. Die Armen und Obdachlosen hatten den Raum in Besitz genommen und zusätzlich einer anderen Gemeinschaft Zuflucht gewährt, einer stets wechselnden Schar von Künstlern, die wegen des Lichts kamen, das im ersten Stock durch die breiten, zur Straße gerichteten Fenster fiel. Das Lager im Obergeschoss war voll von ihren hinterlassenen Werken. *Soft Sculptures* und Collagen, Gemälde und unvollendete Objekte lagen zwischen den rosafarbenen Plastikkörperteilen der Puppen im ganzen Raum verteilt.

Leise bahnte sich Lucy ihren Weg durch all das Plastik und wich geschickt inmitten dieses Trümmerfelds einem auf dem Bauch liegenden Schläfer aus. Sie stieg hinauf in das oberste Geschoss, in eine verwinkelte Kammer gegenüber einer verdreckten Toilette. Diesen Raum hatte sie mit ihren eigenen Schlössern gegen das Eindringen anderer abgesichert. Er verfügte über ein schmales Bett, eine beschränkte Aussicht und ein vorhangloses Fenster, auf dessen Scheibe der Regen wie eine Kristallzuckerschicht glitzerte. Eine außerordentlich schwache Glühbirne drängte die Schatten zumindest ein wenig zurück. Lucy lehnte den Rucksack an die Wand, nahm die Pistole heraus und legte sie aufs Bett. Sie trocknete sich ab, so gut es ging, und setzte sich dann mit der Pistole in den Händen aufs Bett und wartete. Sie schaute auf das Zifferblatt ihrer Armbanduhr, das im nächtlichen Zimmer leuchtete. Kurz vor Mitternacht. Die Zeit lief ab.

Zur selben Zeit bewegte sich auch der Prediger durch das Unwetter, der einen einsamen Vorortpark irgendwo am oberen nördlichen Strandabschnitt durchquerte und dessen einsame Gestalt ein Blitz kurz aus dem Dunkel riss. Er eilte zwischen den wenigen Bäumen hindurch, den Mantel um sich geschlungen, mit gesenktem Kopf, gewissenhaft auf den Weg achtend. Er zog sich die Kapuze tiefer ins Gesicht und hastete auf einen Wagen zu, der an einer entlegenen Ecke des Parks wartete, unweit eines Hauses, an dem eine Außenlampe brannte. Er stieg ein, grüßte den Fahrer, und der Wagen fuhr los. Nicht lange darauf erlosch die Außenlampe des Hauses.

Bisher war der Regen als Wolkenbruch niedergegangen, doch während sie fuhren, ließ er allmählich nach. Durch Nebenstraßen näherten sie sich dem Norden von Sydney. Dort stieg der Prediger aus dem ersten Wagen aus und nahm sich einen anderen, der in einem rund um die Uhr geöffneten Parkhaus für ihn bereitstand. Damit fuhr er in die Innenstadt, zwischen den Hochhausblocks hindurch, die die Auffahrt zum stählernen Kleiderbügel der Harbour Bridge säumten, und ließ schließlich den Bogen der Brücke, die im Dunst des jetzt leichteren Regens lag, hinter sich.

Es war kurz nach Mitternacht. Nicht weit entfernt ragten die Bürotürme der Innenstadt auf wie diesige Pfeiler aus elektrischem Licht. Der Prediger sah in ihnen hohle Machwerke, die in tiefster Finsternis schwammen, ein Präludium auf den Tag, an dem die Zeit angehalten würde und nichts mehr existierte als das ewige Licht. An jenem Tag, hoffte er, würde er seinen Hunger als Seelenfänger stillen können. Sein Hunger ließ ihn niemals zur Ruhe kommen, und jetzt gerade trieb er ihn an, sich einer Person zu stellen, die ihn mit größter Sicherheit mit einer geladenen Waffe erwartete.

Er parkte nicht weit von der Textilfabrik in Surry Hills und ging hinein. Inzwischen hatte der Regen fast aufgehört. Während er sich der Kammer im zweiten Stock näherte, fragte er sich, ob sie überhaupt schon da sei. Doch als er die unverriegelte Tür öffnete, wusste er, sie erwartete ihn. Er trat ein und stand Lucy gegenüber, die im Halbschatten auf dem Bett saß und die Pistole auf ihn gerichtet hatte. Mit ihrer vertrauten Stimme sagte sie: »Keinen Schritt weiter, Graeme. Keine Bewegung. Setz dich auf den Boden.«

Der Prediger schloss die Tür, setzte sich und lehnte sich mit dem Rücken dagegen.

»Lucy«, sagte er, »schön, dich wiederzusehen.«

»Ja, klar«, meinte sie lächelnd.

»Wirklich. Glaube mir nur. Ich habe mich sehr auf dieses Treffen gefreut. Wir haben vieles zu bereden.«

Lucy lachte.

»Manchmal finde ich dich unglaublich. Du würdest vor nichts davonlaufen. Du scheinst nicht mal Angst zu haben.

Wovor denn auch? Wenn Gott seinen Mantel um dich schlägt, warum solltest du noch Angst haben? Und der Mantel Gottes liegt über deinen Schultern, Lucy. Du musst jetzt erkennen, dass du keinerlei Grund hast, dich vor irgendetwas zu fürchten.«

Er sprach einschmeichelnd. Sie schüttelte den Kopf und versuchte sich gegen die unmittelbar hypnotische Wirkung seiner Stimme zu wehren.

»Leck mich, Graeme. Ich bin nicht hier, um mir deinen Mist anzuhören. Du sollst mir sagen, was mit Greggie war. Ich will wissen, was du getan hast.«

»Ich habe nichts getan. Greg hat sich eine Überdosis gesetzt, und die Überdosis hat er sich gesetzt, weil Bronwyn zu dumm ist, eine Schranktür ordentlich zu verschließen. Mit ihr solltest du reden. Das Weib ist eine Närrin. Manchmal frage ich mich, in welcher Dimension sie eigentlich existiert.«

Lucy legte sich die Pistole auf die Knie und lachte erneut.

»Du hast also nichts getan. Aber das tust du ja nie. Nicht, dass du es nicht gewollt hättest. Falls du es vergessen hast, ich war dabei, als du erzählt hast, wie du mich und ihn ins Jenseits befördern willst.«

»Das waren nur Worte, Lucy. Das Jenseits ist stets um uns,

wir bemerken es nur nicht. Jetzt hör mir zu. Was, meinst du, wirst du als Nächstes tun?«

Ihr fiel auf, wie leicht er das Gespräch in andere Bahnen lenkte. Nichts brachte ihn aus dem Konzept. Sie sah auf die Uhr. »Weiß nicht«, erwiderte sie.

»Ich kann dir helfen –«

»Ins Paradies zu kommen? Aber klar.«

»Wirklich. Ich kann dich aus diesem Gebäude holen. Ich kann dir Geld geben. Willst du nach Kalifornien? Du kannst nach Kalifornien. Das kostet Geld, aber Geld ist da, und es lässt sich machen. Ich denke, das wäre es wert.«

»Du meinst also, das wäre es wert? Graeme, ich habe eine Pistole in der Hand.«

»Aber ich bin es, der über die Mittel verfügt. Die Frage, die du dir stellen musst, lautet: Was will ich?«

Sie lächelte freudlos. »Das frage ich mich andauernd. Im Moment gibt es nur nichts, das ich wollen könnte. Ich sag dir was. Du kennst doch die Klinik an der Anzac Parade?« Er nickte. »Die fliegt gleich in die Luft.«

Fast lachte er, als er antwortete. »Mit so was machst du keine Witze, oder?«

»Nein, ich tue, was ich ankündige. Als Einzige. Für Greggie. Das ist die einzige Chance, dass überhaupt jemand Notiz von ihm nimmt. Und dann ruf ich vielleicht die Bullen an und sag: Hi, da bin ich. Knallt mich ruhig ab, wenn ihr wollt. Mir ist's egal.«

»Du willst dich der Polizei ausliefern?« Er klang verachtungsvoll.

»Was spricht dagegen? Sollen sie mich doch zu Brei schlagen. Wenn es sein muss, erträgt man auch das. Wie kann es denn schlimmer werden, als es jetzt schon ist?«

Sein Gesicht hatte einen eigentümlichen Ausdruck an sich, halb triumphierend, halb freudig.

»Im Gefängnis wirst du das schon herausfinden, nicht wahr, Lucy? Schließlich hast du dort den Rest deines Lebens Zeit, darüber nachzudenken. Und in deinem Fall ist das sehr viel Zeit.«

»An deiner Stelle wäre ich vorsichtig, Graeme.« Ihre Stimme zitterte. »Für den Spruch könnte ich dich abknallen.«

»Aber du wirst es nicht tun. Weil du mir selbst gesagt hast, du würdest dir wünschen, du hättest diesen Schuss nie abgegeben. Das denkst du doch?«

»Ich kann auf dich schießen, wenn es sein muss, Graeme. Freu dich nicht zu früh.« Nicht einmal sie selbst fand diese Drohung überzeugend. »Aber ja. Ich wünschte tatsächlich, ich hätte nicht auf diese Frau und diesen Mann geschossen. Aber das ist was anderes als jetzt. Was komplett anderes.«

Er lachte.

»O ja. Es ist völlig anders, Lucy. Denk nur drüber nach. Die Frau, auf die du schossest, brachte Tausenden den Tod, auch dir, und letztendlich brachte sie ihrem Ehemann den Tod und zerstörte das Leben ihres Sohnes. Doch du gibst dir die Schuld. Sie sollte man anklagen, nicht dich.«

»Graeme, ich habe abgedrückt. Ich war's, nicht sie.«

»Ist dir klar, was du tust, wenn du das sagst? Du lädst die Schuld dieses Weibes auf dich. Du gestattest ihr, dich ein weiteres Mal zu verletzen.«

Du hast keine Ahnung! In Gedanken brüllte Lucy diese Worte heraus. Sie fixierte ihn.

»Und dafür«, fuhr er fort, »willst du dich der Polizei ausliefern. Dabei weißt du nicht einmal, wer die Polizei ist. Ich möchte, dass du dir das ansiehst. Keine Angst, ich habe keine Pistole da drin.«

Er griff in eine Innentasche und holte ein Foto heraus, das er über den Boden zu Lucy hinüberschob. Lucy legte die Waffe auf das Bett. Sie griff nach dem Foto und hob es auf.

»Ihr Name steht hinten drauf«, sagte er. »Sie ist bei der Polizei, aber das ist nicht alles, was sie ist.«

Lucy drehte es um und spähte im Halbdunkel auf die Visitenkarte, die daran festgetackert war.

»Grace«, sagte sie. Sie sah zu Graeme hin, der sie beobachtete. Beim Ausdruck seines Gesichts griff sie wieder zur Pistole.

»Diese Frau ist eine Foltererin, Lucy. Sie ist das Weib, das Greg quälte.« Seine Stimme wurde zu einem leise rauschenden Flüstern, das sich in ihre privatesten Gedanken fraß. Sie riss sich von seinem Blick los, seinen Worten aber konnte sie nicht entfliehen. »Ich bin gewiss, er hat sie gefürchtet. Ich bin gewiss, sie hat ihn weit über das Maß des Erträglichen hinaus gequält, als sie ihn in der Zelle hatte. Es überrascht mich nicht im Mindesten, dass er sich danach das Leben nahm. Sie selbst wird ihm diesen Gedanken eingepflanzt haben. Stell dir vor, wie sie zu ihm sagt: Du bist nichts. Warum machst du nicht einfach Schluss? Sie ist eine Foltererin und eine Hexe. Dieses Bild haben wir gemacht, als sie auf dem Weg in eine Abtreibungsmetzgerei war. Bronwyn hat sich ihr entgegengestellt. Sie sagte: Denken Sie an das unschuldige Kind, das Sie töten werden. Sie hat Bronwyn ins Gesicht gelacht. Sie ist über sie hergefallen. Mir aus dem Weg, hat sie geschrien. Sieh nur zu, wie ich morde. Dieses Weib watet durch Straßen des Blutes. Kannst du dir vorstellen, was geschieht, wenn du dich in ihre Hände begibst? Sie wird wissen, wie sie dich verletzen muss. Willst du gefoltert werden, wie du in deiner Familie gefoltert wurdest? Doch diesmal wirst du auf Lebzeiten im Gefängnis eingesperrt, und es wird kein Entrinnen geben. Keine Straße, auf die du dich flüchten kannst.«

Seine Stimme war zu einem Endlosklang in ihrem Kopf geworden. Sie wunderte sich, als er verstummte. Die Pistole lag lose in ihrer Hand. Sie schwieg.

»Das ist eine, die zu sterben verdient, findest du nicht auch?«

Lucy schluckte. »An die komm ich doch überhaupt nicht ran.«

»Sie zu finden wäre kein Problem. Wir haben ihre Adresse. Aber du würdest gar nicht zu ihr gehen müssen. In ihrer Arroganz würde sie zu dir kommen. Und du würdest sie erwarten. Dann müssten die Polizeiknechte erkennen, wer sie in Wahrheit sind. Und dass dieser Krieg nicht nur in einer Richtung ausgefochten wird. Man kann sie besiegen, sie können gedemütigt werden, wie jeder andere auch.«

»Und wenn ich aber niemanden umbringen will? Wenn ich genug davon habe?«

»Du wirst ein Gebäude in Flammen aufgehen lassen. Auch dadurch könnten Menschen zu Tode kommen, wenn es das ist, was dich besorgt.«

»Nein, das passiert nicht. Ich werde niemandem wehtun. Da ist niemand drin.«

»Feuer breiten sich aus. Der Regen hat aufgehört, jetzt gibt es nichts mehr, das es aufhalten kann. Dieses Bauwerk ist ein Höllenpfuhl, es wird ungehemmt lodern. Die Flammen könnten auf andere Häuser übergreifen. Ich sage nicht, dass es so sein muss. Aber es wird mich nicht bekümmern, wenn es so wäre. Dieses Bauwerk muss vom Angesicht der Erde getilgt werden. Falls der Preis ein paar Menschenleben beinhaltet – seis's drum. Wahrlich, ich sage dir, du hast den Mut, der anderen fehlt. Ich kann dir helfen. Ich kann dich hier herausholen.«

»Wie willst du das schaffen?«

»Ich kann einen Wagen kommen lassen, der dich abholt. Bleib einfach hier, und schließ dich ein. Dann werde ich morgen Abend jemanden zu dir schicken. Niemand wird etwas bemerken. Und dann wirst du dich in einem hübschen Häuschen ausruhen können, bis wir dich an einen sicheren Ort schicken können.«

»Klar. Und auf dem Weg dahin hab ich leider einen tödlichen Unfall.«

»Nein, Lucy. Du wirst nichts zu befürchten haben, denn ich werde wissen, dass ich mich auf dich verlassen kann. Du wirst es mir bewiesen haben. Dieses Weib ist eine Mörderin. Du wirst ihre Bosheit auslöschen. Und du weißt, dass es nur ein paar Sekunden dauern wird, denn du hast es ja schon einmal getan. Wir werden dir helfen. Glaub mir, wir helfen dir. Du bist ein ganz besonderer Mensch.«

Lucy saß mit der Pistole auf dem Schoß da. Sie dachte: Meine Kehle steckt voller zersplitterter Knochen.

»Was wirst du tun?«, hakte er nach.

»Ich muss nachdenken.«

»Dazu ist keine Zeit.«

Sie saß ein paar Minuten lang stumm da. »Du vertraust mir doch, oder, Graeme? Wenn du findest, dass ich ein besonderer Mensch bin?«

»Würde ich dich um so etwas bitten, wenn ich dir nicht vollständig vertraute?«

»Dann will ich ein paar Sachen von dir haben. Ich brauche ein Handy. Mein Handy ist alle. Hast du eins?«

»Ich kann dir das geben, das ich bei mir habe. Wozu brauchst du es?«

»Ich brauch's einfach, okay? Stell keine Fragen. Keine Sorge, es hat nichts mit dir zu tun.«

Nach kurzem Schweigen nahm er das Handy aus der Tasche und reichte es ihr. Sie musterte es und ließ es dann aufs Bett fallen.

»Du musst aufpassen, wen du anrufst. Heutzutage kann man nie wissen, wer alles zuhört«, warnte er.

»Ich will noch etwas haben.«

»Und zwar?«

»Ich will den Schlüssel zum Tempel.«

»Du darfst auf keinen Fall in die Nähe des Tempels kommen, Lucy. Er wird rund um die Uhr von der Polizei überwacht. Sie hocken gegenüber in dem Haus dieses liederlichen Weibes und bilden sich ein, ich sähe sie nicht.«

»Ich will meinen Tempelschlüssel wiederhaben, Graeme. Ich will ihn unbedingt.«

»Das ist nicht nötig. Du kannst ihn nicht benutzen.«

»Du hast gerade gesagt, ich bin ein besonderer Mensch. Beweis es mir. Ich hatte den Schlüssel, und wir wissen beide, wieso ich ihn jetzt nicht mehr habe. Ich kenne dich, ich habe dich beobachtet. Du bittest die Leute herein, und dann sperrst du sie wieder aus, wie es dir gerade passt. Und du sagst ihnen nie, weshalb. Aber mit mir gehst du nicht so um. Mein ganzes Leben lang bin ich angelogen worden. Ich muss sicher sein, dass du mich nach dieser Sache nicht einfach aussperren kannst. Nicht, wenn du so etwas von mir verlangst.«

Er überlegte kurz, dann nahm er seinen Schlüsselbund aus der Tasche.

»Die Schlüssel zum Königreich«, sagte er. »Du kannst diesen hier haben.«

»Woher weiß ich, dass du mich nicht belügst?«

»Du kannst selbst sehen, dass er neu ist. Ich zeig's dir.« Er hielt die beiden neuen Schlüssel aneinander. Die glänzende Messingbeschichtung schimmerte im matten Licht. Er zog einen vom Schlüsselring ab und reichte ihn ihr.

»Schön, dass du wieder bei uns bist, Lucy. Verlier ihn nicht. Das ist mein einziger freier Nachschlüssel, und einen neuen werde ich nicht mehr machen lassen.«

»Ich verliere nie etwas, das ich behalten will«, sagte sie und steckte ihn in die Tasche ihrer Jeans.

»Damit kehrst du zurück zum wahren Herzen. Nun wirst du es nicht wieder verlassen. Du wirst stets geborgen sein.«

Darauf erwiderte sie nichts. Sie sah auf die Uhr. Er stand auf und lächelte entspannt.

»Willst du nicht mit mir warten, bis das Haus in die Luft fliegt?«

»Nein, ich glaube, ich gehe jetzt besser. Wir können beide etwas Schlaf gebrauchen. Und morgen beginnt ein neuer Tag, ein neues Leben.«

»Ja, genau«, sagte sie.

Sie stand ebenfalls auf und ließ Pistole und Handy auf dem Bett liegen. Er öffnete die Tür und hielt dann inne. Sie stand dicht bei ihm. Er beugte sich vor und küsste sie auf die Stirn.

»Du bist sehr mutig«, lobte er.

Sie sah ihm nach, er drehte sich nicht mehr um.

Im Zimmer setzte sie sich auf das Bett. Ich habe Hunger, Graeme, du hättest mir ruhig etwas zu essen mitbringen können. Aber die Kehle tat ihr weh, und sie hätte sowieso keinen Bissen schlucken können. Sie kannte den Hunger, es war nichts Ungewöhnliches für sie, ohne Nahrung auszukommen. Sie hatte schon länger gefastet, als sie auf der Straße gelebt hatte. Im Zimmer war kein Laut zu hören. Ihr Atem, der Fluss ihres Blutes, war nur ein gleichmäßig ruhiger Rhythmus in ihrem Ohr. Die Pistole lag neben ihr auf dem Bett. Sie sah auf die Uhr. Es blieb nicht mehr viel Zeit.

34

Harrigan war gerade eingenickt, da rüttelte ihn der verschlafen dreinblickende Trevor an der Schulter.

»Firewall ist online«, informierte er ihn.

»Redet sie mit Grace?« Er sprach ihren Namen nicht anders aus als den seiner übrigen Untergebenen.

»Nein, sie arbeitet an ihrer Website. Schau's dir an.«

Er folgte Trevor in das Computerzimmer. Dort hatte sich bereits die gesamte »Friedhofsschicht« eingefunden. Grace saß ein wenig abseits und beobachtete das Geschehen auf ihrem eigenen Monitor. Sie schien ihn nicht bemerkt zu haben.

»Schau sich das einer an«, meinte Louise gerade, als er hereinkam, »das ist das Gelobte Land. Wirklich hübsch. Die Kleine hat so viel Talent, es ist eine Schande.«

Der Monitor zeigte einen grünen Hang voll blühender Bäume, der hinab zu einem honiggelben Felsen führte, von wo aus der Blick über einen Urwald hinausging. Bachläufe schlängelten sich talwärts und stürzten als klare Wasserfälle über den Felsen, während unter den Bäumen dicht an dicht blaue und weiße Blumen wuchsen. Auf der Hügelkuppe stand ein kleines, glitzerndes, türmchenbewehrtes Schloss mit breitem Tor und einladenden Fenstern. Dahinter zogen Vögel ihre Bahn durch den blauen Himmel.

»Ich weiß, wo das ist«, sagte Grace, »allerdings sieht es da inzwischen anders aus.«

»Wo denn?«, wollte Louise wissen.

»Das ist bei ihr daheim«, antwortete Trevor statt Grace. »Sie hat's ein bisschen aufgemöbelt.«

»Das ist das Finale, Lou«, setzte Grace leise hinzu.

Harrigan hatte einen Stuhl neben Louise herangezogen. »Woher geht sie rein?«, fragte er.

Louise schüttelte den Kopf. »Ich habe ein Verfolgerprogramm draußen, aber bis jetzt ohne Ergebnis. Das hat sie eben erst hochgeladen. Ich habe keine Ahnung, was sie im Moment gerade macht.«

»Sie muss sich irgendwo ein Telefon organisiert haben«, schloss Ian.

»Sie hat den Prediger getroffen«, erwiderte Harrigan. »Der hat ihr eins gegeben und weiß der Geier was sonst noch. Aber immerhin lebt sie noch und lässt es uns wissen.«

»Du hast drauf gesetzt, oder, Boss?«, fragte Trevor mit einem Grinsen.

»Wirklich nicht, das war keine allzu sichere Wette.«

»Sie ist online«, warf Grace plötzlich ein. Zum ersten Mal, seit er das Zimmer betreten hatte, richtete sie sich an Harrigan: »Aber sie wendet sich nicht an mich, sie will deinen Sohn sprechen. Ob der um diese Zeit online ist?«

»Davon bin ich überzeugt.«

Er kam zu ihr und sah ihr, wie alle anderen auch, über die Schulter.

Turtle, bist du da? Willst du noch mit mir reden? Ich will mit dir reden.

hi firewall ich bin hier. du redest also doch noch mit mir. ich hab dauernd auf nachricht von dir gewartet. ich hab gehofft du redest mit mir

Du weißt jetzt, wie ich heiß. Du musst mich nicht mehr Firewall nennen.

soll ich???

Klar, ich mag's, wenn du Lucy zu mir sagst. Aber ich sag trotzdem Turtle zu dir. Darf ich? Verzeihst du mir, dass ich so böse auf dich gewesen bin? Es tut mir so Leid, Turtle, ich hab mich überhaupt nicht mehr ausgekannt.

ist gegessen. ich will nur mit dir reden. wo steckst du? sags nicht wenn du nicht willst. gehts dir gut???

Mir geht's gut. Ich hab nur total Hunger. Ich hab seit gestern nichts gegessen.

das ist schlecht. du musst bald was essen

Ich hab nicht das erste Mal Hunger, ich kenn das Gefühl. Gestern früh ist mein Vater gestorben, Turtle. Ich war dabei. Ich hab ihn sterben sehn und hab überhaupt nichts empfunden.

du brauchst nix fuer den empfinden

Aber genau darum geht's. Ich würd gern was empfinden. Ich weiß, wie's dir gehen würde, wenn dein Vater sterben würd.

das ist was anderes. was komplett anderes

Weiß ich selber. Genau darüber will ich mit dir reden. Du hast mir doch mal erzählt, er hat dir das Reden beigebracht?

»Boss«, sagte Trevor leise zu Harrigan, »passt dir das so? Wir können das auch weniger öffentlich machen.«

»Das ist Arbeit, Trev«, erwiderte Harrigan. »Halt die Augen offen.«

reden hat er mir nicht beigebracht weil ich eigentlich nicht reden kann. von ihm hab ich gelernt was worte sind. er hat immer mit mir geredet als ich ein baby war & er hat das radio laufen lassen. er ist andauernd mit mir zu tante ronnie & zu lyn gefahren & die haben sowieso immer nur geredet. er hat immer woerter mit mir geredet damit ich weiß was das ist

Wieso hat er das gemacht?

weil die gesagt haben ich kann keinen verstand haben. wegen dem wie ich bin. er hat gesagt: nix da & ich werds euch schon beweisen. er hat leute geholt die mir lesen beigebracht haben da gibts extra methoden dafuer. wieso?

Grace beobachtete Harrigan und fragte sich, wie er es ertrug, all das auf dem Bildschirm zu sehen. Er sah sie an, aber es war unmöglich zu erkennen, was in seinem Inneren vorging. Sie spürte den Verlust so akut, dass es sich nicht verbergen ließ. Sie wandte sich ab.

Ich wollt's einfach nur wissen. Kennst du eigentlich jemanden von den Leuten, mit denen er zusammenarbeitet?

schon. wieso????

Wie sind die so? Sind die so wie alle anderen?

sind halt leute. wieso????

Du hast mir gefehlt, Turtle.

du mir auch

Es trat eine Pause ein. Das gesamte Computerzimmer wartete stumm.

Meinst du, dein Vater sieht uns beim Chatten zu?

wahrscheinlich. er will dich finden lucy. & er wird dich finden. wieso??? was ist denn los?

Ich hab noch was getan, Turtle. Ich muss jemand davon erzählen.

»Nur zu«, sagte Trevor.

lucy, du hast nicht noch jemand umgebracht?? bitte sag mir dass dus nicht hast

Hab ich nicht. Wenigstens noch nicht. Es ist was anderes. In ungefähr zwanzig Minuten wird das Haus in Flammen aufgehen. Das hab ich gemacht, weil einer, der mir was bedeutet hat, sich umgebracht hat, und auch um ihn hab ich nicht weinen können. Ich wollte, dass die Leute wissen, was mit ihm passiert ist. Aber ich wollte nicht, dass einer verletzt wird. Aber jemand hat zu mir gesagt, was, wenn die Häuser ringsum auch hochgehen und da dann Leute verletzt werden? Ich will nicht, dass das passiert. Ich will nur, dass alles aus dem Weg geräumt wird, damit wir von vorn anfangen können. Wieso kann ich das nicht einfach geschehen lassen, Turtle? Was soll ich denn jetzt tun?

wo ist es?? sag mir das

»Genau«, sagte Harrigan in das schweigende Zimmer hinein, »wo ist es? Sag's mir.«

Randwick.

ruf die polizei. ruf sie schnell

Harrigan deutete auf Trev. »Feuerwehr. Dalli. Ich ruf in der Chefetage an. Lou, du schickst meinem Sohn eine Mail. Sag ihm, dass wir Bescheid wissen. Du bleibst hier und hältst mich auf dem Laufenden. Alle anderen: Abmarsch.«

Es war befreiend, endlich etwas zu tun zu haben. Das Büro leerte sich schneller, als Harrigan gehofft hatte. Jeder verfügbare Polizist raste mit demselben Ziel auf gefährlich glatten Straßen durch Surry Hills. Im Konvoi donnerten sie hinter den Feuerwehrautos und Notarztwagen die Anzac Parade entlang, und die Sirenen gellten die Umgebung wach. Nicht weit von der Royal-Randwick-Rennbahn entfernt, wollte Trevor gerade sagen: »Da wären wir«, als an der Kreuzung, auf der anderen Straßenseite, ein weißes Klinkerhaus anfing, auf beinahe surreal anmutende Art flackernde Feuerbündel aus dem Dach zu speien, während seitwärts durch die Fenster rote und gelbe Flammen hervorschossen.

»Scheiße«, kommentierte Harrigan. Um ein Haar. Zum zweiten Mal in weniger als vierundzwanzig Stunden war sie ihm einen Schritt voraus gewesen.

Was soll ich jetzt tun, Turtle?

ruf an

Die wissen schon Bescheid. Die haben zugeguckt, da bin ich ganz sicher. Nein, ich meinte, überhaupt. Man kann doch wählen, oder? Meinst du nicht auch, Turtle?

jeder hat die wahl lucy. was meinst du damit???

Es geht um die Wahl, die ich jetzt treffen muss. Was soll ich jetzt tun?

egal was: du sollst keinem wehtun. auch dir nicht

Dafür ist es schon zu spät. Die Wahl hab ich nicht mehr. Die Frage ist nur: So oder so, für eins muss ich mich entscheiden.

was hast du vor??

Wahrscheinlich werde ich fortgehen. Weit, weit fort. Vorher muss ich mich von allen verabschieden, die mir wichtig sind. Das bist praktisch nur noch du.

du brauchst dich nicht von mir zu verabschieden. wir koennen chatten

Wenn ich fortgeh, muss ich mich vorher von dir verabschieden.

kapier ich nicht. egal wo du hingehst es ist immer dasselbe: du bist immer noch du & ich bin immer noch ich daran aendert sich nix. was du getan hast: daran aendert sich nix. & was ist mit den menschen auf die du geschossen hast? hast du die vergessen??

Nein, ich hab sie nicht vergessen. Ich werde sie nie vergessen. Weißt du, was so ziemlich das Schlimmste ist?

was???

Die Frau hat mich nicht sehen können, als ich auf sie geschossen hab, weil mein Gesicht verdeckt war. Sie hat nicht gewusst, wer ich bin. Sie hätte das Recht gehabt, es zu erfahren. Ich hätte den Mut haben müssen, ihr ins Gesicht zu sehen. Man soll nicht machen, was ich gemacht hab, wenn man nicht den Mut hat, den Leuten ins Gesicht zu sehen.

lucy. nein nein nein nein nein. man macht es ueberhaupt nicht. ich hab dir schon mal gesagt dass es falsch ist

Falsch ist es, wenn man nicht zu seinem Tun steht.

immer falsch. keine diskussion

Na gut. Alles Liebe, Turtle. Bis demnächst mal hoffentlich.

du willst nie mehr mit mir reden??? willst du mir das damit sagen????

Sie kappte die Verbindung.

In einem anderen Gebäude, nicht allzu weit entfernt, nahm Louise in luxuriöser Einsamkeit einen Schluck Whisky aus ihrem silbernen Flachmann und kam zu dem Schluss, der Boss, ganz gleich inmitten welchen Infernos er sich gerade befinden mochte, musste dies erfahren. Sie rief ihn an.

In ihrem Zimmer saß Lucy auf dem Bett, in Händen das Bild dieser Frau: Grace. In diesem Licht konnte sie das Gesicht nicht deutlich erkennen. Sie spähte auf die Uhr und dachte, ja, das Haus ist jetzt kaputt und alles andere, was eventuell sonst noch Feuer gefangen hat. Die müssten jetzt dort sein und die Überreste inspizieren, die alle, auch der Vater von Turtle. Lucy legte das Foto auf das Bett, griff nach Handy und Pistole und machte sich auf zum Belmore Park.

Sie kannte keine Furcht, als sie durch die verlassenen, von den Regenmassen überschwemmten Straßen lief. An der breiten Kreuzung überquerte sie die Elizabeth Street und tauchte in die Unterführung zur Eddy Avenue. Es herrschte so gut wie kein Verkehr. Am Hauptbahnhof glommen gelbe Lampen unter der Kolonnade, in deren Alkoven und Nischen Menschen wie Bündel von Schmutzwäsche schliefen. Niemand interessierte sich für sie. Die Kapuze ins Gesicht gezogen, wirkte sie so namenlos und abgerissen wie jeder andere hier. Ein Stück weiter vorn unter der Kolonnade fingen eine Frau und zwei Männer zu streiten an. Der eine Mann und die Frau schlugen auf den anderen ein und zerrten an seinen Kleidern. Die Stimmen hallten rau bis zu ihr herauf, aber sie konnte die Wörter nicht verstehen, nur die Flüche. Bald würde die Polizei erscheinen und die Kampfhähne trennen. Diese Aussicht beunruhigte Lucy keineswegs. Sie spürte, dass nichts ihr etwas anhaben konnte, in Gedanken durchschritt sie diesen Ort ungesehen, war weniger denn ein Geist.

Sie ging auf die andere Seite, in den Belmore Park hinüber, und stellte sich in die Mitte der Wiese, zwischen die Moreton-Bay-Feigen, wo sie Greg zuletzt gesehen hatte. Im Beinahedunkel der Stadt strahlte der Pavillon ein trübes Fluoreszieren aus. Sie hob den Blick und meinte am Himmel den Umriss eines Flughundes zu sehen. Die Welt befand sich im labilen Gleichgewicht, und Lucy erwartete fast, sie müsse in der nächsten Minute, beim nächsten Schwenk ihrer Umlaufbahn, ins Nichts kippen. Vielleicht würde die Zeit tatsächlich gleich enden, und dann gäbe es einen Ausweg, ohne dass sie noch einmal etwas tun musste. Alle Bewegung schien zum Stillstand gekommen. Nur das Abtropfen des Regens von den Bäumen war zu hören, sonst herrschte Stille. Die Stimmen der Menschen auf der anderen Straßenseite verstummten. Intuitiv dachte sie, es ist so weit, dies muss die Stille sein, die eintritt, bevor die Welt aufbricht und die Zeit endet. Sie wartete, wagte kaum zu atmen. Sie war leicht, schwebte.

Dann schloss sich der Riss um sie wieder, und die Zeit setzte ein. Ein Auto, das mit überhöhtem Tempo die Eddy Avenue entlangraste, machte an der Ampel Pitt Street eine Vollbremsung und brach seitlich aus. Über die Eisenbahnbrücke donnerte ein Nachtzug. Auf der anderen Straßenseite beobachtete sie unter der Kolonnade zwei Polizisten, die sich in den Kampf einmischten, dessen Anfang sie mitverfolgt hatte – und was sie vorausgesehen hatte. Sie nickte nachdenklich. Nur mit dieser Zeit und diesem Ort musste sie noch fertig werden.

Sie ging aus dem Park und über die Straße, geriet fast ins Blickfeld der Polizisten, wandte ihnen aber den Rücken zu und kehrte in ihren Unterschlupf zurück. Sie schaute auf die Uhr. Bald wäre es Morgen, und der nagelneue Tag, den Graeme ihr versprochen hatte, bräche an.

Blau und rot zuckten die Lichter der Feuerwehrautos über die nassen Straßen, während Feuerwehrleute um das weiße Gebäude herum Schläuche ausrollten und die Flammen erstickten. Aus dem Schnellrestaurant nebenan schlugen hohe Flammen, und die Hitze ließ das Fenster nach außen zerbersten. Der Qualm hatte die Bewohner des Mietshauses gegenüber auf die Straße getrieben. Manche hatten evakuiert werden müssen. Auf den nassen Straßen standen die Menschen verloren in Grüppchen herum, benommen und in der Feuchtigkeit frierend, Decken über die Nachtwäsche geschlagen, während die Medienleute sie umkreisten wie eine Meute gieriger Hunde. Die waren wie üblich in Windeseile aufgetaucht. Harrigan wünschte, seine Leute wären einmal ähnlich tüchtig. Die Kamerateams packten gegenüber den Feuerwehrautos ihre Utensilien aus, und die Moderatoren bereiteten sich auf die große Show vor der Kamera vor. Das Bühnenbild war ein Durcheinander aus Regenschirmen und durchnässten Menschen, die einander missgelaunt anrempelten.

»Lasst die nicht zu nah ran. Ich will mich um diese Komiker nicht auch noch kümmern müssen«, grummelte Harrigan den Streifenpolizisten zu, bevor er sich auf die Suche nach dem Einsatzleiter des zuständigen Reviers machte.

»Wo waren die Wachleute?«, fragte er ihn. »Meiner Information zufolge wurde diese Klinik rund um die Uhr bewacht.«

»Das entspricht auch meinen Informationen. Ich weiß nicht, wo die gesteckt haben, aber hier waren sie nicht, das steht mal fest«, entgegnete er barsch. Er ließ den Blick über die Straße schweifen. »Schauen Sie sich bloß mal diese Sauerei an. Man sollte das Schwein, das das hier angerichtet hat, einsperren und den Schlüssel wegschmeißen.«

»Wenn wir nicht so frühzeitig eingetroffen wären, hätte es hier Tote gegeben«, meinte Harrigan. »Das können Sie denen vom Bereichskommando ausrichten – samt einem persönlichen Gruß von mir.«

»Mach ich. Kein Problem.« Bei der Vorstellung grinste er vergnügt und marschierte davon.

Auf der anderen Straßenseite winkten Verkehrspolizisten sämtliche Autos auf die Fahrspur nach Süden. Es dämmerte, das morgendliche Verkehrschaos braute sich gerade zusammen und griff schon nach den Küstenvororten im Süden und dem Stadtzentrum im Norden. Über dem schlangennestgleichen Chaos aus Feuerwehrschläuchen, den ausgebrannten, im nasskalten Wetter noch schwelenden Häusern und dem

Fahrzeugkonvoi, der die obdachlos Gewordenen in vorläufige Unterkünfte brachte, ging die Sonne auf. Harrigan sah, wie seine Leute sich Kaffee holten, beobachtete Grace beim Zigarettenanzünden und wie sie erschöpft die Schultern kreiste. Er wollte mit ihr reden, wusste aber nicht, was er sagen sollte. Abgesehen von einem, maximal zwei abgezwackten Stündchen hatte seit vierundzwanzig Stunden keiner von ihnen mehr geschlafen.

Sein Telefon schrillte, und er nahm den Anruf hastig entgegen. Das Überwachungsteam beim Tempel teilte ihm mit, der Prediger sei inzwischen zu Fuß heimgekehrt. Er befahl, den Mann in Ruhe zu lassen, legte auf und fragte sich, wo Fredericksen die Zeit zwischen Mitternacht und Tagesanbruch zugebracht hatte und was er ihnen wohl über diese Gebäudeexplosion hier zu erzählen hätte. In dem Moment überraschte ihn noch ein Anruf aus dem Büro des Polizeipräsidenten. Als das kurze Gespräch beendet war, machte er sich sofort auf die Suche nach Trevor.

»Ich muss mir den Wagen nehmen. Der Herrgott hat mich zu sich befohlen, er will mit mir frühstücken. Wir sehen uns dann später im Büro.«

»Viel Spaß, Boss. Und vergiss nicht, den Präsidenten von mir zu grüßen, wenn du schon mal da bist. Was will er überhaupt von dir?«

»Keine Ahnung. Die haben gesagt, es kann eine Weile dauern. Wer weiß, ob das gut oder schlecht ist.«

Was wollten die von ihm? Wahrscheinlich eine Erklärung, weshalb er mitten im Bundesstaatswahlkampf ein Sprengstoffattentat zugelassen hatte, was ja nun nicht gerade das Cleverste gewesen sei. Mit der unangenehmen Vorahnung, die Situation würde fortan noch komplizierter werden, als sie ohnedies schon war, stieg er in den Wagen. Beim Fortfahren fiel ihm ein dunkelblauer Transporter auf, der auf der anderen Straßenseite vor dem blau-weißen Absperrband langsam zum Stehen kam. *Acme Security. Immer für Sie da.* Er sah auf die Digitaluhr auf dem Armaturenbrett. Sieben Uhr fünfundvierzig. Tagschicht. Willkommen im Dienst, Jungs. Bittet mich doch bei Gelegenheit mal um ein Empfehlungsschreiben.

35

Während Harrigan zum Büro des Polizeipräsidenten fuhr, stand Lucy in ihrem Zimmer mit dem Blick auf den Hinterhof und die Straße und sah immer wieder mechanisch auf die Uhr. Schließlich zog sie den Mantel an und ließ die Pistole in die eine Tasche, das Handy in die andere gleiten. Sie hatte das Gefühl, einseitig niedergedrückt zu werden, beschwert wie einer, der sich ertränken will. Sie zog die Kapuze über, um das Gesicht zu verbergen, ließ alles andere zurück, lief die rückwärtige Treppe hinunter und verließ das Gebäude über eine kleine Laderampe. Sie stand den Blicken entzogen an der Wand und spähte die schmale Gasse entlang in den eisigen, gleichmäßigen Regen, der aus stahlgrauem Himmel fiel. Es war niemand da, der sie hätte sehen können, aber der Regen wurde stärker und von einem kräftigen, kalten Wind bis in das Verladetor hineingeweht. Er durchweichte ihren Mantel, doch sie empfand kein Unbehagen. Ihr Körper war undurchlässig, leicht und sauber. Die Kehle tat ihr nicht mehr weh. Sie fühlte sich entspannt, wie vor einer Erlösung.

Sie trat einen Schritt vor und entdeckte ein Auto, das nicht weit vom Hintereingang eines Textildiscounters parkte. »Ich will an der frischen Luft sterben. Ich hoffe, das klappt«, murmelte sie bei sich. Eine junge Frau rannte durch den Regen auf den Wagen zu. Lucy stand hinter der Frau, als diese gerade die Tür aufgesperrt hatte, und drückte ihr die Pistole gegen die Rippen.

»Kein Wort«, befahl sie. »Ruf nicht um Hilfe. Bring mich einfach dorthin, wo ich's dir sage, dann passiert dir nichts.«

Die Frau betrachtete sie mit weit aufgerissenen Augen, erkannte sie und fügte sich widerstandslos.

Sie stiegen ein. Die Todesangst wie eine Teufelskralle im Nacken, fuhr die Frau Lucy zum New-Life-Ministries-Tempel in Camperdown. Der Himmel verfärbte sich von Schwarz zu Grün, und man hörte Donnergrollen. Hagelkörner, so groß wie Kricketbälle, prasselten plötzlich herab, und die Sicht war so gut wie null.

»Mein Auto«, ächzte die Frau, als der Hagel auf die Kühlerhaube donnerte und die Windschutzscheibe zersplitterte.

»Weiter«, befahl Lucy. »Schneller. Los.«

Halsbrecherisch schlitternd rasten sie den Hügel hinab auf den Tempel zu. Lucy befahl der Frau, von der Straße abzubiegen und, so nahe sie nur konnte, an die Tür auf der Rückseite des ehemaligen Kinos heranzufahren. Den Schlüssel hielt sie bereits in der Hand. Sie holperten über unebenes Gelände, und als sie unter Schleudern direkt an der Tür zum Stehen kamen, waren sogar die Reifen zerfetzt und unbrauchbar. Wortlos stieg Lucy aus. Sie war schon im Gebäude verschwunden, da hatte die Frau noch gar nicht realisiert, dass sie nicht mehr neben ihr saß. Sie saß hinter dem Steuer und war vor Schock zu keiner Bewegung mehr fähig, als das Auto unvermittelt von Menschen umringt war. Die Tür wurde geöffnet.

»Polizei«, sagte jemand. »Kommen Sie mit. Haben Sie keine Angst.«

Wie benommen ließ sich die junge Frau am Arm nehmen, aus dem Auto zerren und eilends fortschaffen. Sofort waren zwei Beamte hinter Lucy zur Hintertür des Tempels gesprintet, doch sie kamen zu spät. Sie hatte die Tür längst zugeschlagen und verriegelt. So schnell, wie sich die Gegend belebt hatte, so schnell war sie wieder ruhig. Sämtliche Leute verschwanden wie ein Spuk.

Harrigan marschierte trotz angebotenen Frühstücks hungrig ins Büro, da ihm der Appetit innerhalb der ersten zehn Minuten der Besprechung mit dem Polizeipräsidenten und – wie sich herausstellte – einem seiner Stellvertreter vergangen war. Er fragte sich gerade, wie er die nötigen zukünftigen Schritte einleiten sollte, als sowohl sein Handy klingelte als auch Trevor sich ihm in den Weg stellte. Im gesamten Büro herrschten Lärm und Hektik.

»Wir haben sie. Sie ist im Tempel. Ich schätze, wir haben es nun mit einer Belagerung zu tun«, klärte Trevor ihn auf.

Harrigan bedeutete ihm zu schweigen und horchte ins Telefon. Es war das Überwachungsteam beim Tempel. Er befahl, das Gelände abzusperren und die Polizei vor Ort anzufordern. Dann rief er sofort Tooth an. Er brauche Männer da unten, sagte er, und die Gegend müsse sofort abgeriegelt werden. Marvin war guten Willens, wobei er sowieso keine andere Wahl hatte.

»Ich hoffe nur, ich kann mich auch wirklich auf Ihr Wort verlassen«, sagte Harrigan in bedrohlichem Ton.

»Können Sie«, erwiderte Marvin. Gleichzeitig legten sie auf.

»Ruhe bitte. Es gibt Arbeit«, rief Harrigan allen Anwesenden zu und war verdammt froh, die perfekte Ausrede zu haben, ihnen vorerst nicht zu verkünden, was er ihnen ansonsten noch eröffnen musste. »Wir gehen Schritt für Schritt vor. Ich brauche euch jetzt alle vor Ort, keiner geht heim. Ian und Trev, ihr kommt in mein Büro, damit wir unser Vorgehen abspr… wessen Apparat ist das? Grace. Mach's kurz.«

Grace eilte an ihren Schreibtisch und nahm den Hörer ab. »Grace Riordan.«

»Bist du das, Grace? Die, die mir gestern ihren Nachnamen nicht verraten wollte? Du bist es doch, oder? Die, die gestern mit mir gechattet hat?«

»Ja, die bin ich. Wie soll ich dich nennen – Lucy oder Firewall? Was ist dir lieber?«, erwiderte Grace und schaltete auf Freisprechanlage, damit alle im Raum mithören konnten. Harrigan ging durch das mittlerweile absolut stille Büro zu ihr.

»Du kannst mich Lucy nennen. Wie geht's denn so, Grace?«

»Mir geht es gut, Lucy. Wo bist du gerade?«

»Weißt du das nicht? Ich bin im Tempel. Ich dachte, ihr wärt die Ersten, die das mitkriegen.«

»Was tust du dort, Lucy? Willst du dort jemanden besuchen?«

»Ja, Graeme. Weißt du, gestern Nacht hat Graeme mich besucht, und er hat mir ein vollkommen neues Leben versprochen. Ein völlig neues Leben. Also bin ich zu ihm gefahren, um das mit ihm zu besprechen. Stimmt's, Graeme?«

Im schmucklosen Zuschauerraum sah Lucy zu dem Prediger hinüber, der mit einem vor Wut und Angst kreidebleichen Gesicht vor einer kleinen Ansammlung von Menschen saß, die sich vor der Längswand auf dem Boden aneinander drängten. Bronwyn, eine Mutter mit ihrem kleinen Sohn, ein alter Mann mit seiner Frau und noch ein paar, die sich selbst von diesem Unwetter nicht von der Andacht hatten abschrecken lassen. Die Plastikstühle waren umgeworfen und beiseite geschleudert. Der Hagel, der so laut auf das alte Dach gedonnert war, dass man kaum jemanden verstehen konnte, hatte inzwischen aufgehört, aber der Regen prasselte nach wie vor.

»Genau«, setzte Lucy ihre Rede fort, »hier sind er und ich und noch sieben andere Leute. Wir sitzen in diesem schönen Raum. Sie können nicht raus, weil die Türen alle zugesperrt sind. Und aus demselben Grund könnt ihr nicht rein. Weißt du, Graeme steht auf abgesperrte Türen. Ständig sperrt er sie ab. Aber ich dachte mir, dich könnten wir reinlassen, wenn du dich zu uns gesellen willst. Ich dachte, du hast vielleicht Lust, herzukommen und dich mit mir zu unterhalten.«

»Warum möchtest du, dass ich das tue, Lucy?«, fragte Grace und setzte sich. Harrigan saß ihr gegenüber und beobachtete sie, während alle lauschten.

»Ich will mit dir reden. Ich will mich mit dir unterhalten, und ich will, dass alle zuhören können!«

Grace sah zu Harrigan, der nickte.

»Das kann ich gerne tun, überhaupt kein Problem. Wenn ich jetzt starte, können wir schon während der Fahrt reden.«

»Nein, ich sag dir, was ich will, Grace. Ich will sehen, wie du aussiehst. Ich will wissen, wer du bist. Ich muss dich sehen können, ich muss von Angesicht zu Angesicht mit dir reden. Also will ich, dass du hier reinkommst und mich ebenfalls anschaust. Dass du mich anschaust und dabei funktechnisch verkabelt bist.«

Harrigan schüttelte den Kopf.

»Gut, Lucy, wir fahren jetzt los. Warte auf uns.«

»Nein, Grace, du hörst mir nicht zu. Ich hab die Schnauze gestrichen voll davon, dass alle mich dauernd anlügen«, kreischte Lucy. »Wenn du hier bist, lass ich dich zu mir rein, und dann redest du mit mir. Ich will dir was sagen. Ich habe eine Knarre mit fünfzehn Schuss Munition drin. Das ist eine Kugel für jeden hier, eine für mich, und dann sind noch sechs übrig. Und du *wirst* hier reinkommen. Weil ich nämlich alles aufs Spiel gesetzt habe, nur um mit dir zu reden. Du kommst hier rein. Und du wirst mir das innerhalb der nächsten zehn

Sekunden bestätigen, weil ich sonst anfange, die Leute abzuknallen. Also, ich beginne zu zählen. Eins. Zwei. Drei. Vier. Fünf …«

Harrigan nickte Grace kaum wahrnehmbar zu.

»Ich werde da sein, Lucy. Ich werde hineinkommen und mit dir reden.«

»Ehrlich?«

»Ja, ehrlich.« Harrigan stützte das Kinn auf die Hände.

»Aber du musst versprechen, dass du niemanden mehr erschießt. Versprichst du das?«

»Solange keiner sich bewegt oder versucht, irgendwelche Dummheiten zu machen, wird auch keinem was passieren«, entgegnete Lucy. »Und das ist ein ehrliches Versprechen von dir, dass du da sein wirst?«

»Ja, das verspreche ich dir«, erwiderte Grace. »Also, wer ist alles bei dir, Lucy?«

»Da ist Bronwyn. Und Graeme. Er ist echt froh, dass er hier ist, das sehe ich seinem Gesicht an. Dann sind da noch diese Frau und ihr Kleiner. Der Glückspilz. Da ist eine alte Dame, die nicht weiß, welcher Tag heute ist, mit ihrem Mann, der sich um sie kümmert, und seiner Schwester, die sich um ihn kümmert. Und dann ist da noch dieser bleichgesichtige Kerl, der andauernd da ist. Das war's.«

»Und du wirst ihnen nichts tun.«

»Nicht, solange sie da ruhig sitzen bleiben. Aber ich erwarte dich, Grace, also komm.«

»Gib mir deine Nummer, Lucy, damit ich dich anrufen und dir sagen kann, wo wir sind und was wir gerade tun. Nicht dass du denkst, wir kämen nicht.«

Lucy las die Nummer ab, und Harrigan notierte sie.

»Eins noch, bevor wir gehen, Lucy, wie bist du an meine Nummer hier gekommen?«

»Die hab ich von Graeme. Er weiß alles über dich, Grace.

Er hat mir dein Foto gezeigt. Ich will nur wissen, ob das wirklich du warst. Wir sehen uns, bald.«

Grace legte auf. Das Schweigen im Raum dauerte an, und jeder musterte den anderen und wartete darauf, dass Harrigan etwas sagte.

»Wir brauchen einen Vermittler, der mit ihr redet. Und mit dir, nicht wahr, Grace? Den besten, den wir haben.« Er sah ihr in die Augen, und beide dachten in diesem Moment an frühere gemeinsame Gespräche. »Wir werden alles versuchen müssen, um dich da irgendwie rauszuverhandeln. Wollen wir hoffen, dass uns das gelingt. Aber bereite dich lieber schon mal darauf vor, selbst mit ihr zu reden. Ian und Trev, in mein Büro, sofort. Der Rest macht sich marschbereit.«

Die Gruppe zerstreute sich.

»Wo willst du denn hin, Gracie?«, fragte Ian, da Grace sich rasch auf den Ausgang zubewegte.

»Ich wasche mir das Gesicht und ziehe eine frische Bluse an«, entgegnete sie grimmig. »Wenn ich schon erschossen werde, dann will ich wenigstens saubere Sachen anhaben.«

Unvermutet stand Harrigan vor ihr. Ringsum blieben die Leute stehen und beobachteten sie.

»Das denkt man nicht, geschweige denn, dass man es sagt, egal aus welchem Grund. Nicht einmal im Scherz. Hörst du mich? Keiner von euch wird erschossen werden, auch du nicht. Also nimm das zurück.«

»Es war kein Scherz, Paul. Aber egal, ich hab's nicht gesagt«, erwiderte sie und war verblüfft, dass etwas ihn derart erzürnen konnte, was für sie doch nur eine Methode war, um mit Ereignissen zurande zu kommen, die weit außerhalb des Erträglichen lagen.

»Gut.«

Er ging davon und war insgeheim froh, dass sie endlich mal auf ihn gehört hatte; den Umstehenden erschien allenfalls der Umstand bemerkenswert, dass sie und der Boss zu einer vertraulichen Anrede gefunden hatten.

In seinem Büro bat er Ian und Trevor zu warten, bis er einen Anruf getätigt hätte. Er musste sicher sein, dass wirklich alles Wesentliche vor Ort war. Nichts gegen Vermittler, aber manchmal gab es eben keinen Ersatz für zuverlässige Scharfschützen.

Und da war noch etwas, das er erledigen wollte, bevor er mit den anderen startete. Er ging zu Louise, der er befohlen hatte, hier zu bleiben, und bat sie, seinem Sohn eine E-Mail zu schicken.

»Berichte ihm einfach, was sich tut«, sagte er.

Er wollte nicht, dass Toby zufällig über das Internet herausfände, dass das Mädchen, das er zu lieben glaubte, an einem regnerischen Vormittag in Camperdown von der Polizei erschossen worden war.

36

Lucy lauschte dem anschwellenden Sirenengeheul. Sie lächelte und richtete die Waffe noch gezielter auf den Prediger.

»Hör dir das an, Graeme. Und alles nur, weil ich die Pistole und euch habe. Aus keinem anderen Grund würde jemand so viel Zeit für mich verschwenden.«

Er wollte ein Stück näher kommen, um auf sie einzureden.

»Keine Bewegung!«, herrschte sie ihn an, und er verharrte achselzuckend in der alten Position.

»Lucy, hör mich an. So bringt dir das doch überhaupt nichts. Begib dich in meine Hände, und ich kann versuchen, etwas für dich auszuhandeln. Lass uns doch erst einmal über die ganze Geschichte sprechen.«

Zur Erwiderung grinste sie ihn an.

»Nein, Graeme. Vergiss es. Du bleibst schön da sitzen. Ich will von dir nur, dass du dein Maul hältst. Das wird schön, wenn du zur Abwechslung mal nicht redest.«

Für einen kurzen Moment gewann die Wut im Gesicht des Predigers die Oberhand über die versteckte Furcht. Lucy bekam plötzlich selbst Angst und schloss die Hand enger um die Waffe.

»Genauso bist du doch, nicht wahr, Graeme«, meinte sie, »immer spielst du deine kleinen Spielchen. Nein, keine kleinen Spielchen, deinen großen Spiele. Willst du wissen, wieso ich hier bin? Weil ich das von jetzt ab auf meine Art durchziehen werde. Diesmal werd ich mein Gesicht nicht verbergen. Du hast das eingefädelt. Aber diesmal wirst du dabeisitzen und selber beteiligt sein.«

»Soll ich mit dir ins Gefängnis gehen, Lucy? Ist es das?«, fragte er trotz allem spöttisch.

Sie lachte. »Ich weiß noch nicht, was passieren wird. Ganz ehrlich. Das hängt von allem Möglichen ab. Ich glaube kaum, dass ich lebend hier herausspazieren werde, was mir auch gar nichts ausmacht. Aber du bleibst schön da sitzen. Du laberst nicht, kein Wort. Denk nicht mal. Und das gilt ebenfalls für euch andere.«

Die anderen saßen weiterhin dicht an dicht an der Wand und wären in ihrer Angst gar nicht auf den Gedanken gekommen, sich zu rühren. Bronwyn weinte still vor sich hin. Das Kind fing ebenfalls zu weinen an, schmiegte sich an die Mutter und übertönte schließlich mit seiner Lautstärke das inzwischen leisere Prasseln des Regens auf dem Blechdach. Ganz kurz schloss Lucy die Augen.

»Lass es sofort aufhören«, befahl sie mit drohender, doch gleichzeitig zitternder Stimme, und ihre Hände krampften sich um die Pistole.

Das Kind wurde eilends beruhigt. Lucy sah Graeme in die Augen und dachte: In Wirklichkeit sind die Menschen dir doch scheißegal, oder? Alle. Dir liegt nichts an mir. Ich weiß nicht, was dir am Herzen liegt, aber es ist jedenfalls keiner von den hier Anwesenden. Sie sprach das nicht aus. Sie legte die freie Hand um das Mobiltelefon und erwartete sein Klingeln.

Auf der Straße herrschte hektisches Treiben. Inmitten der Vielzahl der Anforderungen, die es bei diesem Einsatz zu erfüllen galt – darunter einmal mehr diejenige, die Medien unter Kontrolle zu halten –, konzentrierte Harrigan sich ganz auf zwei Punkte: Nummer eins war die durchgehende Fensterreihe zur Seitengasse im Obergeschoss des Baus. Nummer zwei war eine kleine Schar bewaffneter Männer, die über unauffälligen Overalls kugelsichere Westen trugen und jetzt endlich vor Ort erschienen waren. Als der Transporter vorfuhr, verkniff Harrigan es sich, ihnen dafür zu danken, dass sie sich so viel Zeit gelassen hatten. Es kam ihm vor, als bewegten sie sich absichtlich langsam. Mit geübter Selbstverständlichkeit trugen sie ihre Hochleistungsgewehre.

»Wo wollen Sie uns haben? Und was sollen wir tun?«, erkundigte sich der Chef der Truppe.

»Ich brauche Sie an zwei Positionen«, erklärte Harrigan. »Eine davon müssen wir allerdings erst einrichten. Aber die andere ist inzwischen schon so weit. Gleich hier hinten.«

Er führte den Scharfschützen durch die schmale Gasse an ein eigens aufgestelltes Gerüst, auf dem zwei Polizisten die dunkelblauen Fensterscheiben an der Gebäuderückseite kontrollierten.

»Wenn wir es schaffen, unbemerkt dieses Fenster rauszunehmen – was zugegebenermaßen ziemlich viel verlangt ist, aber wir werden sehen, was sich machen lässt –, dann will ich einen von Ihren Leuten in Feuerbereitschaft da oben haben.

Die andere Stelle, an der ich jemanden brauche, ist gegenüber dem Vordereingang – sofern wir den aufkriegen. Alle Übrigen können Sie um das Gebäude herum ausschwärmen lassen. Sie sollen sicherstellen, dass die Zielperson ihre Waffe nicht einsetzt. Ich will, dass sie kampfunfähig gemacht wird. Die letzte Person, die verletzt wird, ist meine Untergebene. Ist das eindeutig genug?«

»Das lässt sich machen«, lautete die gelassene Bestätigung. »Schön, zur Abwechslung mal eine Herausforderung zu haben. Wir gehen in Position.«

Macht das, dachte Harrigan im Fortgehen, und übereilt euch bloß nicht.

In der Mitte einer kleineren Gruppe wurde Grace gerade mit einem Funksender ausgestattet. Sie stand bei der Vermittlerin, einer runden Frau mit blonder Jungmädchenfrisur, deren leuchtend bunte Kleidung zu eng für die üppige Figur war. Als Harrigan zu ihnen stieß, drängt Grace sofort:

»Ich sollte sie anrufen. Sie ist sicher schon nervös.«

Er schwieg. Er sah auf die Uhr und dann zur Vermittlerin.

»Ich fürchte, wir riskieren zu viel«, sagte diese.

»Sie haben meine Kollegin eingewiesen?«

»Ja.«

»Also gut, Grace, ruf sie an«, sagte Harrigan.

Im Bruchteil einer Sekunde war Lucy am Apparat.

»Du hast dir aber verdammt viel Zeit gelassen, Grace«, beschwerte sie sich zornig.

»Aber nun bin ich hier, Lucy, ich stehe draußen. Was soll jetzt passieren?«

»Ich will, dass du reinkommst.«

»Klar. Und wie wird das gehen?«

»Ich mach die Tür auf, und du trittst ein.«

»Du selbst machst die Tür auf?«

»Eher nicht. Ich schick jemand. Und dafür hab ich auch

schon genau den Richtigen gefunden«, sagte Lucy mit einem Blick auf das Kind.

»Lucy, bevor wir uns sehen, müssen wir ein paar Punkte klären.«

»Da gibt's nichts zu klären.«

»Etwas gibt es doch, Lucy.«

»Was?«

»Würdest du die Tür für mich offen stehen lassen? Ich meine diese Holztür zum Foyer. Nur damit die Leute hier draußen mich durch die Glastür am Eingang sehen können und wissen, was passiert.«

»Sonst nichts? Soll das dazu gut sein, dass sie mich besser abknallen können?«

»Es soll lediglich dazu gut sein, dass die Leute hier draußen sehen, was passiert.«

»Okay, das macht mir nichts aus. Ich werd noch was tun. Sobald du hier drin bist, lass ich alle außer Graeme und dir gehen. Wie hört sich das an?«

»Das ist eine sehr gute Entscheidung. Wollen wir das fest abmachen?«

»Ja, wieso nicht? Also – kommst du jetzt rein?«

»Lucy, darf ich dir noch eine einzige Frage stellen? Warum soll ich zu dir reinkommen? Was wirst du tun? Ich möchte das gern wissen.«

Die Vermittlerin nickte.

»Hab ich dir doch schon erzählt. Ich will dich anschauen. Ich will sehen, wie du wirklich aussiehst. Ich will mit dir reden. Das hab ich dir alles schon gesagt. Hier sind sieben Leute drin, Grace. Wenn's sein muss, werd ich halt drei davon mal abknallen. Vielleicht kommst du ja dann rein.«

»Wirst du mich erschießen? Ist es das, was du vorhast?«

»Hängt ganz von dir ab.«

»Inwiefern hängt es von mir ab?«

»Vielleicht wäre es gescheiter, du kommst endlich rein und findest es selbst raus«, blaffte Lucy. »Ich hab es satt, dauernd rumzulabern. Ich hab dir gesagt, was ich will. Und jetzt ist Schluss mit dem Gelaber. Fertig!«

Draußen schüttelte die Vermittlerin den Kopf.

»Fein, Lucy. Ich bin sofort bei dir. Wir müssen nur die Funkübertragung richtig einstellen. Ich ruf dich zurück, wenn das geklappt hat. Gib mir nur noch ein paar Minuten Zeit.«

»Lass mich bloß nicht zu lange warten.«

»Keine Angst.«

»Okay«, meinte die Vermittlerin, sobald das Telefonat beendet war, »wenn sie sagt, wir sollen sie nicht warten lassen, dann meint sie das auch so. Sie müssen sie dazu bringen, dass sie ihr Denken ganz darauf ausrichtet, die Waffe nicht einzusetzen. Man muss ihr einen Grund geben, sie nicht einzusetzen. Sie müssen da drin auf Zeit spielen. Lassen Sie sie reden. Sie will reden. Lügen Sie sie unter keinen Umständen an. Wenn sie das Gefühl hat, Sie würden sie anlügen, ist das wahrscheinlich das Aus für Sie.«

Die Vermittlerin sprach in einem Ton, der sowohl mit ihrer Erscheinung als auch mit ihren Worten im Widerspruch stand. Sie gab ihrer Zuhörerin das Gefühl der Unterstützung und des Schutzes. Grace sog diesen Schutz als vorübergehende Erlösung der totalen Anspannung in sich auf.

»Das ist nicht genug«, widersprach Harrigan. »Sie reden lassen? Was können Sie uns noch sagen?«

»Wir haben keinen Ansatzpunkt«, entgegnete die Vermittlerin. »Es ist alles eine Frage der Wahl, die man trifft. Sie hat beschlossen, dass sie nichts zu verlieren hat. Sie hat ihre Wahl getroffen. Sie wird jemanden umbringen, daran zweifle ich nicht.«

Ein Tontechniker kam aus dem Wagen und bat Grace: »Ich

brauche einen Soundcheck. Sagen Sie irgendwas, wenn ich wieder im Wagen bin.«

Grace hatte sich eine Zigarette angezündet und nickte. Auf ein Zeichen des Technikers hin sang sie: »*He, du mit der Leichenbittermiene/Komm mit in meine Hausruine/Da geht was ab./He, du bei der Discokugel/Schau doch nicht gar so bedudelt/Hier geht was ab.*«

Der Techniker lachte und beugte sich aus der Wagentür. »Klar wie eine Nachtigall«, rief er.

Harrigan ertappte sich dabei, wie er sich am Kinn kratzte. »Besten Dank«, sagte er zur Vermittlerin, »ich muss jetzt mit meiner Kollegin sprechen. Ich rufe, sobald wir Sie wieder benötigen.«

Die Vermittlerin verschwand in der Menge.

»Das ist doch nur ein Lied, das ich mag, Paul. Mein erster Freund hat es mir oft vorgesungen«, erklärte Grace tatsächlich grinsend, bevor er noch den Mund aufmachen konnte.

»Du darfst nicht da reingehen, wenn du das nicht bis zum Ende durchstehen kannst. Willst du einen Rückzieher machen? Jetzt ist die Chance dazu.«

»Das weiß ich«, sagte sie und ließ Asche auf die nasse Straße fallen, »ich schaffe das.«

»Du hast gar kein Make-up aufgelegt«, bemerkte er.

Grace hätte fast gesagt, nein, sie habe aus irgendeinem Grund nicht die Kraft dazu gehabt, aber das Höschen, das hatte sie gewechselt, und das sei doch immerhin etwas. Sie verkniff sich den Wunsch, laut aufzulachen.

»Nein, und das gerade jetzt, wo ich die Schutzschicht nötig hätte«, sagte sie und sah zur Seite.

»Sieh mich an«, bat er, und sie tat es. »Bleib immer ruhig. Tu genau, was die Vermittlerin sagt – spiel auf Zeit. Jetzt ruf sie an, und halt sie noch ein bisschen hin. Du gehst erst da rein, wenn ich es dir sage.«

Auch diesmal war Lucy blitzschnell am Apparat.

»Hi, Lucy. Wir sind gleich so weit. Es kann nicht mehr lange dauern.«

»Ihr lasst euch verdammt viel Zeit, Grace. Was treibt ihr da eigentlich?«

»Das Tonproblem haben wir inzwischen im Griff, und ich rauche jetzt noch eine Zigarette, bevor ich reinkomme, Lucy. Die brauche ich.«

»Du rauchst? Dann bring die Schachtel doch mit.«

»Gut. Wir können die wahrscheinlich beide gut vertragen im Moment.«

Die letzten Zigaretten, dachte Grace zynisch.

In das Schweigen hinein lachte Lucy, als hätte sie den Gedanken über die Ätherwellen gehört.

»Ich sag dir was, Grace: Denk einfach gar nicht dran. Ich hab keine Ahnung, was passieren wird. Vielleicht wird ja alles gut.«

»Prima. Ich habe es in meinem Leben nicht immer so hinbekommen, dass alles gut wird.«

»Nein, ich auch nicht. Mir reicht's aber jetzt mit diesem Hin und Her. In fünf Minuten schick ich jemand, der die Tür öffnet. Also sieh zu, dass du dann davor stehst. Sonst wirst du Schüsse hören. Und dann wird es nur einen einzigen Menschen geben, der lebend hier rauskommt, und das wird derjenige sein, der die Tür aufgemacht hat.«

Grace legte auf und stopfte sich eine zweite Schachtel Zigaretten in die Tasche. Harrigan erkundigte sich bei den Leuten, die die Entfernung des Fensters in Angriff genommen hatten: »Wie kommt ihr damit voran?«

»Der Kitt ist extrem spröde, es sieht also günstiger aus als gedacht. Wir tun unser Bestes. Aber es wird noch dauern.«

»Strengt euch an«, befahl Harrigan und an Grace gewandt: »Du wartest hier.« Er eilte ins Wohnhaus gegenüber, um dort den Scharfschützen noch einmal zu instruieren. Der hatte sich in einem Zimmer postiert, das mit seiner massigen grünen Wohnzimmergarnitur, dem Radio, Teppich, ja selbst den Enten an der Wand eine liebevolle Rekonstruktion der Fünfziger und Sechziger darstellte. Neben einer Elvisfigur lag das Gewehr und zielte durch das offene Fenster auf die Eingangstür des Tempels.

»Wir haben erreicht, dass die Tür offen bleibt. Vergessen Sie nicht, ich will sie nur kampfunfähig haben.«

»Keine Panik«, beruhigte der Schütze.

»Ich bin draußen am Wagen. Funken Sie mich an, wann immer es nötig ist.«

Er ging wieder zu Grace hinaus, die gerade eine weitere Zigarette auf den Asphalt fallen ließ.

»Dir wird nichts passieren«, versicherte er ihr. »Wenn wir das hinter uns haben, lade ich dich auf einen Soda Lime ins Maryborough ein.«

»Da sollte uns aber doch was Besseres einfallen, Paul«, sagte sie feixend. »Wir gehen in einen schicken Schuppen, wo's frische Limonen gibt. Das wär doch was.«

»Alles, wie du wünschst«, entgegnete er lächelnd.

Er gab die letzten Befehle, und alle gingen auf Position. Harrigan kniete am Funkwagen nieder, da er von dort aus in den Versammlungsraum sehen konnte. Er beobachtete, wie Grace über die freie Fläche auf die Tür des Tempels zuging – was der schlimmste Moment in seinem Beruf war, wenn er einmal vergaß, dass er vor zehn Jahren in einem Hinterhof beinahe erschossen worden wäre.

Eine schlampig gekleidete Frau hatte die Holztüren zwischen Foyer und Versammlungsraum geöffnet und stand jetzt abwartend an der Glastür, doch anstatt hinauszulaufen, als Grace eintrat, womit er eigentlich gerechnet hatte, drehte sie sich wieder um und folgte ihr nach drinnen. Kurz darauf erschien ein kleines Grüppchen Menschen in dem Vorraum und rannte panisch auf die Straße hinaus, wo sie von wartenden Polizisten in Empfang genommen und sofort in Sicherheit gebracht wurden. Eine Frau mit Kind war nicht darunter. Harrigan spähte mit dem Feldstecher in den Versammlungsraum, wo er Lucy sah, die mit dem Kind im Arm auf dem Fußboden saß. In dieser Sekunde funkte der Scharfschütze ihn an.

»Ich krieg sie nicht sauber ins Visier. Sie benutzt das Kind als Schutzschild«, berichtete er.

»Ja, ich seh's«, erwiderte Harrigan. »Warten wir's ab.«

Im Inneren des Tempels sah Grace der kleinen Schar hinterher, die aus dem Gebäude stürzte. Die Luft, die sie nun umgab, war eisig. Die ganze Atmosphäre vermittelte den Eindruck, der provisorische Gebetsraum sei ein Ort ohne Ausgang. Abgesehen von dem Kind und seiner Mutter waren noch der Prediger, der mit dem Gesicht auf dem Boden lag, und die Frau, die sie eingelassen hatte, übrig. Die Frau stand an der Wand mit herabhängenden Armen, auf dem Gesicht den Ausdruck blinder Furcht. Lucy saß im hinteren Teil des Versammlungsraums und hielt das weinende Kind im Schoß.

»Setz dich doch, Grace. Setz dich am besten gleich da hin. Neben Graeme, wo ich dich gut sehen kann. Du darfst dich jetzt aufrichten, Graeme.«

Behände rollte der Prediger herum. Angewidert musterte er Grace, doch das kümmerte sie nicht. Sie saßen beinahe Schulter an Schulter und bildeten mit Lucy im Scheitelpunkt ein V. Als sie diese Position eingenommen hatten, schubste Lucy das Kind seiner Mutter entgegen, die es in beide Arme schloss, in die Höhe hob und zur Tür rannte. Sekunden später war sie verschwunden, und die automatische Verriegelung der Glastür rastete hinter ihr ein.

»Jetzt sind wir ganz unter uns. Ist das nicht fein?«, meinte Lucy. »Du bist also Grace?«

»Ja«, bestätigte Grace und sah vor sich ein junges Mädchen mit einem kantigen und hübschen, beinahe unschuldigen Gesicht und klarem Blick. Die blasse Haut wirkte sehr zart unter dem rötlichen Haar. Völlig selbstverständlich hielt sie die Waffe in der Hand und hatte offensichtlich keinerlei Angst vor dem, was sie damit anrichten konnte.

»Bist du verdrahtet?«, wollte sie wissen.

»Ja, bin ich. Alle können uns hören.«

»Gut, ich will, dass die Leute zuhören. Ich will, dass sie hören, was ich zu sagen habe. Weißt du, was ich als Erstes von dir will? Ich will, dass du dich auf deine Hände setzt.«

»Weshalb, Lucy?«

»Deshalb. Ich will dein Gesicht berühren. Aber pass bloß auf. Die Pistole hier braucht man nur anzuschauen, und schon geht sie los. Vergiss das nicht, Graeme. Denn wenn du dich rührst, dann ist erst Grace dran und dann du. Ich bin schneller als du.«

Grace vergrub die Hände unter ihrer Sitzfläche und spürte dann den Lauf der Pistole, der ihr an den Bauch gepresst wurde. Lucy strich ihr erst über die eine Wange, dann über die andere. Ihre Berührung war kalt und glatt. Sie sahen einander aus nächster Nähe in die Augen. Grace, die bis ins Innerste erstarrt war, brach nur deshalb nicht in Panik aus, weil sie sich zwang, auf die Wut zu starren, die sich in Lucys Augen spiegelte. Sie sagte sich: Weich ihr nicht aus. Nur so kannst du wissen, wovor du Angst haben musst.

Draußen meldete sich der Scharfschütze bei Harrigan.

»Sie hat sie so platziert, dass ich erst einen erschießen müsste, um an sie selber ranzukommen. Und wenn ich das tue, dann erwischt sie Ihre Kollegin, bevor ich sie unschädlich machen kann.«

»Abwarten, bis sich eine Möglichkeit ergibt«, entschied Harrigan.

»Das bist du, oder? Dieses Gesicht, das bist du«, sagte Lucy jetzt, deren Stimme dünn und metallisch durch das Funkmikrofon drang.

Sie zog sich zurück, die Waffe nach wie vor feuerbereit. Grace freundete sich mit dem Gedanken an, noch ein wenig länger am Leben zu bleiben.

»Ja, das bin ich. Darf ich jetzt wieder von meinen Händen runter?«

»Ja, klar. Du hast ein feines Gesicht.«

»Warum ist dir das wichtig, Lucy?«

»Weil das du selber bist. Ich muss sehen können, wer du wirklich bist«, sagte Lucy. »Weißt du, als ich auf die Frau und diesen Mann geschossen hab, da ist mir das Blut über die ganze Stirn gespritzt. Ein bisschen was sogar bis in die Haare. Ich weiß nicht mal, von wem das war. Es klatschte einfach auf mich drauf. Ich kann es jetzt wieder spüren, überall auf mir. Und der Mann, der hatte gar kein Gesicht mehr. Er war überhaupt nichts mehr. Gar nichts. Ich hätte ihn niemals erschießen dürfen. Aber weißt du, was eins von dem ist, was mich echt fertig macht?«

»Nein, Lucy«, antwortete Grace. »Sag es mir.«

»Dass ich der Ärztin nicht *mein* ganzes Gesicht gezeigt habe. Sie hatte das Recht zu erkennen, wer ich bin. Und deswegen wollte ich dich sehen.«

»Du willst, dass ich dich ansehe, wenn du schließlich tust, was du tun wirst?«

O Gott, schoss es Harrigan durch den Kopf.

»Ich will mich nicht verstecken vor dir, wie ich mich vor ihr versteckt habe«, erklärte Lucy.

Während Lucy sprach, spürte Grace, wie sich etwas neben ihr regte. Sie warf einen Seitenblick auf den Prediger. Er hatte sich vorgebeugt und starrte Lucy mit bohrendem Gesichtsausdruck an. Im selben Moment sah auch Lucy zu ihm hin.

»Rühr dich ja nicht, Graeme, und sag kein Wort. Nicht, bevor ich's dir erlaube«, warnte sie. »Wenn doch, dann bist du dran, bevor du noch einmal schnaufen kannst.«

Er setzte sich mit unbewegter Miene wieder auf.

»Denkst du viel darüber nach, was an diesem Morgen passiert ist, Lucy? Ist es das, was du mir sagen willst, dass es dir keine Ruhe lässt?«, hakte Grace nach.

»Ja, das stimmt. Aber ich weiß nicht, was ich dazu sagen soll.« Sie schüttelte den Kopf. »Ich denke drüber nach und kenn mich nicht mehr aus.«

»Du irrst erneut durch die Finsternis«, sagte Grace. »Genau das machen wir momentan. Wir tappen im Finstern herum. Aber es gibt noch etwas, weswegen dieser Morgen dir keine Ruhe lässt. Das hast du gesagt – dass das erst eins war.«

»Ja. Willst du wissen, was das Zweite ist?«

»Erzähl es mir, Lucy.«

»Ich hätte es überhaupt nie tun dürfen.« Sie hörte sich an wie ein kleines Kind. »So empfinde ich heute. Ich hätte es niemals tun dürfen, so schlecht war es. Richtig schlecht. Aber so ist es eben. Was soll man dagegen machen? Ich weiß das, weil ich es fühle. Aber wenn es nun doch nicht so schlecht gewesen ist, so wie Graeme mir das immer gesagt hat? Und wenn es doch das Richtige war, die Ärztin zu erschießen, dann müsste ich doch auch jetzt das tun, was Graeme von mir verlangt. Dann müsste ich dich ebenfalls erschießen. Und das muss ich herausfinden.«

»Warum musst du mich erschießen?«

»Weil du dein Baby ermordet hast. Graeme weiß das über dich, jeder weiß das. Und er sagt, ich muss das deswegen tun.«

»Du musst nichts von dem tun, Lucy«, sagte Grace. »Du kannst die Waffe niederlegen und einfach hier herausgehen. Das war's. Du gehst mit mir hier raus, und ich sorge dafür, dass dir nichts geschieht. Das ist alles, was du tun musst. Sonst musst du nichts tun.«

»Doch, muss ich wohl. Darum geht's ja. Ich hab jemanden umgebracht. Und jetzt steck ich da fest. Total.«

»Nein, Lucy, du steckst nirgendwo –«

»*Wohl!*«

»Nicht mit ihr streiten«, mahnte leise die Vermittlerin, die neben Harrigan stand. »Egal, was kommt, streiten Sie nicht mit ihr.«

Schweigen trat ein. Lucys Hand klammerte sich um die Pistole und lockerte sich dann wieder. Grace atmete tief durch.

»Tu ich wohl, Grace«, sagte Lucy dann. »Und deswegen muss ich das endlich klarkriegen. Ich muss es klarkriegen.«

Wieder Schweigen. Lucy saß da, überlegte kurz und nahm ihren Mut zusammen. Sie blickte von Grace zum Prediger.

»Also los, Graeme. Rede! Was soll ich jetzt tun?«

Er schien vor Erleichterung geradezu zusammenzusacken, als sie das sagte.

»Tu, was dein Gewissen dir befiehlt, Lucy«, entgegnete er unbeschwert, als säße er in einer Beratungsstunde an seinem Schreibtisch. »Du musst in deinem Herzen wissen, was richtig ist.«

»Was meinst du, dass das Richtige ist?«

»Ich bin nicht der Akteur«, erwiderte er. »Ich kann nicht den Platz deines Gewissens einnehmen.«

»Aber was würdest du tun? Du hast gesagt, Grace hier watet durch Straßen des Blutes. Sie hat den Tod verdient. Das hast du gestern Nacht zu mir gesagt. Du hast zu mir gesagt: Du kannst das Böse, das sie verkörpert, austilgen, du kannst es reinwaschen. Das hast du gesagt. Also, was würdest du tun? Wenn es sein müsste.«

Du dreckiger Bastard, dachte Harrigan. Du mieser, dreckiger Bastard.

»Ich würde sie dem Gericht Gottes anheim stellen«, sagte der Prediger.

»Und was soll das heißen? Soll das heißen, es läuft so wie beim letzten Mal? Ich knall sie für dich ab, und du hörst es dir im Radio an?«

»Nein, Lucy. Es heißt, ein jeder von uns hat seine Rolle zu spielen, und die meine ist eine andere als die deine«, erwiderte er. »Wenn ich nicht hier bin, wie sollte da etwas erreicht werden? Meine Aufgabe ist es, zu führen, zu organisieren. Das heißt, große Opfer zu bringen.«

Lucy wandte den Blick vom Prediger wieder zu Grace.

»Du hast dein Baby ermordet. Wieso hast du das getan?«, fragte sie. »Du findest doch, dass das, was ich gemacht habe, falsch war, oder? Das findest du doch, oder?«

»Ja, das finde ich«, antwortete Grace.

»Aber wie kann das, was ich getan habe, falsch sein, wenn du dich hinstellen kannst und genau das Gleiche tust? Das ist doch ganz genauso schlecht, oder nicht?«

In den wenigen Sekunden, die verstrichen, bevor sie antwortete, war Grace überzeugt, sie sei tot.

»Ich weiß nicht, ob ich dir das so erklären kann, dass du mich verstehst, Lucy. Lass mich nur sagen, ich habe mich zu dieser Tat entschlossen, weil ich gespürt habe, dass ich es tun muss. Ich sehe das nicht so wie du.«

»Du hast dich dazu entschlossen?«, fragte Lucy. »Wirklich? Du allein?«

»Ja.«

Lucy hob die Pistole.

»Für mich ist das immer noch Mord, Grace, ganz egal, wie du das siehst«, sagte sie und drückte dreimal ab.

In den Sekundenbruchteilen, während deren die Welt für sie weiß wurde, zischten drei Kugeln an Graces Kopf vorbei und schlugen in das massive Holz der hinter ihr offen stehenden Tür ein. Sie spürte ihren Leib zu Wasser werden und sich wieder verfestigen. Sie blinzelte und kehrte ins Leben zurück. Draußen funkte Harrigan die Scharfschützen an und befahl ihnen, Lucy Hurst bei der nächsten Gelegenheit auszuschalten.

»Hab ich dich erschreckt, Grace? Aber schau dir mal Graeme an«, sagte Lucy halb ungläubig, halb lachend. »Ja, schau sich einer dich an, Graeme. Du hast echt gedacht, diesmal würdest du Blut sehen, stimmt's? Du lechzt ja direkt danach.«

Er saß da, mit offenem Mund und ekstatischem Gesicht, mit einem Lächeln reinsten Entzückens.

»Und dabei wäre es nicht einmal nur ihrs, meins käme auch dazu, weil sie mich natürlich sofort als Nächstes abknallen würden. Steh auf. Steh verdammt noch mal auf, Graeme. Du bist ein Lügner. Dir ist doch alles total gleichgültig. Du geilst dich nur dran auf, Leute umzubringen. Was anderes tust du nicht. Du sitzt da und müllst mich voll, und die ganze Zeit willst du dir nur einen runterholen. Du willst einfach nur sehen, wie ich für dich das Töten übernehme.«

»Hör mir jetzt zu, Lucy. Was du gesehen hast, war nichts als die Freude des Gerechten –«

»Halt's Maul!«

»Tu das nicht, Lucy«, mahnte Grace, als die beiden sich hinstellten, »lass es gut sein. Du weißt jetzt, was du wissen wolltest. Lass es gut sein.«

»Nein, Grace. Hörst du denn verdammt noch mal nicht zu? Ich hab jemand umgebracht. Ich muss das wieder gutmachen.«

»Nein, du musst es jetzt gut sein –«

Plötzlich kreischte der Prediger auf und wollte sich auf Lucy stürzen. Die sprang zurück und schrie ihn an, er solle sofort stehen bleiben. Beide verharrten reglos und starrten einander an. Im selben Moment bohrte sich dort, wo Lucy eben noch gestanden hatte, knatternd ein Muster aus Einschüssen in den Fußboden. Alle drei blickten zu einem Rechteck grauen Lichts auf, das von hinten oben durch ein Fenster fiel, dessen Scheibe herausgenommen worden war. Lucy lachte laut auf und zog sich tänzelnd aus der Schusslinie zurück.

»Zu spät. Wie blöd«, sagte sie.

In dem Moment drehte der Prediger sich um und rannte zur Tür. Sie gab mehrere Schüsse auf den Flüchtenden ab und schien gar nicht zu bemerken, dass der Rückstoß sie umwarf. Graeme stürzte zu Boden. Grace schlug Lucy mit der Handkante aufs Handgelenk, und die Pistole fiel mit lautem Knall auf den Holzfußboden. Mit einem Fußtritt stieß Grace sie beiseite, als Lucy mit ausgestreckter Hand danach hechtete. Sie rangen auf dem Boden, und Grace staunte über die Kraft, die in Lucys magerem, drahtigem Körper steckte. Sie hörte die Glastüren, die hinter ihnen aufgebrochen wurden.

»Dumm!«, keuchte sie, »dumm ist das. Verschleudere doch nicht dein Leben.«

»Was geht's dich an? Ich wollte doch nur, dass ich dich nicht erschießen muss.« Wütend und atemlos drang ihr Lucys Stimme ans Ohr. »Hast du das denn nicht kapiert?«

Dann wurde Grace emporgezerrt und fortgeschleppt, und ringsumher schwärmten bewaffnete Polizisten aus. Sie drückten Lucy mit dem Gesicht auf den Boden und nahmen ihre Pistole an sich. Grace stand leicht wackelig auf eigenen Füßen und ließ ihren Blick durch den Raum schweifen, der voller Menschen war. Und dann bemerkte sie Harrigan vor ihr.

»Alles in Ordnung?«, erkundigte er sich in seinem neutralen Tonfall.

»Ja, mir geht's gut«, hörte sie sich sagen.

»Nicht verletzt?«

Er sah ihr forschend ins Gesicht.

»Nein.«

»Gut. Dann geh doch erst mal mit Trev nach draußen, und steck dir eine Zigarette an. Wir räumen inzwischen hier auf.«

»Genau, Gracie.« Trevor stand hinter Harrigan. »Komm mit mir raus, ein bisschen frische Luft schnappen.«

»Mir geht's gut«, wehrte sie ab.

»Aber sicher. Na los, komm schon«, sagte er in dem kumpelhaften Ton, den er anschlug, wenn er seine Freunde zu etwas Gutem drängen wollte.

Sie folgte ihm etwas widerwillig vorbei an dem Notarztteam, das zuletzt eingetreten war und jetzt neben dem Prediger kniete.

»Nein, der ist hinüber. Hier können wir nichts mehr tun«, hörte sie einen davon lapidar feststellen.

Durch die Tür trat sie hinaus auf die Straße.

»Es regnet nicht mehr«, stellte sie fest. »Ach, schön, hier draußen zu sein.«

»Ja«, pflichtete Trevor ihr bei, »und die Sonne kommt auch durch. Zigarette gefällig?«

Sie nahm sie und schüttelte mit nach wie vor weichen Knien den Kopf.

»Ich fühl mich ganz komisch, Trev. Mein Kopf scheint viermal so groß wie normal zu sein.«

»Du stehst unter Schock, Gracie«, erklärte Trevor. »Du erfreust dich jetzt einfach an deiner Zigarette. Sonst tust du nichts.«

»Ich lebe noch«, sagte sie, atmete tief durch und lachte mit Tränen in den Augen.

»O Mann«, sagte Trevor und konnte nicht mehr an sich halten. Er schloss sie so fest in die Arme, dass er ihre noch nicht brennende Zigarette dabei völlig zerquetschte.

Im Saal sah Harrigan auf den Prediger hinab. Er lag auf

der Seite und starrte zur Decke empor. Sein Blut bedeckte den Boden. Harrigan erwartete beinahe, dass er ihm zuzwinkerte, dass er ihm leise ins Ohr flüsterte: »Keine Angst, Paul. Ganz unter uns, das ist alles nur ein Trick.« Diese Vorstellung war so realistisch, dass sie ihn echt beunruhigte.

Er wandte sich Lucy Hurst zu, die mit dem Gesicht nach unten noch auf den Fußboden gedrückt wurde. Er bedeutete seinen Leuten, sie aufzurichten. Das war das Mädchen, das sein Sohn zu lieben glaubte, das ihn selbst von einem Ende der Stadt zum anderen gescheucht hatte. Sie reichte ihm kaum bis ans Kinn und war gerade alt genug, um in seinen Verantwortungsbereich zu fallen.

»Lucy Marilyn Hurst«, erklärte er, »ich nehme Sie wegen zweifachen Mordes fest. Haben Sie das verstanden?«

Furchtlos sah sie ihm in die Augen. Staubkörnchen bedeckten ihr rötlich-braunes Haar.

»Ja, ich versteh Sie«, sagte sie spöttisch. »Ich kenn den ganzen Kram.«

Er setzte zu seinem Ritual an, und ihm fiel auf, dass sie während seines gesamten Vortrags kein einziges Mal zum Prediger hinübersah. Sie schien die Tatsache seiner Anwesenheit völlig aus ihrem Bewusstsein getilgt zu haben.

Grace wartete inzwischen auf der Straße, und es traf sie völlig unvorbereitet, dass man ihr gratulieren wollte. Damit hatte sie wirklich nicht gerechnet. Ian kam mit ausgestreckter Hand zu ihr.

»Du warst verdammt mutig, Gracie«, sagte er mit einem festen Händedruck, bevor er wieder in der Menge verschwand.

»Darüber habe ich überhaupt nicht nachgedacht«, gestand sie Trevor, als ihr dieser Aspekt erstmals bewusst wurde.

»Sei bloß froh«, erwiderte er, »dass du es nicht getan hast.«

Sie standen noch da, als Lucy Hurst zu einem Wagen gebracht wurde. Sie bemerkte Grace, zeigte aber keine Reaktion. Sie schien sehr gefasst. Grace sah ihrem Abtransport nach.

»Ich werde sie wohl nicht mehr wiedersehen«, meinte Grace, »außer vor Gericht.«

»Es sei denn, du willst es.«

»Nein«, sagte sie, »mein Bedarf ist gedeckt.«

Kurz darauf trat Harrigan zu ihnen.

»Wie geht es dir?«, fragte er Grace.

»Ganz gut«, erwiderte sie. »Ein bisschen schwummrig auf den Beinen.«

Er schwieg ein paar Sekunden, betrachtete sie und schüttelte den Kopf.

»Du hättest überhaupt nie in die Nähe dieses Ereignisses kommen dürfen. Hätte ich die Info über die Abtreibung schon früher gehabt, dann wäre das garantiert nicht passiert.«

»Aber ich bin hier. Und zwar gesund und munter.«

Sie rang sich ein Lächeln ab.

»Du hast Glück gehabt«, sagte er. »Du hattest Glück, aber du warst mutig. Es war das Glück der Tüchtigen. Und nachdem du das jetzt einmal erlebt hast, wirst du es hoffentlich nie wieder tun müssen.«

»Schätzungsweise nicht«, erwiderte sie.

»Bevor du irgendwas anderes machst, gehst du erst zum Debriefing. Und wenn du damit fertig bist, will ich dich im Büro sprechen. Und Trev, wenn du so weit bist – dich brauche ich sofort.«

»Du hättest sie glatt erschießen lassen«, rief Grace ihm hinterher, als er ging.

Er wandte sich um und kam zu ihr zurück.

»Lässt dir das etwa keine Ruhe? Hier gibt es keine Zwischentöne. Wenn es am Ende schon eine Leiche geben musste, dann durfte es jedenfalls nicht deine sein. Dafür habe ich keine Entschuldigung.«

»Das ist es nicht. Ihr wäre es so oder so egal gewesen«, sagte Grace. »Sie hat mir gesagt, sie hätte mich nie erschießen wollen, ob ich das denn nicht kapiert habe.«

»Sie hat dich über dem Abgrund balancieren lassen. Sie hat uns alle tanzen lassen.«

»Sie hat herausfinden wollen, wen sie als Nächstes erschießen soll. Weil das das Einzige war, was ihr noch übrig blieb. Also was tun wir hier eigentlich? Haben wir irgendetwas geklärt? Wir spielen lediglich in ihrem seltsamen Spielchen mit.«

»Jetzt hast du es endlich erfasst, Grace. Wenn du an diesen Punkt kommst, dann ist es nur noch ein Spiel, und das heißt: Überleben. Und du hast überlebt. Jetzt geh zum Debriefing. Du hast es nötig.«

Sie ließ es gut sein und trollte sich.

»Redest du immer so mit ihm?« Völlig verdattert ließ Trevor seine Zigarette neben Graces diverse ausgetretene auf die Straße fallen und folgte ihr. »Kein Mensch sonst würde sich das trauen! Gib zu, dass du mit ihm schläfst, Gracie.«

»Ich schlafe nicht mit ihm. Alles, was wir tun, ist reden«, beteuerte sie und drehte sich noch einmal nach Harrigan um, der wieder im Inneren des ehemaligen Kinos verschwand.

37

Der Tag war noch nicht zu Ende. Nachdem die Ereignisse des Vormittags schriftlich niedergelegt waren und er sich den Luxus einer Dusche und eines Kleiderwechsels gegönnt hatte, stand Harrigan nun an der Stirnseite des Einsatzraums, der sich langsam füllte. Er beobachtete Grace, die, frisch vom Debriefing, schnell als Letzte zur Tür hineinschlüpfte. Man wandte sich nach ihr um, sprach sie an, schüttelte ihr die Hand. Sie lächelte verlegen. Die Aufregung des Vormittags hatte sich noch nicht gänzlich gelegt; den Versammelten schien nicht aufzufallen (oder vielleicht doch, wie konnte er das wissen), dass Trevor und Ian still und abseits ganz hinten im Raum standen. Harrigan hatte kurz zuvor mit ihnen gesprochen. Als nun alle versammelt waren, bat er um Ruhe.

»Also«, setzte er an, »das war eine anstrengende Aktion. Manche von euch haben sechsunddreißig Stunden am Stück oder mehr hinter sich, und wir wollen alle baldmöglichst nach Hause. Deshalb mache ich es kurz. Vorab möchte ich nur schnell erwähnen – du hast heute Mut gezeigt, Grace, großen Mut. Das empfindet sicher jeder hier so. Du sollst nicht denken, dass das nicht bemerkt wurde.«

Es wurde ein wenig applaudiert, sie sagte mit ihrer klaren Stimme: »Danke«, und er fuhr fort.

»Ich muss euch allerdings auch etwas Unerfreuliches mitteilen, weil ich nicht will, dass ihr es von anderer Stelle erfahrt. Das könnte sogar die zweite Meldung in den Nachrichten werden. Gestern Abend wurde einem der Bereichskommandanten der Rücktritt nahe gelegt. Er hat ein Rendezvous mit der Antikorruptionskommission der Polizei, und niemand geht davon aus, dass er noch mal in unseren Kreisen auftaucht. Den Namen werde ich euch nicht nennen, den werdet ihr früh genug erfahren; Marvin ist es nicht, so viel kann ich verraten. Als Folge davon wurden an der Spitze die Karten neu gemischt, und wenn ich auch der Letzte war, der mit so etwas gerechnet hätte, weil es noch dazu für mich einen ganzen Satz die Karriereleiter hinauf bedeutet: Man hat mich gebeten, ab morgen früh, neun Uhr, als Bereichskommandeur Mord und Gewaltverbrechen zur Verfügung zu stehen.«

Ein Raunen der Überraschung lief durch den Raum.

»Wir ihr alle wisst, haben wir uns nie wirklich in die neue Struktur eingefügt, wir sind ein Relikt aus alten Zeiten. Es ist nicht zu übersehen, dass Marvin nicht möchte, dass wir in seinem Bereich allzu unabhängig agieren. Ich habe euch also mitzuteilen – mein Weggang bedeutet das Aus für die ganze Abteilung. Diese Einheit ist mit sofortiger Wirkung aufgelöst.«

Nun herrschte entsetztes, versteinertes Schweigen.

»Einfach so? Das war's?« Als Erste tönte Louises raue Stimme durch den Raum. »Der Job hier ist das Einzige, was mich am Leben hält.«

»Niemand verliert seinen Job. Keiner. Wer will, kann sich eine Abfindung auszahlen lassen, aber es gibt für jeden von euch Posten in den übergeordneten Bereichen oder den örtlichen Kommandos. Egal, auf was wir uns einigen, ihr werdet eine Stelle kriegen, und es wird eine sein, die euch gefällt.« Erneutes Schweigen setzte ein. Als er wieder das Wort ergriff, hatte er das Gefühl, sie anzuflehen. »Ich habe denen klar zu machen versucht, dass das Verschwendung ist. Ich habe gesagt, das ist ein gutes Team, schaut euch doch die Ergebnisse an. Aber die haben mir gar nicht zugehört. Die hatten sich längst entschieden, bevor ich ins Zimmer kam.«

»Du hättest den Job nicht annehmen müssen, Harrigan«, rief Trevor. »Du hättest Nein sagen können.«

»Das hätte ich niemals getan. Es wäre gelogen, wenn ich dir weismachen wollte, dass das zur Debatte gestanden hätte.«

»Ein Scheißspiel«, protestierte Trevor murmelnd.

»Also, Trev und Ian werden mit diesem Fall ins Bereichskommando übersiedeln und ihn dort abschließen. Ich werde ihn nicht Marvin überlassen, so viel zumindest konnte ich denen abtrotzen. Morgen Nachmittag werde ich noch einmal hier sein, um mit jedem Einzelnen von euch über seinen künftigen Arbeitsplatz zu reden. Gibt es irgendwelche Fragen?«

Er wartete, doch alle blieben stumm.

»Das heißt also, wir haben uns hier abgerackert, sowohl für dich, Harrigan, und überhaupt«, rief Ian schließlich, »und alles, was wir dafür kriegen, ist ein Tritt in den Arsch. Und du wehrst dich nicht mal dagegen.«

»Ich hätte nichts tun können, um es zu verhindern. Nichts.«

Wieder herrschte Schweigen.

»Wer will, kann mit mir runter ins Maryborough kommen, ich gebe einen Drink zum Abschied aus«, sagte er.

Doch niemand nahm sein Angebot wahr, keiner sprach mit ihm, alle verließen den Raum. Einzeln oder paarweise strebten sie zu den Aufzügen. Wohin Grace verschwunden war, ahnte er nicht. Harrigan ging seufzend in sein Büro und beobachtete, wie Trevor und Ian sich ihre Jacketts anzogen. Er gesellte sich zu ihnen.

»Wo ist Grace?«, fragte er Ian.

»Woher soll ich das wissen? Ich dachte, wenn einer das weiß, dann du«, knurrte Ian.

»Eure Reaktion ist total übertrieben«, bellte Harrigan wütend, als die beiden sich an ihm vorbeischoben. »Wenn ihr im Bereichskommando seid, könnt ihr euch beide auf eine Beförderung einrichten. Dort habt ihr wesentlich bessere Aussichten. Dafür werde ich sorgen.«

»Ach ja?« Trevor baute sich vor ihm auf und sprach mit beißender Schärfe: »Und trotzdem haben die mir deinen Posten nicht geben wollen, oder? Und ich kann mir lebhaft vorstellen, wieso: Da kannst du deinen Arsch drauf verwetten.«

Damit verschwanden auch seine beiden besten Mitarbeiter und Freunde, zusammen mit einigen anderen Kollegen im Lift.

Dea war unter den Letzten, die das Büro verließen. Als Einzige räumte sie noch ihren Schreibtisch auf. Die anderen hatten sich nur Mantel und Aktentasche geschnappt und alles andere in wildem Durcheinander liegenlassen. Er trat neben sie, als sie gerade nach ihrer Tasche griff.

»Weißt du, wo die alle hin sind?«

»Weiß ich nicht. Vermutlich ins Maryborough. Ich weiß aber nicht, ob die dich da sehen wollen.« Sie schaute ihn nicht an. »Was wird aus mir?«

»Ich sorge dafür, dass du einen Job bekommst, Dea.«

»Vielleicht will ich gar keinen. Gut möglich, dass das der richtige Moment zum Aufhören ist. Vielleicht nehm ich eine von diesen Abfindungen, mit denen du um dich wirfst.«

Sie ging hinaus, ohne sich umzudrehen oder sich zu verabschieden. Er war alleine. Die Isolation hatte die Luft aus dem Raum gesaugt: Er musste hier raus. Er griff zum Hörer und rief Susie an, um ihr mitzuteilen, dass er sich auf den Weg zu Toby machen würde. Während er mit ihr sprach, blickte er in das verlassene Büro hinaus, auf die einzelnen Stühle, die leeren Schreibtische, und er fand, dass die Menschen manchmal einfach zu viel von einem verlangten. Als er sich kurz darauf in den stockenden Verkehr eingereiht hatte und sich durch die Nachwehen des Sturms auf Cotswold House zubewegte, war er über alle Maßen erleichtert, diesen Tag endlich hinter sich zu haben.

Grace bahnte sich einen Weg durch das Chaos im Büro, griff nach Tasche und Mantel, warf einen Blick in Harrigans leeres Büro und fragte sich, wohin er wohl verschwunden sein mochte. Sie hatte ihr eigenes Ziel; das Maryborough, in dem sich alle Übrigen vermutlich bis zum Kragen voll laufen ließen, gehörte nicht dazu. Sie fuhr ins St.-Vincent's-Krankenhaus und ging in die Intensivstation, wo Agnes Liu inzwischen ohne Überwachungsmonitore lag. Wie üblich saß ihr Sohn bei ihr. Als Grace sich neben dem Bett auf einen Stuhl niederließ, lächelte Agnes ihr matt zu.

»Hat man Ihnen Bescheid gegeben?«, fragte Grace. »Wissen Sie es schon?«

»Ja. Ihr Inspektor hat hier angerufen. Das ist schon eine Weile her«, bestätigte Agnes. »Und Matthew hat es im Fernsehen gesehen. Sie haben sie geschnappt.«

»Ja, sie ist jetzt in Haft. Und sobald kommt sie da auch nicht wieder raus.«

»Ist sie es gewesen? Das Mädchen, von dem ich Ihnen erzählt habe?«

»Ja, die war es.«

»Das dachte ich mir. Ganz bestimmt werden manche mir die Schuld an dem Ganzen geben. Ich kann schon hören, was die Leute sagen werden.«

»Das sollten sie nicht. Lucy Hurst ist wahrhaftig die Letzte, die denen Anlass geben sollte, über Sie herzufallen.«

»Sie werden mich mit ihrem Pharisäertum trotzdem in der Luft zerreißen. Das tun sie immer.«

»Ich werde nicht dazugehören«, versprach Grace und schüttelte missbilligend den Kopf.

»Ich werde wieder gesund«, sagte Agnes. »Ich werde wieder praktizieren, und sei es nur für ein paar Tage oder gar Stunden in der Woche. Ich muss. Das ist das Einzige, was ich jetzt noch tun kann.«

»Ja, tun Sie es«, erwiderte Grace sanft. »Zeigen Sie's denen.«

Matthew Liu wollte sie noch unter vier Augen sprechen, bevor sie ging, und sie zog sich mit ihm in einen kleinen, intimen Raum zurück. Sein Gesicht war mager und eingefallen, noch mehr als bei ihrem letzten Besuch.

»Ich hab dich im Fernsehen gesehen«, sagte er. »Bist du wirklich da rein und hast mit ihr geredet?«

»Ja, wirklich«, erwiderte Grace, und indem sie dies sagte, wurde ihr bewusst, dass sie eine Grenze überschritten hatte, dass etwas in ihr sich grundlegend gewandelt hatte.

»Wie war sie?«

»Klein. Sehr klein, genau wie du gesagt hast. Und sehr, sehr jung.«

»Hat sie tatsächlich zu dir gesagt, ihr wäre es lieber gewesen, sie hätte es nicht getan?«, fragte er ungläubig.

»Das hat sie. Und es war ihr Ernst«, antwortete Grace.

»Das hat sie dir echt gesagt?«

»Ja, das hat sie.«

»Ist sie eventuell verrückt? Also, ich meine, so richtig?«

»Nichts an ihr kann dir – oder auch anderen – begreiflich sein. Versuch gar nicht erst, in ihre Seele zu blicken.« Verblüfft stellte Grace fest, dass sie sich anhörte wie Harrigan. »Was sie mit sich anstellen wird, will sie tun. Aber das darf dich nicht berühren. Lass nicht zu, dass sie dein Leben zerstört. Heute ist dein erster Tag, Matthew. Es ist der erste Tag deines neuen Lebens. An diesem Punkt musst du anfangen.«

Unvermittelt brach er zusammen, schrie, griff sich einen Stuhl, den er gegen die Wand schmetterte, und brach dann in herzzerreißendes Weinen aus. Grace blieb bei ihm, bis er sich ausgeweint hatte, und sorgte dafür, dass er seine geschwollenen Augen mit Wasser kühlte, bevor er ans Bett seiner Mutter zurückkehrte. Das tat sie auch für sich selbst, es befreite sie von den eigenen Gedanken. Als der Tag sich neigte, verließ sie die beiden einigermaßen getröstet.

Im Abendlicht verharrte sie in ihrem Auto auf dem Parkplatz des Krankenhauses. In der anbrechenden Dunkelheit erinnerte sie sich an den weißen Lichtblitz, den sie gesehen hatte, als am Vormittag die Kugeln an ihrem Kopf vorbei in das massive Holz der Tür zischten. Die diffuse Erinnerung, dass sie um ein Haar gar nicht mehr hier wäre, scheuerte wie ein Klettverschluss an ihrem Bewusstsein. Ein Mann mittleren Alters lief auf dem Weg zu seinem Auto an ihr vorbei, und sie beobachtete ihn interesselos. Dieser Vormittag hatte sie verändert, sie konnte kaum beschreiben, wie, nur dass jetzt alles heller und klarer wirkte. Sie zückte das Handy und wählte.

»Hallo, Paul?«, sprach sie auf seinen Anrufbeantworter. »Hier ist Grace. Ich habe mir gedacht, es wird dich interessieren, dass ich bei Matthew war. Es geht ihm nicht gut, aber ich schätze, er wird mit der Zeit klarkommen. Jedenfalls ging's ihm schon mal schlechter. Ich werde morgen wieder nach ihm schauen. Naja, und dann habe ich mir gedacht, wenn du willst, könnten wir uns irgendwann ja mal wieder sehen. Nachdem wir jetzt nicht mehr miteinander arbeiten, könnten wir uns beispielsweise zu einem Kaffee treffen. Wenn du mich denn sehen willst. Ruf einfach an. Es liegt an dir. Bis dann.«

Ja, es liegt an dir, Paul. Wenn du mich oder meine Gesellschaft willst, dann ruf mich an. Ansonsten nämlich ist das Leben schlicht zu kurz, genau wie Louise es gesagt hat. Grace fuhr nach Hause und war so erschöpft, dass an Schlaf absolut nicht zu denken war. Sie hatte einen Wolfshunger, in ihrem Kopf herrschte heilloses Durcheinander, und sie wollte nichts dringender als alleine sein.

Harrigan brauchte für den Weg nach Cotswold House länger als gewöhnlich, weil entwurzelte Bäume und liegen gebliebene Autos den Verkehr massiv behinderten. Susie begrüßte ihn am Eingang.

»Toby erwartet Sie schon«, sagte sie. »Er hat noch nicht gegessen. Wir dachten, Sie würden vielleicht gerne gemeinsam essen. Möchten Sie?«

»Eine Mahlzeit habe ich jetzt wirklich bitter nötig, Susie«, sagte er. »Danke.«

Sie lächelte und verschwand.

Als Harrigan Tobys Zimmer betrat, surfte der im Internet zwischen verschiedenen Nachrichtenangeboten.

hi dad

»Hi, Toby. Wie geht's?«

gut. & dir??

»Ich hab mich schon mal besser gefühlt. Ich bin froh, dass ich diesen Tag lebendig über die Runden gebracht habe und dass auch von den anderen keiner draufgegangen ist«, antwortete er.

Er stellte sich hinter Toby, massierte seinem Sohn die Schultern und entspannte dabei gleichzeitig die eigenen Schultern.

»Du hast inzwischen alles mitgekriegt, oder?«

ja & louise hats mir auch gemailt

»Ja, ich hatte sie darum gebeten.«

was passiert im knast dad???

»Nichts besonders Schönes«, sagte er und runzelte die Stirn ein wenig. »Nichts, woran wir im Augenblick etwas ändern könnten.«

ist es wie ich zu sein???? wenn man so eingesperrt ist???

»Ich weiß es nicht, Toby. Ich kann dir nur sagen, dieses Mädchen hat nichts Schwaches an sich. Sie kann auf sich aufpassen, und ich bin sicher, das wird sie tun. Ich weiß nicht, ob das Leben im Gefängnis für sie sehr viel anders sein wird als das, das sie bisher geführt hat.«

Ihm ging durch den Kopf, dass sie sich allerdings zwischen vier engen Mauern aufhalten würde.

es muss anders sein dad weil sie sich nicht frei bewegen

kann. sie hat in der ganzen stadt gelebt. meinst du sie kann vom knast aus mit mir reden???

»Wir können versuchen, etwas für dich zu arrangieren, wenn du das willst. Du willst das wirklich? Ich kann dir dabei helfen. Ich werde tun, was ich kann.«

ja ich will mit ihr reden wenn sie eingesperrt ist ich kann ihr da durchhelfen ich weiss wies sich anfühlt wenn du so eingesperrt bist ich kann ihr das klar machen

Es war still. Harrigans Hände kneteten weiter die Muskeln seiner Schultern, bis Toby ihm mit einem leichten Schütteln stopp sagte.

ich versteh nicht wieso dad. knast mein ich. wird es lucy irgendwas beweisen wenn sie da ist????

Harrigan musste lächeln.

»Nein, bestimmt nicht«, erwiderte er. »Es wird nichts beweisen, und es wird nichts ändern. Aber vorläufig wird es halt geschehen. Möglicherweise wird sie sich mit der Zeit ändern, das liegt ganz an ihr. Aber sie wusste es, Toby. Sie wusste genau, was heute passieren würde. Vielleicht wird sie mit dir darüber sprechen.«

das wird sie. sie ist immer ehrlich mit mir. das kannst du nicht bestreiten

»Ja, da hast du Recht. Das gehört zu ihren Charakterzügen. Sie lügt nicht. Möchtest du jetzt essen? Ich bin am Verhungern.«

ja

Sie aßen im Speisesaal. Susie gesellte sich zu ihnen, fütterte Toby und unterhielt sich mit ihnen. Die heutigen Vorfälle erwähnte sie nicht. Anschließend half er dabei, Toby zu Bett zu bringen, und verhalf seinem Sohn zu etwas körperlicher Behaglichkeit. Harrigan war zu ausgepowert, um sich seinerseits ein wenig Ruhe zu gönnen. Susie bot ihm Kaffee an, den er ablehnte, denn er brauchte jetzt etwas Stärkeres. Er steuerte eine Bar im Zentrum an, einen Schuppen, in den er manchmal ging, wenn ihn das paradoxe Bedürfnis nach Einsamkeit in Gesellschaft überkam. Er kippte rasch zwei Whisky pur. Aus reiner Gewohnheit hörte er per Fernabfrage seinen Anrufbeantworter ab. Als er nachdenklich wieder auflegte, stand der Barkeeper vor ihm.

»Noch einen?«, erkundigte er sich.

»Nein, danke«, erwiderte Harrigan. »Das reicht erst mal.«

Auf dem Parkplatz rief er bei Grace an, aber sie hatte das Handy ausgeschaltet, und er hatte keine Lust, mit ihrer Konservendose zu reden. Er stand neben seinem Wagen und überlegte kurz. »Wieso nicht?«, murmelte er und fuhr zu einer Drogerie, die rund um die Uhr geöffnet hatte, kaufte Mundwasser, etwas, das er verabscheute, und gurgelte so lange, bis er meinte, Whiskygeschmack und -geruch müssten verschwunden sein. Durch eine Stadt, die noch immer vom Sturm des Vormittags gezeichnet war, machte er sich auf den Weg nach Bondi, vorbei an Häusern mit zerschmetterten Dächern und Fenstern, an abgesicherten Löchern in den Straßen. Vor ihrem Apartmenthaus parkte er. In der Wohnung, die er für die ihre hielt, brannte noch Licht, aber auf sein Klingeln reagierte niemand. Verschiedene Gedanken – sie hatte jemanden bei sich, sie wollte im Moment mit niemandem reden, am allerwenigsten mit ihm – zuckten durch seinen Kopf. Er war drauf und dran, sich wieder abzuwenden, da kam eine junge, blonde Frau mit einer Schlüsselkarte in der Hand.

»Ob Sie mich wohl hineinlassen könnten?«, sagte er und zeigte seinen Dienstausweis. »Ich muss einen der Anwohner sprechen, aber auf das Läuten reagiert niemand. Ich weiß aber, dass derjenige da ist.«

»Es hat doch hoffentlich niemand Ärger?«

Ihrem europäischen Akzent nach war sie wohl eine Touristin auf der Durchreise.

»Nein, ich brauche nur eine Information.«

»Dann wird das schon in Ordnung sein«, sagte sie mit einem zögerlichen Lächeln und hielt ihm die Tür auf. Sie musterte ihn neugierig, als er vor Graces Tür stehen blieb.

»Grace hat sich in ihre Musik fallen lassen, deswegen kann sie Sie nicht hören«, erklärte sie. »Aber wenn Sie läuten, dann leuchtet bei ihr drinnen ein Licht auf. Sie müssen einfach warten, bis sie Sie bemerkt.«

»Danke«, sagte er und wünschte sehnlich, sie würde gehen.

»Ich bin oben, wenn Sie kein Glück haben«, meinte sie grinsend und verschwand.

Er klingelte Sturm an der Wohnungstür und fragte sich, wie lange er wohl hier stehen musste. Doch zwei Minuten später schon hörte er, dass die Sicherheitskette abgenommen wurde. Sie öffnete die Tür.

»Hi«, sagte sie, »wie bist du denn ins Haus gekommen? Ich hab dich gar nicht läuten hören.«

»Diese junge Deutsche hat mich reingelassen. Sie kam zufällig vorbei, als ich vor der Haustür rumlungerte.«

»Bennie? Die werde ich mir vorknöpfen müssen. Sie darf so was nicht tun. Willst du reinkommen?«

»Ja.«

Er betrat eine kleine Wohnung, in der alles, was man zum Leben brauchte, offen ausgebreitet lag. Auf einer kleinen Couch lagen ein Kopfhörer und etliche CDs. Er versuchte, nicht auf das breite Bett mit der bunten Tagesdecke unter dem Fenster zu schauen.

»Möchtest du etwas trinken? Etwas Alkoholisches kann ich dir allerdings nicht anbieten.«

»Ein Schluck Wasser genügt. Danke, Grace.«

Verlegen standen sie Seite an Seite in der winzigen Küche, während er sein Wasser trank.

»Wie geht es dir?«, fragte er.

»Gut, glaube ich. Ich krieg das nach wie vor nicht auf die Reihe, dass das wirklich passiert ist. Ich sitze da und denke plötzlich, ist das alles wahr? Dann schüttle ich den Kopf und weiß, ja, es ist wahr, und ich lebe noch. Wie geht es dir?«

»Mir?« Er hielt einen Moment inne. »Das war mit das Schwerste, was ich je tun musste. Allen zu sagen, das war's. Ich habe dieses Team aus dem Nichts aufgebaut. Nur dafür haben die mich aus einem kleinen Provinzkaff zurückgeholt. Und jetzt haben sie es einfach über Bord geworfen. Ohne mit der Wimper zu zucken.«

»Wieso haben sie es nicht Trev übertragen? Der hätte es draufgehabt.«

»Was meinst du wohl, was ich alles versucht habe? Nein, die haben die Auflösung Marvin quasi als Entschädigung wie einen Fetzen Fleisch hingeworfen. Nur damit auch mir bewusst ist, ich bekomme so ein Karriereangebot nicht umsonst. Vergiss es. Ich bin nicht gekommen, um mich bei dir auszuweinen.«

»Kein Problem«, sagte sie. »Ich habe nicht damit gerechnet, dich zu sehen. Jedenfalls nicht so bald.«

»Tja, aber hier bin ich.«

Er stellte das leere Glas auf die Arbeitsplatte und fühlte sich nun von einer Woge der Erschöpfung überspült.

»Ich bin ein Idiot, dass ich dich belästige, Grace. Jetzt bin ich nämlich völlig tot.«

»Möchtest du bleiben? Tot oder lebendig?«

»Wenn du es willst.«

»Würdest du in diesem Fall gerne ins Bett gehen? Es wird langsam spät, und ich bin auch ganz schön kaputt.«

Sie schlug die Bettdecke zurück, gab ihm einen Kleiderbügel für den Anzug und verschwand im Bad. Er hängte Jackett und Hose an eine Extrastange am Schrank und hoffte, sie würde nicht gerade jetzt zurückkommen und ihn halb ausgezogen in Hemd und Socken sehen. Rasch legte er sich ins Bett und wartete. Sie kam zurück, zog sich aus und warf die Kleidung in den Wäschekorb. Er beobachtete sie.

»Du bist wunderschön«, sagte er.

»Ach?«

Sie schüttelte das Haar zurück und schlüpfte neben ihn.

»Du brauchst das nicht zu sagen. Es ist nicht wichtig, ob ich schön bin oder nicht«, sagte sie.

Ihm war es wichtig, auch wenn er das nicht aussprach. Er streichelte ihr Gesicht und fragte sich, weshalb sie nicht mehr Freude an ihrem Äußeren empfand. Doch nicht einmal zu einem ausgiebigen Kuss reichte seine Kraft – die Erschöpfung übermannte ihn. Friedlich lag er neben ihr und war eingeschlafen, bevor sie das Licht ausknipste.

Irgendwann wachte er auf und sah dank der Leuchtuhr, dass es kurz nach vier war. Er ging ins Bad, entleerte seine Blase und starrte, während er die Toilettenspülung drückte, sein Gesicht im Spiegel an. Er fand, dass er besser aussah, als zu erwarten gewesen wäre. Eventuell gab es demnach ein Leben nach dem Tode. Wenn man nicht aufgefordert wurde, auf der Stelle zu gehen (oder sich dazu entschloss), dann war dies der Moment am frühen Morgen, an dem man es tat. Leise zog man sich an, setzte sich auf die Bettkante, schnürte die Schuhe zu und flüsterte Auf Wiedersehen. Wenn man dann um fünf nach Hause kam, hatte man noch genug Zeit, um zu duschen und sich zu rasieren, ein frisches Hemd anzuziehen und vielleicht sogar ein kleines Frühstück einzunehmen, bevor man zur Arbeit fuhr.

Als er ins Zimmer zurückkehrte, fuhr Grace gerade im Bett hoch.

»Hab ich dich geweckt?«, fragte er.

»Nein«, antwortete sie mit einem Kopfschütteln und legte

sich, leicht keuchend atmend, wieder hin. »Schlecht geträumt, sonst nichts.«

Er kam zurück ins Bett und strich ihr sanft über die Stirn.

»Lass die da nicht rein, Grace. So rächst du dich an ihnen. Die können dir nichts anhaben.«

»Sie ist nicht in meinem Kopf. Ich lass sie nicht rein. Ehrlich.«

Sie küssten sich zum ersten Mal und liebten sich wortlos im Halbdunkel. Paul, der nun dort angekommen war, wohin er sich seit einiger Zeit gesehnt hatte, erfuhr die Festigkeit ihres Leibes unter der Zartheit ihrer Haut. Das gefiel ihm. Er hatte nicht vor, diese Erfahrung nur ein einziges Mal zu machen. Grace war glücklich, dass sie ihn ohne Probleme in sich aufnehmen konnte und dass sie es genoss. Nicht die unwillkommenste Erinnerung plagte sie. Es war ein langsames, behutsames Liebesspiel, gedämpft durch die beiderseitige Erschöpfung. Als sie sich danach aneinander schmiegten, sprachen beide nicht. Sie bettete den Kopf auf seine Brust und horchte auf seinen Herzschlag, während er ihr mit der Hand über das Haar strich. Sie schliefen wieder ein.

Das Nächste, was in Pauls Bewusstsein drang, war Graces Hand an seiner Schulter, die ihn sanft wachrüttelte.

»Um wie viel Uhr musst du heute hinter deinem Schreibtisch sitzen?«, wollte sie wissen.

Er riss die Augen auf. Durch die Fenster erkannte er das klare Winterblau des Himmels.

»Um neun«, krächzte er.

»Es ist zehn vor acht.«

Er schloss die Augen wieder.

»Ich habe kein sauberes Hemd«, grummelte er und erwog die Möglichkeit, seine neue Stelle unrasiert, in schmutzigem Hemd und getragener Unterwäsche anzutreten und sich so den Medien zu präsentieren.

»Ich kann dir eins von meinen geben, wenn du magst.«

Es lag ein amüsierter Unterton in ihrer Stimme. Er setzte sich auf und registrierte ihr Lächeln, während sie einen weiten roten Kimono überstreifte.

»Passt mir das denn?«

»Kann man nie wissen. Ich kauf sie so, dass ich sie um mich wickeln kann, also sind sie mir regelmäßig zu groß. Welche Farbe hättest du denn gern? Oh, ich weiß. Gelb. Das passt zu dir.«

Er ließ sich protestierend zurücksinken.

»Weiß, wenn du hast.«

Ein weißes Hemd landete unter seinem Kinn.

»Da hast du«, meinte sie grinsend. »Du kannst es schon mal bügeln, ich mache inzwischen Kaffee.«

Kurze Zeit später stand er geduscht und angezogen in ihrer Küche und flößte sich in großen Schlucken Kaffee ein. Das Hemd, das sie ihm gegeben hatte, spannte gefährlich an den Schultern und würgte ihn unangenehm am Hals. Er hatte den Ladyshave, den sie ihm angeboten hatte, dankend abgelehnt; lieber erschiene er unrasiert als mit zerschnittenem Kinn. Mit der einmal getragenen Unterwäsche musste er halt leben.

»Ich kenne einen Friseur, zu dem ich gehen kann. Dafür müsste die Zeit gerade noch reichen«, sagte er und rieb sich das Kinn. »Der könnte mir dann gleich noch den Anzug abbürsten. Tut mir Leid, Grace, es wäre mir lieber, ich müsste nicht so überstürzt davoneilen. Willst du mich heute Abend sehen?«

»Ja«, sagte sie, »wir könnten zum Essen gehen.«

»Ich ruf dich an, okay? Wir haben noch nicht einmal darüber geredet, was für eine Stelle du willst.«

»Mach dir deswegen keine Gedanken, das besprechen wir heute Nachmittag. Du wirst doch da sein?«

»Ja, selbstverständlich. Auch wenn mich inzwischen alle hassen.«

Er gab ihr einen Kuss und war fast wie durch Zauberei umgehend verschwunden.

In ihrem Zimmer, in dem es nun still geworden war, saß Grace am Tisch. Sie widerstand dem Drang, sich eine erste Morgenzigarette anzuzünden, und trank stattdessen den erkaltenden Kaffee. Sie griff in die Tasche und nahm den Brief heraus, den der wachhabende Beamte ihr im allgemeinen Chaos, das auf Pauls gestrige Ankündigung gefolgt war, persönlich ausgehändigt hatte und der ihr eine Stellung in der direkt der Generalstaatsanwaltschaft unterstellten nachrichtendienstlichen Sondereinheit offerierte. Für diese Planstelle hatte sie sich vor Monaten schon beworben, und sie hatte längst jede Hoffnung aufgegeben, den Posten zu bekommen. Wer nicht wagt, der nicht gewinnt! Wer weiß, wie sich das entwickeln würde. Wenigstens entkäme sie so dem Einfluss von Tooth. Und dann war da noch Paul. Soll das mit uns in der Form zur Gewohnheit werden, Harrigan? Dass du in mein Leben platzt und dich wieder verziehst, wie es deine Arbeit gerade erfordert? Sie verbot es sich, irgendwelche Erwartungen aufkeimen zu lassen. Dieselbe eigenartige Leichtigkeit, die sie gestern nach dem Ende der Belagerung empfunden hatte, überkam sie jetzt wieder. Ich bin immer noch hier, ich bin immer noch am Leben. Sie würde alles nehmen, wie es kam. Das Hier und Jetzt und die Beschaffenheit des Morgenlichts waren ihr nie strahlender, nie intensiver erschienen als in diesem Moment.

38

Kaum streckte Harrigan den Arm aus, um den Schlüssel ins Zündschloss zu stecken, da platzte Graces Hemd an der Schulternaht auf, und er musste den Großteil des Vormittags im Jackett zubringen. Seine neue Privatsekretärin stellte ihr Einfühlungsvermögen unter Beweis, indem sie ihm bei der ersten sich bietenden Gelegenheit, ohne eine Frage zu stellen, einen vorzeigbaren Ersatz kaufte.

Das brauchte er. Unmittelbar vor der Mittagspause rief man ihn zu einer Besprechung mit dem stellvertretenden Polizeipräsidenten und einer Reihe weiterer Würdenträger, unter denen sich auch zwei bürstenschnittige Amerikaner in unauffälligen dunklen Anzügen und schmalen Krawatten befanden. Sie kamen in Begleitung einer schlicht gekleideten Abgesandten des australischen Nachrichtendienstes und stellten sich als »die amerikanischen Vettern von der Botschaft« vor. Harrigan dachte zornig daran, dass er sein gesamtes Team, das ihm vertraut hatte, in die Wüste hatte schicken müssen, nur um an solch nervigen Treffen teilnehmen zu dürfen. Die Besprechung wurde eröffnet, indem einer der Amerikaner einen Auslieferungsantrag für Prediger Graeme Fredericksen auf den Tisch legte, da dieser als unentbehrlicher Zeuge im Mordfall Dr. Laura Di-Cuollo gebraucht werde. Der Antrag sei, wie sie sagten, gestern eingegangen.

Harrigan überflog das Schreiben, das man ihm zugeschoben hatte. »Da sind sie wohl eine Spur zu spät dran«, sagte er süffisant.

»Das ist uns völlig klar, Commander«, erwiderte einer der Amerikaner. »Ihr Schütze hat den Job für uns erledigt.«

Es entging Harrigan nicht, dass das Wort »Commander«

als Schmeichelei gemeint war. Der Hintersinn dieses vermeintlichen Kompliments beleidigte ihn.

»Worum es hier eigentlich geht, das sind die Racheengel.« Die Nachrichtendienstlerin hatte sich zu Wort gemeldet. »Wir hegen seit längerem die Befürchtung, dass sie hier Fuß zu fassen versuchen. Das scheint angesichts der Ereignisse inzwischen zwar unwahrscheinlich, aber Sie werden Verständnis dafür haben, dass wir auf Nummer sicher gehen müssen.«

»Sie hegen seit längerem die Befürchtung?«, hakte Harrigan nach.

»Ja«, bestätigte der zweite Amerikaner, »wir überwachen Fredericksen seit einiger Zeit. Unglücklicherweise war es uns nicht möglich – was wir sehr bedauern –, die jetzige Situation vorherzusehen. Wir müssen allerdings sagen, Commander, wir waren sehr beeindruckt von der Professionalität Ihrer Ermittlungsarbeit. Sie haben hier einige sehr gute Leute.«

Hatten hier einige sehr gute Leute. Er sparte sich die Erwiderung.

»Zu schade, dass wir uns nicht früher schon zusammengetan haben. Womöglich gäbe es dann einen Toten weniger zu beklagen«, merkte er stattdessen in seinem neutralen Ton an und bezog sich damit – unausgesprochen – auf Professor Henry Liu und nicht den Prediger.

»Wir können Ihre Gefühle in diesem Punkt nachvollziehen«, behauptete der erste Amerikaner, »allerdings müssen Sie auch verstehen, dass wir es hier mit höchst gefährlichen Menschen zu tun haben. Wir konnten unmöglich etwas sagen oder veranlassen, das unsere eigenen Ermittlungen in irgendeiner Weise hätte gefährden können.«

Harrigan sah keinen Grund für eine Antwort.

Der Amerikaner fuhr fort: »Unglücklicherweise war es uns nicht möglich, das exakte Verhältnis Fredericksens zum inneren Kreis der Racheengel bereits im Vorfeld seines Ablebens zu eruieren. Wir wissen, dass er ihm ziemlich nahe stand, aber wir wissen nicht, wie nahe. Wir hatten gehofft, er würde uns Namen nennen können. Aber jetzt werden wir ihn das leider nicht mehr fragen können.«

»Allerdings.« Harrigans Antwort war frei von jeglichem Bedauern über das Schicksal des Predigers. »Wurde er für Dr. Liu bezahlt?«

Die Vertreterin des Nachrichtendienstes nahm die Frage mit exakt derselben Emotionslosigkeit auf, mit der sie gestellt worden war.

»Er wurde. Seine finanziellen Transaktionen wickelte er mittels eines Bevollmächtigten über eine Kreditanstalt in L. A. ab.«

»Wir haben denjenigen mittlerweile in Gewahrsam«, fügte der erste Amerikaner hinzu. »Er unterstützt uns bei unseren Ermittlungen, wie Sie das hier so schön ausdrücken.«

»Nur interessehalber gefragt, wer hat das Geld zur Verfügung gestellt?«, erkundigte sich Harrigan.

»Wir konnten eine Reihe von Quellen ausfindig machen«, wich der Gefragte aus. »Ein kalifornischer Handfeuerwaffenhersteller überließ einem weiteren von uns überwachten potenziellen Verdächtigen eine gewisse Summe Geldes. Und es gibt noch mehr Wohltäter.«

»Mein Anliegen ist es, dafür zu sorgen, dass die Racheengel hier auf gar keinen Fall Fuß fassen können«, erklärte die Frau. »Auch angesichts dieser Entwicklungen dürfen wir uns nicht der Illusion hingeben, dass ihnen das nicht gelungen ist. Es gibt Kanäle, die es zu untersuchen gilt. Wir halten es für das Beste, das jetzt zu tun, solange die Organisationsstrukturen noch nicht gefestigt sein dürften und sie womöglich sogar mit dem Gedanken spielen, sich gänzlich zurückzuziehen.«

Harrigan interpretierte das dahingehend, dass es ihnen irgendwie gelungen war, sich zu etablieren, und sie es womöglich sogar geschafft hatten, dem Überwachungsnetz des Nachrichtendienstes zu entwischen.

»Darf ich daraus schließen, dass Sie es begrüßen würden, wenn wir unsere gegenwärtigen Ermittlungsarbeiten schnellstmöglich einstellten?«, erkundigte er sich.

»Wenn Sie so freundlich wären. Von jetzt an werden *wir* weiterermitteln«, erklärte die Frau kurz angebunden. »Wir sähen Ihren Anteil an der Sache gerne damit beendet, dass Sie Anklage gegen die junge Frau erheben, die Sie in Gewahrsam haben, ohne Bezug auf besagte Organisation zu nehmen. Wir werden sie einvernehmen müssen, aber wenn ich richtig informiert bin, wusste sie nichts von deren Existenz. Ist das der Fall?«

»Ja, da sind Sie korrekt unterrichtet«, entgegnete er. »Von dieser speziellen Verbindung wusste sie nichts. Sie handelte aus rein persönlichen Motiven.«

»Das sehen wir anders.« Im Ton des zweiten Amerikaners schwang eine Spur Verachtung mit. »Sie war die nützliche Idiotin.«

»Meiner Ansicht nach trifft es das nicht«, erklärte Harrigan.

»Wir können doch auf Ihre Verschwiegenheit in dieser Sache vertrauen, Commander? Und auf die Ihrer Leute?«, erkundigte sich der erste Amerikaner.

»Selbstverständlich.« Er lächelte.

Kurz darauf ging die Konferenz zu Ende, und bis zum Schluss ließ es niemand an der gebotenen Höflichkeit dem anderen gegenüber fehlen.

Nach der Besprechung kehrte Harrigan zu den angekündigten Einzelgesprächen in sein ehemaliges Büro zurück. Als er eintraf, war ein Großteil der Einrichtung bereits entfernt.

Wie ein durchdringender, kollektiver Kater lag ein Hauch von Trauer über allem. Ian und Trevor waren still und grüßten ihn kaum. Sie standen im Einsatzzimmer und rissen die Bilder von der Pinnwand. Harrigan sah Matthew und Henry Liu, Greg Smith und die Website der Firewall im Schredder verschwinden, um anschließend in den separierten Müllsack entsorgt zu werden. Nichts von dem, was ihm diesen Posten einmal lieb gemacht hatte, blieb übrig, vor allem, nachdem er den beiden in seinem alten Büro eröffnete, man habe sie davor gewarnt, sich weiter in Sachen Racheengel zu engagieren. Sie hörten ihm mit dem zu erwartenden Zynismus zu.

»Das ist keine Überraschung«, sagte Trevor, »natürlich wollen die nicht, dass wir denen in die Quere kommen. Also, was machen wir jetzt? Die Mordakte zuschnüren, und das war's?«

»So in etwa, genau«, bestätigte Harrigan.

»Nett, dass die uns noch so viel Hirnschmalz zutrauen, dass wir das auf die Reihe kriegen. Auf jeden Fall dürfte das nicht lange dauern«, meinte Ian. »Da gibt's nicht mehr allzu viel zu schnüren.«

»Ich habe Posten im Kommando für euch. Ich versuche euch jeweils einen Rang über eurem jetzigen unterzubringen«, versprach er.

»Kann man denn mehr verlangen?«, sagte Trevor spitz. »Sollen wir uns jetzt bei dir bedanken?«

»Nein. Ich will, dass ihr eure Arbeit tut, und ich bin überzeugt, das werdet ihr. Wo ist Louise?«

»Das letzte Mal hab ich Lou gesehen, da sind ihre Augen gerade unter der Schädeldecke verschwunden«, sagte Ian. »Ruf sie doch zu Hause an. Ich glaube allerdings kaum, dass sie schon ausgenüchtert ist.«

»Mach ich«, sagte er. »Also dann, danke. Wir sehen uns morgen im Kommando.«

»Wir werden da sein«, murrten sie und verließen sein Büro.

Er fragte sich, ob sie ihm wohl je wieder so weit vertrauen würden, dass sie mit ihm gemeinsam einen Drink nahmen.

Kurz darauf erschien Grace.

»Wie geht es dir?«, wollte er lächelnd wissen.

»Gut. Lies das.«

Sie reichte ihm einen Brief, den er interessiert zur Kenntnis nahm.

»Du hast keinerlei Hilfe von mir gebraucht«, sagte er. »Das ist eine hervorragende Stelle, die du dir da geangelt hast. Ausgesprochen prestigeträchtig.«

»Findest du? Aber doch nicht ganz so prestigeträchtig wie deine, oder?«, erwiderte sie und lächelte ihm zu. »Was ist aus meinem Hemd geworden?«

»Das hat leider den Geist aufgegeben, Grace. Es hat ungefähr zehn Minuten durchgehalten. Ich kann dir ein neues besorgen.«

»Nicht nötig«, wehrte sie feixend ab. »War ja nur ein Hemd.«

»Ja, klar. Sehen wir uns heute Abend trotzdem? Willst du heute Nacht mit zu mir kommen?«

»Ich weiß gar nicht, wo du wohnst«, sagte sie.

Sie dachte, ich weiß ja nicht einmal, wer du außerhalb dieses Büros eigentlich bist.

Er schrieb seine Adresse auf einen Zettel und gab ihn ihr.

»Willst du ausgehen? Wenn du magst, kann ich auch etwas zu essen besorgen«, schlug er vor.

»Nein, überlass das mir. Okay, ich komme zu dir. Halb acht?«

»Gern. Ich freue mich auf dich.«

Sie lächelte und ging. Ja, er freute sich. Er würde ihre Gesellschaft brauchen, speziell nach diesem Tag.

Grace kam am späteren Abend vor Harrigans Haus an, lief über breite Steinstufen und durch dichtes Grün, das die Steinplatten überwuchert hatte, bis sie ihn hinter der offen stehenden Tür zur Küche entdeckte. Sie blieb an der Tür stehen und sah zu, wie er sich gerade die Krawatte lockerte.

»Hallo«, sagte er, als er sie bemerkte. »Da bist du ja.«

»Ja«, sagte sie und zögerte kurz.

»Willst du nicht reinkommen?«

»Klar.«

Sie trat ein und stellte eine Jutetasche auf den Tisch.

»Ein hübsches Häuschen hast du da«, bemerkte sie.

»Fragst du mich jetzt, wie ich mir das leisten kann?«

»Nein«, antwortete sie verdutzt.

»So was fragen die Leute normalerweise. Ich habe es geerbt, es stammt aus Familienbesitz.«

Sie zuckte die Achseln.

»Das geht mich nichts an. Wieso sollte mich das kümmern?«

Er trat zu ihr und streichelte ihr die Wange.

»Verzeih mir«, bat er. »Es war ein langer Tag, und ich bin etwas gereizt. Schön, dich zu sehen.«

»Ja.«

Sie küssten sich in der Küche. Dann hielt er sie fest. Sie spürte, wie er sich entspannte, zu Atem kam.

Schließlich deckte er den Tisch, und sie reihte den Tascheninhalt auf der Arbeitsplatte auf: eine Ansammlung von weißen Plastikschüsseln, zusammen mit frischen Limonen und mehreren Flaschen Sodawasser.

»Für frischen Soda Lime«, erklärte sie. »Das habe ich mir gestern gewünscht, falls ich da lebend wieder rauskäme. Und ich bin rausgekommen. Das ist für mich. Aber eigentlich gehört zu diesem Essen ein guter Weißwein.«

»Und Bier?«, vollendete er hoffnungsvoll.

»Ja. Bier geht auch.«

»Wie kann ich mich daran beteiligen?«, fragte er und trug Gläser für zwei auf.

»Gar nicht«, sagte sie und schüttelte den Kopf, »das ist von mir.«

Sie speisten in seinem Esszimmer, einem weiß gestrichenen, hohen Raum mit blankem, poliertem Parkettboden. Sie trug das chinesische Mahl auf und erklärte, wie es zu essen sei. Er nippte während des Essens am kalten Light-Bier und entspannte sich weiter. Anfangs sprachen sie nur wenig, es war nicht nötig.

»Dein Spiegel gefällt mir«, sagte sie nach einer gemeinsamen Schweigepause.

Er schaute zu dem breiten Spiegel über dem Kamin. Darin spiegelte sich das Zimmer, in dem sie saßen, der Flur hinter der Tür und schließlich das große weiße Zimmer, das er für Toby hatte bauen lassen. Der Rahmen war aus schlicht geschnitztem, rötlich goldenem Holz.

»Der hat meiner Tante gehört«, berichtete er. »Niemand weiß, was das eigentlich für Holz ist. Er ist halt einfach schön. Ich habe so etwas noch nie irgendwo sonst gesehen.«

»Hängt er schon immer da?«

»Ja, immer schon. Sie hat oft erzählt, dass er da schon hing, als sie noch ein kleines Mädchen war. Wahrscheinlich ist er so alt wie das Haus.«

»Ein Blick zurück in die Zeit«, sagte Grace. »Irgendwann einmal hat sich jeder aus deiner Familie in ihm gespiegelt.«

»Wohl wahr«, sagte er und sah noch einmal nachdenklich zu ihm hin.

»Das Essen ist richtig lecker«, bemerkte er dann, »üblicherweise esse ich nicht so gut.«

»Ja, das Lokal, in dem ich es gekauft habe, ist wirklich gut. Die wissen, was sie tun.«

Als sie beide fertig waren, fragte sie nicht, ob sie rauchen dürfe. Sie schüttelte den Rücken, um die Verspannungen zu lösen: eine Geste, die ihm allmählich vertraut war. Er dachte an Form und Kontur ihres Rückens und wollte nun eigentlich nichts Dringenderes, als sie zu lieben. Doch erst räumte er das Geschirr in die Spülmaschine, während Grace der Katze den Kopf kraulte.

»Was für ein hässliches Ding du doch bist«, sagte sie zärtlich, während Menzies mit dem klobigen Kopf ekstatisch gegen ihre Hand stieß.

»Noch so ein Erbstück«, erklärte Harrigan grinsend.

Er drehte das Licht aus, nahm Grace an der Hand und ging mit ihr ein Stockwerk höher – endlich ins Bett.

Im Dunkel des anbrechenden Morgens träumte Toby Harrigan, während sein Vater mit Grace schlief, elektronische Worte. *Ich bin für dich da, Lucy, vergiss das nicht. Sprich mit mir, von dort, wo du bist. Ich bin hier in diesem Körper, du bist da in dieser Zelle. Ich kann dich erreichen, und du kannst mich erreichen. Jemand muss für dich da sein, und das bin ich. Vergiss das nicht.*

In der Zelle drehte Lucy sich auf der Pritsche um und dachte nicht an das Ende der Welt, sondern den Anfang der Zeit. Für mich fängt die Zeit jetzt an, Turtle, ich muss herausfinden, wie ich mit dem umgehen kann, was jetzt passiert, was immer das sein wird. Mit dem Bewusstsein, was ich erlebt habe, was ich getan habe, mit all dieser Last. Ich muss das tun. Warte nur ab, Turtle. Ich werde es tun, denn es bleibt mir keine Wahl.

Plötzlich erwachte Grace, als hätte sie ebenjene Worte gehört, die in Lucys Gedanken erklangen, und sie holte bei der Erinnerung an eine junge Frau, die ihr ungerührt mit der Pistole in der Hand gegenübersaß, einmal rasch und heftig

Luft. Dann spürte sie die Wärme von Pauls Körper und lauschte dem rasenden Pochen ihres Herzens. Sie setzte sich auf. Außer ihnen beiden war niemand im Zimmer, und da war kein Anlass zur Furcht. Sie schaute auf Paul hinunter, der neben ihr schlief. Auch vor dieser Nähe brauchst du keine Angst zu haben, beruhigte sie sich. Nicht jeder Mann ist ein schlafender Dämon. Getröstet kuschelte sie sich an ihn und schlief tief und fest ein.

Danksagung

Für ihre Zeit, ihren Rat, ihre Unterstützung und Anregungen:

David Baldwin, Leiter der Abteilung Unix Services am Institut für Informatik-Infrastruktur der Nationaluniversität Australien.

Dr. Suzette Booth von der Kinderschutzabteilung des Kinderkrankenhauses Westmead.

Julie Cremer, Birchgrove.

Stephanie Haygarth, Lektorin und Autorin, Canberra.

Ewan Maidment, von der Abteilung Pazifische Schriften der Forschungsstelle Pazifische und Asiatische Studien der Nationaluniversität Australien.

John Symonds, Biomediziner am Kinderkrankenhaus Westmead.